# HOKWERDA'S KIND

# OEK DE JONG

# HOKWERDA'S KIND

ROMAN

UITGEVERIJ AUGUSTUS

AMSTERDAM • ANTWERPEN

De auteur ontving een werkbeurs van het Fonds voor de Letteren

Tweede druk, oktober 2002
De eerste druk verscheen in gebonden vorm in oktober 2002

Foto van de auteur Bert Nienhuis
Omslagfoto Amke
Vormgeving omslag Tessa van der Waals
Vormgeving binnenwerk Suzan Beijer

ISBN 90 457 0121 9
NUR 301

www.augustus.nl
www.boekenwereld.com

VOOR JEANNE

# INHOUD

PROLOOG 9

## DEEL EEN

   I   Een onnozel jong ding  19
  II   Blind date  28
 III   Een ijzeren bed  40
 IV   Op de Cuyp  48
  V   Oesters eten  54
 VI   Veranderd lichaam  70

## DEEL TWEE

   I   Verpropte bankbiljetten  79
  II   Een gewoon leven  89
 III   Uitdijende tijd  103
 IV   Minder alleen  112
  V   Een Afrikaan gehad  121
 VI   Twee paarden  134
 VII   Onbereikbaar  145
VIII   Betrapt bij liefdeslunch  161
 IX   Daarna at zij een kroketje  176

## DEEL DRIE

I    Jelmer  189
II   Een bos rabarber  200
III  Op de Fluessen  217

## DEEL VIER

I     Een foto  239
II    Oude vrienden  255
III   Weerzien met Hokwerda  273
IV   Een hoopje natte kleren  293
V     Bedrog  313
VI   Rotsblokken fotograferen  334
VII  Vanmiddag nog  353
VIII Verstoten  370

## DEEL VIJF

IX  In het riet  395
X   In de buitenste duisternis  421

# PROLOOG

Die avond wierp Hokwerda keer op keer zijn dochtertje over de riet-kraag in de Ee. Hij pakte haar bij een pols en een enkel, tilde haar tengere lijfje op, zwaaide het heen en weer tot het voldoende vaart had en slingerde het weg over de rietpluimen. Ruggelings, met een half angstig, half verrukt gezicht, vloog het meisje het water tegemoet. Op het hoogste punt van haar vlucht leek ze een ondeelbaar ogenblik stil te hangen in de lucht, dan viel ze, met een kreet, verdween uit het zicht en plonsde in het water.

Het was een stille zomeravond, en na die plons leek de stilte nog dieper. Het water van de Ee kabbelde. De bomen op het erf wierpen lange schaduwen. In de weilanden klonk het loeien van vee, van ver kwam het dof en regelmatig bonken van een machine waarmee gemaaid gras werd gekeerd. In de bomen voerden kauwtjes hun gesprek.

Na zijn worp liep Hokwerda langs het manshoge riet naar het steigertje en daar zag hij haar aankomen: het hoofdje angstvallig geheven, zwemmend met haastige slagen, kikkervlug. Van zijn twee dochters was deze zijn oogappel. Ja, die kleine is mijn oogappel, zei hij weleens tegen deze of gene, en bij het woord 'oogappel' schoot hij vol. Zo was Hokwerda. Hij probeerde het woord te vermijden, omdat het te veel emotie opriep, iets dat hem overweldigde. Maar soms *moest* hij het zeggen: oogappel, mijn oogappel, en dan schoot hij vol. Ook nu was ze het, terwijl ze naar hem toe kwam zwemmen in het avondlicht. Al van ver kon hij haar hijgen horen. Bij het steigertje gekomen begon ze te watertrappen, haar woelende benen zichtbaar in het water.

Het meisje keek op naar haar vader en probeerde zijn bepleisterde rechterhand niet te zien.

Die ochtend was ze vroeg opgestaan, zoals ze wel vaker deed. Halverwege de trap was ze verschrikt blijven staan. Op de muur van de gang zaten vegen, roodbruine vegen, alsof iemand daar met zijn hand steun had gezocht, een vuile hand, en was weggegleden. Terwijl ze ernaar staarde, herinnerde ze zich hoe ze die nacht wakker was geworden van lawaai en met opgeheven hoofd had liggen luisteren. Ze liep door de gang naar de keuken. In de achterdeur was een ruitje gebroken, het glas lag op de vloer.

Eenmaal buiten, in het bedauwde gras, achtervolgde het haar. Over het hellend grasveld liep ze naar het water. Het riet bewoog nog niet. Wel hoorde ze de vogels die zich erin verborgen hielden – onder elkaar waren ze, druk bezig. Maar het riet stond nog roerloos. Van het ene op het andere ogenblik kon er wind zijn en begon plotseling dat slissen van de riethalmen. Een enkele keer maakte ze het mee: dat er plotseling wind was.

Ze ging naar de moestuin. De glazen klep van de bak, waarin komkommers groeiden, stond op een kier. Ze stak haar hand erin: onder het glas was het warmer. Ze liep naar de rabarber om in de oksels van de grote bladeren de blinkende waterpoeltjes te zien. In het ene blad had zich meer vocht verzameld dan in het andere. Afzonderlijke dauwdruppels op het blad waren rond of bijna rond. Ze gaf ze een duwtje met een vingertop om ze naar beneden te laten rollen, in het blinkend poeltje. Gewoonlijk ging ze ook het schuurtje met gereedschap binnen, alleen maar om te ruiken: die bedompte lucht waarin ze de geur van gedroogde aarde kon onderscheiden, de geur van haar vaders ribjasje, van benzine en die van de leren bandjes op zijn klompen. Die ochtend meed ze het schuurtje. Ze liep de weg op die langs het water voerde. Maar zelfs bij de paarden, de paarden die langzaam naar haar toe kwamen door het weiland, achtervolgde het haar, dreigde het in haar rug.

Toen ze die middag uit school kwam, rook het huis naar verf: de muur van de gang was gewit.

Watertrappend, trappend in dat lege diepe water, keek het meisje naar hem op in afwachting van zijn handreiking. Ze hijgde. De avondzon lag op haar gezicht. Er hingen slierten haar voor haar ogen, die ze niet weg durfde vegen. Hokwerda wachtte. Ze had de ogen van haar moeder. Die grote, licht puilende ogen waar hij week van werd.

'Wie it heech, heit?'*

Ze spraken Fries met elkaar, ook al had zijn vrouw het liever niet.

'Ja, it wie heech, famke, mar it kin noch heger.'**

Eindelijk stak hij zijn hand naar haar uit, zijn bepleisterde rechterhand, die ze na een lichte aarzeling met beide handen vastgreep. Hokwerda omklemde een van haar polsen – ze moest zich goed vasthouden – en hees haar met een zwaai op het steigertje. Hij wilde zijn dochter sterk maken. Water droop uit haar badpak. Zijn magere sprinkhaan was ze, die maar niet groeien wilde. Waarom toch? Bijna acht was ze nu, en men schatte haar op zes. Waarom bleef zij klein, terwijl die ander groeide en gedijde? Ze keek naar hem op, verlegen. Om zich een houding te geven veegde ze met snelle gebaren het haar uit haar gezicht. Ze trilde over al haar ledematen. Al zeven, acht keer had hij haar over de rietkraag geslingerd. Die smak in het water deed haar pijn.

'Nu maar even uitrusten, famke?'

Het klonk plagend. Hij zag dat ze zich vermande, klein als ze was. Nee, ze hoefde niet uit te rusten. Drie keer diep ademhalen, zei ze (zoals hij haar geleerd had te zeggen), en begon drie keer diep adem te halen, terwijl achter hen een roeiboot met ronkende buitenboordmotor voorbijschoof – Hokwerda keek half om, groetend met een stugge hoofdbeweging – en zijn hekgolf over het brede water trok, die het riet deed schudden en buigen. Toen had ze drie keer diep ademgehaald en rende weg naar 'de plek', de plek waar ze hun kunstje deden. Zoals ze rende. Hokwerda adoreerde haar. Ze was zo licht, ze bewoog zich zo licht en gemakkelijk. Het leven had nog niets van zijn zwaarte in haar achtergelaten, zwaarte die hij zelf begon te voelen. Niets woog nog in haar. Vederlicht was ze, werkelijk vederlicht, en steeds weer vol goede moed.

Maar toen hij bij haar was gekomen, in de schaduw van twee hoge

* Was het hoog, pappa?
** Ja, het was hoog, meid, maar het kan nog hoger.

iepen, kwam dat onbedwingbare weer in hem op, en het werd sterker toen hij haar dunne pols, haar tengere enkel in zijn handen voelde. Fijnknijpen, hij kon ze zo fijnknijpen. Hij lachte naar haar. Ze gingen hun kunstje weer doen. De slingerbeweging werd ingezet. Haar aanvankelijk verkrampte lijfje ontspande zich: ze gaf zich over. Ze liet haar hoofd met de lange haren hangen, ze slaakte kreten en keek onderwijl nog om zich heen, gefascineerd door het beeld van die wereld op zijn kop, waarin haar vader het onwrikbaar middelpunt was. Hokwerda versnelde de beweging, riep haar iets toe, plagend, en liet haar toen los. In een sparteling van armen en benen vloog ze over de rietpluimen, omhoog, leek even stil te hangen, viel dan en was weg. Maar half hoorde Hokwerda de slordige plons waarmee ze in het water viel. Zijn hoofd bonkte, pijnlijk, zo pijnlijk dat het leek of zijn schedel kraakte. Er trok een waas voor zijn ogen.

Lopend langs het riet, haastig toch – hij hoorde haar niet zwemmen – keek hij naar het lage en langgerekte huis, de twee dagloonerswoningen, uit de vorige eeuw nog, die hij had gekocht en uitgebroken. Het was of er een grote onheilswolk om zijn huis en erf hing, ondanks de vredigheid van de avond, of hijzelf door onheil omgeven was, of het *uit* hem walmde. Het kon hem niet meer schelen. Het deed hem zelfs goed dat het onbedwingbare in hem losbrak. Als er iets moest gebeuren, dan moest het nu maar gebeuren.

De achterdeur van het huis werd opgeworpen.

'Hou je er nu mee op! Gek!'

Hokwerda negeerde zijn vrouw. Ze verdween weer in huis, maar liet de deur openstaan.

Op het steigertje wachtte hij op zijn dochter. Dertig, veertig meter moest ze elke keer zwemmend afleggen, vanwege een bocht die het water hier maakte. In het verderop gelegen dorp reed een auto over de brug, de planken ratelden onder zijn banden. Toen werd het weer stil. Hij kon het hijgen van zijn dochter nu horen. Ze hield haar ogen strak op hem gericht. Hij wist dat hij naar haar moest kijken om haar moed te geven: ze was moe, uitgeput haast, het kostte haar steeds meer moeite om de oever te bereiken. Maar Hokwerda keek niet naar haar. Zijn blik gleed omlaag naar zijn als altijd brandschone roeiboot, geen grassprietje lag er op de geboende vlonders, en naar de buitenboordmotor, de oude Johnson die hij weer aan de praat had gekregen, naar de riemen, de bun, de hengels, de lange staken voor zijn fuiken. Niemand duldde hij in zijn boot. Alleen die kleine nam hij weleens mee, en soms ook zijn andere dochter, om niet oneerlijk te lijken. Maar het liefst voer hij alleen in zijn boot.

Daar was ze weer, hijgend, watertrappend, met die slierten haar in haar gezicht die ze niet weg durfde vegen. Hokwerda wachtte. Weer wachtte hij met zijn handreiking. Met zijn klomp kon hij dat kopje zo onder water duwen, onder water houden tot ze daar levenloos dreef. Nu was ze nog zijn dochter, van hém. Als zijn vrouw haar dreigement ten uitvoer bracht, was hij haar kwijt, voorgoed. Dat kopje onderduwen. Als hij haar verzopen had, onder het steigertje dreef ze dan, moest hij die andere twee verzuipen, met elke hand hield hij er een onder water, en ten slotte moest hij zichzelf erin smijten, met een steen, met de motor aan zijn voet gebonden.

Het angstzweet brak hem uit.

'Was dit de hoogste, heit?'

Hokwerda boog zich diep, dieper dan noodzakelijk was, tilde haar met beide handen uit het water en nam haar in dezelfde beweging op zijn arm, druipend en wel. Het meisje snakte naar adem. Haar hart hamerde tegen de zachte ribbenkast, zo hard dat hij het voelde tegen zijn eigen borst. Ze klappertandde, ook al probeerde ze dat te bedwingen.

'Is het nou afgelopen!' hoorde hij achter zich schreeuwen. 'Is het nou eindelijk afgelopen!'

De stem van zijn vrouw schalde over het water, en hij haatte die stem. Hij gaf geen antwoord. Twee kauwtjes vlogen krassend op uit de iepen. Hokwerda drukte zijn kind tegen zich aan. Het koele water, dat zijn hemd doordrenkte, friste hem op. Hij fluisterde tegen haar en probeerde haar aan te kijken. Maar ze wilde hem niet in de ogen zien. In haar lichaam kwam weerstand op.

'Nu wil je zeker wel ophouden, famke?'

Zijn stem klonk zacht, verleidelijk. Zijn stem klonk niet goed. Het meisje voelde het. Ze keek omlaag, naar zijn grote handen, het zwarte vuil van de garage zat nog onder zijn nagels (dat hoorde niet), naar zijn klompen, naar het water dat dof tegen de flanken van de roeiboot klotste. Ze was duizelig. Ze rook de sterke geur van haar vader. Ze wilde bij hem zijn.

'Ophouden dan maar?'

Ze schudde haar hoofd. 'Ik kan nog wel een keer.'

Het klonk alsof ze zich opofferde. Aan haar vaders hand liep ze terug naar de plek achter het riet. De schaduw onder de iepen deed haar huiveren en door het ruisen van de bomen voelde ze zich plotseling alleen. Ze trapte op een steentje en deed zich pijn. Het onzichtbare water boezemde haar angst in: steeds als ze opdook voelde ze zich zo nietig in de brede vaart.

Hokwerda tilde haar op. Hij kon het niet bedwingen. Hij voelde dat er iets misging, helemaal misging, maar kon er niets tegen doen. Hij hoorde de kauwtjes krassen.

Nog eens vloog ze door de lucht, met ingehouden buik, niet langer trots op wat ze durfde, afwezig haast. Ze smakte op het water. Een scheurend geluid trok langs haar oorschelpen. Toen was het stil en vredig om haar heen. Haar haren waaierden uit, dat voelde ze nog en het deed haar plezier. Met schuine bundels viel het licht in het water, en in die bundels dwarrelde het. Ze deed niets meer en zonk weg. Met haar hiel en toen haar dij landde ze op de fluweelzachte modder, die opwolkte. Het water vertroebelde. Ze keek omhoog naar waar het lichter was. Niets kon haar nu nog gebeuren.

Toen ze het geluid van een motor hoorde, begon het meisje weer te bewegen, trappend, en steeg naar de oppervlakte. Toen ze het vlies doorbrak en vanuit de stilte in het lawaai van de avond kwam, lag er een boot naast haar, donker, en werd ze opgetild. Heel ver weg was hij, haar vader. Hoe lang? Opeens voelde ze hem weer: zijn warme lichaam, zijn sterke nek, zijn borst, zijn handen op haar rug, vooral zijn warmte voelde ze, zijn warme lijf. Nu was ze bij hem. Ze liet zich weer wegzinken, haar kin op zijn schouder, terwijl er nog water uit haar mond kwam. Als een aapje klemde ze zich aan hem vast, haar benen om zijn middel geslagen. Boven het geluid van de stationair draaiende motor uit klonk het hoesten van het kind over het water.

# DEEL EEN

I

# EEN ONNOZEL JONG DING

Het was voorjaar en vroegtijdig warm. In het Oosterpark waren de
magnolia's na twee weken al bijna uitgebloeid: op de takken lag nog
een enkele bloemkelk, amechtig en wijd open tussen het lichtgroen
blad, en de aarde onder de bomen was met witte en roze bloembla-
den bezaaid. De iepen stonden al vol in blad, de wind blies de dorre
bloesem voor zich uit over de paden en veegde ze her en der in hopen bijeen.

Lin had zich gekleed op een warme dag. Een witte linnen broek,
tweedehands gekocht, een blauw truitje met een knoopsluiting op
de schouder, ook tweedehands, de mouwen aan de korte kant. Om
haar middel droeg ze een riem van okergeel leer, hij was wel twee
handpalmen breed en nauwsluitend. Haar voeten had ze in open
schoenen met hakken gewrongen, de van de vorige zomer nog vast-
gegespte riempjes met een ongeduldig gekreun over haar hielen trekkend.

Ongewild had ze die dag alles wat haar gestalte opvallend maakte
met haar kleding geaccentueerd: haar hoge taille en naar verhouding
korte bovenlijf (ze leek hoog op de benen te staan), de breedheid van
haar schouders en door die te korte mouwen haar handen. Haar
donkerblonde haar, een hele vracht, had ze met een kleurige doek
verstrengeld en op haar achterhoofd opgestoken. Aan deze haar-
dracht twijfelde ze: voorbarig was het, zo vroeg in het voorjaar, overdreven. Ze wilde stilstaan om de doek eruit te trekken, maar daar
had ze geen tijd voor.

Het kadaver lag er nog.

Voorovergebogen stond ze onder de struiken te kijken. Met stijf gestrekte pootjes lag daar een magere kat, al twee dagen. Ze wachtte tot er niemand meer zou zijn die haar kon zien. Maar steeds waren er mensen in aantocht op de brede laan.

Opeens zat ze op haar hurken onder de struiken.

Als kind had ze iets met begraven gehad. In de moestuin, aan de voet van de bomen, begroef ze haar speelgoed, om het later, als ze het te veel miste, weer op te delven en te koesteren. Vogelveren en bloemen begroef ze, een dode veldmuis op een bed van grassprieten. Het wond haar op: iets in de grond stoppen en onder de aarde zien verdwijnen. Die aan niemand bekende plek waar iets begraven lag, een plek waar je naar toe kon gaan. Soms had ze op het erf wel vijf plaatsen gemarkeerd met grafstokjes.

Nu zat ze hier, onder een struik in het Oosterpark, volgroeid, met dijen die ze te dik vond – een zee van ervaring was ze sinds haar kindertijd overgestoken. Ze haalde een schepje uit haar tas. Ze zat stil en voelde haar verdriet, maar genoot ook van het ongewone. Op de ogen van de kat zaten blauwe vliegen, grote metalig blauwe vliegen, aasvliegen moesten het zijn. Waar kwamen ze vandaan, hoe hadden ze de ogen van deze kat weten te vinden?

Ze vergat haar dijen.

Haastig, afgewend van het pad, groef ze een langwerpige kuil. Het zweet stond op haar voorhoofd. In de verte dreunde het verkeer. Kiezels krasten langs het schepje. Betekende het iets dat ze nu hier zat en een graf groef voor een zwerfkat? Ze had het gevoel dat het niet zomaar gebeurde. Was het haar verdriet om Marcus dat ze begroef? Was hij – ze verstarde – aan die troep bezweken en werd hij *vandaag* ergens begraven?

Zo is het bijgeloof van de ongelukkigen.

Toen de kuil groot genoeg leek, schoof ze de kat er met het schepje in. Hij rolde om, kwam verkeerd terecht: op zijn rug, zijn kopje achterover. Ze prutste net zolang tot hij op zijn zij lag, voor haar gevoel de enige houding waarin een kat waardig begraven kon worden. Een mens op zijn rug, een kat op zijn zij. Nadat ze de kuil had dichtgegooid, bleef ze nog even bij het graf zitten en rook de zoete voorjaarsgeuren, heviger.

In de tram liep ze naar de voorste wagon en ging rechts voorin zitten. Elke ochtend probeerde ze dezelfde plaats te krijgen, schuin achter de bestuurder. De tram reed langs Artis, waar ze achter de hekken de roze-witte wolk van de flamingo's kon zien. Maar ze keek niet. Ze dacht aan de kat, die daar nu lag, onder de grond, zijn graf gemarkeerd met een takje.

Toen de tram de Amstel overstak, herinnerde ze zich een droom van die nacht. Ze was in de trainingszaal. Janosz stond aan de ene kant van de tafel, zij aan de andere, en hij nam haar backhand onder vuur. In een snelle, monotone cadans ging het balletje heen en weer over het net. Steeds dezelfde beweging maakte ze. Om haar heupen droeg ze een gordel met kleine zakjes zand. Zweetdruppels gleden uit haar wenkbrauwen en verblindden haar. Haar benen waren loodzwaar. Ze had geen tijd om de hand waarin ze haar batje hield af te vegen aan haar broek. De stem van Janosz, zijn sarcastische stem, schalde door de zaal. Ze wilde het zo graag goed doen, maar ze kon het tempo niet meer volhouden. Alles gaf ze om het goed te doen, om hem tevreden te stellen, maar ze kon het niet volhouden. Steeds diezelfde beweging. Haar weerstand brak en ze begon te huilen, het ergste dat haar in zijn bijzijn kon overkomen.

De tram reed door de binnenstad. Op het Rokin, ergens tussen de kunsthandels, stond het statige pand van de juweliersfirma waar haar moeder werkte. Toen het in zicht kwam, wendde Lin zich af. Op het Damrak wipte ze uit de tram en liep door een steeg naar de Nieuwendijk. De straat lag in de schaduw, de meeste winkels waren nog gesloten. Als eerste arriveerde ze bij de Star Shop. Terwijl ze wachtte herschikte ze de brede riem, trok hem omlaag over haar heupen. Ze dacht weer aan de kat, aan het begraven, en die lap in haar haren terwijl het pas april was. Toen verscheen Chadia, de Marokkaanse met de glanzende hertenogen, die al van ver naar haar glimlachte, en niet veel later Yvonne Wijnberg.

Sinds een halfjaar was dit haar bazin, een voluptueuze blonde vrouw van in de veertig. Ze had grote borsten, die ze graag liet zien in een laag uitgesneden blouse. Ze was goed van de tongriem gesneden en een uitstekende verkoopster: ze wist een klant in één oogopslag te taxeren, pakte feilloos de juiste maat uit het rek en meestal ook meteen datgene wat hem goed stond. Aan haar meisjes legde ze uit dat een klant gemakkelijker beslist en koopt als hij meteen iets aantrekt dat hem bevalt en niet tien keer hoeft te passen. 'Oefen je eigen daar nou in,' zei ze met haar plat-Amsterdamse accent.

Op hoge hakken kwam ze aanlopen, haar benen in een strakke broek. Lin werd er, als altijd, verlegen van en durfde haar niet aan te kijken. Nog onder het lopen wierp Yvonne haar eerste sigaret van die dag op straat, plette hem onder haar voet en begon in haar tas te graaien.

'Dat belooft weer wat vandaag, meiden. Jezus! Ik loop nou al te zweten!' Ze hurkte moeizaam om het hangslot van het rolluik te openen en kwam steunend overeind. 'Zo, dat was weer m'n ochtendgymnastiek.' Ze opende een klepje in de muur en stak er een sleutel in: ratelend gleed het rolluik omhoog.

Er verschenen twee ouderwets hoge etalageruiten met een ronding in het glas en een portiek in het midden. Nadat de winkeldeur was geopend, kwam een geur van leer hun tegemoet: in de Star Shop werden leren jacks en broeken verkocht. Met vereende kracht werden twee zware rekken naar buiten geduwd en aan weerszijden van de etalages opgesteld. Yvonne Wijnberg boog zich over de kassa. Chadia hing met een lange stok jacks aan de haken boven de winkelpui. Lin liep door het magazijn naar het kantoortje en startte de computer.

Na het sollicitatiegesprek was ze met Yvonne Wijnberg vanuit dat kantoortje naar de winkel gelopen en in het magazijn had Yvonne zacht, haast liefkozend, een hand op haar rug gelegd en gezegd: 'Nou wijfie, denk er nog maar es over, ik doe dat ook.' Die hand op haar onderrug, daar was ze voor bezweken, ook al zou ze het zichzelf nooit willen bekennen. Ze had de baan genomen, voor ten minste een jaar. Yvonne bleef het doen: een mollige hand op haar rug leggen, vlak boven haar billen. Bij de kassa, waar het nauw was, wrong Yvonne zich achter haar langs en legde haar handen op haar heupen, met haar borsten schampte ze langs haar rug. Dat waren aangename momenten. Er waren dagen waarop ze ernaar hunkerde, die gemakkelijke en vertrouwelijke aanraking van dat weelderige lichaam. Soms had ze het gevoel dat ze Yvonne wilde kussen, of dat Yvonne haar wilde kussen – altijd in het magazijn. Wijfie. Ze was het blijven zeggen. Hé wijfie, hoe is het nou allemaal? Lin moest erom lachen, ze werd er warm en vrolijk van, even degene die ze zou willen zijn.

Binnen een paar maanden deed ze de hele administratie van de Star Shop en ook nog eens de bestellingen, al het getelefoneer en gedoe met leveranciers, terwijl haar salaris niet hoger was dan dat van Chadia, die soms uren geeuwend in de winkel rondhing. Yvonne Wijnberg gebruikte haar. Half en half wist ze het wel. Yvonne was werkelijk op haar gesteld, maar ze paaide haar ook, handig, gebruik makend van iets dat ze nodig had. Ja, ze besefte het eigenlijk wel, maar ze kon zich er niet aan onttrekken. In zekere zin was het ook een zoete kwelling om aan Yvonnes macht onderworpen te zijn. En leerde ze niet ontzaglijk veel van deze wereldwijze vrouw?

Ze hield ook van leer. Nog elke ochtend genoot ze van de geur die haar uit de winkel tegemoet kwam, de geur die opsteeg uit de dozen die ze openmaakte in het magazijn. Runderleer, varkensleer, geitenleer, hertenleer – elke leersoort had zijn eigen geur, maar alle geuren waren even bedwelmend. En in het leer zaten ritsen. Ze liet haar vingertoppen erlangs glijden. Ah, de tandjes van een nieuwe rits! Rafelig scherp waren ze nog, zodat het vlees van haar vingertoppen erachter bleef haken.

Die avond zat ze met twee vriendinnen in een café bij het Oosterpark. Ze had hen leren kennen in de tijd dat ze vliegtuigen schoonmaakte op Schiphol. De een was net gaan werken bij een krant, de ander studeerde aan een kunstacademie. Ze zaten aan een tafeltje bij het raam, dat omhooggeschoven was. Het was nog steeds warm. In het park werd gevoetbald door donkere jongens, die loom en behendig hun schijnbewegingen demonstreerden, hardlopers draafden er hun rondjes met steeds grotere zweetplekken in hun shirts, her en der zaten Turkse families in kringen onder een boom, achter kuierende wandelaars bleef sigarettenrook hangen in de zoele avondlucht.

Lin was ongedurig, ze moest zichzelf dwingen om te praten en was haast blij wanneer het geratel van een passerende tram het spreken even onmogelijk maakte. Ze wilde naar het park. Om het graf van de kat te zien onder de struiken. De plek trok haar, die ene plek waarvan niemand wist. En ze wilde er rondlopen, langzaam, loom.

Onderwijl dacht ze aan Marcus. Ze had hem twee jaar niet gezien en wist niet waar hij uithing. De laatste dagen was hij weer onophoudelijk in haar gedachten. Op straat herkende ze zijn schuwe gezicht in dat van anderen. Ze dacht aan de voettocht door Spanje, hun gelukkigste tijd, en herinnerde zich plekken waar ze geslapen hadden: bij een beek die in de donkere nacht met oplichtend schuim over de rotsen sprong, bij een vuur op een strand, onder een vijgenboom die met zijn takken als een tent van bladeren om hen heen stond. Slaapkop Marcus. Hij werd langzaam wakker en had er zo'n hekel aan om opgejut te worden. Nu, in het café, zag ze hem ineens weer naakt aan een boomtak hangen en zich optrekken aan zijn gespierde armen.

Om een uur of tien hield ze het niet meer uit. Maar door nu al weg te gaan zou ze de anderen teleurstellen. Achter in het café daalde ze langs een wenteltrap af in een lage ruimte met sigarettenautomaat, telefoon en opgestapelde kratten. Gretig nam ze de morsigheid in zich op. Het speet haar dat er geen nauwe gangen en uitgesleten traptreden waren die naar elders voerden, naar overwelfde kelders, een tuin in een andere tijd.

In het toilet waste ze haar kleverige handen. Ze wierp een blik op haar voeten die nu enigszins gezwollen door de bandjes van haar schoenen werden omkneld. Er zaten barstjes in het eelt van haar hielen, zag ze, en haar voorvoet vond ze, zoals altijd, te breed. Over de linnen broek was ze tevreden. Hij zat lekker en sloot goed om haar heupen, zodat ze er mooi in afgetekend stonden. Ze draaide haar bovenlijf om te zien (ze wist het al, ze had het al tien keer gezien) dat de stof mooi over haar billen viel. Aan het truitje ergerde ze zich. De kleur was goed, de knoopsluiting op haar schouder ook. Maar waarom had ze voor de zoveelste keer iets gekocht dat te krap zat? Haar schouders waren te breed. Het ergst vond ze het lichte puilen van haar ogen.

Zo stond ze zichzelf te keuren. Nukkig trok ze het truitje naar beneden over haar loom meebewegende borsten – die haar opeens te groot voorkwamen. Ze draaide om haar borsten van opzij te kunnen bekijken, prompt werden haar tepels stijf. Met afkeer bezag ze zichzelf in de spiegel en toch kon ze er niet aan ontkomen naar zichzelf te kijken.

'Een onnozel jong ding.'

Lin verstijfde en keek opzij. In de deuropening stond een man van een jaar of dertig. Hij glimlachte. Zijn overhemd stond halfopen, zijn mouwen had hij tot ver boven zijn ellebogen opgerold. Hij was bezweet, halfdronken, zo te zien. Hij had een goeie kop en hij wist het.

'Een onnozel jong ding.'

Hij zei het langzaam en uitdagend, maar niet onvriendelijk, en leunde met zijn schouder tegen de deurpost. Lin was als verlamd. Haar hart bonkte tegen haar ribben. De man bekeek haar met zijn helle lichtblauwe ogen, zoveel ouder dan zij dat hij meteen overwicht had. Hij trok een sigaret uit een pakje en stak op. Ze wilde iets terugzeggen, maar kreeg geen woord over haar lippen. Toen de stilte maar duurde, maakte de man zich los van de deurpost en liep weg, alsof andere zaken hem weer in beslag namen.

In het café zag ze hem niet. Terug bij haar vriendinnen en het tafeltje aan het raam wierp ze een blik op het terras, maar ook daar, in het donker onder slierten gekleurde lampen, was hij niet.

Tegen elven liep ze langs het park naar huis. Het was nauwelijks koeler geworden. Nog steeds hing de warmte in de straten. Omdat hij zo alomtegenwoordig was, op iedereen drukte, iedereen traag en ontspannen maakte, leek het of je met haast iedereen kon gaan praten en ook, zo kwam het haar voor, of je met haast iedereen kon gaan vrijen. Overal stonden ramen en deuren wijd open. Overal liep het lome vlees op straat.

Terwijl ze onder de bomen voortging, dacht ze aan de man met de hoog opgerolde hemdsmouwen, die haar een onnozel jong ding had genoemd. Het verwarde haar dat ze met hem had meegewild, ook al had hij haar gekwetst. Het stak haar wat hij gezegd had, het stak haar dieper dan ze zichzelf wilde bekennen. Nu pas werd ze kwaad en wist ze wat ze had moeten antwoorden: Toch sta je naar me te kijken, ouwe lul!

In een voorbijfietsende jongen herkende ze iets van Marcus. Meteen dacht ze hem bij zich. Hij droeg een broek die hij, met zijn riem op het laatste gaatje, had dichtgesnoerd om zijn puntige heupen – en nog keek je langs zijn platte buik naar binnen, naar waar donkere haren schemerden. Een T-shirt hing om zijn schouders. Ze verbeeldde zich dat haar arm om zijn middel lag, haar hand onder zijn shirt. Thuis gingen ze het doen. Ze stonden al gulzig te tongen terwijl hij de deur nog met zijn hak moest dichtduwen. Voor de wasbak, haar billen tegen de koele rand, op het aanrecht in de keuken, waar het naar afval rook, op de vloer – het maakte niet uit. Het ging maar door, zonder een woord, alleen dat gehijg en gesteun in een doodstil donker huis.

Nadat ze op de hoek nog had *omgekeken* – naar wie, in 's hemelsnaam, met welke verwachting? – sloeg ze een van die lange rechte negentiende-eeuwse straten in waar alle huizen hetzelfde zijn. Er stonden bomen en aan beide zijden glinsterde een rij geparkeerde auto's. Hier en daar zaten mannen op het trottoir bier te drinken, in plastic stoelen of op de traptreden van het portiek. Ergens werden lege bierflesjes in een krat gezet, het geluid ervan weerkaatste tegen de gevels. In de huizen zag ze mensen roerloos in fauteuils hangen, hun lichamen door verspringende tv-beelden verlicht.

Haar gevoel van haast met iedereen te kunnen vrijen werd wat minder toen ze een paar kerels met een pens en ander hangend vlees was gepasseerd. Maar onder het voortgaan zag ze, dichtbij en onbereikbaar, nog genoeg mooie, loom openliggende dijen met een bult ertussen, nog genoeg okselholtes die lokten, nog genoeg zachte ogen.

Aan het eind van de straat lag haar huis. Ze keek nog eenmaal om. Nadat ze de voordeur achter zich had gesloten, luisterde ze naar de stilte in het trappenhuis. Door de muren heen drongen er nauwelijks geluiden meer in door. Haar hart bonsde. Er kon boven nog iemand op haar staan wachten, een jongen, warm, bezweet en schuchter –

precies diegene aan wie ze nooit had durven denken. Ze luisterde een hele tijd.

Toen liet ze zich voorovervallen, zoals ze wel vaker deed, en ving haar vallend lichaam op door haar handen vlug op de zevende trap-trede te plaatsen. Ze steunde op haar armen en keek naar de loper, die vaag zichtbaar was. Ze legde haar lichaam op de treden en voelde ze in haar vlees drukken. Het maakte haar rustiger. Toen duwde ze zich weer omhoog, haar handen om de traptrede klemmend, en bleef zo staan. Diep snoof ze de vunzige lucht op die uit de loper kwam, ze spuwde, wreef het speeksel in de loper om die lucht sterker te maken. Het was een geur waar ze niet genoeg van kon krijgen.

# II

## BLIND DATE

De volgende dag verscheen hij in de Star Shop. Lin herkende hem meteen. Ze stond achter in de zaak. Schichtig keek ze naar Yvonne en Chadia, die zich bij de kassa ophielden en al pratend de klanten in de gaten hielden. De man liep vlak langs haar. Hij glimlachte naar haar en onwillekeurig beantwoordde ze die glimlach. Ze bloosde. Hij slenterde door de winkel en liet zijn hand her en der langs de jacks strijken. Ze zag nu dat hij stug blond haar had. Het zag er nogal woest uit, alsof hij zo uit de wind kwam. Lichtblauwe ogen, heel opvallend. Een sterke mond. Ze moest naar hem kijken. Hij keek nog eens naar haar, veegde het haar van zijn voorhoofd en ging naar buiten.

Een paar dagen later verscheen hij opnieuw. Yvonne was met een klant aan het afrekenen, Chadia hielp met inpakken. De man droeg een zwart colbert en een zonnebril, die hij afzette toen hij haar na een paar verkennende bewegingen langs de rekken vroeg hem te helpen. Ze hielp hem, maar bood het minimum: geen woord, geen gebaar meer dan noodzakelijk was, en verafschuwde zichzelf om haar verlegenheid. Hij paste enkele jacks. Hij was goedgebouwd, iets kleiner dan zijzelf, en stond stevig op zijn benen, die licht gekromd waren. Ze zag zijn schouders, zijn gespierde armen, waar hij ongetwijfeld mee werkte. Ze zag zichzelf met hem in de spiegel en merkte dat hij via de spiegel naar haar keek. Zijn oren stonden dicht op zijn schedel, hetgeen ze bij mannen altijd aantrekkelijk vond. Zijn stem had iets smeuïgs. Hij had zelfvertrouwen en wist hoe je met vrouwen moest omgaan.

Ten slotte kocht hij een zwart rundleren jack, hij hield het aan en liet haar zijn jasje in een plastic tas van de zaak stoppen. Lin durfde het jasje nauwelijks aan te raken, maar ze vouwde het voor hem op, met sierlijke gebaren zelfs, alsof ze indruk op hem wilde maken.

Toen ze om kwart over zes onder het halfgesloten rolluik door glipte, stond hij haar op te wachten. Het was niet mogelijk terug te gaan naar de winkel: achter haar gleed het rolluik naar beneden. Ze deed een paar schichtige stappen. Hij hield haar staande, glimlachte en zei een paar zinnen die ze, van schrik, niet verstond. In haar oren klonk een soort gedreun, het bonzen van haar bloed. Daarna gaf hij haar een donkerrode roos in een cellofaantje. Voordat ze het wist hield ze de roos in haar hand.

'Nou, bedankt.'

Hij keek haar aan. Aan zijn uitstraling kon ze zich niet onttrekken: ze werd in hem gezogen, zoals ze in de geur van leer werd gezogen. Hij vroeg of ze zaterdagavond met hem wilde uitgaan.

'Da's goed.'

Het leek of ze gehypnotiseerd was, of er een ander sprak dan zijzelf. Ze kon niet anders dan ja zeggen, alles goed vinden, en ondertussen probeerde ze met een geamuseerde glimlach, een ironische klank in elk woord dat ze sprak, afstand te scheppen.

Toen ze thuiskwam was ze misselijk. Ze liet de roos een tijd liggen, dacht erover om hem weg te gooien, maar zette hem ten slotte in een wijnfles, waarvan ze het etiket had losgeweekt.

De hele zaterdag was ze vastbesloten niet te gaan: er zat iets in deze man dat haar bang maakte en hij was te oud voor haar. In de winkel was het druk. Ze kwam thuis met loodzware benen en een tollend hoofd. Maar om zeven uur stond ze toch onder de douche.

Van haar gezicht maakte ze bijna een masker: haar huid met crème ingesmeerd en gepoederd zodat hij volkomen egaal leek, donkerrode lippen, haar ogen opgemaakt met blauw en zwart. Ze haatte zichzelf om wat ze deed, want ze gebruikte nooit make-up, afgezien van een enkele veeg lipstick. Het paste niet bij haar.

Ze trok een jurk aan waarin ze ouder leek, maar op de een of andere manier wist ze dat dat voor hem niet hoefde, dat ze voor hem niet ouder hoefde te lijken: hij viel op jong. Ze trok de jurk weer uit en koos voor een broek met hoge sluiting (een lekker gevoel om haar middel), een topje dat haar schouders en armen blootliet, een beproefd paar schoenen en een linnen jasje met driekwart mouwen, dat ze los over haar schouders legde – hetgeen haar aan haar moeder deed denken, omdat die gezegd zou hebben dat ze met twee van zulke blote armen wel een paar armbanden kon gebruiken, en die had ze niet, geen armbanden althans van de kwaliteit die vereist leek.

Ze zag er ten slotte niet onknap en zeker aandoenlijk uit met haar grote ogen, haar zwierig bedoelde jasje, haar stevige borsten die ze juist nu weer met een onmiskenbare verlegenheid droeg, het dikke glanzende haar dat ze had opgestoken, de hoge taille en dat waas van onzekerheid om zich heen. Maar zij had er geen idee van hoe ze eruitzag. Ze bevond zich in een wervelstorm van emoties.

Op het achterbalkon at ze een paar happen van een salade die ze in de koelkast had staan.

Alles leek afschuwelijk, volkomen onwezenlijk. Om acht uur besloot ze hem te laten barsten en belde een minder in trek zijnde vriendin om te vragen of ze mee uitging, maar ze legde de hoorn weer neer, om hem meteen weer op te nemen en met een woest op de druktoetsen stotende wijsvinger een taxi te bellen. Toen ze de trappen af liep, haar rechterhand als altijd glijdend langs het trektouw onder de leuning, toen ze buitenkwam in de voorjaarsavond en in het bomengeruis het geluid van een wachtende Mercedes hoorde, was alles nog even afschuwelijk en onwezenlijk, maar tegelijkertijd was er, daar doorheen brekend, een helder en vervoerend besef van het eenmalig nu: dat ze nu hier liep, en alleen nu, met deze geluiden van haar hakken, de motor van een Mercedes, ruisende iepen in de avondwind, schreeuwende kinderstemmen en een fiets die tegen het trottoir werd gesmakt.

In de taxi werd ze kalmer. Ze meende dat ze zichzelf weer in de hand had. Maar het was slechts het comfort van de Mercedes dat haar geruststelde: zwaar en solide gleed de wagen door de stad. Ik maak hem af, dacht ze opgewonden, ik maak hem af.

Om tien voor negen, twintig minuten te laat, kwam ze binnen in De Jaren, een grand café aan de Amstel. Hij zat aan de bar. Hij stond op met een glimlach en gaf haar een hand.

'Henri.'

Hij sprak de naam uit op zijn Hollands.

'Lin.'

Zijn ogen draaiden weg. Ze had meteen het gevoel dat dit niet zijn ware naam was, en het fascineerde haar dat hij loog over zijn naam. Zo'n man als hij kon onmogelijk Henri heten. Een ogenblik benam het haar de adem. Alles leek nu mogelijk.

Ze liep met hem mee. Bij de glazen wand in de achtergevel vonden ze een tafel. Terwijl de man die zich Henri noemde terugliep naar de bar – hij had kennelijk niet het geduld om op de bediening te wachten of wilde misschien nog even op zichzelf blijven – keek ze om zich heen. Ze was nog nooit in dit café geweest, hoe bekend het ook was. Het leek niet voor haar bestemd, zoals vele andere gelegenheden in de stad nog buiten haar bereik leken. Het was er druk. Het geroezemoes weerkaatste tegen de muren van de hoge zaal. Ze zag een leestafel. Een brede trap voerde naar een tussenverdieping met een restaurant. Aan de achterzijde lag een terras aan het water. Boven de huizen en gebouwen aan de overkant van de rivier stond een rode avondlucht.

Vlug stak ze nu toch haar armen door de mouwen van haar jasje, zodat ze er niet de hele tijd op hoefde te letten of het wel om haar schouders bleef liggen. Een ogenblik later had ze er al spijt van, maar het was belachelijk het nu weer uit te trekken, en ze had ook geen tijd om erbij stil te staan. Het wond haar op wat er zoëven gebeurd was. Ik zit hier met een man die liegt over zijn naam, dacht ze, en ik ga niet weg.

Ze repeteerde de openingszin die haar gister was ingevallen en haar zó goed had geleken, zozeer de enig mogelijke zin om mee te beginnen, dat ze een klap op tafel had gegeven. Als een boemerang zou het naar hem terugkeren wat hij tegen haar had gezegd! Ze wachtte en zette zich schrap. Maar toen ze hem vanuit haar ooghoeken zag terugkomen, twee glazen bier in één hand, pakte ze nerveus de menukaart en begon zich koelte toe te wuiven.

'Warm is het,' zei ze.

'Lekker toch?'

Hij keek haar niet aan. Hij droeg het zwarte colbert dat ze al eens eerder had gezien, een hel lichtblauw T-shirt en een zwarte leren broek; zijn voeten staken in Spaanse laarzen. Ze zwegen. Er hing iets in de lucht. Nu moest ze ermee komen, nu moest ze het hem met achteloze vrolijkheid in zijn gezicht smijten, nu moest ze zeggen: Daar zit je dan met zo'n onnozel jong ding! Maar ze kreeg het niet over haar lippen.

Henri zweeg. Het leer van zijn broek kraakte. Hij bleef zwijgen. Het was of hij wist wat ze zeggen wou, alsof hij het zelf ook bedacht had, en nu zweeg hij, plette haar onder de druk van zijn zwijgen en pas toen hij voelde dat hij haar getemd had, begon hij te praten.

Hij nam haar mee naar een Spaans restaurant in de oude binnenstad, ergens in de hoerenbuurt. Het lag aan een steeg, achter een beslagen etalageruit. Het was klein, vol en lawaaiig. De stemmen van de obers klonken droog en hard, als castagnetten. De meeste gasten zaten aan lange tafels. Henri had een kleine tafel gereserveerd. De ober – die het bordje 'gereserveerd' haast wegrukte – herkende hem en gaf hem een hand. Henri bestelde *tapas*, een fles rode wijn en scheen zich enigszins te ontspannen – vooral het herkend worden door de ober en diens begroeting maakten hem minder strak.

Lin zat rechtop, zoals haar geleerd was. Rechtop kind, had haar moeder tot vervelens toe gezegd, dat geeft al een heel ander gevoel. Al gauw trok ze haar jasje uit en hing het achter zich over de stoelleuning. Met deze ontbloting, zo voelde ze, won ze weer enig terrein.

'Hier is het nog warmer,' zei hij.

'Nog warmer, ja.'

Lin lachte.

'Droge warmte,' zei ze, om een gesprek op te zetten, 'dat vind ik het lekkerst.'

'Droge warmte.'

'Ik heb eens een tijd in Spanje rondgetrokken. Als je daar na de siësta buitenkwam, aan het eind van de middag, was het of je in een nagloeiende oven stapte. Lekker vond ik dat, zo'n warmte die helemaal om je heen is.'

'Dat vond je lekker.'

'Ja.'

Ze bloosde. Zonder het te willen was ze dicht bij haar dierbaarste herinneringen aan Marcus gekomen. Drie maanden waren ze door Spanje getrokken, met weinig geld, en ze hadden veelal buiten geslapen. 'Buitenkomen' na de siësta had ze nauwelijks gedaan: meestal was ze al buiten. Ze was mager geworden, verwilderd en ze had zich ruim gevoeld, zonder zorgen. Na drie jaar kon ze zich deze tocht nog van dag tot dag herinneren. Ze bloosde, alsof ze haar herinneringen al aan deze man had prijsgegeven, alsof ze verraad pleegde. Zacht beet de blos in de randen van haar oorschelpen.

'Was je daar alleen?'

'Met een vriend.'

'Je eerste vriendje.'

'Ja...'

Met tegenzin, maar toch gedwee, beantwoordde ze zijn vragen en onderwijl werd haar blozen almaar heviger. Ze voelde zich vernederd. Waarom zijn vragen niet ontweken, waarom niet gelogen? Maar dat kon ze niet. Ze moest hem naar waarheid antwoorden. Ze voelde ook een overstelpend verlangen om dat te doen, om hem alles over zichzelf te vertellen, om eindelijk iemand alles te vertellen. Ondertussen besefte ze maar al te goed dat ze met open ogen in de val liep, dat ze het niet moest doen.

'Lang geleden?'

'Ja.'

'Dan ben je d'r al jong op uit getrokken.'

Ze zweeg en keek naar haar bord.

Elk woord, elk gebaar van Henri maakte indruk op haar: hoe hij met de ober sprak en bestelde, wat hij over dit restaurant vertelde en wat over een ander, dat ze ook niet kende, dat hij olijfolie op zijn brood druppelde, hoe hij zijn servet langs zijn lippen haalde en het in een prop op tafel wierp – hetgeen precies het juiste gebaar leek. Zijn lichaam imponeerde haar nog meer. Hoe zich onder het lichtblauwe T-shirt een borst welfde die niet die van een jongen was maar van een man. Zijn mooie kop, het volgroeide van zijn gezicht, en de oren die dicht tegen zijn schedel stonden en steeds haar aandacht trokken. Zijn brede, sterke nagels. Zijn handen – handen waarmee gewerkt werd.

Maar halfbewust onderging ze al deze indrukken, die haar zozeer bezighielden dat ze het moeilijk vond om iets te zeggen. Toen ze haar ogen weer opsloeg, zag ze dat Henri, die een paar gemarineerde inktvisringen in zijn mond liet verdwijnen, over haar schouder keek naar iemand die achter haar zat.

'Ken je daar iemand?' vroeg ze.

'Hè?'

'Of je daar iemand kent.'

'Een vrouw. Ooit ergens meegemaakt.'

'Moet je niet even zwaaien?'

Henri keek haar aan, tartend, met zijn lichtblauwe ogen. Het was een kouder lichtblauw dan dat van zijn shirt. Ze was haast bang voor zijn ogen, door die kleur, en moest er toch naar kijken, zoals ze ook steeds de stulpingen van zijn oren zocht. Henri liet haar ogen los.

'Droge warmte had je het over.'

Hij schonk haar wijnglas vol, zonder te vragen.

'O ja.'

'Ik geloof dat ik meer van vochtige warmte hou,' zei hij, en ze wist niet of ze hem moest geloven. 'Dat je goed gaat zweten.'

'Jij houdt van zweten.'

'Op zijn tijd.'

Zijn gezicht bleef strak. Lin stelde zich een zweetplek voor in zijn shirt, een V-vormige donkere plek bij zijn hals. Het stoorde haar dat die voorstelling meteen bij haar opkwam.

'Als je zo lang in Spanje bent geweest, heb je natuurlijk ook een stierengevecht gezien.'

Ze knikte.

'Erg wreed zeker.'

Ze begon het nu aan zijn stem te horen – dat zuigen.

'Ik herinner me er niet veel meer van.'

Ze zweeg.

'Helemaal niks?'

'Ik herinner me een stierenvechter die ik erg mooi vond. Hij was al wat ouder, niet zo'n slungel, maar ergens in de dertig, ervaren. Aan het eind van een serie bewegingen met de stier liet hij zich met een sprong op één knie vallen, terwijl de stier rakelings langs hem denderde, en daarna met een sprong op zijn andere knie. Toen hij zijn ereronde liep, met een oor van de stier in zijn hand, had hij op zijn broekspijpen, bij zijn knieën, twee vuile gele plekken, van het zand. Daar viel ik op.'

'Dat vond je wel stoer.'

'Meer dan stoer.'

'Meer dan stoer zelfs.'

Ze leunde achterover, met bonzend hart. Had ze weer eens te veel verteld, te veel laten zien? Maar een blik op zijn gezicht leerde haar dat ze hem geraakt had, dat hij zichzelf onwillekeurig vergeleek met de meer dan stoere man over wie ze hem net had verteld.

'Maar wat doe jij eigenlijk,' zei ze. 'Daar heb ik nog helemaal niet naar gevraagd.'

'Wat ik doe?'

'Voor de kost.'

'Ik werk op de Noordzee, op een booreiland.'

Op televisie had ze er onlangs nog een gezien, vanuit een helikopter: het was rood en geel geschilderd, de roest droop overal van de stalen flanken, een schuimende zee rees en daalde tussen de poten.

'En wat doe je daar voor werk?'

'Lasser.'

'Lasser?'

'Ja. Is je wijn goed? Nemen we nog een fles?'

Het hoofdgerecht werd zonder pardon voor hen neergezet, alle voorwerpen op tafel werden door de handen van de ober razendsnel herschikt, er werd een nieuwe fles wijn gebracht.

Lin genoot van het gestoofde lamsvlees dat Henri haar had aangeraden en dat hij zelf ook had genomen. Door het stevige, warme voedsel werd ze rustiger. Het gesprek verliep moeizaam, alsof ze het meeste van wat ze wilden zeggen voor zich hielden. Van tijd tot tijd voelde ze hoe Henri haar bekeek, haar schouders, haar borsten. Nog nooit had ze zo sterk iemands ogen op zich voelen rusten. Ze zag hem op een botstuk kluiven. Tersluiks volgde ze wat er gebeurde tussen zijn lippen.

In het gedrang op de Wallen gaf ze Henri, die zijn handen in zijn zakken had gestoken, een arm. Bedeesd lag haar hand om zijn elleboog en soms, als ze hem kwijt dreigde te raken, omklemde ze even zijn bovenarm. Door de stof van zijn colbert heen voelde ze zijn spieren, het bot van zijn elleboog, en er was geen ogenblik dat ze zich daar niet van bewust was. Nu ze vlak naast hem liep, viel haar weer op dat hij kleiner was dan zij. Het scheelde hooguit vijf centimeter. Toch was er die gewaarwording van langer zijn.

Haar jasje hing los om haar schouders, zwierig, precies zoals ze zich dat had voorgesteld. Maar ze had geen rekening gehouden met de menigte die hier 's avonds de stegen en smalle kades van de grachten vult en langs de hoeren schuifelt. Steeds schampte ze met haar schouder langs een voorbijganger, zodat het jasje van haar afgleed en ze het met haar vrije hand omhoog moest trekken. Het was lastig. Maar ze wilde niet stilstaan om het aan te trekken, want dan zou ze hem moeten loslaten en opnieuw al haar moed verzamelen om hem een arm te geven. Aan zijn arm voelde ze zich veilig.

In een steeg, vlak voordat ze uit het gedrang raakten, zag ze een tiental meters voor zich een hoofd opduiken dat haar bekend voorkwam, een haardos, een oor, de zijkant van een gezicht. Ze schrok hevig en was er een ogenblik van overtuigd dat het Marcus was, zozeer drong de gelijkenis zich aan haar op. Ze herademde toen ze zag dat hij het niet was. Het was niet ondenkbaar dat hij hier rondzwierf, jachtig op zoek naar geld en dope. Misschien liep hij al als een junk, met van die kleine rukkerige pasjes.

Tegen middernacht stonden ze op de dansvloer. Henri danste zowel onbeholpen als gedreven. Echt een man, vond ze, zoals hij danste. Hij leek in niets op die geroutineerde, haast professionele uitgaanstypes die zich alle bewegingen hebben aangeleerd die er 'goed uitzien' en dus precies de bewegingen maken die bijna iedereen maakt. Henri had een beperkt maar geheel eigen repertoire en hij had seks – hetgeen door het onbeholpene van zijn bewegingen alleen maar des te duidelijker was. Zijn gezicht glansde weldra van het zweet, de strakke uitdrukking week nu en dan voor een grijns. Zodra hij dicht bij haar kwam, schoot er vanuit haar stuitje een rilling omhoog langs haar ruggengraat en wilde ze zijn arm om zich heen.

Lin danste ingehouden. Als een prinses, dacht ze zelf vol afschuw – omdat iemand dat eens tegen haar gezegd had en omdat ze nog steeds niet wist hoe dat op te vatten. De uitdrukking streelde haar ijdelheid, maar het klonk niet goed: dansen als een prinses. Als een doorn zat die opmerking in haar vlees, en zodra ze danste begon hij te steken.

Op weg naar de bar greep Henri haar stevig bij haar bovenarm om haar te leiden, haast vaderlijk. Het maakte haar week en ze wilde niets liever dan dat hij haar zo vasthield, bijna pijnlijk stevig, zodat ze de toppen van zijn vingers voelde in haar vlees.

Henri kwam bekenden tegen. Tweemaal hoorde ze anderen duidelijk zijn naam uitspreken. Het bracht haar aan het twijfelen. Waarom had ze het gevoel gehad dat hij loog over zijn naam? Welke reden kon hij hebben om haar zijn werkelijke naam niet te noemen? Of wilde ze misschien niet weten hoe hij heette, prikkelde het haar verbeelding om uit te gaan met iemand wiens naam ze niet kende? Ze probeerde zichzelf ervan te doordringen dat hij gewoon Henri heette. Maar hij bleef een man zonder naam.

Bij de bar liet ze zich tegen hem aan dringen en raakte hem, als per ongeluk, met haar borsten. Meteen gleed zijn hand om haar middel, hij hield haar tegen zich aan, speels, alsof hij haar gevangen had, en glimlachte. Voor het eerst was ze niet bang voor hem. Hij kuste haar op haar gloeiende wang en riep, met zijn lippen bij haar oor, dat ze er 'geweldig' uitzag. Ten antwoord schoof ze haar hand onder zijn colbert en greep het bezwete shirt op zijn rug vast, eronder lag de gleuf van zijn ruggengraat met strakke spieren, sterk. Even stonden ze tegen elkaar aan. Haar lippen zwollen.

Later verbaasde het haar dat ze hem toen niet geroken had. Het gebeurde pas toen ze op weg waren naar de uitgang, in het gedrang bij de portier, waar de frisse nachtlucht naar binnen stroomde. Daar rook ze hem plotseling: een prikkelende en licht bittere geur, als van verkoold hout. Het was een geur waar ze in gezogen werd.

Het liep tegen tweeën toen ze buitenkwamen. Henri vroeg of ze nog zin had. Ja, ze had nog zin.

Ze liepen naar zijn auto, die in de buurt geparkeerd stond – hij had kennelijk met het nodige rekening gehouden. Het was een tweedehands wagen met een deuk in het portier van de bestuurder. Op de achterbank lagen gereedschap en een overall. Om bij te komen reden ze een eind door de stad, de raampjes opengedraaid, rokend, de radio stond aan. De koele lucht deed hun goed. Buiten het centrum begon het al een nachtelijke stad te worden met weinig verkeer, stille straten, lege trottoirs. Eerst vond ze het plezierig om rustig door allerlei buurten te rijden, maar geleidelijk aan werd ze toch weer bang voor hem.

In de Sarphatistraat, niet ver van haar huis, parkeerde hij zijn wagen onder een boom en zette de motor af. Het vuilgele licht van de lampen boven de trambaan viel in de auto, die beschaduwd werd door de bladeren van de boom. Het was gaan waaien. De schaduwen van de bladeren bewogen op de motorkap, de boom ruiste licht. Henri leunde met zijn schouder tegen het portier en rookte. Lin keek recht voor zich uit.

'Daar hou ik nou van,' zei hij, 'mijn wagen ergens parkeren, rustig zitten en kijken wat er langskomt.'

'Er komt anders niet veel meer langs!'

Ze begon te lachen, krampachtig, onstuitbaar, en het scheelde niet veel of ze had de slappe lach gekregen. Henri wachtte tot ze klaar was.

'Nee,' zei hij toen, 'het is rustig. Maar nu heb ik jou om naar te kijken.'

Hij draaide zich naar haar toe en keek haar aan, hij bekeek haar precies zoals hij dat die avond in het café bij het Oosterpark had gedaan. Lin voelde dezelfde verlamming over zich komen als toen. Ze probeerde hem aan te kijken, maar ze kon niet tegen hem op.

'Je lippen lijken een beetje op die van, hoe heet ze, Liv Ullmann.'

'O ja?'

Ze vond dat ze er niet op leken, op die volle Zweedse lippen, maar ze durfde hem niet tegen te spreken en wilde zich ook niet blootgeven – het was immers niets dan spot.

'Die ken je dus,' constateerde Henri.

'Ik bekijk ook weleens een oude film.'

Hij pakte een van haar handen. 'En je hebt mooie handen.'

'Ze zijn te breed.'

'Ze zijn breed, maar dat is nu juist het mooie eraan.' Hij volgde met zijn blik de nachtbus die langskwam. 'Heb je nooit iemand gehad die je zei wat er mooi aan je is?'

'Jawel hoor.'

Henri glimlachte. 'Ik denk het niet.'

'Nou dan niet.'

Ze probeerde haar hand uit de zijne te trekken, maar hij hield hem stevig vast.

'En je hebt mooie grote ogen.'

'Ze puilen een beetje.'

'O, noem je dat puilen, dat bolle. Maar dat is nu juist het mooie van je ogen. Lieve ogen heb je.'

Aan zijn stem viel niet te horen of hij het meende dan wel de spot met haar dreef. Lin kon haar tranen nauwelijks meer bedwingen. Hoe ze zich ook inspande, ze kon haar timiditeit niet overwinnen, en naarmate die langer duurde leek hij haar steeds dieper neer te drukken. Nog steeds hield Henri haar hand vast, zonder hem te strelen, alleen maar om hem in bezit te houden. Ten slotte vroeg ze om een sigaret. Hij liet haar los.

Terwijl ze de sigaret in de vlam van zijn benzineaansteker hield, dacht ze: Ik ga het afmaken, ik bedank hem en stap uit, ik ben vlak bij huis. Maar ze deed het niet, en even later was het moment voorbij. Henri startte de motor, zonder iets te vragen, en reed weg.

# III

## EEN IJZEREN BED

Hij reed naar De Pijp en daar door zo ongeveer alle straten van de buurt om een parkeerplaats te vinden. Het was na drieën. De cafés waren dicht. Ergens op een tweede verdieping was achter beslagen ramen nog een feest gaande in rood en blauw licht. Her en der liepen mensen naar huis. Een buurtbewoner stond in kamerjas op het trottoir en keek geeuwend naar iets dat zij niet kon zien: waarschijnlijk zijn hond die tussen de auto's op zijn achterpoten zat en zich kromde. Tussen fietsen die met hun voorwiel in een rek stonden zag ze een jongen hurken, bijna onzichtbaar, bezig een slot open te breken. Het licht van straatlantaarns gleed over de auto. Ze reden door de ene straat na de andere. Henri zei niets en ook zij zweeg. Ze wilde een ander zijn.

Nadat Henri eindelijk geparkeerd had, leunde hij met zijn onderarmen op het stuur, slaakte een zucht en glimlachte naar haar. Het zoeken had hem veel geduld gekost. Ze wilde de haren op zijn achterhoofd strelen, maar durfde niet. Nadat ze was uitgestapt, knalde ze het portier met haar hak achter zich dicht. Een ogenblik later stond Henri naast haar. Hij omklemde haar bovenarm, opende het portier en legde haar hand op de kruk.

'En nou gewoon effe zachies dichtdoen.'

Ze deed het. 'Zo goed?'

'Je bent een flinke meid.'

Henri legde een arm om haar middel en leidde haar door de straten. Een gevoel van gedesoriënteerd zijn kwam over haar en hield haar onophoudelijk bezig: ze herkende niets en waande zich in een buurt waar ze onmogelijk kon zijn. De straatnamen zeiden haar niets. Ze zocht de maan, die ze zoëven nog had gezien, en vond hem niet. Er doemden twee benzinepompen op en ze probeerde die in haar geheugen te prenten. Ten slotte richtte ze zich op het geluid van haar hakken, weerkaatsend tegen de gevels van de huizen, die harde en naar het leek zo besliste tikken.

Het gebeurt, dacht ze, nu gebeurt het.

De benedendeur van zijn huis was aan de onderzijde verveloos, kennelijk werd ertegen getrapt als hij klemde. Een van de matglazen ruitjes was gebroken. De trappen waren steil, de portalen nauw. Op de bovenste verdieping opende Henri in het donker de drie sloten van zijn voordeur, die aan de binnenzijde met een ijzeren plaat was versterkt.

In de voorkamer kon ze door een kier tussen de gordijnen de straat zien, de daken van auto's. De gordijnen bewogen in de tocht-stroom die door de open schuiframen naar binnen vloeide. Er was net genoeg licht om dingen te kunnen onderscheiden. In de hoek bij het verste raam stond een ijzeren bed met spijlen, een kamerscherm tussen bed en raam, boven het bed hing een schilderij. Er stond een racefiets op zijn kop. Her en der op de vloer lagen zijn kleren. Had hij daar werkelijk niet aan gedacht?

'Deze kant op.'

Henri duwde haar door twee schuifdeuren de achterkamer in, die aanzienlijk groter was dan de voorkamer. Er gloeide licht op in enke-le lampen. Het plafond met stucwerk bleef in de schemer. Op de hou-ten vloer lag een berbertapijt. Aan de muren hingen, tegenover el-kaar, twee manshoge spiegels met vergulde lijsten. Er stond een zwartleren bankstel met twee fauteuils, strak. Achter in het vertrek twee ramen die uitzagen op donkere binnentuinen. Boven de huizen vond ze de maan terug in een wak van ijzig licht.

'Dit is waar ik woon,' verklaarde Henri. 'En dan heb ik nog het achterhuis.'

Hij wees naar een gangetje dat eindigde bij enkele traptreden. Ze zag iets van een keuken. Daarachter moest ook de badkamer zijn. Op de eettafel bij het raam stak hij de kaarsen van een kandelaar aan en schoof de gordijnen dicht. De tafel was bezaaid met antieke tegels en stukken aardewerk, soms in scherven, soms gelijmd.

'Wat is dat,' vroeg ze met dunne stem. 'Verzamel je dat?'

'Dat komt allemaal uit kelders en afvalputten in de binnenstad. Het meeste is zeventiende-eeuws, maar sommige dingen zijn nog ouder. Ik handel er een beetje in.'

'Graaf je het zelf op?'

'Ik koop het van de opgravers. Kijk, dit is een vruchtbaarheidssymbool.'

Hij pakte een tegel waarop in gele glazuur een opengebarsten granaatappel was geschilderd en legde hem in haar handen. Of ze zoiets weleens gezien had. Nee, zoiets had ze nooit eerder gezien. Ze kreeg de indruk dat ze hem erom moest bewonderen dat hij haar dit liet zien. Terwijl ze de granaatappel bekeek, verwachtte ze zijn armen om zich heen. Maar hij deed niets. Secondelang keek ze hem als gehypnotiseerd aan.

Henri verdween in het achterhuis.

Ze zat op de rand van de bank en voelde de koelte van het leer onder haar dijen. Haar jasje had ze uitgetrokken. Ze liet zich achteroverzakken in de kussens, maar kwam meteen weer overeind en zat rechtop. Ze wachtte en voelde dat ze het punt naderde waarop haar hoog opgevoerde verwachting kon omslaan in een tomeloze neerslachtigheid. Toen hoorde ze hem komen en ze hoorde dat hij op blote voeten liep.

Henri schonk whisky in kolossale glazen en kwam naast haar zitten in zijn lichtblauwe shirt. Ze vond hem heel mooi. Zodra ze naar hem keek, voelde ze zijn kracht, een felle dierlijkheid die haar in bezit nam en waar ze alleen maar aan kon ontkomen door haar ogen af te wenden. Henri zei niet veel. Lin durfde nauwelijks naar zijn blote voeten te kijken, bang dat die voeten haar vreselijke dingen zouden onthullen.

Ze kletste erop los, steeds op de rand van de bank, rechtop. Henri leunde achterover, zijn armen wijd uiteen op de rugleuning en keek naar haar. Ze werd steeds schichtiger. Waarom deed hij niets? Verveelde ze hem? Moest ze ophouden met praten? Moest ze achteroverleunen met haar prammen flink omhoog? Ten slotte stond ze op.

'Wil je nou met me vrijen of niet?'

Henri kwam overeind en nam glimlachend het glas uit haar hand.

'Kleed je maar uit.'

Ze liep naar de donkere voorkamer. Henri deed het licht uit en volgde haar met de kandelaar, die hij naast het bed op de vloer zette. Er vielen lange en bewegende schaduwen op de muren en het plafond. Hij maakte geen aanstalten haar aan te raken.

'Vind je me soms niet mooi?'

Henri zweeg.

'Je vindt me mooi.'

'Kleed je maar uit, schat.'

Ze keek naar zijn voeten op de kelims die de plankenvloer bedekten. Het waren geen gekromde en behaarde voeten, zoals ze gevreesd had, er zaten geen knobbels op, de tenen waren niet uitzonderlijk lang – het waren mooie mannelijke voeten, die ze had willen kussen, zoals ze zijn hele lijf had willen kussen als ze maar niet zo bang voor hem was geweest.

'Kleed je maar uit.'

Maar ze durfde zich niet uit te kleden. Met Marcus en een paar andere minnaars had ze er nooit over hoeven nadenken wat te doen als ze wilde vrijen, maar met deze man wist ze het niet. Het leek of ze vergeten was hoe het in zijn werk ging, of ze geen enkele ervaring had, nog nooit met iemand was meegegaan, of het de eerste keer was.

Ze zag Henri zijn shirt over zijn hoofd trekken en op de vloer gooien. Zijn borst was licht behaard, zijn schouders waren prachtig gewelfd, zijn okselholtes donkere spelonken. Door de kaarsen op de vloer werd zijn torso effectvol van onderen verlicht. Lin keek weg, ze kon het niet aanzien, zozeer verlangde ze ernaar zijn huid te voelen en het was of ze hem al voelde onder haar popelende vingertoppen. Ze hoorde hoe hij zijn riem losmaakte en de leren broek van zijn benen stroopte, en toen keek ze naar hem. Zijn geslacht was lang en slank, en zo half opgericht deed het haar denken aan een paardenhals, of iets anders gebogens van een paard, ze wist het zo gauw niet.

Opeens kleedde zij zich uit. Zich vooroverbuigend maakte ze de hielbandjes van haar schoenen los, tegelijkertijd met haar vrije hand haar haren, die langs haar hoofd vielen. Met twee snelle bewegingen, een omhoog, een omlaag, wierp ze haar kleren van zich af. Haar hart bonsde. Ze voelde hoe warm ze was, het was of een golf van warmte langs haar lichaam omhoogkwam en haar in het gezicht sloeg – ze rook haar eigen lust.

Ze ging op bed liggen, op de ene helft.

Henri strekte zich naast haar uit.

Ze schokte toen hij haar buik aanraakte. Hij streelde haar. Ze had maar een vage voorstelling van wat er gebeurde, wat hij deed. Plotseling was hij boven haar, gleed hij in haar.

'Niet zo,' hijgde ze, het woord 'snel' vergetend, 'niet zo.'

Henri reageerde niet.

'Hé...' Ze wilde hem bij zijn naam noemen, maar ze durfde die niet meer uit te spreken, alsof het te intiem was. 'Hé luister.'

Henri ging zijn gang. Op het plafond bewoog zich een monsterlijke schaduw. Ze wrong met haar bekken, ze probeerde zich op te richten, maar werd neergedrukt. Ze lag stil. Toen ze hem aankeek, zag ze in zijn ogen iets oplichten – een sarrend lachje – en op hetzelfde ogenblik werd ze een ander. Chaos slokte haar op.

Met een zwaai wierp ze hem van zich af, en toen hij naast haar lag trapte ze hem met twee voeten van het bed. Henri viel met zijn rug op vijf brandende kaarsen en al vallend doofde hij ze, het vlees op zijn rug eraan verschroeiend. In het duister drong er niet veel meer tot haar door. Er was alleen nog maar een werveling van woede, dronkenschap, beelden van de avond, een smak tegen het kamerscherm dat omviel, Henri's lichaam, geschreeuw en klappen in haar gezicht die ze ergens ver weg nog voelde. Henri wrong zich weer tussen haar dijen, en terwijl ze lag te huilen en hij haar probeerde te sussen, neukte hij haar.

Ze sluimerde een tijd.

Ze werd wakker toen Henri haar naar de achterkamer droeg. Dit was heerlijk, zo opgenomen worden, maar toen ze besefte hoe heerlijk ze het vond, begon ze weer te huilen. Henri legde haar op de bank en schoof een handdoek onder haar, zodat ze het leer niet zou bevuilen.

'Ik moet nog een keer,' zei hij zacht en hijgend, 'ik kan er niks aan doen.'

Haar linkervoet stond op de berber, haar rechter hoger, op de bank. Haar hoofd gleed opzij en door haar tranen keek ze naar de contouren van een fauteuil en de onderzijde van een spiegel.

'Ik breng je naar huis,' zei Henri, 'ik moet morgen vroeg op voor een klus.'

Ze stond tegenover hem. Half versuft nam ze zijn geslacht even in haar hand, dat glibberding, en bevoelde het, alsof ze, voordat ze afscheid nam, wilde weten wat er zo diep in haar was geweest. Zonder een woord te zeggen kleedde ze zich aan en nog voordat hij gereed was liep ze de trappen af, klossend met haar hakken. Op straat haalde Henri haar in.

'Je bent een stuk,' zei hij, en legde een hand op haar billen.

Ze zei niets meer. In de auto draaide ze het portierraam open. Onder het rijden hoorde ze overal de vogels, het begon juist licht te worden. Ze liet zich afzetten bij het Oosterpark, want ze wilde niet dat hij wist waar ze woonde. Henri draaide zijn wagen op het kruispunt, met gierende banden, en reed weg zonder nog naar haar te kijken, gebogen over het stuur, alsof het plotseling was gaan stortregenen en hij de weg niet goed kon zien.

Ze sliep lang, onrustig, zwetend, en werd halverwege de middag wakker. Na een douche kroop ze weer in bed. Haar hoofd tolde. Van hetgeen haar overkomen was kon ze zich nog maar nauwelijks een beeld vormen: alles woelde nog in haar, niets leek een vaste gedaante te kunnen aannemen. Ze kreeg behoefte aan frisse lucht en zette de deuren naar het achterbalkon open, de schuifdeuren naar de voorkamer en aan de straatzijde schoof ze een raam omhoog. De buitenlucht stroomde nu door het huis.

In bed luisterde ze naar de geluiden van de straat: de stemmen van spelende kinderen, het gerinkel van een kettingslot dat om een fietsframe werd gelegd, het ruisen van de iepen en op de achtergrond het zachte en monotone dreunen van de autostroom in de Wibautstraat.

Uit de tuinen kwam het geluid van balkondeuren die open- en dicht-gingen. Op een balkon niet ver van het hare klonk van tijd tot tijd een donkere mannenstem, kortaf antwoordend op iets dat vanuit het huis tegen hem werd gezegd.

Geleidelijk aan begon ze zich de nacht te herinneren. Zoals ge-bruikelijk herinnerde ze zich eerst de dingen waar ze zich voor schaamde. Vlammen van schaamte sloegen langs haar lichaam om-hoog. Het hoogst laaiden ze op toen ze zich herinnerde hoe ze – ze wilde het niet weten en duwde het weg, maar niet snel genoeg om er toch een glimp van op te vangen – hoe ze was opgestaan van de bank en had gezegd: 'Wil je nou nog met me vrijen of niet?' Later zou ze erom lachen, maar vooralsnog was het alleen maar verschrik-kelijk. Om aan de kwelling van haar herinneringen te ontkomen fixeerde ze het plastic gordijn van de douchecabine en het plafond, dat in de loop van een eeuw zo vaak was gewit dat van de stucdeco-raties niets anders was overgebleven dan lompe, onherkenbare vor-men. Maar ook in dat verwoede staren wist de herinnering aan haar onnozelheid binnen te dringen. Kreunend verborg ze haar hoofd on-der haar kussen.

Op de schaamte volgden vrolijkheid en trots. Ze was nog nooit zo-maar met een kerel meegegaan, maar nu had ze het gedaan. Zulke dingen moesten gebeuren. Daar werd je groot van. Dit had ze ook weer overleefd. Maar toen ze plotseling de zachte voorjaarslucht langs haar naakte lichaam voelde stromen, kwamen de tranen, overvloedig.

Uit haar droefheid en vermoeidheid ontstond een dikke lome lust. Ze begon zichzelf te strelen en zag Henri's lichaam boven zich. Pas toen ze erin slaagde dit beeld te vervangen door dat van Marcus, haar schuwe lief, kon ze zich van haar lust ontdoen.

Om vier uur kwam het zondagse telefoontje van haar moeder. Terwijl ze met haar moeder sprak, keek ze naar haar lichaam en kon zichzelf er niet van weerhouden een hand tussen haar dijen te schui-ven en eraan te ruiken.

Urenlang wandelde ze door de stad om een steeds pijnlijker gevoel van gemis kwijt te raken, maar toen ze tegen zonsondergang in het

Oosterpark kwam hing het nog steeds in haar. Ze keek naar de hardlopers en de zweetplekken in hun shirts – altijd wilde ze weten waar ze zaten en was ze nieuwsgierig naar hun vorm. Ze keek naar de voetballers, naar de lucht boven de bomen, naar een zwanger meisje, en liep langs het café waar ze hem voor het eerst gezien had. Ze miste hem. Het was of hij in haar lichaam een afdruk had achtergelaten. Maar hoe kon ze iemand missen die haar slecht behandeld had?

Toen ze in de schemering die lange, rechte straat in liep, begon haar hart te bonzen.

Vlak bij huis gekomen zag ze hem zitten in zijn auto, half op de stoep geparkeerd, en aan een hoofdbeweging zag ze dat hij haar ook had opgemerkt. Ze versnelde en keek naar de grond. Ze hoorde het portier van zijn auto dichtslaan, ze zag hem vanuit haar ooghoeken naderbij komen, terwijl ze met bevende hand naar haar sleutels tastte. Als verlamd stond ze naar hem te kijken. Hij droeg dezelfde kleren als gister.

'Hé Lin.'

Ze zweeg en rook dat hij gedronken had.

'Ik heb het niet goed gedaan,' zei hij, 'ik ben niet aardig voor je geweest, zo'n mooie vrouw.'

Hij hield haar een bos donkerrode rozen voor; een wrange zoete geur steeg eruit op.

'Hier.'

'Ik neem niets meer van jou aan.'

'Je vindt me een klootzak en gelijk heb je. Maar neem dit.'

Ze schudde haar hoofd. Even raakte Henri met de stelen van de rozen haar arm aan, sarrend, zijn ogen lichtten op. Toen liep hij terug naar zijn auto, opende het portier en wierp de rozen op de achterbank. Lin zag het niet meer. Met bonzend hart stond ze achter de gesloten voordeur.

# IV

## OP DE CUYP

Toen Lin voor de tweede maal in Henri's huis kwam was het middag. Bij daglicht maakten de kamers een heel andere indruk. In haar herinnering leefde het beeld van nachtelijke vertrekken, nauwelijks verlicht, die voor haar geen duidelijke afmetingen hadden gekregen en veel leken te bevatten dat ze niet had kunnen zien. Ze was toen ook dronken geweest. Nu ze de kamers terugzag hadden ze hun betovering goeddeels verloren.

In de voorkamer zag ze het ijzeren bed terug met spijlen aan hoofd- en voeteneind en koperen bollen op de hoeken, waarin zich het hele vertrek weerspiegelde, de ruimte kromgetrokken. Het schilderij boven het bed: twee vissersboten op een strand. Het kamerscherm, de racefiets en de kelims op de vloer. Het waren onschuldige voorwerpen geworden. In de kamer achter de schuifdeuren viel het zonlicht in schuine banen naar binnen. Het was een licht en ruim vertrek dat haar nu bijna chic leek met zijn spiegels in vergulde lijst, het zwartleren bankstel, de tot op de vloer reikende gordijnen en buiten de kruin van een statige kastanje en een weidse wolkenlucht.

Toen ze de bank zag waarop ze gelegen had, bloosde ze.

'Ga zitten,' zei Henri.

Ze koos een stoel aan de eettafel bij het opengeschoven raam. Henri verdween naar het achterhuis. Ze hoorde hem heen en weer lopen in de keuken en volgde hem met haar oren. In de badkamer stond zijn wasmachine te draaien – o ja, hij was net twee weken op zee geweest. Er was geen geluid in huis dat haar ontging. Buiten ruisten de bladeren van de kastanje, een geruis dat aanzwol en weer afnam in de vlagerige wind. Op de achtergrond het geluid van de stad, een amorfe rumoerigheid met uitschieters van claxons, de rinkelende bel van een tram – en die middag was het een rumoerigheid die haar opwond, die woeling van de stad, waarin nu ook haar leven woelde en ze volop *bestond*.

Het was maandagmiddag.

Maar ze kon zich nauwelijks voorstellen dat het maandagmiddag was, de middag waarop ze gewoonlijk de stad in ging. Het is maandagmiddag, hield ze zichzelf voor en glimlachte. Maandagmiddag? Het leven leek een indeling in dagen te zijn ontstegen.

Henri kwam terug met koffie en gebak. Hij was aandoenlijk met zo'n dienblad in zijn handen.

Terwijl ze spraken bekroop Lin weer het gevoel dat ze zijn werkelijke naam niet kende. Ze had zijn naamplaatje naast de voordeur gezien. H. Kist stond erop. Maar ze geloofde nog steeds niet dat hij Henri heette. Nog steeds was ze ervan overtuigd dat hij zijn werkelijke naam niet had genoemd.

'Waarom lieg je over je naam?' vroeg ze.

Een paar dagen geleden had ze op een avond voor zijn deur gestaan. Eerst was ze naar de Amstel gelopen om de laatste bedrijvigheid bij het gebouw van de roeiclub gade te slaan, het droogwrijven van de boten, daarna was ze de rivier overgestoken en in De Pijp op zoek gegaan naar de straat waar hij woonde, voor de grap, omdat het idioot was dat ze niet eens wist waar het zich had afgespeeld, waar ze in het donker een vent van zich had afgeworpen op een kandelaar met brandende kaarsen – en opeens had ze voor zijn deur gestaan. Ze herkende de deur: de onderzijde kaal, van de drie matglazen ruitjes op de middenas was het onderste gebroken. In de deurpost zaten de schroefgaatjes van vele verwijderde naambordjes. Ze las drie naambordjes. Op het bovenste stond: H. Kist. Dat moest hem zijn. Hij woonde op de bovenste verdieping.

Zoëven was die deur voor de tweede maal voor haar opengeduwd. Henri had haar voor laten gaan. Op een van de onderste traptreden had ze een giro-envelop zien liggen en een brief, gericht aan Henk Kist. De naam was geschreven in een achteroverhellend handschrift, van een vrouw, zoals ze had vastgesteld. Achter haar rug had

Henri de post van de trap gegraaid. Ze had zijn nagels horen krassen over het hout.

Maar ook Henk Kist leek haar niet zijn werkelijke naam. Degene die tegenover haar zat – hij leek naamloos, hij was vreemder dan ooit enig mens haar was geweest. Maar daar ging ze aan voorbij. Ze beet zich vast in het verschil tussen Henk en Henri.

In de stilte die volgde op het centrifugeren van de wasmachine in de badkamer vroeg ze hem waarom hij loog over zijn naam.

'Liegen?'

Hij reageerde op dat woord – het ontging haar niet.

'Ja. Waarom lieg je over je naam?'

'Omdat ik zo van liegen houd. Nou goed?'

Hij glimlachte gemaakt, en een ogenblik later glimlachte zij ook gemaakt, in perfecte nabootsing, en zo keken ze elkaar aan.

'Goed dat ik het weet,' zei ze.

'Alsjeblieft, schat.'

'Goed ook van jou om te zeggen dat je zo van liegen houdt.'

'Hé, kom op, ik maak maar gekheid.'

Hij legde zijn hand op de hare. Ze trok hem weg.

'Ik zal het je eerlijk vertellen. Ik ben mezelf Henri gaan noemen toen ik zestien was, ik zat toen in Frankrijk. Alleen mijn familie noemt me nog Henk.'

Het was duidelijk dat hij er verder niets over wilde zeggen, noch over zijn familie noch over dat verblijf in Frankrijk op zijn zestiende. Ze zwegen. Om af te koelen ging ze naar de wc. In de badkamer werd ze verrast door de ruimte en door een platte koepel van plexiglas, waardoor het zonlicht overvloedig naar binnen stroomde. Een chic bad met ouderwetse kranen. Ze waste haar gezicht en droogde het af met wc-papier. Door een klein venster in de achtergevel – zo klein dat ze er haar hoofd maar ternauwernood door had kunnen steken – keek ze in de kruin van de kastanje, naar de zonnevlekken die op takken en bladeren trilden, naar een kleine vogel die pikkend met zijn snavel, in een spiralende beweging, omhoog hipte langs de dikke stam.

Met bonzend hart keerde ze terug naar de kamer. Henri zat aan tafel te roken en stond op, aarzelend, alsof hij verwachtte dat ze zou weggaan.

'Sorry,' zei ze, 'ik ben soms erg agressief.'

'Het begint op te vallen.'

'Sorry.'

Hij profiteerde onmiddellijk van haar deemoed en trok haar naar zich toe. Eerst legde hij zijn handen op haar heupen, vaderlijk, kalmerend, en toen ze hem liet begaan gleed zijn arm om haar middel en trok hij haar onderlijf tegen zich aan. Behoedzaam wrong ze zich los en al bijna los gaf ze hem, als om zich vrij te kopen, een snelle kus.

'Laten we naar buiten gaan,' zei ze.

Op straat verwelkomde ze de drukte. Het luchtte haar op niet langer met hem alleen te zijn.

Het was een mooie dag: warm en vol wind. Boven de huizen stond een blauwe lucht met wolken, grote gevaartes die over de stad dreven gevolgd door hun schaduwen. De wind voerde geuren aan van buiten de stad. Ze rook de polders, een wilde en venige geur, die het beeld van zwarte sloten opriep en haar aan haar kinderjaren op het Friese platteland deed denken. Toen ze als kind in de weilanden speelde, had ze het altijd een sensatie gevonden als de schaduw van een wolk over haar heen gleed.

Het leek een verstandig besluit om met hem naar buiten te gaan. Ze voelde zich rustiger.

Henri liep met zijn handen in zijn zakken. Lin had haar hand in de bocht van zijn linkerarm gelegd, al minder bedeesd dan de eerste keer. Ze waande zich volwassen, een vrouw van de wereld: gezellig met een vent over straat lopen, de minnaar van één nacht, zonder dat dat vooralsnog veel te betekenen had. Ze moest uitwijken voor kinderen die op het trottoir aan het spelen waren en elkaar achternazaten. Een paar waren zo door het dolle heen dat ze tegen hen opbotsten en zich tussen hun benen door wrongen, gierend van het lachen. 'Pardon hoor, meneer, mevrouw,' riepen ze uitsloverig, 'pardon hoor, pardon!' Ze werd opzij geduwd, maar hield Henri vast. Toen ze weer naast hem kwam, schoof ze haar arm dieper in de bocht van de zijne, terwijl ze over haar schouder de kinderen nakeek – enigszins gemaakt, dat voelde ze wel – die alweer nieuwe benen hadden gevonden om zich tussendoor te wringen.

Op de markt in de Albert Cuyp genoot ze van de menigte die zich tussen de kramen voortbewoog, het geroep van kooplui, de wind die de tentzeilen deed klapperen. Henri sprak niet veel en was een beetje verlegen met zo'n jonge meid aan zijn arm. Hij deed zijn inkopen altijd op de markt en bij de kramen waar hij kocht was hij een goede bekende. Hij mocht de nodige blikken en opmerkingen verwachten.

Terwijl ze op weg waren naar de viskramen en maar langzaam vorderden in het gedrang, voelde Lin zich haast gelukkig. Daar liep ze dan, aan de arm van een man, niet een jongen, een knul, een slungel, maar een man van tweeëndertig jaar. Ze had weleens gedacht dat ze eigenlijk een man wilde die wat ouder was dan zij. Tersluiks wierp ze blikken op Henri, van opzij, schuin van achteren, en ze vond hem mooi met zijn verwaaide haren, die plat tegen zijn hoofd gedrukte oren, die ze 'vechtersoortjes' noemde, zijn schouders die hoekig onder de stof van zijn overhemd stonden en zijn licht gekromde benen waarmee hij zo stevig op de grond stond. Zijn vreemdheid onderging ze niet langer als angstaanjagend maar als aantrekkelijk. Dat hij iets kleiner was dan zij vertederde haar buitensporig. Eenmaal werd ze nogal ruw tegen hem aan geduwd, maar hij week geen duimbreed. Ze herinnerde zich hoe er onlangs een hond tegen haar was opgebotst, ze had het aangenaam gevonden en zich nog lang nadien de stevigheid van zijn lichaam herinnerd.

In het gedrang voor de viskraam bleef ze Henri vasthouden. Hij kocht tong en nam er een dozijn oesters bij. Twee extra oesters werden er met een knipoog aan toegevoegd. Om te betalen trok hij een dubbelgevouwen stapel bankbiljetten uit de achterzak van zijn broek en duwde er met zijn duim een paar biljetten af. Lin zag die duim die soepel de bankbiljetten omhoogschoof. Toen ze uit het gedrang kwam zat het slijm van een vis op haar vingers: ze had een zalmforel opgetild om zijn stevige, buigzame lijf te voelen.

'Laat mij nu de groente kopen,' zei ze beslist, 'en de wijn.'

'Als je d'r op staat, goed,' zei Henri, 'maar ik pak je nog wel een keer terug.'

Hij zag dat die laatste woorden haar aan het schrikken maakten.

Van terzijde keek Henri naar haar, terwijl ze voor de groentekraam stond te wachten. Hij probeerde niet naar haar te kijken, temeer omdat ze zich van zijn blik bewust scheen te zijn, maar hij *moest* kijken. Steeds als hij zichzelf even vergat gleden zijn ogen naar dat hoofd. Soms ving hij een glimp op van haar rug, haar hoge taille, haar heupen.

Twee weken was ze niet uit zijn gedachten geweken. Zodra hij niet hoefde te werken, dook ze op. Het was duidelijk: hij moest haar terugzien, en met die gedachte was hij gister in Den Helder uit de helikopter gestapt. Nog maar nauwelijks aan de vaste wal was hij al op weg naar haar. Wanneer hij twee weken op zee was geweest wilde hij bij thuiskomst maar één ding: uitgaan, mensen zien en drinken. Maar gisteravond was hij thuisgebleven. Hij had haar gebeld, maar ze was er niet. Vanochtend had hij haar aan de lijn gekregen en onmiddellijk aan haar stem gehoord dat ze hem niet vergeten was. Ze was gezwicht toen hij zei dat hij voor haar wilde koken.

Henri glimlachte naar haar toen ze zijn blik ving. Hij stak een sigaret op en keek weg. Maar ook daarna nog dwaalden zijn ogen naar dat meisje in de menigte, alsof hij begrijpen wilde wat hij met haar te maken had.

# V

## OESTERS ETEN

Henri bezat een wijnkoeler, die op een standaard naast de eettafel werd gezet, een aardewerken schaal waarop hij de oesterschelpen legde met plukken zeewier en stukken citroen, twee damasten servetten, twee kristallen wijnglazen, een paar visborden, wat oud zilveren bestek – het kwam overal en nergens vandaan. Boven het fornuis hingen drie zwarte bakpannen, afkomstig uit de boedel van een failliet restaurant, net als de wijnkoeler. Van messen was hij goed voorzien, en ze waren scherp.

Midden in de keuken stond, vierkant en wel, een oud hakblok. Henri had het gekocht van zijn slager, die ermee ophield en al blij was dat iemand het loodzware ding wilde meenemen. Er was veertig jaar op gewerkt, de bovenzijde was hol geschuurd. Henri had het gekocht omdat hij het in al zijn plompheid zo'n mooi ding vond, stérk, omdat het handel was (hij kon het altijd doorverkopen) en omdat hij op weg was naar een nieuwe vrouw, zoals hij het noemde. Om de een of andere reden leek de aanschaf van dit hakblok de komst van een vrouw naderbij te brengen.

Het was een ware beproeving geweest om het ding hier te krijgen. Vier man waren er nodig om het te tillen. Hij had een busje gehuurd en drie vrienden opgetrommeld. Hij had het uit de slagerij gesleept en vervoerd, langs de voorgevel van zijn huis omhooggetakeld, door de kamers naar het achterhuis gesjouwd en ten slotte had hij nog de posten van de keukendeur eruit moeten slaan omdat dat verdomde ding net een paar centimeter te breed was. Toen het er eindelijk stond en hij alleen was, dronken, na middernacht, had hij dat gevoel gekregen: dat het hakblok iets te maken had met 'een nieuwe vrouw'.

In zijn eentje had hij het naar het midden, het exacte midden van de keuken geschoven en daar stond het nu in al zijn onverzettelijkheid, beladen met boodschappen.

Lin bewonderde het en liet haar hand over de welvingen van het gladde hout glijden.

'Beukenhout,' verklaarde Henri, 'dat is keihard. Allemaal blokjes beukenhout zijn het, de kopse kant boven. Het is net een dambord met dat licht en donker. Veertig jaar is elke dag na het werk het bloed en vet ervan afgeschuurd. Daar is het hol van geworden.'

Terwijl hij de oesters op de schaal legde, leunde Lin voorzichtig met haar billen tegen de rand van het hakblok, als om het te proberen. Het verschoof geen millimeter.

Aan tafel, bij het omhooggeschoven raam, keek ze naar Henri's handen. Hij had zijn linkerhand met een theedoek omwonden, in zijn rechter hield hij het oestermes. De punt van het mes gleed langs de rand van de grillig gevormde schelp, op zoek naar een zwakke plek waar hij kon binnendringen. Ergens stootte hij de punt van het mes naar binnen en begon dan behoedzaam te wrikken tot hij de schelp met een rondgaande beweging kon openen. Alles wat hij met zijn handen deed was aantrekkelijk voor haar, omdat het zo gemakkelijk en soepel ging, wat het ook was: autorijden, bankbiljetten van een stapeltje schuiven of oesters openen. Zo bang als ze was voor de aanblik van zijn krachtige voeten, zo graag keek ze naar zijn handen. Ze moest oppassen dat ze er niet in wegzonk, in dat kijken, en wierp daarom van tijd tot tijd een blik naar buiten. De wind was geluwd, en alleen de top van de kastanje ving nog het zonlicht.

Lin had niet eerder oesters gegeten, ze had ze zelfs nog nooit zo gezien als nu, in hun parelmoeren bedding, vochtig glanzend van het zeewater. Henri stak de ene na de andere schelp open en gaf ondertussen uitleg, dwingend – het was duidelijk dat ze geacht werd te luisteren. 'Kijk,' zei hij, en ze keek. 'Dan leg je die schelp zo,' zei hij. Dan leg je die schelp zo, herhaalde ze spottend en merkte dat hij dit bijna niet verdroeg.

Ten slotte stond er een schaal met veertien oesters. Onder het toeziend oog van Henri hief ze de grootste naar haar mond en legde de rand van de schelp op haar onderlip. Het zilte vocht en het weke vlees gleden naar binnen, ze beet en voor het eerst raakte haar mondholte bedwelmd door de vettige, wilde smaak van een oester. Ze verslikte zich haast, zoveel gebeurde er in haar mond. Toen sloot ze haar ogen en terwijl ze beet en proefde, zag ze zichzelf plotseling naakt langs een schuimende zee rennen, met naar voren gestrekte armen, wier in haar haren, achtervolgd door Henri, die kletsend zijn handen op haar heupen legde, haar omverwierp en met tong en lul in haar gleed.

Blozend keek ze Henri aan.

'Dat had ik nooit gedacht,' zei ze oprecht verbaasd, 'dat een oester zo'n sterke smaak zou hebben. Daar ben ik meteen aan verslaafd!'

Henri was trots. Hij veegde zijn oestermes zorgvuldig schoon aan de nat geworden theedoek.

Na een half dozijn oesters en een paar glazen wijn kon haar niets meer gebeuren. Een zacht genot vloeide door haar lichaam, ze voelde zich licht. In de kastanje zat een merel te zingen. Op de achtergrond klonk nog steeds het rumoerig woelen van de stad.

Na een stilte vroeg ze: 'Je zei dat je zestien was toen je jezelf Henri ging noemen. Hoe kwam je daarbij?'

Henri keek haar aan.

'Nieuwsgierige Aag!'

Hij stond op om te gaan koken en toen hij zag dat ze aangeslagen was, zei hij dat hij het haar nog weleens zou uitleggen. Aan die nieuwsgierigheid van vrouwen had hij een bloedhekel. Alles wilden ze van je weten, uitpluizen, ontrafelen, net zolang tot ze precies wisten hoe het zat. Zij was er ook zo een. Ze wilde weten hoe het met hem zat en ze zou niet rusten voordat ze het uit hem had getrokken, dat wist hij nu al zeker.

In de keuken gaf hij haar, om het nog erger te maken, een klap op haar kont.

'Kop op, Aagje.'

'Ik zou zo'n vraag gewoon beantwoorden!'

'Maar ik niet.'

'Daarom heb je mij nog niet nieuwsgierige Aag te noemen!'

'Maak je niet dik, schat.'

'Dik?'

Ze viel stil. Met een rood hoofd kwam ze op hem af en boorde zich zo ongeveer in zijn lichaam, haar armen om zijn middel slaand. Henri voelde haar hart bonken, een jong wild hart. Hij schoof een hand in haar broek en drukte haar tegen zich aan. Minutenlang stond ze roerloos, tot ze eindelijk begon te kalmeren.

'Ik ga koken,' zei Henri, 'en jij gaat doen wat ik zeg.'

'Ja,' zei ze zacht, 'ik ga alles doen wat jij zegt.'

Henri haalde de tongen uit het plastic en legde ze een voor een op zijn handpalm, ze aan de staart vasthoudend en omdraaiend. 'Zijn het geen prachtbeesten,' zei hij, en legde ze naast elkaar op het hakblok.

Lin hoefde niets anders te doen dan tafeldekken. In de keuken leunde ze tegen het hakblok. Henri had de aardappels en groenten opstaan, de oven aangestoken, twee bakpannen op het fornuis gezet en maakte nu de vis schoon op het hakblok en hakte daar ook de peterselie en andere kruiden. Hij was goed georganiseerd, zag ze. Het beviel haar dat het hakblok vierkant was en dat hij het in het midden van de keuken had gezet.

De tong werd opgediend in een schuim van boter en peterselie. Hij was zacht en smeuïg en zo smaakvol dat ze zich afvroeg wat hij ermee had gedaan. De salade was fris, de venkel gestoofd in witte wijn en boter, de saus likte ze van haar vingers, en de droge kruimige aardappels gleden heet door haar slokdarm, precies zoals ze het graag had – en om dit alles heen hing de geur van de wijn, sterk, fris en ook wat vettig, die ze steeds weer terugvond in haar glas. Het verbaasde haar dat Henri precies zo kookte als zij het lekker vond, die salade ook, wat daarin zat en wat hij erover had gesprenkeld, dat hij gek was op knoflook, net als zij, dat hij niet van ingewikkeld hield en al helemaal niet van weinig op je bord, dat hij smaken puur wilde houden en er liefst zo weinig mogelijk aan deed. Het had een geruststellende uitwerking op haar. Iemand die zo kookte kon niet onaardig zijn. Hij was nerveus, wilde de baas zijn.

Naast haar stond de kandelaar met de vijf kaarsen, aangestoken, ook al was het nog niet donker. Het was de kandelaar waar Henri bovenop gevallen was. Het maakte haar beschroomd om hem te zien, maar toch droeg hij nu bij aan de magie van de maaltijd, aan de roes waarin ze verkeerde en alles, goed en slecht, ook de herinnering aan die nacht, er mocht zijn.

Ze herinnerde zich vagelijk dat haar vader altijd zo precies was over de aardappels. Was dat iets van Friezen? Hij ging ze elk jaar zelf bij een boer kopen, twee jutezakken vol, precies die soort aardappels van precies die soort kleigrond daar en daar – dat waren de enige die hij wilde eten. Na het koken moesten ze droog en kruimig zijn en heet, zodat je ze in je slokdarm voelde en ze de maag verwarmden.

Terwijl dit haar bezighield vroeg Henri: 'En waar ben *jij* goed in?'

Ze keek op. Er was maar één antwoord mogelijk. 'Tafeltennis.'

Henri schoof een stukje vis in zijn mond en nam een slok wijn. 'Jij kan leuk pingpongen, bedoel je.'

Hij lachte.

Lin leunde achterover. 'Klopt,' zei ze. 'Ik ben juniorenkampioen van Nederland geweest, tweemaal, op mijn negentiende was ik Nederlands kampioen, in datzelfde jaar werd ik derde bij het Europees kampioenschap. Nog beter was ik toen ik vóór dat EK twee weken met Chinese speelsters trainde, acht uur per dag; dat waren namelijk de besten van de wereld.'

Eenmaal uitgesproken was ze haast buiten adem. Henri keek haar aan, zonder een spier te vertrekken. 'Ik kan me niet voorstellen,' zei hij, 'dat jij, zoals je er nu uitziet, achter zo'n tafel heen en weer staat te springen.'

'Dat doe ik ook niet meer.'

'Je bent gestopt.'

'Ja.'

Er viel een korte stilte.

'Maar toen ik nog speelde,' ging ze verder, 'was ik vijftien kilo lichter, ik droeg mijn haar kort en mijn gezicht zag er zó uit.' Ze trok het vlees van haar blozende wangen over haar jukbeenderen en duwde het naar binnen.

'Afgetraind,' zei Henri.

'Zo afgetraind als afgetraind maar kan zijn. Met van die diepliggende ogen. Een fel en hongerig beest had ik van mezelf gemaakt. Als ik foto's uit die tijd zie, schrik ik ervan.'

'Toch spijt?'

'Nee.'

'Wees dan maar blij met die vijftien kilo extra. Maar waarom gestopt?'

'Toen ik twintig was heb ik gebroken met mijn trainer. Acht jaar had ik met hem gewerkt, ik zag hem bijna elke dag. Janosz heet hij, het is een Hongaar. Toen ik die paar weken in China trainde liep ik een blessure op: een ontsteking in mijn voetzool, die ik niet goed verzorgde, misschien wel met opzet, en die vreselijk begon te zweren, ik kon er zelfs niet meer op lopen. Terwijl ik daarmee aan het tobben was, werd ik verliefd en heb ik besloten ermee te kappen. Ik wilde eindelijk een gewoon leven.'

Ze vertelde het op een bijna verontschuldigende toon.

'Hoe lang heb je gespeeld?'

Henri propte enkele slablaadjes, waaraan in gelige olijfolie pijnboompitten kleefden, in zijn mond. Het interesseerde hem niet bijzonder wat ze vertelde, vooral niet omdat ze toen zo mager was geweest. Magerte bij vrouwen boezemde hem afkeer in.

'Ik begon op mijn tiende,' antwoordde Lin. 'Ik ben begonnen toen ik in Amsterdam kwam, na de scheiding van mijn ouders, en ik raakte er bezeten van. Toen ik twaalf was, pikte Janosz mij eruit. Hij begon me elke dag onder handen te nemen.'

'Een beul.'

Het woord maakte haar aan het schrikken.

'Hij was hard,' beaamde ze, 'maar ook iemand met charme, heel intelligent.'

Ze begon te lachen.

'Ik hoor meteen zijn stem weer, met dat accent. Lien, jai gaat vandaag wiennen, dat ies main gevoel. Als jai doet wat iek zeg, hoef jai niet bang te zain voor die maid, jai gaat haar kapotmaken!'

Ze lachte, maar voelde de beklemming van die jaren terugkomen, en een ogenblik was er ook de geur van kleedkamers, het chaotische ritme van tikkende en tokkende balletjes, het piepen van sportschoenen op de vloer van de zaal. Het was haar nog steeds een raadsel dat ze in die wereld zo ver had kunnen komen. Ze had blindelings geopereerd. Tests hadden aangetoond dat haar reactievermogen abnormaal ontwikkeld was, haar lichaamsbouw was niet ideaal voor tafeltennis, maar dat wist ze te compenseren door techniek en inzicht, ze kon het spel van een tegenstander razendsnel analyseren, ze trainde harder dan haar leeftijdgenoten en ze speelde meedogenloos. Desondanks begreep ze niet hoe ze het zo ver had kunnen brengen. Na elke wedstrijd was ze weer even teruggetrokken en verlegen als daarvoor.

'Na die blessure hebben ze van alles gedaan om me terug te halen,' zei ze, niet zonder trots, 'de bond, mijn club, er was een nieuwe trainer voor me, er was geld. Maar ik ben ermee opgehouden en van al die mensen die ik toen kende, heb ik er nooit meer een teruggezien.'

'En die Hongaar?'

'Janosz ben ik nog één keer tegengekomen in de stad, op het Rokin. Ik bleef staan, maar hij liep langs me, zonder te groeten. Acht jaar met die maid gewerkt, en alles voor nieks. Dat zal hij wel gedacht hebben.' Ze lachte opnieuw. 'Soms mis ik het toch.'

'Opnieuw beginnen?'

'Onmogelijk. De achterstand die ik heb opgelopen is niet meer in te halen, en ik ben iemand die... Ik wil het onderste uit de kan.'

'Je wordt op je wenken bediend.' Henri trok de wijnfles uit de koeler en schonk hem leeg in haar glas.

'Sorry,' zei ze, 'dat ik hier zo lang over doorga.'

Even staarde ze hem aan, weerloos, en toen begon ze zwijgend het restant van de tong op te eten. Henri zweeg eveneens. Hij kon zich maar met moeite interesseren voor haar afgebroken loopbaan in de sport. Zo'n fanatieke sportmeid was ze geweest, die met haar voet op de vloer stampte als ze een fout had gemaakt, die haar vuist balde en in de lucht stootte als ze een belangrijk punt had gescoord. En dan dat magere. Hij wilde haar zoals ze nu voor hem zat, zoals ze er nu uitzag. Het was of ze verteld had over een ander, een zusje, dat hij nooit had ontmoet.

Tegelijkertijd kon hij niet ontkennen dat het indruk op hem maakte wat ze had verteld. Hij zat tegenover een meisje dat Nederlands kampioen was geweest in de een of andere tak van sport en dat werd je niet zomaar. Maar hij kon het niet in haar zien, in dit naïeve wezen. Het maakte hem ook onzeker dat er zoveel in dit meisje verborgen zat dat voor hem onzichtbaar was, waar hij zelfs niet het flauwste vermoeden van had.

'Maar je vroeg me waar ik goed in was,' zei Lin toen met een flauwe glimlach, 'en het antwoord is dus dat ik nergens goed in ben, want tafeltennissen doe ik niet meer.'

Door dit te zeggen hoopte ze zijn voelbare ontstemming weg te nemen.

Na het eten ging Henri de straat op om sigaretten te halen. Lin bleef aan tafel zitten, roezig van de wijn en het gesprek, en keek naar het vocht dat in de schelpen was blijven staan en het parelmoer deed glinsteren. Buiten werd het schemerig. De merel was ermee opgehouden, aan de kastanje bewoog geen blad meer. Aan de overkant, net naast de donkere contour van de boom, stonden twee balkondeuren open, in de kamer lagen drie figuren onderuitgezakt voor de televisie. Op het balkon eronder leunde een oude man in hemdsmouwen met zijn ellebogen op de balustrade. Hij staarde naar de tuinen en hief zijn hoofd op als er ergens geluid klonk. Hij keek een tijdje in de richting waar het vandaan was gekomen en liet zijn hoofd dan weer hangen.

Lin rookte de sigaret die Henri voor haar had achtergelaten en ze was opgewonden: eindelijk verandering, eindelijk werd haar leven groter! Ze stond op, dwaalde naar de keuken, waar alleen een eenzame kaars licht gaf. Ze streek over het hout van het hakblok, ze pakte een van de vlijmscherpe vleesmessen en bracht het langzaam vlak bij haar vinger, totdat er een rilling over haar ruggengraat liep, en ze trok de kasten open om naar Henri's spullen te kijken en te zien wat hij allemaal had. In de badkamer friste ze zichzelf op, ze maakte haar haren los, kamde ze met een kam van Henri en stak ze weer op. Terwijl ze door dat heel kleine raam naar de kastanje keek, ging de telefoon. Ze liet hem gaan. Kort daarop rinkelde hij voor de tweede maal, kortstondig, meteen werd er voor de derde maal gebeld. Het moest Henri zijn.

Ze rende naar de kamer en nam op.

'Hé schat. Luister. Ik kom hier iemand tegen en kan iets regelen. Heb je een kwartiertje geduld? Trek een nieuwe fles open, zet de tv aan, ik ben er zo weer.'

Hij hing op. Gladjanus, dacht ze. Ze had de geluiden van een café op de achtergrond gehoord.

Ze keerde terug naar haar plaats aan tafel. Daar glansde het nog: de glazen, de wijnkoeler, de schelpen, de borden, de schaal met graten, de verpropte servetten – alles in het licht van de kaarsen. Maar langzaam doofde nu die glans die over alle dingen lag. Haar roes week en een verkilling deed zich voelen. Ze werd somber. Was het niet allemaal komedie, een zinloos spel, een spel waarin ze elkaars gevangenen waren?

Na drie kwartier kwam Henri terug. Hij had niets geregeld. Hij had in een café gestaan en om zijn lippen steeds een smalend glimlachje gevoeld zodra hij aan haar dacht, aan die ex-kampioene in zijn huis. Een wonderlijk gevoel van haat had bezit van hem genomen, en tevredenheid – alsof ze het verdiende dat hij zo lang wegbleef. Nu hij de nauwe trappen naar zijn verdieping beklom, voelde hij plotseling spijt en ergernis.

Lin hoorde de voordeur dichtslaan, voetstappen op de trap, het geluid van een sleutel die in het slot werd gestoken, het schrapen van metaal over metaal. Haar hart bonsde.

'Hé Lin.'

'Hé.'

'Wat zit jij in het donker, meid. Het heeft toch niet te lang geduurd?'

'Valt wel mee. Ik heb je huis nog eens wat beter bekeken.'

Henri zweeg.

'Alles geregeld?'

'Afwachten maar.'

Henri maakte licht in de keuken, liet in de kamer de staande lampen en de wandlampen naast de spiegels opgloeien en begon de tafel af te ruimen, met een sigaret in zijn mond, slierten rook achter zijn haastig bewegende lichaam. Lin probeerde haar verstarring van zich af te schudden. Schakelen, dacht ze, schakelen moet je, stomme trut. Ze begon hem te helpen. In de keuken bood ze zich aan voor een omhelzing. Maar hij zag het niet eens, zo druk had hij het met terugkomen.

Langzaam ontstond er weer iets.

Henri liet foto's zien van het boorplatform waar hij werkte, honderd kilometer ten noorden van Texel. Het waren grote, glanzend afgedrukte kleurenfoto's. Ze waren gemaakt door een vriend van hem die fotograaf was – 'mijn beste vriend,' zei hij – bij een reportage over booreilanden in een weekblad. Ze zag Henri temidden van anderen uit een helikopter komen, zijn haar gestriemd door de luchtgolven van de propeller, instinctief bukkend – hij keek kwaad. Op een volgende foto stond hij met twee anderen te kijken naar het bevoorradingsschip, dat in de diepte bij een van de poten van het eiland op de golven lag te stampen. Enkele mannen in helgele pakken, met modder bespat, helmen op hun hoofd, bij de boorpijp die duizenden meters de zeebodem werd ingedreven.

'Dat is de gevaarlijkste plek,' zei Henri, 'maar daar werk ik niet.'

Ze zag hem knielend, het hoofd verborgen achter een laskap – en ze herkende hem aan zijn lijf, de sterke houding. Henri in de eetzaal, aan tafel met andere mannen. Henri in zijn hut, liggend op de onderste van twee kooien. Op vrijwel elke foto waarop hij te zien was keek hij kwaad of nors. Ze wees hem erop.

'O, dat was om Alex te pesten.'

'De fotograaf.'

'Ja, Alex Wüstge heet hij. Hij is tamelijk bekend. Ik ken hem vanaf mijn twaalfde. Hij woonde een paar huizen verderop. Zijn vader werkte op dezelfde werf als de mijne. Kijk, hier nog wat reclamemateriaal.'

Hij ontvouwde een vierdelige luchtfoto van het platform, genomen vanuit een aanvliegende helikopter. Op zijn zwarte poten, waarlangs bruine roeststrepen dropen, stond het in een schuimende en donkerblauwe zee, geel en rood, met de boortoren op een van de hoeken.

'Dat ziet er spannend uit,' zei Lin. 'Mooie kleuren.'

'Die zee verveelt je gauw. Daar moet je je niks bij voorstellen. En je hebt geen tijd om ernaar te kijken.'

Henri vertelde pas over zijn werk toen ze ernaar vroeg en de foto's nog eens doornam: dat het twee weken op, twee weken af was, dat hij op het booreiland in ploegendienst werkte, wie zijn baas was, die daar, wie zijn beste maat – een Noor, bij wie hij weleens thuiskwam en die hem had leren langlaufen, verleden winter. Dat er in de buurt van zijn platform nog een aantal stond, 's nachts verlicht als kerstbomen, een soort Pernis op zee, dat het verlichte platform vogels aantrok, duizenden soms, zoveel dat het er 's nachts rook naar vogels, als in een volière. Dat alles trilde als er geboord werd, dat je bij storm de golven tegen de poten voelde beuken, dat het werk dik betaald werd, dat je bij de warme maaltijd kon kiezen uit drie soorten vlees en dat drank er verboden was.

'Maar dat laatste is voor mij niet ongunstig,' zei hij.

Lin keek hem aan. Ga je me kussen, vroeg ze hem met haar ogen, en hij deed het. Opeens rook ze hem weer: die pittige en bittere geur, als van verkoold hout.

'Zeg jij maar wat ik moet doen.'

Ze hadden gedanst op bluesnummers, tegen elkaar aan, zij net iets langer dan hij, en ze waren in de voorkamer beland bij het ijzeren bed. Henri was de lichten gaan uitdoen en teruggekeerd met de vijfarmige kandelaar in zijn hand (als in een film, dacht ze), de kandelaar geheven, de kaarsen flakkerend (alsof hij door een groot donker huis liep) en had hem op de vloer naast het bed gezet, op precies dezelfde plek als de eerste keer.

'Kleed je maar uit.' Er klonk een lichte schorheid in zijn stem.

'Wil jij me niet uitkleden?' Ze deed een stap naar voren. Henri schudde zijn hoofd en maakte een paar knopen van zijn overhemd los. 'Jij zou doen wat ik zeg.'

'O ja!'

Nog nooit had hij een vrouw zo snel uit de kleren zien gaan. Eerst trok ze, zich vooroverbuigend, haar schoenen uit. Daarna maakte ze haar broek los en schoof hem, tegelijk met haar slip, langs haar benen omlaag. Een ogenblik later had ze haar handen lenig samengebracht op haar rug, tussen haar schouderbladen, en maakte de sluiting van haar bh los, en in een volgende beweging kruiste ze haar armen voor haar borst, trok blouse en bh over haar hoofd en wierp ook die op de vloer. Twee haarklemmen werden verwijderd, en ten slotte schudde ze met scheef gehouden hoofd haar haren los.

Enige verleidingskunst kwam er niet aan te pas. Ze ging recht op haar doel af.

Henri moest slikken toen ze met haar warme lijf op hem af kwam. Het meest werd hij geïmponeerd door de weelderige haren die over haar linkerschouder hingen. Haar glanzende gezicht en die haardos aan één kant van haar hoofd. Alles wat buiten de kamer lag verdween, en zelfs van de kamer was hij zich niet meer bewust, eerder van iets tijdloos: dat al ontelbare malen zo een vrouw op een man was toegekomen. Toen ze voor hem stond legde hij zijn hand op de vlezigheid boven haar stuitje – het was een plek die zijn hand steeds zocht – en trok haar tegen zich aan.

Lin legde haar handen op zijn heupen en ging met haar voeten op zijn laarzen staan. Henri keek omlaag en zag dat in haar voeten datzelfde brede zat als in haar handen. Brede voorvoeten had ze.

'Kun je lopen als ik op je voeten sta?'

Henri liep door de kamer terwijl Lin op zijn voeten stond en zich aan hem vasthield, en op de muren en het plafond vergezelde hen hun schaduwbeeld. Ze lachte zacht en keek naar beneden, naar Henri's laarzen en haar voeten: hoe ze omhoog werden getild en met een bons weer op de vloer landden. Ze voelde de spieren op zijn rug bewegen onder haar vingers. Henri liep de kamer rond en bracht haar naar het bed, aan de zijde van het kamerscherm, en legde haar neer. Gewillig liet ze zich achteroverglijden op de donkerrode gewatteerde sprei, die koel aanvoelde. Haar linkervoet raakte nog de vloer, terwijl de andere op bed lag. Henri stond tussen haar benen.

'Wacht even.'

Hij verdween naar de badkamer.

Loom en roezig lag ze te wachten, ze voelde haar tepels gezwollen staan en bewoog zacht en bijna onmerkbaar – maar des te meer voelbaar – haar bekken. Plotseling dacht ze eraan dat nu overal om haar heen mensen aan het vrijen waren, ze stelde het zich voor, zoals ze dat wel vaker deed: de naakte lichamen in de donkere en half-donkere kamers, lome benen, zuigende monden, het gehijg en gefluister en gesteun, vrouwen die hun dijen openden, nat schaam-haar, borsten die opzij gleden, het zweet op een vette mannenrug. Overal gebeurde het, overal waren ze bezig. Ze wilde erbij horen, en haar hart begon te bonzen omdat ze wist dat ze er weldra bij zou horen, bij die zee van vrijende paren, bij het gewone. Toen hoorde ze Henri. Hij liep op blote voeten. In het kaarslicht zag ze zijn be-haarde borst.

Ze lag nog steeds zoals hij haar had neergelegd, met haar linker-voet de grond rakend, en keek hem aan alsof ze geslapen had: met glanzende en lege ogen. Henri bleef naast het bed staan. Hij kuste haar en schokte toen ze met haar handen zijn rug aanraakte.

'Je hebt zo'n zoete smaak in je mond,' zei hij.

In zijn mond vond ze de smaak van sigarettenrook, maar ze zei het niet. Ze zei niets meer.

Henri schoof zijn hand in haar schaamhaar, een dichte donkere dos, en zag dat een lichte beharing doorliep op haar dijen, die breed-uit op het bed lagen. Met zijn duim legde hij haar open (zoals hij dat noemde) en, verrukt over wat hij voelde, haalde hij een knokkel door die natte gleuf en daarna drukte hij de rug van zijn hand ertegenaan om overal die warme behaarde vochtigheid te voelen. Met zijn dui-men duwde hij haar nog verder open. Lin, die zich op haar ellebogen had opgericht, keek toe en dacht aan de duimen en vuile duimnagels van een Spaanse boer die haar had laten zien hoe je het vel van een rijpe vijg openlegt om hem leeg te zuigen, ze hijgde, ze voelde haar mondholte als leeg en ongebruikt, en staarde naar de brede nagels van Henri's duimen die haar streelden, ze bewoog haar bekken naar hem toe, ze wilde in zijn mond.

Eindelijk begon Henri haar te likken. Ze liet zich achteroverzakken, in een rood landschap van heuvels toen ze haar ogen sloot, en streelde haar tepels met lichte aanrakingen van haar handpalmen. Haar maag begon te rommelen en ze schaamde zich, maar niet lang, want Henri's tong was vaardig. Steeds dieper leek zijn tong, zijn snuivende snuit in haar lichaam te dringen. Ze hief haar linkervoet op, voelde zijn dij en vond zijn geslacht, dat ze op haar bovenvoet liet rusten. Het reikte tot haar enkel en het was warm. Met haar tenen duwde ze zijn balzak strak naar achter en daarna begon ze haar voet langzaam te bewegen, heen en weer onder zijn geslacht.

Henri voelde haar voet komen. Het was of ze het half slapend deed, zo dromerig, zo buiten zichzelf. Lin greep de spijlen achter haar hoofd vast, ze bewoog haar voet onder dat warme zachte gewicht, ze rekte zich, ze hijgde, en er begon iets te stromen dat onstuitbaar was en haar meesleurde, ze wilde opschieten nu, kom op, kom op, en nog harder begon het te stromen, nog meer werd ze meegesleurd en ze liet het gaan.

Toen ze klaarkwam begon ze te huilen. In een ommezien waren haar wangen nat. Ze glommen in het schaarse licht. Henri schoof haar nu helemaal op het bed, stond op handen en knieën boven haar, en hij kuste haar natte wangen, haar kletsnatte mond. Ze proefde haar eigen geil. Haar tranen, de weekheid van haar lichaam, wonden hem nog meer op. Hij schoof zijn arm onder haar middel en trok haar naar beneden op het bed. Zijn geslacht was haast pijnlijk stijf en het wipte op en neer tussen zijn dijen. Hij kromde zijn tenen om de ijzeren stang, waartegen hij zich al zo vaak had schrap gezet, en met dezelfde zorgvuldigheid waarmee hij de oesters had geopend stootte hij in haar en werd verrast door haar gloed vanbinnen. Net als zoeven had Lin zich op haar ellebogen opgericht, nog nasnikkend, om te zien 'hoe het eruitzag' als hij in haar kwam.

'Ga je het met me doen,' zei ze met haar lokkendste kinderstem, 'ga je het met me doen?'

Ze keek hem aan en zag zijn ogen wegdraaien. Henri ging dieper in haar. Het ijzeren bed begon een zacht verend geluid te maken, dat haar meteen zowel vrolijk en uitdagend als ook degelijk en rustgevend voorkwam – geneukt worden, dat klonk zó! Henri voelde haar gloed. Eerst steunde hij op zijn vuisten, die hij bij haar oksels op de rode sprei had geplant, maar toen ging hij op dat warme vlezige lichaam liggen en was ze overal om hem heen.

In het donker en onder het dekbed lagen ze stil tegen elkaar aan, op hun zij, Henri met een knie tussen haar dijen, tegen haar nattigheid aan. Hij streelde haar, hij wilde nog een keer, maar geleidelijk aan kwam zijn hand stil te liggen en een steeds grotere rust maakte zich van hem meester. Hij begon haar opnieuw te strelen, maar verleidelijker dan haar lichaam was deze plotselinge ongekende rust. Hij proefde nog eens die zoete smaak in haar mond, hij duwde nog eens zijn borst tegen haar tepels en toen gleed hij weg in iets dat almaar uitdijde. Beelden van de afgelopen dag, van de afgelopen twee weken op zee, keerden terug en iets dat hem kwelde, maar het leek onbelangrijk, klein en loste op in die almaar verder uitdijende, almaar wijdere rust, die hem droeg.

Lin was klaarwakker.

Toen ze voelde dat Henri insluimerde, begon ze hem zacht te strelen. Het was een aarzelende verkenningstocht die haar linkerhand uitvoerde over zijn lichaam, dit lichaam dat twee weken als een fantoom bij haar was geweest. Eerst bevoelde en streelde ze zijn oren. Ze beproefde de stugheid van zijn haren. Zijn gezicht durfde ze maar nauwelijks aan te raken. Ze streelde zijn rug, behoedzaam om de plekken heen waar de huid was verbrand. Ze trok zijn knie verder tussen haar dijen en drukte hem steviger tegen haar natte schaamhaar.

Henri lag stil en voelde haar hand over zijn lichaam gaan. In lange tijd, in geen jaren, had hij zo'n rust gevoeld.

'Dag Henri,' fluisterde ze, 'dag lieve kok.' Kordaat tilde ze zijn hoofd op om er haar rechterarm onderdoor te schuiven, zodat hij op haar schouder kon liggen.

'Hé.'

Henri wilde wakker worden. Ze legde haar hand op zijn hoofd.

'Slaap maar. Er is tijd genoeg.'

Klaarwakker keek ze de donkere kamer in: naar de geknakte lichtstrepen die over het plafond en de schuifdeuren vielen, de contouren van het kamerscherm, de spijlen aan het voeteneind, de racefiets voor het raam. Ze voelde Henri, ze voelde zichzelf, eindelijk aangeraakt, zoals ze al zo lang gewild had. Ze sloot haar ogen en zag het dorp en de brede Ee waarop ze eens een tjalk met zijn zeil wijduit had zien varen, de moestuin en het schuurtje met gereedschap, de koude bak, haar vader die met haar speelde en haar over de rietkraag in het water wierp, zijn auto, haar moeder met een blauw oog, de dag waarop ze met haar moeder en haar zus was weggegaan uit het dorp. De Vespuccistraat met de sierlijke ginkgobomen, de weg naar de trainingszaal, van straathoek tot straathoek, haar tas met trainingsspullen, Janosz en flarden van partijen, de Chinese meisjes die zo'n indruk op haar hadden gemaakt, de maanden na de breuk met Janosz, die ze in een pakhuis aan de Oostelijke Handelskade had doorgebracht, Marcus en de voettocht over de Spaanse hoogvlaktes, de oeroude olijfboom waarvan de takken werden ondersteund door gevorkte takken die waren vastgezet in steenhopen, de vliegtuigen op het nachtelijke Schiphol, de routine van het schoonmaken, gezichten in het busje dat haar haalde en terugbracht, de eerste blik op haar leegstaande verdieping, de Star Shop, en nu lag ze hier, naast een ademende man in het donker. Ongewild, ongezocht kwamen de herinneringen, alsof haar leven zich plotseling aan haar wilde laten zien.

Na een tijd week die vervoerende helderheid. Ze voelde Henri weer. Haar hand gleed naar allerlei plekken op zijn lijf om ze te bevoelen, naar zijn vochtig-warme geslacht, om het weer te laten zwellen. Ze wilde doorgaan met vrijen. Ze voelde hem en ze voelde zichzelf: haar hijgende en smekende lichaam. Maar Henri sliep als een os.

# VI

## VERANDERD LICHAAM

Haar lichaam leek veranderd, die ochtend. Toen ze op straat kwam en door De Pijp naar de tramhalte liep, begon ze het te merken: het leek lichter en losser, ronder en bevalliger, en het was plotseling zo aanwezig dat ze er haast van schrok. Ze voelde haar borsten bij elke stap, tussen haar dijen dampte het nog van het zojuist genotene en op haar rug stond het zweet dat bij een laatste omhelzing uit haar poriën gesprongen was. Ze liep snel en roekeloos en het speet haar dat de halte al gauw werd bereikt. Als ze er tijd voor had gehad, was ze dat hele eind naar haar werk gelópen om steeds maar dat lijf van haar in zijn heerlijke, onbekommerde beweging te kunnen voelen.

In de tram plofte ze ergens in de voorste wagon op een bank. Haar ogen gleden naar de rij stoelen rechts, de vijfde zitplaats van voren, waar ze bij voorkeur zat. Hij was vrij. Maar het hoefde niet. Ze keek naar buiten en genoot van de nieuwe route door de stad. Zodra ze aan Henri dacht, boog ze haar hoofd en bloosde. Haar handpalmen waren nog vol van herinneringen aan zijn lichaam, het was of ze het nog voelde. Op het Rokin keek ze naar het pand waar haar moeder werkte, iets dat ze gewoonlijk vermeed (alleen al door een plaats te kiezen aan de andere zijde van de tram). Nu had ze voor die entree van blinkend pantserglas haar moeder willen zien, plotseling die gestalte, midden in de stad, tussen voorbijgangers – om de afstand te voelen.

Nadat ze was uitgestapt probeerde ze haar opgewektheid te dempen, in haar schulp te kruipen, maar ze wist niet goed hoe te verbergen wat ze zo voelbaar uitstraalde.

Ach, eindelijk ben je weer eens goed geneukt, hield ze zichzelf voor, en dat was het dan, ga daar maar vanuit, hij heeft gekregen wat hij hebben wilde en jij ook, en nú stel je je d'r nog heel wat bij voor, maar vanavond denk je daar al anders over. Het waren gedachten in de geest van Yvonne Wijnberg – die ze even later voor de winkel aantrof, gravend in haar handtas met de bekende woeste gebaren. Chadia stond toe te kijken.

'Hé, dag wijfie.'

'Hé Yvonne.'

'Heb jij wel goed geslapen, meid?'

'Ikke wel. Jij niet dan?'

'Bij ons was het vannacht hengstenbal.'

'Als je d'r maar niet onder geleden hebt.'

Ergens onder in de handtas begon een sleutelbos te rinkelen. Kreunend ging Yvonne door haar knieën om het hangslot van het rolluik te openen. Lin zag haar dijen puilen in een strakke zwarte broek, ze zag de spleet tussen haar borsten, ze rook Yvonnes parfum en opeens had ze er een afkeer van. Zij met haar eeuwige hengstenbal, dacht ze, ze moest eens weten waar ik vandaan kom. Nauwelijks drie kwartier geleden stond ze nog in Henri's badkamer, ze hield zijn warme lul in haar hand, hij vingerde haar, bijna zonder te bewegen stonden ze tegen elkaar aan, en vlak voordat ze klaarkwam had ze opeens zijn zaad in een kronkel over haar onderarm zien schieten.

Yvonne Wijnberg richtte zich op. Tergend langzaam begon het rolluik omhoog te glijden. De bazin van de Star Shop wierp een blik op Lin, die zich enigszins schichtig tot Chadia had gewend. Met haar aartsnieuwsgierig oog had ze aan het meisje al iets gezien dat anders was dan gewoonlijk, ze wist alleen nog niet wat.

Het werk deed Lin goed. Het hergaf haar een vertrouwde gedaante, en daar snakte ze nu naar: iets vertrouwds. Ze pakte met Chadia in het magazijn een partij jacks uit en hing ze in de rekken. Opgaand in die routinebewegingen kon ze haar geheim verborgen houden. Maar in het kantoor achter het magazijn, waar ze alleen was, kwam het weer boven en begon haar gezicht onwillekeurig te glanzen. Ze werkte met woeste energie. Razendsnel voerde ze in de computer gegevens in en ze mepte op de *enter*-toets: *enter, enter, enter* – alsof ze ergens in wilde doordringen, alsof zij zelf in iets nieuws wilde binnengaan. Of wilde ze alleen maar meppen, de onzekerheid voorgoed van zich afslaan? In het magazijn begroef ze haar gezicht in een mannenjack en ze likte aan de scherpe, koude tandjes van de rits. Op de wc woelde ze met haar vingers in haar schaamhaar om te zien of hij niet ergens een schram had achtergelaten.

Halverwege de middag zakte ze in. Ze stond op haar vaste plek achter in de zaak en had moeite haar geeuwen te onderdrukken. Yvonne zag het trekken van haar kaken.

'Toch laat geworden?'

'Wat zit je toch te vissen?'

'Tuh tuh.'

'Ben je soms niet tevreden met je hengstenbal?'

'Wat heb jij ineens een grote mond, wijfie.'

Tegen sluitingstijd werd ze bang dat Henri haar in de winkel zou komen ophalen of op straat zou staan opwachten. Liefst wilde ze nu alleen zijn. Zodra ze buiten kwam zette ze haar zonnebril op en stortte zich in de menigte, ze holde door de steeg naar het Damrak en stapte in de eerste de beste tram die op de halte stopte.

Eenmaal zeker van haar vrijheid gaf ze zich over aan gedroom. Ze glimlachte en keek naar haar dijen, die ze bijna onmerkbaar samenkneep, steeds opnieuw, tot ze er week van werd, ze stak een hand in haar tas en betastte de oesterschelp die ze had meegenomen, de ruwe buitenkant en de gladde binnenzijde. Toen ze thuiskwam leek het of ze twee etmalen was weggeweest.

Na het eten lag ze op bed voor zich uit te staren. Ze glimlachte onophoudelijk.

Boven alle gebeurtenissen stond wat zich die ochtend had voorgedaan. Ondanks een dag in de winkel, de warreling van gezichten en gestalten, was het nog bij haar en herleefde het nu alsof het een uur geleden was gebeurd. Zacht kneep ze met haar dijen.

Ze waren elkaar tegengekomen in de badkamer. Ze had al gedoucht, maar ze had haar ondergoed laten liggen en kwam het halen. Henri stond zich af te drogen, een voet op de rand van het bad, en keek haar aan, zowel nors als verlegen. Opeens was ze als door een golf naar hem toegebracht en voor hem neergezet. Ze streelde zijn flank, raakte zijn borst aan met haar tepels en kuste hem op een hoek van zijn mond. Henri stond roerloos, zijn voet nog op de badkuip. Daarna raakte ze zijn lange lummel aan, ze nam hem in haar hand en voelde hem zwellen. Henri zei niets. Hij liet haar strelen en kneden en duwen, tot hij het niet meer uithield haar niet aan te raken en zijn vingers tussen haar dijen schoof.

Ze bewogen nauwelijks en zeiden niets.

Ze zag hem voor zich staan, stil en naakt, met gesloten ogen, en naast zijn hoofd het raampje en daarbuiten de kastanjeboom in het ochtendlicht. Ze voelde de frisse lucht langs haar gezicht en over haar schouders strijken, ze hoorde hun steeds diepere ademhalen en de lichte echo ervan in de betegelde ruimte, en toen ze er bijna was, keek ze naar beneden, naar haar trillende en schokkende benen, zijn wroetende hand, en vlak voordat haar ogen dichtgingen, tussen haar wimpers door, zag ze opeens zijn zaad in een witte kronkel over haar onderarm schieten, snel als een hagedis.

Ze was hem tegengekomen in de badkamer en plotseling was het stil geworden, was dat gebeurd waar ze zonder het te beseffen altijd naar zocht.

Met een sprong kwam ze van het bed.

Op straat merkte ze weer hoe haar lichaam veranderd was, er zat iets behaagzieks in, het wilde gezien worden. Nooit was ze erop uit geweest om gezien te worden, eerder op het tegendeel, maar nu wilde haar lichaam het, en zij had niets meer in te brengen. Het liep daar pront te wezen, met billen die gestreeld en omklemd waren, ogen die gekust, handen die bewonderd waren, borsten die telkens weer de blik van een man hadden weten te vangen.

In het park keek ze naar de hardlopers en naar de donkere zweetplekken op hun shirts. Een voorbijdravende jongen trok haar aandacht, omdat hij in zijn gang iets van Marcus had, maar ook omdat hij haar had aangekeken en verlegen geworden was. Ze had hem willen strelen en aftrekken, aan de voet van zo'n enorme iep, verscholen in de struiken, ze had hem willen kwellen met een lichte, al te lichte aanraking van zijn gezwollen pik, die hem haast pijn deed en wipte van lust – zoals ze die van Henri had zien wippen, voordat hij in haar kwam.

Vanzelf kwam ze bij die ene uitgang van het park, vandaar dwaalde ze naar het café waar ze Henri voor het eerst had gezien. Ze probeerde zichzelf ervan te weerhouden, maar liep toch de trap af naar de wc, en in het portaal bij de sigarettenautomaat en de lege kratten ontkwam ze er niet aan een blik te werpen op die deurpost waartegen Henri die avond had geleund. Onmiddellijk maakte ze haar ogen ook weer los van die plek, geschrokken, alsof ze door een terugkeer naar deze plaats een cirkel rondmaakte en haar geschiedenis met Henri voortijdig afsloot.

Ze had al wel een uur gewandeld toen ze de rivier naderde. Daar begon ze plotseling op zichzelf in te praten, daar werd de schampere geest van Yvonne Wijnberg over haar vaardig. Kijk dat nou lopen, hoonde ze, kijk dat nou toch lopen. Ach die meid, eindelijk weer eens goed geneukt en meteen denkt ze ik weet niet wat. Kijk dat nou lopen! Aan de eerste de beste zou ze d'r eigen willen weggeven, zo is ze d'r van opgeknapt, zo'n zin heb ze. Kleine hoer! Fantast! Ach meid, ach wijfie, wees nou verstandig, haal je nou toch niks in je hoofd. Hij heb gekregen wattie wilde en jij ook, en dat was het, echt waar, geloof me nou maar. En as je nog es wil: laat hém dan komen. Maar je zult zien: hij komt niet, hij bedenkt z'n eigen, want je bent te jong voor hem.

Zo liep ze onder de bomen langs de rivier. Het water was glad, bijna zonder rimpeling. Een tijdlang stond ze bij het gebouw van de roeiclub te kijken naar de roeiers die hun boot uit het water tilden, hem op hun schouders legden en er dan met kleine gelijke pasjes mee naar het boothuis liepen. De glanzend gelakte boot werd op schragen gelegd, op zijn kop, en drooggewreven met een doek. Dat had ze ook wel willen doen: zo'n boot helemaal droogwrijven tot hij glansde, en dan de boot op zijn plaats leggen in een van de stellingen aan de muur, en zo ook de riemen, alles op zijn plaats.

Met bonzend hart liep ze de brug over. Ze had zich niet gewassen, bedacht ze, ze had nog dezelfde kleren aan als vanochtend en als gisteren. Van de overkant keek ze naar het gebouw van de roeiclub, waar nu de lampen brandden, en naar de donker wordende hemel boven de stad, en almaar bonsde haar hart. Ga terug, dacht ze, stel je niet aan. Ze liep verder en zag al die deurpost voor zich met de schroefgaatjes van verdwenen naambordjes. Ze vroeg zich af wat ze zeggen zou, maar voordat ze het had kunnen bedenken, *zag* ze hem al, aan de overkant van de straat, met zijn handen in zijn zakken.

Henri stak over. Toen hij dicht bij haar gekomen was, keek hij weg. Ze zag hem wegkijken. Maar toen vermande hij zich en kwam met onvervaarde stappen op haar af.

DEEL TWEE

# I

## VERPROPTE BANKBILJETTEN

Op zaterdagmiddag kwam Henri terug van zijn werk op het booreiland en 's avonds haalde hij haar op.

Lin zat te wachten. Ze had zich gedoucht en een kleine koffer gepakt met kleren en wat ze de komende twee dagen maar nodig dacht te hebben. Onder haar kleren lag een lappenpop, ooit op straat gevonden en zo klein dat alleen zijn hoofdje, zijn stijf gestrekte armen en zijn voeten te zien waren als ze hem met haar handpalm omsloot. Het popje was haar talisman geworden. Jarenlang had het haar naar elke wedstrijd vergezeld.

Altijd had ze een cadeau voor Henri. Ze kocht kleren voor hem, want daar had hij zelf geen kijk op. Zodra ze bovendien met iets anders dan kleren aankwam, kon ze geen goed doen: ze had naar die en die winkel moeten gaan, daar kon je zoiets immers veel beter kopen, het was te groot of te klein of te duur betaald, hij had het al of had het net weggedaan – aan zijn gezicht zag ze meteen dat het niet goed was. Daarom hield ze zich bij kleren. Ze wist wat hem goed stond en hoefde er niet naar te zoeken. Met wonderlijk gemak pikte ze er precies die overhemden, jasjes en broeken uit die bij hem pasten – hetzelfde gemak waarmee Henri precies datgene kookte wat zij lekker vond, hetzelfde gemak waarmee ze vreeën. Al gauw kon ze ook de kleren voor hem vinden die hem maakten tot de man die hij wilde zijn – niet een lasser op een booreiland. Voor eens en voor altijd had ze in zijn ogen haar goede smaak bewezen toen ze in de uitverkoop twee gilets op de kop had getikt. Gedragen op een mooi en ruimvallend overhemd stonden ze hem bijzonder goed en gaven hem precies die nonchalante chic waar hij anderen om benijdde en die hij probeerde na te bootsen.

Elke keer als ze haar koffer pakte, stopte ze er een ongewassen T-shirt van Henri in. Het had in haar bed gelegen, zodat ze hem tijdens zijn afwezigheid tenminste kon ruiken.

Om een uur of acht hoorde ze de claxon van zijn auto. Ze was als een veer die lossprong. In één beweging ging het van de kamer naar het portaal, waar ze haar koffer pakte, de deur uit en de trappen af, waar ze zichzelf intoomde – want na alle dromerij kwam nu weer de realiteit met messen, mokers en geniepiger marteltuig op haar af, zoals ze instinctief besefte. Maar zodra ze de voordeur opendeed en Henri in zijn auto zag zitten, half op de stoep geparkeerd, verloor ze toch haar hoofd, wilde ook niet verlegen lijken en liep met roekeloze stappen naar de auto. Het portier werd opengeduwd.

'Hé schat.'

In een oogwenk probeerde ze Henri te peilen, dat wil zeggen, de mate van zijn vermoeidheid, de mate van zijn geslotenheid. Ze merkte het nieuwe aan hem op: schoenen die ze niet kende, een overhemd dat ze hem nog nooit had zien dragen. Ze duwde haar koffer naar de achterbank en plofte neer. Dan kwam zijn snelle blik, een mond die haar vooralsnog weinig toestond. Wanneer ze zich naar buiten boog om het portier te grijpen en dicht te trekken, kwam de schok in haar rug – hij gaf gas en reed weg.

'Jezus, Henri!'

Hij zei niets.

'Je kan toch wel even wachten?'

Henri was afgebeuld. Hij had veertien dagen geleefd in een fabriek waar non-stop werd gewerkt, waar het trillen van het staal onder zijn voeten en het gedreun van machines nooit ophielden. Hij had lange dagen gemaakt. Zodra hij Lin over het trottoir naar zijn wagen zag lopen leefde hij op, maar zijn geslotenheid kon hij niet zomaar doorbreken. Hij wilde uitstappen om haar koffer over te nemen en in de bagageruimte te leggen, maar hij deed het niet. Wanneer ze instapte stoorde hem haar bruuskheid. Misschien dat hij daarom wegreed voordat ze het portier had kunnen sluiten.

Ergens in de Wibautstraat pakte hij haar hand, die warm was en onwillig.

'Hé meid.'

Ze keek weg, maar liet haar hand waar hij was. Langzaam verdween haar onwilligheid. Met haar duim begon ze de brede, sterke nagels van zijn hand te strelen.

Een halfuur later lagen ze in bed. Terwijl ze zich aan elkaar vastzogen, stroopten ze de kleren van hun lijf. Henri trok haar naar onder op het bed, zette zijn voeten schrap op het ijzer en neukte haar. Lin vingerde zichzelf om tegelijk met hem klaar te komen. Na een paar minuten al was het gebeurd. Hijgend bleef Henri op haar liggen. Beiden voelden ze twee harten dreunend slaan. Dan sprong hij van het bed. Wat hij nog aan kleren droeg trok hij uit, en hij smeet ze met een kreet van welbehagen op de vloer.

'Daar zijn we weer!'

Hij keek naar Lin, die zich had opgericht om zelf ook haar laatste kleren uit te trekken en haar haren los te maken. Hij kon niet genoeg naar haar kijken als ze zich ontblootte.

'Kom je,' vroeg ze, 'we zijn nog niet klaar.'

Ze duwde het dekbed naar het voeteneind, zodat ze op het laken kon liggen, en daar lag ze dan met uitwaaierende haren bevallig te wezen.

'Ik ben zo terug.'

In de keuken sloeg Henri een whisky achterover om 'af te bouwen'. Hij voelde de vermoeidheid zo ongeveer van zich afdruipen en tegelijkertijd werd in zijn lichaam de speed nog aangemaakt. Hij nam een teug uit de fles. Uit de fles drinken gaf hem het gevoel van zuipen, alle remmen los, en dat deed hem goed. Hij nam nog een teug en bleef bij het hakblok staan, zijn handen op het gladde, gewelfde hout. Hij wist dat Lin lag te wachten.

Ten slotte keerde hij terug.

'Wat heb je allemaal gedaan?'

Zonder een woord ging hij naast haar liggen en trok haar tegen zich aan, zijn knie tussen haar dijen schuivend. Ze lagen roerloos, hun ogen gesloten. Voor Lin was dit het moment waarop ze weer 'bij elkaar kwamen'. Zo lang mogelijk wilde ze hem voelen.

Tegen negenen kwamen ze binnen bij Da Claudio. Op de avond van Henri's terugkeer aten ze in dit restaurant. Henri hield ervan om dingen die goed waren te herhalen, tot een gewoonte te maken en vast te houden aan die gewoonte, hij kon daar zeer hardnekkig in zijn. Lin had er geen bezwaar tegen. Ze hield van herhaling en regelmaat, ze wist dat ze gedijde in een leven met vaste patronen. In de tijd die ze nodig hadden om ernaar toe te lopen verkeerden ze in een toestand van opperste eensgezindheid.

Het restaurant lag een paar straten verderop. Het was zo'n Italiaan waar mandflessen aan het plafond hangen, de muren opgesierd zijn met toeristische affiches uit de landstreek van de eigenaar, achter de bar een verzameling kleurenfoto's prijkt waarop de eigenaar in amicale poses met zijn gasten is afgebeeld, sommige voorzien van handtekening, en bij de kassa de muur met bankbiljetten uit de hele wereld is beplakt. Het restaurant was klein, krap bemeten. Henri kwam er al jaren, want het eten was er goed en nergens in de stad kon je zo'n heerlijke *vitello tonnato* krijgen.

Lin was gesteld geraakt op Claudio, een rijzige en welgemanierde Italiaan. Hij was niet opdringerig, maar rustig en vriendelijk, en leek altijd in een goed humeur, ook al moest hij hard werken om het hoofd boven water te houden. Nadat hij Henri had begroet, gaf hij haar een hand en kuste haar op haar wang, eenmaal slechts, wat ze veel stijlvoller vond dan de drie slordige kussen die andere mannen haar gaven. Nog meer indruk dan die ene stijlvolle kus maakte zijn handdruk, het gemak waarmee hun handen in elkaar gleden en in elkaar pasten. Elke keer trof het haar: dit volmaakte en ook bijna gretige in elkaar schuiven van hun handen.

Achter de bar stond Anna, zijn enigszins schuchtere en stuurse Hollandse vrouw, bij wie hij vier, nog jonge kinderen had. Lin zwaaide naar haar, met een licht schuldgevoel over die zo gemakkelijk in elkaar schuivende handen van haar en Claudio. Anna zwaaide terug. Claudio loodste hen naar een tafeltje, hij bracht de wijn die ze graag dronken, opende de fles en maakte een praatje. Weldra kwam dan de pasta, dampend heet, daarna kreeg Henri het kalfvlees in tonijnsaus waar hij zo verzot op was.

Toen Henri merkte dat Lin op Claudio gesteld raakte en naar hem keek, toen hem dat op een avond te ver ging, vertelde hij haar dat Claudio zijn vrouw bedroog met een jonge meid. Het was waar wat hij zei – ze hoorde het aan zijn stem. Haar eerste reactie was om nooit meer een voet in dit restaurant te zetten. Hoe was het mogelijk dat hij zoiets deed, deze rustige en vriendelijke man, hoe was het mogelijk dat hij zo'n lieve vrouw bedroog, bij wie hij nota bene vier kinderen had, en wat had zo'n meid eraan, wat zag ze erin, waarom moest ze een getrouwde vent, en waarom kon hij er niet afblijven, en ten slotte: waar haalde hij in godsnaam de tijd vandaan?

'Dat ze het niet merkt,' zei ze verbaasd.

'Ze wil het niet weten,' antwoordde Henri, 'en daarom ziet ze het niet.'

'Ik zou het merken, reken maar dat ik het zou merken als een man me dat flikte.'

Maar al terwijl ze het zei was ze daar niet zeker van.

'Jij kunt net zo goed iemand verraden. Iedereen heeft dat in zich. Met een goed of slecht karakter heeft het niets te maken. Het gebeurt gewoon,' meende Henri.

'Ik zou het geen week volhouden.'

'Bedrog maakt sluw, meid.'

Ook al vond ze Claudio nu een 'viezerik' en een 'gluiperd', toch bezocht ze nog zijn restaurant, want Henri zag geen reden om niet te gaan en wilde bovendien zijn *vitello tonnato* niet missen. Maar toen ze opnieuw Claudio's hand zo heel soepel in de hare voelde glijden, schrok ze, er liep een rilling over haar rug en er ging meteen iets mis met de stijlvolle kus. Het ontging hem niet dat haar sympathie was bekoeld. Zijn begroeting werd achteloos, hij was er niet meer bij en op een avond 'vergat' hij zelfs zijn kus. Het kwetste haar. Toch. En zo ontstond de figuur dat ze een man verafschuwde, omdat hij zijn vrouw bedroog, en er tegelijkertijd naar verlangde en zich er zelfs voor inspande dat deze man, die buiten zijn restaurant niets voor haar betekende, haar weer galant en vriendschappelijk en voor ieder zichtbaar zou begroeten.

Na de maaltijd bij Claudio reden ze in een taxi naar de binnenstad. Het begon net donker te worden, na een lange zomeravond, en meestal was het warm. Ze had een jurk aan, ze voelde haar blote dijen, die tegen elkaar aan lagen, ze zag haar schoenen op de vloer van de taxi staan, ze zag vanuit haar ooghoeken Henri, die zwijgend achteroverleunde en nog steeds bezig was terug te komen, in een roes zag ze de stad langsglijden, en opgewonden dacht ze: Nú, het gebeurt nu, het gebeurt alleen maar nu.

In de binnenstad bezochten ze cafés en danstenten. Altijd waren daar mannen die Henri op zijn schouder sloegen, vrouwen die hem op zijn mond kusten en met een enkele lichaamsbeweging duidelijk maakten dat ze vroegere minnaressen waren. De mannen waren aardig voor haar. De vrouwen bekeken haar met een blik die van boven naar beneden ging en weer terug, en die zij beantwoordde met haar beroepsglimlach of een schrikachtig staren. Henri hielp haar erdoorheen, stelde haar links en rechts voor, met zijn arm om haar middel hield hij haar bij zich, hij was trots en wilde haar overal laten zien.

Zoals ze eens razendsnel het spel van een tegenstandster had kunnen analyseren, zo wist ze nu in rap tempo zijn vrienden en kennissen te plaatsen, zichzelf een plek te verwerven en zich bij hen bemind te maken. Henri verbaasde zich over dat tempo waarin ze, ondanks een onmiskenbare verlegenheid, de mensen in zijn omgeving leerde kennen en nog meer over hetgeen ze na een enkele ontmoeting over hen wist te zeggen. Nu eens vervulde het hem met trots, dan weer joeg het hem haast angst aan: die kleine heks, dacht hij dan, in *no time* heeft ze overal haar vingers achter, alles wil ze weten en ze zal niet rusten voordat ze de touwtjes in handen heeft, kijk maar uit, dit is een vechtertje.

Eén zomer had Lin nodig om ze te leren kennen, op de caféterrassen aan de gracht, waar obers de lege bierglazen in elkaar schoven tot er een slurf van glazen op hun schouder lag, leunend tegen een bar met haar lippen vlak bij een oor, op de dansvloer, in de wc's, waar ze de vrouwen tegen het lijf liep met wie Henri zijn bed had gedeeld, op de taxistandplaatsen en in de taxi's die hen van de ene naar de andere plek brachten, in de huizen waar het feesten – of wat het ook was dat ze deden – nog uren doorging. Klussers waren het, die in de binnenstad appartementen verbouwden, de fotograaf Alex Wüstge, die haar overal met zijn ogen volgde, een man die handelde in klassieke automodellen, een decorbouwer, een lichtman van een filmmaatschappij, een styliste van een blad voor woninginrichting, een vrouw die in een bioscoop werkte, een meisje van de advertentieafdeling van een krant, een louche antiquair en nog enkele types met een onduidelijke handel, een boom van een kerel die een bedrijf voor gereedschapverhuur had, een vrouw die in nachtclubs danste en soms 'op tournee' ging, een kapster, een sloerie van in de vijftig die zich naar de ondergang dronk, een sigaren rokende vrouw die zich 'de jongste weduwe van Nederland' noemde (haar man had zelfmoord gepleegd), een meisje dat kleren naaide voor couturiers, een al grijze en altijd baardstoppelige man die in een stoffig zaakje Afrikaanse maskers verkocht, een journalist van een roddelblad, en zo nog twintig anderen.

Henri kende veel mensen, maar afgezien van Alex Wüstge kwam er maar zelden iemand bij hem thuis. Hij stond bekend als een aardige en royale, maar ook moeilijke man – dat merkte ze wel. Terloops deed ze navraag naar zijn verleden met vrouwen. Maar ze kwam niet veel meer te weten dan het weinige dat hij haar had verteld: hij had met twee vrouwen samengewoond. De ene heette Kit, de andere droeg de fraaie naam Amanda. Nooit kwamen ze deze vrouwen tegen. Ze leken uit zijn leven verdwenen.

In de loop van de avond werd Henri steeds woester. Na middernacht begon hij wildvreemden aan te spreken, na tweeën begon het provoceren en ruzie zoeken – hij had een kwade dronk. Wanneer ze tegen het ochtendgloren in een taxi door de lege straten naar huis reden, was hij ofwel met de chauffeur bezig ofwel zat hij broeierig naar buiten te kijken. Voor de laatste maal kwam de stapel dubbelgevouwen bankbiljetten te voorschijn. Hij schoof er een of twee biljetten af, maakte er een prop van en stopte die in de hand van de chauffeur. Het geluid van de dichtklappende portieren weerkaatste in de stille straat. Ze zag er tegenop met hem naar boven te gaan.

Eenmaal thuis barstte hij los. Onder degenen die ze ontmoet hadden was altijd wel iemand die hem iets had misdaan. Aanvankelijk dacht ze dat er werkelijk iets was voorgevallen, maar al gauw begreep ze dat hij achterdochtig was en dingen zag die er niet waren, dat hij vervormde wat hij gehoord en gezien had, dat iemand het moest ontgelden. Zijn gezicht glom van het zweet, zijn anders zo heldere lichtblauwe ogen stonden troebel. Hij dronk whisky uit zo'n opzichtig groot glas, hij liep dik te doen en iemand moest het ontgelden. Henri voelde zich miskend, hij voelde zich eigenlijk altijd miskend, begreep ze. Elke poging om hem te kalmeren deed het vuur alleen maar hoger oplaaien.

Ten slotte moest zij het ontgelden. Zijn achterdocht richtte zich op haar. Altijd wist hij met wie ze een aardig gesprek had gevoerd, met wie ze plezier had gehad, op wie ze gesteld begon te raken. Een paar opmerkingen waren voldoende om haar in de val te lokken. Ze had bovendien de neiging om weerloos te zijn, juist als ze hem tandenblikkerend naderbij zag komen. Ze zag het zichzelf doen: hem precies, maar dan ook precies datgene antwoorden dat haar kwetsbaar maakte, ze voelde het gebeuren, ze voelde het verkeerde antwoord in zich opkomen en kon niet voorkomen dat ze het uitsprak. Ze hielp hem aan zijn prooi. Had hij haar eenmaal gekwetst, dan ging ze in de aanval. Ze maakten ruzie. Henri werd soms zo kwaad dat hij haar sloeg.

Ze ontdekte dat ze een grotere kans had om aan zijn woede en klappen te ontkomen wanneer ze naakt was, alsof ze hem door de aanblik van haar onbeschermde lichaam kon verzachten. Maar er was moed voor nodig om je kleren uit te trekken als er zo'n dreiging van hem uitging. Het moeilijkst vond ze het om haar schoenen uit te doen, alsof ze pas zonder schoenen, op blote voeten, volkomen weerloos was.

Ze ontdekte ook dat ze naakt, met een meegegriste broek en blouse in haar hand, zijn huis uit kon lopen. In het trappenhuis schoot ze haar kleren aan, nageschreeuwd door Henri, die de deur dichtknalde. Ze ging naar buiten en liep op blote voeten naar de rivier, waar ze de zon rood, stil en kolossaal boven de huizen zag verschijnen, doodsbang eerst voor glasscherven en smerigheid, maar allengs rustiger en ten slotte zelfs trots omdat ze op blote voeten over straat durfde te lopen, die stadshuid van steen en asfalt.

Henri was stil en beschaamd toen ze terugkwam en zonder een woord naar de badkamer liep om haar voeten te wassen. Hij ging haar achterna en bood aan om het vuil van haar voetzolen te schrobben. Plotseling keerde alles zich om: zijn afschuw veranderde in vertedering, zijn minachting in bewondering. Hij keek naar haar zoals ze daar op de rand van de badkuip zat. Dit was niet zomaar een meisje. Dat liep naakt het huis uit, dat maakte op blote voeten een wandeling door de stad en dat kwam terug! Het vuil van de straat zat al diep in de eeltlaag van haar voeten. Ze verwonderden zich erover hoe diep het zat. Ze trok haar kleren uit. Er steeg een warme damp op van het water.

Maar dikwijls belandden ze onverzoend in bed. Onverzoend kon Lin niet slapen. Na enig afwachten begon ze te fluisteren.

'Henri? Henri, liefje, zullen we het vergeten?'

Hij zweeg.

'Alsjeblieft liefje, gaan we ons verzoenen?'

Behoedzaam begon ze hem te strelen, terwijl ze voortging met fluisteren en smeken. Ze pakte zijn geslacht vast. Zodra ze het voelde zwellen, trok ze er zacht doch dringend aan om hem ertoe te bewegen met haar te vrijen. Hij wendde zich af en sliep in.

Lin lag wakker. Het eerste licht kierde door de gordijnen. Uit de tuinen kwam het gezang van vogels. Ze huilde, geluidloos, en wist niet wat te doen. Ze boog zich naar haar koffer, die naast het bed stond, en vond onder haar kleren de lappenpop. Ze kuste hem en hield hem in haar hand. Vaak dacht ze aan een dikke man in een overall die ze eens voor een garage had zien staan, zijn handen zwart, zijn haren plakkerig, en herinnerde zich hoe hij treurig en zo hongerig naar haar had gekeken dat ze onwillekeurig stil was blijven staan, alsof ze zich ter plekke aan hem moest geven. Nauwelijks een seconde had het geduurd. Toen was ze doorgelopen. Nadien had ze dikwijls aan hem gedacht. Ze zag hem met twee plastic tassen vol boodschappen de trappen beklimmen naar het verdiepinkje waar hij woonde, alleen natuurlijk, en hoe hij de tassen op het aanrecht zette en uitpakte. Soms was ze bij hem in de keuken. Ze plaagde hem. Hij vond het best en lachte. Soms vree ze met hem, omdat hij zo graag wilde, en dat kon ze dan, ondanks zijn buik en klamme huid en lelijkheid, omdat ze hem zo lief vond, zo overstelpend lief. Ze probeerde dit gevoel van overstelpend lief in zichzelf op te roepen, hoe groot het was, hoe overstelpend, en hoe het haar in staat stelde met hem te vrijen.

Ten slotte begon haar bewustzijn uit te doven en mocht ze de wereld, waarin ze maar rondzwierf, tijdelijk verlaten. Ze voelde de slaap komen. Bedroefd draaide ze zich op haar zij, van Henri afgewend. Vlak voordat ze in slaap viel had ze nog het benul om het poppetje in de koffer te leggen en aan het oog te onttrekken.

## II

## EEN GEWOON LEVEN

In de auto, op weg naar het strand, begon ze de onaangenaamheden van de nacht te vergeten. Henri was zijn vuil kwijt. Van het valse en demonische dat ergens in hem huisde viel niets meer te bespeuren. Hij was afgemat, en afgemat was hij altijd lief. Als hij haar geslagen had, had hij zijn verontschuldigingen aangeboden. En zij, zij koesterde weer hoop.

Ze genoot van de manier waarop hij reed. Elke bocht, elk krachtig optrekken of juist remmen, elke beweging van de auto onderging ze als een uitdrukking van hem, van zijn temperament, en ze voelde zich meegevoerd in zijn vaart en beslistheid. Ze genoot ook van de auto zelf die, met een deuk in een van de portieren en zijn rommelig interieur, iets onbekommerds had. Op de vloer lagen lege blikjes, op de achterbank gereedschap, een overall en werkschoenen, op de hoedenplank paraplu's en tijdschriften die krulden in de zon. 'Waarom maak je die wagen niet schoon,' riep ze weleens en haar handen jeukten om aan de slag te gaan, maar ze was blij dat hij het niet deed.

In die auto, zo vaardig bestuurd, op weg naar zee, begon ze zich licht en hoopvol te voelen. Ze zat naar Henri toegewend, een been onder zich gevouwen, en ze wilde praten, vertrouwelijke dingen zeggen, nadat ze elkaar twee weken hadden moeten missen.

'Ga je wat vertellen, Henri?'

'Vertel jij maar.'

'Nee, jij.'

Henri zuchtte. Waarom wilden vrouwen altijd praten? Waarom moesten ze altijd hun mondje roeren? Zelfs als ze in het park aan het hardlopen waren, hijgend en puffend, moest dat praten doorgaan. Lin praatte zelfs als ze haar tanden stond te poetsen.

'Dat ik zo'n leuk cadeau van je heb gehad,' zei hij.

'Ja, bijvoorbeeld.'

'Nou, ik heb dus... Jezus man! Lul! Ja, naar je voorhoofd wijzen!' Henri drukte woest op zijn claxon. 'Waar was ik? O ja, ik heb dus een overhemd van mijn schat gehad, dat ik meteen heb aangetrokken en dat ik nu dus draag, als het ware, terwijl ik in de auto zit en naar Castricum rijd.'

'Meer.'

Henri drukte zijn zonnebril vaster op zijn neus. Door het zweten dat hij deed gleed het ding omlaag. Hij had pijn in zijn oogbollen, alsof iemand er met zijn duimen op drukte.

'Meer, Henri.'

'Meer heb ik niet te vertellen, schat.'

Een tijdlang wist hij het echt niet, moe, zwijgzaam van nature. Zwijgzaamheid wiste alles uit wat hij zou kunnen vertellen. Toen legde hij een hand op haar dij en vroeg met zijn smeuïgste stem: 'Hé, mag ik je iets intiems vragen?'

'Niet als je zo slijmerig doet.'

Henri deed of hij aarzelde. 'Ach, misschien is het ook wel te intiem, te vroeg om zoiets nu al aan je te vragen.'

Hij wilde zijn hand wegtrekken, maar ze klemde hem tussen haar dijen.

'Iets over ons?'

'Iets over vroeger.'

Henri zweeg.

'Wie mij ontmaagd heeft of zo?'

Hij was te verbaasd om het te ontkennen: het was precies wat hij haar had willen vragen. Lins hart begon te bonzen – dat zijn bezitsdrang zich al zo ver uitstrekte! – en ze kon een glimlach van triomf niet onderdrukken.

'Volgens mij had jij het wel willen doen.'

'Wat zijn we weer lekker snel.'

'Niet dan?'

Henri trok zijn rechterhand van tussen haar zware, klemmende dijen, en zij liet hem gaan. Opnieuw schoof hij de zonnebril omhoog op zijn neus. Hij begon dorst te krijgen.

'Wie was het?'

'Hij heette Marcus.'

'Marcus.'

De naam scheen hem te bevallen. Hij zag een stevige kerel voor zich, iemand met wie hij zich kon vereenzelvigen, iemand zoals hij – en niet de magere en onhandige jongen die het in werkelijkheid was geweest.

'Op mijn twintigste,' zei Lin.

'Daarvoor nooit een vriendje gehad?'

'Door het tafeltennis had ik er geen tijd voor. Van mijn trainer mocht het ook niet.'

'Met veel bloed?'

'Best wel. Heb jij nooit een meisje ontmaagd?'

'Ik ben er nooit een tegengekomen die nog maagd was.'

'Jammer dat ik het niet meer voor je heb.'

Henri voelde dat hij een stijve kreeg: loom gleed zijn pik omhoog langs zijn dij. Hij rekte zich uit, zijn handen tegen het stuur drukkend, zijn armen strekkend, en geeuwde.

'Mag ik je hand weer?'

Opnieuw schoof Henri zijn hand tussen haar dijen. Lin dacht aan Marcus. Ze voelde geen verdriet meer om hem. Ze herinnerde zich die eerste keer met hem, hoe ze zich, achteroverliggend, op haar ellebogen had opgericht om het te zien en ook om hem weg te kunnen duwen als het te veel pijn deed. Ze herinnerde het zich terwijl ze Henri's pols streelde en zijn slagader onder haar vingertoppen voelde kloppen. Starend naar de rommel op de vloermat van de auto, naar het gat in die vloermat, probeerde ze dat ooit zo grote verdriet om Marcus nog eens in zich op te roepen. Maar er gebeurde niets. Het was er niet meer.

Zodra ze op het strand kwam, trok Lin haar schoenen uit. Ze wachtte er nooit een seconde mee. Meteen uit die schoenen. Ze rolde haar broekspijpen een paar slagen op en weldra liep ze op blote voeten door het water, dat vliesdun over het zand vloeide. Henri volgde en keek naar haar. Het gaf hem altijd 'een speciaal gevoel' om haar tegen de achtergrond van de zee te zien, hij wist niet wat het was, maar hij zag haar graag lopen terwijl achter haar de zee lag en golven zich krulden en braken.

'Zal ik de tassen dragen, liefje?'

Op het strand hoorde hij opeens hoe helder haar stem was, en zag hij hoe open haar gezicht was. Zijn vorige vriendinnen hadden hém altijd laten sjouwen, maar zij nam vaak meer dan de helft van de bagage van hem over. Hij zag ook graag hoe sterk ze was. Het deed haar niets om twee zware tassen te dragen, en ze had dan nog genoeg over om met hoog opgetrokken voeten weg te rennen voor een uitvloeiende golf.

Ze liepen tot ze de lange rij badhokken aan de voet van de duinen achter zich hadden gelaten en op een leeg gedeelte van het strand waren gekomen. Voor Henri hoefde het niet, zo ver lopen, 'mensen ontwijken' vond hij het, maar Lin hield ervan om op een leeg strand te zijn. Ze wilde ook niet 'de hele tijd' het gevoel hebben dat ze bekeken werd.

Henri zette het windscherm op.

In het berghok op de zolder van zijn huis had Lin in de daar opgeslagen massa spullen het windscherm ontdekt, een ouderwets ding. Ze herkende het aan de zak, die met een koordje was dichtgesnoerd, en herkende het nog meer toen ze het optilde: aan het zachte gerinkel van de aluminium buisjes daarbinnen. Het deed haar aan vroeger denken, aan de brede stranden van de Waddeneilanden waar ze met haar ouders en haar zus naar toe ging, aan gezeul door het zand, aan zonlicht dat zo fel was dat je je ogen moest dichtknijpen. Aan haar kinderlichaam herinnerde het haar, hoe dat voelde, ze wist het nog precies. Aan haar vader met zijn lange blonde haren, die in zijn gezicht woeien, terwijl hij de haringen van het windscherm in het zand sloeg.

Nu was het Henri die het windscherm opzette. Hij schoof de aluminium buisjes in elkaar tot staanders en schoof die staanders door het verschoten rode doek met de punt in de lusjes. Lin hield met gespreide armen twee van de vier staanders overeind, ze in het zand drukkend, en over het doek heen keek ze naar Henri: hoe hij op een knie in het zand lag, de scheerlijnen spande en met de rubberhamer op de haringen sloeg.

'Kijk,' zei ze, toen het scherm voor het eerst was opgezet, en ze wees naar het zakje dat op de stof was genaaid, 'dat is het horlogezakje. Daar moet je je horloge in stoppen.'

Ze lachte vrolijk. Kennelijk vond ze het iets bespottelijks. Zelf droeg ze geen horloge.

Ze ging ook meteen in zee, in haar badpak als er mensen in de buurt waren, en naakt als er niemand was. Henri zag haar naar het water lopen, met haar schouders naar achteren getrokken, verlegen, omdat ze zich bekeken voelde. Ze had weinig tijd nodig om aan de temperatuur van het water te wennen. Henri wist dat ze er minstens twintig minuten in zou blijven, opgaand in een aandachtige en haast beschroomd uitgevoerde dans als de golven 'gewoon' waren, en in een woest en lachend gevecht als ze hoog en sterk waren, en dat ze pas terugkeerde als ze niet meer kon.

Met zijn handen groef Henri een kuil tot hij een koele zandlaag bereikt had en daar verborg hij blikjes bier en mineraalwater. Nadat hij om elk blikje een eindje touw had gebonden, gooide hij de kuil weer dicht. Op het zand legde hij de uiteinden van de touwtjes op gelijke afstanden van elkaar, geel voor het water, rood voor het bier.

Hij keek naar Lin, die zich door de golven liet optillen en haar armen spreidde als ze werd opgetild. Nog steeds drongen herinneringen aan de weken op het booreiland zich op, sterker waren ze dan de gebeurtenissen van een enkele nacht. Meer dan de mensen herinnerde hij zich het platform zelf, die vijfenzeventig bij twintig meter, het dek, de wind, de trappen, de boortoren aan de rand, de pompen, de geluiden als er een nieuw stuk op de boorpijp werd gezet, de klussen die hij had gedaan. Terwijl hij hier in het zand lag en naar zijn meisje keek, vrat de enorme beitel zich door de aardkorst, een halve meter per uur, op weg naar vier kilometer diepte. Het was of zijn lijf de herinnering aan het werk vasthield en nog steeds de spanning produceerde waarmee hij werkte.

Eindelijk stond hij op.

Als een voetballer die, wanneer hij het veld op komt, het koordje van zijn broek nog eens lostrekt, het strakker aanhaalt en opnieuw strikt, zijn buik inhoudend, zijn borst vooruit en enigszins wijdbeens lopend alsof hij tegelijkertijd ook het zaakje in zijn broek nog eens goed wil leggen – zo liep Henri naar zee, het koordje van zijn zwembroek loshalend en weer aantrekkend. In zijn jonge jaren was hij rechtsback geweest.

In zee bleef hij op zichzelf.

Lin zwaaide naar hem. Haar gezicht was nog zachter dan gewoonlijk, weerloos, precies zoals het eruitzag als ze gevreeën had. Hij zwaaide niet terug, maar stortte zich met een zijwaartse duik in de golven en zwom naar haar toe.

'Hé liefje!'

Hijgend veegde ze de natte haren uit haar gezicht.

'Hé Lin.'

Maar één ding wilde ze nu: dat hij haar zou optillen, zijn handen om haar billen, zodat ze haar benen om zijn middel kon slaan en haar armen om zijn hals, en dat hij haar dan – terwijl ze zo dicht bij hem was, nat en hijgend, haar lippen bij zijn oor, haar borsten tegen hem aan – door de golven zou dragen en dat ze door de golven zouden worden opgetild.

Maar ze wist dat hij het niet wilde.

'Goed voor je kater,' riep ze.

Onwillekeurig kwam ze toch dichterbij, met haar voeten zette ze zich af op de bodem, zodat ze als een dobber op en neer ging in het water, en soms, als ze naakt was, tilde ze haar borsten voor hem op en glimlachte met schuin gehouden hoofd. Maar Henri wilde haar niet dragen.

Al gauw hield hij het voor gezien en ging terug. Dan duurde het nog een tijd voordat zij uit zee kwam en zich bij hem voegde. Ze roste haar lichaam droog. Henri gluurde naar de donkere haartjes op de binnenkant van haar dijen, in één richting gelegd nu door het water.

Op haar borsten had ze kippenvel. Als de zee erg ruw was geweest en de golven haar tegen de bodem hadden gesmakt, zaten er rode plekken op haar heupen.

'Vind je dat niet mooi,' zei ze, terwijl ze op haar rug in het zand lag, in de luwte van het windscherm, en door haar halfgeopende ogen naar de meeuwen keek, die op de luchtstroom langs de duinen gleden, 'die meeuwen, bedoel ik.'

'Hoezo?'

'Mooi vind ik dat ze zo zijwaarts zweven, zonder iets te doen, en dan ook nog af en toe naar beneden kijken. Ze zijn echt aan het niks-doen.'

'Denk je?'

Henri trok aan een van de rode touwtjes een blik bier uit het zand omhoog. Koud bier. Hij knapte ervan op.

'Welke vogels komen er op het booreiland?'

'Van alles en nog wat, zelfs roodborstjes op doortocht. Een tijd geleden kregen we bezoek van een jan-van-gent, dat is een knaap met een spanwijdte van bijna twee meter.'

Ze zwegen.

'Ik hou het meest van strandlopertjes,' zei ze toen. 'Die kleine dribbelaartjes die je in troepen aan de vloedlijn bezig ziet. Ken je ze? Als het water op ze afkomt, dribbelen ze met zijn alle razend-snel weg. Hier zie je ze niet veel, maar op de Waddeneilanden wel. Als kind vond ik dat al het mooiste vogeltje en ik vind het nog steeds.'

Het verwonderde Henri dat een stevige vrouw als zij het meest hield van zo'n klein vogeltje.

'Met je vader ging je dus weleens naar Ameland?'

'Met mijn ouders en mijn zus, het gezin, zeg maar. Naar Schier-monnikoog of Ameland, waar mijn moeder vandaan kwam.'

'En jullie woonden in... eh... Bedaard.' Henri grinnikte.

'Bir-daard, eikel.'

'Okay.'

'Mijn vader had twee huisjes aan het water gekocht en opgeknapt.

We gingen naar de eilanden omdat hij niet op vakantie wilde. We hebben hier toch alles, zei hij altijd.'

'Jullie woonden mooi.'

'We woonden buiten het dorp, aan de Ee. De Wadden waren vlakbij. Hij had een roeiboot en ging uit vissen, hij had fuiken staan... Heel gek was dat hij mijn moeder niet in zijn boot wilde. Ik mocht bij hoge uitzondering weleens mee, mijn zus ook, maar mijn moeder nam hij nooit mee.'

'Snap ik wel.'

'Snáp jij dat wel?' Ze kwam overeind, op een elleboog, haar haren over haar schouder gooiend.

'Je gaat niet met je vrouw uit vissen.'

'Dat wilde ze ook niet. Gewoon uit varen gaan, ergens aanleggen in het riet en picknicken. Maar een pleziertochtje kon er niet vanaf. Hij wilde haar niet in zijn boot! Ik weet het nog goed omdat ik me altijd schuldig voelde als hij me meenam om fuiken te lichten.'

Ze strekte zich weer uit en schoof haar handen in het warme zand. 'Maar in de zomer namen we soms de boot naar een van de eilanden en zaten we een dag aan het strand.'

'Zie je hem nog weleens?'

'Na mijn tiende heb ik hem niet meer gezien.'

Lin zweeg. Ze dacht liever niet aan haar vader en keek daarom naar de meeuwen die langskwamen, snel en zonder vleugelslag, gedragen door de warme lucht die opsteeg aan de voet van de duinen. De veren op hun borst lichtten op, helwit in blauw. Ze keek maar naar die meeuwen. Ze hield ervan als haar hoofd helemaal leeg werd.

Henri's kater eindigde in een loom en bedwelmend lustgevoel. Geilheid spoelde door zijn mondholte, zijn lippen zwollen, zijn ogen zochten steeds haar lichaam. Hij ging naast haar liggen, duwde zich tegen haar aan, maar ook zo kwam hij er niet vanaf, het werd alleen maar heviger. Lin was terughoudend. 'Ja nee,' zei ze. Of: 'Niet zo opdringerig.' Ze hield ervan om buiten te vrijen, maar niet als er mensen in de buurt waren. Op het strand, ook op dit lege gedeelte, waren er mensen die hen konden zien en zelfs de verre wandelaars langs de vloedlijn maakten haar onrustig.

Henri wist haar het duin op te krijgen. Op hun buik gleden ze onder het prikkeldraad door, ze betraden de verboden zeewering en klauterden naar boven, door anderen gadegeslagen, terwijl massa's zand onder hun voeten weggleden. Eenmaal boven schoof ze zonder omhaal haar badpak naar beneden en trok het uit. De wind joeg door haar schaamhaar. Willig vlijde ze zich op de zachtglooiende top, die met helmgras was begroeid, op haar buik, haar benen lager dan haar bovenlijf. Ze legde haar wang in het warme zand, staarde door het helmgras, dat ze met haar vingers betastte en streelde, en zo gaf ze zich aan hem. Ze onderging het als een dier.

Nauwelijks een kwartier later gleden ze langs de helling omlaag, in stuivend zand, opnieuw gadegeslagen. Lin schaamde zich. Henri kon het niet schelen, hij kwam bovendien van het duin met een mooie meid en dat mocht gezien worden. Maar Lin wilde dit 'nooit meer' en zei het hem meteen, terwijl ze hurkte bij het windscherm en deed of ze iets zocht.

'Ik wil graag doen wat jij zegt, maar sommige dingen kan ik niet. Waarom ben je vanochtend niet met me komen vrijen?'

'Toen hadden we nog ruzie, schat.'

'Dat maakt toch niet uit?'

Henri kon een glimlach niet onderdrukken.

'Nu ga je nog zitten lachen ook!'

'Sorry, schat.'

Boos, in een donderwolk van ongenoegen, staarde ze naar het zand. Henri mocht haar niet aanraken. Ze verstopte haar hoofd in een handdoek. Toen ze gekalmeerd was en weer te voorschijn kwam, zei ze droogjes: 'Nou, dat was niet zo'n succes.'

'Ach, in het begin moet je alles nog uitzoeken.'

Lin spitste haar oren.

'Kom,' zei ze, 'we gaan in zee. Dan zal ik je wassen.'

Op een middag stond er een man naar hen te kijken. Ze lagen verstrengeld in het zand, half slapend; Lin droeg alleen haar slip. Zij merkte hem op toen ze even haar ogen opende.

'Henri,' fluisterde ze met bonzend hart, 'er staat daar een man.'

Hij stond bij het prikkeldraad en leunde met zijn rug tegen een paaltje. Het was een man van een jaar of veertig, kalend, zijn haren woeien over zijn roodverbrande schedel. Hij droeg een shirt, een ruime korte broek die tot aan zijn knieën reikte. Een zonnebril maakte zijn ogen onzichtbaar, maar het was duidelijk dat hij naar hen keek, naar haar, en ook dat hij al een tijdlang stond te kijken. In zijn linkerhand hield hij een plastic tasje. Zijn rechterhand had hij in zijn broekzak geschoven en deze maakte daar een verwoede beweging. Hij stond op nauwelijks tien pas afstand.

'Hij staat naar ons te kijken.'

Aan haar stem hoorde Henri dat ze geschrokken was. Hij draaide zich op zijn buik, keek naar die figuur die in de laaiende zon bij het prikkeldraad stond en zag zijn hand bewegen in zijn broek. De man wendde zijn hoofd nu iets af, maar ging onverstoorbaar door met wat hij aan het doen was, nog heftiger zelfs.

Henri sprong op. Zijn keel werd droog. De man hield niet op met zijn verwoede beweging. Pas toen Henri vlak voor hem stond, kwam de hand in zijn broekzak tot rust.

'Wat jammer nou dat je moet ophouden.'

De man wendde zijn hoofd nog iets verder af.

'Of was je net op tijd en zit je kwakkie nu lekker in je onderbroek?'

De man deed of hij niets had gehoord. Hij hijgde, uit een van zijn mondhoeken gleed een druppel speeksel. In de glazen van de zonnebril zag Henri het strand weerspiegeld en zijn eigen gezicht, vervormd door de bolling van het glas. Een ogenblik zag hij haarscherp de poriën in het gezicht van de man, stoppels, zweetdruppels op zijn bovenlip. Hij had zin om met één hand die strot dicht te knijpen, hij voelde de kracht al naar zijn arm schieten, hij had zin om dat strottenhoofd te omklemmen.

'Wegwezen jij!'

'Laat me met rust.' Zijn stem klonk dof, afwezig.

'Jij moet ons met rust laten! Wegwezen man, oprotten nou!' Henri voelde zijn drift, bedwelmend. Hij had zin. Hij had zin om te meppen. 'Nog drie tellen, dan hang je in het prikkeldraad!'

Toen zette de man zich af van het paaltje waartegen hij geleund stond en liep weg, zeulend door het zand, hij hief de linkerhand met het plastic tasje onhandig op naar zijn hoofd om haren achter zijn oor te vegen en schoof tegelijkertijd zijn rechter in zijn broekzak, misschien om zijn droef krimpend lid te troosten. Henri keek hem na.

'Ik ben blij dat je hem niet geslagen hebt,' zei Lin.

Henri hoorde er een beschuldiging in. Hij werd kwaad. Hij was voor haar opgekomen, hij had die smeerkees weggejaagd. Maar in plaats van hem te bedanken, begon ze hem zijn agressie te verwijten, dat hij haar weleens geslagen had. Hij beschouwde het als de zoveelste subtiele gemeenheid van vrouwen waar hij geen verweer tegen had. Het stijfde hem in een opvatting die hij onder vrienden ten beste gaf: geen man die je zo'n pijn kan doen als een vrouw.

'Heb je dit vaker meegemaakt?' vroeg hij aan Lin.

'O, dat weet ik niet,' antwoordde ze, 'ik ben het altijd meteen weer vergeten. Maar de laatste maanden heb ik in de stad wel meer last. Laatst nog. Stond ik voor een etalage en voelde ik opeens een hand die mijn billen betastte. Zo gek, man. Eerst geloof je het gewoon niet.'

'Jij trekt dat aan.'

'Dat overkomt toch elke vrouw?'

'O nee.'

'Maar wat heb ik dan dat het aantrekt?'

Henri legde een arm om haar schouders. Ze duwde hem meteen van zich af.

Vlak voordat ze het strand verlieten zwom Lin nog een keer. Henri borg het windscherm op. Hij schoof de staanders uit het doek en trok de delen van de aluminium pijp uit elkaar, hij wond de scheerlijnen om de haringen, rolde het tentdoek stijf op, met de buisjes en de haringen erin, en schoof de rol in de zak. Hij pakte ook de tassen en stopte de lege blikjes in een plastic tas. Zodra hij met een vrouw was, en vooral wanneer hij tevreden met haar was, kwam er een soort degelijkheid over hem: hij wilde de boel op orde hebben. De manier waarop hij die zomer steeds dat windscherm stijf en strak oprolde en de tassen pakte, vertelde hem dat.

De zon stond laag, dik en rood. De zee was kalm geworden en glansde. Over het strand begon de leegte te waaien. Op weg naar de duinovergang *moest* Henri naar haar kijken. Ze liep schuin voor hem, in haar linkerhand droeg ze een tas, met haar rechter hield ze de zak met het windscherm op haar schouder in evenwicht. Omdat die zak op haar schouder lag, helde haar hoofd, met de natte haren opgestoken, naar opzij.

Henri bleef achter haar lopen.

Misschien was het de leegte van het strand, met overal die voetsporen, uitpuilende afvalbakken en badhokken die gesloten werden, misschien was het de kalmte van de zee, misschien waren het de verzadigde kleuren van de avond – veel sterker dan gewoonlijk was hij zich van haar schoonheid bewust. Die gestalte, het wit van haar linnen broek, het gerimpelde wit, het zand dat aan haar nog vochtige kuiten kleefde, haar voeten die krachtig door het zand traden, haar hoge taille, het donkerblauwe truitje met de schoudersluiting om haar bovenlijf, de brede schouders. Soms kwam haar gezicht even te voorschijn, haar vrolijke gezicht, met de donkere lijnen van de wenkbrauwen, de beweeglijke lippen die rood waren van zichzelf. Maar het was vooral haar gestalte die indruk op hem maakte. Soms boog hij haast verlegen het hoofd.

Niets vond Lin heerlijker dan na zo'n dag thuis te komen, in een huis waar de warmte van de dag was blijven hangen, de gordijnen nog halfgesloten waren en alles nog zo was als ze het die ochtend hadden achtergelaten: de kleren op de vloer, het bed doorwoeld en op de eettafel de resten van het ontbijt. Alles moest zo blijven, aan de ochtendlijke staat der dingen mocht niets veranderen. Het speet haar altijd wanneer Henri de gordijnen opentrok en de ramen omhoogschoof om frisse lucht door het huis te laten stromen. Maar een minuut later kon het haar niets meer schelen. Ze leefde dan alweer 'in een heel ander gevoel' en verwonderde zich erover dat ze zoëven nog gewild had dat er niets veranderde in de kamer, vooral het schemerlicht niet, en dat het haar nu niets meer deed dat het veranderd was, verdwenen.

Nauwelijks was ze binnen of ze liep op blote voeten en in haar blote kont.

Henri nam een douche.

Ze luisterde en voelde haar tepels zwellen. Goed dat Henri de gordijnen had opengetrokken, dat het nu weer anders was in huis, dat er weer iets nieuws ging komen. Ze werd een beetje hijgerig, voelde overal onder haar kleren haar huid. Ze draalde en drukte haar billen tegen het hakblok. Henri kwam met natte haren uit de badkamer, in een schone spijkerbroek en een schoon T-shirt, hij snoerde zijn riem dicht en begon met de voorbereidingen voor het koken. Lin draalde.

'Hé Henri...'

'Schat, ik ga nu koken.'

'O.'

Onder de douche in de badkuip spoelde ze het zand en de vettigheid van zonnebrandolie en zeelucht van zich af, altijd met een lichte spijt, en ze keek door het kleine raam naar de kastanje, die met zijn schaduwrijke bladerholen de avond toonde. Alles leek haar nu de moeite waard: van de kastanje en de avondlucht tot aan haar op de vloer liggende kleren en de zandkorrels op de bodem van het bad. Over alles lag een glans.

Terwijl ze zich afdroogde, langzaam, herinnerde ze zich het strand, de zee, precies nog de kleuren, en die ene golf, en Henri, die over het strand naar haar toe kwam en het koordje van zijn zwembroek nog eens strak trok, de witheid van de meeuwen in de blauwe lucht, dan weer die ene golf, hoe hij zich boven haar krulde, een gladde wand van water – alle strandbeelden gloeiden nog na in haar hoofd. Ze stapte uit bad, op haar brede voorvoet, die nu mooi was, omdat Henri hem mooi vond. Terwijl ze met haar haren bezig was, luisterde ze naar de geluiden in de keuken, waar pannen op het vuur stonden en gebraden werd. Ze genoot van het vooruitzicht van het lekkere eten, dadelijk, genoot ervan dat ze onder tafel haar blote voeten op Henri's voeten zou zetten, dat het donker zou worden, dat ze van beneden de Marokkaanse muziek zou horen en de televisie, als altijd, dat ze vroeg naar bed zouden gaan om lang te kunnen vrijen, dat ze zeker wist dat Henri straks in haar zou komen, dat hij zou doen waar ze van hield, dat het bed zou kreunen onder hun trage bewegingen. Ze genoot ervan dat alles eindelijk gewoon was.

# III

## UITDIJENDE TIJD

'Gaan jullie naar het buitenland?'

Het was Yvonne Wijnberg die het vroeg, aan het eind van een zaterdagmiddag, in het magazijn van de Star Shop, waar ze met haar rug tegen in plastic folie verpakte jacks stond, de portefeuille met de dagopbrengst tegen zich aan drukkend. Ze was nog druk en verhit van het werk. De deur van de winkel was gesloten, het rolluik half neergelaten.

'Nee, we blijven lekker hier,' antwoordde Lin, die tegenover haar stond.

'Heel verstandig, meid. Je kent mekaar nog maar zo kort. Als je nu twee weken naar Kreta gaat en het loopt niet, heb je alleen maar stress. Nee, blijf maar lekker hier.'

Er viel een stilte. Lin had het gevoel, zoals wel vaker, dat Yvonne haar wilde omhelzen en kussen. Of was zij het zelf die haar armen om Yvonne heen wilde slaan en haar kussen op haar bezwete wang, in haar spekkige hals? Yvonne schoof een hand in haar blouse en trok het afgezakte bandje van haar bh over haar schouder – ze deed dat graag waar anderen bij waren. Lin drukte zich tegen de jacks achter haar, het plastic ritselde.

'Wat sta je daar nou?'

'Ik ben al weg.' Lin liep de lege winkel in.

'Pas maar op dat je geen *penis captivus* krijgt!'

Als het om seks ging had zelfs het Latijn voor Yvonne Wijnberg geen geheimen. Het woord *captivus*, uitgesproken met een Amsterdams accent, klonk als 'kaptyfus', en dat was dan ook wat Lin verstond: penis kaptyfus. Het kwam vaker voor dat Yvonne haar iets nariep. Meestal was het onzin en liep ze door. Ditmaal stond ze stil.

'Wat is dat?'

'Dat hij niet meer uit je kan, schat.'

'O dat. Dat hebben alleen honden.'

'Het komt ook bij mensen voor, en jij lijkt me daar helemaal het type voor. Maar dan andersom, begrijp je: dat je hem van geiligheid niet meer uit je kunt laten gaan.'

Lin begon te blozen en te lachen. 'Ik bel je als het gebeurt.'

'Kom ik er een emmer water over gooien! Dag meid!'

Die avond was ze nerveuzer dan gewoonlijk. Bij het verlaten van haar huis was ze schichtig als een wild paard. Maar toen Henri uit zijn auto stapte om haar koffer en een tas met boodschappen in de kofferbak te zetten, toen hij met wegrijden wachtte tot ze het portier had dichtgetrokken, begon ze er een stuk geruster op te worden.

Hij zag eruit alsof hij op reis ging: een schoon overhemd met korte mouwen – de strijkvouwen zaten er nog in – een pantalon met omslagen en zijn blote voeten staken in schoenen waarvan het leer op de neus was opengewerkt, dure schoenen. Hij zag er chic uit. Het wond haar op. De haartjes op haar onderarmen gingen ervan overeind staan.

In zijn huis plofte de stilte op hen. Een beetje lacherig stonden ze tegen elkaar aan. Lin hield een hand om zijn kruis. Henri had zijn hand in haar broek geschoven en op de vlezigheid boven haar billen gelegd, met zijn middelvinger over haar stuitje.

'Veertien dagen,' zei ze, 'dat is erg lang.'

'Heel erg lang.'

Henri maakte in de linnenkast een paar planken voor haar vrij en gaf haar kleerhangers. Hij sprak een nieuwe tekst in op zijn antwoordapparaat en meldde dat hij twee weken weg was. Lin begon haar koffer uit te pakken, maar steeds zat ze te dromen en luisterde naar het zachte kraken van Henri's schoenen. Ze hield ervan als hij mooie schoenen droeg, schoenen van mooi leer, dure schoenen ook, ja, ze moesten duur zijn en zacht kraken. Aan het kamerscherm hing ze de drie jurken die ze gekocht had.

Ze ontkleedde zich tot ze alleen een hempje aanhad en ging op bed liggen. Toen ze Henri hoorde aankomen, sloot ze haar ogen. Ze hoorde hem uit zijn schoenen stappen, zijn kleren uittrekken. Pas toen hij op zijn knieën tussen haar benen was gaan zitten, deed ze haar ogen open.

'Twee weken,' zei ze, 'en dat er nu helemaal niets meer hoeft!'

Henri streelde haar.

'Ruik je me? Ik heb een nieuwe crème.'

Henri boog zich voorover om te ruiken, maar rook vooral aan haar schaamhaar, die donkere bos, die hij vastpakte met zijn hand, en toen hij zich oprichtte hing die lauwe, vochtige vislucht in zijn neusgaten. Verlegen keek Lin naar hem op. Henri's ogen gleden naar haar openliggende oksels. Met een hand trok ze haar haarpin los – een dubbele pin met bovenop een Balinese godin, uitgesneden in het been – en liet hem zien.

'Elke dag gedragen en elke dag wel tien keer in en uit gedaan.'

Ze boog zich opzij om hem in haar koffer te laten vallen en ging toen weer in precies dezelfde houding liggen, haar handen onder haar hoofd. Henri streelde de binnenkant van haar dijen.

'Dat vind ik een heerlijk gevoel,' zei ze, 'dat ik zeker weet dat je dadelijk in me komt.'

Lin trok haar knieën op en schoof naar beneden, dichter naar hem toe, en legde haar hand om zijn geslacht. Met haar andere hand trok ze onderwijl een van de kussens onder haar hoofd vandaan en propte het onder haar billen.

'Je gaat het met me doen, hè.'

'Ja schat.'

Er lag een floers over zijn stem. Ze voelde zijn pik zwellen in haar hand, ze trok de huid naar achter en draaide toen haar hand, zodat hij op de binnenzijde van haar pols kwam te liggen, op de kloppende ader.

'Ja, je gaat het met me doen, hè... fijne geilerd... opzweller... steeds-dichterbij-kruiper.'

Henri nam haar hemd tussen duim en wijsvinger en schoof het omhoog over haar buik, tot haar opgestuwde borsten eronder vandaan floepten. Ze zette zijn pik tussen haar schaamlippen en kwam half overeind, steunend op een elleboog, om het te zien. Henri verplaatste zijn handen en daarna duwde hij zich met één beweging in haar. Lin begon te lachen. Ze moest er altijd om lachen als hij dit deed, omdat het haar herinnerde aan de manier waarop hij zijn auto parkeerde: met een stoot gas en een snelle, afgemeten stuurbeweging zette hij zijn wagen in één keer in het gat tussen twee auto's.

'Wat lach je nou?'

Hij wist waarom ze lachte.

'In één keer,' zei ze.

Herhaling was aan haar welbesteed. Henri zat stil, ook al kostte het hem moeite, alleen in haar binnenste roerde hij zich. Ook Lin bewoog zich nog niet. Ze begon te zweten.

'Elke keer als je terugkomt, gaat het beter tussen ons,' zei ze, met een bedwongen hijgen.

'Ja...'

Toen zei ze niets meer en drong zich dichter tegen hem aan.

Drie etmalen kwamen ze het huis niet uit, behalve voor een nachtelijke wandeling, om de benen te strekken. Zelfs het bed verlieten ze nauwelijks. Henri stelde zich nu en dan op de hoogte van de tijd met een blik op zijn in de badkamer achtergelaten horloge, ook al kreeg de tijd steeds minder betekenis voor hem. Maar Lin kon het niet schelen hoe laat het was, ze wilde het zelfs niet weten, ze zag het licht en donker worden en begon te leven in een oceanische tijd, de tijd van het uitdijend ogenblik, waarin ze haar tenen om een bedspijl gekromd zag en niet wist hoe lang dat al duurde.

Slapen en vrijen, veel meer deden ze niet, nu en dan iets eten, nu en dan praten, dat wil zeggen: zij stelde vragen of vertelde, terwijl ze op zijn arm lag of op hem zat en aan hem 'pulkte' (ze ontdekte mee-eters in zijn huid en kneep ze uit, ze knipte zijn neusharen, knipte ook de nagels van zijn rechterhand en droeg hem op ze voortaan kort te houden). Een enkele maal keken ze tussen de halfgesloten gordijnen door naar buiten, maar zonder interesse, als dieren lagen ze bij elkaar, steeds vertrouwder met elkaars lichaam.

Lin vertelde. Ze vertelde over haar navel, die groot en diep was. Dat ze van kinds af bang was geweest als iemand haar navel aanraakte en zijn vinger erin stak, dat ze het nooit iemand had toegestaan, dat hij de eerste was. Dat ze het zo gek vond van zichzelf. Of hij begreep waarom het haar bang maakte als iemand haar navel aanraakte.

'Nee, daarvoor moet je echt bij de psychiater zijn.'

'Die verzint ook maar wat. Ik ga het in een encyclopedie opzoeken, navel, en alles wat ze erover schrijven, navel als symbool, want dat is het natuurlijk ook, en dan kom ik er wel achter. Misschien kan ik ooit zelf begrijpen waarom ik daar zo bang voor ben.'

'Waarom mag ik hem nu wel aanraken?'

'Omdat je voorzichtig bent. Maar toch mag je er nooit zomaar een vinger in steken!'

Ze pakte zijn hand en liet een van zijn vingertoppen over de rand van haar navel gaan, als om er zichzelf nog meer aan te wennen en hem te laten voelen hoe hij het moest doen.

Eens, ergens in die uitdijende tijd, terwijl ze schrijlings op hem zat en de vochtige haartjes op zijn onderbuik in één richting streek, vertelde ze hem met wie ze het eerst had gevreeën. Het was een Ambonees meisje geweest, een heel lenig Ambonees meisje.

'Toen was ik elf,' zei ze, 'en net in Amsterdam komen wonen. Ik ging weleens bij haar logeren en als we dan 's avonds in het logeerbed lagen, streelden we elkaar.'

Henri hoorde het verbaasd aan.

'Maar op een dag zei ze me dat ik niet meer bij haar thuis mocht komen. Ze had aan haar moeder verteld wat wij deden in bed.'

'Jij was er vroeg bij.'

'Ik vond het fijn om haar te strelen en ik voelde dat het goed voor me was, dat ik het nodig had. Thuis kreeg ik niets. Mijn moeder raakte mij nooit aan en met mijn zus kon ik niet overweg. Ik probeerde veel uit logeren te gaan.' Ze lachte. 'Nu ben ik eigenlijk ook uit logeren.' Ze zweeg een ogenblik. 'Nee hè? Dit is geen logeren.'

'We zijn op reis.'

'Ja.'

'Was het een mooi meisje?'

'Ze was stil en lief, maar in bed, als ik haar streelde, gleed ze kronkelend en hijgend over me heen. Ze was lenig en liet me kunstjes zien. Ik vond het ook fijn om naast haar te liggen en haar aan te kijken, om haar alleen maar heel lang aan te kijken.'

'En toen mocht het opeens niet meer.'

'Vreselijk stom! Alsof we viezigheid hadden uitgehaald. We schaamden ons. We dachten dat we iets verkeerds hadden gedaan en hebben elkaar nooit meer gesproken. Ik zie haar nu ergens op een perron staan. Misschien ben ik haar later nog eens op een perron tegengekomen.'

Henri vouwde zijn handen achter zijn hoofd. 'En daarna jongens.'

'Op mijn vijftiende kreeg ik een vriendje. Maar tafeltennis was toen al zo belangrijk dat het niet meer kon. Janosz zei dat ik die jongen op moest bellen om te zeggen dat het niet kon, en dat heb ik gedaan.'

'Alles voor je sport.'

'Alles. Maar ik was er ook echt bezeten van, ik deed dat niet alleen voor hem. En ik ging snel vooruit. Elk halfjaar speelde ik sterker. Progressie, noemde Janosz dat. Door hem heb ik dat woord leren kennen.'

'En hij keek natuurlijk naar je.'

'Wie?'

'Je trainer.'

'Ja.'

Lin zweeg abrupt. Henri streelde haar dijen, terwijl ze zijn schaamhaar in één richting bleef strijken.

'Ik lek toch niet?'

'Geeft niet.'

Ze zwegen. Henri voelde zijn zaad uit haar lekken en koud worden terwijl het langs zijn benen op het laken gleed. Hij ging door met het strelen van haar dijen en genoot van de vage vislucht die bij vlagen – als ze zich bewoog – in zijn neusgaten drong.

'Dan heb je dus jarenlang met niemand gevreeën,' hernam hij.

'Nee, met niemand.'

'Helemaal niets? Zelfs niet een avondje dansen en dan op straat...?'

'Dansen deed ik ook niet. Altijd vroeg naar bed. Maar toen ik twintig was, ben ik met Marcus begonnen, en toen heb ik de schade ingehaald. Ik zou elke dag een paar uur willen vrijen. Dan heb ik pas het gevoel dat ik genoeg heb gehad.'

'Was hij goed, die Marcus?'

'Hij was onhandig. Maar ik heb hem alles geleerd.'

'En van wie had jij het geleerd?'

'Ik kon het uit mijzelf. Ik leer alles zelf!'

Haar laatste zin klonk woest en trots. Ze zweeg en haar tot dan toe almaar strijkende handen lagen stil op zijn buik. Door het vertellen en door alles wat ze al vertellend had aangeraakt, versomberde ze en voelde zich plotseling alleen. Henri zag een paar heftige schokken door haar buik gaan, alsof zich van daaruit iets met geweld een weg omhoog wilde banen door haar lichaam. Toen hij naar haar opkeek, liet ze haar haren voor haar gezicht vallen.

'Hé meid.'

Hij trok haar over zich heen. Half onwillig was ze, trots, bang – en toen ze op hem lag voelde hij haar hart bonken, hámeren, een jong wild hart. Hij schoof zijn mond tussen haar haren door en wilde haar kussen op haar weke mond. Maar ze trok haar lippen weg. Het leek haar plotseling obsceen dat hij haar wilde kussen.

'Ik ga me toch even wassen,' zei ze, en stond op.

Op de middag van de derde dag, ergens in een stilte van ruisende kastanjebladeren, stemmen in het huis van de benedenburen en nu en dan een zacht kreunen van het ijzeren bed, kwam er een kentering.

'Henri, er is iets dat ik graag zou willen doen,' zei Lin, 'maar ik durf het je niet te vragen.'

'Ik ben benieuwd.'

'Maar ik ben bang dat je beledigd zult zijn.'

'Nu wil ik het helemaal weten.'

'Ik zou graag je badkamer schoonmaken.'

Henri was even stil. 'Niet schoon.'

'Niet echt, nee.'

'Nou, als je handen jeuken, als je zo nodig poetsen moet – ga je gang.'

Lin sprong uit bed en trok, ter voorbereiding op haar werkzaamheden, haar bh aan. Henri keek ernaar hoe ze het deed.

'Je vergeet ze recht te leggen,' zei hij.

'O ja.'

Ze schoof een hand in de cups, eerst haar rechterhand in de linkercup, dan haar linker in de rechter, om haar borsten recht te leggen. Bij het aandoen van haar bh werden ze door de spanning van de stof opzij getrokken en daarom stak ze haar handen erin om ze recht te leggen. Henri keek met belangstelling naar al haar zelfaanraking en hij had willen zien hoe ze zichzelf onder zijn ogen streelde, hoe ze het met zichzelf deed – maar dat weigerde ze. Het wond hem op om te zien hoe ze haar borsten in haar handen nam, zelfs zo'n volslagen praktisch en snel uitgevoerd gebaar als het recht leggen van haar borsten. Hij bekeek haar als ze onder de douche stond en zich waste, als ze op de wc zat en een prop wc-papier tussen haar dijen duwde.

Toen hij een kwartier later opstond en naar het achterhuis liep, trof hij op de keukenvloer zo ongeveer de volledige inventaris van de badkamer. Achter de deur hoorde hij het klateren van water en het schuren van een borstel. De badkamer hing vol waterdamp, bij het bad lag Lin op haar knieën en schrobde de tegels. Ze lachte en richtte de waterstraal op hem.

'Hier heb ik nou naar verlangd,' riep ze.

Henri keek zwijgend naar haar en vond dat ze er prachtig uitzag terwijl ze over de badkamervloer kroop: dat blozende krachtlijf, de gleuf van haar ruggengraat, die brede billen, haar hielen, haar breed uitlopende voetzolen, onder spanning gezet door de gebogen tenen waarop ze rustten.

'Zo zie ik je nou het liefst,' grapte hij.

'Wat?'

'Dat ik je zo het liefst zie!'

Het drong niet tot haar door, zozeer ging ze op in het schrobben en boenen. Henri liet haar alleen. Toen hij een uur later terugkwam waren de dampen opgetrokken, droogden de tegels, de zwarte van de vloer, de blauwe en de witte op de muren, en hing er een geur van schoonmaakmiddelen. Lin stond zich af te drogen.

'Dat moet je nou eigenlijk elke week doen,' zei ze, hem lief en ernstig onderwijzend.

'Ik heb wel wat beters te doen.'

'Dat niemand jou dat ooit geleerd heeft!'

Henri keek naar haar. 'Wat zou je ervan vinden,' zei hij toen, 'als we er eens op uit trokken? Na drie dagen heb ik wel genoeg op bed gelegen.'

'Dat dacht ik nou ook.'

'Dan breng ik je naar een plek waar je van houdt. Je hebt het er vanochtend nog over gehad.'

'Vanochtend nog?'

# IV

## MINDER ALLEEN

Henri reed haar naar Schiermonnikoog, waar ze sedert haar kinderjaren niet meer was geweest. Hij vond het een weinig opwindende
bestemming. In het noorden van Friesland opperde hij om door te
rijden naar de Deense kust en een Deens waddeneiland, want daar
was hij nog nooit geweest, of naar Noorwegen, waar zijn Noorse
vriend vast wel een leuk huisje aan zo'n fjord voor hen zou weten.
Maar Lin herinnerde zich de woorden van Yvonne Wijnberg en
drong erop aan dat ze naar Schiermonnikoog zouden gaan – vandaar kon ze immers binnen een halve dag terug zijn in de stad.

Tegen zonsondergang stonden ze op de veerboot, tegen de reling
geleund, rossig licht op hun gezicht, en tuurden naar het bultig eiland aan de horizon. Op het eiland vonden ze binnen het uur een kamer. Dat ze in het hoogseizoen en laat op de avond nog een hotelkamer konden vinden had iets magisch: het scheen te bewijzen dat het
goed met hen ging, dat het klopte wat ze deden.

'Laten we niet meer ergens gaan eten,' zei ze. 'Ik heb van alles
meegenomen.'

Ze aten op het balkon, dat uitzag op tennisbanen en de duinen.

Tegen middernacht wandelden ze nog naar het strand, waar Lin
haar schoenen uittrok en doorliep in het warme donker van de zomernacht tot ze de zee had bereikt. Kleine golfjes braken op haar
voeten. Het water was lauw. Ze staarde in het donker en zag de licht-
bundel van de vuurtoren over zee zwiepen. Ze luisterde naar de stilte, het doffe breken van golven. Voel ik me nu nog alleen, vroeg ze
zich af. Nog steeds, moest ze zichzelf bekennen. Maar het was minder geworden, het was zoveel minder geworden.

Die nacht sliep ze tussen Henri's benen. Lang geleden had ze gedacht dat het misschien het beste voor haar was een man te hebben die ouder was dan zij, en nu had ze er een. Lang geleden had ze zich voorgesteld dat ze tussen de benen van een man zou slapen, op haar zij, met opgetrokken knieën, haar hoofd op een van zijn dijen, en nu lag ze werkelijk zo. Hoe was het mogelijk dat zo'n beeld, iets dat zomaar in haar was opgekomen, jaren later werkelijkheid werd? Ze probeerde zich voor te stellen hoe het werkte, hoe van het een het ander kwam, een oneindig ingewikkelde logica van gebeurtenissen, maar ze was er te moe voor, te vol van hetgeen haar overkwam, en het kon haar eigenlijk ook niet schelen. Roerloos en zwaar lag ze tussen Henri's benen, onder een schoon laken, als in een tent. Het was of haar leven zijn eigen gang ging, of het zelf manieren vond om haar te laten overleven, of ze ergens op vertrouwen kon, misschien.

'Slaap je al, liefje?' fluisterde ze.

'Nog niet.'

'Het was een fijne dag. Vanochtend gevreeën, vanmiddag heb ik je badkamer geboend, toen gingen we opeens weg, we stonden op de veerboot, we zijn in het donker op het strand geweest en nu liggen we hier.'

Ze wilde niet zeggen: en nu lig ik tussen je benen, bang dat er een eind aan deze sprookjesachtige toestand zou komen als ze hem benoemde. Ze kon ook nauwelijks meer spreken. Haar ademhaling werd zwaarder, een paar tellen later viel ze abrupt in slaap.

Henri wist niet wat hij ervan moest denken dat ze tussen zijn benen wilde liggen. Hij voelde haar adem over zijn dij strijken. Hij vond het eigenaardig dat ze zo wilde slapen, een beetje kinderlijk. Met zijn ene hand onder zijn hoofd, in de andere een half flesje whisky, lag hij in de kussens met hun verse en nog stugge slopen. Ze is eigenaardig, dacht hij, ze heeft rare dingen meegemaakt, ze heeft jaren geen bescherming gevoeld, misschien wel nooit, en daarom overdrijft ze nu. Het trekt wel bij. Die rarigheid gaat er wel af als ze zich maar eenmaal veilig voelt.

Zijn begrip deed hem goed.

Hij voelde zich royaal.

Ze vertederde hem. Maar tegelijk met zijn vertedering leefde er ook wantrouwen in hem. Hij was ervan overtuigd dat ze hem stuurde, manipuleerde, dwóng, net zolang tot ze haar zin had gekregen. Dit hier had zij geregisseerd. Daar twijfelde hij niet aan. Zij was over Schiermonnikoog begonnen, ze had het later nog eens laten vallen en vanochtend nog eens, juist toen er verveling en ongedurigheid begonnen te ontstaan. En hij, onnozele, had gemeend dat hij zelf op een idee was gekomen! Ondertussen gebeurde er wat zij wilde. Misschien besefte ze zelf niet wat ze deed, hoe ze het deed, maar evenzogoed had ze alles geregeld zoals zij het hebben wilde.

Nu lag ze als een kind tussen zijn benen.

Henri goot whisky in zijn mond en liet hem een ogenblik onder zijn tong staan en bijten. Haar warme adem gleed over zijn dij. Haar haren lagen uitgewaaierd over zijn buik. Hij herinnerde zich hoe hij op haar arm in slaap was gevallen, die avond van de oesters, en de rust die hij toen had gevoeld. Eenzelfde rust daalde nu op hem neer, terwijl ze tussen zijn benen lag, haar haren warm op zijn buik. Ze was zijn kind. Hij voelde zich haar beschermer en, naarmate zijn gedachten vervaagden, steeds meer een boom, een steeds grotere en machtiger boom, aan de voet waarvan zij in een hol tussen de wortels lag.

Lin vond de duinovergang terug, het strandpaviljoen op palen waar ze als kind de trappen opklom om ijs te halen en flesjes bier voor haar vader, en op het strand meende ze zelfs de plek te kunnen bepalen waar ze altijd met haar vader, moeder en zusje had gezeten. Toen Henri daar de zak met het windscherm in het zand liet vallen, raapte ze hem haastig weer op.

'Ben je gek! Dat doen we niet, hoor.'

Ze legde de zak met een zwaai op haar schouder. Terwijl ze wegliep van die plek, het windscherm op haar schouder, herinnerde ze zich hoe ze zich op dit brede strand soms van haar ouders verwijderde, een paar honderd meter, op haar hurken ging zitten, van afstand naar hen keek en zich erover verwonderde dat die mensen haar ouders waren. Altijd verlangde ze dan naar het moment waarop ze oud genoeg zou zijn om bij hen weg te kunnen gaan.

'Kijk,' zei ze tegen Henri, 'zo liep ik vaak toen ik klein was.'

Ze liet onder het lopen haar rechtervoet door het zand slepen. Zo had ze op sommige avonden door het dorp gelopen, als er bijna niemand op straat was, en ook wel op een landweg buiten het dorp. Altijd had het dezelfde droom in haar opgewekt: dat er naast haar een koets zou stoppen en dat iemand vanuit het schemerdonker daarbinnen zou zeggen: 'Stap maar in, kleintje.' In de koets zaten een dame en een heer. Het rook er naar hout, leer en paarden, en naar parfum. Er werd een rieten mand geopend. Ze kreeg een taartje aangereikt, op een schoteltje, met een zilveren vorkje ernaast. De wielen van de koets ratelden. Ze zag door het vensterglas het landschap rond Birdaard, maar in een andere tijd.

'Kijk dan.' Ze deed hem voor hoe ze als kind haar been had laten slepen, bijna fanatiek.

'Aanstellerij,' zei Henri.

Ze hield er meteen mee op.

Een paar honderd meter verder zette hij het windscherm op, worstelend met de straffe wind die aan het tentdoek rukte. Hij worstelde ook met zijn afkeer van haar verleden, dat verleden van haar, dat ze met zich meesleepte, als een horrelvoet, en hem nu elke dag liet zien. Het herinnerde hem aan zijn eigen jeugd, een tijd die hij vergeten wilde. De aluminium buizen vielen steeds uit elkaar als hij het windscherm overeind trok, keer op keer moest hij ze opnieuw in elkaar schuiven. Zwijgend hielp ze hem, lief, bezwerend lief.

Toen hij eindelijk de haringen in de grond had geslagen, kwam ze naar hem toe, boog zich voorover en kuste onder tranen zijn hand.

Een dag later, toen ze met Henri langs de vloedlijn wandelde, zag ze strandlopertjes: een hele zwerm van die kleine steltlopers, driftig in de weer in een vliesdun laagje water, dat de wolkenlucht weerspiegelde, wegdribbelend voor het bruisende water, erdoor overspoeld. Ze beschouwde het als een gunstig voorteken dat ze nu, na jaren, deze vogels terugzag en dat het er zovéél waren. De zwerm steeg voor hen op, werd door de wind gegrepen, zwiepte over de golven, weggeblazen, dwarrelend, en streek verderop weer neer. Dit gebeurde drie keer. Ook dat leek een gunstig teken. Ze zei er niets over.

Niet veel later zag ze Henri voor zich uit lopen, terwijl ze hurkte en met haar hand in een schelphoop woelde. Ze merkte de lichte kromming van zijn benen op. Je moest het haast weten om te kunnen zien dat zijn benen licht naar buiten bogen. Ze zag aan hem dat hij stug was. Dat hij ijdel was en minder stevig in zijn schoenen stond dan hij het deed voorkomen. Zo zag ze hem, haar hand roerloos in een hoop natte schelpen, en voor het eerst was er dat gevoel. Ze zag hem graag lopen op die mooie stevige poten van hem, maar dat was niet wat ze voelde. Ze was gek op zijn lichaam. Maar dat was het ook niet. Het was een nieuw gevoel dat haar in die paar seconden van een terloopse blik overweldigde. Ze was met deze man begaan, ze wilde hem helpen.

Na drie dagen moesten ze de hotelkamer vrijmaken. Nadat ze nog een halve minuut in een kille pensionkamer boven een slagerij hadden gestaan, besloten ze het eiland te verlaten. Lin verlangde naar huis, naar een vertrouwde omgeving. Op de parkeerplaats op de vaste wal herkende ze van verre Henri's auto en toen ze erin zat, de portieren wijd open om te luchten, snoof ze met welbehagen de geur van de auto op.

Rijdend door het noorden van Friesland stelde Henri voor om af te slaan naar Birdaard en haar vader op te zoeken: het was maar een kleine omweg. Lin kreeg hartkloppingen.

'Onmogelijk,' zei ze met verstikte stem.

'Onmogelijk?'

'Hij heeft veertien jaar niets van zich laten horen. Dan kan ik toch niet zomaar even op een achternamiddag aan komen waaien?'

'Een verrassingsaanval kan soms geen kwaad. Ik hou hem aan de praat over zijn bedrijf, dan kun jij ondertussen de boel rustig opnemen. Na een halfuur zijn we weg.'

'Jij lijkt wel gek! Waarom begin je hierover?'

Ze schreeuwde haast en snakte naar adem. Pas toen ze Friesland verlieten en de Afsluitdijk opreden begon ze zich te herstellen van de schok. Henri verontschuldigde zich. In Amsterdam kocht hij pioenrozen voor haar, de grootste bos die ze ooit had gehad.

Het huis toonde de sporen van hun abrupte vertrek. Het bed lag nog open, op de vloer ernaast stonden nog hun lege borden, op de bank lag de föhn waarmee ze haar haren had gedroogd, in de badkamer hing nog de geur van schoonmaakmiddelen. Ze konden doorgaan waar ze gebleven waren, terugkeren in die eindeloze, uitdijende tijd.

In de namiddag, wakker wordend uit een postcoïtaal slaapje, zag ze Henri op de bank voor de televisie zitten. Hij keek naar een bergetappe in de Tour de France en ging er zo in op dat hij vooroverleunde, met zijn onderarmen op zijn knieën, en alles om zich heen vergat. In haar blote kont ging ze naast hem zitten. Een kus kon er niet af.

Henri wees. 'Chiapucci,' zei hij zonder zijn blik af te wenden van het scherm, 'hij rijdt al bijna tweehonderd kilometer alleen op kop. Dat is onmogelijk in zo'n zware rit. Maar hij doet het. Op vier cols als eerste bovengekomen en nu is hij aan de laatste bezig.'

Het beeld versprong. Hij wees opnieuw. 'Dat zijn de achtervolgers: Indurain en een paar anderen. Ze lopen op hem in, elke kilometer komen ze dichterbij.'

Daarna zei hij niets meer en volgde Chiapucci in zijn klim. Tussen twee hagen van opdringende en juichende toeschouwers door, opgezweept, voortdurend uit het zadel, op zijn tandvlees, zoals men zegt, reed de renner omhoog naar de finish. Henri zette het commentaar luider. De rillingen liepen over zijn rug. Zijn bovenlijf en zijn benen bewogen mee in het ritme van Chiapucci's stampende benen.

Op de avond voor Henri's vertrek deed het geluid van de bel hen verstarren. Ze zaten aan tafel en hun bestek hing op slag stil in de lucht, alsof er een toverstaf was geheven. Hij liep naar een raam aan de straatkant.

'Het is Alex,' zei hij. 'Die kan ik niet laten staan.'

Lin stemde toe in het bezoek, want ze wilde van hem houden, maar zelden had ze zich zo gestoord gevoeld.

Opeens stond Alex Wüstge in het huis waar ze nog nooit een ander dan Henri had gezien. Groot en vreemd verscheen hij in de voorkamer en in het voorbijgaan raakte hij achteloos een van de koperen bollen van het bed aan. Hij gleed tussen de schuifdeuren door en liet daar de zware tas met fotoapparatuur van zijn schouder op de grond glijden, alsof hij thuiskwam. Hij glimlachte, zoals ze hem dat in het café ook altijd zag doen, een soort dwangglimlach was het. Hij was een verlegen en zachtaardige man. Een ogenblik keek hij haar zwijgend aan. Lin voelde dat haar aanwezigheid hem verraste. Traag kwam ze overeind om zich te laten kussen.

'Ik zag zijn auto staan,' zei Alex tegen haar.

De mannen omhelsden elkaar. Daarna legde Alex quasi-spontaan een arm om Henri's schouders, zich naar haar toe wendend, zodat zij hen, de boezemvrienden, naast elkaar kon zien staan.

Vanuit een leren fauteuil keek Alex Wüstge naar dat prachtige, breedgeschouderde meisje waar Henri nu al een paar maanden helemaal gek van was en dat hij overal had laten zien. Voor hem was *zij* de vreemdelinge in dit huis, waar hij al tien jaar kwam, waar hij had gewoond tijdens Henri's afwezigheid, waar hij Henri met twee eerdere vriendinnen had gezien, met Amanda en Kit, die aan de eettafel voor het raam hadden gezeten op de plaats waar zij nu zat.

'Ik kom je fotograferen,' zei hij glimlachend.

'O.'

'Hij probeert brutaal te doen,' zei Henri.

'Ik maak maar een grap.'

Henri liep naar de keuken om een glas en een nieuwe fles wijn te halen, en in de tijd dat hij weg was wisten de achtergeblevenen niets tegen elkaar te zeggen. Toen Henri terugkwam, hervond de fotograaf zijn spraakvermogen.

'Wat zien jullie er goed uit,' zei hij.

'Je blijft maar even, hè,' zei Henri en reikte hem zijn glas aan. 'Eén glas en dan lazer je weer op.'

Hij gaf Lin een knipoog.

Ze begonnen een gesprek, Lin en Henri aan de eettafel, Alex in zijn fauteuil, onderuitgezakt, zijn ene been over het andere geslagen, onophoudelijk glimlachend, pogend die twee daar gevangen te houden met zijn observerende blik. Veel liever had hij bij hen aan tafel gezeten. Maar nu hij eenmaal positie had gekozen in de fauteuil, durfde hij er niets meer aan te veranderen. Het had iets onnatuurlijks dat hij daar bleef zitten.

Lin was bang voor hem. Hoe zachtaardig hij ook leek, toch was ze bang voor hem.

Henri keek naar zijn vriend, zijn oudste vriend. Hij zag hem weinig. Het was meer dan een jaar geleden dat Alex hier was geweest. Zoals altijd was hij enigszins geïmponeerd door diens ogenschijnlijke gebrek aan geldingsdrang, zijn terughoudendheid, die hem iets superieurs gaf. Het trof hem dat er zekere overeenkomsten waren tussen deze eerste vriend – hij was twaalf toen hij Alex leerde kennen – en dit meisje: dezelfde verlegenheid en trots, dezelfde zichtbare zachtaardigheid die hem zo aantrok. Alex had meer van de wereld gezien, hij was ouder, hij had veel meer dan zij een masker ontwikkeld, en toch leken ze op elkaar. Halfdronken en verliefd als hij was, bekeek hij zijn vriend met vertedering. Hij had Lin wel aan hem willen geven. Hij stelde het zich voor: hij kleedde haar voor hem uit. Ze lag met haar hoofd op zijn knieën terwijl Alex haar neukte, hij streelde haar borsten en keek naar Alex' ding dat in haar bewoog, zijn rug drukte tegen de spijlen van het bed. Met zijn tweeën tegelijk in haar gaan, terwijl ze op haar zij tussen hen in lag. Ten slotte sliepen ze met zijn drieën in zijn bed.

Het gesprek vlotte niet.

'Ik maak toch een paar foto's van jullie,' zei Alex ten slotte, met beroepsmatige handigheid. Hij kwam overeind en ritste zijn tas open. 'Een paar foto's en dan ben ik weg. Jullie zien er zo prachtig uit.' Hij had zijn camera al in zijn hand.

Lin zweeg. Alex durfde haar niet aan te kijken en keek in plaats daarvan naar haar blote voeten.

'Waarom niet?' zei hij. 'Dit is het moment. Ik vraag je toch niet om je kleren uit te trekken?'

Er viel een korte stilte.

'Ja, waarom niet,' zei Henri. 'Professionele foto's. En je kijkt gewoon kwaad, dat doe ik ook altijd als hij me kiekt.'

'Ik liever niet,' zei ze stug.

'Kom op!'

Ze hield voet bij stuk, hoe belachelijk ze zich ook voelde, en week uit naar de badkamer. Toen Henri na tien minuten aanklopte, zei ze dat ze zich niet goed voelde. Alex Wüstge vertrok zonder haar te groeten. Nog geruime tijd meende ze hem te ruiken in haar domein.

De fotograaf had één ding gezegd dat ze beiden onthielden. Stel je je vrienden voor, had hij gezegd, en vraag je bij elke vriend af of hij een hond zou kunnen hebben. Om er meteen op te laten volgen: ik ben een man die je je niet met een hond kunt voorstellen, Henri wel. Toen ze in bed lagen, dachten ze beiden aan Alex Wüstge.

'Hij was bedroefd,' zei Lin. Ze keek naar de koperen bol op de hoek van het bed die hij in het voorbijgaan had aangeraakt.

De volgende dag, een paar uur voor zijn vertrek naar het booreiland, fotografeerde Henri haar. Hij had boodschappen gedaan en een weg-werpcamera gekocht. Het was een geel kartonnen doosje met daarin een filmcassette en een lens. Ze trok haar kleren voor hem uit en liet zich met tegenzin fotograferen op het bed en in de badkamer. Henri schoot het rolletje vol.

'Het is of je afscheid van me aan het nemen bent,' zei ze.

Hij vond het een provocatie en deed er het zwijgen toe. Hij bracht haar met zijn auto naar huis. Ze had de pioenrozen in papier verpakt en droeg ze op haar arm.

'Ik vind het moeilijk,' zei ze toen hij haar ten afscheid omhelsde, 'dat je nu weer twee weken weggaat.'

'Ja, dat is niet leuk.'

'Maar het was een heerlijke tijd.'

'Vond ik ook.'

Henri kuste haar en probeerde haar te troosten, ongeduldig. Toen hij wegreed voelde hij opluchting.

# V

## EEN AFRIKAAN GEHAD

Het was donker toen ze uit de auto stapten en naar het schip liepen, ergens in het Westelijk Havengebied. Het was een septemberavond. Er viel een lichte regen, zo licht dat er geen afzonderlijke druppels voelbaar waren, alleen een stuivende vochtigheid. Alles glansde nat: de kasseien van de kade, de opeengestapelde containers, de hoge scheepsromp.

Ze liepen langs de rand van de kade. Tussen het schip en de kademuur klotste het water in een onrustige beweging, smakkend, likkend, kletsend, het bijeengedreven afval steeds opnieuw door elkaar werpend. De punt van een balk bonkte met doffe klappen tegen de scheepsromp. Hoog boven hen, op het schip, klonk een monotoon gezoem.

Lin liep aan Henri's arm, onwillig, een leren jack los over haar schouders. Na tien passen vond ze het al onhandig, dat jack los over haar schouders: het kon van haar afglijden, in het water vallen, maar ze had geen zin om het alsnog aan te trekken, zelfs niet om het met haar vrije hand bij haar hals dicht te trekken. Als het moest vallen, dan viel het maar. Ze was geïrriteerd. Ze voelde er niets voor om op dit schip een paar zogenaamde vrienden van Henri op te zoeken. Het was hún maandag, de dag waarop ze weer samen waren nadat ze elkaar twee weken niet hadden gezien. Aan het begin van de avond was er een onduidelijk telefoontje gekomen. Henri had erop aangedrongen dat ze meeging.

Langs de scheepsromp was een trap neergelaten. Terwijl ze achter Henri naar boven klom, blies een windvlaag haar de stuifregen in het gezicht. Ze verbaasde zich erover dat ze de regen wel kon voelen op haar huid, maar hem niet kon zien. De lucht was verzadigd van vocht, haar gezicht was al nat, ze kon het vocht van haar lippen likken – maar regen zag ze niet. Het schip was hoger dan ze dacht. Ze hijgde toen ze bovenkwam.

Aan de reling werden ze begroet door een man met rossig haar en sproeten, die kennelijk al geruime tijd buiten stond want zijn overhemd kleefde doorweekt aan zijn schouders. Hij schudde Henri de hand en kneep hem plagend in zijn nekvel.

'Old friends,' riep hij lachend tegen haar, met een schorre stem. De man was dronken.

'Dit is Jack,' zei Henri.

'Hello! I'm Jack from Newcastle!'

Zijn hand was eeltig, zijn handdruk ongemeen stevig. Lachend en druk pratend ging de man uit Newcastle hen voor. Terwijl ze over het natte dek liepen, naar het witte gebouw achter op het schip, raakte hij tweemaal haar arm aan en zei: 'Take care, lady.'

Waarom zegt hij *lady*, dacht ze. Ze keek naar Henri. Maar Henri keek niet naar haar. Ze beklom trappen en voelde het staal trillen onder haar voeten. Ze likte de regen van haar lippen en keek naar de kade in de diepte, het zwarte water van de insteekhaven, het IJ en de lichten van de stad in de verte. Alles wat ze aanraakte was vettig.

Na drie trappen en een gang hielden ze stil voor een hut. Jack opende de deur. 'Ladies first!'

Ze tilde een voet op en stapte over de hoge drempel.

'Here we are!'

De neger achter in de hut herkende ze. De afgelopen nacht had ze hem in een kroeg gezien en haar ogen niet van hem kunnen afhouden, en daar was, zo herinnerde ze zich nu pas, ook die Engelsman geweest. Henri had een tijd met hen staan praten. Later was hij met de neger naar haar toe gekomen. De man kwam uit Senegal en heette Abdou.

Nu zat hij in deze scheepshut op een bank van groen kunstleer, die langs twee wanden was getimmerd, bij een op de vloer vastgeschroefde tafel, waarop bierblikjes stonden. Aanvankelijk gaf hij geen blijk van herkenning: zijn gezicht bleef onbewogen. Het was de donkerste neger die ze ooit had gezien. Hij was groot en zijn huid glansde. Pas toen ze alle drie in de hut waren en de deur gesloten was, kwam hij overeind, opzettelijk traag.

'Henri!' Zijn stem was diep en resoneerde in zijn borst als in de holte van een oliedrum. Hij kwam naar voren en omhelsde Henri, maar hij legde niets in zijn omhelzing, zijn lichaam bleef stil. Het gaf hem iets superieurs. Henri probeerde hem na te doen, in een reflex – de mindere die zich aanpast –, maar zijn lichaam was niet stil, het *zweeg* veeleer, verschrikt, verkrampt. Dit verbaasde Lin, want ze had hem nog nooit bang gezien.

'Hello.'

Abdou gaf haar een hand, hoffelijk, maar hij keek haar niet aan. Met een uitnodigend handgebaar wees hij naar de bank en ging weer op zijn eigen plaats zitten. Jack opende een koelkast en toen hij zich vooroverboog viel het witte licht van binnenuit op zijn gezicht, op zijn bleke en pafferige huid. Terwijl hij zijn natte gezicht aan de mouwen van zijn overhemd afveegde riep hij: 'Allright! Beer for the men! And what's it gonna be for the lady? What's it the lady wants? You tell me. Come on!'

Lin nam mineraalwater.

Ze was op de lange zijde van de bank gaan zitten met Abdou naast zich op de korte zijde en Henri links van haar. Jack zat op een stoel aan de overkant van de tafel. Ze keek om zich heen in de krap bemeten hut. Tegenover haar, vlak achter Jack, lagen twee kooien boven elkaar, ernaast waren twee klerenkasten ingebouwd, daarnaast een douchecabine. Langs het plafond liepen elektrakabels in dikke bundels. Het tafelblad trilde, de bierblikjes trilden. Er hing een muffe warme lucht in de hut.

Jack en Abdou maakten grappen met Lin, vooral Jack sloofde zich uit om haar uit de tent te lokken. De twee lachten, met zijdelingse blikken op Henri, die dan ook lachte. Maar erg toeschietelijk werd ze niet. Ten slotte lieten ze haar met rust en wendden zich tot Henri.

Het gesprek van de mannen bevreemdde haar, en na enige tijd begreep ze ook waarom: het leek of ze in afwachting waren van iets dat stond te gebeuren en nu de tijd doodden met praten, over de kroeg van gisteravond, over het schip dat morgen zou vertrekken en de nieuwe bestemming. Ze vroeg zich af waarom deze mannen elkaar wilden zien, wat er achter hun woorden verborgen lag. Tegelijkertijd wilde ze het ook niet weten. Ze verveelde zich, wond zich op over deze idiote uitstap en wilde naar huis.

Naar de neger durfde ze nauwelijks te kijken. Ze voelde dat hij met haar bezig was, ook al sprak hij niet met haar, dat hij zich onophoudelijk van haar nabijheid bewust was. Ze was bang voor hem, maar kon er niet aan ontkomen nu en dan een blik op hem te werpen: op de krachtige, als gepolijste vormen van zijn hoofd, de glanzende huid van zijn gezicht, zijn sterke tanden. Hij had iets voornaams, niet van zichzelf, maar eenvoudigweg door de stam waartoe hij behoorde. Ze had de neiging hem aan te staren, zo mooi was hij. Maar het was niet alleen zijn schoonheid die haar dwong te kijken, of het onbekende in zijn gelaatstrekken – het was vooral zijn ondoordringbaarheid. Ze zag Jack met zijn rossige haren en besproete gezicht, zijn dronken kop, zijn uitsloverigheid, zijn sluwheid en na een enkele blik wist ze al heel wat over hem. Ze zag Abdou, maar zelfs na tien blikken wist ze niets over hem, ze drong niet in hem door, zag geen karakter, zelfs zijn leeftijd kon ze niet nauwkeurig schatten.

De neger hield haar bezig, zoals zij hem bezighield. Maar ze was zich er maar half van bewust. Er lag een waas van onrust en onwil over al haar waarnemingen. Ze wilde weg van het schip en naarmate de tijd verstreek kon ze alleen daar nog aan denken. Ze glimlachte gedwongen en zei weinig. Tevergeefs keek ze naar Henri, die haar blik ontweek, zwijgzaam was en zich niet op zijn gemak scheen te voelen.

Na een halfuur werd er met een ring op de patrijspoort naast de deur getikt. Abdou wendde zich tot Henri.

'They need you now.'

Lins hart begon te bonken. Henri liep naar de deur, gevolgd door Jack, en voordat hij naar buiten ging, draaide hij zich naar Lin om en maakte een kalmerend gebaar met zijn hand.

'Ik ga even een technisch probleempje voor ze oplossen.'

'Moet jij dat doen?' zei ze bits.

'Ze hebben snel iemand nodig. Ik ben er, en ik doe het niet voor niks, dat begrijp je wel.'

'Hoe lang gaat dit duren? Jezus, Henri! Dat had je toch kunnen zeggen!'

'Over een halfuur ben ik terug.'

Hij opende de deur, het gezoem dat om het schip hing werd luider en het was of het donker van de avond naar binnen golfde in de hut. Ze zag de nat glimmende verschansing en rook de buitenlucht. Jack rommelde in een klerenkast en pakte twee overalls. Henri was al verdwenen toen de Engelsman haastig naar buiten ging.

'Want another drink?' De neger was opgestaan. 'Whisky?' Hij sprak langzaam. Er was iets plagerigs en tartends in zijn stem. 'Do you want whisky?' Hij liep naar de deur van de hut, trok aan de kruk en draaide hem op slot. Met een rukje trok hij de gordijnen voor de patrijspoorten aan weerszijden van de deur dicht, hij knipte de gekooide lamp aan het plafond uit, draaide zich om en zei met een glimlach: 'You're my guest now.'

Alleen een treklamp bij de tafel gaf nog licht. Lins hart klopte in haar keel.

'Another drink?'

Ze zei niets. Dat had ze na vijf maanden met Henri wel geleerd: woorden op zich laten afketsen. Stuurs keek ze voor zich uit en probeerde na te denken. Wat kon ze doen? Hem aan de praat houden, dacht ze, en wachten tot Henri terugkomt. Het was of de neger haar gedachte raadde.

'Henri won't come back,' zei hij. 'Ze hebben hem daar beneden een hele tijd nodig, een paar uur, en daarna zullen ze hem zeggen dat je met een taxi naar huis bent gegaan. Another drink?'

Lin had de indruk dat het licht in de hut zwakker werd. De treklamp wierp een lichtkring over de tafel, de banken en een deel van de vloer, maar het leek of dit licht zwakker werd, of de duisternis erin doordrong. Of lag het aan haar ogen en werd het donker aan de randen van haar gezichtsveld? De kaalheid van de hut drong zich aan haar op, de rondslingerende kledingstukken, de half openstaande douchecabine, de muffe lucht. Plotseling zag ze zichzelf zitten in deze hut, ergens in een kolos van staal, in een verlaten havengebied, ver van de bewoonde wereld. Het was nu na middernacht.

Ze wierp een blik op de neger en voelde het gevaar: een kilte, een leegte in hem, alsof hij elk moment tot alles in staat was.

'De komende weken zul je aan boord zijn van dit schip,' zei hij, 'in deze hut. Je bent van mij, je bent nu helemaal van mij. Begrijp je niet wat hij gedaan heeft?'

'Fuck you!'

Hij barstte in lachen uit. 'Dutch girl, eh? No sense of humour.'

Hij lachte. Maar het was zo'n lach die elk ogenblik kon ophouden. 'Come on, you serious girl! Let's have a good time! Het kost je niets, je hoeft er niets voor te doen en morgen heb je iets om aan terug te denken. Ik wed dat je nog nooit een Afrikaan hebt gehad.'

'Nee, en ik wil er ook geen!'

Hij lachte om haar onhandige verweer. 'Je begrijpt het niet.' Hij boog zich over de tafel naar haar toe. Er golfde iets hysterisch over haar heen. 'Je begrijpt het nog steeds niet. Je bent van mij. Henri komt niet terug. Er is niemand om je te helpen.'

Hij trok zijn overhemd uit, dat hij netjes ophing in zijn kast, en daarna zijn T-shirt. Zijn tors was prachtig, en ook daar glansde zijn huid van gezondheid. Ondanks haar afkeer van deze man met zijn holle lach en zijn nagebootste superioriteit *moest* ze naar hem kijken. Haar belangstelling duurde niet langer dan een seconde, maar bleef niet onopgemerkt.

'Like it, eh?'

Ze keek weg. De angst benevelde haar. Toen hij haar vastpakte en aan haar arm achter de tafel vandaan trok, beet ze in zijn onderarm. De man vertrok geen spier, hij bewoog zich zelfs niet terwijl haar tanden in zijn vlees drongen, hij hield alleen zijn adem vast. De smaak van zijn bloed maakte haar misselijk. Ze liet los.

'Wat ben jij een bink, zeg,' smaalde ze hijgend. 'Geweldig hoor!'

Ze nam niet meer de moeite om Engels te spreken. Abdou trok haar mee naar de onderste kooi en knipte daar een lamp aan. Toen hij haar van de grond tilde en tegen zich aan drukte, spuwde ze een mengsel van speeksel en bloed in zijn gezicht.

'Wow!'

Zijn ogen vernauwden zich. Een ogenblik stond hij roerloos, alsof hij zich concentreerde – toen stootte hij plotseling zijn voorhoofd tegen het hare. Een pijnscheut vlamde langs haar slapen naar haar achterhoofd. Ze hijgde, jankte van angst en probeerde zich los te wringen.

'Als ik dit nog één keer doe,' zei hij, 'maar dan echt hard, dan ben je weg en doe ik toch wat ik wil. Begrijp je? Zeg het maar. Met of zonder verdoving?'

'Laat me los!'

Hij zette haar neer. De buitenwereld bestond niet meer. Bevend begon ze zich uit te kleden, en toen ze haar voeten op de vettige vloer zette, voelde ze het ook daar trillen.

Een halfuur later zat ze in de auto op de kade. Ze had een Afrikaan gehad.

'Gewoon wit,' had hij spottend gezegd, terwijl hij het condoom voor haar gezicht liet bungelen, 'zie je wel, ons zaad is gewoon wit, net als dat van jullie eigen mannen.' Daarna had hij het tegen haar wang gedrukt. Het rubber had lauwwarm aangevoeld.

De wind was aangewakkerd en striemde de plassen op de kade. Lin draaide het raam open. De auto stond geparkeerd achter een stapel containers, die het zicht op het schip wegnam. Maar ze hoorde het zoemen in de stilte van de nacht. Door de voorruit keek ze uit over de insteekhaven en zag aan de overkant de lichten van een ander schip. In het dashboardkastje vond ze sigaretten. Ze stak er een op en blies de rook steeds door het open raam naar buiten, waar de wind hem greep en wegrukte. Het trillen van haar benen, dat begonnen was toen ze de trap langs de scheepsromp af liep, hield aan. Ze staarde voor zich uit, werktuiglijk haar hoofd draaiend om de rook naar buiten te blazen.

Plotseling stond Henri naast de auto. Hij trok het portier open. Het knarste, als altijd. 'Hé schat.'

Hij schoof achter het stuur, sloot het portier en wilde de motor starten, maar Lins roerloze houding weerhield hem daarvan.

'Hé Lin.'

Ze zei niets en bewoog zich niet.

'Was het niet naar je zin, schat?'

Ze bleef zwijgen. Henri startte de motor. Lin zag dat zijn handen vuil waren en ze rook aan hem dat hij aan het lassen was geweest. Schaamte verlamde haar. Ze wilde er helemaal niets over zeggen, ze nam zich voor het te verzwijgen. Maar de spottende manier waarop hij gevraagd had 'niet naar je zin, schat?', stak haar, stak haar steeds dieper, en ze graaide naar het contactsleuteltje en zette de motor af.

'Nee, niet naar mijn zin.'

'Wat dan?'

'Hij heeft me gepakt.'

'Gepakt? Wie heeft jou gepakt?'

'Die vriend van je!'

Ze keek naar Henri, maar ze kon zijn ogen niet zien, want hij staarde voor zich uit.

'Abdou?'

'Ja.'

Haar stem klonk dof. Er viel een stilte. De wind maakte een licht gierend geluid tussen de containers. Langzaam draaide Henri zich naar haar toe, hij keek haar aan met een onzekere uitdrukking in zijn ogen.

'Het moet even tot me doordringen.'

Lin keek van hem weg, alsof ze zijn aanblik niet verdroeg, en hoorde hem uit de auto stappen. Ze stak een nieuwe sigaret op en draaide haar hoofd om de rook naar buiten te blazen.

Henri liep terug naar het schip. Met twee treden tegelijk ging hij de scheepstrap op en hij passeerde de wacht door te zeggen dat hij iets vergeten was. Tien minuten stond hij aan de andere zijde van het schip uit te kijken over de havens, met zijn rechterhand in de binnenzak van zijn jack, waar het geld zat dat hij met het karwei had verdiend: vijfduizend gulden. Zijn hart bonsde. Het was gebeurd! Hij probeerde na te denken, maar het lukte hem niet om meer te denken dan dit ene, dat het gebeurd was, meer kon hij vooralsnog niet bevatten. Het was gebeurd. Steeds voelde hij de bankbiljetten onder zijn vingertoppen. Het hinderde hem. Maar hij moest ze aanraken. Toen hij rustiger werd, herinnerde hij zich zijn afdaling in het ruim van het schip, het laswerk dat hij had uitgevoerd, de klunzige manier waarop twee Afrikanen hem hadden willen helpen, hun enorme schaduwen op de wand van het ruim, hoe de Engelsman hem het geld had gegeven, dat hij de neger niet meer had gezien.

Aan het bonzen van zijn hart kwam geen eind. Hij moest zichzelf dwingen om terug te keren naar de auto. Vanaf de scheepstrap rende hij naar de containers en hij was zich bewust van het ogenblik waarop ze hem weer kon zien, waarop hij was blootgesteld aan haar onderzoekende blik. Hij rukte het portier open.

'Nergens te vinden.'

Ze zweeg.

'Zoals te verwachten.'

Hijgend stapte hij in. Hij startte en draaide de wagen met gierende banden, zoals hij dat ook na hun eerste nacht had gedaan, op het lege kruispunt bij het Oosterpark, en ook ditmaal leunde hij onder het rijden voorover, alsof het was gaan stortregenen en hij de weg niet goed kon zien.

Lin wilde niet douchen. Zwijgend, roerloos, haast in trance zat ze in de achterkamer aan tafel en staarde naar de borden, schalen en glazen, voorwerpen die een paar uur geleden nog tot een vertrouwde wereld behoorden, een wereld waarin ze onder tafel haar blote voeten op Henri's schoenen had gezet, en die haar nu vreemd waren en zelfs afkeer inboezemden, terwijl ze ook nog dat vertrouwde hadden. De vijfarmige kandelaar, die ze zo vaak gedragen had in het donkere huis, hoorde nog bij haar en tegelijkertijd al niet meer.

In de badkamer waste Henri het vuil van zijn handen en gezicht. Hij vermeed het zichzelf aan te kijken in de spiegel. De roes waarin hij al een paar uur verkeerde, hield nog aan, maar de kracht ervan verminderde. Als om zich voor te bereiden op het gesprek dat hij zo dadelijk zou moeten voeren, herinnerde hij zich het laatste telefoontje van de Senegalees. Aan het eind van de middag had de man nog eens gebeld, *just to check things out*, en hem terloops gevraagd zijn vriendin mee te nemen. Meer niet. Ten slotte had hij nog eens de voor het karwei overeengekomen prijs genoemd. Het bedrag was hoger dan gisteravond was afgesproken: opeens was het vijfduizend geweest. Vijfduizend, had hij de man gevraagd, om het vast te zetten. Ja, vijfduizend, had deze geantwoord, en breng je vriendin mee. Meer was er niet gezegd.

Henri kon nauwelijks geloven dat het gebeurd was.

Het zien van zijn badkamer met de zwarte, blauwe en witte tegels, die hij zelf gebouwd had, stemde hem tevreden en tevreden stemde hem ook het zien van haar badjas, die haar warme naakte lichaam voor hem opriep. Er leek niets te zijn veranderd.

Toch was er iets gebeurd, met haar, op het schip.

Hij liep naar de achterkamer. Opnieuw was hij zich bewust van het moment waarop ze hem kon zien.

'Wil jij niet douchen?'

Ze schudde haar hoofd. Henri schonk een whisky in en nam er een van de overmatig grote glazen voor die hij ook gebruikt had toen ze voor de eerste maal in zijn huis kwam. Hij besefte het – omdat hij deze glazen nooit gebruikte – en had het voor een ander willen verwisselen. Maar het was al gebeurd voor hij er erg in had en het was of het zo moest gaan.

'Jij een whisky?' vroeg hij.

Ze zweeg. Ze was niet in staat van haar plaats te komen en een douche te nemen, ook al voelde ze zich ongelooflijk smerig en had ze wel uren onder het warme stromende water willen staan. Haar schaambeen schrijnde, haar billen begonnen pijn te doen.

'Hoeveel heb je verdiend?' vroeg ze ten slotte.

'Vijfduizend.'

'En hoeveel heb je voor mij gekregen?'

'Voor jou gekregen?'

'Ja, voor mij.'

'Ik heb niks voor jou gekregen. Ben je nou helemaal belazerd!?'

Ze zwegen.

'Neem je vriendin mee, heeft hij gezegd. Had ik daaruit moeten begrijpen wat hij van plan was?'

'Je bent niet kwaad.'

'Hoezo niet kwaad?'

'Je bent niet kwaad.'

'Ik ben teruggegaan.'

'Maar je bent niet kwaad.'

'Dit soort dingen gebeuren, Lin.'

'Je bent niet kwaad, man.'

'Ja, dat weten we nu wel! De wereld vergaat niet hoor, omdat jij tien minuten met je benen wijd hebt moeten liggen voor de een of andere klootzak! Er zijn wel erger dingen.'

'Nu weet ik genoeg.'

'Wat genoeg? Wat weet jij?'

'Hoe je dat zegt, man.'

'Ik zal het nog gekker maken: het is gewoon je eigen schuld. Gisteravond, in die kroeg, zat je maar naar hem te kijken. In zijn hut ging je naast hem zitten.'

'Hij kwam naast *mij* zitten.'

'Jij bent naast *hem* gaan zitten. Toen wij binnenkwamen zat hij aan tafel, hij is opgestaan om ons te begroeten en hij is weer gaan zitten, en jij bent naast hem geschoven.'

'Naar iemand kijken, naast iemand gaan zitten, is niet hetzelfde als door hem gepakt willen worden.'

'Voor zulke knapen is dat hetzelfde.'

'En met zo'n vent laat jij mij alleen.'

'Ik dacht dat je hem wel aankon, ik dacht dat je in vijf maanden wel iets geleerd zou hebben, kalf dat je bent!' Hijgend plofte Henri in een van zijn fauteuils, hij strekte zijn benen en zweeg.

Hij had genoeg van haar. Op zaterdagavond, meteen maar in de auto, had ze hem laten weten dat ze het niet lang meer volhield om hem steeds twee weken niet te zien, en daarna was er alleen maar gezanik geweest. Of hij geen werk aan wal kon zoeken. Of ze niet in zijn huis mocht wonen als hij op zee was, zodat ze hem ten minste om zich heen kon voelen. Hij had haar aangehoord, hij had geprobeerd haar te kalmeren, hij had haar van de wereld geneukt. Alles te-vergeefs. Opeens had hij genoeg van haar gehad.

Henri hield zijn benen stijf gestrekt en verroerde zich niet. Lang-zaam begon het tot hem door te dringen wat hij had gedaan. Hij zag Lin zitten, roerloos, in elkaar gedoken. Hij besefte dat hij zichzelf verraadde door niets te doen en niets te zeggen, maar ook dat wilde hij laten gebeuren: haar schaamteloos laten zien wat hij had gedaan.

Ze zwegen lange tijd.

In de stilte leek het even of er een verzachting ontstond, toenade-ring, of iets zich opende. Maar het sloot zich weer.

'Ik ga weg,' zei ze ten slotte.

Toen ze dat besloten had, kon ze zich weer bewegen. Ze ging snel en doortastend te werk. Ze liep door de kamers om haar kleren en andere bezittingen bijeen te graaien en bracht ze met handen vol naar haar kleine koffer. Ze hurkte zelfs voor de koelkast om datgene wat ze had meegebracht eruit te halen. Henri liet haar begaan. Maar toen ze vlak langs hem liep en hij haar rook, voelde hij opeens – alsof er een spleet viel in de muur die hij rondom zichzelf had opgetrok-ken – dat hij naar haar verlangde, en in het verlangen herleefde de herinnering aan al het goede dat er tussen hen was geweest. Na een paar seconden was het voorbij. Hij deed niets en verstarde. Lin be-woog in blinde voortvarendheid, opgelucht dat ze weg kon, dat de ban gebroken was.

Henri veranderde zijn houding: hij leunde met zijn ellebogen op zijn knieën en staarde naar de krant die tussen zijn voeten lag, en zo bleef hij zitten, ook nadat hij de voordeur met de ijzeren plaat zwaar in het slot had horen vallen.

Op straat, in de vochtige wind, die dezelfde wind was als een uur ge-leden op de havenkade, begonnen haar benen weer te trillen en voel-de ze opnieuw hoe het lauwwarme condoom tegen haar wang was gedrukt. Ze werd misselijk en liep een eind om bij te komen. In de Ferdinand Bol hield ze een taxi aan, bestuurd door een jonge chauf-feur die zo krachtig remde toen hij haar met opgestoken hand zag staan, dat zijn wagen in een slip raakte op het natte asfalt, een jonge-

man die vol bravoure met haar begon te praten zodra ze was inge-
stapt, maar na een paar minuten in verlegenheid raakte door de ont-
redderde indruk die ze maakte en ten slotte, haast bedremmeld,
zweeg.

Tegen drie uur in de nacht stond ze in het trapportaal van haar eigen huis. Ze luisterde. Buiten de wind, nog een enkele auto in de Wibautstraat. In het donkere trappenhuis alleen maar stilte. Terwijl ze
luisterde en haar eigen ademhaling hoorde, herinnerde ze zich die
avond waarop Henri haar voor haar huis had opgewacht, met een
bos rozen, om iets goed te maken, helemaal in het begin was het geweest, na hun eerste nacht, hoe ze de rozen had geweigerd, hoe hij
toen sarrend de stelen in het cellofaan langs haar arm had gewreven
– toe dan, neem ze dan – en ze in zijn ogen die helle gloed had gezien. Ze had het allemaal geweten, al op de eerste avond. Toch was ze
eraan begonnen.

Ze liet zich voorovervallen en vlak voordat ze met haar lichaam
de traptreden raken zou, zette ze haar handen op de zevende trede
en ving zichzelf op. Ze steunde op haar gebogen armen en bracht
haar neus vlak boven de traploper om de vunzige geur op te snuiven,
steeds opnieuw, tot ze hem niet meer rook. Daarna ging ze naar boven.

Toen ze naast haar bed de foto zag van Henri met zijn armen om
haar heen, kwamen de tranen.

# VI

## TWEE PAARDEN

Zes weken later, op een zaterdagochtend, ging ze vis kopen op de markt in de Albert Cuyp.

Het was een van de laatste mooie herfstdagen. De zon stond gesluierd in een nevelig-blauwe lucht, in de straat dwarrelden bladeren omlaag uit de iepen, traag, behoedzaam haast, in een schommelende beweging, en streken neer op het trottoir of het dak van een auto. Toen ze buitenkwam voelde Lin zich als herboren, gezuiverd door de koorts.

Alles wat aan Henri herinnerde had ze in een plastic tas gestopt en weggeborgen: foto's, een bosje gedroogde rozen, het sexy ondergoed dat hij op een avond uit een automaat had getrokken onder de perrons van het Centraal Station, de uitklapfoto van het booreiland, een paar schoenen, een armband, een van zijn T-shirts waarin ze sliep als ze alleen was, een half champagneflesje, een kaart van Schiermonnikoog met achterop de tekening waarmee Henri haar het boren naar gas had uitgelegd en haar eigen tekening van een strandlopertje, herinnering aan de zwerm die het teken was geweest van geluk. Het had haar verbaasd dat het zo weinig was wat ze van hem had gekregen, nog niet genoeg om een plastic tasje te vullen, zo weinig, na al die maanden waarin ze zo vol van hem was geweest. Toen ze de tas onder in haar klerenkast smakte, hoorde ze glas breken – het glas voor die foto waarop hij haar met beide armen omklemde, zijn wang tegen de hare, en lachend in de lens keek.

Henri had niets meer van zich laten horen. Ze had niet geweten hoe zich van haar woede te bevrijden, een woede die toenam naarmate het beter tot haar doordrong wat er was gebeurd, wat hij met haar had gedaan. Ten slotte had ze hem een brief gestuurd, tien regels, meer had ze niet nodig. Sommige mensen *willen* het geluk niet, had ze hem geschreven, ze *willen* het niet en zodra het bij ze in de buurt komt, maken ze het kapot.

Ze had hem afgeschreven.

Maar na het werk had ze op bed gelegen en naar hem verlangd, terwijl het donker werd en ze op de verdieping onder zich de radio hoorde en de stem van de oude vrouw die tegen haar hond sprak. In haar verbeelding was Henri een ander geworden, zodat ze naar hem kon verlangen. Hij verscheen haar als de man tussen wiens benen ze had geslapen, de man die haar vergezellen zou op de dag dat ze naar haar vader ging. Ze had verlangd naar iemand die ze nooit meer wilde zien.

Na zes weken leek het ergste achter de rug. De blauwe plekken die de Afrikaan in haar lichaam had geknepen waren verdwenen, zo ook de angstdromen en de dofheid overdag, en ze dacht niet meer aan hem. Ze was vijfentwintig geworden, een volwassen vrouw, vond ze zelf. Ze had zichzelf gedwongen om haar verjaardag te vieren en oude vriendschapsbanden aangehaald; met een van haar vrienden, degene die het langst bleef, was ze in bed beland. Ze was met haar moeder uit eten gegaan en erin geslaagd dit te doorstaan zonder in een bijna niet meer te doorbreken zwijgen te vervallen. Ze had Yvonne Wijnberg laten weten dat ze aan het eind van het jaar de Star Shop zou verlaten en was nu bezig een nieuwe baan te zoeken, eindelijk een baan 'op niveau'. Ten slotte was ze ziek geworden. Ze had een week met koorts in bed gelegen en de lakens met zweet doordrenkt, zoals ze eens in Henri's bed had gedaan.

Toen ze die zaterdagochtend buitenkwam, voelde ze zich veranderd, zwak nog, maar ook sterk, want bliksemsnel had ze haar leven gereorganiseerd en het een andere kleur gegeven. Die avond kreeg ze bezoek: de vriend met wie ze gevreeën had, ze zou voor hem koken. Voor de zondag had ze haar plannen al klaar.

Op de markt in de Albert Cuyp was het druk: duizenden mensen verdrongen zich tussen de marktkramen aan weerszijden van de straat. Ze had ook naar de Dappermarkt kunnen gaan, dichterbij, maar deze was groter, aantrekkelijker, en de viskramen waren er beter. Eerst wandelde ze over de hele markt om zichzelf te tonen dat ze er ook zonder Henri kon rondlopen. Natuurlijk voelde ze zich niet op haar gemak, hij woonde een paar straten verderop. Maar belangrijker was de zelfoverwinning.

Terwijl ze voor de viskraam stond te wachten, herinnerde ze zich hoe ze hier met Henri had gestaan, hoe hij een bundel bankbiljetten uit zijn binnenzak haalde en er met zijn duim biljetten af schoof. Om zichzelf af te leiden keek ze tussen de hoofden door naar de glanzende vissen in het ijsgruis, de forel, de tong, de schol, de vette zeepaling, naar de oesters en naar een van die grappende jongens achter de kraam door wie ze straks geholpen wilde worden. Ze schoof dieper in het groepje dat stond te wachten, bijna alsof ze wilde voordringen, en blozend, plotseling blozend, keek ze om zich heen, zoekend naar iemand tegen wie zij iets zou kunnen zeggen, en ze vond een vrouw om naar te glimlachen.

Ze werd geholpen door de jongen die ze had uitgekozen en zijn onbekommerdheid gaf haar moed. Ze kocht twee moten zwaardvis, voor vanavond, en nam er nog een pond IJslandse garnalen bij, om te bakken, voor morgen als ze weer een eter had.

Toen ze uit het gedrang kwam, manoeuvrerend met haar boodschappentas, stond Henri opeens naast haar.

'Hé Lin.'

Ze keek op.

Een ogenblik voelde ze vreugde: dat ze hem weer zag. Daarna verstrakte haar gezicht. Haar benen begonnen te trillen. Iemand duwde haar opzij, waardoor ze vlak bij hem kwam te staan, en haastig week ze terug. Seconden verstreken. Toen zei ze: 'Sorry, ik weet gewoon niet wat ik moet zeggen.'

'Laten we uit dit gedrang gaan.'

Voor Henri was de schok van het weerzien minder hevig: hij had haar al een tijd in het oog. Maar nu hij vlak bij haar stond en de invloed van haar verschijning onderging, verwarde het hem toch. Ze leek veranderd. Hij wilde weten wat er veranderd was. Om haar uit het gedrang te loodsen legde hij een hand tegen de binnenzijde van haar onderarm en voerde haar mee. Hij herkende de vorm van haar bovenarm, het soepele leer van haar jackje, uit haar okselholte voelde hij warmte komen. Na een paar stappen onttrok ze zich met een armbeweging aan zijn aanraking.

Achter de kramen was het rustiger. Ze stonden stil bij een stapel lege viskratten. Henri vroeg hoe het met haar ging. Het ging wel goed, antwoordde ze. En met hem? Hij zei dat het met hem ook wel goed ging. Ze knikten erbij en glimlachten monter: ja, het ging wel goed. Lin klemde de boodschappentas tussen haar benen, die nog steeds trilden. Toen ze zijn schoenen op het trottoir zag staan – onuitstaanbaar eigenwijs en zelfgenoegzaam, leek het – had ze de neiging om er met haar hak op te trappen. Ze wilde hem de rug toekeren en weglopen. Maar tegelijkertijd stelde ze vast dat zijn haar geknipt was en dat er een schram op zijn wang zat. Had iemand hem gekrabd? Wat ging het haar ook aan, en wat maakte het uit? Er zou toch nooit een vrouw bij hem blijven.

Henri vertelde dat hij in een koffiehuis had gezeten en haar voorbij had zien komen, dat hij over een uur naar zijn werk moest.

'Nog steeds dat booreiland,' vroeg ze, alsof ze hem jarenlang niet had gezien, en voegde eraan toe dat zij zelf op zoek was naar een nieuwe baan. 'Wat gek dat we elkaar tegenkwamen,' zei ze om af te ronden en tilde haar neergezette tas weer op.

'Zo gaan die dingen.'

'Ja, jij maakt dat natuurlijk geregeld mee.'

Henri zweeg. De stapel viskratten begon te wankelen toen er nog een paar lege bovenop werden gezet. Hij legde zijn hand ertegen en hield hem in evenwicht.

'Ik wil nog eens met je praten,' zei hij.

In het koffiehuis was het druk en lawaaiig. Zonder iets te zeggen zaten ze tegenover elkaar.

'Heb je mijn brief gehad?' vroeg ze ten slotte.

'Ja.'

Lin zweeg weer. De ober worstelde zich met hoog opgeheven dienblad door het staand publiek en stootte haar aan. Achter haar rug zaten er vier te gieren van het lachen, en steeds als het even luwde, perste een van de vier er weer een opmerking uit, proestend, waarop het lachen voortging.

'Ik denk wel dat je gelijk hebt,' zei Henri.

'Waarin?'

'Dat sommige mensen het geluk niet willen.'

Hij had meer willen zeggen. Het lachen achter haar hield maar aan – het ergerde hem, het trof hem als een bespotting, alsof hij uitgelachen werd. Ergens begon een man met schorre stem te roepen. Achter het buffet werden net afgewassen koppen en schotels opgestapeld, de stoomspuit van het espressoapparaat hing sissend en proestend in de melkkan en overstemde zelfs de luidkeels gevoerde gesprekken. Er was die ochtend al heel wat bier getapt in dit lokaal met zijn hoge ramen op de hoek van twee straten. De zon scheen naar binnen. Er hing een sfeer van woeste, vroegtijdige dronkenschap.

Tersluiks keek Henri naar haar afgewend gezicht. Over drie kwartier moest hij de stad uit.

'Ik heb nog een cadeau voor je.'

Het was een stap in het duister.

'Een cadeau?'

'Ja, je bent toch jarig geweest?'

Hij had geen cadeau voor haar.

'Laten we dan gaan,' zei ze. 'Er valt hier toch niet te praten.'

'Ja, loop even mee.'

Achter hem aan schoof ze naar de uitgang, zich tussen de mensen door wringend. Het deed vertrouwd aan. Hoe vaak was ze niet zo achter Henri, die als splijtende boeg fungeerde, een café uit geschoven? Op straat drong het weer tot haar door hoe schitterend de herfstdag was. Ze voelde zich een gevangene, gevangen in de kooi van haar leven.

Ze liep naast Henri en opeens rook ze hem. Ze had hem niet gekust, ze had hem geen hand gegeven en zijn nabijheid geschuwd, maar aan zijn lichaamsgeur kon ze niet ontkomen: hij vlaagde in haar neusgaten, die prikkelende geur, bitter als de geur van verkoold hout. Ze wilde zijn lucht uitstoten, maar snoof hem juist op. Ze wilde hem niet opnieuw ruiken, maar toch ging ze zo lopen dat ze hem opnieuw kon ruiken. Nog eens dreef de lichaamsgeur van Henri in haar neusgaten. Ze snoof hem op. Het was verkeerd om te doen – ze besefte het. Maar wat gaf het? Het was voorbij.

Ze sloeg een hoek om. Daarna probeerde ze zichzelf ervan te doordringen dat ze naast de man liep die haar had laten verkrachten – het was de eerste maal dat ze dit woord ervoor gebruikte. Van opzij keek ze naar Henri, naar die mooie kop, dat lichaam, die kleren, die man daar in een Amsterdamse straat op een zaterdagmiddag in oktober, en ze probeerde zijn schuld, zijn schanddaad, aan hem te zien, als een smet.

Henri was achterdochtig geworden. Die achterdocht bekroop hem onder het lopen en deed hem van haar wegkijken. Opeens kwam hij zichzelf voor als een onnozele hals, in de greep van een sluwe vrouw, een man die denkt dat hij degene is die verleidt, terwijl hij alleen maar doet wat zij allang in gedachten heeft. Het was geen toeval dat ze elkaar hadden getroffen. Ze had geweten dat hij vanmiddag naar het booreiland vertrok en ze wist dat hij de uren voorafgaand aan zijn vertrek meestal op straat was, op de markt, in een café. Ze was naar de Cuyp gekomen, langs het koffiehuis gelopen waar hij vaak zat, daarna over de hele markt en ten slotte naar de vishandelaar waar hij altijd kocht. Geleid door instinct, misschien wel zonder te beseffen wat ze deed of waar ze op uit was, had *zij* deze ontmoeting, deze onwaarschijnlijke ontmoeting in het marktgewoel, tot stand gebracht.

Gestaag keek hij van haar weg.

Lin probeerde zichzelf ervan te doordringen dat de man die naast haar liep sluw en onbetrouwbaar was. Ze probeerde zich te herinneren hoe het geweest was die avond op het schip, met die Afrikaan in zijn kooi, hoe ellendig ze zich de dagen erna had gevoeld. Maar de herinnering aan die gebeurtenissen bleef onbereikbaar. Er was alleen nu.

Eerder dan ze gedacht had stond ze voor de deur van zijn huis. Ze wendde haar blik af, maar ze had het al gezien: de naambordjes, het zijne en die van de anderen, de slordig geplaatste deurbellen ertussen en her en der de schroefgaatjes van verdwenen naambordjes en verdwenen bellen. En daar, in het midden van de deur, het smalle en verticale raam van matglas, door latjes in drieën gedeeld, het onderste ruitje nog altijd kapot. En door het gat in dat ruitje keek ze naar binnen, langs zijn benen, en zag ze de onderste traptrede met zijn restanten bleekblauwe verf.

Henri had zich voorgenomen alleen naar boven te gaan en er een cadeau te vinden, maar hoorde zichzelf zeggen: 'Loop je even mee? Of ga je dan over je nek?'

'Over mijn nek? Hoezo?'

Ze wilde niet bang lijken en hem tonen dat ze zich van hem had losgemaakt.

'Ik loop wel even mee,' antwoordde ze. 'Heb je trouwens nog spullen van me gevonden?'

Ze duwde de deur achter zich dicht en herkende het geluid waarmee hij sloot. Op de trap herinnerde ze zich de eerste keer dat ze hier kwam: op een van de onderste traptreden had ze zijn post zien liggen, bovenop een brief met zijn achternaam en een *andere* voornaam, en ze had zijn nagels over het hout van de traptrede horen krassen toen hij zijn vingers onder het stapeltje schoof. Ze verdrong het, ze wilde zich niets herinneren, en het liefst had ze ook niets gezien van het trappenhuis.

Henri zweette. Hij wist niet wat hij haar geven moest en hij was niet in staat om na te denken. Achter zich hoorde hij haar voetstappen op de trappen – alsof er niets veranderd was en ze samen thuiskwamen van de markt. Hij wilde sneller klimmen, om een voorsprong te krijgen, tijd te winnen, maar hij klom traag, alleen maar om haar achter zich te horen op de trap. Waarschijnlijk was het de laatste keer. Alles leek ten einde, alles leek beslist, ook dat zo dadelijk zou blijken dat hij haar niets te geven had, dat hij gelogen had. Ze kende hem nu en zou elke improvisatie onmiddellijk doorzien. In het halfdonkere portaal opende hij de drie sloten van zijn huisdeur, traag, alleen maar om nog even met haar in het portaal te staan. Lin was op de voorlaatste trede blijven staan.

In de kamer aan de straatkant waren de gordijnen gesloten, en twee ervan bolden in de tochtstroom die door een opengeschoven raam naar binnen gleed. Henri trok een van de gordijnen opzij, en toen hij zich omdraaide zag hij naast de schuifdeuren wat hij haar geven zou. Hij stond stil. Het was een wonderlijke ervaring om het meteen te weten, des te wonderlijker omdat hij het in feite al wist, gister had hij het nog gedacht en twee weken geleden al was het idee bij hem opgekomen.

'Ik ga even pakpapier halen.'

Na een enkele schuwe blik op de kamer sloeg Lin haar ogen neer en keek tussen de gordijnen door naar beneden de straat in, naar de trappers van zijn racefiets en hield ze ten slotte gericht op de boodschappentas, de boodschappen zelf, het pakje vis en garnalen, dat haar herinnerde aan haar voornemens, haar plan voor die avond, aan een leven zonder Henri. Ze hoorde hem terugkomen. Henri liep naar het schilderij dat naast de schuifdeuren hing en lichtte het van de muur.

'Dat vond je toch altijd een mooi ding?'

Het was een klein schilderij van twee paarden, dat hij ooit op een rommelmarkt had gekocht. Iemand die het weten kon had hem gezegd dat het niet slecht geschilderd was, en nadien had Henri zichzelf wijsgemaakt dat hij dat zelf eigenlijk ook had gezien. Twee zwartbruine paarden waren erop afgebeeld, misschien wel geportretteerd, schuin van opzij gezien. Hun huid glansde mat. Ze stonden naast elkaar, haast zij aan zij, nogal schonkig, met licht hangend hoofd. Het schilderij had een treurige atmosfeer: er was geen aanduiding van een landschap, de paarden stonden tegen een grauwe hemel, ver van de bewoonde wereld leek het, in een grauwgroene verlorenheid die ze zich herinnerde van het landschap van haar kindertijd. Maar dat treurige dat de schilder erin had weten te leggen, daar hield ze juist van. 'Dat zijn wij,' had ze eens gezegd, wijzend op de paarden, 'allebei treurig en we weten niet waarom.' Soms, als ze tegen Henri aan stond, had ze over zijn schouder naar dat schilderij gekeken.

'De paarden.'

'Ja.'

'Wil je dat weggeven?'

'Ja. Als je het mooi vindt.'

'Ik heb het altijd mooi gevonden.'

Haastig knielde hij op de vloer en begon het schilderij in te pakken, het met kranten omwikkelend, daarna met pakpapier. Hij plakte het pakket dicht met zilverkleurige tape, steeds zijn tanden in de rand van de tape zettend om er een stuk af te scheuren.

Lin keek toe. Ze was jaloers op het schilderij, de kranten, het pakpapier, de tape, alles wat door zijn handen, zijn mond en lippen werd aangeraakt, en ze dacht dat ze er gewoon naar kon kijken. Henri gaf haar het pakket. Ze bloosde en botste tegen hem aan toen ze hem een kus wilde geven juist toen hij zich wilde omdraaien naar zijn reistas bij het bed. Zonder een woord trok Henri haar tegen zich aan om haar nog één keer te voelen, de zachtheid van haar buik, de stevige stulping van haar borsten, de gleuf van haar ruggengraat. Lin ademde met open mond en staarde over zijn schouder tussen de schuifdeuren door naar de achterkamer.

'Heb je spijt?' vroeg ze afwezig.

'Spijt waarvan?'

'Weet je best.'

Henri zweeg even.

'Ja, daar heb ik spijt van.'

Meteen gleed zijn hand op haar rug onder haar blouse. Ze maakte een wegjaag-beweging met haar schouder, een loswring-kronkel met de rest van haar lichaam, maar een paar seconden later, stevig vastgehouden, stond ze roerloos tegen hem aan, haar mond open.

'Stille paarden,' zei ze, alsof ze een grap maakte.

Henri wrong zijn hand onder haar knellende broeksband en legde hem op de vlezigheid boven haar billen, zijn middelvinger over haar stuit heen, de top in het kuiltje eronder. Het was er vochtig.

'Onze buiken hebben elkaar altijd wel goed begrepen,' zei ze, 'maar onze hoofden niet.'

Het was afscheid nemen. Nog eenmaal de vertrouwde vormen voelen, met het verdriet in hun handen, met een gevoel van afstand al, steeds de overtuiging dat het te beheersen viel, juist omdat ze elkaar zo goed kenden. Maar plotseling gulpten de palingen over de rand. Lin zakte zo ongeveer door haar knieën, zo wilde ze geen afscheid nemen. Wat maakte het uit, wat maakte het uit om het nog één keer te doen, was het zelfs niet beter? Ze had haar mondholte droog gehijgd.

'Kun je niet wat later vertrekken?' vroeg ze zacht.

'Ik ben al te laat.'

'Laten we het nog één keer doen.'

Het klonk als een praktisch voorstel: het doen, nog één keer, om ervan af te zijn. Henri aarzelde. Hij kende deze situatie en wist dat hij zich zo dadelijk alleen maar nog ellendiger zou voelen. Zonder zijn antwoord af te wachten – zijn aarzeling was voor haar het antwoord – bukte ze zich en trok haar schoenen van haar voeten, meteen ook haar sokken. In één beweging stroopte ze slip en broek van haar onderlijf. Henri zag dat het kruis van haar slip even tussen haar dijen bleef kleven aan haar schaamhaar.

'Kom je,' zei ze, en liep naar het bed.

Henri ontkleedde zich. Zwiepend kwam zijn stengel te voorschijn. Lin keek hoe hij in haar kwam. Henri omklemde haar lijf. Het ijzeren bed begon te kreunen. Terwijl ze zich met haar ene hand als een razende vingerde om tegelijk met hem klaar te komen, schoof ze de andere met gespreide vingers in zijn haren en greep ze vast. Henri probeerde los te komen, zijwaartse rukken makend met zijn hoofd, als een dier dat zijn kop uit een halster probeert te bevrijden. Maar ze hield hem stevig vast, zijn hoofd omlaagtrekkend. Het maakte hem nog woester. Na een paar minuten was het gedaan.

Niet lang lagen ze met bonkende harten op elkaar. Henri was in gedachten al op zoek naar de straat, de plek waar hij zijn auto had geparkeerd. Hij zou als een bezetene moeten rijden om nog op tijd op het vliegveld te zijn. Ze stonden op en meteen gleed de neerslachtigheid over hen heen. Beschaamd kleedden ze zich aan. Henri voelde kramp in zijn onderbuik.

'Vergeet je schilderij niet.'

Ze stommelden de trap af. Buiten knipperden ze met hun ogen tegen het licht. Henri kuste haar. Ze zag hem met de reistas om zijn schouder de straat uit rennen en keerde zich om voordat hij de hoek had bereikt.

Langzaam liep ze terug naar de markt. Er leken uren verstreken sinds ze plotseling oog in oog met Henri had gestaan, maar er was nauwelijks een halfuur voorbijgegaan. Onder haar arm hield ze het ingepakte schilderij, dat haar bewees dat ze werkelijk bij hem was geweest. Ze keerde terug naar het koffiehuis en naar de viskraam, de route volgend die ze met Henri had genomen, alsof ze door terug te keren op haar schreden het gebeurde wilde uitwissen. Ze voegde zich bij degenen die voor de kraam stonden te wachten en pas toen ze aan de beurt was drong haar vergissing tot haar door.

# VII

## ONBEREIKBAAR

Op een zondagmiddag bleef ze hangen in een film over walvissen. Ze viel erin toen een kudde walvissen voor de kust van Alaska in beeld was. Het was daar een nevelige dag. Een man in een rubberboot voer naar de walvissen toe en vertelde dat hij ze al van ver kon ruiken. Hij rook ze door de damp die ze metershoog de lucht in spoten: er hing een weeë, ziltige geur boven zee. Het water was vlak, grijs en olieachtig en spoelde traag over de ruggen van de walvissen.

De dieren trokken naar het zuiden. Een paar weken later waren ze voor de kust van Mexico, ze zwommen een blauwgroene baai binnen, waar ze zich elk jaar verzamelden om te paren en te baren. Rond de baai lag een vlakte met zwermen broedvogels, de lucht boven de zoute bodem trilde van de hitte. Aan de oppervlakte van het water draaiden de walvissen om elkaar heen, een mannetje en een wijfje, naast elkaar, tegen elkaar aan, hun lichamen rollend in lome lust. Ze herinnerde zich een zomermiddag waarop Henri in bed haar lichaam had ingesmeerd met olijfolie uit een blikje sardines en zij het zijne, hoe hun lichamen over elkaar heen waren gegleden en ze steeds de ziltheid van zee en vissen had geroken.

De man in de rubberboot voer weer tussen de walvissen. Het water was lichtblauw en schitterde in de zon. Twee walvissen kwamen naar hem toe, nieuwsgierig: een moeder en haar jong, dat schuin onder haar dreef. De man boog zich buitenboord, hij raakte de walvis aan en zei dat haar huid 'heel zacht' was. Lin zat nu roerloos te kijken. Met een camera onder water was een opname gemaakt van het oog van deze walvis. Het was zo groot als twee gebalde vuisten, het glansde vochtig en lag gebed in dikke huidplooien. Het was een oog dat keek, het was het oog van iemand, het was of er iemand in dat enorme lichaam zat en door het oog naar buiten keek.

Plotseling kreeg ze het benauwd en zette de televisie uit.

In de stilte hoorde ze de wind weer en het rammelen van de balkondeuren. Boven de huizen achter de spoordijk hingen regenwolken. Her en der viel het licht van de zon er in breed uitwaaierende bundels tussendoor. Ze wilde naar buiten, de stad uit, lopen in de duinen. De regen zou haar niet deren, eerder goeddoen. Maar ze bleef waar ze was.

Een halfuur later ging de telefoon. Buiten adem nam ze op. Het was haar moeder.

'Waarom hijg je zo?'

'Hijg ik?'

'En of jij hijgt.'

'Ik kom van het balkon.'

Haar moeder vroeg hoe het met haar ging, een vraag die zoals altijd geladen was, hoe luchtig en achteloos hij ook werd gesteld. Het was de meest simpele en tegelijk meest ingewikkelde vraag die ze haar dochter kon stellen. Lin antwoordde dat het wel goed ging. Of ze ergens mee bezig was? Nee, niet speciaal. Of ze misschien zoëven op televisie die film over walvissen had gezien.

'Nee, niet gezien.'

Ze had het gezegd voor ze er erg in had.

'Jammer.'

'Hoezo?'

'Ik heb ervan genóten!'

Er begon iets in Lin te zieden.

'Genoten?'

'Ja, kind, genóten.'

Het was een manier van spreken die niet bij haar moeder paste. Aangeleerd. Met haar scherp oor herkende Lin er onmiddellijk de stemmen en manier van spreken van anderen in, de klanten in de juwelierszaak met wie haar moeder zich onderhield, rijke en beschaafde dames, die zeiden dat ze genóten hadden, genóten – met zo'n uithaal. Maar van een feest, een concert, een weekendje New York, niet van een film over walvissen!

'Het was zo prachtig,' zei haar moeder. 'Een baai ergens aan de kust van Mexico, waar kuddes walvissen elk jaar heen gaan om te paren en hun jongen ter wereld te brengen. Het prachtigste lichtblauwe water, helder, je keek zo de diepte in en daar zag je die walvissen zweven en om elkaar heen draaien, zo vredig, een moeder met haar jong dat naar de oppervlakte kwam.'

'En onderwateropnames?'

'O ja.'

Lin bloosde al niet meer. In een ommezien had haar brein de werkelijkheid aangepast: het leek of ze de film werkelijk niet had gezien, of ze zich een *andere* film over walvissen herinnerde, niet de film die ze beiden zoëven hadden bekeken, elk alleen op een bank.

'Wat zag je dan?'

'Ja, wat zag je dan? Die walvissen natuurlijk, en eenmaal het oog van een walvis, van heel dichtbij.'

'Eng?'

'O nee, helemaal niet. Juist niet.'

'Bijzonder.'

'Ja, bijzonder. Een intelligent, nieuwsgierig oog dat ergens in een oceaan even in een van onze camera's kijkt.'

'Je bent in een romantische bui!'

'Ach.'

Ze zwegen een ogenblik.

'Begin je al te wennen aan je nieuwe huis?' vroeg Lin.

'O ja.'

'Het klinkt zo hol. Zijn de gordijnen er al?'

'Die komen volgende week.'

Een paar weken geleden was haar moeder verhuisd. Na vijftien jaar was ze weggegaan uit de Vespuccistraat, uit de huurwoning waar ze na haar scheiding en terugkeer naar Amsterdam met haar dochters was ingetrokken. Twee jaar geleden waren haar ouders kort na elkaar gestorven. Met het geld van haar erfdeel had ze nu een appartement aan de Koninginneweg gekocht, 'niet ver van het Concertgebouw en vlak bij het Vondelpark', zoals Lin haar op de dag van de verhuizing wel tien keer had horen zeggen. In een bocht aan het begin van de Koninginneweg (verderop werd de straat 'minder') had ze een bel-etage met twee hoge kamers en suite en een serre, een souterrain met slaapkamers en een badkamer, en een kleine tuin. De kamers van de bel-etage met hun parketvloeren, marmeren schoorsteenmantels en gestucte plafonds waren heel mooi. Zelfs als er niets in stond waren het al mooie kamers.

Op de dag van de verhuizing had Lin haar moeder geholpen. Ze had haar vijf maanden niet gezien, precies de tijd dat ze met Henri omging.

Ze had in beide huizen schoongemaakt. In de Vespuccistraat hadden alleen de ginkgobomen haar nog geïnteresseerd; ze had een paar van de waaiervormige blaadjes afgeplukt en in haar zak gestoken. Deze bomen maakten de straat. Van begin tot eind stonden er alleen maar gingkobomen. Ze had nog geweten hoe de bomen er 's nachts uitzagen, in de schemering, in de sneeuw, en ze had zich herinnerd hoe ze als kind had gedacht dat ooit door die gingkobomen in de straat op een wonderbaarlijke, onbegrijpelijke, niet voor te stellen manier haar leven zou veranderen. Het was het sprookjesachtige aanzien van de bomen dat een andere wereld opriep.

Ze had zich herinnerd hoe ze haar tas met trainingsspullen van haar fietsstuur op het trottoir liet ploffen, elke dag, en haar fiets vastzette aan een hek. In het trappenhuis had ze zich de verwachting herinnerd die de stilte en geluiden van elders altijd in haar wekten. In de leeggehaalde woning op de tweede etage verbaasde het haar dat ze hier met zijn drieën acht jaar hadden kunnen wonen.

In het huis aan de Koninginneweg had ze de kamers bewonderd en begrepen waarom haar moeder er zo naar had uitgezien om in hoge kamers te wonen. Terzelfder tijd had ze veel te hard gesproken in deze kamers, ze had zelfs geprobeerd die hoogte belachelijk te maken met haar weerkaatsende stem en voetstappen. Toen had ze haar moeder zien staan, van achteren, in een onbewaakt ogenblik, beduusd van de kamers die ze voortaan zou bewonen, en ze had tegen haar willen zeggen: Je hebt het verdiend. Maar ze had het niet durven zeggen. Daarna was er geen gelegenheid meer geweest voor zulke woorden, want haar moeder hield het front gesloten, zoals haar gewoonte was.

Terwijl ze de planken van een diepe kast schoonmaakte en op de achtergrond een tram hoorde passeren (in de Vespuccistraat reed geen tram), had ze opeens kunnen definiëren wat altijd ongrijpbaar was geweest. Haar moeder en Emma beschouwden zichzelf als realisten, zij wisten hoe het in de wereld toeging, zij wisten hoe je in de wereld vooruitkwam, en ze beschouwden haar als een dromer. Ze had zich aan Janosz' discipline onderworpen en elke dag getraind, ze was juniorenkampioen geworden, kampioen bij de vrouwen, ze had zich gehandhaafd in een keiharde wereld – maar het had niets kunnen veranderen aan het beeld dat haar moeder en Emma er van haar op na hielden. Toen ze verwoed en woedend dieper de kast in dook om het achterste deel van de planken te bereiken, had ze nog meer begrepen. Dat ze door die twee altijd was gezien als het kind van een verafschuwde man, het kind dat op hem leek: wild, onevenwichtig, agressief, rusteloos. In haar hadden ze elke dag weer diegene gezien over wie ze nooit spraken en die ze voorgoed uit hun leven hadden gebannen.

Voor het eerst sinds vele jaren waren ze weer een dag met zijn drieën geweest. Maar aan de oude patronen was niets veranderd. Zoals altijd had zij zich de mindere gevoeld, de mindere van haar oudere zus en haar moeder, en zoals altijd was ze door hen voortdurend en met een voor anderen onzichtbaar raffinement in die positie van mindere gedrongen. De dag was in een halve ruzie geëindigd, met haastige zoenen ten afscheid. Ze was alleen naar huis gefietst, terwijl ze een deel van de route met haar zus had kunnen oprijden.

In de hoorn hoorde Lin het geluid van een passerende tram.

'Ben je al aan de trams gewend?'

'O ja. Na drie dagen hoor je dat niet meer, en ik heb altijd van verkeersgeluiden gehouden. In de Vespuccistraat was het me veel te stil.'

'Om van Birdaard maar te zwijgen.'

'Precies.'

'En je geniet van de hoge kamers.'

'Daar ga ik de rest van mijn leven van genieten.'

'Emma beweert dat je tijdens elk telefoongesprek wel een keer je aansteker op de vloer laat vallen om te laten horen hoe hoog die kamers zijn.'

'Ach, Emma zegt zoveel. Ogenblik.'

Haar moeder stak een sigaret op.

'Ze zegt bijvoorbeeld ook dat ze jou een tijd geleden zag lopen, ergens bij de Albert Cuyp, aan de arm van een man – verliefd, zeg maar. Hij was een kop kleiner dan jij, zei ze, en een stuk ouder.'

'Ach, die.'

'Nou?'

'Dat is allang weer voorbij.'

'Emma zei dat ze zich wel kon voorstellen dat jij het een man van de opwindende soort zou vinden.'

Het bloed steeg haar naar het hoofd. 'Ja, zo praat Emma, met haar brave, gedweeë, onderworpen Paul!'

'Ach, Emma zegt zoveel.'

'Maar die van die aansteker die jij zo nu en dan laat vallen als je telefoneert – dat vond ik wel leuk.'

Ze zwegen. Lin had de voortzetting van het gesprek al in haar hoofd, het lag op haar lippen, maar ze aarzelde. Een ogenblik was het of ze balancerend op een richel stond, nu eens naar de ene, dan weer naar de andere kant overhellend. Toen kon ze het niet meer tegenhouden.

'Heb je een verhuisbericht naar Birdaard gestuurd?'

'Naar Birdaard?'

Het was een doelbewuste poging om haar moeder te treffen. Een ogenblik was het stil. Haar moeder nam een trek van haar sigaret en blies de rook uit.

'Ach nee, dat heeft toch geen zin?'

'Maar hij moet toch ten minste weten hoe hij zijn kinderen kan bereiken?'

'Na vijftien jaar?'

Haar moeder zei het met een mond vol rook. Alsof ze een hap rook had genomen. Lin hoorde hoe ze een paar stappen deed, waarschijnlijk om een asbak te pakken. Er kwam weer een tram voorbij.

'Misschien woont hij niet eens meer in dat dorp.'

'Hij woont er nog steeds. Hij staat in het telefoonboek. Tegenwoordig noemt hij zich Auto Hokwerda.'

'Kijk eens aan.' Haar moeder begon te lachen. 'Auto Hokwerda,' zei ze met nagebootste noordelijke tongval. 'Auto Hokwerda!'

'Alleen het adres is niet meer hetzelfde.'

Terwijl ze zojuist nog haar moeder had zien zitten in die hoge kamers aan de Koninginneweg, begon ze nu het water van de Ee te zien, de twee arbeidershuisjes, het hellende grasveld en de rietkraag. Het lag op haar lippen om te zeggen dat ze de afgelopen zomer vlak langs Birdaard was gereden, maar ze hield zich in.

'Ik denk nog weleens aan de plek,' zei ze, opnieuw erop uit om pijn te doen.

'Niet aan hem,' constateerde haar moeder, en er klonk een zekere opluchting in haar stem.

'Nee, aan de plek. Het was een mooie plek om te wonen.'

'Ik was altijd alleen maar bang dat een van jullie te water zou raken. Hij zei altijd dat alle kinderen in het dorp aan het water opgroeiden en dat er nooit iets gebeurde. Maar jullie zijn allebei in het water gevallen, meerdere keren zelfs, en tweemaal op het nippertje eruit gehaald.'

'O.'

Lin voelde een onverklaarbare beklemming opkomen.

'Bij andere gezinnen gebeurde het inderdaad niet,' zei haar moeder. 'Er raakte nooit een kind te water, nooit. Maar bij ons gebeurde het.'

Lin durfde niets meer te zeggen.

Ze herinnerde zich die keer dat ze 's avonds, een zomeravond was het, tussen het riet was geraakt, met haar voeten wegzakte in de modder en haar jurkje zag bollen op het water. Haar vader zat verderop te vissen. Ze was als verlamd geweest terwijl het water koel en onverschillig langs haar lichaam omhoogkroop, tot boven haar middel, ze had niets kunnen doen. Toch moest ze geroepen hebben. Hij had haar eruit getrokken. Ze had naast een emmer water gestaan, gelig helder water. Met het water had hij de modder van haar benen gespoeld, van haar voeten. Hij had haar haar sandalen weer aangetrokken en de door de modder zwart geworden sokken in het riet gesmeten.

'Ik kan me maar één keer herinneren,' zei ze.

'Het is meerdere malen gebeurd, kind. Eenmaal kwam je werkelijk gillend aangerend omdat Em in het water lag.'

'Dat kan ik me niet herinneren.'

'Toch is het gebeurd.'

Haar moeder stak een nieuwe sigaret op en inhaleerde sissend de eerste trek, ze liet een stilte vallen terwijl de rook in haar longen verbleef en blies hem toen woest naar buiten.

'Dat is het ergste wat je met een man kan overkomen,' zei ze, 'dat hij onbetrouwbaar is.'

'Onbetrouwbaar.'

'Ja, on-be-trouw-baar.' Elke lettergreep van het woord werd beklemtoond. Het was of ze het erin wilde rammen.

Lin herinnerde zich die middag waarop ze door haar moeder van school was gehaald. Ze had de stationcar genomen, koffers en volgepropte vuilniszakken achterin gezet. Ieder kon het zien en moest het kennelijk zien: de bagage achterin, hoe ze haar dochters ophaalde en vertrok. Al in het gedrang bij de schooldeur had ze de auto zien staan. Ze was bijna tien en besefte wat er gebeurde; het dreigde al geruime tijd. Ze zat met Emma op de achterbank. Doodstil. In een paar minuten, de tijd die nodig was om het dorp uit te rijden, had ze afscheid moeten nemen. Van de kinderen uit haar klas, die ze zojuist nog om zich heen had gehad, zou ze er geen enkele ooit terugzien. Elk huis zag ze voor het laatst. In een paar minuten was ze een hele wereld kwijtgeraakt, haar eerste wereld. Haar moeder was het dorp uit gereden. Geen van drieën hadden ze durven omkijken, alsof ze op de vlucht waren, alsof het verboden was wat ze deden.

'Wat gek dat we hier opeens over beginnen,' zei haar moeder. 'Ik belde eigenlijk alleen maar om te vragen of je zin hebt mee te eten. Ik maak iets klaar voor degenen die me zo heerlijk hebben geholpen: Jasper, Dina, Em en Paul, en daar hoor jij toch ook bij.'

Toch ook, registreerde ze.

'Ik heb een afspraak zo dadelijk.'

'O nee, zeg.'

'Ja, jammer. Maar waarom bel je me zo laat?'

'Ach, het is maar geïmproviseer. Ik had er opeens zin in, en ik dacht: ik ga niet iedereen weken van tevoren vastleggen, dan wordt het weer zo officieel, ik doe het nu, en wie kan die komt en voor wie niet kan doe ik later weleens wat.'

'Ik kan echt niet.'

'Andere keer dan.'

Er viel een stilte.

'Leuk, overigens, dat we elkaar spreken. Je bent vaak tijdenlang zó onbereikbaar. Maar ja, dat had je als kind al.'

Het klonk uit de hoogte, en haar moeder produceerde er ook nog een achteloos lachje bij.

Na het gesprek bleef Lin roerloos zitten. Haar rechteroorschelp deed pijn, zo hard had ze de hoorn ertegenaan gedrukt. Haar rug was verstijfd door het langdurig rechtop zitten – als vanzelf had ze tijdens het gesprek de houding aangenomen die haar moeder haar zo dikwijls had voorgeschreven. Na een tijd begon ze het rammelen van de balkondeuren weer te horen. Ze had zin om het toestel tegen de muur te smijten.

Een kwartier later werd er opnieuw gebeld. Weer kwam ze hijgend aan de telefoon. Het was Henri. Ze besefte dat ze er twee weken op had gewacht. Hij klonk 'anders'.

Ze reden de stad uit, over het web van snelwegen, zonder veel meer dan een paar woorden te wisselen. De radio stond aan. Lin had gezegd dat ze graag naar buiten wilde, ondanks het slechte weer. Henri reed zijn wagen, in regen en windstoten, naar zee.

Op de duinovergang stoof het zand hun in het gezicht. Boven zee stond een lucht van dreigende wolken, waaruit nu en dan een bundel vals licht neerplensde op de donkere zee. Boven de horizon hingen buien. Het was eb. Er lag een breed, nat glimmend strand, bedekt met schuimvlokken die trilden in de wind. De golven braken moeizaam, zwaar door het losgewoelde zand.

Het was november, maar op het strand wilde ze toch haar schoenen uittrekken. Terwijl ze in het zand zat en de ritsen van haar laarsjes opentrok, keek ze op naar Henri.

'Het zal wel koud zijn, hè?'

'Ik zou het niet doen.'

'Maar het is zo'n lekker gevoel.'

'Ik zou het niet doen, je wordt er ziek van.'

Ze trok de ritsen weer dicht en stond op. Naast elkaar liepen ze voort, tegen de wind in. De strandpaviljoens waren afgebroken en ook de rij badhokken was verdwenen. Lin vermeed het om naar de plek te kijken waar ze meestal gezeten hadden, die zomer, achter het windscherm. De wind jakkerde door het helmgras op de duinen.

Terwijl ze naast Henri liep, kwam het haar voor dat hij veranderd was. Hij was dichter bij haar. Ze voelde het aan de manier waarop hij naast haar liep. Na verloop van tijd drong toch het beeld van haar moeder zich aan haar op. Zelfs in de koude wind brak het zweet haar uit.

'Sorry, dat ik zo stil ben,' zei ze. 'Ik heb net een gesprek met mijn moeder achter de rug.'

Henri wist inmiddels het nodige over haar moeder.

'Ze belde me.'

'Zondagmiddag.'

'In het begin was ze aardig. Ze is verhuisd. Ik heb haar geholpen. Een hele dag schoonmaken in twee huizen, beulen, ik heb zo mijn best gedaan. Daarom was ze aardig. Maar op het eind zei ze weer iets...'

'Wat zei ze?'

'Zulke dingen kun je niet uitleggen. Dat zijn familieverhoudingen. Hoe zeg je dat? Hoe dingen gegroeid zijn, de geschiedenis die je met elkaar hebt, en hoe dodelijk dan één enkele opmerking kan zijn. Voor een ander betekent het niets. Hij hoort het niet of begrijpt niet waar je het over hebt. Terwijl jij het bloed voor je ogen krijgt.'

'Maar wat zei ze?' Henri was wel benieuwd naar die ene dodelijke opmerking.

'Dat ik soms tijdenlang zo onbereikbaar ben. Voor haar dus. En daar voegde ze dan nog aan toe, zo uit de hoogte, met een lachje, als-of er met mij nooit iets te beginnen viel: Maar ja, dat had je als kind al. Ik kon haar wel wurgen.'

'Onrecht.'

'Onrecht, ja. Als kind werd ik door haar en door mijn zus altijd weggezet. Die twee hadden een verbond. Ze hebben me altijd het gevoel gegeven dat ik de mindere was... En dan haalt zij het in haar hoofd om mij te verwijten dat ik vaak tijdenlang zo *onbereikbaar* ben.'

'Da's een helder verhaal.'

'Ja, ik kan wel denken, hoor!'

'Zo bedoel ik het niet, schat.'

Zwijgend liep ze door, haar gezicht naar de zee gewend.

'Sorry,' zei ze na een tijd, 'ik zak hier helemaal in weg.'

'Daar weet ik wel wat op.'

Henri gaf haar een duw. Ze stond stil. Hij legde zijn handen op haar schouders en duwde haar naar achter.

'Nee,' zei ze, 'daar heb ik nu geen zin in.'

'Je zult wel moeten.'

'Henri, hou op.'

Ze begon weg te rennen, maar nauwelijks had ze vijf stappen gedaan of ze lag in het zand. Hij had nog een goede sliding in zijn benen.

'Henri, hou op.'

'Kom op nou!'

Ze stond op en trok haar jack uit. Onder het jack droeg ze alleen een truitje, waarvan ze de mouwen opstroopte, en toen ging ze hem te lijf. Ze schopte en sloeg. Henri weerde alleen af. Eerst vocht ze als een meisje: bang om door te slaan, bang om zich pijn te doen. Maar plotseling, toen ze zich bezeerd had aan zijn harde elleboog, kwam er iets anders in haar naar voren. Haar schroom verdween. Het leek of ze lichter en sneller werd, en nu sloeg ze door. Opeens zag hij scherpte, echte felheid. O, dacht hij, zo stond ze dus vroeger in de sporthal tegen dat balletje te meppen.

Meteen ging ze over een grens. Ze bukte zich en smeet een handvol nat zand in zijn gezicht. Het striemde zijn huid, het beet in zijn ogen en verblindde hem. Een ogenblik later kwam ze als een stier op hem af, boorde haar hoofd in zijn buik, smeet zich met haar volle gewicht tegen hem aan en werkte hem tegen de grond, zoals een rugbyspeler dat zou hebben gedaan. Toen ze op hem zat, begon ze te lachen, een lach die diep uit haar buik kwam, en ze hief spottend haar armen op om haar spierballen te laten zien.

'Is ze nou weg,' vroeg hij, 'dat kreng?'

Bedroefd schudde ze haar hoofd. Haar lach verdween. Henri zag haar hoofd en schouders tegen de lage wolken boven zee, hij zag zand op haar wangen kleven. Ze was alweer ergens anders. Hij trok haar over zich heen. Ze rilde in haar truitje. Toen hij de zachtheid, die onthutsend meegaande zachtheid van haar lichaam gewaarwerd, voelde hij hoe schuldig hij was.

In het donker kwamen ze in zijn huis. Het slechte weer had Lin goedgedaan. Het tegen de wind optornen, de regenvlagen in haar gezicht, in de duinen zelfs de gesel van een kortstondige hagelbui. Vroeger was het trainen vaak zoiets geweest als dit lopen in slecht weer: het trok haar uit haar somberheid. In die hagelbui, striemend, ijskoud, had ze haar moeder van zich afgeschud, en verdwenen was de wanhoop over haar herkomst, de angst dat ze voor anderen werkelijk 'onbereikbaar' was.

Op de terugweg had ze in de auto op de achterbank gelegen en tijd gehad om na te denken.

Was het mogelijk dat een verhouding zich ontwikkelde ook als je elkaar niet zag? Zoiets moest er gebeurd zijn en zoiets kon alleen gebeuren als er was nagedacht. Henri moest zichzelf de afgelopen veertien dagen hebben aangepakt. Hij had in zijn kooi gelegen en nagedacht. Hij had nagedacht en iets begrepen. Zijn houding was veranderd. Ze kreeg weer hoop. Langzaam maar zeker naderden ze elkaar.

In het donkere portaal van zijn huis hield ze Henri staande en duwde hem tegen de muur. Ze drong zich tegen hem aan en met haar mond wijd open begon ze hem grote natte tongzoenen te geven.

'O liefje,' zei ze, 'lieve Henri, lieve kok, ben je daar weer, ben je daar weer?'

Aan zijn buik voelde ze dat hij moest lachen. Maar steeds opnieuw hapte ze met wijd open, hongerige mond in zijn gezicht. 'Ik kan er niet mee ophouden,' zei ze hijgend, 'ik kan er gewoon niet mee ophouden.' Ze snoof de geur van zijn haren op, de geur die uit zijn kleren kwam, en begon hem dan weer te kussen. Ze leek nog het meest op een hond die zijn baas steeds opnieuw bespringt en zich geen raad weet met zijn vreugde.

Dit is voorbarig, dacht ze. Maar het zoenen ging gewoon door.

Ten slotte stond ze stil tegen hem aan, haar hart nog bonzend, maar bedarend, luisterend naar de geluiden die van elders doordrongen in het trappenhuis. De wind kwam fluitend door de kieren rond de voordeur. Een tochtstroom trok langs haar enkels.

'Ik draag je naar boven,' zei Henri.

'Is het niet te nauw?'

'Ik pers je er gewoon doorheen.'

Hij tilde haar op, zijn ene arm onder haar rug, de andere onder haar benen, en begon zich langs de steile en nauwe trappen omhoog te werken.

'Je bent zwaarder geworden,' zei hij hijgend.

Lin zei niets. Ze was juist afgevallen, vijf kilo. Ze zei niets terwijl ze naar boven werd gedragen. Henri verbaasde zich over het kinderlijke vertrouwen waarmee ze zich aan hem kon overgeven: nergens was haar lichaam verkrampt. Zwaar en vol overgave lag ze in zijn armen. In de bocht van de tweede trap wankelde hij en hoorde de trapleuning hevig kraken toen hij die vastgreep en er met zijn volle gewicht, vermeerderd met het hare, aan kwam te hangen. Zonder haar neer te zetten opende hij de sloten van zijn huisdeur. Hij hurkte om zijn sleutel in het onderste slot te steken. Ze zat op zijn knieën en trok instinctief haar voeten op, want die 'mochten de vloer niet raken'.

Toen ze zo, gedragen, Henri's donkere huis binnenkwam en het rook en om zich heen voelde, wist ze wat het voor haar was, waarom ze er een hele zomer de gordijnen halfdicht had willen houden, waarom ze er rust vond, waarom ze er zoveel nieuwe dingen had kunnen ervaren: het was een hol, een verborgen plek. Zelfs zonder het te zien voelde ze de kracht van dit huis, van de voorwerpen die hij om zich heen verzameld had, van het ijzeren bed met de koperen bollen, het kamerscherm en de kast met de opgegraven scherven aardewerk tot aan de zwarte bakpannen en het hakblok. Henri zette haar op dat hakblok en trok haar natte schoenen uit.

Na het eten kropen ze in bed. Het huis was donker. Door een spleet in de gordijnen aan de straatkant viel een streep geel licht, die geknakt over de vloer met kelims lag, de schuifdeuren en het plafond, en onrustig bewoog. Buiten loeide de wind door de straat.

Ze lagen stil. Henri durfde haar niet aan te raken. Wel hoorde hij elke beweging die ze maakte.

'Waar was het goed voor?' Ze zei het met moeite. 'Waar was het goed voor, Henri?'

Hij hield zich stil.

'Was je verliefd op die Afrikaan?'

'Kom op!'

Maar zo had ze het zich voorgesteld, het proberen te begrijpen: dat er iets geweest was tussen die twee mannen, iets dat hen zelf was ontgaan, en dat het daarom gebeurd was. Henri en Alex, Henri en zijn Noorse vriend die hem had leren langlaufen, Henri en die Afrikaan.

'Begrijp je waarom je het hebt gedaan?'

'Nee.'

'Helemaal niet?'

'Nee.'

'En het werk, was dat illegaal?'

'Ja.'

'Je kon meer verdienen door mij mee te nemen.'

'Dat was het niet. Ik had een hekel aan je, ik had het met je gehad, en toen hij belde en zei: Neem je vriendin mee, besefte ik wel dat ik je alleen zou moeten laten en dat er iets zou kunnen gebeuren, maar het kon me niet schelen.'

'Je wilde wel dat er iets zou gebeuren.'

'Ik heb er niet over nagedacht.'

'Je wist wat er zou gebeuren, wat hij van plan was. Toen we naar de haven reden was je al anders. Toen we over het schip naar zijn hut liepen durfde je niet meer naar me te kijken. In zijn hut heb je me niet één keer aangekeken.'

Henri zweeg.

'Je wist wat hij van plan was.'

'Ik heb er niet over nagedacht.'

'Je wist wat mij te wachten stond op dat schip.'

Henri zei niets meer. Lin voelde dat hij zich afsloot. Bewegingloos lag ze in bed, starend naar een van de koperen bollen bij het voeteneind, en ze probeerde zichzelf en Henri te zien vanaf de plaats van die koperen bol, ze probeerde zich voor te stellen hoe ze daar lagen in het donker, de hoofden van elkaar weggedraaid. Toen ze dat geprobeerd had, kwam er iets over haar waardoor ze zich op haar zij kon draaien, naar hem toe.

'Het kan me niet meer schelen,' zei ze, 'wat er is gebeurd.'

Henri wist dat ze dit niet kon menen. Hij lag stil. Ze boog zich over hem heen. Gretig herkende hij met zijn lippen haar mond, haar zoete tong, het glijden van haar borsten onder zijn hand, en gretig herkende hij ook in zijn lichaam de vertrouwde en onmiddellijke reacties. Hij streelde haar billen, zijn vingers in haar gleuf, naar het natte toe, tot hij het raakte. 'Kom maar,' zei ze, 'kom maar', en ze trok hem over zich heen. Henri ging in haar. Maar zijn bewegingen waren niet overtuigend, ze stokten.

Hij trok zich terug.

'Wat doe je?'

Ze opende haar ogen. Henri zat roerloos op zijn knieën, tussen haar opgetrokken benen. Instinctief richtte ze zich op, verontrust, diep verontrust, alsof er iets te gebeuren stond. De haren in haar nek kwamen overeind. Als verstard zaten ze tegenover elkaar.

Henri zag het in slow motion: eerst hoe haar linkerhand naar voren kwam en hem in zijn haren vastgreep, zijn hoofd omlaagtrekkend, opzij, en dan hoe ze haar rechterhand ophief en loom, alsof ze er niet helemaal bij was, haar gebalde vuist in zijn gezicht smakte. Pijn knalde door zijn neusbeen omhoog en een ogenblik later proefde hij het bloed op zijn lippen. Met een kreet van afschuw liet ze hem los.

'Jezus, Henri,' riep ze, 'dat wilde ik helemaal niet!'

Henri deed niets. Het bloed gleed over zijn halfgeopende mond naar zijn kin en droop op zijn opgeheven handen. Hij stond op van het bed, liep naar zijn kleren en pakte het witte T-shirt, dat hij tegen zijn neus drukte om het bloeden te stelpen.

'Moet ik een prop watten halen, Henri?'

Hij kwam terug en ging op bed liggen, met zijn rug naar haar toe, het dekbed over zich heen trekkend, en toen verroerde hij zich niet meer en wilde niets meer zeggen. Ze keek naar hem. Zijn roerloosheid, minuut na minuut, maakte haar langzaam maar zeker doodsbang. Elk ogenblik kon hij opspringen en haar slaan. Ze liep weg, tegen de meubelen in de achterkamer op stotend in haar haast, in de keuken bang voor de messen in het messenblok, dat ze in een aanrechtkastje verborg, en toen sloot ze zich op in de badkamer. Er gebeurde niets. Ze trok haar badjas aan en keerde terug naar het bed.

'Slaap je, Henri?'

Hij lag er nog zoals ze hem had achtergelaten en had het met bloed bevlekte shirt op de vloer laten glijden. Hij zei niets en bewoog zich niet. Ze kroop van achteren tegen hem aan, haar badjas openend, en voegde zich naar zijn lichaam. Ze begon het bovenste pand van haar badjas over hem heen te trekken, over zijn heup, zijn bovenbeen, ze herinnerde zich haar moeder die gezegd had dat ze vaak tijdenlang zo onbereikbaar was, ze herinnerde zich de wolkenlucht boven zee, de striemende hagelbui, ze zag de helft van de aardbol in het donker gehuld en overal mannen en vrouwen die tegen elkaar aan lagen in donkere kamers, nog eens beangstigde haar vreselijk, bovenmate, de uitspraak van haar moeder: dat ze vaak tijdenlang zo onbereikbaar was, en toen hield ze het niet meer uit en zei: 'Zeg je nog wat, Henri, zeg je nog wat?'

Met haar helderste kinderstem vroeg ze het. Maar hij antwoordde niet. En ze vroeg zich af of zijn zwijgen sarren was, een manier om zich toch weer aan haar te onttrekken, onmiddellijk nadat hij zijn straf had ondergaan.

# VIII

## BETRAPT BIJ LIEFDESLUNCH

Ochtendlicht stroomde door de koepel van de badkamer. Op het plexiglas kleefden kastanjebladeren.

Henri keek in de spiegel boven de wastafel. Tussen de baardstoppels op zijn bovenlip en kin vond hij minuscule resten bloed, alleen in zijn neusholtes waren het dikke korsten. Het viel hem tegen. Vannacht, na de vuistslag, had hij het bloed uit zijn neusgaten voelen gutsen, het was over zijn mond gestroomd, hij had het van zijn lippen gelikt en druppels op zijn handpalmen voelen petsen. Het had een zware bloeding geleken.

Bloed dat uit zijn lichaam kwam – het had hem altijd gefascineerd. Hij voelde schrik, wilde het bloeden stelpen en tegelijkertijd wilde hij het laten stromen om ernaar te kijken. Afgelopen zomer had hij zich gesneden aan het deksel van een sardineblikje en gekeken naar het bloed dat op het ritme van zijn hartslag uit zijn handpalm opwelde, scheut na scheut eruit opwelde, als uit een bron. Nu had hij het bloed uit zijn neus willen zien stromen. Een baard van bloed dat in stralen van zijn kin droop.

Hij plensde koud water tegen zijn gezicht. Toen hij het in een handdoek duwde, herinnerde hij zich het shirt dat hij die nacht tegen zijn gezicht had geduwd om het bloeden te stelpen. Ook nadat het bloeden was opgehouden, had hij het shirt voor zijn gezicht gehouden. Hij had niets meer gezegd. Ze had zich tegen hem aangevlijd, haar badjas open, om hem aan het praten te krijgen. Hij had medelijden met haar gehad. Maar naarmate het gevlei langer duurde was zijn wil om zich niet te laten vermurwen sterker geworden.

Hij hoorde voetstappen, trok de handdoek weg voor zijn gezicht en begon zijn nek af te drogen.

'Hé Henri.'

Slaperig, nog half in een droom ging Lin op de wc zitten, haar onderarmen op haar knieën. Het deed hem goed haar weer te zien in een zo vertrouwde houding. Hij keek naar haar dijen die breeduit lagen, naar de lichte beharing op de binnenzijde ervan.

'Niet zo kijken,' zei ze met een nog in slaap gedrenkte stem.

Henri wendde zich af. Achter zich hoorde hij de rol wc-papier draaien. Ze trok er twee, drie meter papier af, verpropte het en duwde die dikke prop tussen haar dijen. Toen hij zich omdraaide zat ze weer voorovergeleund, haar ogen gesloten.

'Gaan we weer naar buiten?' vroeg ze.

Een vlaag zonlicht gleed over de vloer. Henri ging naast haar staan en streelde haar haren.

'Waarom wilde je niets meer zeggen?' vroeg ze.

Henri zweeg.

'Je kon het niet.'

Ze legde een hand om de knie die het dichtst bij haar was en leunde met haar hoofd tegen zijn dijbeen. Henri keek omhoog naar de koepel, die hij zelf op het dak had gezet, naar de kastanjebladeren en de regendruppels op het plexiglas, en stelde tevreden vast dat er na twee jaar nergens een spoor van lekkage te zien was.

Lin droeg een strakke jurk. Ze had zich laten overhalen en was met Henri naar haar huis gereden om die jurk uit haar klerenkast op te graven, waar hij tussen de zelden gedragen kleren hing, weggestopt, aan het oog onttrokken, nadat ze hem eenmaal had gedragen.

Henri herinnerde zich die ene keer.

Het was een jurk die ze mooi vond en die bij haar paste: sterk door zijn eenvoud, van een bijzonder donkerblauw en een mooie stof. Maar na die ene keer had ze hem nijdig weggeborgen: ze was nu eenmaal niet in staat om zoiets te dragen! Ze had veel meer de neiging om haar lichaam te verhullen dan het te tonen. Ze hield niet van strakke kleren omdat ze haar lichaam zo zichtbaar maakten, een lichaam waar ze zelf zoveel op aan te merken had, en ze hield er niet van om nagekeken te worden, om overal en voortdurend door blikken te worden betast en uitgekleed.

In Henri's badkamer trok ze het ding aan, blozend van opwinding, al bij voorbaat geïrriteerd. Gelukkig was ze vijf kilo afgevallen. Ze streek de rimpelende stof glad over haar heupen. Ze stapte in haar schoenen, die zich met een zucht om haar hielen sloten. Ze deed een ketting om. Haar armen waren bloot. Ze keek er een tijd naar, argwanend. Ze had haar oksels niet geschoren, besefte ze. Haar schouders waren te breed. Toen ze zich bukte om haar gevallen haarpin op te rapen, hoorde ze de naden van haar jurk kraken.

'Henri, hij scheurt als ik buk,' riep ze woedend.

'Dan moet je niet bukken.'

'Ik moet toch kunnen bukken in dat ding?'

Er kwam geen antwoord.

'Henri!'

'Ja.'

'Waarom zeg je niets?'

'Niet bukken, zeg ik toch?'

'Ja, je bekijkt het maar. Je bekijkt het maar!'

Ze trok de jurk uit.

Later trok ze hem weer aan. Henri stond erbij, hij droeg een donker pak met een zwartleren stropdas. Ze liep van de badkamer naar de voorkamer, onwennig, zich schamend voor haar borsten, die haar nu wel erg opvallend voorkwamen, haar heupen die te zwaar, haar knieën die te dik waren. Ze was het ook niet gewend op hoge hakken te lopen.

'Dit kan echt niet!'

'Je bent een stuk,' zei Henri. 'Let maar op, straks zie je al die koppies weer draaien.'

'Maar dat wil ik juist niet.'

'Geniet er toch van! En ik loop achter je om al die blikken neer te maaien.'

Op het Rembrandtplein stapten ze uit de taxi. Ze liepen een trap met rode loper op, passeerden een vestibule met spiegels en een garderobe, waar ze hun jassen afgaven, en ze betraden een zaal met zuilen en hoge palmplanten. Er klonk geroezemoes en muziek. Blindelings ging Lin nu voorwaarts, geobsedeerd door het bewegen van haar lichaam. Henri liep schuin achter haar en stuurde haar met vijf vingertoppen in haar rug.

In het kleine restaurant van Claudio had het zich voorgedaan, maar hier in deze zaal was het veel opvallender: hoe overal de mannenhoofden zich draaiden om naar haar te kijken, als automaten. Terwijl ze met hun vrouw spraken, het glas naar hun mond hieven, een krantenpagina omsloegen of zich vooroverbogen om een hap te nemen, draaiden ze hun hoofd om haar te bekijken. Henri trok een nors gezicht. Onder zijn vingertoppen spande zich de stof van haar jurk en wanneer hij steviger drukte voelde hij daaronder haar rug bewegen. Haar hakken tikten op de vloer, en bij elke stap hoorde hij binnen in haar jurk de zijden voering langs haar heupen en haar billen glijden. Hij voelde dat ze schichtig was, nukkig, woest, en het vervulde hem met genot en machtsgevoel. Met die schichtigheid bewees ze eens te meer dat ze een raspaard was.

'Wacht effe.'

Hij genoot ervan zijn vingers om haar blote arm te leggen en haar staande te houden. Ze waren de zaal overgestoken en stonden bij de balkonserre aan de kant van het plein, waar hij gereserveerd had. Het licht viel door het glazen dak, het rook er naar warm eten en er klonk getik van bestek op borden. Licht hijgend stond ze naast hem. Henri schoof zijn hand iets omhoog, zodat hij de zijkant van haar borst kon voelen.

Een ober bracht hen naar een tafel, nam met een kwiek gebaar het bordje 'gereserveerd' weg, veegde een laatste plooi uit het hagelwitte tafellaken en betoonde zich opvallend voorkomend. Zo'n uitstraling hebben wij met zijn tweeën, dacht Henri. Slechts met moeite behield hij zijn onverschillige gezichtsuitdrukking, hij moest zich inspannen om niet te glunderen: voor hem was de gang van de taxi op het plein naar deze tafel aan het raam, met de brede trappen, de vestibule, het doorkruisen van de zaal met dit meisje dat mannenhoofden deed draaien, één volmaakte en triomfale beweging.

Toen hij eenmaal zat en uitzicht had op het bekende, maar niet erg fraaie of interessante plein, raakte hij geëmotioneerd. Hij dacht aan het dorp aan de noordkant van het IJ, waar hij geboren was en op zijn zestiende was ontvlucht, aan wat er daarna met hem gebeurd was. Op zijn zestiende was hij aan zijn omzwervingen begonnen en nu zat hij hier met deze vrouw die hem veranderde – er leek een eind te komen aan de moeilijke jaren.

De ober bracht de kaart en vroeg of ze 'alvast iets wilden drinken'. Henri voelde zich gestoord, hij zag iets in de ogen van de ober dat hem niet beviel (de man vond hen *overdressed*) en zei: 'Breng maar een fles witte wijn.'

Over het gezicht van de ober gleed een geamuseerd glimlachje. 'Welke wijn had u gehad willen hebben?'

De man maakte een beweging naar de wijnkaart.

'Doe maar een fles van tachtig gulden,' zei Henri, hem strak aankijkend, en in zijn lichtblauwe ogen blikkerde iets dat de man deed verstarren.

'Tachtig gulden.'

'Ja.'

Henri keek de ober na tot hij in de zaal verdween. Lin zweeg verwoed.

'Is er iets?'

'Waarom doe je zo raar tegen die man?'

'Raar.'

'Ja, raar, gefrustreerd.'

'Dat vind jij gefrustreerd?'

Henri keek naar het plein, naar een tram op de halte die zijn deuren opende en leegstroomde, toen weer naar haar zowel verlegen als toornige gezicht.

'Je hebt gelijk,' zei hij, en was ook zelf verbaasd over deze voor zijn doen ongehoorde welwillendheid, deze bereidheid om over zijn gekrenktheid heen te stappen.

De afgelopen veertien dagen had Henri inderdaad nagedacht. Zodra hij in zijn kooi lag viel hij in slaap, moe van twaalf uur werk aan dek in stormachtig weer, zwaar van het eten, maar een paar uur later werd hij met een schok wakker en begon het in zijn hoofd te spoken. Allerlei episodes uit zijn leven waren voorbij getrokken. De twee vrouwen met wie hij geleefd had en die hem verlaten hadden. Het verleden had zich aan hem opgedrongen. Er viel niet aan te ontkomen. Het booreiland stond te trillen op zijn zestig meter hoge poten, elke keer als er een golf op brak, de wind huilde door de staalconstructie, en midden in die woeste beweging lag hij roerloos in zijn kooi.

Op een ochtend had hij in de douchecabine zijn voorhoofd tegen het tussenschot geslagen om zijn conclusie tot zich door te laten dringen: dat hij naar haar moest luisteren. Het had hem als een reddende waarheid in de oren geklonken: luisteren, naar dit meisje, dat hem in hun eerste nacht van zijn bed had gesmeten, dat hem in het avondlicht op het strand zo geïmponeerd had met haar schoonheid dat hij zijn hoofd van verlegenheid had gebogen, dat hem onophoudelijk dingen zei en zelf niet besefte hoe waar het was wat ze zei. Hij had zijn voorhoofd tegen het beschot gestoten: Luisteren, man, luisteren moet je!

De ober zette een koelemmer naast de tafel en tilde de fles eruit. Henri verdomde het om te kijken toen het etiket hem werd getoond. 'Schenk maar in,' zei hij. De wijn had een strogele kleur met een lichtgroen waas erin, hij hing mooi loom in het glas. Henri proefde.

'Ik had meer verwacht,' zei hij misprijzend.

'Ik haal zo een andere voor u, meneer,' antwoordde de ober ijzig.

'Nee joh,' zei Henri, plotseling een andere toon aanslaand, 'hij is goed, schenk maar in.'

Lin herinnerde zich haar vader, die een soortgelijk gedrag kon vertonen bij de schaarse gelegenheden dat hij met vrouw en kinderen een restaurant bezocht: op de eilanden en in de haven van Zoutkamp. Niet langer dan een paar seconden bestond het schrikbarende feit van deze overeenkomst, toen werd het verdrongen door Henri's aanwezigheid, door de aantrekkelijkheid van zijn mond, de nauwheid van haar jurk, de vraag of het tafellaken van damast was of toch van een sprekend op damast lijkend dik papier, door een blik op zijn neus die godzijdank ongeschonden was gebleven na haar vuistslag, en door de verwachting die in haar leefde.

Henri genoot. In de serre hing een atmosfeer van luxe en comfort, het rook er naar warme gerechten, de wijnkoeler glansde, er lagen veertien vrije dagen voor hem, en tegenover hem zat zij, bloeiend, met een blos op haar wangen, haar armen bloot, en op tafel haar brede handen die hij zo prachtig vond. Met glanzende ogen keek Henri naar haar. Hij voelde hoeveel indruk ze op hem maakte. Hij pakte haar hand en zei: 'Ik hou van je.'

Het was de eerste keer dat hij het tegen haar zei. Het klonk haar in de oren als een zin uit een film.

'Ik ook van jou,' antwoordde ze, bedwelmd door het ogenblik, maar niet voldoende bedwelmd om niet te beseffen dat het een mechanisch antwoord was. 'Ik vind het fijn met je,' voegde ze eraan toe, om iets te zeggen dat nú in elk geval waar was.

Terwijl ze de kaart bestudeerde, vroeg ze zich af of ze van Henri hield. Nu hij had gezegd dat hij van haar hield, leek het noodzakelijk om het te weten. Ze voelde zich in het nauw gedreven door zijn bekentenis. Maar ze kon niet én de menukaart doornemen én nadenken over de vraag of ze van Henri hield en ook nog eens daar zitten in een strakke jurk.

Onder het eten openbaarde Henri haar de plannen die hij die ochtend had aangekondigd. Hij had nu zeven jaar op de Noordzee gewerkt, drie jaar in Siberië, en hij begon er genoeg van te krijgen om zoveel weg te zijn. De afgelopen veertien dagen was dat tot hem doorgedrongen. Over een maand of twee was het karwei waar hij nu aan werkte wel afgerond en eindigde zijn contract met de maatschappij die de booreilanden verhuurde. Hij wilde ermee ophouden, hij ging ermee kappen, het was genoeg geweest.

'En dan?' vroeg ze.

'Ik wil een bedrijf opzetten.'

Het woord 'bedrijf' beviel hem, en meer nog de uitdrukking 'een bedrijf opzetten'. Het was of hij alleen al door het voornemen om een bedrijf op te zetten meer werd dan een lasser.

'Het is iets waar ik al een tijd met anderen over aan het praten ben. Ik wil in de binnenstad appartementen gaan verbouwen.'

'Dat kun je,' zei Lin.

Henri had zijn eigen appartement verbouwd, dat van zijn vriend Alex Wüstge en van enkele anderen.

'Er is momenteel *zoveel* geld,' vervolgde Henri, 'en het ziet er niet naar uit dat dat de komende jaren minder zal worden, de welvaart zal alleen maar toenemen, appartementen in de binnenstad worden steeds duurder en luxueuzer. Over een tijd hebben wij hier de prijzen van Parijs. Ik ga appartementen bouwen en als ik eenmaal voet aan de grond heb gekregen in dat wereldje, wil ik er iemand bij hebben die kan ontwerpen en stort ik me op de interieurs van restaurants, want ook dat is *booming business*.'

Lin wist zo gauw niet wat te zeggen.

'Dat ga ik dus doen,' zei Henri.

'Het lijkt me een goed idee.'

'Een goed idee.'

'Ja, je bent er geknipt voor, denk ik.'

Ze wist werkelijk niet wat te zeggen. Gisteren op het strand was Henri plotseling zoveel dichter bij haar geweest en nu deed zich opnieuw een verschuiving voor. In minder dan een etmaal was hun verhouding volkomen veranderd. Opeens zat er een man tegenover haar die ze werkelijk kon leren kennen, niet iemand wiens halve bestaan zich aan haar waarneming onttrok, ze kon nu van dag tot dag met hem gaan leven.

De ober nam de borden weg waaruit ze een pasta met zalmsnippers hadden gegeten en zette er een salade voor in de plaats. Henri legde zijn onderarmen op tafel en streelde haar handen. Lin keek opzij naar de wijnkoeler: het glanzende metaal weerspiegelde de tafel, hen tweeën tegenover elkaar, hun onderarmen op het witte tafellaken en de palmplanten tussen de zuilen van de zaal – en dit alles kromgetrokken en vervormd door de ronding van de koeler.

'Kijk,' zei ze, knikkend naar de koeler, 'daar zitten we.'

Ze bogen zich voorover om zichzelf als paar te zien.

Een ogenblik later werden ze opgeschrikt door flitslicht, het metalig ritselen van de sluiter van een camera, het zoemen van een elektrisch filmtransport. Toen ze opzij keken, werden ze nogmaals gefotografeerd. Het trok de aandacht van andere gasten: men staakte het gesprek of liet een al opgetilde vork hangen tussen bord en mond, men boog zich opzij, en degenen die er met hun rug naar toe zaten keken over hun schouder om te zien wie het waren die daar zo plotseling en uitbundig werden gefotografeerd, door een kennelijke beroepsfotograaf, iemand van de bladen, een echte paparazzo.

De fotograaf kwam te voorschijn uit zijn hinderlaag achter de palmen. Het was Alex Wüstge.

'Betrapt,' zei hij lachend. 'Betrapt bij, eh... tja, hoe gaan we dit nu weer noemen... vooruit, betrapt bij liefdeslunch.'

Hij zakte door zijn knieën en maakte al pratend nog enkele opnames. Het was de eerste keer dat Lin hem aan het werk zag en ondanks de schrik die het gefotografeerd worden opriep, voelde ze een welwillendheid jegens hem ontstaan die er eerder niet geweest was. Nu ze hem aan het werk zag, snel en bekwaam, overtuigde hij haar opeens.

Terwijl Alex Wüstge hen fotografeerde leken ze meer dan voorheen een paar. Het was of er door de camera iets bezegeld werd. Lin ontspande zich in een wonderlijke scheut van vreugde, iets ongekends, en draaide gemakkelijk mee met de zich steeds verplaatsende lens. Onder haar rechterhand voelde ze Henri's hand. Ze hoopte dat de glanzende wijnkoeler met de kromgetrokken weerspiegeling ook op de foto zou komen.

Alex Wüstge richtte zich op, liet zijn camera zakken, tastte naar de tas die aan zijn schouder hing en zijn gezicht kreeg weer zijn gewone glimlachende uitdrukking.

'Kom je erbij zitten, Alex?'

Het was Lin die het vroeg.

'Nee, nee,' zei hij, terwijl hij zijn camera in zijn tas stopte, 'ik ben op weg naar een afspraak, ik zag jullie zitten en kon de verleiding niet weerstaan, maar nu moet ik verder.' Nog steeds was hij de fotograaf: hij bewoog zich geroutineerd onder het nieuwsgierig oog van de toeschouwers, hij wist zichzelf onzichtbaar te maken, iemand waar men al gauw niet meer op lette. Maar tegelijkertijd was hij meer dan ooit zichzelf en leek er iets door hem heen te gaan dat hij met geen mogelijkheid kon verbergen. Hij bloosde en op zijn voorhoofd, boven de dikke zwarte wenkbrauwen, verschenen zweetdruppeltjes. Hij scheen een heftige emotie te moeten onderdrukken.

'Kom op,' zei Henri, 'we hebben een goeie wijn staan, neem een slok.'

Hij pakte zijn tweede, nog schone glas en schonk in. Lin stond op om de fotograaf te begroeten. Alex hief zijn handen bezwerend op, hij wilde weg, maar hij zwichtte.

'Een paar minuten dan.'

Hij wilde niet, hij wilde echt weg bij dit gelukkige paar. Lopend over het plein had hij hen voor het raam van het restaurant zien zitten en hij had zich aan hun geluk willen warmen. Nu hij zich eraan kon warmen, verzette zijn trots zich daartegen, en het speet hem dat hij het restaurant was binnengegaan. Hij mocht hen dan betrapt hebben, overrompeld met zijn flitslicht, evenzeer had hij zich dienstbaar gemaakt, het knechtje van Henri. Alex Wüstge wilde weg. Maar het was te laat. Hij was gezwicht omdat Lin opstond. Aan haar verschijning kon hij geen weerstand bieden. Daar kwam ze. Hij kuste haar wangen in een roes en zei, merkwaardig zacht, alsof Henri het niet mocht horen: 'Hé, hoe is het met je?' Toen Lin in plotselinge genegenheid een hand op zijn heup legde en hem even, schampend, met een van haar borsten raakte, voelde ze een schok door zijn lichaam gaan.

Op straat, op weg naar huis, hadden ze beiden het gevoel van een gedenkwaardige dag. De stormachtige wind verfriste hen. Ze liepen langzaam. De stad leek er voor hén te zijn: in welke winkel of welk café ze ook zouden binnengaan, overal zouden ze goed behandeld worden, overal zouden ze de weerschijn van hun geluk ontmoeten. Het was een sensatie van zelfvertrouwen en onkwetsbaarheid die Lin slechts gekend had de dag nadat ze de finale om het Nederlands kampioenschap had gewonnen en door de stad was gaan lopen met in haar jaszak de krant waarin haar foto stond afgedrukt. Henri had een arm om haar middel gelegd. Bij elke stap hoorde hij haar lichaam draaien in de zijden voering van haar jurk.

'Wat gek,' zei hij, 'dat we juist vandaag Alex tegenkomen en dat hij foto's van ons neemt.'

'Van de zomer wilde hij dat al.'

'Maar vandaag gebeurde het.'

'Ja, dat is gek.'

Ze staken het Amstelveld over, dat bezaaid lag met bladeren van de platanen. Er kwam een bal naar hen toe rollen. Zonder haar los te laten trapte Henri de bal terug naar een paar voetballende jongens, een mooie trap met zijn rechtervoet, hij keek de stijgende en toen neerdalende bal na en herinnerde zich het voetbalveld in Noord, waar bij tegenwind elke hoge bal zo ongeveer stil kwam te hangen in de lucht, en het was of hij het verwaaide schreeuwen van zijn keeper achter zich weer kon horen. Nu liep hij hier. Hij was ouder geworden. Hij was ze te boven gekomen, die ellendige jaren. Hier liep hij, op zijn mooie sterke poten, zoals Lin zijn benen eens had genoemd.

'Heeft Alex geen vriendin?'

'Ik weet niet hoe het daarmee staat. Bij hem weet je dat nooit. Het duurt in elk geval nooit lang.'

'Hij heeft al heel lang niemand gehad.'

'Dat kan ik me niet voorstellen. Hij komt door zijn werk elke dag zoveel mensen tegen. Daar moet toch af en toe een vrouw voor hem bij zitten.'

'Zo is hij niet. Hij is verlegen.'

'Hij heeft oog voor vrouwen en vrouwen vallen voor hem. Ik ben erbij geweest.'

'Toch heeft hij al heel lang niemand gehad.'

'Hoe weet je dat nou?'

'Ik raakte hem toevallig met mijn borst en het leek of er een elektrische schok door hem heen ging.'

'Wanneer was dat?'

'Ja, zeg. Dat ga ik niet allemaal uitleggen. Toen hij me kuste raakte ik hem toevallig met mijn borst en ik voelde dat er een schok door hem heen ging... Misschien liegt hij wel als het over vrouwen gaat. Hij doet alsof hij nu en dan iemand heeft, maar het is niet zo.'

'Je maakt het te ingewikkeld.'

'Praat jij er weleens met hem over?'

'Nee. Mannen hebben het niet over dat soort dingen.'

'Dus je weet het niet, van je beste vriend.'

'Je maakt het te ingewikkeld, lief. Alex is een gevoelige jongen. Bij jou gaat er ook weleens een schok door je lijf als ik je aanraak. Terwijl jij toch goed bediend wordt.'

Een tijdlang liepen ze weer zwijgend voort, door hun gedenkwaardige dag, de dag waarop ze geluncht hadden, hij in pak en zij in een nauwe jurk, en er foto's van hen waren genomen, de dag waarop Henri gezegd had dat hij van haar hield en besloten had zijn leven te veranderen, die dag in november waarop de wind stormachtig was geweest, heerlijk om in te lopen.

Ze kuste hem in zijn hals.

'Hé, nu nog een andere vraag.'

'Over Alex.'

'Ja. Heb je nooit samen met hem een vriendin gehad?'

'Nee.'

'En heb je nooit zelf met hem...'

'Ook niet.'

Henri herinnerde zich een middag in het voorjaar. Ze waren een jaar of veertien en aan het werk in de volkstuinen aan de voet van die oude en allang overbodige dijk waaraan ze beiden woonde. Ze hadden de akker van Alex' vader omgespit, om wat te verdienen. Alex was stil geweest – neerslachtig, zo begreep hij nu. Om hem op te vrolijken had hij geroepen: 'Straks gaan we ons lekker aftrekken, Alex, aftrekken, weet je nog, zo met je hand om dat ding tussen je benen.' Zoiets had hij geroepen, en daarna was het begonnen, iets dat urenlang geduurd had: een onduidelijke spanning, opmerkingen, kluiten gooien, elkaar aanraken en duwen – totdat ze ergens achter een composthoop op hun knieën tegenover elkaar hadden gezeten en hij Alex zover had gekregen dat die hem aftrok, met afgewend hoofd. Daarna hadden ze elkaar een tijdlang ontlopen.

Nooit had Henri aan deze middag in de volkstuinen teruggedacht. Het verbaasde hem dat zoiets zich tussen hen had voorgedaan. Ja, ze hadden die akker omgespit, elkaar met kluiten bekogeld, en Alex had hem afgetrokken – dat dat ook nog was gebeurd! Het

herleefde in hem terwijl hij onder de bomen van het Weteringplant-
soen liep en vervaagde alweer toen hij de drukke Stadhouderskade
moest oversteken. Het leek van zo weinig betekenis. Alles daarente-
gen betekende haar hand, waarmee ze hem bij zijn mouw pakte en
met kracht tegenhield toen hij door rood wilde lopen en oversteken
tussen de rijdende auto's door.

Nauwelijks was ze in zijn huis of ze stroopte de jurk van haar lijf,
stapte uit haar schoenen en trok toen ook meteen maar, met de bekende efficiënte bewegingen, de rest van haar kleren uit. Na een kort
verblijf in de badkamer liep ze naakt en verlegen langs Henri en
kroop in bed. Vanuit bed lachte ze naar hem.
'Wacht.'
Ze trok het shirt met de bloedvlekken van onder het kussen,
maakte er een prop van en wierp die naar hem toe.
'Gooi jij dat even weg?'
Henri liet het in de vuilnisbak verdwijnen, nadat hij het had open-
gevouwen en vastgesteld dat er die nacht een flinke hoeveelheid
bloed was gevloeid. Een krijger, trots op zijn wonden. En trots op
zijn lichaam: hij herinnerde zich hoe hij zoëven op het Amstelveld
die bal had teruggetrapt, zo'n wegdraaiende voorzet was het geweest, die zijn spits snoeihard kon inkoppen, ja, als back had hij regelmatig de achterlijn gehaald.
In de badkamer kleedde hij zich uit, genietend van het vooruitzicht van genot. Hij was trots. Alles klopte nu. Eindelijk had hij zichzelf in de hand. Het zou hem geen derde keer overkomen dat een
vrouw bij hem wegliep. Een nat kastanjeblad werd tegen de koepel
geblazen en kleefde eraan vast. De wind ging tekeer tussen de pan-
nendaken van de huizen. Hij hoorde glas breken. Ergens in de stad
was Alex aan het werk.
Henri talmde. Hij herinnerde zich Nieuwendam. Al de hele dag
dacht hij aan zijn jonge jaren, zag hij de plaatsen waar alles zich had
afgespeeld: het huis aan de dijk, altijd in de schaduw van de hoge iepen, de kelder waar zijn vader hem afranselde, de volkstuinen aan de
voet van de dijk, een stuk rietland waar hij vuren stookte, de uitge-

strekte terreinen van de scheepswerf, de eerste keer dat hij met zijn vader in een van de dokken kwam en een schip zo hoog als een gebouw tussen de wanden van het dok zag staan, het IJ en aan de overkant de stad, de halfronde kappen van het Centraal Station, de nieuwbouwwijken die het dorp omsingeld hadden, zijn school, een snackbar, het voetbalveld, een uitgebrande keet, hoe hij op de dag van de begrafenis de rouwkaart van zijn moeder stond te versnipperen, ergens bij een sloot met snaterende eenden. Het bevreemdde hem dat die tijd plotseling weer aanwezig was, terwijl hij er zelden of nooit aan terugdacht.

Hij liep naar het bed.

'O, ben je daar,' zei ze met een slaperige stem en deed haar ogen open.

Henri ging op zijn handen en knieën over haar heen staan onder het dekbed en keek naar haar. Ze lag roerloos, een hand onder haar hoofd, de andere op haar schaamhaar.

'Hou je van me?' vroeg ze.

'Ja.'

'Ik hou ook van jou.'

Ze voelde de nabijheid van zijn lichaam en was zekerder van wat ze zei. Ze herhaalde het nog eens en toen begon ze dat te doen waarin ze hem altijd blindelings vond.

Die middag vertelde Henri over zijn jaren in Nieuwendam, een onderwerp dat hij altijd had vermeden.

Op zijn rug zat een litteken, dat hij aan een ongeluk op het booreiland had toegeschreven, maar nu vertelde hij de ware toedracht. Zijn vader had de gewoonte hem af te ranselen en eenmaal had hij in zijn drift een stuk hout gegrepen waar een spijker in zat en daarmee 'een gat' in zijn rug geslagen. Na de vroegtijdige dood van zijn vrouw was hij hertrouwd met een vrouw die bij zijn zoons niet in de smaak viel. De scheepswerven aan het IJ waren de een na de ander gesloten. Zijn vader was ontslagen en niet meer aan het werk gekomen – de terreur in huis was ondraaglijk geworden. Op zijn zestiende was hij weggelopen. Ergens in Frankrijk, in een opvanghuis voor zwervers, had hij in de keuken gewerkt en een nieuwe naam aangenomen. Hij had leren lassen en in Siberië aan de pijpleidingen van Gazprom gewerkt. Toen hij na zijn omzwervingen terugkeerde in Amsterdam, was Alex Wüstge de eerste bekende geweest die hij tegenkwam. Hij had een paar jaar bij hem in huis gewoond. Zijn vader en stiefmoeder ontmoette hij een enkele maal op een bruiloft en dan waren ze voor hem mensen van lang geleden met wie hij niet meer dan een paar woorden wisselde. Met zijn broer, die erg gesloten was, had hij weinig contact.

Nadat hij deze dingen had verteld, begon Henri opnieuw met haar te vrijen. Ze lag week van overgave in zijn armen en toen hij in haar ging voelde hij daar vanbinnen niet de gebruikelijke warmte, maar hitte, een gloed die hem een diepe zucht ontlokte.

Een paar dagen later kwamen de foto's: een envelop met grote, glanzend afgedrukte kleurenfoto's. Stralend stonden ze erop, elkaar aankijkend over de tafel in het restaurant, dan opzij kijkend, naar de fotograaf, met een per foto groter wordende glimlach van herkenning.

De foto's fascineerden Lin. In haar tafeltennisjaren was ze een paar maal goed gefotografeerd, maar sedertdien niet meer. Het was of ze een nieuw beeld van zichzelf kreeg. Daar zat ze in haar nauwe jurk, met haar blote armen en opgestoken haar: niet langer een meisje, maar een jonge vrouw. Tegenover haar zat Henri in zijn pak met zwartleren stropdas. Ze waren een paar, en door de manier waarop Alex Wüstge hen had gefotografeerd waren ze in zekere zin mooier geworden – aandoenlijk, kwetsbaar. Ze kon haast niet geloven dat ze er zo uit konden zien, en telkens pakte ze heimelijk de foto's om zich te laten overrompelen door dit beeld van een jonge liefde.

# IX

## DAARNA AT ZIJ EEN KROKETJE

Eerder dan ze verwacht had zat Lin die dag in de tram naar De Pijp: een afspraak ging niet door. Het begon donker te worden. Er stond een onstuimige wind die op straathoeken en bruggen de paraplu's omklapte en op grote bloemkelken deed lijken. De regen was opgehouden. Maar van onder de voorste wielen van de tram spoot het water nog omhoog uit de rails en het krulde en spreidde zich tot vliesdunne vleugels, voordat het op het asfalt plensde. Op de haltes stond men samengedrongen onder de abri.

Lin keek naar buiten door de beregende ruit en glimlachte, omdat ze zo dadelijk Henri zou zien en zijn onwillig lijf zou omhelzen om zich te verontschuldigen. Ze wilde niets liever dan zich met hem verzoenen.

De afgelopen dagen had ze hem onder druk gezet. Ze had uit haar mond laten vallen dat ze ook in de weken dat hij op zee was in zijn huis wilde wonen. In haar eigen huis vond ze geen rust, en als ze zijn huis om zich heen voelde miste ze hem minder. Dagenlang had ze er toespelingen op gemaakt, zonder het te willen eigenlijk, steeds ondanks zichzelf. Henri was humeurig geworden en had haar al vier nachten versmaad.

Lin glimlachte. Ze voelde zich thuis in de stad, in de drukte van de tram. Elke dag maakten de gezichten in de tram een andere indruk op haar. Soms waren ze bijna allemaal angstaanjagend of afstotend. Vandaag mocht ieder gezicht er zijn, nat en verwaaid, zelfs de gemene koppen hoorden erbij. Ze kon naar de natte en vuile vloer kijken zonder triest te worden en de ontroostbaarheid te voelen die ergens in haar leefde.

Ze stapte uit en liet zich pakken door de wind, die haar voort-stuwde en aan haar rukte. Boven de trambanen zwiepten de lampen heen en weer. Ze liep haar vaste route en herkende vergenoegd haar buurtje: de trossen fietsen rond een boom, de beslagen ramen van de Turkse slager, het vale licht in een fietsenstalling, op de markt de vuilniswagens die werden volgepropt, straatvegers die het afval op hopen veegden, de jongens die handig de kramen afbraken. Ze dook de Spaanse winkel in, waar hammen en worsten aan de balken hin-gen, en kwam met een ritselend plastic tasje naar buiten.

Toen viel de wind weg, want ze had de voordeur achter zich geslo-ten. Ze beklom de trappen. Op de laatste trap begon ze muziek te horen en in het portaal voor zijn deur bevreemdde haar die muziek: het was klassieke muziek, een opera, iets waar Henri nooit naar luis-terde. Maar op die bevreemding volgde een gevoel van verrassing en nieuwsgierigheid. Haastig opende ze de huisdeur. De muziek werd luider. Ze hing haar jas op, pakte het plastic tasje weer op en stond als aan de grond genageld.

De schuifdeuren waren verder dichtgeschoven dan gewoonlijk. Door een spleet keek ze in de verlichte achterkamer. Op de bank la-gen twee stevige naakte vrouwenbenen. Nadat ze haar eerste schrik te boven was gekomen, boog ze zich opzij en kon ze de vrouw hele-maal zien. Ze lag van haar afgewend. Een vrij kleine vrouw met kort-geknipt blond haar. Ze rustte met haar hoofd en schouders op een armleuning, ze had haar rechterhand onder haar hoofd geschoven en in haar linker hield ze een dubbelgevouwen tijdschrift, waarin ze las. Haar rechterbeen lag uitgestrekt op de bank, haar linker hing er half buiten, loom, tevreden, de hiel was weggezonken in de wol van het berbertapijt. Onder haar compacte lichaam lag een van Henri's handdoeken.

Alsof ze er hoorde, zo lag ze daar.

Een ogenblik had Lin het gevoel dat ze in het huis van een vreem-de was binnengegaan, een indruk die nog werd versterkt door de haar onbekende muziek (het was een aria uit *La Traviata*) die luid door het huis schalde en het in bezit had genomen.

Niet veel langer dan een paar seconden duurde het, toen trok ze zich terug, achteruitlopend, op haar tenen. Tot haar eigen stomme verbazing wilde ze niet opgemerkt worden, wilde ze *niet storen*. In het halletje trok ze met bonzend hart haar jas weer aan. Ze luisterde. Toen vermande ze zich, deed opnieuw een paar stappen in de donkere voorkamer, maar werd opnieuw tegengehouden. Ze keek door de spleet. Opeens was Henri daar, met zijn naakte lichaam, zijn slingerend geslacht. Hij boog zich over de vrouw, duwde zijn neus in haar schaamhaar en kreeg met het tijdschrift een speelse tik op zijn hoofd – een tik die voor haar onhoorbaar bleef door de luide muziek.

Opnieuw deinsde ze terug en liep ze achterwaarts naar het halletje. De voordeur met de ijzeren plaat trok ze ongewild hard dicht en ze schrok van het geluid. Toen ze daarna, nauwelijks een minuut nadat ze was thuisgekomen, de trappen weer afliep, in de natte jas van zoëven, met de ritselende plastic tas in haar hand en op straat de vrachtwagen van zoëven, de stationair draaiende motor die de ruitjes in de voordeur deed trillen, leek het of het niet waar was wat ze had gezien, of er niets veranderd was. Zo vertrouwd was het om de drie trappen af te lopen, de bochten en oneffenheden van de leuningen te voelen, het trektouw onder de leuningen, zo gewoon – alsof ze nog even terugging naar de Spaanse winkel waar ze iets vergeten was. Op straat stond nog die vrachtwagen te lossen en erachter stond nog diezelfde rij wachtende auto's.

Maar haar hart sloeg op zijn wildst, ze hijgde en werd weggedreven van het huis. Toen ze op de straathoek stilhield en omkeek, stond ze plotseling te trillen op haar benen: haar lichaam ging haar nu bewijzen dat het waar was wat ze had gezien, dat alles in een paar seconden veranderd was. Het trillen van haar benen werd zo hevig dat ze een hand uitstrekte naar de paal van een verkeersbord. Ze zag zichzelf die paal vasthouden. Het had iets komisch, en uit haar mond kwam even een beverige lach.

Een halfuur stond Lin in een portiek te wachten, rokend uit een inderhaast aangeschaft pakje sigaretten. Toen zag ze de vrouw naar buiten komen. Kort en stevig was ze, een heel ander type dan zijzelf, een stuk ouder ook, misschien wel tien jaar. Ze droeg een spijkerbroek van de chique soort, de vouw van het strijken zat er nog in, dure pumps en een getailleerd wollen jasje waarin haar borsten en heupen goed uitkwamen. Het was duidelijk dat de kleren die ze droeg door haarzelf beschouwd werden als 'vrijetijdskleding'. Maar zelfs in vrijetijdskleding paste ze niet bij de huizen van deze straat, bij de verveloze voordeur waaruit ze gekomen was. Aan haar linkerschouder hing een glanzende, zwart met roze laktas, in haar ene hand hield ze een paraplu en in haar andere twee draagtassen, opzichtig groot, waarin de kleren zaten die ze die middag had gekocht.

Lin volgde de vrouw naar de Stadhouderskade, vandaar naar het Rijksmuseum. Haar hart bonsde. Kleine vette teef, dacht ze, kleine vette teef dat je bent! In haar lichaam ontstond een katachtige lenigheid, ze werd zich bewust van haar rijzige gestalte, de breedheid van haar schouders, haar handen – haar hele lichaam meldde zich, tot een sprong bereid. Ze versnelde haar pas en in de drukte op de brug voor het museum kwam ze vlak achter de vrouw te lopen, ze keek haar in de nek en wilde haar tanden er wel in zetten. Vlakbij was het lichaam dat ze zoëven nog naakt had gezien. Op de Weteringschans zag ze haar aan de overkant in flink tempo voortbenen. *Bossy type*, dacht ze snerend, personeelschef of zoiets, elke dag in mantelpak naar kantoor. De vrouw liep licht, ook al was ze zwaar gebouwd. Ze had er *zin* in om te lopen.

In een automatiek in de Leidsestraat trok ze een kroket. Er schoof een tram voorbij. Lin verloor haar uit het oog, maar even later pikte ze haar weer op tussen de voetgangers: ze had nu de draagtassen in haar linkerhand genomen, bij de paraplu, de kroket bevond zich in haar rechter, en onder het lopen hield ze haar linkerschouder opgetrokken om te voorkomen dat de laktas eraf zou glijden. Om een hap te nemen rekte ze haar hals en bracht dan haar mond naar de kroket, en elke keer als ze erin beet, spreidde ze onwillekeurig de vingers van de hand waarin ze hem vasthield.

Nadat de vrouw was afgeslagen naar de Prinsengracht, raakte de lucht voor de zoveelste keer die dag vervuld van het gieren van straalmotoren, dat nu eens verwoei in de wind, dan weer met vlagen in de straten werd gesmakt. Weldra was het geluid zo sterk dat het alles overstemde en verscheen in laaghangende wolkenflarden de neus van een Boeing 747. De vrouw keek omhoog naar het kolossale vliegtuig dat over de stad schoof, zo traag dat het een wonder leek dat het in de lucht bleef hangen, onderwijl stopte ze het laatste stukje kroket in haar mond en likte haar vingers af.

Lin voelde dat de wandeling ten einde liep, dat de vrouw vlak bij haar huis was gekomen, maar ze wist niet wat te doen. Toen ze haar voor de stoep van een grachtenhuis zag stilstaan, gravend in haar laktas, verzamelde ze al haar moed. Maar moed verzamelen was niet genoeg. Het was de wanhoop die haar deed accelereren. De vrouw beklom de stoeptreden en wierp een blik over haar schouder toen ze snel naderende voetstappen hoorde. Bovengekomen stond ze stil om te kijken naar dat meisje dat de stoep opstormde en tegelijkertijd stak ze alvast haar sleutel in het deurslot.

Lin rook haar. Dat was het eerste: een geur van parfum, een hitsige lucht, die haar misselijk maakte. Zonder het te willen strekte ze haar hand uit naar de vrouw. Eerst gleed die hand krachteloos weg over de welving van een borst, die ze duidelijk en vol afschuw voelde, toen slaagde ze erin een revers van het jasje vast te pakken.

'Blijf van hem af,' stamelde ze, 'blijf bij hem uit de buurt!'

De vrouw wist haar schrik te bedwingen en keek haar aan.

'Wie ben jij?'

'Henri's vriendin.'

'O, ben jij dat.'

De vrouw trok zich los. Ze bekeek Lin van hoofd tot voeten, terwijl ze de riem van haar laktas verder over haar schouder trok, en toen zei ze lachend en werkelijk verbaasd: 'Maar jij bent toch helemaal *niks* voor hem?'

Lin was uit het veld geslagen door dit oordeel van een oudere vrouw. Voordat ze had kunnen antwoorden, had de vrouw zich afgewend, de monumentale deur met haar schouder opengeduwd en was ze naar binnen geglipt. Lin hoorde haar voetstappen in de marmeren gang verdwijnen, kwieke voetstappen, en daar stond ze, hijgend van haat.

Een uur later belde ze Henri uit een telefooncel. Hij klonk aardig, een stuk aardiger dan hij de afgelopen dagen voor haar geweest was, hij klonk nietsvermoedend en scheen ervan overtuigd dat zij zich ergens in de stad met een vriendin amuseerde en hem zomaar even belde, zoals ze wel vaker deed, en hij klonk zeker niet als iemand die iets te verbergen heeft. Lin hoorde zijn vertrouwde stem, ze dacht aan zijn huis, ze herinnerde zich hoe ze die ochtend in bed tegen elkaar aan gelegen hadden na het wakker worden, en een ogenblik was er de verleiding om te doen alsof ze van niets wist.

In secondes werd het beslist. Henri bespeurde het terughoudende in haar stem en vroeg of alles in orde was. Lin aarzelde.

'Stommeling,' zei ze toen met verstikte stem.

Henri zweeg.

'Wat een ongelooflijke stommeling ben jij,' riep ze en schopte tegen de glazen wand van de cel.

'Kijk aan,' klonk het, 'wat heb je nu weer bedacht?'

Henri begon ergens op te kauwen.

'Wat heb *jij* nu weer bedacht? Dat is een betere vraag!'

'O.'

'Eindelijk loopt het, eindelijk hebben we een leven en dan haal jij zo'n kleine vette teef in huis. Je legt er weer eens eentje op je bank, met een handdoek eronder natuurlijk! Waar haal je het vandaan, man? Waarom moet dit gebeuren? Ik ben de afgelopen week vervelend geweest, ik heb je aan je kop gezanikt, ik ben dwingend geweest, omdat ik zo verlang naar een plek waar ik me goed voel. Ik heb er een hekel aan als ik zo ben. Maar moet je zóiets doen om me te straffen?'

Henri zweeg en kauwde.

'Zeg es wat!'

'Wat moet ik zeggen?'

'Je wilt het niet, man, je wilt niet dat het goed gaat. Zodra het er is, moet het kapot.'

'Stel je je niet een beetje aan, schat?'

'Tussen ons is het afgelopen, Henri.'

Ze schrok van die laatste woorden.

'Ik heb iets van je gepikt waarop elke andere vrouw zou zijn afge-knapt. Ik heb me eroverheen gezet. Nu doe je dit. Ben je er nog? Nu doe je dit, met zo'n kleine vetvlek! Over een paar maanden is er weer iets anders. Maar ik ga er niet op wachten.'

Henri liet haar razen. Hij bleef kauwen, hoorbaar kauwen. Hij zat op de bank, en de handdoek lag nog naast hem. Terwijl Lin tekeer-ging moest hij aan zijn bezoekster denken, voelde hij om zijn heu-pen opnieuw die stevige dijen en herinnerde hij zich dat compacte li-chaam, die korte benen waar hij opeens zo geil van was geworden. Juist nu hij Lins stem hoorde, kwam de herinnering aan zijn lust in alle hevigheid terug. Hij keek naar de handdoek waarop hij een paar krullende blonde schaamharen had ontdekt, hij maakte een vinger nat en pikte er een van de schaamharen mee op, een hard haartje.

Na de schok van het betrapt worden was hij ongevoelig voor wat ze zei, ongevoelig voor de dreigende catastrofe. Hij zette zijn glas wijn neer, gooide het stuk brood weg, stond op om zichzelf erbij te brengen, maar raakte toen gekluisterd aan zijn spiegelbeeld. Starogig stond hij naar zichzelf te kijken in een van de spiegels – totdat hij zichzelf wist los te rukken.

'Mag ik ook even,' zei hij.

'Word je eindelijk wakker?'

'Waar ben je?'

'Dat doet er niet toe.'

'Zeg waar je bent, dan kom ik je halen.'

'Ik wil je niet meer zien, Henri.'

Dat had ze al besloten. Ze had zich herinnerd hoe ze na hun eerste breuk weer voor hem gevallen was toen ze hem terugzag op de markt. Zodra hij voor haar stond, had hij macht over haar. Ze kon het al voelen als ze alleen maar aan hem dacht: hoe hij haar met zijn licht-blauwe ogen in bezit nam, hoe zijn verschijning op haar inwerkte, hoe het verlangen ontstond hem aan te raken. Aan die verleiding wil-de ze ontkomen door hem niet meer te zien.

'Laten we praten,' zei Henri.

'Ik hoef niet meer te praten. Ik weet zo langzamerhand genoeg van je. Ik ga weg.'

'Om zoiets?'

'Omdat je onbetrouwbaar bent.'

Lin kromp ineen en kon haar tranen nauwelijks bedwingen.

'Dat moet je nog eens zeggen!'

'Je hebt me wel gehoord.'

'Maar je moet het nog eens zeggen.'

Ze hoorde hem hijgen.

'Zeg het dan.'

'Je hebt me gehoord.'

'Maar je moet het nog eens zéggen, schat.'

In zijn stem hoorde ze iets onberekenbaars en lugubers, iets dat hij niet de baas was.

'Zeg het dan, meid.'

Dit was de oude Henri, dit was Henri zoals hij in het begin geweest was, degene die sarrend met de stelen van een geweigerde bos rozen langs haar arm streek. Het ontnam haar elke hoop.

'Omdat je onbetrouwbaar bent. On-be-trouw-baar!'

Henri smeet de hoorn erop. Lin gaf zich over aan haar tranen. Toen ze de cel verliet, waren de glazen wanden beslagen. Het tasje met de levensmiddelen liet ze er achter.

Ze dwaalde door de stad, voor de regen schuilend in portieken. Onmiddellijk werd ze benaderd door figuren die ze gewoonlijk op afstand wist te houden. Een verkleumde junk kwam bij haar staan in een portiek, vroeg om een sigaret, toen om geld en begon zeurderig en verongelijkt tegen haar te praten. Elders werd ze aangesproken door een beschaafde jongeman met een deken over zijn schouders, die haar zijn naam noemde, meedeelde dat hij op straat leefde maar niet ongelukkig was en toen vroeg of ze wat kleingeld kon missen. In een stille straat zag ze over het trottoir de vrouw met het volgestouwde supermarktkarretje naderen, al jaren een schrikbeeld voor haar, en ze stak over om haar te ontwijken. Er stopte een auto naast haar, het portierraam werd opengedraaid; ze verstond niet eens wat de bestuurder vroeg en kon alleen maar stompzinnig haar hoofd schudden. Urenlang dwaalde ze rond. Ten slotte vroeg ze op een tramhalte een oude man om een vuurtje, ze wisselde een paar woorden met hem, en toen hield het op, toen kwam ze tot zichzelf.

Onder de bomen aan de Amstel, op weg naar huis, restte niets dan twijfel. Had ze overdreven en kinderlijk gereageerd? Had ze moeten doen of ze van niets wist en alles bij het oude moeten laten? Had ze hem moeten vergeven? Was ze op een fatale manier beïnvloed door die ene opmerking van nota bene de vrouw met wie hij haar bedrogen had? Bij het gebouw van de roeiclub stond ze stil. Het lag er donker en verlaten bij, het water klotste tegen de steigers, er klapperde een touw tegen een vlaggenmast. Ze herinnerde zich hoe vaak ze er dit voorjaar in de schemering had staan kijken naar het droogwrijven van de boten, en ze begon opnieuw te huilen.

Aanvankelijk ondernam Henri niets, ervan overtuigd dat ze binnen een paar dagen met hangende pootjes bij hem zou terugkeren. Maar hij vergiste zich. Hoe wankelmoedig en gemakkelijk te beïnvloeden ze dikwijls ook was, ze kon ook hard zijn en vasthouden aan een eenmaal genomen besluit, met een vierkante onverzettelijkheid die hem aan zijn hakblok had kunnen herinneren. Bruusk had ze zich van hem afgewend, zoals ze zich ooit had afgewend van haar vader, van haar trainer en haar eerste liefde.

Na een paar dagen ontving hij een koel briefje waarin ze hem vroeg haar koffer met kleren en andere spullen in een kluis op het Centraal Station te zetten en haar het sleuteltje en ticket te sturen. De koelheid van het briefje maakte hem razend. Niettemin deed hij onmiddellijk wat ze van hem vroeg en schoof nog diezelfde dag een envelop door haar brievenbus. Ze liet niets meer van zich horen. Als hij belde, hing ze op.

Hij werkte twee weken op het booreiland, terwijl Lin haar laatste dagen in de Star Shop sleet.

Terug in de stad probeerde hij haar tot een ontmoeting te bewegen, maar tevergeefs. Ten slotte schreef hij haar een brief, waarin hij haar 'zwak' noemde en 'liefdeloos', een vrouw die 'mannen gebruikt om zich aan op te trekken'. Ze antwoordde niet.

In januari kwamen ze elkaar nog enkele malen tegen. In de tunnel onder het Centraal Station liep zij hem, letterlijk, tegen het lijf. Terwijl ze zich in een schots en scheve lijn door de menigte repte, botste ze tegen iemand op die plotseling stilstond en zich vooroverboog. Het was Henri die stilhield om een sigaret op te steken, zijn hoofd vooroverbuigend naar de aansteker in de kom van zijn handen. Ze was hem al bijna voorbij toen ze, omkijkend, hem herkende. Ze stond stil, maar durfde niets te zeggen. Henri zei, na een aarzeling, uitdagend: 'Hé schat.' Een lange seconde stonden ze elkaar aan te kijken, in het tumult. Lin was bang voor hem en toch registreerde ze nauwkeurig hoe hij eruitzag: dat hij zijn haar had laten knippen, dat hij bleek was en wallen had, dat hij een jack droeg dat ze niet kende. Henri nam een trek van zijn sigaret en zei: 'Opgelucht zeker?' Het was niet wat hij had willen zeggen en om het goed te maken legde hij zijn hand om haar bovenarm. Lin rukte zich los en liep zonder iets te zeggen door. Henri bleef staan, verteerd door verlangen, omdat hij even de vertrouwde vorm van haar arm had gevoeld.

Tien dagen later zag ze hem opnieuw, ditmaal vanuit een tram, op een brug over de Amstel. Ze schrok en wendde zich af, maar zag hem nog lange tijd voor zich, met zijn handen in zijn zakken, optornend tegen de wind.

Nog eens twee weken later gebeurde het voor het laatst. Henri zat in zijn auto, wachtend voor een stoplicht. Hij ontdekte haar op de rand van het trottoir voor de zebra. Lin zag hem en trok zich terug in het gedrang, bijna onmerkbaar bewegend, tot ze elkaar niet meer konden zien.

**Deel drie**

# I

## JELMER

Op een avond in juni liep Lin naast haar moeder over de Churchill-laan. In het plantsoen in het midden van de laan zat een merel te zin-gen. Ze hoorde die merel. Zijn zang weerkaatste tegen de huizen. Hij onderbrak zijn frases steeds voor enkele seconden en zette dan de volgende in: luid en doordringend, ongeremd.

Mevrouw Kooiker was een kop kleiner dan haar dochter. Ze was een nadrukkelijk rechtop lopende en nog goed uitziende vrouw van begin vijftig. Ze had hetzelfde figuur als Lin en dezelfde licht puilen-de ogen, maar haar gezicht leek niet op dat van haar dochter. Ook het brede van Lins schouders, van haar handen en voeten, ontbrak bij haar – dat was het 'boerse', zei ze altijd, van de Hokwerda's, die inderdaad eeuwenlang de Friese klei hadden bewerkt. Omdat ze zich die avond onder jongeren zou bewegen, droeg ze een broek en een jasje die zij als 'vlot' beschouwde. Haar geverfde blonde haren had ze opgestoken, de nagels van haar tenen waren rood gelakt. Ze rook naar een parfum. Op haar borst bungelde ook nu, na werktijd, de halve bril. Met die bril op de punt van haar neus boog ze zich, in de juwelierszaak aan het Rokin, over een vitrine of bezag ze een collier op haar handpalm, om vervolgens over die halve glazen heen haar klant aan te kijken, met opgetrokken wenkbrauwen. Door de geur van haar parfum heen drong, zoals altijd, de geur van sigaretten.

Lin rook haar moeder.

In een pijnlijk stilzwijgen liepen ze naast elkaar. De moeder was zojuist haar dochter voorbijgelopen zonder haar te herkennen. Op de brug aan het begin van de laan had ze in het voorbijgaan wel een meisje opgemerkt dat voorovergebogen haar fiets met een ketting aan de brugleuning vastmaakte, maar het was niet tot haar doorgedrongen dat het haar dochter was. Ze had haastige voetstappen achter zich gehoord, een bekende stem, en was blijven staan. 'Kind, je laat me schrikken,' had ze gezegd. En meteen daarna: 'Maar waarom zet jij je fiets hier op de brug, zo ver van Emma's huis?' En ten slotte: 'Ach, het komt door die idioot grote zonnebril dat ik je niet herkende. Kun je hem niet afzetten trouwens? Ik heb er zo'n hekel aan met iemand te praten die een zonnebril op heeft.'

Lin zweette. In haar ene hand hield ze een bos bloemen, in haar andere de zonnebril. Ze wilde hem weer opzetten, maar de lage zon scheen niet langer in haar gezicht, ze durfde niet tegen haar moeder in te gaan en ze vond het zelf ook onaangenaam met iemand te praten die haar zijn ogen niet liet zien. Timide en woedend liep ze naast de vrouw die haar moeder was en altijd haar moeder zou zijn, en ze hoorde de merel maar zingen in het plantsoen: luid en ongegeneerd.

'Wat een rust,' zei haar moeder, 'wat woont Emma hier toch mooi.'

'Ja, geweldig.'

'Dat klinkt niet echt enthousiast.'

'Ik ben even ook niet echt enthousiast.'

Ze zwegen en hoorden hun voetstappen op het trottoir. Toen ze zich enigszins hersteld hadden van de schok – maar ze stond ook zo voorovergebogen, dacht de moeder nog, en ik verwachtte haar gewoon niet op die plaats – toen ze zichzelf weer meester waren, beseften ze dat ze elkaar zes maanden gezien noch gesproken hadden.

'Hoe is het ermee,' begon haar moeder.

'Heel goed.'

'Ben je inmiddels van dat eczeem verlost?'

'Eczeem? Dat was ik niet, hoor.'

'Kind, je hebt het me zelf verteld!'

'Je verwart me met een ander. Ik heb nog nooit van mijn leven eczeem gehad.'

'O, dan zal het een ander geweest zijn.'

'Heb je zelf misschien eczeem gehad?'

Lin omklemde de vochtige bloemstelen. Haar moeder tastte naar de kammen in haar opgestoken haar en rechtte plotseling haar rug, alsof ze een besluit had genomen: nee, het had niets, werkelijk niets te betekenen dat ze langs haar dochter was gelopen zonder haar te herkennen, en het was dwaas en sentimenteel om ontdaan te zijn over zo'n onnozele gebeurtenis.

Zwijgend bereikten ze het huis van Emma. Voor de deur wierp de moeder een blik op het stuurse gezicht van haar dochter en ze werd getroffen – omdat ze het zo lang niet gezien had – door de gelijkenis met het gezicht van Hokwerda, de man die ze vijftien jaar geleden verlaten had. Het meisje had de neus en de mond van haar vader, en zelfs in die stuurse gezichtsuitdrukking was de vader aanwezig. Het schokte haar. Zoals ze soms gelaatstrekken van een dode terugzag in die van een levende, schokkend omdat het precies die ogen waren, die lippen, die huid van iemand die er niet meer was, zo zag ze nu het gezicht van Hokwerda terug in dat van haar dochter. Ze kon een gevoel van afkeer niet onderdrukken, ook al was het haar eigen dochter. Het meisje was altijd Hokwerda's kind geweest, zij had hem vreselijk gemist.

Achter haar moeder beklom Lin de trappen naar het appartement van haar zuster Emma, die negenentwintig werd, net een nieuwe baan bij een reclamebureau had en, vooruitlopend op een forse salarisverhoging, in haar woonkamer meteen een parketvloer had laten leggen – alles bij elkaar 'reden voor een feest', zoals op de uitnodiging had gestaan.

'Haaaaai!' Met dit langgerekte en onnatuurlijk opgetogen keelgeluid begroette ze haar nieuwe gasten toen ze die de trappen hoorde opkomen.

'Hál-looooo,' antwoordde de moeder.

Stralend, blond en gebruind stond Emma hen op te wachten, met op haar arm haar eerste kind.

'Wat zien ik,' grapte ze, 'met zijn tweeën?'

'Met zijn tweeën,' antwoordde haar moeder, en ze probeerde haar stem tevreden te laten klinken, alsof een door haar vurig gewenste hereniging met haar dochter had plaatsgevonden en alles weer in orde was. Daarna richtte ze al haar aandacht op haar kleinkind, dat ze met een stroom van woordjes en kirrende geluidjes begon te begroeten. 'O, wat is het toch een dot! Dag mijn lieve knol, dag Gijsje!'

Het was een jongetje van anderhalf, dat door het leven zou moeten gaan onder de naam Gijsbert, maar voorlopig nog even Gijsje werd genoemd. Het was een verlegen en heerszuchtig kereltje. Nadat hij zich in navolging van zijn moeder over de balustrade had gebogen om het naderend bezoek te zien, trok hij zich terug tegen haar schouder en verborg zijn gezicht. Mevrouw Kooiker, hijgend bovengekomen, kuste het kind en na enig gesoebat slaagde ze erin het een kus te ontfutselen. Toen Lin zich bedeesd over het jongetje boog, wendde het zich af en plantte een vuistje in haar linkeroog.

'Hé Gijzeman, die is lekker zeg,' riep Emma, 'ga jij je tante meteen maar een blauw oog slaan?' Ze lachte en streek het kind over zijn haar. 'Dit wordt een enorme potentaat, dat is wel duidelijk. Haaai, zus! O, jij brengt me de jaarlijkse pioenrozen! Wat zijn ze weer prachtig hè? Ik heb er al heel wat staan, maar ook deze zijn zeer welkom. Dank je wel.'

De zusters kusten elkaar haastig. Het was dringen op de overloop. In de deuropening verscheen nu Paul, Emma's man, die zoals gebruikelijk een vermoeide en lijdzame houding aannam en in zijn ogen een montere ironie probeerde te laten fonkelen. Op zijn schouder lag huiselijk een theedoek gedrapeerd.

'Hé, dag familie.'

Lin had zin hem een schopje te geven. Maar in plaats van dat te doen of op zijn tenen te gaan staan of in zijn oor te bijten, liet ze zich door hem zoenen en bij elk van de drie zoenen produceerde ze een quasi-enthousiast smakgeluidje. Voor ze het wist had ze zich weer onderworpen aan de gespeelde saamhorigheid, de code van uitbundigheid.

De familie ging naar binnen.

'En, hoe is het met de vloer?' vroeg mevrouw Kooiker.

'Alles onder controle,' antwoordde haar schoonzoon.

De nieuwe parketvloer lag te glanzen. Hij was van lichtbruin eiken, in een visgraat gelegd, klassiek, want dat was 'eigenlijk toch het mooist'. Lin hoorde het haar zuster allemaal zeggen, verklaren en rechtvaardigen, en zo wenden en keren dat niets anders dan algemene bewondering haar deel zou kunnen zijn. Haar blik gleed door de ruime kamer, die aan de straatkant uitzag op de bomen in het plantsoen. Er waren zo'n dertig gasten. Overal gebruinde gezichten, vrouwen met blote armen, glanzende schenen en open schoenen. Men straalde. Lin verlangde naar een glas witte wijn. Maar ze moest naar Emma luisteren, die haar kind aan Paul had afgegeven om beter te kunnen vertellen. Haar verhaal over de problemen met het parket was grappig bedoeld, maar ernaar luisteren veroorzaakte toch ongeduld, vooral toen Emma stukjes telefoongesprek met de parketlegger begon weer te geven.

Lins blik dwaalde af. Bij de open balkondeuren stond een tafel met koude gerechten. Tussen de gestalten door zag ze flessen witte wijn in een koeler. In diezelfde glijvlucht van haar blik zag ze op het balkon een lange man staan, die zich niet op zijn gemak scheen te voelen, en hij zag haar ook.

Kostuumnaaister was ze nu. Na het afscheid van de Star Shop had ze werk gevonden in een atelier waar kostuums voor film en theater werden gemaakt. Het was niet voor altijd, dat wist ze vanaf de eerste dag, het was nog steeds niet wat ze zocht, maar het werk was in elk geval een stuk interessanter dan dat in de Star Shop. Zoals gebruikelijk leerde ze snel. Ze had zich aangepast aan haar nieuwe omgeving, in haar kleding, haar manier van bewegen en zelfs in haar taalgebruik: ze had nieuwe woorden en uitdrukkingen opgepikt, in haar manier van spreken klonk nu en dan zelfs het slepende van de spraak van haar homoseksuele bazen. Toen ze dit laatste bemerkte, vond ze het angstaanjagend: het was of anderen bezit van haar konden nemen.

Het boek dat ze tegenwoordig het meest ter hand nam was een omvangrijk *Bilderlexikon der Mode*, waarin ze onophoudelijk de duizenden afbeeldingen bekeek. Ze was kostuumcollecties in musea gaan bekijken en had daar ook allerlei schilderijen op kostuums onderzocht. In haar verbeeldingswereld was het kostuum prominent aanwezig, vooral de jurken die rijke vrouwen vroeger droegen. Ze stelde zichzelf voor in een achttiende-eeuwse jurk met een laag decolleté en een korset eronder, hoe het was om daarin te lopen, het leek haar vreselijk, onophoudelijk werd je in je bewegingen gehinderd, rennen was onmogelijk, en toch fascineerde het haar en probeerde ze zich voor te stellen hoe je moest bewegen in zo'n deinende en ritselende jurk, welke uitwerking het op je had, hoe je leven erdoor werd gedicteerd.

Ik werk in een kostuumatelier, antwoordde ze desgevraagd, en enkele malen moest ze bekennen: Nee, tafeltennissen doe ik niet meer. Ze dronk de witte wijn te snel, ze zag haar zuster heimelijke blikken werpen op de parketvloer, ze zag haar moeder op de bank zitten met de halve bril op haar neuspunt en de pols van een meisje in haar hand, kennelijk bezig haar deskundig oordeel te geven over een armband – nog steeds was ze onthutst over die ontmoeting met haar moeder. Van tijd tot tijd trok ze de brede riem om haar middel naar beneden, een rukje links achter, een rukje rechts achter en een rukje aan de voorkant, naar haar nieuwe schoenen durfde ze niet te kijken, ze kletste maar raak – en al die tijd wist ze steeds waar de lange man zich bevond.

Jelmer Halbertsma deed meer dan anderhalf uur over zijn omtrekkende bewegingen. Hij was van plan geweest niet lang te blijven. Met Emma had hij weinig meer, zo weinig dat het haast gênant was dat hij haar uitnodiging had aangenomen, een blijk van trouw die te ver ging, die haast een soort onderwerping leek. Het ergerde hem dat hij was gegaan, dat hij zo slecht oude banden kon verbreken, dat hij zo moeilijk nee kon zeggen.

Toen die zus van Emma. Uit de diepten van zijn geheugen wilde maar geen naam opkomen. Zeven, acht jaar geleden had hij haar eens gezien: voorbijfietsend meisje, goed in tafeltennis, kampioen van Nederland. Ze was veranderd, mooier geworden. Steeds zag hij haar tussen de andere gasten staan, en steeds als hij haar zag kreeg hij het warm en leek zijn keel dicht te slibben. Er hing een waas van verlegenheid om haar heen. Stoer en verlegen was ze.

Steeds gleed zijn oog ook naar de brede leren riem die ze droeg. Het had iets aandoenlijks, die riem. Alsof ze besloten had nu eens opvallend voor de dag te komen. Een enigszins radeloze indruk maakte het ook wel, temeer omdat ze hem steeds omlaag moest trekken. De riem bracht haar alleen maar nog meer in verlegenheid. Ze had net zo goed zonder gekund, bedacht hij, want ook zonder riem zag ze er stoer genoeg uit met die brede schouders en haar sterke lichaam. Ze leek zich niet op haar gemak te voelen, en dat trok hem aan. Er was iets met haar, dat ontging hem niet, en ook dat trok hem. Nog een tijd probeerde hij eraan te ontkomen, alsof hij meteen al wist dat een gesprek met haar niet zonder gevolgen zou blijven, dat hij daarmee onherroepelijk ergens aan begon. Jelmer ging met zijn rug naar haar toe staan, hij liep zelfs de kamer uit, half en half met de bedoeling weg te gaan, haast ook om het lot te tarten.

Toen stond hij plotseling naast haar, of zij naast hem. Met een flinke slok wijn wist hij een opkomende sprakeloosheid weg te spoelen en daarna was hij – hetgeen hij zichzelf onmiddellijk verweet – een en al geroutineerde vlotheid.

'Ik ben de zus van Emma,' zei ze.

'Hé ja, nu je het zegt. Natuurlijk!'

Deze camouflage was beslist noodzakelijk. Hij keek naar haar gezicht als om de gelijkenis met haar zus nog eens vast te stellen. Maar langer dan een ogenblik naar haar kijken kon hij niet. Zo snel en gehaast wendde hij zijn ogen af, dat hij zichzelf ook onmiddellijk weer verried.

'De tafeltennissende zus.'

'Ja.'

'Nog steeds?'

'Nee, niet meer. Ik heb het gewone leven weer opgezocht.'

Dit was haar standaardantwoord geworden. Veel mensen waren geneigd het als een nederlaag te beschouwen als je voortijdig de arena van de topsport verliet – alsof je niet al jarenlang prestaties had geleverd waartoe zijzelf niet in staat waren. Men was geneigd je als een *loser* te beschouwen. Maar een 'terugkeer naar het gewone leven' – dat klonk goed, dat klonk stevig, daar kon niemand bezwaar tegen hebben.

'Mis je het niet? Ja, dat vraagt natuurlijk iedereen. Nou goed, ik dus ook.'

'Nee, ik mis het niet. Ik was er echt op uitgekeken. Af en toe heb ik zin om mezelf weer eens flink af te beulen, en dan ga ik hardlopen.'

'En wat doe je nu?'

Terwijl ze over haar werk vertelde en hij het gesprek met vragen voedde en gaande hield, was Jelmer in de ban van haar gezicht. Het kostte hem moeite er niet naar te gaan staren. Ze was blond, maar haar wenkbrauwen waren donker, mooie bogen. Haar grote, vochtige en licht puilende ogen waren de ogen die hij bij vrouwen altijd mooi had gevonden. En ook nu wist hij niet of zulke ogen iets te maken hadden met een te sterke of juist te zwakke werking van de schildklier. Hij keek naar haar lippen, haar wangen, haar oren, en hoe terloops zijn blikken ook waren, het leek hem onmogelijk dat ze niets in de gaten had van deze intense beschouwing. Haar lichaamskracht zag hij in haar haren: zwaar en glanzend. Het haar dat elke vrouw zich wenste, teken van vruchtbaarheid. Ongelooflijk imponerend ben je, had hij willen zeggen, en allerlei andere kinderlijke dingen. Mag ik je aanraken? Is je blouse vochtig onder je oksels? Nog geen tien minuten kende hij haar of hij wilde haar al kussen, die beweeglijke, zachtrode lippen.

'Hoe kom je aan die prachtige riem?'

Hij had meteen spijt van zijn vraag. Dit was veel te direct.

'Die heb ik gekregen.'

'Van een minnaar.' Jelmer zei nu alleen nog maar dingen die hij niet wilde zeggen.

'Van een minnaar?'

'Ja. Is dat zo gek?' Ondanks haar verlegenheid, haar bekoorlijke schuchterheid, leek haar lichaam hem zeer ervaren.

'Nou, als je het wilt weten... Deze riem heb ik gekregen van mevrouw Yvonne Wijnberg.' Ze sprak de naam uit met een plat-Amsterdams accent.

'En wie is Yvonne Wijnberg,' vroeg Jelmer lachend, die naam met hetzelfde accent uitsprekend.

'Ik heb ooit in een leerwinkel gewerkt. Yvonne Wijnberg was daar mijn baas. Op een dag gaf ze mij deze riem, omdat ik hem zo mooi vond. Hij is van hertenleer.'

Er viel een korte stilte.

'Maar wat doe jij eigenlijk?'

'Ik werk op een advocatenkantoor.'

'Als advocaat?'

'Ja.'

Lin was, zeer tegen haar zin, toch geïmponeerd. Het verwonderde haar dat hij een beroep had. Ze had zich nog helemaal geen beroep bij hem voorgesteld en hem alleen nog maar gezien als een lange en atletische man met een zachtaardig gezicht, bij wie ze zich meteen op haar gemak voelde. Sluikblond haar, opmerkzame ogen, grote handen, waarin zijn wijnglas bijna verdween. Zijn blote voeten staken nonchalant in heel mooie instapschoenen, die overigens hun beste tijd gehad hadden. Met zijn ogen zocht hij steeds de hare, behoedzaam, gelukkig als ze hem even aankeek. Tot nu toe was hij niet meer geweest dan een man, een verschijning die ze op duizend manieren in zich stond op te nemen.

'O, dat is interessant,' hervatte ze. 'Dus jij houdt pleidooien en zo.'

'Ik zit niet in het strafrecht. Ik ben me aan het specialiseren, hou je vast en schrik niet, in bedrijfsovernames.'

'Bedrijfsovernames?'

'Ja.'

Jelmer probeerde trots te zijn op wat hij deed, maar hij was het niet. Hij keek haar aan en voelde dat hij iets ging zeggen dat hij zichzelf nog maar nauwelijks durfde bekennen. 'Maar dat zie ik niet als mijn toekomst, hoor, bedrijfsovernames regelen, tachtig uur per week werken, bakken met geld verdienen, maar nergens tijd voor hebben. Voor mijn dertigste ben ik daar weg.'

'En wat dan?'

'Tja, wat dan?' Hij keek naar haar mond.

'Vermaken jullie je?'

Emma voegde zich bij hen, opgewonden, halfdronken. Van een beheerste jonge zakenvrouw was ze veranderd in een dellerige meid.

'Haaai zus! Alles goed?'

'Heel goed.'

'Waarom kijk je dan zo raar?'

'Raar?'

'Ja. Raar. Verschrikt. Ach, laat maar.'

Emma schoof een arm om Jelmers middel en vlijde zich tegen hem aan. 'Dat meisje daar,' zei ze, en wees naar Lin, 'is mijn zus. En dat meisje daar dat mijn zus is, moet niets van mij hebben. Zo is het. Zodra ze mij ziet, sluit ze zich af. Dat doet ze al zolang ik haar ken. Zij sluit zich voor me af. Dat zie je aan haar ogen, aan de, hoe noem je dat ook alweer, aan de lichaamstaal, de *body language*, juist! Zij sluit zich af, zij houdt zich voor mij verborgen, zij ontwijkt mij, zij vindt het zelfs onaangenaam om mij aan te raken. Wat vind jij daar nu van?'

'Moet je hem daarmee lastig vallen, Em?'

'Hem?' Emma sloeg een tweede arm om Jelmer heen en trok hem tegen zich aan. Haar ogen vernauwden zich. 'Deze man heet Jelmer. En deze man die Jelmer heet is nog eens stapel op mij geweest. Hè hem? *Lover* van me!'

Jelmer zag de schrik en de woede in de ogen van het jongere zusje. Een blos trok omhoog langs haar wangen. Hij probeerde haar aan te kijken, haar gerust te stellen met zijn blik, maar ze had haar ogen al afgewend, alsof ze het niet kon aanzien: Emma tegen hem aan. Jelmer maakte zich los.

'Je bent dronken, Em.'

'Was je m'n *lover* of was je het niet?'

'Hé, lazer effe op, Em, ik ben bezig.' Hij zei het lachend en met gespeelde grofheid. Tegelijkertijd zag hij het gezicht van Lin, nog steeds rood aangelopen, zo gekwetst, zo gewond leek ze, dat hij ervan schrok. Speels, nog steeds – maar zijn hart bonkte van woede – legde hij zijn grote hand op Emma's nek en drukte erop, alsof hij haar onder het juk wilde dwingen. Hij was lang, maar opeens *voelde* hij zich ook lang. 'Wees eens aardig voor je zus, Em, en bewaar die bulldozer-neigingen voor op kantoor.'

Hij duwde haar weg. Zijn hart bonkte. Hij nam wraak, besefte hij, voor haar heerszucht van zeven jaar geleden, zakelijke seks, door haar gekleineerd worden. Opeens spoot het eruit. Lin tikte ostentatief de as van haar sigaret op de nieuwe parketvloer. Emma verstarde en keek Jelmer aan.

'Wat heb jij opeens een grote mond, Jellie.'

'Doe mij nog maar een rode wijn, gastvrouw, en schenk je zus ook nog es in.'

Emma liep weg. Jelmer keek haar na en voelde zich al schuldig. Had hij haar te hard aangepakt? Hij probeerde het gesprek met Lin te hervatten. Maar het vlotte niet. Er was te veel gebeurd.

Toen Jelmer buitenkwam, dacht hij aan haar hand: hoe zacht die in de zijne had gelegen, terwijl het toch een stevige hand was. Hij stak de weg over om in het plantsoen in het donker onder de bomen te lopen. Hij had geen zin om naar huis te gaan. Hij ging onder die bomen lopen omdat zij gezegd had dat dat iets bijzonders was: bomen in de nacht. Haar hand, hoe die voelde, voorbode, voorpost van haar lichaam! Terwijl hij daar liep, zich van zijn omgeving nauwelijks bewust, hoorde hij achter zich een rammelende fiets aankomen.

'Hé Jelmer!' Haar stem klonk helder. Ze zwaaide.

'Hé,' riep hij, zonder haar naam.

Opgewekt fietste ze voorbij. Een van haar spatborden rammelde. Ondanks zijn roes stelde Jelmer vast dat het het achterspatbord was dat vastgezet moest worden. Hij moest om zichzelf lachen. Maar enkele seconden keek hij haar na: dat opgewekte trappen, die stevige billen op het zadel, hoe ze zat. Toen wendde hij zich af, om haar niet meer te zien en alleen te zijn met wat hem overkwam.

# II

## EEN BOS RABARBER

Drie weken later zat ze op een avond tussen de rabarber. Ze was met een aantal anderen op bezoek bij 'de jongens', de bazen van het kostuumatelier: ze woonden buiten de stad in een verbouwde boerderij achter de IJsselmeerdijk. Ze was de tuin in gelopen en had het voorwendsel van rabarber plukken aangegrepen om alleen te kunnen zijn.

Sinds haar kindertijd was ze niet meer in een moestuin geweest, maar ze herkende onmiddellijk de reusachtige bladeren en de rode stengels. Haar vader hield van rabarber. Elk voorjaar wees hij haar op de zwellende knoppen die uit de modder opdoken. Als kind was ze wel onder de rabarberbladen gaan liggen om zich te verstoppen of te schuilen voor de regen – het bladerdak was zo dicht dat ze er droog bleef.

Op haar hurken zat ze tussen de bladeren. Ze begon te plukken. Haar hand gleed langs de hoekige stengel omlaag, totdat hij beneden gekomen was, haar knokkels de aarde raakten, en ze kon voelen waar hij vastzat aan de wortel. Dan duwde ze de stengel omlaag, steeds verder, hem omklemmend, tot hij losbrak van de stam. Het was zo stil dat ze het breken kon horen. Ze tastte naar de dikste stelen en steeds gleed haar hand omlaag naar waar ze hem kon losbreken.

Ondertussen dacht ze aan Jelmer. De afgelopen weken hadden ze elkaar enkele malen ontmoet: tweemaal na afspraak in een café en eenmaal toevallig op straat. Zij had zich allerlei doorzichtige en onnozele opmerkingen laten ontvallen: dat ze geregeld langs zijn kantoor fietste en dat het gebouw haar altijd zo was opgevallen, dat hij steeds kleuren droeg waar ze van hield, dat ze zijn naam zo grappig vond. Ze had, weer alleen, zo ongeveer staan trappelen van schaamte. Jelmer had gedaan of alle toespelingen hem ontgingen, of hij wekelijks met nieuw ontmoete vrouwen in het café zat en een zekere opdringerigheid wel gewend was. Maar ook hij had zich verraden: door zijn achteloosheid. Tijdens die toevallige ontmoeting op straat was er een stilte gevallen, die zij ten slotte had doorbroken: ze had hem uitgenodigd met haar naar het strand te gaan. Hij had toegestemd. Zij had meteen een nieuw badpak gekocht.

Tastend gleed haar hand langs de stengels omlaag. Ten slotte niet meer haar hand, maar alleen haar vingertoppen, omlaag, tot ze bij de wortel gekomen waren. Het naar beneden duwen van de veerkrachtige stengel, terwijl ze hem omklemde, en het afbreken deden haar blozen.

De volgende ochtend fietste ze naar hem toe. Het was zaterdag. Hij woonde in een zijstraat van de Spiegelgracht, in een zeventiende-eeuws pandje dat zijn ouders voor hem hadden gekocht toen hij nog studeerde; de bovenverdieping was hun pied-à-terre. Hij had aangeboden haar met de auto op te halen. Ik kom wel naar jou toe, had ze gezegd. Wanneer hij haar ophaalde, zou hij haar ook weer terugbrengen en eindigde de dag waarschijnlijk bij haar. Ze ontving hem liever niet in dat kale huis.

Jelmer hoorde haar aankomen: hij herkende het rammelen van haar fiets. Hij opende de voordeur nog voordat ze had aangebeld en zag haar de vier treden van de stoep opkomen. Ze zag er fris en blozend uit. Aan haar rechterschouder hing een leren rugzakje en in de bocht van haar linkerarm lag een dikke bos rabarber. De grote bladeren zaten nog aan de stelen en lagen tegen haar schouder. Het frappeerde hem. Als een hedendaagse versie van een vruchtbaarheidsgodin, een oogstgodin, zo kwam ze hem tegemoet met haar volle vrouwelijke lichaam, de rode stengels op haar onderarm, haar schouder bedekt onder de grote waaiervormige bladeren. Hij kuste haar op haar wangen, zijn hand lag even op haar heup. De lichte vochtigheid van haar huid wond hem op.

Toen stond ze opeens in zijn huis, met die bos rabarber. Ze weet zich wel te tooien, dacht hij.

'Hou je van rabarber?'

'O ja, heerlijk.'

'Dan zal ik het vanavond voor je klaarmaken met aardbeien en slagroom.'

De rabarber werd op de keukentafel gelegd. Uit haar rugzakje haalde ze twee bakken aardbeien en een tonnetje slagroom, die ze hem gaf om in de koelkast te zetten. Toen trok ze zich uit de kleine keuken terug in de wijdere ruimte van de kamer.

'Kijk rond,' zei hij, 'ik moet mijn tas nog pakken.'

In een hoek van de kamer verdween hij langs een nauwe wenteltrap in het souterrain. Om zijn hoofd niet te stoten tegen de balken moest hij in de bocht van de trap zijn lange lijf opzij buigen. Ondanks zijn lengte bewoog hij zich lenig en soepel.

Lin keek rond. Het huis was van voor naar achter uitgebroken tot één grote kamer met twee ramen aan de straatkant en een enkel groot raam in de achtergevel, dat uitzag – langs het achterhuis dat half zo breed was als het voorhuis – op een verwaarloosde tuin met een kastanje voor een schutting. De brede delen van de vloer waren geschilderd in een lichte blauwgroene tint, een zeekleur, die ze erg mooi vond. De ochtendzon viel door het raam in de achtergevel en lag in een schuin vlak op de vloer. Onder het raam stond een antieke sofa met gewelfde armleuningen, prachtig bekleed; het hout glansde en was met palmetten versierd. Ze was er meteen verliefd op. Naast de sofa een opvallend grote verzameling grammofoonplaten en cd's.

Op de muur tussen het achterraam en het gangetje naar het achterhuis hing een klein en donker schilderij, een stilleven, dat onmiddellijk haar aandacht trok. Het toonde niets anders dan een glazen schaal op een hoge voet, waarin peren lagen. De achtergrond was volkomen donker, de schaal stond in een streep licht. Ze keek er niet lang naar om niet geïmponeerd te raken. Ook dit was, net als die sofa, een bijzonder ding. Om haar schroom te overwinnen liep ze naar het achterhuis, langs de badkamer waarvan de deur op een kier stond, naar de keuken om haar handen te wassen.

Terug in de kamer zag ze Jelmer opduiken in het trapgat, zijn hoofd gebogen, een tas voor zich uit schuivend. Het was of hij met zijn plunjezak opdook uit een scheepsruim.

'Dat schilderijtje met die peren vind ik heel bijzonder,' zei ze.

'O ja?'

'Waar komt het vandaan?'

'Het komt uit de familie van mijn vader. Ik heb het geërfd van mijn grootvader, omdat ik er altijd naar stond te kijken. Het heeft iets geheimzinnigs.'

'En uit welk land?'

'Het is Spaans, begin zeventiende eeuw.'

'Meer dan driehonderd jaar oud.'

Hij tilde het schilderij van de muur en liet de achterkant van het paneel zien: enigszins stoffig, met het vergeelde etiket van een veilinghuis er nog op. Hij had geen flauw idee waarom hij dit deed. Nog nooit had hij iemand de achterkant van dit schilderij laten zien. Misschien wilde hij haar ontnuchteren. Hij schaamde zich er altijd een beetje voor dat hij dit soort dingen bezat.

'En die vloer?'

'Hoezo?'

'Die kleur, bedoel ik.'

'Dat is een tint van de Middellandse Zee.'

'Goed tegen depressies.'

'O, vast wel.'

Ze zwegen.

'En die bank daar voorin is ook van mijn grootvader geweest, de grootvader van het schilderij. Die bank is ook Spaans.'

Hij wees naar een grote en ascetisch ogende houten bank onder de ramen aan de straatkant, die ze nog niet had opgemerkt. Daar was zijn werkhoek met een werktafel en een boekenkast tot het plafond. Ze liep naar de bank toe. Het eikenhout was verweerd, gekerfd op sommige plaatsen en bijna zwart van ouderdom, op de zitting lagen schapenvachten. De bank was gevuld met stapels dossiers, kranten, tijdschriften, een sporttas, en her en der lagen stropdassen – die hij kennelijk bij het binnenkomen meteen afdeed en weer oppikte als hij naar zijn werk ging. De houten bank bezat dezelfde strakheid, dezelfde ingehouden kracht als het donkere schilderij. Toen Jelmer vlak bij haar kwam staan, werd ze zenuwachtig.

'Gaan we?' vroeg ze.

Op het strand van Castricum trok ze meteen haar schoenen uit en met het rugzakje over haar schouders en de schoenen in haar hand liep ze door het water. Jelmer volgde haar voorbeeld. Het water was koud, maar het deed hem goed. De wind rukte aan zijn overhemd. Opeens was hij moe. Nu pas voelde hij hoe hard hij deze week gewerkt had.

Hij liep naast haar. Soms liet hij zich terugzakken om haar gestalte van achteren te zien. De gedachte dat ze de zus van Emma was wond hem op en verwarde hem ook. Er leek een geheimzinnige en onontkoombare verbinding te bestaan tussen hem en deze twee vrouwen, van wie hij de oudste bijna onuitstaanbaar en desondanks aantrekkelijk vond, en van wie de jongste, een wilde, hem nu al enkele weken aan het betoveren was en van zijn spraak beroofde.

Lin toonde zich uitbundig. Ze schopte water omhoog, tegen de wind in, zodat ze zelf nat werd, en ze lachte naar hem. Maar haar uitbundigheid diende vooral om een opkomend verleden terug te dringen. De strandpaviljoens op palen aan weerszijden van de duinovergang waren weer opgebouwd, de badhokken weer neergezet, de loopplanken weer in het mulle zand gelegd en de vlaggen gehesen, maar Henri was er niet. Haar blik werd naar de prikkeldraadafzetting aan de voet van de duinen getrokken, naar de plek waar ze meestal gingen zitten. Ze telde altijd de paaltjes en liet zich op haar knieën vallen als de plek bereikt was, en was teleurgesteld als hij door anderen in bezit was genomen. Op die plek had Henri het windscherm opgezet, de haringen in het zand geslagen, daar had hij zijn aan touwtjes gebonden blikjes bier in het koele zand verborgen, daar had hij gezeten, roerloos, met zijn zonnebril op, als ze naar hem toe liep vanuit zee. Henri. Hoe was het mogelijk dat hij plotseling zo aanwezig was? Hoe kon ze, zelfs maar een ogenblik, naar hem verlangen? Lin liep door tot ze de plek ruimschoots gepasseerd was, steeds door het water lopend, en ging toen pas het strand op naar de duinen. Ze schaamde zich voor haar handigheid.

Nadat ze een plek hadden gekozen, wilde ze meteen de zee in. Vanuit zijn ooghoeken zag Jelmer hoe ze zich uitkleedde. Onder haar kleren droeg ze al haar badpak. Aan de binnenzijde van haar dijen zag hij een licht spoor van schaamhaar. Hij geneerde zich ervoor dat zijn blik meteen daarop viel, dat zijn oog meteen daarheen getrokken werd, dat hij haar niet met rust kon laten. Kennelijk kon het haar niet schelen, die haren op haar dijen, of sloeg ze er geen acht op. Hij vond het wel bij haar passen, bij deze rabarbervrouw. Ten slotte trok ze de kleurige doek uit haar haren en liet ze waaien, voordat ze ze weer opstak en met een dubbele pin vastzette.

Toen hij naast haar naar zee liep, zag hij dat ze uit verlegenheid haar schouders naar achteren trok. Of was het aanstellerigheid, om de aandacht te trekken? Het maakte hem niet uit wat er de bedoeling van was of wat het te beduiden had – hij hoefde vandaag niets te doorzien. Ze had mooie borsten. Op de een of andere manier stelde haar lichaam hem gerust.

Na het zwemmen zaten ze op hun handdoeken. Tussen hen in een paar stukken wrakhout die als tafelblad dienden, en daarop een theedoek, twee bordjes, glazen, een fles wijn, broodjes, een salade, een stuk salami, een mes – en alles lag te pronk in het zeelicht, dat zo hel was dat ze hun ogen moesten dichtknijpen. Lin had het meeste meegebracht, gewend als ze was aan de overdadige manier van inkopen die Henri erop na hield.

Ze zaten tegenover elkaar, bijkomend, huiverend, zich warmend in de zon. Het was opkomend tij. De zee schitterde en brak met een dof dreunen. Aan de vloedlijn lagen schuimvlokken te rillen in de wind. Om hen heen stoof het zand, de korrels tikten tegen een wapperende plastic zak.

'Wat een mooi mes is dit,' zei Jelmer, en pakte het mes dat zij bij zich had. 'Heb je het zelf zo gerepareerd?'

Het was een oud mes. Het hout van het heft was geloogd en glad geworden, als wrakhout dat lang in zee heeft gelegen. Ooit was het heft gespleten, met een stukje ijzerdraad omwonden en zo hersteld. Henri had het haar gegeven. Hij had het gevonden in een Bretonse vissersplaats, tussen de rotsen, met schubben op het lemmet: waarschijnlijk was het jarenlang gebruikt om de schubben van de vis af te schrapen. Ze nam het altijd mee naar het strand. Uit gewoonte had ze het die ochtend weer in haar rugzakje gestopt.

'Heb je dit ook van iemand gekregen?'

Hij draaide het mes om en om in zijn hand, jaloers op iedere man die ze voor hem had gekend.

'Nee, ik heb het ergens tweedehands gekocht.'

'Het is eigenlijk alleen maar mooier geworden door dat ijzerdraad. Mijn ouders hebben een oude aardewerken schaal die ooit gebroken is en daarna met ijzeren krammen is hersteld. Daar doet het me aan denken.'

Ze vond het onaangenaam dit mes in Jelmers hand te zien en had pas rust toen hij het had neergelegd.

'Jouw huis staat vol mooie spullen,' zei ze.

'Wat mooi is, heb ik geërfd.'

Ze dacht aan het kleine donkere stilleven: de glazen schaal op een voet, met peren erin. Ze zag het nog helder voor zich. Ze vroeg naar de grootvader van wie hij het geërfd had. Het was een geleerde, zei Jelmer, hij was bioloog en veel op reis om onderzoek te doen. En hij vertelde over een oud huis met een boomgaard erachter, hoe hij soms uit het volle licht van de zomerdag het huis binnenging, waar het koel was in de marmeren gang en bijna schemerig leek, en daar zag hij dan dat donkere stilleven, dat hij altijd geheimzinnig vond. Hij vertelde over zijn familie van vaderskant, waarin de mannen generaties lang meestal geleerden of zakenmensen waren geweest. Zijn kennis van zijn familie, ook van moederskant, ging terug tot ergens in de negentiende eeuw, zelfs van zijn overgrootvaders wist hij wat ze gedaan hadden.

Het verwonderde Lin dat hij zoveel over zijn familie wist, en nog meer dat hij er zonder afkeer over sprak. Voor haar was familie iets dat alleen maar onaangename gevoelens opriep, iets waar ze zo min mogelijk mee te maken wilde hebben. Al luisterend vroeg ze zich af wat de vader van haar vader had gedaan, nou ja, dat wist ze nog wel: hij was boer geweest, en de vader van haar grootvader, o ja, die was turfgraver geweest en daarna grondwerker, en hij had nog meegegraven aan het een of andere kanaal. Als ze met haar vader over dat kanaal reed zei hij: 'Hier heeft je overgrootvader nog staan graven.' Na de scheiding was ze de familie van haar vader uit het oog verloren, die van haar moeder had ze altijd zo veel mogelijk gemeden.

Het interesseerde haar niet: familie. Maar *zijn* familie interesseerde haar wel.

'Lees je veel?' vroeg ze.

'Bijna niets op het ogenblik.'

'Er staat anders een aardige boekenkast in je huis.'

'O. Ja, tot mijn vijfentwintigste heb ik veel gelezen. Toen ben ik gaan werken en sindsdien heb ik er weinig tijd meer voor. In de vakanties probeer ik de schade in te halen.' Hij trok zijn mond in een schuine en licht mistroostige glimlach, die haar bekoorde, en voegde eraan toe: 'Ik word zo iemand die in zijn jonge jaren van lezen hield, maar ermee op moest houden omdat hij het te druk kreeg en het pas aan het eind van zijn carrière weer oppakt.'

'Als je er zo over praat betekent dat al dat je nooit zo iemand zult worden.'

'Mm.'

'Wil je niet doorgaan met wat je doet?'

Jelmer aarzelde. De wind rukte aan zijn halfopen shirt, op zijn onderarmen en benen stonden de haartjes met z'n alle vitaal recht overeind, zijn lijf tintelde, de wijn blonk in de glazen, hij had honger en net het mes gezet in de salami. Hij had niet de minste zin om over zijn carrière te praten, hij had in haar vraag ook iets indringends en nieuwsgierigs gehoord dat hem niet beviel, en hij maakte zich ervan af.

Veel liever hoorde hij haar bovendien praten, zodat hij gelegenheid had haar in zich op te nemen en uit te rusten van het harde werken van de afgelopen weken. Hij dacht terug aan het moment waarop hij zich had staan afdrogen, net uit zee, tintelend, rillend, en hoe in de vochtig-warme omhulling van de handdoek onweerstaanbaar zijn erectie was opgekomen, levenslustig, onbekommerd. Hij had zijn broek aangetrokken. Toen had hij plotseling een paar stappen gezet, wegzakkend in het zand, en hij had zijn arm om haar middel gelegd, om haar natte badpak, en haar tegen zich aan getrokken. Behoedzaam was hij haar gezicht gaan kussen, dat nog koud was van de zee. Maar zij was verstard, dodelijk verlegen geworden, alsof ze niet wist wat haar overkwam.

Hij liet haar praten.

Ze las graag, zei ze. Toen hij haar vroeg wie ze graag las, moest ze het antwoord schuldig blijven. De namen van schrijvers onthield ze zelden of nooit en de titels meestal maar half of in verhaspelde vorm. Ze geneerde zich er wel voor, bekende ze, het maakte zo'n chaotische indruk, het was onhandig, maar zo ging het nu eenmaal. Ze kocht haar boeken altijd bij een en hetzelfde antiquariaat in de binnenstad, omdat dat goedkoper was, omdat het de overweldigende hoeveelheid boeken terugbracht tot iets dat te overzien was en omdat er een man werkte die haar hielp met uitkiezen. Ze las vooral 's nachts, omdat ze dan pas rustig werd, en langzaam, omdat ze licht dyslectisch was.

'Jij leest zeker erg snel.'

'Ik moet wel.'

Onlangs had ze *Out of Africa* gelezen en was getroffen door de beschrijving van een dans: de meisjes van een stam dansten met de jongens en elk meisje stond daarbij op de voeten van een jongen en had haar armen om zijn middel geslagen, alsof ze bescherming bij hem zocht; en de jongens, die jonge krijgers met de meisjes op hun voeten, zwaaiden in elke hand een speer en stootten ermee op de grond. Zo werd er urenlang gedanst, en ten slotte verscheen er op hun gezichten, in het licht van de vuren, een extatische uitdrukking. Er werd scherp op toegezien dat er niets 'onbehoorlijks' gebeurde bij het dansen, en wie zich toch 'onbehoorlijk' gedroeg werd door een van de oudere mannen met een bundel brandende takken op zijn rug geslagen.

Zonder seks, zei ze, en dan toch die extase. Terwijl je alleen maar vlak bij elkaar bent, terwijl het meisje op de voeten van de jongen staat. Maar wat voel je niet allemaal, voegde ze eraan toe, wanneer je op zijn bewegende voeten staat en hem vasthoudt: de spieren van zijn rug, zijn huid die begint te zweten, je hoort zijn ademhaling, je voelt zijn kracht, je raakt zijn dijen, soms zie je zijn ogen, en er is die steeds herhaalde beweging, het opzwepende geluid van de drums, en er zijn de vuren en de nacht boven de bomen.

'Misschien is het wel beter dan seks,' zei ze.

De beschrijving van deze dans was haar temeer opgevallen, omdat hij haar herinnerde aan een spel dat ze in haar kinderjaren had gespeeld. Ze stond op de voeten of schoenen van haar vader, zich vasthoudend aan zijn broekzakken of zijn riem, of met haar armen om zijn middel (toen ze groter was), en hij liep met haar op zijn voeten langs het riet van de Ee en maakte vreemde hoge stappen, als een reiger.

Zulke dingen vertelde ze hem, zich uitslovend om indruk op hem te maken. Ze schaamde zich ervoor dat ze zo dodelijk verlegen was geworden toen hij haar begon te kussen en ze niet geweten had wat te doen, alsof ze vergeten was hoe het ook alweer ging met een man. Langzaam maar zeker overwon ze haar schaamte. Na enige tijd leek het haast of het niet had plaatsgevonden: die onhandige beweging, die voortijdige omhelzing die haar zo in verwarring had gebracht. Maar toch bleef er iets van hangen. En steeds als ze langs Jelmer keek, zag ze achter hem in de verte de rij witte badhokken en de strandpaviljoens en de plek waar ze zo vaak met Henri had gezeten.

Nogmaals gingen ze in zee. Jelmer hield het na korte tijd voor gezien. Toen zij eindelijk wankelend en hijgend uit de branding kwam, stond hij met een handdoek klaar, genietend van haar mythisch aandoende nadering uit zee, van haar gezicht dat straalde. Toen ze zich stond af te drogen zag hij haar naakte lichaam schuin van achteren. Het licht viel van opzij op haar rug en haar billen, terwijl ze zich vooroverboog om een kuit af te drogen. Hij vond haar goddelijk mooi. Hun ontmoeting leek hem vol betekenis, geheimzinnig, onontkoombaar. Maar ook had het nauwelijks iets te betekenen en bezag hij zichzelf als een voyeur, ergens op een strand, een overwerkte kantoorklerk die na weken van al te grote inspanning eindelijk de weg naar zee gevonden heeft en zich daar, opgefrist door het koude water, laaft aan een vrouw en zich van alles en nog wat voorstelt bij wat hij ziet.

In de duinen heerste de weidse rust van de zomermiddag. De wind was er minder fel en hij was er warm, een volle warme wind. De vogels zwegen. Een enkele hommel zoemde voorbij. Alleen de wind was hoorbaar in de grote leegte en nu en dan een fietsbel.

In de duinen raakte ze opgewonden. Haar slip zat als een strak lint tussen haar gezwollen schaamlippen, haar lichaam was zwaar, week en willig, de warmte nodigde uit om te gaan liggen, en bij elk hellend duinpad dacht ze aan wat een vrouw uit Henri's entourage haar eens had verteld: dat ze als meisje weleens was klaargekomen door heel hard een heuvel af te rennen. Jelmer, die haar zo gretig bekeek, maakte geen aanstalten. Had ze hem afgeschrikt met haar verlegenheid, paniek haast, toen hij haar op het strand begon te kussen terwijl ze nog koud en nat was?

Nadat ze twee uur gewandeld hadden stelde ze hem voor over het prikkeldraad van een vogelreservaat te klimmen en ergens aan een plas te gaan liggen. Hij weigerde dat.

'Durf je niet?' vroeg ze, haren uit haar verhit gezicht blazend.

'Wat durven?'

'Dat reservaat in.'

'Ik durf dat, en toen ik zestien was deed ik het ook. Maar inmiddels heb ik er een hekel aan gekregen om te doen wat me zou ergeren als ik het anderen zag doen. Jezus, wat een dombo's, denk je als je anderen over het prikkeldraad ziet klimmen, maar als je zelf zo nodig moet heb je er opeens het volste recht toe, regels zijn er altijd voor anderen.'

Er viel niets tegen in te brengen. Maar de barre logica van zijn redenering bevredigde haar niet. Toch drong ze niet aan, want hij was lief, en zij was ongeduldig, dat wist ze, zij probeerde te dwingen. Ze had zich heilig voorgenomen dat dwingende in toom te houden.

Maar gaandeweg, ze kon er niets aan doen, begon ze bijna een hekel aan hem te krijgen. Zijn gezicht, dat ze zo mooi had gevonden, begon karikaturale trekken te krijgen; steeds als ze het van opzij bekeek zag ze er iets bespottelijks in. Zijn stem begon haar tegen te staan. Ze schaamde zich voor zichzelf, voor die blik waarmee ze hem lelijk maakte. Maar toen ze eenmaal haar natuurlijkheid verloren had, kon ze hem niet meer hervinden, en hoe meer ze zich ervoor inspande, des te meer raakte ze in verwarring, vervreemd van zichzelf.

Het restaurant, dat plotseling tussen de bomen verscheen, kwam als een verlossing.

Vandaar bracht een bus hen naar de parkeerplaats waar ze de auto hadden achtergelaten; hij stond er inmiddels tussen honderden andere. In de auto – de portieren wijd open om het te laten doortochten – nam hij haar hand, en toen begon ze zich te herstellen. Ze verontschuldigde zich ervoor dat ze zo 'raar' had gedaan.

Jelmer zei niets meer. Hun lippen waren droog toen ze elkaar raakten, minuscule korstjes haakten achter elkaar. Onzichtbaar voor hen liepen er een paar kinderen langs het openstaande portier, hun plastic slippers tikten tegen hun hielen, een schep begon pesterig over het asfalt te schrapen, er werd gegiecheld. Opeens gleden hun tongen om elkaar heen, dikke lome tongen.

In zijn huis werd haar aandacht meteen weer getrokken door het donkere stilleven, dat honderden jaren door Europa gezworven had en steeds bewaard was gebleven, steeds was er iemand geweest die ervoor zorgde. Toen Jelmer zich in de badkamer had teruggetrokken, ging ze voor het schilderij staan om het beter te bekijken. In het donker stond daar op zijn hoge voet de glazen schaal en ving het licht, en in de bijna vlakke kelk van doorzichtig glas lagen de peren, negen waren het er, lichtbruin en gelig, bultige peren met steeltjes, die als kleine dieren bij elkaar lagen. Verder was er niets te zien. Er lag niets bij de voet van de schaal, zelfs niet een afgevallen blad, en in de donkere achtergrond was niets te onderscheiden. Licht en donker, een glazen kelk en een aantal peren die door iets doorzichtigs gedragen werden, meer niet. Hoe was het mogelijk dat het schilderij na honderden jaren nog zo levend was? Door de manier waarop de dingen gezien en geschilderd waren, een andere conclusie was niet mogelijk.

Naarmate ze langer naar het stilleven keek, voelde ze sterker de onrust in zichzelf. Maar waarom onrust? Waarom onrust nu? Wat viel er te vrezen? Hij was lief en lief voor haar. Waarom altijd angst? Ze ging op de sofa zitten om haar schoenen uit te trekken, en terwijl ze zich vooroverboog sprongen de tranen haar in de ogen.

Ze schrok op. Daar stond Jelmer, op blote voeten.

'Wil jij douchen?'

'O, douchen.'

'Wat was dat ook alweer.'

'Ja, ik ga douchen.'

Jelmer hief charmant en verontschuldigend zijn handen op. 'Ik had jou natuurlijk eerst moeten laten gaan. Maar ik ben snel geweest.'

In de kleine badkamer, die bijna voor de helft door het ligbad in beslag werd genomen, kleedde ze zich uit. Er hing nog een vochtige lucht en ze rook de zeep die hij gebruikt had. Er was maar één enkel raam, net groot genoeg om je hoofd doorheen te steken, net als in de badkamer van Henri. Door dit raam keek ze niet in de kruin van een kastanje, maar zag ze slechts een blinde muur, de zijkant van het naastgelegen achterhuis, en als ze eronder ging staan, kon ze een stuk van de lucht zien. Nadat ze zich had gedoucht, spoelde ze het zand uit haar handdoek en hing hem te drogen naast de zijne aan de stang van het douchegordijn. Ze had het gedaan voordat ze er erg in had.

Jelmer zat op de veranda achter de keuken toen hij haar uit de badkamer hoorde komen, op blote voeten. Hij stond op. Het licht fonkelde in het glas gelige wijn dat hij haar aanreikte.

'Wat zie je er mooi uit,' zei hij, en tikte haar glas aan.

'Dank je.'

Ze had het altijd moeilijk met complimenten en zwijgend nam ze nu een slok wijn. Ook Jelmer zweeg. Hij herinnerde zich hoe ze in de auto, in die stovend warme auto op de parkeerplaats, met de portieren wijd open, hadden zitten tongen. Het leek ver weg. Nu schaamde hij zich al haast voor de blootheid van zijn voeten. Ze zette haar glas op het aanrecht.

'Ik maak nu meteen even de rabarber,' zei ze. 'Dan kan hij afkoelen.'

'Goed.'

Ze ging voortvarend te werk, vliegensvlug werd de rabarber bereid. Ze sneed de bladeren, die prachtige bladeren, los en propte ze zonder pardon in het vuilnisvat. Ze sneed de stelen in stukjes, waste ze en zette ze op een gaspit. In een ommezien was het aanrecht ook weer opgeruimd. De enige mooie aardewerken schaal die hij bezat had ze ondertussen al ontdekt en daarin goot ze de dampende rode brij.

Jelmer sloeg haar gade, één voet op de veranda, één voet in de keuken, met zijn rug leunend tegen de deurpost, zich ervan bewust dat hij zo, met nauwelijks een handbreedte tussen zijn hoofd en de bovendorpel, wel groot moest lijken. Hij genoot ervan haar bezig te zien, op blote voeten, de pijpen van haar broek omgeslagen, de mouwen van haar truitje opgestroopt. Het was lang geleden dat hij een vrouw in huis had gehad. Hij volgde al haar bewegingen omdat ze nieuw voor hem waren, omdat hij haar dit voor het eerst zag doen – met haar hand woelen door de rabarber in het vergiet onder een spetterende kraan – en omdat hij haar *zijn* spullen zag gebruiken. Het meest genoot hij van de doortastendheid waarmee ze te werk ging.

'Nu ga ik naar jou kijken.'

Schuw schoof ze langs hem naar de veranda. Een lichte geur van zweet en vochtige haren gleed aan hem voorbij, de straling van haar warme lijf. Enigszins verbouwereerd door haar onstuimige beweging, drukte hij zich tegen de deurpost om haar voorbij te laten gaan. Hij ging naar binnen om te koken. Vanaf de veranda keek ze naar hem.

Onder het eten trok Jelmer zich steeds meer terug, terwijl terzelfder tijd zijn verlangen alleen maar toenam. Hij praatte te veel en werd voor haar steeds ongrijpbaarder. In de badkamer duwde hij zijn gezicht in haar nog vochtige handdoek en rook eraan en halfdronken begon hij lieve woordjes te fluisteren in die handdoek. Maar in de

keuken begon de kwelling van een onoverwinnelijke gereserveerdheid opnieuw. Hij verschanste zich in een achteloze en bij vlagen
zelfs hautaine vriendelijkheid om zijn hevige gevoelens te verbergen.
Lin meende dat ze niet in de smaak gevallen was. Ze zag zichzelf al
op haar fiets naar huis rijden en prentte zichzelf in dat ze haar handdoek, die nog in de badkamer hing, niet vergeten moest.

Na het dessert viel er een stilte.

Lin keek naar haar bord en voelde zich beklemd. Wat was er misgegaan? Ze verwachtte nu niets anders dan een snelle afwikkeling.
Hij zou haar nog koffie aanbieden, dan dronk ze nog koffie, daarna
trok ze haar schoenen aan en zou ze weggaan en zeggen: Tot een
volgende keer misschien. Jelmer was tot sprakeloosheid vervallen.
Iets dat hem nooit overkwam. Ditmaal *wilde* hij die sprakeloosheid,
hij weigerde nog iets te zeggen, hij volhardde koppig in iets dat hem
verschrikkelijk beschaamd maakte, zonder te weten waarom hij dit
deed. Blindelings zocht hij een soort ondergang.

'We zeggen niets meer,' zei ze zacht.

Ze hoorde de koelkast brommen, boven haar hoofd, in het appartement van zijn ouders, het gestommel van een buitenlandse gast, op
straat een paar luidruchtige passanten, er werd een bierblikje onder
een voet geplet.

'Wanneer gaan we weer iets zeggen?'

Plotseling was het of de lucht opklaarde, of het drukkende eruit
verdween. Ze registreerde het en zelfs zonder hem te zien voelde ze
dat zijn weerstand er niet meer was.

Toen ze opkeek, kwam zijn hand over de tafel en pakte de hare
vast en begon hem te strelen. Het was of de keuken lichter werd. Had
ze voorheen steeds de indruk gehad dat er te weinig licht brandde, ja
zelfs dat uit de hoeken een soort 'duisternis' opdrong, nu was er opeens voldoende licht, meer dan voldoende, door de kaarsen op tafel
en het tl-lampje dat onder een van de kastjes boven het aanrecht
brandde.

Ze stonden op.

Met haar lippen kon ze net zijn adamsappel bereiken en ze probeerde erop te zuigen. Jelmer herinnerde het zich als iets merkwaar-

digs, die zuigbeweging, dat toestotende zuigen, als van een ongeduldig lam, aan zijn adamsappel. Zoals zij het zich als iets merkwaardigs herinnerde dat hij meteen zei dat hij haar oksels wilde kussen. Haar oksels. Ze trok haar truitje omhoog, hief haar armen op en ontblootte haar geschoren oksels. Over de rand van haar truitje keek ze naar hem, naar wat hij deed. Hij likte en kuste haar oksels.

'Je lijkt wel een kat die me likt,' zei ze.

'Likken katten oksels?'

'Katten likken oksels.'

Hij trok haar op zijn blote voeten en liep met haar naar de kamer, zijn voeten hoog optillend.

'Heb je fado's?' vroeg ze.

Hij had wel ergens een oude plaat met fadomuziek. De naald stuiterde over de groeven, zo wild zette hij hem op. Terwijl ze dansten, hoorde hij haar vlak bij zijn oor de tekst van het lied meezingen. 'Ken je het?' vroeg hij. Maar ze kende het niet en kende al helemaal geen Portugees. Ze imiteerde. Maar hoe doe je dat? Ze zong gewoon vlak achter de muziek aan. Hij verbaasde zich erover. Ze zong goed, zuiver, en de imitatie klonk verrassend goed. Hoe was het mogelijk dat ze zichzelf zo leeg kon maken, zo passief kon zijn, dat ze de klank van de muziek en de woorden feilloos kon opnemen en onmiddellijk met haar eigen stem kon weergeven? Al dansend volgde ze de bewegingen van zijn lichaam net zo volmaakt als die van de muziek.

Dit kunnen we, dacht Jelmer, met elkaar dansen. Hij had dat nog nooit met iemand meegemaakt.

Ze daalden af in het souterrain. De meegenomen kaarsen flakkerden. Onder de balken had Jelmer nauwelijks stahoogte en uit gewoonte hield hij zijn hoofd gebogen. In een hoek stond een groot bed.

'Een schoon laken,' zei ze glimlachend en rook eraan.

Jelmer verdween nog even naar boven. Terwijl ze op hem wachtte en de koele lucht over haar lichaam voelde gaan, dacht ze aan Henri en vroeg zich af waar hij op dit ogenblik was. Maar ze wilde niet aan hem denken en keek het donkere souterrain in, haar hoofd oplichtend van het kussen. Jelmers benen verschenen op de wenteltrap.

Haar buik schokte onder de eerste aanraking van zijn hand. Toen hij met een vinger in haar navel gleed – omdat die zo opvallend groot was – nam ze hem weg en zei: 'Niet in mijn navel, ik ben daar een beetje bang voor, maar verder is het overal vrij toegang.' Ze nam de vinger die ze uit haar navel had genomen in haar mond. Roerloos, met gesloten ogen, zoog ze op zijn vinger en streelde zijn hand, terwijl hij tegen haar aan lag, zijn geslacht op haar dij. Nadat ze een tijd zo had gelegen, om te wennen, wilde ze hem wel dichterbij laten komen en trok hem over zich heen.

# III

## OP DE FLUESSEN

Twee maanden later reed ze met Jelmer in augustus naar de Fluessen, naar het buitenhuis van zijn ouders. Het was een zaterdag in augustus. Niet ver buiten Amsterdam zag ze een vrouw langs de zesbaans autoweg lopen. De wind blies haar blouse en haar rok tegen haar rug en benen, en in haar haren, die langs haar oren naar voren waaiden, was even een bleke kruin zichtbaar. Lin draaide zich om en keek door de achterruit om het gezicht van de vrouw te zien.

'Wat gek dat die vrouw daar zomaar loopt.'

Jelmer keek in zijn spiegel. 'Ruzie gekregen en uit de auto gestapt,' veronderstelde hij.

Ze keek nog een keer achterom. Haar hart bonsde.

'Ik hoop dat wij dat nooit zullen doen,' zei ze toen, 'zo verschrikkelijk ruzie maken dat een van ons uitstapt en de ander gewoon doorrijdt.'

'Die vent komt haar wel weer oppikken. Hij rijdt nog twintig kilometer met plankgas en daarna komt hij terug.'

'Dan moet zij de weg oversteken en krijgt ze een ongeluk.'

Jelmer pakte haar hand en legde hem op zijn dijbeen. Ondanks het warme weer voelde hij nog warmte uit haar handpalm komen en door de stof van zijn broek stralen. Al gauw trok ze haar hand terug en staarde naar buiten, naar de grote akkers van de polders. De schaduwen van de wolken gleden eroverheen. Populieren toonden de zilverige onderkant van hun blaadjes, en het was of zo'n lange rij populieren van kleur verschoot als er een windvlaag doorheen stoof. Ze zette haar zonnebril op en zweeg.

Jelmer strekte zijn armen, drukte zijn lichaam in de stoel van zijn oude Volvo en rekte zich uit. Hij was een tevreden man. De zomerdag lag voor hem, hij was erop uitgetrokken, zijn wagen glinsterde en spleet de verte open, en naast hem zat zij, deze vrouw die hem al twee maanden betoverde met haar lichaam, met haar geschiedenis die langzaam maar zeker duidelijke contouren voor hem begon te krijgen, met haar prachtige dromen in full colour die ze hem na het wakker worden vertelde, met de abruptheid waarmee ze in slaap viel of ziek werd of juist weer beter, met haar gezicht dat zulke enorme gedaantewisselingen kon ondergaan, met de bondigheid waarmee ze haar inzichten formuleerde, de briefjes die ze voor hem achterliet, de enorme proppen wc-papier die ze tussen haar dijen liet verdwijnen, de woestheid waarmee ze, met alleen een bh aan, op haar knieën en gehuld in waterdamp zijn badkamer schrobde, haar lachen en kletsen aan de telefoon, dat hem soms, van afstand gehoord, als muziek in de horen klonk – de kreten, de slepende tonen van het medeleven, het steeds snellere en luidere praten dat in een crescendo van lachen eindigde, dan weer het geklets, nu en dan opspattend in helder klinkende uitroepen, en ten slotte de hoge, langgerekte en haast gezongen klanken waarmee ze afscheid nam.

Nog eens drukte hij zijn handen op het stuur en strekte zijn armen.

Hij herinnerde zich haar lichaam van die ochtend, het zweet in het geultje van haar ruggengraat. Ook dat verwonderde hem: hoe snel het liefdeszweet uit haar lichaam sprong en hoeveel het was, op haar buik en rug kon hij er soms met zijn vingers doorheen roetsjen. Die ochtend was hij na het wakker worden in haar gegleden. Ze vond het geen bezwaar als hij met haar begon te vrijen wanneer ze sliep. Nadat hij haar geneukt had, had ze zich omgedraaid en was ze hem gaan berijden, sterk geil wijf.

Nu wilde ze niet aangeraakt worden.

Zwijgend reed hij met een gestage honderdtwintig kilometer per uur naar het noorden en hij genoot van zijn auto, die hem aantrekkelijker voorkwam omdat zij erin zat en haar tas op de achterbank stond, zoals ook zijn huis hem aantrekkelijker leek wanneer zij er was. Wat was zijn leven in een paar maanden veranderd! Zijn lichaam leek sterker en mannelijker, hij kon er met genoegen naar kijken en er zelfs van houden, terwijl het voorheen niet meer dan een vanzelfsprekendheid was geweest. Hij stond anders in de wereld: losser, vrijmoediger, welwillender tegenover anderen.

Zijn secretaresse had het als eerste opgemerkt, binnen een week, en hem met vrouwelijke behendigheid laten weten dat ze het wist, zonder te zeggen wat het dan was dat ze wist. Sindsdien werd hij 's ochtends als hij, niet bepaald fris en uitgeslapen, zijn kantoor binnenkwam door haar verwelkomd met een glimlach en een ironisch opgetrokken linkerwenkbrauw.

'Gaat het?' vroeg hij.

'Jawel.'

'Je hoeft je echt nergens zorgen over te maken. Je bent uitgenodigd en je bent welkom.'

'Maar ik word toch beoordeeld.'

Ze wendde zich af en staarde weer naar buiten. Voor de tiende keer begon ze aan haar sjaaltje te frutten, bang dat ze een stijve nek zou krijgen. Ondertussen stond het raam naast haar open, omdat ze het zo warm had.

'Ik heb steeds het gevoel dat we vandaag ruzie gaan krijgen,' zei ze.

'Dat gebeurt niet.'

'Daar heb jij niets over te zeggen.'

'Het gebeurt niet zolang jij dat wilde paard in je in toom weet te houden.'

'Ik doe mijn best.'

Het was onrustig in haar ingewanden. Ondertussen dook het ene gruwelbeeld na het andere in haar op. Ze zou het portier openen en zich uit de rijdende auto laten vallen. Een paard zou haar schoppen, zoals haar als kind was overkomen. Ze zou de cello van zijn moeder in handen nemen en – hoe het mogelijk was begreep niemand – maar in haar handen brak de steel eraf. Of: ze was alleen met de cello, ze tilde hem voorzichtig op, maar stootte hem per ongeluk ergens tegen aan en hoorde een barst in de klankkast springen. Ze zou glazen laten vallen en zich snijden bij het opruimen van de scherven.

Ze begon op haar nagels te bijten, een gewoonte waar ze juist een

paar weken van verlost was. Vanuit zijn ooghoeken zag Jelmer een
vinger in haar mond verdwijnen, lippen die zich verbeten sloten en
weldra die karakteristieke trekkende en losscheurende kaakbewe-
ging van de nagelbijter.

'Waarom doe je dat nou?'

'Vandaag kan ik het niet stoppen!'

Naarmate het Friese land dichterbij kwam, nam haar verwarring
toe. Ze was bang voor zijn moeder. En het leek of ze naar Birdaard
reed, terwijl ze wist dat ze niet naar Birdaard reed. Toch was het of ze
daarnaar toe ging, of ze terugging in de tijd.

Het eerste dat hij haar liet zien was een begraafplaatsje dat midden in
de weilanden lag, ver van alles. Het was een licht bollend stuk grond,
een ovaal, omgeven door een brede sloot. Aan de rand van dit graf-
veld stond een rij lage eikenbomen, de wind stoof door hun groene
pruiken. Tussen de stammen door zag ze een paar oude, scheefgezakte grafzerken.

'Uitstappen?'

'Ja, goed.'

De motor werd afgezet. Toen ze uit de auto stapte, overspoelde
haar de rust van het platteland, de weldaad van de leegte. Ze hield
meteen van dit begraafplaatsje. Even werd ze rustiger. Waar maak ik
me toch zorgen om, dacht ze. Waarom maak ik me altijd zoveel zorgen? Als het met Jelmer misloopt, als alles misloopt, kan ik toch altijd terug naar de gewone dingen? Ik koop ergens een oude schuur, ik
knap hem op, ik leg een moestuin aan en ik zie wel hoe ik leef.

Uit het weiland kwamen paarden naar hen toe, langzaam, en de
kerkhofbomen ruisten. Het leek iets te betekenen dat paarden op hen
toe kwamen. Maar wat had het moeten betekenen? Het waren niet
bijzonder mooie paarden, maar hun huid glansde prachtig in een
diep zwartbruin, hun manen en staarten waren lang en oogden ruig,
de staarten reikten zelfs tot op de grond, en door hun glanzende
donkere vacht, hun lange staarten en manen, hun langzaam naderbij
komen, de wind, en het geluid van hun hoeven in het gras, waren ze
geheimzinnig, was het ogenblik van hun nadering geheimzinnig.

'Het zijn showpaarden,' zei Jelmer.

'Showpaarden?'

'Ze worden alleen nog gebruikt voor een soort folkloristische evenementen. Dan trekken ze de koetsjes. De manen en staarten worden gevlochten, daarom zijn ze zo lang.'

Lin zweeg een ogenblik.

'Jij neemt áltijd het sprookje weg, hè?'

'Is dat zo?'

Dat doet ik met opzet, had hij eraan willen toevoegen. Maar in plaats van haar te tarten streek hij zijn verwaaide haren uit zijn gezicht. Onnodig lang bleef Lin bij het hek staan. Ze streelde de paarden en liet ze met hun lippen aan haar handen knabbelen. Jelmer keek naar die dikke vochtige lippen van de paarden om haar vingers. Het wond hem op. Het maakte hem jaloers en hij was ervan overtuigd dat ze daarop uit was.

Aan het langgerekte meer, dat nu in zicht kwam, lagen alleen boerderijen. Ze kende zulke boerderijen. Het statige voorhuis, altijd in de schaduw van bomen, met een grasveld dat hellend afliep naar een brede sloot, en oprijzend achter het huis de enorme kap van de schuur. In het rieten dak van de schuren was soms een jaartal uitgespaard. Ze boog zich naar voren om de boerderijen vanuit de rijdende auto beter te kunnen zien.

Een broer van haar vader bezat een boerderij, niet ver van Birdaard. Ze kwam er meestal op zondag. Ze herinnerde zich het voorhuis waar ze alleen op kousenvoeten mocht lopen, het marmer in de gang achter de voordeur (die maar zelden werd gebruikt), de 'mooie kamer' waar ze niet mocht komen, de roerloosheid van de meubelen daar, in de stilte het tikken van de staande klok (achter een glazen deurtje bewoog de slinger), van buiten kwam gedempt het ruisen van de bomen, het koeren van duiven, nu en dan het gegil van haar nichtjes, die over het grindpad voor langs het huis renden, plotseling om de hoek verdwenen waren, als verzwolgen. Ze ging de mooie kamer in om naar de slinger achter het glas te kijken en staarde naar de dof koperen schijf die heen en weer ging. In de keuken trof ze de volwassenen met hun luide stemmen, sigarendamp en borrelglaasjes op tafel. Haar oom trok haar tussen zijn benen, zijn grote hand op haar buik, en ze leunde achterover. Het maakte haar bang. Maar bij elk bezoek liet ze zich tussen zijn benen trekken en leunde achterover, terwijl ze langs haar rug iets omhoog voelde komen dat ze zich voorstelde als een kleine tak. Ten slotte liet haar oom haar gaan. Vanuit de keuken kwam ze door een gang met klompen en overalls in de schuur, waar het hooi tot in het halfduister van de nok lag opgetast, de koestallen waren leeg omdat het zomer was.

Een golf van droefheid spoelde door haar heen. Misschien *wil* ik niet leven, dacht ze. Is dat mogelijk? Bestaat dat? Dat iemand niet wil? Natuurlijk bestaat dat. Maar hoe kan zoiets zich in een lichaam nestelen? Kan een boom niet willen groeien? Nee, dat is onmogelijk. Er zijn alleen maar zwakke bomen, bomen die niet goed groeien en afsterven door een ziekte in hun wortels. Een ziekte in hun wortels. Misschien ben ik alleen maar zwak, is iets in me zwak, is er iets in me dat niet wil groeien, iets dat achterblijft.

'Hé,' zei Jelmer verrast.

Een tractor die hen tegemoet kwam werd door de bestuurder in de berm van de smalle weg gezet. Jelmer stopte naast de cabine, draaide zijn raam open, leunde naar buiten en wachtte tot daarboven het deurtje werd opengeklapt.

'Wat ben jij beleefd geworden!' riep hij.

Het geraas van de tractormotor maakte zijn woorden bijna onverstaanbaar voor haar. De jongeman in de cabine antwoordde in het Fries. Lin ving er slechts een paar klanken van op. De taal van haar vader was het, een taal die ze zelf had gesproken, in een tijd waar ze niet aan herinnerd wilde worden, en toch boog ze zich nu opzij om er meer van op te vangen.

'Alles goed met je vader en moeder?'

Nu dreef de wind de woorden van de tractorbestuurder in haar richting, of misschien was haar brein er inmiddels in geslaagd om het geraas van de motor en Friese klanken van elkaar te scheiden, want opeens verstond ze hem. Jawel, alles goed, zijn moeder was ziek geweest maar nu weer op de been, ja, ze werd een dagje ouder, niet? De woorden raakten haar, hoe alledaags en banaal ze ook waren. Nog een paar opmerkingen vlogen over en weer. Toen een groet. De tractor gaf gas. Ook Jelmer trok op, schakelend, zijn raam dichtdraaiend, het haar van zijn voorhoofd vegend, vol vaart, weer oplevend.

'Dat was Gjalt,' zei hij. 'Daar heb ik ooit een paar zomers mee gespeeld. Toen ik tien was of zo. Ik kwam veel bij hem thuis.'

Hij glimlachte.

'Wat is er?' vroeg ze.

'Ik denk aan wat hij zei over jou.'

'Wat dan?'

'Jij hebt iets moois bij je, riep hij, dat kan ik zo wel zien.'

'Ach, hij heeft me amper gezien!'

Jelmer begon zich aan haar te ergeren en voelde hoe ze hem toch wist te infecteren met haar stemming, meezoog in haar woeling. Het zweet brak hem uit.

Het huis lag onder een paar iepen, achter een heg en verwilderde struiken. Het was kleiner dan ze gedacht had, eerder een intiem en verscholen onderkomen dan een grote bezitting. Aan de voorzijde was er nauwelijks een tuin: een kort grindpad dat naar de voordeur leidde, aan weerszijden een rozenperk. Rozen groeiden er ook tegen de witgekalkte muur. Het rieten dak kwam zo laag dat ze het kon aanraken. In het voorbijgaan drukte ze even haar handpalm tegen de harde uiteinden van de rietstengels.

Jelmer merkte het op. Hij vroeg zich af of ze er misschien van *hield* zichzelf pijn te doen: ze klemde wasknijpers aan haar oorschelpen en haar lippen, ze drukte de metalen randen van kroonkurken in haar vlees; toen ze zich onlangs in een woeste bui met de punt van een schaar in een vingertop had gestoken was ze, na de eerste schrik, bijna verrukt geweest over deze verwonding.

Het was stil rond het huis. Ze hoorden alleen de wind in de boomkruinen, hun voetstappen op het klinkerpad, het sjirpen van mussen die een zandbad namen. Op de grond bewogen de schaduwen van de iepen. Uit een zonnige hoek vlogen twee vlinders op.

Aan de achterzijde van het huis lag een grote tuin met een grindpad dat haast wit oplichtte en naar een zonnewijzer leidde, vandaar klinkerpaden naar links en rechts. Ze zag leibomen, een moestuin met groentebedden, vruchtbomen, een grasveld dat afliep naar het meer en daar, verscholen tussen bomen, een zwartgeteerd boothuis. Ze liepen langs de hele achtergevel zonder een teken van leven op te merken.

'Is je moeder niet thuis?'

'Haar auto staat er toch?'

'O ja.'

De keukendeur stond open. Ze ving een glimp op van een plavuizen vloer, oud aardewerk in een rek aan de muur, een plafond met balken, een gigantische tafel die bezaaid was met paperassen, geopende post, kranten en boeken; er stond een grote kandelaar met half opgebrande kaarsen, en op een uiteinde van de tafel twee borden en de restanten van een ontbijt. In een hoek stond een cello, donker, glanzend, de strijkstok in de snaren geschoven.

'Daar is ze,' zei Lin zacht.

Achter in de tuin, bijna oplossend in het helle middaglicht, stond een rijzige vrouw met een zonnehoed op, die met haar hele arm naar hen zwaaide. Ze liepen naar haar toe. Lin kon de geruststellend bedoelde hand van Jelmer in haar rug nauwelijks verdragen, ze was bang te zullen struikelen en voelde zich vijandig jegens de vrouw die ze tegemoet liep.

Ze troffen elkaar in de schaduw van een appelboom. Er lag een ladder in het gras. Hedda Halbertsma stak een lange slanke hand uit die gemakkelijk in de hare gleed. Lin voelde eigen hand verkrampen. De vrouw maakte een vrolijke en verhitte indruk, haar ogen glansden van opwinding. Ze was 'in gevecht' met een struik, zei ze, die ze al een uur lang tevergeefs probeerde uit de grond te krijgen, tevergeefs misschien ook omdat ze het zo erg vond hem weg te halen van de plaats waar hij jaren had gestaan, lelijk en wel, maar ze had het zich in haar hoofd gezet en nu moest het gebeuren. Terwijl ze daarmee bezig was, was haar oog op een paar bessenstruiken gevallen, die er nu ook maar eens uit moesten, en had ze ook daar de spitvork in de wortels gezet. 'Kortom, een heel gedoe,' zei ze lachend.

Jelmer glimlachte toegeeflijk.

Zo warm was het dat ze zich onwillekeurig dieper terugtrokken in de schaduw van de bomen. Er werden vriendelijkheden uitgewisseld. Lin wierp een heimelijke blik op de borsten van Hedda Halbertsma: flinke, nog lustige borsten, waarvan heel wat te zien was in haar ver openhangende blouse, en onwillekeurig vergeleek ze die met haar eigen borsten – om met een zekere opluchting vast te stellen dat de hare groter waren.

'Wat zie je er trouwens sexy uit, ma,' zei Jelmer.

'O, staat er iets open?'

'Je blouse.'

Terwijl ze twee knoopjes dichtdeed wendde ze zich tot Lin en legde een hand op haar schouder. 'Wat heerlijk toch,' zei ze, 'dat hij zich nog voor zijn moeder kan schamen.'

Ze volgden haar naar het huis. Nu Lin de vrouw van achteren kon opnemen zag ze opeens veel duidelijker de moeder in haar figuur: ze had een moederlijke rug. Ze vroeg zich af waarom Hedda Halbertsma die ochtend, in afwachting van haar bezoek en ondanks de hitte, plotseling de een of andere oude struik was gaan uitspitten.

In de keuken was het koeler dankzij de stenen vloer. Ze zaten aan een hoek van de enorme tafel, die half en half Hedda's werktafel was: ze werkte het liefst in de keuken. Ze dronken een ijskoude limonade van vlierbes met citroen die ze zelf had gemaakt. Lin deed haar best, maar ze was stug. Alles wat ze zag of wat haar werd getoond riep verzet in haar op: de oude aardewerken schaal uit Spanje die met ijzeren krammen was hersteld, het schitterende boeket dat ergens in een hoek stond te stralen, het luik van de kelder dat zo gemakkelijk omhoogging dankzij een touw, katrol en contragewicht, de imposante kelder met de rode geglazuurde tegels en keldergewelven van een veel ouder huis dat op dezelfde plaats had gestaan, alle heerlijkheden die in deze kelder lagen opgeslagen, en dan die aardige en levendige vrouw, die een man had van wie ze hield, die begaafd was en met haar strijkkwartet door Europa reisde. Alles, tot aan de zelfgemaakte vlierbeslimonade toe, maakte haar stug.

Steeds hoorde ze buiten de wind, de bevrijdende wind. Ten slotte hield ze het niet meer uit en stond abrupt op. Hedda ving het op: ze verontschuldigde zich voor haar geprat en liep de tuin weer in. Jelmer kon zijn ergernis nauwelijks meer bedwingen.

'Ik wil wel,' zei ze uitdagend.

'Jij wilt wel.'

'Ja, ik wil wel. Het is niet mijn eerste keer.'

'Met wie heb je gezeild?'

'Ik heb met Marcus catamaran gezeild op het IJsselmeer. We huurden zo'n ding als het hard woei. En met mijn vader. Hij huurde ook boten. Hij heeft me eens in het water gegooid, omdat ik bang was.'

'Mocht je niet bang zijn?'

'Hij dacht dat ik niet groeien wilde, omdat ik bang was. Hij wilde me over mijn angst heen helpen.'

Ze stonden op de steiger naast het boothuis. De wind woelde in hun haren, onder de planken klotste het water, en tussen hen in lag een zeilboot, zijn masttop verdween in de bomen. Jelmer trok de hoes eraf om hem te laten zien. Het leek een zinnebeeld. Het was of ze in het gesprek dat ze nu al twee maanden met elkaar voerden, bijna dag en nacht, of in dat gesprek steeds ergens een hoes afgetrokken werd. Hij had de hoes van zijn zeilboot getrokken en toen had zij op haar beurt ook weer een hoes weggetrokken, opnieuw iets uit haar verleden onthuld: haar vader die met haar ging zeilen en haar in het water had geworpen; Marcus die een cat huurde om over het IJsselmeer te spuiten als het hard woei, ongetwijfeld gevaar zoekend, en haar meenam.

'Jij wilt wel.'

'Ja man.'

'Jij wilt niet liever tuffen in de motorboot.'

'Dat kan altijd nog. Laten we eerst een uurtje zeilen.'

Jelmer was moe. Hij had die week moeten overwerken en maar weinig geslapen. Hij keek over het grote meer en hoorde het water onder de steiger opspatten. De wind was onstuimig. Zij was onervaren. Maar ze had hem uitgedaagd, fel gemaakt.

Een halfuur later lag de boot met klapperende zeilen in het water, aan een boei op enige afstand van de oever. Jelmer stond ernaast en trof de laatste voorbereidingen. Zijn keel was plotseling kurkdroog. Het water drukte zijn zeilpak tegen zijn benen. Het deed hem goed daar te staan in het koele water, in de schaduw van de overhangende bomen. Hij kreeg er nu toch zin in. Hij maakte los en hees zich aan boord.

Nauwelijks waren de schoten aangehaald, met een subtiel gerikketik van katrollen, of de boot kreeg vaart: hij helde over en gleed licht en snel over het water. Lin zat op het gangboord en hield zich vast aan de staaldraad die ze 'stag' had leren noemen. Ze vond het heerlijk, dit snelle glijden, het lichte overhellen van de boot en water dat fonkelend begon op te spatten. Ze keek om en kon nog net het boothuis tussen de bomen zien liggen. Toen ze zich even later opnieuw omdraaide, vond ze op de oever geen enkel herkenningspunt meer. Wanneer ze langs de romp naar beneden keek, zag ze het witte zwaard door het water flitsen, als een vis, gevolgd door een tweede en kleinere vis, het roerblad.

'Gaan we de goeie kant op,' riep ze.

Het vertederde hem.

'Helemaal!'

'Je kan waar je wil, natuurlijk.'

'Wat?'

'Je kan heen waar je wil. Ik bedoel: je kan natuurlijk overal heen.'

'Goed gezien.'

'Lekker is dit, man. Zeg maar wat ik moet doen.'

De boot ging overstag. Dat wist ze nog. Ze moest diep bukkend onder het zeil door kruipen en op het gangboord aan de andere kant gaan zitten. De zeilen klapperden, er slingerde zich iets om haar enkel, waar was de horizon? Blindelings klom ze omhoog in de hellende boot. Ze stootte haar voet. Het geklapper hield op, begon opnieuw omdat er iets losschoot, ze kreeg er nu toch wel de zenuwen van, en toen hield het eindelijk op.

'Gaat dit zo door?'

'Het waait nogal.'

'Zeg dan wat ik moet doen.'

'Hangen.'

'O ja. Hangen.'

'Je voeten onder die band op de bodem en hangen. Kun je meteen zien wat je buikspieren waard zijn.'

Hij deed het voor. Het leek niet moeilijk. Ze hing buitenboord, haar voeten onder de band, een hand om de stag geklemd. Hoezo buikspieren? Van buikspieren merkte ze voorlopig niets. Ze keek naar de wolken en het water, naar de onderkant van de boot en constateerde dat die vies was en wel een beurt kon gebruiken, en steeds weer naar het zwaard dat als een vis door het water flitste en de boot moeiteloos bijhield. Ze probeerde met haar vingertoppen het voorbijschietende water te raken en toen ze het raakte was het hard: haar hand stuiterde erop. Nu en dan wierp ze een blik op Jelmer.

'Ik zie wel meteen allerlei nieuwe dingen in je,' riep ze opgewekt.

Het scheen hem niet te interesseren. Hij keek strak naar de boeg of vooruit over het meer en liet soms zijn blik even omhoogglijden langs het zeil. Ze stelde vast dat hij opeens veel feller was dan hij leek. Wanneer hij naar haar keek, glimlachte hij, maar zei niets.

Een halfuur later had hij haar zover.

Ze haakte in en keek omhoog langs de mast: als die draad het maar hield. Natuurlijk houdt die draad het, zei hij, je hand om die handgreep, welke handgreep, waar, o daar, je rechtervoet tegen de stag en je rechterbeen stijf gestrekt houden en met het andere been duw je jezelf naar buiten, en met dat andere been duwde ze zich buitenboord. Ze keek omhoog naar de mast waar ze aan hing. Toen moest ze snel naar binnen, toen weer naar buiten, ook snel. Het water schoot onder haar door, en de witvis zwom mee.

Eerst hing ze krampachtig, onhandig, maar al gauw durfde ze toch haar lichaam te strekken. Ook al had ze jarenlang niet getraind, alleen maar hardgelopen, er restte haar nog genoeg atletisch vermogen en kracht om dit te doen. Toen het haar lukte was ze trots.

Plotseling lag ze in het water. Het ging zo snel in zijn werk dat ze niet wist hoe het gebeurd was. Ze smakte op het water, ze zonk en zag het zonlicht in de groenige schemer onder water. Even later dook ze op en voelde de wind weer langs haar oren jakkeren. De boot met zijn helwitte zeilen was al honderd meter verder. Jelmer keek om. Ze zwaaide naar hem en dreef toen op haar zwemvest. Een ogenblik genoot ze ervan om plotseling midden in een meer te liggen, in de wijde ruimte, het was stil, en ze keek over het water naar de wolken en de oevers met hun kartelrand van wazige bosjes. Ze dobberde als een eend op de golven.

Met gebruis van water kwam de boot langszij, draaide om haar heen en lag stil. De zeilen klapperden. Op eigen kracht kon ze niet aan boord komen. Jelmer sleurde haar nogal hardhandig in de boot, waarbij ze zich bezeerde. Was hij kwaad? Had hij haar met opzet pijn gedaan? Even bleef ze op de bodem van de boot liggen, krimpend van de pijn. Jelmer stelde voor om terug te gaan. Ze wilde eigenlijk wel terug. Maar ook begon haar Friese bloed – waarin zoveel eerzucht is gemengd – te spreken: ze zou hem eens iets laten zien! Ze richtte zich op uit de plas water waarin ze lag.

'Je moet je niet zo opnaaien,' riep ze, tegen het geklapper van de zeilen in.

'Je bent aan het hannesen, je kunt dit niet.'

'Ik moet het gewoon weer even ophalen, man!'

Jelmer gaf geen antwoord en keek weg. Hij kookte, hij had genoeg van dat gedwing.

Er sneed een zeiljacht vlak achter hen langs, met aan boord enkele mannen en vrouwen, een bierglas in de hand, die nieuwsgierig naar hun onreddering keken en naar de boot met zijn frenetiek klapperende zeilen – en die plotselinge nabijheid van anderen, al was het maar in een voorbijschuimend jacht, bracht hen tot bedaren.

Een halfuur, zei hij, dan gaan we terug. Ze vond hem belachelijk met zijn tijdslimiet en vroeg of ze er soms voor moest betalen. De kilte van deze opmerking verbijsterde hem. Zijn handen beefden. Toen verkoos hij het om haar niet gehoord te hebben. Hij was daar een meester in. Lin voelde zich gekleineerd.

Jelmer probeerde het haar te leren, om fokkenist in de trapeze te zijn. Ondanks zijn tegenzin toonde hij zich een geduldig leermeester. Omdat hij haar iets leerde, ontstond er ook weer enige toenadering. Ze kon het. Ze was er sterk genoeg voor en ze had gevoel voor de beweging van de boot, een gevoel dat misschien was ontstaan tijdens de zeiltochtjes met haar vader. Nog tweemaal raakte ze te water, de tweede maal bleef ze hangen aan de haak en werd ze naast de boot door het water gesleurd.

Op de terugweg was de stemming toch gedrukt.

De boot vloog met uitstaand zeil over het meer, voortgeblazen als een pluisje.

Lin zat op de zwaardkast in het midden, Jelmer op het gangboord, met natte haren, tegen de zon toegeknepen ogen, voortdurend bezig zijn bootje in bedwang te houden. Met grappen probeerden ze lucht te brengen in de situatie, maar het lukte niet, elke opmerking klonk geforceerd. Het zwijgen werd steeds drukkender. Ze vermeden het om naar elkaar te kijken.

Lin was wanhopig. Een arm en een knie deden pijn. Haar voeten waren wit en koud. Op haar gezicht lag een starre trek. Misschien was alles wel ten einde, door die ene opmerking over het betalen voor een zeilles. Plotseling hield ze het niet meer uit. Ze kwam overeind, deed twee stappen in de wankele boot, pakte zijn hand, waarin hij de zeilschoot hield, en begon die te kussen.

'Kijk uit!'

Hij duwde haar weg. Het water gutste over de achterspiegel naar binnen. Haastig trok ze zich terug op de zwaardkast.

'Op het laatste moment nog even die boot laten omslaan,' zei hij.

'Is dat wat je denkt?'

'Ik maak maar een grap.'

'Het is gewoon paranoia. Je denkt slecht over mij.'

Ze zweeg bedrukt.

'Laten we dan maar omslaan,' zei ze.

Haar wanhoop was oprecht en vertederde hem.

'Als je wilt,' zei hij, en ze hoorde aan zijn stem dat hij begon te vergeven, 'leg ik hem voor je om.'

'Nee, niet meteen! Eerst wat ik moet doen.'

Hij legde uit wat ze moest doen.

Het boothuis kwam naderbij, het geruis van riet en bomen werd hoorbaar. Jelmer liet de boot op de steiger aanvliegen, wachtte en duwde toen met een ruk het roer om. De boot maakte zo'n scherpe wending dat hij kapseisde. Bijna statig streken de zeilen neer op het beschaduwde, donkere water. Jelmer liet zich achterover in het water vallen en ging kopje-onder. Toen hij weer bovenkwam lachte hij. Lin zat schrijlings op de romp van de boot, als een schipbreukeling. Boven haar hoofd ruisten de bladeren van de iepen. In het water golfden de zeilen, vlak onder de oppervlakte, plotseling grauw. Het was of ze de wijde gewaden van verdronkenen zag opdoemen.

Haastig liet ze zich van de romp in het water glijden. Met een vreemde, verwrongen glimlach waadde ze langs hem naar de steiger. Het is voorbij, dacht ze, hij had de boot laten omslaan. Met een grap, met een achteloze grap had hij haar duidelijk gemaakt dat het voorbij was, dat ze niet bij elkaar pasten. Ze rukte aan de stugge rits van het zeilpak om het uit te trekken, zo snel mogelijk klaar te zijn om weg te gaan. In gedachten zag ze zichzelf al lopen langs de weg, net als vanochtend die vrouw, en feilloos, alsof ze erop gelet had, bood haar brein haar het beeld van de dichtstbijzijnde bushalte.

Ondertussen trok Jelmer de boot overeind en streek de zeilen. Zijn ergernis was verdwenen en ook de vermoeidheid van de zaterdagochtend, die hem lusteloos had gemaakt. Hij genoot ervan om in het water te staan en met zijn boot bezig te zijn. Goed van haar om door te zetten. De boot liet hij aan de boei liggen. Vanavond, als de wind afnam, konden ze nog eens gaan. Vanavond. De dag leek nog lang. Terwijl hij naar de steiger waadde, door het met zonnevlekken bespikkelde water, keek hij naar Lin. Ze had haar zeilpak uitgedaan en was nu bezig haar kennelijk nat geworden broek uit te trekken. Ze stond op haar rechterbeen, dat naakt was, voorovergebogen, haar andere been opgetrokken en rukte verwoed aan een broekspijp om haar voet eruit te bevrijden. Haar slip was omlaaggegleden en hing om haar dijen, haar schaamhaar kroesde erbovenuit.

Toen wankelde ze, misschien omdat ze hem zag naderen. Ze

maakte een sprongetje achterwaarts om haar evenwicht te bewaren. Het hout van de steiger kraakte, brak en versplinterde onder haar voet. Met haar naakte rechterbeen zakte ze door de steiger, waarin het bijna helemaal verdween. Een paar tellen later boog Jelmer zich over haar heen.

Ze zat klem.

Tevergeefs probeerde hij het hout met zijn handen weg te breken. Uit het boothuis haalde hij een balkje dat hij als hefboom kon gebruiken om de ene plank op te krikken en tegelijkertijd de andere ernaast naar beneden te duwen. Behoedzaam trok ze haar been uit de steiger. Het zag er afschuwelijk toegetakeld uit: van boven tot onder was de huid geschaafd en lag open in rode en blauwige striemen, bloeddruppels gleden erlangs. Ze had minuten nodig om bij te komen. Toen bekeek ze haar gewonde been.

'Rauw vlees!' zei ze.

Het klonk zowel verschrikt als opgetogen.

Door de schok en de pijn was ze op slag gekalmeerd. Zwijgend leunde ze met haar voorhoofd tegen Jelmers borst.

'Eindelijk sta ik weer met mijn voeten op de grond,' zei ze.

'Was het zo erg?'

Ze zweeg.

'Het is nog elk uur anders tussen ons,' zei ze toen.

'Voor mij niet,' antwoordde hij, pogend haar gerust te stellen, en ook zichzelf.

In het boothuis was het licht gedempt. De wind was er buitengesloten. Het water likte met kleine spitse tongen aan de rompen van de salonboot en de boeier die er lagen afgemeerd. Er hing een vage geur van dieselolie. Stofdeeltjes dwarrelden in het licht dat door de kieren in messcherpe bundels naar binnen drong. Hun ogen moesten aan het licht wennen.

'Lekker is het hier,' zei ze, 'met die wind buiten die overal aan morrelt.'

Jelmer trok zijn zeilpak uit.

Lin leunde tegen de wand, houtwerk drukkend in haar nog vochtige billen, en snoof de geur van dieselolie op. Haar been schrijnde, de knie werd stijf, maar een steeds grotere rust maakte zich van haar meester. Ze nam zijn hand en bracht hem tussen haar koele dijen, en zelf schoof ze een hand in zijn broek. Ze dacht aan de stille ochtendlijke badkamer waar ze zo met Henri had gestaan en ze verjoeg de herinnering.

Jelmer aarzelde.

Hij vond het onaangenaam om te vrijen wanneer zijn ouders in de buurt waren, nog onaangenamer nu het alleen zijn moeder was – wier bootschoenen hij kon zien staan. Maar hij kon geen weerstand bieden aan haar lieve lippen, haar schuchtere ogen.

Toen het avond werd, keek ze naar Jelmer die de zeilboot op zijn kant had getrokken en de onderzijde van de romp schoonmaakte. De wind was gaan liggen. In de avondstilte hoorde ze het schuren en bonken van de borstel op de romp. In Birdaard klonk op avonden als deze ook elk geluid: hoe in het dorp een auto over de brug reed, de planken van de brug ratelend onder zijn wielen, een vogel die opvloog uit het riet en het brak, stemmen, een deur die dichtsloeg – alle geluiden kwamen helder en afzonderlijk naar haar toe, zoals nu de geluiden van de borstel op de romp van de zeilboot.

In de moestuin trof ze Hedda aan, hurkend bij een van de bedden, waar ze kruiden plukte voor de salade. De waterdruppels van de sproeier tikten op de bladeren van de planten. Het rook er fris.

'Geniet je?' vroeg Hedda.

'Ja.'

'Gaat het met je been? Ik schaam me nog steeds.'

'Het was mijn eigen schuld.'

'Omdat er al jaren zo weinig gezeild wordt met die boot, is er niet op de steiger gelet. Maar maandag komt de timmerman, ik heb hem net gebeld.'

Lin bleef staan en begon over de moestuin te praten. Ze genoot werkelijk. Zoals de wind was gaan liggen, zo was ook haar onrust tot bedaren gekomen. Nog steeds voelde ze het effect van de schok en de vlammende pijn die door haar hele lichaam was geslagen toen ze door het rotte hout van de steiger zakte. Het was of ze vers bloed had gekregen.

Hedda toonde haar de moestuin. Sommige planten herinnerde ze zich uit de tuin van haar vader. Door de nabijheid van het water, de rietkragen, de geluiden van watervogels werd de herinnering aan de moestuin aan de Ee nog versterkt. Voor het eerst vroeg ze zich af of de plek nog bestond en of ze hem ooit zou terugzien.

'Kijk, Lin.'

Hedda wees haar iets aan. Het was de eerste keer dat ze de naam van het meisje uitsprak. Lin registreerde het verheugd, het veroorzaakte een trilling in haar innerlijk. Meteen wilde ze haar naam nog eens horen, uit de mond van deze vrouw. Ze volgde Hedda door de tuin. Nu de zon was ondergegaan straalden alle planten. In het warme en zachte avondlicht leek het of ze zelf lichtgevend waren.

In de keuken hielp ze bij de voorbereidingen voor de maaltijd. Van de weerstand die deze prachtig ingerichte en gerieflijke keuken bij eerste aanblik had opgeroepen, bespeurde ze niets meer. Het kelderluik in de vloer fascineerde haar. Toen het openging, was ze er als de kippen bij en liep mee langs de stenen traptreden om in de kelder nogmaals de gemetselde gewelven te zien, de bestofte wijnflessen, de glazen weckpotten, de donkerrode geglazuurde tegels op de vloer, en ze liet zich twee van die kleine harde zure appeltjes toestoppen waar ze zo van hield. Over de cello en Hedda's muziekleven durfde ze niets te vragen.

Ze aten op het terras achter het huis, onder een grote witte parasol. Toen het al begon te schemeren hoorden ze een auto naderen, het pad naar de garage oprijden, een motor die afgezet werd, een portier dat open- en dichtging. Lin bloosde toen ze voetstappen op het pad hoorde en strekte haar hand uit naar haar wijnglas – dat leeg was.

Pieter Halbertsma was een lange man van tegen de zestig met een dikke dos witte haren. Hij droeg een bril met kleine ronde glazen. Zijn kostuum hing los om zijn tanige lichaam. Hij had hetzelfde lijf als Jelmer en dezelfde gereserveerdheid. Hij maakte een rustige indruk. Lin had zich een luidruchtige man voorgesteld, die meteen alles en iedereen overheerste, en het verbaasde haar dat dit iemand was die een groot bedrijf leidde en wereldwijd zaken deed. Maar toen hij haar een hand gaf en een paar vriendelijke woorden sprak, aandacht afdwingend met zijn zachte stem, zag ze iets heel geroutineerds in hem oplichten – het was of ze het nabeeld zag van degene die hij de hele dag beroepshalve was geweest.

Toen aldus de heer des huizes was thuisgekomen, had ze het wonderlijke gevoel dat ze compleet waren. Ze zaten tot na middernacht te praten. Nu en dan hief Hedda plotseling een vinger op, hen tot stilte manend, en luisterden ze naar de roep van de uilen.

Halverwege de zondagmiddag liet Lin zich van de motorboot in het water glijden en ze zwom de plas op. Het water was ondiep. Steeds waakte ze ervoor met haar voeten de bodem niet te raken. Als kind was ze bang geweest voor de modder op de bodem van deze veenplassen, de dikke laag afgestorven plantenresten, en het meest voor de harde delen daarin, boomtakken, die in haar verbeelding de beenderen van een koe waren – omdat haar vader eens gezegd had dat in de Ee overal de geraamtes van verdronken koeien lagen. Steeds als ze onder water iets raakte of zelfs maar meende te raken, trok ze haastig haar voet op.

Ze herkende de geur en de uitzonderlijke zachtheid van het water, dat anders dan welk water ook door haar vingers gleed. Uit het riet en de moerassige bosjes erachter voerde de wind een vage geur van rotting aan. Dichtbij zweefden libelles boven het water, het zwart en blauw van hun lijfjes glinsterend in het felle middaglicht, hun vleugels deden haar denken aan tule. Uit de verte kwam het geluid van spelende kinderen, die steeds opnieuw een aanloop namen en van een steigertje in het water plonsden.

Ze keek om naar de motorboot, die met zijn boeg in het riet lag. Jelmer liet zich juist in het water glijden. Al zijn bewegingen raakten haar. Ze kon niet meer naar hem kijken zonder verrukking te voelen, de grootste tederheid. Net als zij zwom hij met een langzame, haast geruisloze schoolslag de plas op. Toen hij bij haar was gekomen, ging hij staan. Gasbellen stegen langs zijn lichaam omhoog en ploften aan de oppervlakte. Om de bodem niet te hoeven raken sloeg ze haar benen om zijn middel, haar linkerknie met moeite buigend, haar armen om zijn hals. Ze wist niets te zeggen. Nu was ze bij hem.

'Je bent mijn lief,' zei ze, haar stem dempend, alsof ze ook hier zijn slapende vader en moeder nog zou kunnen wekken.

Jelmer had de sensatie van een déjà vu: dat hij eerder hier had gestaan, in zo'n veenplas, zijn voeten in de zachte modder, een vrouw zo om zich heen, en op afstand de boot van zijn ouders, met zijn boeg het riet splijtend, libelles vlakbij, in de verte het geluid van kinderen, joelende kinderen die in het water plonsden, precies zoals hij het nu hoorde.

# Deel vier

# I

## EEN FOTO

Op een avond in juli liepen ze De Jaren binnen. Ze waren die dag twee jaar bij elkaar en zouden het gaan vieren. Jelmer was in een uitgelaten stemming. Bij het oversteken van het Rokin had hij haar op de brug voor Hotel de L'Europe zien staan en opnieuw de betovering gevoeld. Hij was getroffen door de manier waarop ze daar stond: roerloos, nadat ze even had gezwaaid, en verlegen omdat hij naderde. Hij had haar mooi gevonden en was er verbaasd over geweest dat hij zo'n mooie vrouw had kunnen krijgen.

Hij genoot ervan om met haar het grand café binnen te gaan. In de hal schraapte een van haar hakken over de tegelvloer, en dit geluid wond hem op. Graag had hij de glazen deuren willen openzwiepen, maar ze stonden al open, vanwege de warmte. Geroezemoes kwam hun tegemoet, er stonden en zaten honderden mensen in de hoge cafézaal. Er waren dagen waarop hij weerzin voelde bij het zien van een dergelijke drukte, maar die dag was hij gretig en verlangde hij ernaar om in die menigte te zijn. Hij schoof tussen de gebruinde gezichten en blote schouders door om meteen twee glazen bier te bestellen. Lin volgde hem en bleef staan toen ze bij de bar gekomen was.

'Hé Lin!'

Van schrik keek ze eerst de verkeerde kant op. Toen voelde ze een hand op haar onderarm, wendde haar hoofd en zag Alex Wüstge, die haar lachend en met een gespeeld terugdeinzen aankeek.

'Ken je me nog?'

Uiterlijk was hij niet veranderd, hoogstens wat zwaarder geworden. En nog steeds diezelfde, bijna onophoudelijke glimlach die zijn gezicht deed glimmen en je het gevoel gaf dat hij zich doodongelukkig voelde.

'Hé Alex.'

'O, gelukkig, je weet het nog.'

De man liet zich van zijn kruk glijden. Licht achteroverhellend maakte Lin de rituele beweging met haar hoofd, hem driemaal een wang voorhoudend om zijn zoenen in ontvangst te nemen. Terwijl ze gekust werd, keek ze vanuit haar ooghoeken naar Jelmer, die met zijn rug naar haar toe stond, wachtend op het bestelde bier.

'Dat is lang geleden, zeg. Hoe gaat het? Wat doe je tegenwoordig?' vroeg Alex, terwijl hij haar met een schuwe blik van top tot teen opnam. 'Wat zie je er goed uit trouwens.'

'O, dank je.'

Ze droeg een pakje van donkerrode zijde, mat glanzend, met iets donkergeels erin: een broek, een topje dat haar schouders bloot liet en een jasje dat ze had uitgetrokken en over haar arm droeg. Ze had het zelf gemaakt. Ze had er de hooggehakte schoenen met gele en zwarte bandjes bij aangetrokken, die ze gedragen had op de avond waarop ze Jelmer had leren kennen.

'Ik werk op een kostuumatelier.'

'Hé, dat is leuk. Voor films en zo?'

'Ja.'

De fotograaf boezemde haar angst in, omdat hij met zijn verschijning Henri in haar opriep en plotseling weer dichtbij bracht. Zat hij hier misschien zelfs op Henri te wachten? Al pratend probeerde ze haar angst de kop in te drukken. Ondertussen kon ze vaststellen dat Alex behoorlijk aangeschoten was en kreeg ze het gevoel dat hij hier alléén was en niet op iemand wachtte.

'Daar komt het bier,' zei Alex.

Jelmer voegde zich bij hen met twee glazen bier. Hij stelde zich voor, licht buigend om de naam van de fotograaf te kunnen verstaan. Meteen daarna keek hij naar Lin om te zien wat de bedoeling was. Ze deed precies datgene wat ze niet wilde.

'Als jij alvast een plaats zoekt op het terras,' zei ze, 'dan kom ik zo.'

'Heel goed.'

Met een hoofdknik nam hij afscheid en verwijderde zich.

'Dat is een welgemanierde man,' zei Alex langzaam en nadrukkelijk, terwijl hij hem nakeek.

'Vind je?'

'Ja. Welgemanierd. Ik hou daarvan.'

Ze zwegen. Lin vond het onbegrijpelijk wat ze gedaan had en opnieuw voelde ze angst. Het zwijgen duurde. Ten slotte boog de fotograaf zich vanaf zijn barkruk naar haar toe – in een flits zag ze zijn hangende oogleden – en bracht zijn mond vlak bij haar oor en loshangende haren, alsof hij zich alleen zo verstaanbaar kon maken in het stemmengedruis van het café.

'Wees maar niet bang,' zei hij zacht, 'ik ben op je gesteld.'

'O, gelukkig.'

'Sterker nog, ik bewonder je, ik ben altijd onder de indruk geweest van je verschijning. Misschien wel te veel, ja, misschien wel te veel!'

Ze glimlachte en klopte hem op zijn schouder, toegeeflijk. Alex leegde zijn glas. Weer boog hij zich naar haar toe, met die hangende oogleden, zijn mond vlak bij haar oor brengend, zijn neus bijna in haar haar.

'Jij wilt iets over Henri weten.'

'Ik wilde even een praatje met jóu maken.'

'Jij wilt iets over Henri weten, meid, doe niet zo moeilijk.'

Hij richtte zich op, nogal moeizaam, licht zwaaiend. Het was of de dronkenschap hem plotseling overweldigde, of hij zichzelf plotseling ook *toestond* om dronken te zijn.

'Hoe is het met jou, Alex?'

'Met mij?'

'Ja, met jou.'

'Zo op het oog steeds beter, maar eigenlijk steeds slechter. Hoe zal ik het zeggen? Naarmate ik hogerop kom in de maatschappij of naarmate ik er dieper in raak, gaat het steeds slechter met me. Zoiets. Ach, ik weet het niet. Misschien is het niks anders dan het ouder worden. Ik loop tegen de veertig en ik ben gewoon een *crook* geworden.'

'Een *crook*?'

'Een *crook* is een oplichter!'

'Wat een bekentenissen, Alex.'

'Ik zeg het omdat ik op je gesteld ben, omdat ik je één keer echt iets wil zeggen, over mezelf dan, begrijp je?'

'Zie je Henri nog?'

'Steeds minder. Dat is het verhaal van de teloorgang van een vriendschap. We zijn samen opgegroeid, dat weet je. Henri kon bij ons terecht als zijn vader te erg werd. Ik weet niet of je weet hoe erg zijn vader kon zijn, of Henri je dat verteld heeft.'

'Zo'n beetje.'

'Die vent mishandelde hem. Dat heeft jarenlang geduurd. Henri probeerde het te verdragen en zweeg erover. Maar soms werd het te gek, en dan zat hij een paar dagen bij ons. Ten slotte is hij weggelopen en aan zijn beroemde zwerftocht begonnen. Nou, dat weet je. Toen hij na vier jaar terugkwam, was ik de eerste bekende die hij tegenkwam in de stad. Hij was zo mager. Angstaanjagend mager. Afijn, ik heb hem opgevangen. We hebben een paar jaar in hetzelfde huis gewoond. Maar we zijn uit elkaar gegroeid. Hij is onuitstaanbaar geworden: alles draait om hem, dat hij zo geweldig is. Je kan nergens meer met hem over praten. Alles wat hij vertelt, dient uiteindelijk alleen maar om te laten zien hoe geweldig hij is. Over jou heeft hij geen woord meer gezegd nadat je vertrokken was, helemaal niets. Daar heeft hij dan plezier in: om er niets over te zeggen, om te doen alsof je er nooit bent geweest. Terwijl jij het beste bent dat hem is overkomen.'

Lin zweeg. Ze was nog steeds bang, ze wilde weg uit deze dronkenmansomhelzing. Alex keek haar aan.

'Maar het gaat ook goed met je, begrijp ik.'

'Met mijn werk, ja. Eindelijk gebeurt er iets met mijn werk.' Hij rommelde wat in een plastic tas met boeken, die voor hem op de bar lag, en haalde er een kaart uit. 'Kijk. De opening is al geweest, maar de tentoonstelling loopt nog twee maanden.'

Hij gaf haar een foto ter grootte van een ansichtkaart. Op de achterzijde was de tekst van een uitnodiging gedrukt en werd een tentoonstelling van zijn werk aangekondigd. Lin wierp er een blik op.

De foto was op het een of andere feest genomen, leek het. Ze zag een vrouw, op de rug, een vrouw met dik ravenzwart haar in een donkerblauwe jurk. Ze stond in een hoek van een kamer, haar lichaam wierp een schaduw op de muur. Om haar middel lag de naakte en gespierde arm van een man, die voor het overige achter haar schuilging. De man had haar stijf tegen zich aan gedrukt, en ze had haar blote armen om zijn schouders gelegd.

'Ik ga ernaar kijken.'

Lin wilde de foto al in haar tas stoppen, toen Alex Wüstge zich nog eens naar haar vooroverboog en met een vingertop op de foto tikte.

'Die arm,' zei hij, 'dat is de arm van Henri.'

Nadat ze zich van de fotograaf had losgemaakt, liep ze de trappen af naar de toiletten. Ze waste haar handen en bracht haar lipstick opnieuw op. Deze bezigheden, het geluid van stemmen, van waterstralen die bruisend in de wasbakken spoten, kalmeerden haar. De opwinding vloeide weg. Hoe kon ze zo geschrokken zijn?

Ze trok de foto uit haar tas en bekeek hem. Nu ze wist van wie hij was, herkende ze pas die arm, vooral de bouw van de hand, de duim, die goed zichtbaar was, en de brede nagel van de duim. De vrouw met de zwarte haardos kende ze niet, de kamer evenmin. Haar jurk was aan de rugzijde laag uitgesneden en zou dat aan de voorzijde ook wel zijn. Henri droeg een T-shirt zonder mouwen, want zijn arm, bijna tot aan de oksel zichtbaar, was naakt. Het moest na middernacht zijn, het uur van de roes. Tilde hij de vrouw op? De spieren van zijn onder- en bovenarm waren gespannen. Ja, ze werd opgetild, tegen hem aan gedrukt, en haar haren maakten een zwiepende beweging, ze waaierden uit. Henri's gezicht bevond zich ter hoogte van haar borsten. Ongetwijfeld voelde hij onder zijn wang of zijn lippen haar bezwete vlees.

Woedend vouwde ze de foto dubbel en nog eens dubbel. Met genoegen zag ze er barsten in springen, in het blauw van die jurk en de rug van die vrouw, dwars door zijn arm, en met genoegen liet ze de foto verdwijnen tussen de verpropte tissues in de afvalbak.

Terwijl ze de trap op liep, keek ze naar haar schoenen die ze voor Jelmer had aangetrokken, naar de donkerrode zijde waar hij zo van hield, en schaamde zich. Toen ze hem op het terras zag zitten, op de bank onder het hoog opgeschoten bamboe, herinnerde ze zich het gevoel waarmee ze het café was binnengekomen. Naast hem was een lege plek. Hij keek op uit zijn krant. Ze glimlachte toen ze tussen de tafeltjes door naar hem toe liep, van verlegenheid wiegend met haar heupen.

Jelmer was geïrriteerd. Hij zat al twintig minuten te wachten. Nog groter werd zijn ergernis toen hij haar aanstellerig heupwiegend zag naderen – wat was er nu weer in haar gevaren? – en ze bruusk naast hem neerplofte. Haar bruuskheid had altijd iets dwingends.

'Sorry,' zei ze.

'Geeft echt niet,' antwoordde hij ironisch, wetend dat ze daar niet tegen kon.

'Nogmaals sorry.'

'Geeft niet, zeg ik toch?'

'Het was iemand die ik vroeger kende en die me plotseling moest vertellen hoe verliefd hij op me was geweest.'

'En jij kon er maar niet genoeg van krijgen om dat te horen.'

'Ik kan dat toch niet zomaar afbreken!'

Ze zwegen.

'Laten we ergens anders heen gaan,' stelde ze voor, 'dan raken we het wel kwijt.'

Abrupt stonden ze. Er werden blikken op hen geworpen. Achter elkaar liepen ze door de cafézaal. Vanuit haar ooghoeken stelde Lin vast dat de fotograaf vertrokken was. Daar had ze gestaan, dáár, en achter haar lagen de trappen naar de toiletten, en daar beneden stond de papierbak en erin, tussen de proppen papier, steeds dieper weg-zakkend, al onzichtbaar geworden, lag de verscheurde foto. Jelmer liet haar voorgaan bij de uitgang. In de draai naar de straat zag ze hoe hij een blik wierp op zijn nieuwe schoenen.

Ze liepen snel, niet echt naast elkaar.

'Hier verandert het al,' zei ze.

'Jammer.'

'Hoezo jammer?'

'Ruzie is lekker.'

'Vind je dat echt?'

'Het pept je op.'

'Wil je dat we meer ruzie maken?'

'Ik maak maar een grap.'

Jelmer zei niets meer. Hij hield ervan om haar in verwarring te brengen. Ze naderden de brug voor Hotel de L'Europe. In de drukte op de brug hield Lin hem staande.

'We beginnen gewoon opnieuw,' zei ze. Ze ging op de plek staan waar hij haar had gezien toen hij het Rokin overstak. 'Ik stond hier, en dan kwam jij aanlopen en je had er ontzettend veel zin in.' Ze lachte. 'Kom op, je had er ontzéttend veel zin in.' Jelmer bleef staan, nog wrokkend. 'Toe dan.'

Hij omhelsde haar.

'Vergeven en vergeten?' vroeg ze.

'Het moet nog even wegzakken. Dat je twintig minuten met zo'n dronken lor gaat staan praten.'

'Hij moest zijn hart even luchten, liefje. Waar gaan we heen?'

Aan de rand van het dorp stapten ze op hun fietsen, die ze op het imperiaal van de Volvo hadden meegenomen. In de duinen hing een diepe stilte. Het begon avond te worden. In de bossen viel het licht van de dalende zon in bundels tussen de stammen door, in de open stukken wierpen de struiken lange schaduwen. Het zou nog een paar uur licht zijn.

Jelmer hield er rekening mee dat zij zou willen blijven tot het donker geworden was, dat ze in het donker zou willen zwemmen, om te zien bijvoorbeeld of de zee ook fluoresceerde, en dat ze dan zou voorstellen, omdat het toch al zo laat was, om de nacht door te brengen op het strand bij een vuur – ze wilde immers altijd 'buiten' zijn. Hij had twee opgerolde slaapmatten bij zich, truien, een stuk plastic, dat op stokken kon worden gezet, en alles wat er nodig was om makkelijk een vuur te stoken.

Een avontuurtje in Nederland: buiten slapen. Hij vroeg zich af of het niet al bij wet verboden zou zijn. Zoals je een prijsgevoel had en meestal wel zo ongeveer wist wat iets zou kosten, zo had je ook een gevoel over wat er in dit propvolle land allemaal verboden zou zijn of aan regelgeving onderworpen. Tegenwoordig mocht je in Amsterdam niet meer op straat pissen. Wildplassen, werd het genoemd. Had de wetgever zich hier een ironische aanduiding van een strafbaar feit veroorloofd? Waarschijnlijk was het woord in alle ernst bedacht, om niet te zeggen: ontworpen. Een ongelooflijke vondst. Maar in het wild slapen, op het strand, aan zee, de ontembare zee – mocht dat nog? Het zou inmiddels wel verboden zijn. Waarom eigenlijk? Nee, zo zat het niet. Slapen op het strand was toegestaan, want dat was immers de openbare ruimte, waar men zich vierentwintig uur per dag vrij kon bewegen en dus ook in liggende houding kon ophouden, eventueel met zijn ogen dicht, maar verboden was het natuurlijk om er een tent op te zetten, zelfs als er niet in werd geslapen.

'Wat denk jij allemaal?'

Aan haar stem kon hij horen dat ze genoot.

'Dat kan ik niet zeggen, want dan verklap ik te veel.'

'O.'

Ze deed er weer het zwijgen toe. Nu en dan koesterde hij haar met zijn ogen. Soms wendde ze glimlachend haar gezicht naar hem toe, dan zag hij zichzelf weerspiegeld in de glazen van haar zonnebril. Hij was gelukkig. Naar haar lichaam keek hij nog met een bezittende blik. In de badkamer was ze door haar knieën gezakt om zich 'van onderen' te wassen. Hij had het in het voorbijgaan gezien, en het geluk had hem getroffen. Hij was diep in haar geweest. Hij had tegen dat kleine ronde mondje gestoten.

Ze zetten hun fietsen tegen een hek. Beladen met bagage liepen ze een pad op dat achter langs de buitenste duinen voerde, na enige tijd verdwenen ze in het struikgewas, gleden onder prikkeldraad door en begonnen te klimmen. Halverwege de helling, toen ze de laatste struiken achter zich hadden gelaten, stond Lin opeens stil.

'Nu weet ik het,' zei ze, bijna schuldbewust, alsof ze hem tot het laatst zijn geheim had moeten laten. 'Zal ik het zeggen?'

Jelmer zei niets en glimlachte.

'Of mag ik het niet zeggen?'

Hij begon te lachen.

'Dan ga ik het zeggen.'

'Natuurlijk.'

'We gaan op de piramide zitten.'

Zonder zijn antwoord af te wachten zette ze haar bagage neer om hem te kussen. Terwijl ze nog tegen hem aan stond, draaide ze haar hoofd en verkende met haar blik de duinrichel daarboven, haar ogen dichtknijpend tegen de zon. Het leek of het licht aan de andere kant van het duin heller was.

'Laten we niet op de top gaan zitten,' stelde ze voor.

'Waarom niet?'

'Laten we vlak onder de top gaan zitten, zodat we hem nog kunnen zien, dat is mooier.'

'Wat je maar wilt.'

'Het is altijd beter om er vlakbij te zijn dan erop,' zei ze.

Het klonk enigszins raadselachtig. Maar inmiddels was hij zo vertrouwd geraakt met haar manier van spreken dat hij deze slordig geformuleerde maxime wel begreep, zo ongeveer dan. Ze nam haar bagage weer op en begon het laatste deel van de steilte te beklimmen, haar voeten wegzakkend in het rulle zand.

Op de rug van het duin vonden ze een plek die geschikt was om er te zitten: een holte, omgeven door helmgras, van waaruit ze de zee konden zien, het strand en de ruige bult die zij altijd 'de piramide' noemde. De zee was kalm en blonk. Het breken van de kleine golven konden ze hierboven nauwelijks horen, af en toe steeg een zwak maar toch helder geruchт naar hen op. De wandelaars op het strand waren stippen.

Lin had een picknickmand neergezet. Dit was haar cadeau, voor hem, voor hen tweeën eigenlijk, het eerste gemeenschappelijke bezit. Een week geleden had ze hem gekocht en naar haar etage aan de Vrolikstraat gebracht, waar ze maar zelden meer kwam. De hele week had ze aan de mand gedacht. De mand, hoorde ze zichzelf verrukt mompelen, de mand! Tweemaal was ze na het werk naar haar oude woning geracet, onder het voorwendsel dat ze er nog wat spullen wilde ophalen, maar in feite om de picknickmand op bed te zetten, hem uit te pakken en weer in te pakken: de bordjes, de glazen, de kommetjes, het bestek, de servetten, de kurkentrekker, het peper-en-zoutstelletje en wat verder tot de uitrusting behoorde. Ze had er steeds nieuwe dingen bijgekocht: een tafelkleed, een knipmes, een minuscuul potje mosterd, twee stopflesjes met kurk voor olie en azijn, zo'n handige wijnkoeler, zelfs tandenstokers. En deze picknickmand met zijn gezellig krakende hengsels had haar doen beseffen dat ze niet zozeer verlangde naar het volmaakte als wel naar het complete. Volmaaktheid zei haar eigenlijk niets, het woord riep zelfs een zekere weerzin bij haar op. Waar het om ging was de compleetheid, dat alles wat je nodig had er was.

Ze kon niet anders dan zichzelf bespotten en uitlachen toen ze blozend van opwinding het tafelkleed, dat natuurlijk bovenop lag, uit de mand nam en uitspreidde op het zand. Het was een blauw met wit kleed, het blauw en wit van de huizen op Griekse eilanden. In de avondzon zag het er prachtig uit, schoon en nieuw, het lichtte op, het wit verhelderd door het blauw, het blauw door het wit. Ze stalde alles erop uit.

'Ik heb de kleintjes ook meegenomen,' zei ze.

'O ja.'

'Ze horen er gewoon bij, hoor.'

Ze haalde twee kleine poppetjes te voorschijn. Gewoonlijk zaten ze in een nis in de muur naast het bed, vlak bij haar hoofdkussen. Een jongen en een meisje waren het, met mutsjes op, en grappige gezichten. Ze brachten een klaaglijk geluid voort wanneer je in hun bovenlijf kneep. Namen hadden ze nog niet. Lin zette ze met hun rug tegen de mand, zodat ze alles wat er op het kleed stond konden zien.

'Dit is voor jou,' zei ze.

Jelmer kwam overeind uit de liggende houding waarin hij haar had gadegeslagen. Ze gaf hem twee grammofoonplaten. Hij trok het papier eraf en zag aan de hoezen meteen dat het platen uit de jaren zestig waren.

'O, geweldig!'

'Goed hè? Op de Noordermarkt.'

'Daar loop jij weer tegenaan.'

Het waren opnames van twee pianisten waar hij van hield – en hij had ze nog niet, hij kende ze zelfs niet. Jelmer haalde een doosje uit zijn borstzak.

'Dit is voor jou.'

In het doosje flonkerden twee gouden oorknoppen met een donkerrode steen. Lin bloosde heftig. Ze nam ze eruit en schoof ze meteen door de gaatjes in haar oorlellen. Enigszins angstig keek ze hem aan.

'Staan ze goed?'

'Alsof ze voor je gemaakt zijn.'

'Staan ze me echt goed?'

Ze haalde een spiegeltje uit haar tas. Hij was trots op haar: de oorknoppen stonden haar heel mooi. Hij had ze in een etalage zien liggen, op zwart fluweel – op zich al een haast miraculeuze gebeurtenis voor hem, want hij keek nooit in de etalage van een juwelier – en vijf minuten later had hij ze gekocht. Hij begon haar te kennen. Het kleed dat ze zoëven op het zand had uitgespreid had hij onmiddellijk herkend als een typisch Lin-kleed: helder door het blauw en wit, en bedrukt met een robuust patroon van oervormen uit de zee.

Onder het eten vertelde hij over de mezzosopraan die hij die middag in het Concertgebouw had gehoord.

Hij had een nieuwe baan. Tot veler verbazing had hij ontslag genomen bij het advocatenkantoor waar hij het zo goed deed en over een paar jaar voor de maatschap zou zijn gevraagd. Hij had het aanbod van een vriend van zijn moeder aangenomen en was voor diens impresariaat gaan werken: hij zou de carrières van een aantal jonge musici begeleiden, terwijl zijn baas doorging met de oudere garde. Hij deed het goed. Na zes maanden bestond er geen twijfel meer over zijn geschiktheid. Hij had van jongs af aan musici gekend en meegemaakt, hij had een goed oor en de nodige kennis van muziek, hij bezat tact en was attent, bovendien was hij een geslepen jurist die alles van contracten wist.

Die middag had hij bij een masterclass in de Kleine Zaal gezeten om een aantal jonge zangeressen te beluisteren. Hij had er onderuitgezakt gezeten, een arm over de lege stoel naast hem, een van zijn mooie nieuwe schoenen op zijn knie, glanzend in het halfdonker – helemaal het heertje. Op de rand van zelfgenoegzaamheid, of zelfs al over die rand. Een van de zes stemmen was werkelijk goed: een mezzosopraan van zevenentwintig, met de schouders van een zwemkampioene, die een aria zong uit Tsjaikovsky's *Schoppenvrouw*. Opeens hield hij op met denken en werd in de muziek getrokken. Ook om zich heen, in de zaal, meende hij het te voelen: een verhoogde aandacht. Het meisje had een echte operastem: groot, met iets metaligs erin, dat de klank bijzonder maakte. Het was een stem die ontroerde, hetgeen hem temeer trof omdat haar vijf voorgangsters het met al hun talent en ijver niet hadden gekund. Plotseling stond daar iemand die het durfde en het kon. De hele aria zong ze zonder zich te bewegen.

Nadat hij deze stem had gehoord, zat hij met tranen in zijn ogen.

Opeens besefte hij hoezeer zijn leven veranderd was. Hij had Lin gevonden, en iedereen zag meteen een paar in hen. Hij had zich aan zijn vaders macht onttrokken door weg te gaan bij het advocatenkantoor. En hij was iemand tegengekomen die hem naar precies de juiste plek had gebracht, een baan die hem op het lijf geschreven was. Zoals de stem van de mezzo in hem was gaan kolken, zo had Lin vaart in zijn leven gebracht.

Hij was de zaal uit gelopen. Even later stond hij te praten met de mezzo, in een gang, bij een raam. Pas toen hij haar sprak drong het tot hem door dat deze vrouw iets van Lin had: eenzelfde soort stevig, oervrouwelijk lichaam, dezelfde brede schouders, en in haar reacties diezelfde puntigheid, diezelfde argeloze directheid. Net als Lin riep ze een neiging tot onderschatting in hem op: omdat ze zo open was, dacht je al gauw dat daar niets meer achter zat: een binnenwereld waarin ze dingen voor zichzelf hield, een bedoeling, een wil. Hij verkeerde nog in een roes. Misschien was hij niet zakelijk genoeg geweest. Het had hem niets kunnen schelen wat voor indruk hij had gemaakt. Het was een gemakkelijk en snel gesprek geweest. Ze wist nu in elk geval dat hij er was. Tijdens het gesprek was hij naar Lin gaan verlangen.

Op het duin, in de stilte van de avond, vertelde hij over de mezzo en de indruk die haar stem op hem had gemaakt, met weglating van alles wat Lins jaloezie zou kunnen opwekken.

'Op ons,' zei hij, zijn glas heffend.

Haar gezicht had een dromerige uitdrukking, in overeenstemming met het avondlijke landschap, de grote kalmte. Achter haar hoofd en schouders bogen de helmsprieten in de lichte wind, die was opgestoken. Een vliegtuig trok een witte streep hoog in de blauwe lucht, de romp blinkend, nog beschenen door de zon. Van het strand kwam heel zwak het geluid van paardenhoeven, kletsend op het natte ebstrand.

Ze dachten terug aan die eerste dag. Zij herinnerde zich veel meer dan hij. Hoe hij gekeken had toen ze binnenkwam met die wel erg groot uitgevallen bos rabarber, dat hij er haast van geschrokken was (onzin, vond Jelmer), hoe lang het geduurd had voordat ze elkaar aan durfden raken, na die valse start op het strand – toen hij haar omhelsd had terwijl ze zich stond af te drogen, nog nat en koud en nahijgend. Allerlei zinnetjes herinnerde zij zich. Kleine, veelbetekenende zinnetjes. Hoe hij gekeken had toen ze over het prikkeldraad van het vogelreservaat was gestapt, wat hij had gezegd. In de auto op de parkeerplaats had hij haar hand gepakt en waren ze gaan zoenen.

'Terwijl we daarmee bezig waren,' zei Jelmer, 'liepen er een paar kinderen langs de auto en begon er eentje met zijn schep over het asfalt te schrapen.'

'O, daar heb ik niet op gelet.'

'Ik ben waakzaam.'

Maar daarna had het weer zo lang geduurd. In zijn huis had ze gedoucht, nogal langdurig, maar hij was niet binnen komen lopen. Ze had haar handdoek laten hangen, herinnerde Jelmer zich. 'O,' zei ze, 'dat was je wel opgevallen.' In de keuken, terwijl zij met de rabarber bezig was, had hij zo naar haar staan kijken dat ze haast door haar knieën was gezakt. Aan het eind van de avond had ze het gevoel dat er iets scheef was gelopen, dat ze maar naar huis moest gaan, tot hij zijn hand over tafel had gestoken.

'Dat klinkt allemaal haast beschuldigend,' zei Jelmer, 'alsof je je de hele dag alleen maar afgewezen voelde of daar bang voor was.'

'Daar was ik ook bang voor.'

Ze zweeg. Toen pakte ze, over het kleed heen reikend, zijn wijsvinger en omklemde die met haar warme hand.

In de loop van de avond werd Lin afwezig. De ontmoeting met Alex Wüstge bleef in haar hangen. Ze voelde zich erdoor verstoord. Sterker nog was de herinnering aan de foto van Henri's arm, die ze had verscheurd en weggegooid. Ze deed haar best, ze probeerde zich te richten op het gesprek, maar er vielen steeds grotere gaten in haar aandacht.

Nadat de zon dik en rood achter de horizon was verdwenen, stond ze op het punt om te zeggen: Henri vertelde me eens dat je op zee na zonsondergang soms een groenig licht boven de horizon ziet, het is een verschijnsel dat je alleen op zee kunt waarnemen. Maar ze slikte het in. Terwijl ze gewoonlijk vrijuit over Henri sprak – zij het dat haar verhaal over hem verre van volledig was en ze hem had voorgesteld als een man met wie ze 'even' wat had gehad. Opeens durfde ze zijn naam niet meer te noemen.

In de schemering viel ook Jelmer stil. Ze lagen op hun zij en keken naar de kleine wolken die uitzwermden langs de hemel, in allerlei tinten grijs, waarin soms nog wat rood was.

Jelmer wilde zwemmen. Zij ging mee. In het donker gleed ze omlaag langs de helling van het duin, het zand was nog warm. Aan de rand van de zee stond ze stil, en terwijl lauwe golfjes over haar voeten spoelden, wreef ze haar bovenarmen, huiverend. In zee hoorde ze het plonzen van Jelmers voeten, de klets waarmee zijn crawlende armen op het water neerkwamen. Ze zag het water opspatten, zilverig. Hij riep haar. In het donker klonk dat heel anders dan overdag, gedempt, het leek van verder weg te komen. Het was onaangenaam om zijn stem uit het donker te horen komen, terwijl zij hem niet kon zien.

In zee was ze bang, omdat het donker was. Het leek of er steeds iets langs haar streek, of het water vol zat met van die minuscule glibbervormpjes waaruit kwallen groeien. Het zand van de bodem voelde opeens zo ruw en grof aan haar voeten. Daar ben je, zei hij en tilde haar op. Toen ze haar benen om hem heen sloeg, schuurde de band van zijn zwembroek pijnlijk langs de binnenkant van haar dijen.

Ze pakten hun spullen, daalden het duin af en fietsten zwijgend terug naar het dorp. Jelmer was teleurgesteld. Hij had de nacht buiten willen doorbrengen, hij had zich erop verheugd op het duin tussen het helmgras te blijven liggen en nergens meer aan te denken, het zand te ruiken, de zee te horen, nu en dan de kreet van een uil die joeg boven de duinvalleien en zich in bezit te laten nemen door de grote kalmte van de nacht. Maar hij was eraan gewend geraakt dat hij met Lin zelden ergens zeker van kon zijn, dat een plan zelden zonder plotselinge wijzigingen werd uitgevoerd, dat er bijna altijd onvoorziene wendingen waren, ten goede of ten kwade. Het hield hem scherp. Zo probeerde hij het te zien: dat het hem scherp hield. Terwijl hij voor haar uit fietste – zij wilde alleen nog maar volgen, starend naar zijn rode achterlicht – rook hij de geur die opsteeg uit de duinen: een sterke geur van droog zand, droge struiken. Van tijd tot tijd keek hij even om en zag dat haar gezicht star stond.

Toen hij in de auto het contactsleuteltje vastpakte en wilde starten, viel hem iets in.

'Je moet ongesteld worden,' zei hij

'Rij nu maar.'

'Dat is het.'

'Man, dat heb ik toch net gehad?'

'Dat net is inmiddels alweer bijna vier weken geleden.'

'Ik zal het toch zelf wel het beste weten?'

'Ik zal het in mijn agenda nakijken, ik heb de laatste drie keer aangetekend.'

'Jij met je agenda! Ik heb jou niet nodig om mijn ongesteldheid te boekhouden!'

'Hou het dan zelf eens bij! Dat had ons inmiddels drieduizend ruzies gescheeld!'

'Jij vindt ruzie toch lekker?'

'Ja, lekker!'

Jelmer draaide zijn raam open en begon verwoed naar buiten te staren. Zij deed hetzelfde, alsof ze niets anders kon dan hem nabootsen.

Een kwartier later reed hij op de snelweg. Lin lag met haar hoofd op zijn schoot. Hij streelde haar haren, haar oor, haar adem streek over zijn been, hij zweette, de wind bulderde langs het open raam, het was nog druk op de weg, ondanks het late uur, hij leunde achterover, verzadigd, hij dacht aan de plekken waar hij die dag geweest was: de tuin met de geschoren buxushagen achter zijn kantoor waar hij had zitten telefoneren, de halfdonkere Kleine Zaal, een van die versleten stoelen daar, die gang met rood tapijt, het café, in zijn bed tussen haar dijen, op de top van een duin, in zee en nu hier in zijn auto met haar hoofd op zijn schoot. Het was of hij uit niets anders meer bestond dan deze warreling van indrukken, deze snelheid, deze veelheid.

In Amsterdam puilden de terrassen nog uit, het was na middernacht. Lin richtte zich op, slaperig, ging toen weer liggen en bleef liggen tot hij ergens geparkeerd had. Thuis keek hij in zijn agenda, telde de dagen en wist toen zeker dat het weer zover was.

Drie dagen later begon het bloeden, dat meestal opluchting bracht. Nu luchtte het haar niet op.

# II

## OUDE VRIENDEN

Het was of er een andere constellatie was ontstaan in de stad, of bepaalde onveranderlijk geachte verhoudingen zich hadden gewijzigd. Tweeënhalf jaar was ze Henri niet tegengekomen – nadat ze hem voor het laatst had gezien terwijl hij in zijn auto voor een stoplicht wachtte – en al die tijd had ze geleefd met de op niets gebaseerde maar blindelings aanvaarde gedachte dat het niet zou gebeuren: elkaar tegenkomen.

Sinds ze Alex Wüstge tegen het lijf was gelopen en zichzelf had toegestaan met hem te praten, was er iets veranderd. Plotseling waren er straten die zich met een vage dreiging voor haar openden en die ze daarom niet in reed. Eenmaal stapte ze halsoverkop uit een tram, omdat ze het gevoel kreeg dat er 'iets op haar af kwam'. Aan het werk in het atelier, gebogen over stoffen, de schetsjes van ontwerpers of bezig de maten te nemen van figuranten, leek het of Henri haar gadesloeg, of hij door een van de lichtkappen in het platte dak naar haar keek. Opeens begon ze hem weer in anderen te zien: iets in een gezicht, een oogopslag, een manier van lopen.

Dit is de laatste verwarring, dacht ze, het laatste restje verdriet. Ze verdrong haar veranderde gevoel over de stad en beschouwde al deze verschijnselen als het gevolg van een onaangename ontmoeting, de nawerking van een traag verdwijnend gif.

Op een dag zag ze het resultaat van een ondoorgrondelijke chemie. Ze had na het werk een uurtje met een vriendin in een café gezeten, ze was op weg naar huis en liep langs het gebouw van het kantongerecht aan de Prinsengracht, langs die strenge en eindeloos lange façade, toen ze in de verte een man zag naderen die haar aan Henri deed denken. Ze sloeg er geen acht op, totdat het tot haar doordrong dat hij het zelf was.

Ze kon rechtsomkeert maken, maar dat ging haar te ver, zo ongelooflijk laf kon ze niet zijn. Bovendien had de angst al een voorwaartse versnelling veroorzaakt: om hem maar zo snel mogelijk voorbij te zijn. Er waren geen voetgangers tussen haar en de man die steeds onmiskenbaarder Henri werd. Uit een verandering in zijn houding, voor ieder ander onzichtbaar, leidde ze af dat hij haar ook had opgemerkt.

Het trottoir was smal. Als ze elkaar niet rakelings wilden passeren zou een van hen moeten uitwijken naar de straat. Het was Lin die deze beweging begon uit te voeren, snel voortgaand, licht voorovergebogen, alsof ze zich ergens doorheen zou moeten boren. Toen ze zijn gezicht duidelijk kon zien, stapte ze van het trottoir. Er kwam haar geen auto achterop, maar zelfs als er wel een was aangekomen zou ze haar manoeuvre hebben uitgevoerd. Ze liep Henri tegemoet in een steeds sterker wijkende lijn. Het was of er naast de voorwaartse kracht ook een zijwaartse bezit van haar had genomen. Zoals een boot opzij wordt gezet door de stroom, zo schoof ze steeds verder van hem weg en liep ze, letterlijk, in een boog om hem heen.

Toen ze naast hem was gekomen, hoorde ze hem zeggen: 'Hé schat.'

Zijn stem klonk zacht. Ze keek op, alsof ze in gedachten was geweest.

'Hé.'

En voorbij was ze hem. Nog een halfhartig omkijken, een gedwongen glimlach – hij was blijven staan – en voort ging ze. Ze sloeg de Leidsestraat in en stond hijgend stil. Maar stilstaand besefte ze dat hij haar mogelijk achternagelopen was en haastig mengde ze zich onder de wandelaars in de drukke straat. Zonder omkijken ging ze voort. Ze sloeg de Lange Leidsedwarsstraat in, die ze bijna tot het eind moest uitlopen.

Toen ze de huisdeur achter zich had gesloten, brak het zweet haar uit. Ze wierp haar tas op de houten bank, waar allang geen dossiers en stropdassen meer lagen. Ze boog zich opzij om op straat te kijken. Geen Henri. Natuurlijk niet. De kamer leek haar een verwijt te maken. Ze keek naar de antieke sofa, naar het stilleven, een spiegel, een vaas met bloemen, en deze dingen leken haar buiten te sluiten, omdat ze Henri had gezien.

Pas in het badkamertje kon ze de schrik van zich afwerpen. Ze deed de deur op slot en keek door het kleine raam, net boven haar hoofd, naar de avondlucht en luisterde naar de vertrouwde geluiden: de koelkast in de keuken, de buren aan het eten op hun dakterras, stemmen in een tuin verderop, de stadsruis. Henri. Hij was er dus nog. Henri. Zevenendertig was hij nu, en nog steeds zoekende, zoals ze onmiddellijk aan hem had gezien. Ze nam een douche. Terwijl ze zich stond af te drogen, een voet optilde en op de rand van het bad zette, bekeek ze zichzelf in de spiegel boven de wasbak. Was ze mooier geworden sinds ze met Jelmer leefde? Iedereen zei dat ze was opgebloeid. Met haar handen in de handdoek tilde ze haar borsten op en bekeek ze. Ze schaamde zich voor wat ze deed en sloeg haar ogen neer, maar even later, toen ze een punt van de handdoek tussen haar dijen schoof, herinnerde ze zich Henri's hand, hoe hij hem op haar schaambeen legde, een vinger tussen haar lippen.

Nog urenlang was ze onrustig. Ze nam het zichzelf kwalijk dat ze was doorgelopen, terwijl hij was blijven staan. Ze dacht over de manier waarop hij haar had gegroet. Had er iets sarrends in zijn stem geklonken, had hij de spot met haar gedreven? Hij was blijven staan, zij was schielijk en lafhartig doorgelopen. Hij had moed getoond, zij alleen maar angst door als een kind in een boog om hem heen te lopen.

Jelmer kwam thuis. Ze was niet erg toeschietelijk. De hele avond bleef de ontmoeting met Henri in haar hangen.

Een week later stond ze in het Vondelpark. Het was een stille, grijze middag. Weinig mensen in het park. Er hing al iets herfstigs in de lucht. Een enkele hardloper draafde voorbij, hoorbaar hijgend. In de verte reed een tram over het viaduct in de Van Baerlestraat.

Nervositeit maakte haar afwezig. Ze herinnerde zich het Oosterpark, de avonden die ze er had doorgebracht, wachtend tot iemand haar zou aanspreken, tegelijkertijd alles in het werk stellend om dat te voorkomen. Hoe er eens een grote hond tegen haar benen was gebotst en hoe lang ze zich de stevigheid van zijn lijf was blijven herinneren. Op een warme avond in het voorjaar was ze er in het donker langs de hekken gelopen, nadat ze Henri voor het eerst had gezien, Henri met de ver opgerolde mouwen van zijn overhemd. Later, na hun eerste nacht, had ze hem daar lopen missen. Nu stond ze hier op hem te wachten, jaren later, in een ander park. Ze was ouder geworden.

Met een tissue veegde ze haar klamme gezicht af.

Plotseling zag ze Henri naderen. Ook al had ze hem verwacht, toch overrompelde haar zijn verschijning. Ze schrok van de kracht die hij uitstraalde. Hij was nog altijd – en waarom zou hij het opeens niet meer zijn? – een sterke kerel, de gedrongen verschijning waar ze van gehouden had, stevig op zijn benen, de licht gekromde benen die ze liefkozend zijn 'mooie poten' had genoemd. Terwijl hij op haar af kwam, stond ze roerloos. Hij had zich voor de gelegenheid gekleed: zwart pak, wit overhemd, glanzende lichtblauwe das, de knoop iets omlaaggetrokken, het bovenste knoopje van zijn overhemd los voor de vereiste nonchalance. Steentjes op het asfalt knersten onder zijn schoenen.

Henri omhelsde haar, dat wil zeggen: hij drukte zichzelf tegen haar aan. Zoals hij tegen haar aan stond, zonder iets te zeggen, had hij iets van een trouwe hond of van een kind dat zich schuldig voelt en zwijgend om vergeving vraagt. Lin had zich een voorzichtige, behoedzame begroeting voorgesteld: een vluchtige kus en dan afstand. Of iets aarzelends en onhandigs. Maar niet dit, een man die tegen haar aan kwam staan.

Henri was net zo overrompeld door wat hij deed als zij. Hij had haar zien staan. Hoe ze daar stond: verlegen, ondanks haar stevige postuur, verloren haast. Hij had een arm om haar middel geschoven, een tweede onder haar oksel door op haar rug. Het gaf hem een schok om haar lichaam te voelen, de welving van haar buik en borsten, een lichaam waarvan hij vervreemd was en dat hij toch herkende. Hij rook haar haren en een crème die ze destijds al gebruikte. Haar oorlellen werden gesierd door twee gouden oorknoppen die hij niet eerder had gezien. Hij snoof haar geur op. Toen hij los begon te laten en nog even zijn handen op haar heupen legde, de heupen die voor hem ooit het middelpunt van de wereld waren geweest, deinsde ze terug.

Henri had nooit meer over haar gesproken: uit woede, uit schaamte, om te sarren, om gevoelloos te lijken, maar ook omdat ze er voor hem nog altijd was. Nadat zij hem verschillende malen had afgewezen, had hij niets meer ondernomen. In een tunnel onder het Centraal Station waren ze elkaar nog eens tegen het lijf gelopen. Daarna niets meer. Hij koesterde geen hoop. Toch was ze in zijn gedachten gebleven.

Onder in zijn wasmand waren tweeënhalf jaar drie slipjes van haar blijven liggen (die hij vergeten was toen hij haar spullen pakte en ze naar een kluis in het Centraal Station had gebracht). Hij had een boek van haar bewaard. Een half champagneflesje, waarin ze eens haar parfum had gespoten; de geur was heel lang intact gebleven. Hij bewaarde de foto's die hij op een zaterdagochtend met een inderhaast gekochte wegwerpcamera had genomen: naakt lag ze op zijn bed, niet op haar gemak. Maar naar die foto's keek hij zelden. Het was een ander soort aanwezigheid die hij in stand wilde houden. Haar lichaam zoals hij het zich herínnerde (en niet zoals het op foto's was afgebeeld). Zijn mooiste ogenblikken met haar. Gewoontes die ze had in zijn huis. Dingen waar ze van hield. Haar stem, hoe ze praatte, hoe ze was.

Na een jaar had hij gemeend haar terug te zien – in een tijdschrift. Aan de leestafel in een café zat hij achteloos een tijdschrift door te bladeren, totdat hij op een advertentiepagina een foto tegenkwam van een op haar zij liggend meisje in bh en slip. Ze ondersteunde haar hoofd met haar hand en keek recht in de lens, een beetje bozig, donker. De foto gaf hem een schok. Hij dacht onmiddellijk aan Lin en meende haar te herkennen. Was zij het? Was dat mogelijk? Deed ze nu dit soort werk? Het gezicht van het meisje bracht hem aan het twijfelen, maar afgezien van het gezicht was het sprekend Lin. Omdat het lichaam van het meisje zo op het hare leek, begon hij haar ook meer en meer in het gezicht te zien: Lin, veranderd, in een stemming die hij niet van haar kende, onder invloed van een ánder, en hij raakte ervan overtuigd dat ze het werkelijk was. Hij wist uit ervaring dat ze enorme gedaantewisselingen kon ondergaan.

Dagenlang had hij de uit het tijdschrift gescheurde foto bij zich. Zodra hij er een blik op wierp, werd hij verteerd door jaloezie. De foto deed hem ineenkrimpen. De gedachte dat een ander haar nu zo zag en van haar genoot, en zij van hem, was onverdraaglijk. Na een paar dagen besefte hij wel dat ze het niet was: ze zou zich nooit voor zoiets lenen, zo'n porno-achtige foto. Hij had haar in dit meisje herkend omdat hij haar wilde zien, en staarde naar de foto omdat hij haar bij zich wilde hebben.

Het was weggeëbd, en daarna had de tijd zijn werk gedaan en veel uitgewist. De herinnering aan haar lichaam leek voorgoed verdwenen, hij kon het niet meer oproepen.

Maar nu, in het park, bleken die indrukken van haar lichaam toch ergens te zijn opgeslagen, alsof ze in het donker van zijn geheugen hadden overleefd, want hij herkende het meteen. En het waren niet alleen zijn vingers en handpalmen die haar lichaam herkenden, maar ook zijn borst leek zich haar te herinneren, precies hoe het was om tegen haar aan te staan, en zijn lippen die haar wang raakten en met verbijsterende exactheid de bolling en zachtheid van die wang herkenden.

'Goed idee van jou,' zei hij toen hij haar had losgelaten, 'om elkaar weer eens te zien.'

Het klonk ironisch. Zwijgend liepen ze naast elkaar. Henri wilde haar aanraken, hij hunkerde ernaar om de omhelzing voort te zetten, om door te gaan met het terugvinden van haar lichaam. Hij was zo bedwelmd door de indruk die ze op hem maakte, dat hij er niet toe kwam om iets te zeggen. Onbewust greep hij ook naar zijn veel gebruikte machtsmiddel: zwijgen, drukkend zwijgen, totdat de ander het niet langer uithield.

Lin kon niet naar hem kijken. Terwijl ze naast hem liep en zijn stappen hoorde, haatte ze hem. Alles aan hem stond haar tegen: dat zuigende zwijgen van hem, hoe hij zich gekleed had, hoe hij liep, de zijkant van zijn gezicht, het profiel van zijn neus, waar ze nooit iets op aan te merken had gehad, maar dat haar nu obsceen, lelijk en arrogant voorkwam. Ze herinnerde zich zijn huis, die naakte vrouwenbenen op zijn bank.

'Het is waar,' zei ze ten slotte, 'het is waar wat ze zeggen: dat je na een breuk, als je elkaar terugziet, altijd verder gaat waar je bent opgehouden.'

Henri leek in elkaar te duiken.

'Dat is theorie,' zei hij minachtend.

'Dat is geen theorie. Ik kan alleen maar denken aan die laatste middag, wat ik zag toen ik in je huis kwam, tussen de schuifdeuren door, die vrouw op de bank, die daar naakt en op haar dooie gemak lag te lezen.'

'Lag ze te lezen?'

'Wat?'

'Geintje.'

Even was ze overbluft. Toen kwam de woede nog sterker in haar op. Ze sloeg met haar vuist op zijn achterhoofd. Henri kromp ineen en week uit, als een hond die een schop heeft gekregen, en hij liep door, versnellend om haar voor te blijven, buiten bereik van haar wraakzucht. Er waren voorbijgangers die stilstonden en nieuwsgierig omkeken. Lin haalde hem in.

'Je krijgt er nóg een, man!'

Opnieuw sloeg ze, met een zekere onhandigheid, maar daarom niet minder hard op die harde kop van Henri Kist. Ze raakte hem op zijn oor. Opeens bleef hij staan, met een knersen van steentjes onder zijn schoenzolen. Hij greep haar opgeheven arm.

'En nou is het afgelopen!'

'Je verdient het, man.'

'Nog één keer en je krijgt een knal, en het maakt me niet uit dat je een vrouw bent!'

'Dat wisten we al.'

Briesend stonden ze tegenover elkaar. Henri had de grootste moeite om zijn handen thuis te houden. Hij ontplofte wanneer iemand hem zo te na kwam. Hij klemde zijn tanden op elkaar, zijn kaakspieren zwollen op onder zijn jukbeenderen. Lin voelde dat hij gevaarlijk was, het opzwellen van die kaakspieren joeg haar angst aan.

'Wanneer hou jij eens op met sarren,' zei ze met verstikte stem, 'wanneer hou je eens op met mensen vernederen, alleen omdat je zelf zo zwák bent, zo vreselijk zwak!'

In zijn helle lichtblauwe ogen zag ze onzekerheid. Nog steeds omklemde hij de pols van haar opgeheven arm met een ijzeren greep. Het riep verzet in haar op, en tegelijkertijd deed het haar ook goed, het kalmeerde haar. Toen ze zijn strottenhoofd op en neer zag gaan in zijn keel, werd ze zachter.

'Laat me maar los.'

Hij liet haar los. Opeens lag er weer een park om haar heen. Henri pakte de hand waarmee ze hem had geslagen. Hij trok haar tegen zich aan en hield haar vast, op een kuise manier.

'Sorry,' zei hij.

Hij moest zichzelf ervan weerhouden zijn hand op haar rug in haar broek te schuiven en zijn hand op die verdikking van vlees boven haar stuitje te leggen, zoals hij vroeger graag had, één vinger om haar stuitbeen en de top van die vinger in de vochtige holte eronder. Nu legde hij alleen even zijn hand op haar broek om te voelen of hij er nog zat, die verdikking.

'Ik had mijn excuses willen aanbieden,' zei hij, 'maar je ging weer zo snel. Meteen klappen uitdelen. Wat ben je toch een rare vrouw.'

Lin zweeg.

'Mijn excuses dus. Voor toen.'

'Okay.'

Ze maakte zich van hem los. Henri wist een paar vingers van haar hand te grijpen.

'Doodzonde dat je het daarop hebt laten afknappen,' zei hij. 'Het was gewoon een stomme streek van me, meer niet. Het ging goed tussen ons. Ik was mijn leven aan het veranderen. Opeens was je vertrokken.'

'Als iemand me bedriegt,' zei ze, 'is het voor mij afgelopen. Daar kom ik nooit meer overheen.'

Henri voelde de vingers die hij vasthield angstig zweten.

'Voor mij is er niets veranderd,' zei hij.

Ze trok zich los.

Op het terras van het paviljoen bestelde zij een spa, Henri een koffie, een glas cognac en een stuk appeltaart met slagroom, dat hij tussen hen in zette, maar waar zij niets van nam. Ze schaamde zich voor haar uitbarsting.

Nu pas begon het gesprek dat ze verwacht had: hoe gaat het, wat doe je, zie je die en die nog, kom je daar en daar nog? Het viel haar op dat Henri de mouwen van zijn jasje niet opstroopte, zoals hij vroeger gewoon was te doen. Ze had geprobeerd hem dat af te leren, het was ordinair om ze op te stropen, en kennelijk zat het nu in zijn systeem. Hij had iets van haar geleerd. Dit. Ze accepteerde een sigaret. Henri gaf haar vuur. Ze herkende zijn benzineaansteker, de manier waarop hij vuur gaf: de aansteker in de kom van zijn handen, de vlam beschermend tegen de wind, die er niet was.

Henri werkte niet meer op zee. Hij was gaan doen wat hij nog met haar had besproken: appartementen verbouwen in de binnenstad. Hij werkte met twee maats en had momenteel een huis aan het Singel onder handen: uitbreken, nieuwe vloeren leggen, nieuw stucwerk aan de plafonds aanbrengen, vervangen van de elektrische bedrading, nieuwe badkamer, nieuwe keuken en een dakterras bouwen – met een hijskraan zouden er bomen in betonnen bakken op het dak gezet worden. Ze moest eens komen kijken.

'Ik denk niet dat ik dat doe.'

'Het gaat niet om mij, maar om de plek. Het is een bijzonder huis. Uit 1625. Er zitten fantastische kelders onder met gemetselde gewelven.'

'Ik ken je toch, Henri.'

'Je bent nog net zo strak als destijds.'

'Soms ben ik strak, soms ben ik makkelijk. Het hangt ervan af wie ik tegenover me heb. Bij jou moet je altijd op je tellen passen. Als je het niet doet, word je ingepakt. Dat maakt het zo vermoeiend om met je te leven.'

'Dank je wel, schat.'

Henri bestelde nog een koffie en een cognac, zij een mineraalwater.

Steeds vielen er stiltes, en hoorden ze de geluiden uit het park en het paviljoen: de stemmen van kinderen die uit school kwamen, hun geschreeuw, een paar fietsen die tegen de grond werden gesmakt, het knersen van grind onder schoenzolen, stoelpoten die over het terras schraapten, het espressoapparaat in het paviljoen. Het waren geen onaangename stiltes. Het was of ze niet alleen volliepen met geluiden, maar ook met iets dat tussen hen woelde.

Henri pakte haar hand. Ze stond het toe, om niet nerveus te lijken.

'Ik vind je handen nog steeds even mooi,' zei hij, 'door dat brede. Toen ik voor het eerst met je uitging, heb ik dat al gezegd. Maar je geloofde me niet.'

Lin zei niets.

'Van wie heb je die handen? Van je vader?'

'Van m'n vader, denk ik.'

'En hij komt uit een boerenfamilie.'

'Ja.'

'Misschien zijn je handen zo omdat ze in die familie van vaderskant eeuwenlang hebben staan spitten. Je ziet dat de greep van een spa heel goed in je hand zou passen.'

'Doe niet zo raar.'

'Alsof hij ervoor gemaakt is.'

Lin keek hem aan, er niet zeker van of hij niet de spot met haar dreef. Met geen mogelijkheid kon ze zelf iets fraais zien in haar handen. Toch sprak de verklaring die hij gaf haar aan. Het beeld van de oude schuur met de moestuin, waar ze in geval van nood zou kunnen overleven, zat altijd in haar hoofd, en in die moestuin zou ze het nodige spitwerk moeten doen. Het was een droombeeld, een oude schuur, afgelegen, met bomen eromheen. Op het ogenblik was het een Van Gogh-achtige schuur, omdat ze de brieven van Van Gogh las en zijn tekeningen had bekeken. Maar meestal was het een schuur die ze ergens in Frankrijk had gezien, in hoog gras, met scheefgegroeide vruchtbomen, een paar groentebedden, een koude bak en stokken voor de bonen.

'Je hebt het nog steeds niet gezien,' zei Henri.

'Wat heb ik niet gezien?'

'Je moet niet schrikken.'

'Ja, nu schrik ik natuurlijk al. Iets met je hand? Nee!'

Henri legde zijn linkerhand vlak op tafel, naast het lege taartschoteltje dat tussen hen in stond. De hand was verminkt: de pink was afgezet, de ringvinger was een nagelloos stompje waaraan het bovenste kootje miste. Lin keek ernaar, een hand voor haar mond.

'Wat is er gebeurd?'

'Ongeluk.'

'Op het platform.'

'Ja. Ik zal maar niet vertellen hoe het gegaan is. Ze hebben me naar het ziekenhuis gevlogen, met m'n pink en het vingerkootje in een ijszak erbij. Maar de operatie is mislukt.'

Ze zwegen.

'Voor mijn gevoel heb ik nog steeds een pink, maar als ik hem wil bewegen is hij er niet.' Henri grijnsde.

'Kun je ermee werken?'

'Geen probleem.'

Lin staarde naar zijn hand op tafel. In een impuls schoof ze haar linkerhand onder de zijne en legde ze haar rechter erbovenop. Na enkele ogenblikken trok Henri zijn hand terug. Hij hief zijn linkerhand met gespreide vingers omhoog en terwijl hij het nagelloze stompje bewoog zei hij lachend: 'Vierenhalf!'

Lin verbeterde hem niet.

'Hoe is het mogelijk dat ik het niet heb gezien,' zei ze.

'De meesten valt het niet op. Je wordt er kennelijk handig in om het te verbergen.'

Ze zwegen een tijd. Henri leegde het glas met cognac en zei toen dat hij moest gaan.

In verwarring stond Lin op. Ze had het gevoel dat ze hem misschien nooit meer zou zien. Ze wilde hem iets geven, maar ze had niets bij zich dat ze hem geven kon, behalve het boek dat ze aan het lezen was. Uit haar tas haalde ze een paperback te voorschijn. Het was een boek met brieven van Van Gogh. Henri bekeek het, deed of hij een paar regels op het achterplat las. Hij had niet het idee dat hij dit zou gaan lezen.

Het stoorde hem dat hij niet wist dat deze overbekende schilder ook interessante brieven had geschreven; het stoorde hem nog meer dat hij nog nooit een boek had gelezen dat uit louter brieven bestond, dat hij niet wist dat er zulke boeken bestonden.

'Wat vond je er mooi aan?' vroeg hij.

'Zoals hij schrijft, en het is iemand die moeizaam zijn weg vindt, ongemakkelijk in de omgang, dat interesseert me.'

Ze liepen door het park. Henri hield het boek in zijn verminkte linkerhand, zoals ze verschillende malen vaststelde, en even zovele keren zag ze hun voeten naast elkaar voortgaan over het asfalt, en het liefst had ze alleen maar naar hun voeten gekeken, hoe die zich naast elkaar voortbewogen over toevallig dit stuk van het aardopper-vlak, de zijne naast de hare, de zijne naast de hare, hier, nu. Ze namen afscheid op de plek waar ze elkaar getroffen hadden – het was of er een cirkel gesloten werd en gesloten móest worden. Lin had met hem mee kunnen lopen naar een andere uitgang van het park, Henri had haar nog een eindweegs kunnen vergezellen, maar ze namen afscheid precies op de plek waar ze elkaar getroffen hadden.

Henri liep naar huis – hij had een hele dag vrijaf genomen voor deze ontmoeting.

Tijdens die wandeling bedroog hem zijn brein: het gaf hem de aangename indruk van een eerste ontmoeting, van een beginnende liefde, en schonk hem ook de daarbij horende roezige vreugde. De cover van haar boek werd warm en vochtig in zijn handpalm, met zijn vingers tastte hij langs de pagina's. Voor het eerst in lange tijd voelde hij rust. Maar toen hij de trappen naar zijn appartement be-klom was het of er een natte, zware deken op hem plofte en hem be-dolf. Hij versomberde, opeens volkomen uitgeput.

Via een boekhandel, waar ze een nieuw exemplaar van het brieven-boek kocht (ze wilde het steeds bij zich hebben), keerde ze terug naar het atelier, waar ze vertelde dat de tandarts een wortelkanaalbe-handeling had uitgevoerd die nogal veel tijd had gekost.

Na het werk had ze de avond voor zich alleen. Jelmer zat in Londen. Ze nam een douche en trok andere kleren aan, een rok. Hoezo een rok, dacht ze. Ze dronk gulzig uit het pak halfvolle melk, dat altijd gereedstond in de koelkast, ze at brood, las een paar brieven uit de Antwerpse periode en toen ging ze naar buiten om in de wind te lopen.

Het weer verslechterde. Windvlagen kondigden een regenachtige nacht aan. Boven de huizen zag ze een paar rode wolken die verwoeien en oplosten in de grauwe lucht en tegelijkertijd hoorde ze water klotsen tegen een kademuur, fel, onrustig, en ze stelde zich voor dat ze met Henri in zijn auto zat, die geparkeerd stond op een plek aan zee, in een stormachtige wind die tegen de auto stootte en hem deed schudden. Zand stoof over het strand. Door de voorruit had ze uitzicht op een grauwe zee. Maar wat moest ze met Henri in die auto?

Nadat ze een uur had rondgedwaald stond ze voor zijn huis. De witte lijstgevel lichtte nog op in de schemering; er brandde licht op zijn verdieping. Met een schok herkende ze de voordeur: de verticale ruit van matglas in het midden, de onderkant kaal omdat er tegen de deur getrapt werd als hij klemde, op de deurpost de naambordjes en bellen, de zijne bovenaan.

Dat hij hier nog woont, dacht ze.

Ze belde aan. Ergens hoopte ze dat hij er niet zou zijn, dat hij was uitgegaan en licht had laten branden. Maar in het trapportaal begonnen de beugels van het trektouw te piepen en knarsen, de deur zwaaide open. Ze beklom de trappen. Henri stond in de deuropening: haren in de war, overhemd uit zijn broek, op blote voeten. Hij had liggen slapen.

'Ik had het gevoel dat we nog niet klaar waren,' zei ze.

Hij liet haar binnen. Hij kuste haar op haar wang, en zij kuste hem op een wang. Deze manier van begroeten beviel haar. Oude vrienden waren ze nu. En het was een mooie vloeiende beweging geweest waarmee ze elkaar op de wang hadden gekust, eenmaal. Ja, oude vrienden waren ze voortaan. Nu kon er misschien gepraat worden.

'Het is hier veranderd,' zei ze.

Henri gooide haar jack over een van de koperen bollen van zijn bed. In het dekbed zag ze de afdruk van zijn lichaam.

'O ja, veranderd. Ik merk het al niet meer,' zei hij, en schoof een hand in zijn overhemd om zich te krabben. Ze herinnerde zich dat hij zich krabde als hij net wakker was.

Onder de tapijten in de voorkamer lag een nieuwe houten vloer, glanzend gelakt. Boven het bed had Henri een heus baldakijn opgehangen, een nachtblauwe stof met gele sterretjes erin. Het maakte een sprookjesachtige indruk, die nog eens versterkt werd door twee kandelabers met kaarsen aan weerszijden van het bed. Het had ook iets aandoenlijks.

In de achterkamer was eveneens een nieuwe houten vloer gelegd. De spiegels, tegenover elkaar, hingen er nog. Henri had een antieke vitrinekast gekocht voor zijn oudheden uit de Amsterdamse bodem. Aan de muur hingen twee Japanse zwaarden, op steunen, het ene boven het andere. Nog meer dan voorheen had Henri zijn stempel gedrukt op deze woning. Bijna alles wat ze zag, elk voorwerp, was onmiskenbaar Henri, in alles herkende ze zijn hand en ze bewonderde hem erom dat hij zich zo wist uit te drukken in de dingen waarmee hij zichzelf omringde.

Achter het huis stond de kastanje in de laatste resten daglicht en zijn bladeren keerden zich in de windvlagen. Tussen de ramen herkende ze met schrik de foto die Alex Wüstge haar gegeven had in De Jaren: de vrouw met het ravenzwarte haar en de donkerblauwe jurk, op de rug gezien, om haar middel de naakte gespierde arm van Henri. De foto was uitvergroot. Ze keek eraan voorbij. Ook Henri scheen hem niet te willen zien.

Hij liep naar de keuken in het achterhuis om een fles wijn open te trekken, en ze volgde hem, om haar handen te wassen, om alles terug te zien: het hakblok in het midden, de zwarte en langstelige bakpannen die aan een balk hingen en al het andere. Ze wierp een blik in de badkamer met zijn koepel van plexiglas en op het kleine, hoofd-grote raam waardoor ze dikwijls, en haast altijd bedroefd, naar de kastanje had gekeken, naar de zware takken, naar een boomklevertje dat pikkend met zijn snavel in spiralen omhoog hipte langs de stam. Het was of ze door zijn huis en al die vertrouwde dingen terug te zien plotseling afstand kreeg tot die periode met Henri, die negen schroeiende en schokkende maanden, alsof het nu werkelijk verleden tijd werd.

Ze zat in een zwartleren fauteuil, rug recht, het ene been over het andere geslagen. Henri als gebruikelijk op de bank, nog steeds op blote voeten, zijn hemd halfopen. Ze spraken over dingen die gebeurd waren, over andere dingen, over onnozele dingen, en dan vielen er stiltes, waarin ze wegkeken, de wind hoorden, het leer dat kraakte als ze bewogen, de metalige klik van Henri's aansteker, en dan zei ze zoiets als dat het huis 'minder gehorig' leek, en vertelde Henri dat hij de vloeren 'zwevend' had gemaakt, en zo gingen ze langzaam voorwaarts, als op de tast.

Lin voelde dat ze ouder geworden was. Nog steeds beschouwde ze Henri als de oudere persoon. Maar zij was niet langer het meisje dat hij een onnozel jong ding had genoemd, dat hij kon sarren en vernederen. Ze was niet langer het meisje dat aanvankelijk zelfs bang was geweest voor zijn voeten, zijn bovenmate krachtige voeten, en er niet naar had durven kijken. Nu kon ze ernaar kijken en zien dat het mooie voeten waren en voelen dat die voeten haar iets deden, ze was er niet meer bang voor.

Van tijd tot tijd wierp ze een blik op zijn linkerhand, waarin hij zijn sigaret hield. Het viel inderdaad niet op dat hij een pink en een stuk van een vinger miste: als vanzelf scheen hij zijn hand zo te houden dat de verminking aan het oog werd onttrokken. Maar nu ze het wist, zag ze het. De verminking van zijn hand fascineerde haar.

Henri bezag haar met een mengeling van liefde en afschuw. Ze was mooier geworden, volgroeider, meer een vrouw, en tegelijkertijd had ze nog dat verlegene en kinderlijke waar hij op viel. Hij hield van haar vochtige en licht puilende ogen. Haar zachtheid. Praten wilde ze. Okay, praten. Hij praatte wel. Maar het viel hem zwaar. Hij moest wegkijken, vooral in die stiltes, en zichzelf bedwingen. Hij werd er ellendig van dat hij niet even zijn handen om haar enkels kon leggen – om maar heel bescheiden te beginnen – het koele vlees van haar enkels, en haar kuiten strelen en die gleuven in het vlees bij haar gebogen knieën, en dan haar benen zacht openduwen en die lauwe geur ruiken die onder haar rok vandaan kwam. Een rok droeg ze. Een rok, goddomme. Nooit had ze een rok gedragen. Broeken droeg ze, broeken die ze zich van het lijf liet stropen of spartelend van haar enkels trapte, en soms, als je aandrong, een jurk, en als je nog langer aandrong, een strakke jurk. Maar een rok? Praten, okay, praten. Haar gouden oorknoppen stoorden hem. Bij de deur had hij ze bijna tussen duim en wijsvinger geknepen om ze te beschadigen, licht te beschadigen, maar wel zo dat die ander het zag, degene die ze haar gegeven had. Die deftige gouden oorknoppen, die rok en steeds die rechte rug. Toch was ze ook nog zijn Lin, die verlegen, dwarse, teruggetrokken meid met haar geschiedenis, een geschiedenis waar hij het fijne niet van wist, maar die zich toch aan hem meedeelde, misschien nog het duidelijkst als hij haar plotseling ergens zag staan, op straat, die middag op de Cuyp bijvoorbeeld, toen ze voor een kraam stond te wachten en hij haar voor het eerst werkelijk had *gezien* en zich had afgevraagd: Wat moet ik met die meid, en wist dat hij al getroffen was, doorstoken, voordat hij zich dat zelfs maar had kunnen afvragen.

Henri praatte omdat zij praten wilde en gaandeweg kreeg hij het gevoel dat ze ergens naar toe werkte. Ten slotte kwam het.

'Er is nog iets waar ik het over wil hebben,' zei ze.

'En dat is.'

'Op een avond heb jij me meegenomen naar een schip in de Havens-West, ik weet precies waar het was, ik heb het uitgezocht. Op dat schip was een Senegalees. Jij hebt mij meegenomen omdat hij dat gevraagd had. Je bent de hut uit gegaan om in het ruim een klus te doen en je wist wat hij van plan was, je hebt mij door die vent laten verkrachten.'

Haar beschuldiging klonk haar vreemd in de oren. Maar waarom? Was het niet waar?

'Het heeft lang geduurd voordat ik dat woord zelfs maar durfde dénken,' zei ze.

'Welk woord?' Hij vroeg het met een glimlachje.

Haar adem stokte, het bloed steeg naar haar hoofd. Zijn reactie verwarde haar. Nog verwarrender werd het omdat dat wat er op het schip met haar was gebeurd plotseling volkomen onbelangrijk leek. Henri had haar alleen achtergelaten in een hut, met een onbekende, die haar bedreigd had, die haar een kopstoot had gegeven, die haar zo bang had gemaakt dat ze zich aan hem had gegeven – en twintig minuten later had ze weer op de kade tussen de containers gestaan, geschokt, tot op het bot vernederd, maar ongedeerd. Het woord 'verkrachting' leek plotseling niet meer van toepassing. Het was eerder iets dat ze samen hadden meegemaakt, in een tijd vol verwarring, op een avond vol duistere woelingen. Haar beschuldiging klonk, nu ze die eindelijk kon uitspreken, alleen maar potsierlijk.

'Welk woord?' herhaalde Henri.

'Het woord... verkrachten.' Ze sprak het moeizaam uit, zonder overtuiging.

'O, dát woord.' Henri leegde zijn glas. 'Ik heb destijds al gezegd dat je je aanstelde. Tien minuten met je benen wijd voor een onbekende, en de wereld is te klein! Ik ben in mijn leven wel twintig keer mishandeld, en heel wat erger dan jij. De laatste keer was het dit!' Woedend hief hij zijn verminkte linkerhand op, de vingers spreidend.

'Vierenhalf!' zei ze zacht.

Meteen sprongen er tranen van spijt in haar ogen. Henri's gezicht kleurde rood. Ze zag de kaakspieren onder zijn jukbeenderen opzwellen, net als die middag in het park.

'Ik dacht dat we het uitgepraat hadden.' Nu was het Henri die moeizaam sprak.

'Je hebt nooit toegegeven dat je wist wat me te wachten stond toen je me meenam naar dat schip.'

'Ik wist het werkelijk niet!'

Ze stond op. Ze voelde zich overwinnaar.

'Op een dag zul je het durven toegeven. Maar dat zal nog wel tien jaar duren.'

'Tot over tien jaar dan.'

Henri stond op en ging haar voor naar de deur. Achter hem bleef het een paar seconden stil. Toen hoorde hij haar hakken. In het voorbijgaan plukte Lin haar jack van zijn bed. In haar hand klemde ze zijn benzineaansteker. Ze hoorde haar hakken op zijn nieuwe vloer. Haar borsten trilden bij elke stap. Op hoge hakken viel het haar nog meer op dat hij kleiner was dan zij, het maakte haar week, en ze wilde dat hij haar borsten zou aanraken, die ze met een inademing voor hem ophief. Maar snel en zonder groet glipte ze langs hem het donkere trappenhuis in, doodsbang dat hij zou slaan.

In de kamer schopte Henri zijn glas van tafel.

In de badkamer keek hij naar zijn bloedende voet in de badkuip. Minutenlang liet hij het bloed eruit stromen, op de witte bodem van het bad was het helderrood. Toen hij in de kamer terugkeerde, kon hij nog horen hoe met een zacht kraken het leer van de fauteuil waarin zij had gezeten zich ontspande, en toen hij zijn wang tegen de zitting drukte voelde hij nog haar warmte.

# III

## WEERZIEN MET HOKWERDA

Halverwege de Afsluitdijk kreeg ze hartkloppingen en voelde hoe de nervositeit, die al dagenlang in haar rondsloop, bezit van haar nam. Het IJsselmeer had een staalblauwe kleur, kleine golven braken op de besneeuwde basaltblokken van de dijk en het leek of het water trager bewoog dan gewoonlijk, alsof het op het punt stond te verstarren. De zon stond laag en verblindde haar met zijn schittering op het water.

Opzij kijkend naar het meer zag ze zichzelf het portier van de auto openduwen en zich naar buiten werpen, stelde ze zich de klap voor waarmee ze tegen het voorbijschietende asfalt sloeg, over de hard bevroren grond van de berm buitelde, de schaafwonden schrijnend op haar ontvelde handen, haar ellebogen, haar knieën, haar hoofd, misschien een oor half afgescheurd. Wel vaker overweldigden haar dit soort voorstellingen.

Jelmer pakte haar hand.

Maar ze kon er niet tegen aangeraakt te worden en maakte haar hand los.

Uit de handtas tussen haar voeten haalde ze een foto te voorschijn. Het was de enige foto van haar vader en zichzelf die ze had. Ze zat naast hem op de brede voorbank van een Amerikaanse wagen, in een lichtgetint jurkje, acht jaar oud. De foto was van opzij genomen door een open portierraam, waarschijnlijk door haar moeder. Op de voorgrond haar vader achter het stuur, een jongeman nog. Zijn lange blonde haren reikten bijna tot op zijn schouders, hij had ze achter zijn oren geveegd. Lachend keek hij in de lens en hij spreidde zijn armen in de zeer ruime wagen, die hij net had gekocht... Er kwam iets van een geur terug: de zware geur van leer of kunstleer die altijd in de auto hing. Het was of haar vingertoppen zich de ribbels in het leer van de voorbank herinnerden, de bollingen en de stiknaden, en hoe ze met haar vingertop de draad in de stiknaden volgde... Ook zij keek opzij naar de fotograaf, niet van harte. Aan weerszijden van haar bovenbenen lagen haar handen op de bank.

'Kijk,' zei ze, 'die vond ik nog.'

Jelmer bekeek de foto.

Het ranke meisje op de brede voorbank vertederde hem.

'Je bent het al helemaal,' zei hij met een verrukte glimlach, 'die schouders, je mond, je ogen natuurlijk.'

Hij klemde de foto tussen zijn duim en het stuur en bleef ernaar kijken. Hij zag dat het meisje haar best deed om te glimlachen, maar dat ze verdriet had, dat ze zich afzijdig hield en dat dat waarschijnlijk haar gewoonte was. Hij minderde vaart, zozeer eiste de foto zijn aandacht op. Op de voorgrond die jongeman met de lange haren, die zijn armen spreidde, de ene tot buiten het portierraam, de ander omlaag naar de versnellingspook. Het gebaar had niet alleen iets overdrevens, maar ook iets onwaarachtigs, alsof er heel veel was dat overschreeuwd moest worden.

Maar wat zegt zo'n foto, dacht hij. Is het niet letterlijk en figuurlijk een momentopname? Zij had die ochtend in de zomer gewoon geen zin gehad om mee te gaan met haar vader, uit haar spel gehaald, of ze was net voor het een of ander bestraft. En die jongeman in zijn glanzende Amerikaan had zich eenvoudigweg geen houding weten te geven toen er een camera op hem werd gericht, hij was verlegen geworden.

Toch bleef zijn eerste indruk van Hokwerda hangen: een onwaarachtigheid, iets zwaks.

'Jelmer, kijk uit!'

Hij was op de linkerweghelft geraakt en moest met een ruk aan het stuur een tegenligger ontwijken. Het langgerekte janken van een claxon verhevigde hun schrik. Meteen gaf hij de foto terug, en meteen stopte Lin hem weg, alsof die foto onheil bracht.

Al maanden geleden had Jelmer geopperd dat het misschien goed voor haar was om haar vader terug te zien – al was het alleen maar om de ban te breken, om een eind te maken aan de geladen stilte die achttien jaar geleden was ingetreden, nadat ze op een middag na schooltijd met haar moeder en haar zusje in een stationcar het dorp voorgoed had verlaten. Ze wilde er niet van weten. 'Ik heb hem niet gemist,' zei ze. 'Dus waarom?' 'Omdat het je vader is.' 'Hij is tien jaar mijn vader geweest en daarna niet meer. Tien jaar was ook echt wel genoeg. Wat moet ik nog met hem, en hij met mij?'

Hij had volgehouden.

Ten slotte had ze toegegeven en de man gebeld, haar vader. Met de zaktelefoon die ze de dag tevoren had aangeschaft. Ze had hem overdag gebeld, terwijl ze aan het werk was. Eerst een vrouwenstem met sterk noordelijk accent die haar, na een verblufte stilte, doorverbond met 'de showroom'. Dan een meisje dat 'Auto Hokwerda, goedemiddag' had gezegd en haar kantoor verliet om meneer te roepen. Ze had echoënde voetstappen naderbij horen komen, die van het meisje en zwaardere stappen, een deur die tegen de muur stootte, gerommel, toen een vlakke stem die zei: 'Met Hokwerda.'

Ze had een kleur gekregen toen ze haar naam noemde, haar naam met zijn achternaam. Stilte. 'Is het met Lin?' had hij toen gevraagd. Na haar bevestiging opnieuw een stilte. 'Zo, het is met Lin dus,' had hij ten slotte gezegd. Ze had zijn stem onmiddellijk herkend, ook al meende ze er geen herinnering aan te bewaren. Ze had zich verbaasd over zijn noordelijke tongval, die haar vroeger kennelijk nooit was opgevallen.

Er was een afspraak gemaakt. Maar een paar dagen later had Hokwerda afgezegd, omdat hij plotseling een van zijn 'studerende kinderen' moest helpen verhuizen. Nieuwe afspraak. Steeds had hij met vlakke stem gesproken, uit niets had ze kunnen afleiden dat het hem iets deed haar te horen. Daarna had op een avond zijn vrouw gebeld en gezegd: 'Hokwerda is niet goed en wil verzetten.' 'De afspraak?' had ze grappend gevraagd. 'Ja, wat anders,' had de vrouw bits geantwoord.

'Oh!'

Jelmer remde scherp. Een meeuw tuimelde levensgroot vlak langs de voorruit. Lin zag zijn gele snavel opengaan, vijandig, en hel winterlicht op zijn witte borst. De vogel kantelde en zwiepte net langs de ruit. Ze schrok zo hevig dat ze het uitschreeuwde en haar handen voor haar mond sloeg. Na de *narrow escape* van zoëven leek het haar opnieuw een slecht voorteken. Ze keek achterom en zag de meeuw klapwiekend boven het wegdek hangen, pogend de vis op te pikken die uit zijn bek was gevallen. Het verklaarde waarom hij bijna tegen de voorruit was geklapt. Maar het veranderde niets aan het beeld van die kwade vogel vlak voor haar gezicht.

'Niks aan de hand,' zei hij.

'Rij alsjeblieft wat langzamer!'

Jelmer minderde vaart. Hij was nog steeds bezig het vertrek uit Amsterdam te verwerken.

Natuurlijk had zij niet geweten welke kleren ze moest dragen, in welke kleren ze zich als 'volwassen vrouw' aan haar vader moest presenteren. Hij had kleren voor haar uitgekozen, iets dat haar altijd goed stond: trek maar aan, dan ben je klaar. Ze had zijn hulp afgewezen en zelf haar keus bepaald: wankele laarsjes, zwartleren broek die om haar billen spande, strak truitje – waar iets aan mankeerde, ja eigenlijk kon het niet, maar ze trok het toch aan – en een roodleren jack. Natuurlijk was ze gaan twijfelen. Of het niet 'te' was. Te wat? Opzichtig, uitdagend. Hij had gezegd dat het inderdaad provocerend kon lijken, heel stads, dat het misschien afstand zou scheppen. Woedend had ze alles weer uitgetrokken en was in bed gaan liggen. Terwijl ze al een halfuur in de auto hadden moeten zitten. Hij was naar de auto gelopen om alvast de bagage voor morgen in te laden. Bij zijn terugkeer lag ze nog in bed.

Hij had geprobeerd deemoedig te zijn, zich te onderwerpen, als een *echtgenoot* had hij gedacht, en was opnieuw in haar klerenkast gedoken, niet wetend waar hij het geduld nog vandaan moest halen. Maar hij had zijn ongeduld en drift kunnen bedwingen, en opeens was hij vol liefde geweest. Maar lang had het niet geduurd. Er was iets gescheurd toen ze zich haastig in de nieuw gekozen kleren wrong. Ze had hem weggestuurd. Ga jij maar vast in de auto zitten. Hij was boven haar hoofd blijven rondlopen om druk op de ketel te houden. Ten slotte was ze uit het souterrain te voorschijn gekomen in iets bruins en groens, een bruine rok en een mosgroene blouse, miskopen van jaren geleden, kleren die ze gekocht had op een dag als deze, een dag waarop ze niet meer wist wie ze was. Ze zag eruit als een kostschoolmeisje. Aan de volwassen vrouw herinnerde alleen haar dikke glanzende haar.

Zwijgend reden ze Friesland binnen. Ze passeerden Leeuwarden. 'Ljouwert,' zei ze en begon Fries te praten, de woorden te zeggen die ze zich herinnerde, en steeds meer woorden herinnerde ze zich, en ze kreeg weer een blos op haar wangen. Dokkum verscheen op de borden. Om de irritaties weg te nemen, zich te verzoenen, kuste ze Jelmer op zijn wang en duwde haar borsten tegen zijn bovenarm, omdat ze wist dat hij daarvan hield. Het bedroefde haar om hem te kussen. Ik bedrieg je, dacht ze, haar hoofd tegen het zijne, ik heb je al drie keer bedrogen, en je hoort niet wat ik denk terwijl ik zo dicht bij je ben, je merkt niets aan me en ik, ik kus je gewoon.

'Verwacht er niet te veel van,' zei hij.

Ze maakte zich los.

'O, ik verwacht er niets van. Aan zijn stem heb ik alles al gehoord. Hij is ver weg en wil dat blijven. Ik doe dit voor mijzelf. Ik ga hem alleen maar opzoeken om de ban te breken.'

Ze rommelde in haar tas.

'Nog even een sigaretje en ik wil ook graag ergens plassen, ergens buiten.'

Jelmer glimlachte.

'Lekker buiten plassen.'

'Ja.'

Ze verlangde ernaar: op haar hurken zitten in de stilte van dit winterse land, besneeuwde velden om haar heen te zien, de rode zon die uitdijde, ver weg geluiden in de ijle lucht, dicht bij die dikke straal die uit haar spoot, vertrouwde klank, en onder zich de damp te zien opstijgen, terwijl ze zich met beide handen vasthield aan ribbels hard bevroren grond. Was het een herinnering? De gewaarwording kwam zo sterk in haar op – tot en met het kippenvel dat nu daadwerkelijk in een huivering over haar heupen trok. Als kind had ze ervan gehouden om ergens op een beschutte plek te hurken en te blijven zitten en luisteren: wind in de bomen of het riet langs de Ee, gezoem van insecten, verderop stemmen, een auto op de brug in het dorp, spelende kinderen, een tractor in de weilanden. Het gaf een ogenblik rust. Ook in de winter had ze het buiten gedaan. Ze zag zichzelf hurken boven een geelwit kuiltje in de sneeuw dat langzaam groter werd. In die houding was ze eens aan haar hoofd getroffen door een sneeuwbal met een steen erin.

In het dorp herkende ze huizen en plekken, maar ze durfde er nauwelijks naar te kijken. Ze haalde opgelucht adem toen ze na een paar minuten het dorp weer verlieten.

De Ee lag onder het ijs, dat glinsterde en bijna zwart was op plaatsen waar het niet door stuifsneeuw werd bedekt. Kennelijk hield het ijs nog niet, want er waren geen schaatsers te zien. De zon wierp nu lange schaduwen. Jelmer reed langzaam. Ze draaide het portierraam open en meteen golfde de stilte van het platteland naar binnen, ondanks het geluid van de motor. Ze keek naar de Ee. Dichtgevroren leek het water minder breed dan ze het zich herinnerde, maar in de wijde slinger van een bocht herkende ze toch dat brede en haast majestueuze dat het vroeger voor haar had gehad.

Driftig, maar zonder een woord te zeggen, wees ze opzij naar twee lage arbeiderswoningen. Jelmer stopte en reed, ondanks haar protesten, achteruit tot voor de huizen. De moestuin was er nog, zag ze, en aan het water de rietkraag, verstijfd en dorgeel nu. In de keuken stond een vrouw in tl-licht achter half beslagen ramen en keek nieuwsgierig omhoog naar de stilstaande auto. Onder een afdak stond ruig en roerloos een pony. Ze hoorden het krassen van een kraai, weerkaatsend in de winterstilte.

'Rij maar door,' zei ze al gauw.

Ze hield het raam open. De lucht was puur. Een vage geur van mest snoof ze met welbehagen op.

Toen was het plotseling een feit. Vlak aan de weg, op een terrein in de weilanden, lag een autoshowroom met glanzende auto's achter een glaswand, een garage en een woonhuis, alles aan elkaar gebouwd. Schuin achter het gebouw torenden stapels autowrakken op.

Uit een auto stappen, een sigaret onder haar schoenzool uitdoven, een sjaal omslaan – voor het eerst in haar leven deed ze het onder de ogen van een man die haar vader was. Ze raakte bevangen. Een ogenblik overwoog ze om de plastic tas met taartdoos op de achterbank te laten staan, toen pakte ze hem toch maar. Nog eens en zonder noodzaak boog ze zich daarna naar binnen. Alle handelingen verrichtte ze met haar rug naar hem toe.

Hokwerda was naar buiten gekomen en stond roerloos op de stoep voor zijn huis. Hij was een grote en gezette man halverwege de vijftig. Ondanks de vrieskou stond hij in overhemd buiten, de mouwen opgerold, zijn stropdas losgeschoven, het boordenknoopje los. Tussen zijn lippen klemde hij een sigaar. Aan de rand van zijn kale schedel zaten nog wat plukken haar, die verwaaid oogden, alsof hij de hele dag buiten in de wind had staan werken.

Toen zijn gasten naderden – elke stap hoorbaar in de stilte – riep hij: 'Zo, daar hebben we de Amsterdammers.'

Nog steeds bewoog hij zich niet. Lin wist niet hoe hem te begroeten. Hokwerda gaf haar een hand en keek haar aan met een plagerig lachje om zijn lippen en in zijn lichtblauwe ogen. Zwijgend knikte hij naar haar, terwijl hij haar hand vasthield. Zij knikte terug. Toen zei hij: 'Je dacht, het moest nu maar eens wezen.'

Er klonk iets triomfantelijks in zijn stem.

'Ja, het moest nu maar eens gebeuren,' beaamde ze, al te luchtig.

Nog even hield Hokwerda haar hand vast, haar hand die onwillig werd en weg wilde. Toen liet hij los.

'En je hebt je man of vriend meegenomen.'

'Dit is Jelmer.'

In de hal van het huis lag een natuurstenen vloer met her en der nog drogende vochtplekken en het rook er naar schoonmaakmiddel. Uit de keuken kwam een vrouw, groot als Hokwerda zelf. Ze was gekleed op visite en rook naar parfum. Haar jurk met broche zat strak om haar welgevulde en nog aantrekkelijke lichaam, haar panty glinsterde, ze had mooie kuiten. Ze nam de doos met gebakjes in ontvangst, maar maakte hem niet open. 'We zullen straks wel zien wat erin zit,' zei ze, en zette hem weg in de keuken.

Ze traden binnen in een reusachtig grote L-vormige kamer, waarin alles op zijn plaats stond en orde heerste. Onder de natuurstenen vloer was een vloerverwarming aangebracht, liet Hokwerda weten. De televisie was van het grootste en laatste model. Ze bewonderden een Friese staartklok, waarop landschapjes waren geschilderd, en vervolgens een mahoniehouten kast met krakende deuren en naar hout geurende laden, die nog in de boerderij van Hokwerda's grootvader had gestaan.

'Aan de kast horen we dat het weer gaat veranderen,' zei de vrouw.

Bedrijvig liep ze heen en weer om drankjes in te schenken en schaaltjes met snacks aan te voeren. Hokwerda wreef in zijn handen en keek voornamelijk weg, zijn eigen ruimte in, waar geen mensen waren. Hij zette zich in zijn leren fauteuil. Jelmer en Lin namen plaats op de bank. De drankjes werden op een zilveren plateau geserveerd – oude jenever voor Hokwerda, bessenjenever voor zijn vrouw, een glas rode wijn voor 'de jongedame', bier voor 'de jongeman' – en neergezet op de salontafel, op zilveren onderzetters, zodat er geen kringen konden ontstaan op de glasplaat.

Hokwerda hief het glas, maar wist toen niet waar op te proosten, en ook de anderen wisten niet wat te zeggen, alsof ze op zíjn woord hadden gewacht. Zwijgend goot hij zijn borrel naar binnen, in één keer. Er werd gesproken over de reis en de gekozen route – ach, dat hadden ze anders moeten doen. Over de pas ingevallen vorst. Over 'het westen', zoals men hier het westelijk deel van Nederland wel noemde, alsof het duizend kilometer verderop lag, en over Amsterdam. Hokwerda zei dat hij een halfjaar geleden voor het laatst in Amsterdam was geweest, voor de autobeurs. Er viel een stilte.

'Het is een mooie stad,' verklaarde hij, 'ik hou van carillons en die heb je daar, er is veel te zien, maar als ik hier weer uit de auto stap ben ik blij dat ik er niet hoef te wonen.'

Zijn vrouw onderschreef die mening.

'Weet je nog wat "ruimte" is in het Fries?' vroeg Hokwerda aan zijn dochter.

'Rûmte,' antwoordde ze zacht.

'Kijk, ze weet het nog. Rûmte, zeggen wij. Dat heb je hier. Rûmte!' Het woord, krachtig uitgesproken, scheen hem te emotioneren. Jelmer vroeg zich af hoeveel ruimte deze man had. In dit dorp waar iedereen zijn geschiedenis kende (van de ene op de andere dag door vrouw en kinderen verlaten), in dit pijnlijk ordelijke huis, met een vrouw die de teugels strak in handen hield. Hoeveel ruimte zat er in die onwillige kop? Hokwerda's hoekigheid ergerde hem. Hij verdroeg het slecht om Lin zo timide naast zich te zien zitten, ongelukkig in haar onflatteuze kleren – terwijl ze als een stuk voor de dag had kunnen komen – kleintjes, nauwelijks in staat om iets te zeggen. Hij had met haar te doen. Tegelijkertijd ergerde het hem dat ze zichzelf zo weinig gewicht wist te geven. Bovenal was hij verwonderd over de verandering die ze in de nabijheid van haar vader onderging. Het was of ze weer een kind werd, het meisje van de foto die ze hem onderweg had laten zien: onwillig, teruggetrokken, bedroefd.

Het gesprek werd omzichtig gevoerd. De Hokwerda's bleven liefst op eigen terrein. Een enkele maal werd een vraag gesteld aan de gasten. O, dus zij maakte kostuums voor de film. Nou, dat was me wat. En hij contracteerde muzikanten voor concerten, zo zo. Verschillende malen keek Hokwerda met een schuin oog naar zijn lege glas. Eindelijk kreeg hij een tweede borrel ingeschonken, en ook deze goot hij in één keer door zijn keelgat, als om zijn vrouw te tarten.

'Nou,' zei hij toen, 'zal ik jullie het spultsje nog even laten zien, voordat het donker wordt?'

Hij stak er een nieuwe sigaar voor op.

In de garage bleef Hokwerda maar nauwelijks stilstaan en wees hij slechts op de hefbruggen.

Maar in de showroom nam hij de tijd. Hij knipte de lichten aan. Met een zacht getinkel, als van brekende ijspegels, sprongen de een na de ander de tl-lampen in het plafond aan. En daar stonden ze, glanzend en stil, een vijftiental auto's, in twee rijen, alle met de neus naar de glaswand. Het rook er naar het rubber van autobanden en de spiksplinternieuwheid van nog ongebruikte auto-interieurs. Twintig meter lang was die schuin naar binnen stekende glaswand aan de zijde van de Ee, zoveel honderd vierkante meter was het oppervlak van de glimmende natuurstenen vloer, alleen al het glas had hij voor zo en zo veel verzekerd. Hokwerda vertelde over de nieuwbouw, die al een aantal jaren geleden was voltooid, maar voor hem was het nog als de dag van gisteren. Hij vermeldde zijn omzet. Ach, ze begrepen natuurlijk wel dat je niet zo'n gebouw kon laten neerzetten als je niet af en toe een auto verkocht.

Lin sloeg hem gade. Nog steeds kon ze in Hokwerda's gezicht maar weinig ontdekken dat haar vertrouwd was. Het was zoveel ouder geworden en pafferig. Alleen zijn lichtblauwe ogen herkende ze, het plagerige, sarrende lachje dat nu en dan om zijn mond en in zijn ogen verscheen, het lachje dat hem ongrijpbaar maakte. Ze herkende zijn gestalte, maar het was of degene die ze zocht zich daarin verborgen hield. De warrige plukken haar om zijn schedel herinnerden haar aan haar grootvader, pake Hokwerda, die op dezelfde manier kaal was geweest en een afdruk in zijn haren had als hij zijn pet afnam. Steeds als Hokwerda haar aankeek, werd ze onzeker.

Hij liep de hele showroom met hen door om te laten voelen hoe groot hij was. Eerst achter langs de auto's en dan ervoor langs. Uit roosters in de vloer steeg warme lucht op. Verschillende malen bleef hij staan en keek naar buiten, alsof hij ervan genoot om zelf in de etalage te staan. Eenmaal zag hij zo zichzelf en zijn dochter weerspiegeld in het glas, van hoofd tot voeten. Lin voelde dat het hem trof, dat hij ervan schrok. Hij wendde zich tot haar en keek haar aan met dat plagerige lachje, te lang.

'Nou, de sloperij dan ook maar even?' vroeg hij uitdagend.

'Waarom niet.'

Autowrakken trokken haar niet in het minst. Maar buiten, in de vrieskou, hoopte ze zichzelf te hervinden.

'En een kleine demonstratie misschien,' opperde Jelmer schamper.

Hokwerda reageerde niet op deze suggestie. Soms was hij plotseling Oost-Indisch doof.

Bij de achterdeur van het huis trok hij zijn jasje aan en verwisselde zijn schoenen voor klompen. In zijn verfomfaaide kostuum, op klompen, de sigaar tussen zijn lippen, deed hij haar onweerstaanbaar denken aan een boer, aan de boeren die ze vroeger kende. Ze herinnerde zich hoe hij op klompen bezig was in de moestuin, hoe hij ermee wegzakte in de vette klei als hij stond te spitten; en dat hij op klompen in zijn roeiboot stapte, klossend op het ijzer en de houten vlonders, als hij ta fiskje* ging.

Buiten haalde ze diep adem. De lucht was zo puur en droog dat ze ervan moest kuchen. De zon was inmiddels ondergegaan en had de hemel in rode vlammen achtergelaten. Onhoorbaar hoog trok een vliegtuig een condensstreep door het ijle blauw, zijn romp blonk nog in het licht. Boven het autokerkhof begon een vollemaan op te komen. De temperatuur daalde, vrieskou beet. Uit hun mond kwamen grijze pluimen.

Lin huiverde. Hokwerda merkte het en zei dat het hier in het noorden in de winter meestal vijf en soms wel tien graden kouder was dan in 'het westen'. Hij scheen daar trots op te zijn. 'Schaatsen jullie weleens in Amsterdam?' vroeg hij. Toen Lin antwoordde dat je een enkele maal op de grachten kon schaatsen, gaf hij te kennen dat het hem maar niks leek, schaatsen in de stad. Toen ze zei dat er vlak buiten Amsterdam plassen waren waarop gereden werd, deed hij alsof hij haar niet hoorde.

Hij ging voor hen uit. Ze liepen over de weg, dan over een pad met bandensporen van vrachtwagens. In de diepe kuilen was het water bevroren tot bomijs, wit en bros. De grond was keihard. Jelmer bood haar zijn arm, zodat ze gemakkelijker over de ongelijke grond zou kunnen lopen. Maar ze wilde niet. Zijn aanraking zou haar te veel afleiden.

Weldra stonden ze op een kapotgereden veld tussen de autowrakken. Acht, negen auto's met geplette daken lagen er op elkaar gestapeld en deze stapels leunden weer tegen elkaar. De directiekeet annex schaftlokaal, een met modder bespatte caravan, was maar klein

---

*   uit vissen.

tussen deze bergen auto's. Het leek of ze waren aangekomen in een barbaarse en lugubere nederzetting. Er waren straten tussen de stapels autowrakken, dwarsstraten en zelfs pleintjes. Koplampen en ramen waren meestal verbrijzeld, motorkappen opengesprongen, banden verwijderd. Aan sommige wrakken viel te zien dat ze total loss verklaard waren, bij een enkele kon er weinig twijfel over bestaan dat de bestuurder het ongeluk niet had overleefd. Dode dieren konden het ook zijn, op hopen gegooid na een massale slachting.

'Tussen de zeven- en achthonderd wrakken heb ik hier nu liggen,' verklaarde Hokwerda, terwijl hij hijgend stilstond. 'De gemeente wil me hier al jaren weg hebben, maar voorlopig lukt het ze niet.'

'U vervuilt de grond en de sloten,' zei Jelmer.

'Ik vervuil helemaal niks. Alle olie wordt keurig netjes afgetapt en afgevoerd, er gaat niks in de brand. Het is voor het zicht dat ze me weg willen hebben naar een industrieterrein. Maar het zit ze niet mee.' Hij schopte tegen de harde kluiten. 'Deze grond is al drie generaties in de familie, en nu is hij van mij. Dan beslis ik vanzelf over de bestemming, niet? En ik heb geen reden om weg te gaan met de sloperij.'

'Of er moet dik betaald worden,' veronderstelde Jelmer.

'Jíj weet er wat van, m'n jong.'

'Dat kan toch iedereen bedenken, meneer Hokwerda.'

Ze zwegen. Hokwerda trok aan zijn sigaar en blies een rookpluim uit. Lin wendde haar hoofd af om de door haar vader uitgeblazen rook niet te hoeven inademen, en daarna hield ze het afgewend, ze wist niet goed waarom. Ergens op de autowrakken waren kraaien neergestreken en hun gekras weerkaatste in de stilte. Boven de weilanden hing een nevel. In de schemer was de rijzende maan bloederig geel.

'Nou famke,' zei Hokwerda, 'heb je 't wel naar 't zin?'

'Best wel.'

'Je zegt zo weinig.'

'O.'

'Maar je bent onder de indruk vanzelf.'

'Daar is wel meer voor nodig.'

'Zo, daar is meer voor nodig.'

Ze zwegen opnieuw. Jelmer hield zich afzijdig. Lin staarde tussen de donkere contouren van de autowrakken door naar de nevel die roerloos boven de verstijfde graspollen stond en naar de maan in de grauwe avondlucht. Ze was niet meer in staat zich tot haar vader te wenden. Het zwijgen duurde. De kraaien krasten.

'Nou, nog even een kleine demonstratie dan maar,' zei hij sarcastisch. 'Daar had de jongeman toch om gevraagd?'

Hij liep naar een oude dragline, die vlak bij hen stond. Lin volgde hem met haar ogen. Ze herkende iets in de manier waarop hij liep: drift. Hij klom op de bemodderde rupsbanden van de dragline, opende de cabinedeur, hees zich omhoog en plofte neer in de stoel van de kraandrijver. Hij boog zich voorover, de sigaar tussen de lippen, en startte de motor. De cabine bleef donker. Ze zag alleen de contouren van haar vaders grote lichaam, zijn voeten op de pedalen, zijn handen om de hendels.

Hokwerda liet de kraanarm draaien tot boven een wrak, dat op zijn velgen op het gras lag. De grijper daalde, opende zich boven het wrak en langzaam drongen de tanden binnen in het plotseling week lijkende metaal. Met schokken werd het opgetild van het gras, toen omhooggehesen, licht heen en weer zwaaiend. De kraan draaide. Met de nodige precisie, maar toch tamelijk bruusk – hij deed dit kennelijk niet zo heel vaak meer – legde Hokwerda het wrak boven op een schroothoop.

Omhoogkijkend volgde Lin de bewegingen van de kraan. Onderwijl boog Jelmer zich naar haar over, met zijn hand aan zijn mond.

'Het is een verlegen man,' riep hij, 'precies wat ik dacht.'

Met moeite overstemde hij het motorgeronk. Lin gaf geen antwoord en bleef omhoogkijken. Inmiddels had haar vader elders een auto van een stapel gelicht. De tanden van de grijper waren vlak onder het dak naar binnen gegleden, de ramen verbrijzelend. Terwijl de wagen in de lucht hing, zwaaiden de twee voorste portieren open. Onwillekeurig deed ze een stap achteruit en trok Jelmer met zich mee. De kraanarm kwam tot stilstand, en bijna recht boven zich zag ze de auto heen en weer zwaaien, het chassis deed haar denken aan een printplaat vol schakelingen. Ze voelde dat ze bevangen raakte door dat zwaaiende ding daarboven, dat ze verstarde. Ze zag het: hoe de kaken van de grijper zich schokkerig en toen met een ruk openden.

Jelmer trok haar achteruit.

Er kwam iets aan. Dat was dat wrak. Maar ze geloofde het niet. Totdat het vlak voor haar in het grasland sloeg, op de plek waar ze had gestaan. Ze voelde de bodem trillen onder haar voeten en hoorde glas kapotspringen en in gruizels naar beneden stromen.

De motor van de dragline sloeg af. In de plotselinge stilte hoorde ze haar vaders klompen op de rupsband klossen, de cabinedeur die werd dichtgeslagen. Hokwerda sprong van de rupsband en kwam naar hen toe, met om zijn mond en in zijn ogen dat plagerige lachje.

'Toch niet geschrokken, hè?'

Lin zei niets. Hokwerda keek weg. Zijn gezicht was asgrauw. De sigaar hing gebroken tussen zijn trillende vingers.

Rookvlees, cervelaatworst, ham en reepjes katenspek op een vlees-schaal, in een mandje gesneden witbrood, roggebrood en Fries krentenbrood, glazen schaaltjes met jam, stukken kaas, waaronder Friese nagelkaas, een kan met melk, een kan met karnemelk – in huis was inmiddels voor een broodmaaltijd gedekt. Lin rook de geuren die van tafel opstegen en snoof ze op: de geur van de vleeswaren, pittig, de droge geur van het witbrood, de zoete van het krentenbrood, de koude melkgeur, de kruidnagel van de nagelkaas. Langzaam kwam nu het trillen van haar benen tot bedaren.

De gastvrouw deed haar schort af, trok met een vlugge handbeweging op haar heupen haar opgekropen jurk naar beneden en kwam met een glimlach naast Lin staan. 'Nou,' zei ze, met een tevreden hoofdknik naar Hokwerda, 'hij heeft goed geboerd, niet?'

Lin beaamde het maar. Opnieuw snoof ze de geuren van de gedekte tafel op. 'Dit doet me aan vroeger denken.'

'O ja?'

'Precies zo rook het als we brood aten bij pake Hokwerda en bij oom Rense en tante Stien.' ·

De herinnering aan deze oom – de man die haar tijdens het borreluur tussen zijn benen trok en daar vasthield, zijn grote hand op haar buik, haar koesterend, terwijl zijn lid verstijfde en in zijn broek omhoogschoof langs haar rug – het uitspreken van zijn naam, oom Rense, deed haar even haperen.

'En bij moeder thuis,' vroeg vrouw Hokwerda met een fonkeling in haar ogen, 'rook het daar dan niet zo?'

'Ik denk het wel,' antwoordde ze haastig, 'Maar bij pake Hokwerda en oom Rense was je op de boerderij, het was er anders, en daarom herinner ik me waarschijnlijk ook hoe daar de broodmaaltijd rook.'

'Ja, als het anders is, dan lijkt het ook al gauw iets bijzonders, niet? Nou, zullen we dan maar?'

'Het ziet er heerlijk uit.'

Ze kreeg het met moeite uit haar mond. Maar onder het eten ging ze ermee door: aanpappen met de vrouw van Hokwerda, om althans ergens voet aan de grond te krijgen. De vrouw was niet erg toeschietelijk, gewend als ze was alles strak in de hand te houden en gehinderd als ze werd door een voortdurende behoefte om te ontnuchteren. Lin voelde zich de mindere en sprak haastig. Toen ze naar ooms en tantes vroeg, naar neven en nichten met wie ze lang geleden gespeeld had, nam de gereserveerdheid nog toe. Wilde deze vrouw haar daarbuiten houden, of was zo langzamerhand een situatie ontstaan waarin Hokwerda met zijn hele familie overhooplag? Ze vermoedde dat het laatste het geval was. De vrouw gaf ontwijkende antwoorden en lachte zo'n beetje om haar plotselinge belangstelling voor haar familie. Ondertussen wreef ze nu en dan met haar vingertoppen langs de onderzijde van haar ferme boezem, alsof haar bh daar knelde, en genoot zichtbaar van het zilverwerk en het mooie servies, dat maar zelden op tafel verscheen en dat ze met terloopse handbewegingen steeds opnieuw schikte.

Hokwerda onderhield zich uitsluitend met Jelmer, die tegenover hem zat en die hij steeds meende te moeten overtroeven, nadat hij begrepen had dat deze nog zo jonge man een aantal jaren advocaat was geweest. Zodra Jelmer zich in het gesprek van de vrouwen probeerde te mengen, hield Hokwerda zich afzijdig en zocht een manier om weer beslag op hem te leggen. Maar de krampachtigheid van dit gescheiden spreken begon op hen te drukken, er vielen stiltes, waarin de vrouw zich haastte om nog eens bij te schenken en een voorbijrijdende auto een welkome afleiding was. Elke stilte viel moeilijker te doorbreken. Ten slotte maakte de sprakeloosheid zich van hen meester.

Toen haalde Lin de foto te voorschijn en gaf hem aan haar vader.

'Die vond ik nog.'

'Ach, dat is de oude Buick.'

'Langs de bovenrand van de voorruit zat zo'n lichtblauwe strook tegen het zonlicht.'

'Ja, dat was de Buick.'

Lin keek naar haar vader, terwijl hij de foto in zich opnam, en probeerde iets in hem te zien waar ze van zou kunnen houden, iets dat haar vertederde, iets dat deze man, al was het maar voor een ogenblik, tot haar vader maakte. Maar ze zag het niet.

'Aan die foto zit een verhaal vast,' zei Hokwerda toen.

'Nou, dat moet je dan maar eens vertellen,' zei zijn vrouw.

'Ik had die Buick net gekocht, een mooie wagen. Op een middag zou ik ermee uit rijden gaan en de kleine meid zou mee. Ik reed het dorp uit en in een bocht – ik zal het nooit vergeten – zie ik opeens het portier aan haar kant openzwaaien, en omdat zij op de armsteun leunde viel ze mee naar buiten. Ik hoorde haar schreeuwen, ik zag het portier openzwaaien, en daar hing ze, tussen het portier en de wagen, vlak boven de weg.'

Hij zweeg even, genietend van de aandacht.

'Nou, ik was d'r als de bliksem bij vanzelf en heb haar naar binnen gesleurd en even later had ik het portier ook dicht.'

Hokwerda gaf zijn dochter de foto terug.

'Zij had altijd dit soort dingen bij de hand,' zei hij. 'Kun je je nog herinneren dat je bijna uit die auto bent gevallen?'

'Nee, daar weet ik niets meer van.'

'Ach ja, een kind vergeet snel, niet?'

'Daar zou ik maar niet al te zeker van zijn.'

'O nee?' Hokwerda deed of hij heel verbaasd was en vervolgens of hij iets heel grappigs ging zeggen. Hij boog zich voorover en vroeg haar, op een toon alsof hij tot een kind sprak: 'Kun jij je het dan wél herinneren?'

'Daar gaat het niet om.'

'Waar gaat het dan wel om, famke?'

'Het gaat om de vraag of kinderen snel vergeten. De belangrijke dingen vergeten ze niet.'

'Maar dit was belangrijk! Het was slecht met je afgelopen als je uit die auto was gerold, want ik had de vaart erin. Maar je weet er niets meer van, helemaal niets. Zelfs die foto heeft het niet in je opgeroepen.'

'Weleens van verdringen gehoord?'

'Jazeker. Dat woord kennen wij hier ook, en ik zeg altijd: het is maar goed dat een mens zoveel verdringen kan.'

'En maar zuipen om het er allemaal onder te houden!'

'Nou, nou, nou,' riep de vrouw, sussend en berispend. 'Is dat nou nodig?'

Het werd stil. Niemand aan die grote tafel dorst zich meer te bewegen.

'Ach,' zei Hokwerda ten slotte, met een knipoog naar Jelmer, 'ze zal haar vader wel gemist hebben, niet?'

Jelmer verstrakte en met ijzig sarcasme antwoordde hij: 'Ja, beláchelijk eigenlijk om je vader te missen.'

'Nou,' zei de vrouw luid en bezwerend en ze stond op van tafel, 'willen Jelmer en Lin nog wel een kop koffie, met iets van gebak erbij?'


De eerste kilometers zei ze geen woord. De rode neonletters op het dak van de showroom verdwenen uit het zicht. Ze staken de Ee over, lieten het dorp achter zich en draaiden de autoweg op. Ze maakte haar haren los, zwiepte ze over haar schouders en een tijdlang wierp ze elke lok die naar voren gleed woedend weer naar achteren. Ze stak een sigaret op en klemde de benzineaansteker in haar hand. Ze had zin om haar vinger in de vlam te houden, ze had zin om haar haren in brand te steken.

Beelden schoten door haar hoofd. Hoe haar vader een stukje rookvlees van de schaal trok en in zijn mond propte, zijn vrouw die de schaal wegschoof. Het verfomfaaide pak van haar vader, zijn klompen, de sigaar, de verwaaide plukjes haar. Net een boer. Hoe hij haar in hemdsmouwen had staan opwachten. Zo, daar hebben we de Amsterdammers. Haar hand te lang vasthouden, sarrend, intimiderend, haar te lang aankijken, met dat lachje. Zo, dus je dacht, het moest maar eens wezen. In het spiegelende glas van de showroom had hij plotseling zichzelf naast zijn dochter zien staan en hij had zich afgewend. De maan boven de sloperij, de maan die er ook niets aan kon doen. Het witte bomijs, waar je vroeger met je hak doorheen trapte. Zijn klompen. Haar verlangen naar de klei van de moestuin, waarin zijn klompen wegzakten, de geur van een manchester broek die terugkwam, het geklos van zijn klompen in de boot, op het klinkerpad naast het huis. Op de sloperij had zij zich van hém afgewend – om zijn rook niet te hoeven inademen. Of ze 't wel naar 't zin had. Toen was hij kwaad geworden. Het autowrak dat met openzwaaiende portieren in de grijper hing en plotseling viel en maar viel terwijl zij niet kon geloven dat het werkelijk viel. De grond die trilde onder haar voeten. De plotselinge stilte. De cabinedeur die dichtsloeg met een scherpe kets van ijzer op ijzer. De pijn in haar borst. Sla maar over. Denk er niet meer aan. Weg ermee. Auto Hokwerda! Goed geboerd, niet? Dat wijf. Dat vreselijke wijf met die glinsterende panty, die jurk die ze steeds naar beneden moest trekken over haar lijf. Weg ermee. Auto Hokwerda. Weg ermee!

Ze stampte haar sigaret uit in de asbak.

'Nou,' zei ze toen eindelijk, 'dat was mijn vader, met de nadruk op wás.'

Jelmer schrok op uit zijn eigen overpeinzingen en keek opzij. 'Vond je het zó vreselijk?'

'Auto Hokwerda. Goed geboerd. Na achttien jaar is dat het enige dat hij me wil laten zien: dat hij erbovenop is gekomen, dat hij het goed gedaan heeft, dat hij het gemaakt heeft.'

'Ja.'

'Maar dat is toch afschuwelijk?'

'Ik begrijp het wel.'

'Jij begrijpt het wel?'

Hij hoorde de woede in haar stem. Hij besefte dat dit wel het allerslechtste moment was om de zijde van haar vader te kiezen en hij besefte ook dat hij dat met opzet deed.

'Jij had er niet bij stilgestaan, en ik ook niet. Maar achttien jaar geleden is deze man van de ene op de andere dag door vrouw en kinderen in de steek gelaten, hij is vernederd voor de ogen van zijn familie, zijn vrienden, *if any*, voor de ogen van het hele dorp, hij is als echtgenoot failliet verklaard, en nadat hem dit was aangedaan heeft hij van degenen die het hem aandeden nooit meer iets gehoord.'

'Je blijft toch de vader van je kinderen?'

'Iets anders was sterker.'

'Wat?'

'Hij moest zich eerst revancheren.'

Lin zweeg. Haar hart bonsde. Ze had zin om het portier open te duwen, naar het voorbijschietende asfalt te staren.

'En ten slotte,' zei ze toen, 'nadat hij me heeft laten zien hoe goed *hij* het gedaan heeft, hij, hij, hij, met zijn showroom en zijn wijf met glinsterende panty en zijn studerende kinderen, ten slotte pleegt hij nog een soort aanslag op me. Een aanslag! Hij wil me van de aardbodem laten verdwijnen, *erin* beter gezegd, omdat ik hem herinner aan zijn mislukking.'

Jelmer zuchtte.

'Zo moet je dat niet zien.'

'Hij was kwaad toen hij naar die dragline liep.'

'Alsjeblieft, Lin.'

'Okay, het was een grap.'

Ze zweeg en keek weg. Jelmer minderde vaart, hij had steeds de neiging om te hard te rijden. Hij wachtte tot hij enigszins gekalmeerd was en zei toen met zijn rustigste stem: 'Hij had gedronken. Luister je? Hij had gedronken. Twee borrels waar wij bij waren, en daarvoor nog een paar, want hij rook ernaar toen we binnenkwamen. Toen we op die sloperij stonden, werd het schemerig, oftewel: hij kon niet goed zien. Hij had lang niet met die kraan gewerkt, dat was duidelijk. Hij wilde ons eens even laten schrikken, die slappelingen uit de stad, helaas was de uitvoering wat onhandig. Maar godzijdank stonden wij op te letten en konden we net op tijd een stapje terug doen. *And that's it!* Meer is er niet, en meer steekt er niet achter. Alsjeblieft! Maak er geen drama van!'

'Je bent geïrriteerd.'

Een tijdlang maakten ze ruzie, het soort ruzie waarbij woedend raampjes werden opengedraaid. Jelmer kickte erop en trapte het gaspedaal dieper in. Maar opeens werd hij bang dat hun die dag werkelijk iets zou overkomen en zodra hij kon, zette hij de wagen langs de kant van de weg. Lin stapte onmiddellijk uit en liep naar het hek van een weiland, alwaar ze roerloos, met huiverig opgetrokken schouders bleef staan in de ijzige kou. Bezig ziek te worden, bezig zichzelf ziek te máken, dacht hij. Ten slotte stapte hij uit en wist hij haar te overreden naar de warme auto terug te keren.

Ze wilde niet aangeraakt worden.

Plotseling was ze ongewoon kalm.

'Je ergert je aan mij,' zei ze. 'Je hebt je de hele middag en avond alleen maar aan me geërgerd. Je wilt dat ik er mooi uitzie, maar ik trek de verkeerde kleren aan en ik zie eruit als een kostschoolmeisje. Op bezoek bij mijn vader stel ik je weer teleur: ik raak in de war, ik ben timide en ik gedraag me als een kind, en dat ergert je. Je ergert je aan mijn onevenwichtigheid, je schrikt van mijn achtergrond, steeds weer, van de dingen die ik heb meegemaakt: zo'n vader, een trainer die me jarenlang in zijn macht heeft, Marcus aan de drugs, Henri die me slaat... Jij wilt dat soort dingen niet, jij wilt een vrouw zonder problemen, je ergert je alleen nog maar aan mij, ik voldoe niet meer.'

Jelmer ontkende wat ze zei, hij ontkende het.

Zwijgend reden ze naar het huis aan de Fluessen.

# IV

## EEN HOOPJE NATTE KLEREN

Eindelijk werd het ochtend. Het begon te schemeren. In de tuin hing vlak boven de grond een dichte nevel: het had die nacht hard gevroren. Zowel buiten als in het nog donkere huis was het doodstil. Lin had de hele nacht niet geslapen. Na uren woelen was ze uit bed geglipt en naar de keuken gegaan om warme melk te drinken en daarna was ze in een deken in de bibliotheek gaan zitten, naar buiten starend in de ijzige nacht. Lezen kon ze niet. Toen het eindelijk licht begon te worden, stond ze op uit de fauteuil waarin ze gezeten had met een deken om zich heen.

Ze dwaalde van de ene kamer naar de andere en gaf toe aan een neiging die ze als kind gehad had, en die met haar hoop op wonderen verbonden was geweest: ze begon dingen aan te raken, dingen die bijna nooit werden aangeraakt, dingen die niet aangeraakt mochten worden. De verfhuid van een schilderij, en op het schilderij, dat een zelfportret was, de eigenaardig brede vingertoppen van de schilder (aan die vingertoppen kon je zien dat de man een hartafwijking had, was haar verteld). De holle binnenzijde van een Afrikaans masker, dat plotseling even bewoog. De buik van een T'ang-paard omvatte ze met een handpalm, en ze stelde zich voor dat eeuwen geleden de gerimpelde hand van een Chinese vrouw hetzelfde had gedaan, ook in de ochtendschemer. Ze schoof haar hand in de spleet tussen zitting en rugleuning van een canapé tot hij klem zat. In Hedda's werkkamer wurmde ze een vinger door een f-gat van de cello en betastte het nog opvallend ruwe hout aan de binnenzijde.

Maar elke aanraking, dat voelde ze, kon zo overgaan in een woeste, vernielende beweging.

Buiten leefde ze op. De vrieskou beet in haar wangen. Ze liep over het klinkerpad naar de zonnewijzer en de licht besneeuwde buxushagen. In de moestuin streken haar vingers langs de overgebleven koolstronken, scheefgezakt in de sneeuw. De droge lucht deed haar kuchen. Het herinnerde haar aan paarden die ze lang geleden op winterochtenden als deze had horen hoesten. Ruige paarden, die met een hoef de bevroren grond bewerkten om iets eetbaars bloot te leggen. In alle vroegte opgestaan, vóór de anderen, voordat de dag zijn gewone gedaante aannam, liep ze naar hen toe over het pad door de weilanden. De paarden stonden dicht bij elkaar, roerloos, in de ochtendnevel. Zij bij het hek van het weiland, luisterend, haar oren groot als koolbladeren, om ook het geringste geluid op te vangen. Als de paarden naar haar toe kwamen, voelde ze zich beter.

Uit gewoonte liep ze naar het boothuis. Op de hoogste takken van de bomen lag nu de gloed van het eerste licht, rossig en gelig. Bij de steiger boog ze zich over het ijs. Gras op sterkwater, dacht ze toen ze de graspollen zag die in het ijs gevangenzaten. Voorzichtig zette ze een voet op het ijs en toen het hield een tweede, ze deed een paar half glijdende stappen, keek om zich heen en zag toen in het oosten boven rietkragen en bomen het enorme, rode hemellichaam dat zich stil boven de horizon hief.

In het boothuis drong het licht nog nauwelijks door. In de schemer lagen daar de boeier met zijn stoere ronde boeg, de mast gestreken, en de slanke salonboot, in het ijs geklonken. Ze trok aan het touw waarmee de deuren aan de kant van het meer geopend konden worden, de katrollen piepten, met schokken schoven de deuren uiteen. Vanaf het plankier tussen beide schepen stapte ze op de salonboot, ging op een bank bij de achtersteven zitten, een plaid om haar benen, en keek over het ijsmeer. Het licht won snel aan kracht. Het grijs van de hemel werd lichtblauw en het ijs weerspiegelde het ijle blauw. Daarbuiten begon nu alles te glanzen, te blinken, te schitteren.

Een ogenblik verwachtte ze hulp. Alsof uit die stille natuur een stem tot haar zou spreken, alsof iemand naar haar toe zou komen. Maar wie dan? Zoals ze als kind met haar voet was gaan slepen, eenzaam op een landweg, in de hoop dat iemand haar zou opmerken en meenemen, zoals ze in de Vespuccistraat bij het zien van de sprookjesachtige gingkobomen weleens had gehoopt op een plotselinge, wonderbaarlijke verandering van haar leven, zo verwachtte ze ook nu, in het boothuis, dat er iets gebeuren zou. Maar niemand verscheen, geen helper.

Al gauw zag ze zichzelf zitten. Zo'n vrouw in een Zweedse film die vanuit een vastgevroren boot over een ijsmeer gaat zitten staren, dat soort symboliek, en dat je dan ziet wat ze zich herinnert. Ze wilde opstaan, maar bleef zitten. Het was te koud om stil te zitten, maar ze verroerde zich niet. Ver weg klonk een gedempte knal, een ogenblik was ze afgeleid. Er sprong een kilometerslange barst in het ijs, een geluid dat zich secondelang verplaatste in de lengterichting van het meer. Toen was het weer stil.

In de vloer van de boot was het ijzeren luik boven de motor opzij geschoven. Op het luik lag gereedschap: kennelijk was Halbertsma's klusjesman met de motor bezig geweest. Lin knielde bij het gat. Op de bodem van de boot, tussen de houten spanten, stond een laagje water, niet bevroren omdat het met dieselolie was vermengd. Ze rook de olie en zag blauwe vlekken op het water. Ze boog zich voorover en stak haar hoofd in de motorruimte, zoals ze vroeger graag haar hoofd in een kuil had gestoken of erin was weggekropen. Met haar neus raakte ze een geribbelde slang. Ze likte eraan en moest kokhalzen. Maar ze vermande zich en likte tot de bittere, misselijkmakende smaak van rubber en stof haar mondholte vulde. Ze zette haar tanden in de slang.

Toen ging ze de kajuit in, alsof ze iets zocht. Op de langwerpige mahoniehouten tafel, vastgeschroefd aan dek, stond een doos waaruit zwemvliezen staken. Ook in de stuurhut was een luik in de vloer weggeschoven. Ze knielde, boog zich in het gat, tastte achter de koude stoffige spanten, raakte de met vet ingesmeerde stuurstang, richtte zich weer op. Ze hijgde en kon niet ophouden met wat ze deed. Vanuit de stuurhut liep ze terug naar de achtersteven en zonder nadenken stapte ze daar op het ijs. Het kraakte. Snel deed ze een paar stappen in de richting van het meer, om buiten het boothuis te komen. Het ijs bleef kraken en scheurde en voordat ze zich zelfs maar had kunnen omdraaien, bezweek het onder haar voeten en zakte ze omlaag. Water golfde over de schotsen. In het boothuis was het ijs nog zwak, als onder een brug.

Tot borsthoogte stond ze in het water. De geluiden van golvend water en brekend ijs weerklonken in het boothuis. De schotsen waren glibberig, scherpgerand. Kou voelde ze niet, alleen het bonken van haar hart en de zwaarte van haar kleren. Een ogenblik was er de verlamming. Toen gaf de angst haar kracht. Ze brak het ijs voor zich weg, waadde naar het plankier tussen de schepen, het stak boven haar uit, maar schreeuwend, haar handen op het plankier, een voet op de achtersteven van de boot, hees ze zich omhoog. Er leek nauwelijks tijd verstreken sinds het ijs onder haar was gebroken.

Vijf minuten later stond ze onder de douche, gehuld in warme dampen.

Jelmer staarde naar het hoopje natte kleren op de badkamervloer, naar het zwarte modderwater dat eruit wegsijpelde.

Tegen het eind van de ochtend stond er voor het huis een vrachtwagen van een cateringbedrijf. In de keuken waren twee koks in de weer en het begon er te ruiken naar soep, kruiden en gebraden vlees. In de grote woonkamer was het haardvuur in het midden van het vertrek al aangestoken, door Halbertsma zelf, die het aan geen ander had willen overlaten. De tapijten op de stenen vloer waren opgerold en weggedragen. Twee diensters waren er doende met uitklaptafels en damasten tafelkleden. Stapels dozen met borden, glazen en bestek stonden te wachten om uitgepakt te worden.

Blozend van opwinding liep Hedda Halbertsma rond. Het liefst had ze de geuren die in de keuken ontstonden met waaiers – zo stelde ze zich dat voor – door het huis verspreid, want zó behoorde het te ruiken op een midwinterfeest, het was precies wat ze zich had voorgesteld, en straks kwam daar de geur van de warme gekruidnagelde wijn nog bij. In haar hoofd hoorde ze steeds dezelfde paar maten uit een Schubert-kwartet en ze vroeg zich af of ze vanavond nog wel zou kunnen spelen. Ze begon pijn in haar nek te krijgen, omdat ze te hard ging, ze wilde wel vaart minderen, maar na al het gedraaf van de afgelopen dagen lukte dat niet meer, en ze probeerde zich er nu mee te verzoenen dat ze zich die avond met een stijve nek door het feestgewoel zou moeten bewegen.

Lin bood de helpende hand. Eerst rolde ze met Hedda de tapijten op en droeg ze weg. Toen Hedda begon te vragen hoe het ging, zocht ze werk buiten. Ze strooide zand op het pad dat van de weg naar het huis voerde en ook op het terras aan de tuinkant. Snel en handig lapte ze de ramen van de terrasdeuren, haar rug verwarmd door de winterzon. Nadenken kon ze niet. Het was of ze op een glijbaan zat, die haar van de ene naar de andere gebeurtenis voerde. In huis hielp ze de meisjes van de catering met het oppoetsen van de glazen en voerde een vrolijk gesprek met hen. Als ze het wilde was ze een meester in de versluiering van haar gevoelens. Of was het geen versluiering, voelde ze zich wérkelijk goed, opgetild door de voorbereidingen op het feest?

Wanneer ze door de gang liep, keek ze naar de plavuizen om te zien of er geen sporen waren achtergebleven. Na haar douche had ze bliksemsnel in de gang en op de trap alle moddersporen uitgewist. Ze wilde niet dat iemand wist wat haar in het boothuis was overkomen en had Jelmer bezworen zijn mond te houden. Maar het drukte haar dat ze Hedda niets had gezegd. Hedda, die ze de afgelopen twee jaar zoveel had toevertrouwd, met wie ze op stap ging in Amsterdam, die ze in de moestuin hielp. Als om het goed te maken begroette ze de twee jongere broers van Jelmer uitbundig. Ze arriveerden gelijktijdig, met hun vriendinnen. Maar ook na dit vertoon van familiezin had ze moeite om Hedda aan te kijken en ze ontliep haar.

Ook voor Pieter Halbertsma sloot ze zich af. Een paar weken geleden had hij tijdens een maaltijd uit zijn mond laten vallen dat ze in het kostuumatelier 'beneden haar niveau werkte' en hij had haar aangeraden om alsnog vier jaar een universiteit te bezoeken. Jelmer had zijn vader onmiddellijk laten weten dat hij zijn uitspraak 'totale onzin' vond. Hedda had er een grap overheen gegooid en het onderwerp behendig afgevoerd. Maar er was iets blijven hangen. Ze had zich afgewezen gevoeld door een man tegen wie ze opkeek en in de woede die zich naderhand ontwikkelde, was ze ervan overtuigd geraakt dat Jelmer en Hedda er heimelijk net zo over dachten als Halbertsma, hoe eensgezind ze zich ook aan haar zijde hadden geschaard. Na die maaltijd had ze eigenlijk geen woord meer met de man gewisseld.

Nu zag ze hem in het winterlandschap voor zijn huis: in een dikke trui, op rubberlaarzen, een verse sigaar in zijn mond. Ze zag hem terwijl ze zand strooide. In een verderop gelegen weiland, dat door een boer als parkeerterrein ter beschikking was gesteld, had hij ijzeren pinnen in de grond geslagen en er een plastic, rood-wit geblokt lint tussen gespannen. Daarna was hij, steeds dichterbij komend, bezig her en der parkeerpijlen met een nietpistool aan te brengen op paaltjes langs de weg. Hij begroette haar en schoot lachend een paar nieten in de lucht. Onzeker, dacht ze. Halbertsma begon tegen haar te praten. Ze voelde dat hij haar iets wilde zeggen, maar maakte het hem onmogelijk door met haar zandemmer naar de achterzijde van het huis te lopen.

Later, in huis, was er nog een moment. Ondertussen was ze gaan beseffen wat hij wilde – na tweeënhalf jaar begon ze hem te kennen. De man kon fel en hard zijn, maar hij had er ook snel spijt van. Hij had spijt van hetgeen hij gezegd had: dat ze onder haar niveau werkte. Nu wilde hij het goedmaken, zodat ze beiden onbezwaard van deze dag zouden kunnen genieten. Daarom verscheen hij in de deuropening van zijn werkkamer en zocht haar ogen toen ze hem naderde in de gang. Maar ze liep hem straal voorbij. Toen ze hem gepasseerd was, kwam er een immense, verschroeiende blos op uit haar hals. Ze voelde dat ze hem had geschoffeerd en dat hij zichzelf geweld moest aandoen om haar niet met gebiedende stem, als een ondergeschikte op zijn werf, bij zich te roepen.

Nee, ze voelde zich niet goed. Zodra ze iets in haar mond stopte en erop kauwde, keerde die misselijkmakende smaak van rubber en stof in haar mondholte terug. Zodra ze een ogenblik alleen was en tot zichzelf kwam, voelde ze de golving van water en ijsschotsen weer om zich heen. En achter die ervaring woelden, maar vooralsnog bijna onbereikbaar, de kwellende herinneringen aan haar weerzien met Hokwerda.

Het ijs op het meer was betrouwbaar. Halbertsma had op verschillende plaatsen gaten geboord en diktes van vijftien tot twintig centimeter gemeten. Daarna was Jelmer met een sneeuwschuiver aan de slag gegaan en had een ovale schaatsbaan geveegd. Halverwege de middag was er een tiental rijders op het ijs, kinderen en volwassenen. Op de steiger waren matten gelegd. Door de tuin kwamen nu en dan pas gearriveerde gasten aanlopen om een blik te werpen op de ijsvlakte, die zo blonk en schitterde dat het de ogen verblindde. Het was jaren geleden dat het meer bevroren was geweest.

Jelmer zat op een van de matten, zijn voeten met schaatsen bungelend – hij had kramp in zijn enkels na het eerste rijden. Steunend op zijn achter zich geplaatste handen zat hij uit te rusten en om zich heen te kijken. Zijn ogen glansden. Hij genoot van de tintelende lucht, van de vaart die in zijn lichaam zat, van het diepe hijgen. Hij genoot ook van de terugkeer van het bekende. Het vergeelde riet langs de oevers. De glinstering van het ijs, blauw en zwart zover het oog reikte, met vegen wit erin. De immense stralende stilte van de winterdag, waarin elk geluid bijna onmiddellijk oploste. Hij genoot zelfs van zijn verstijfde vingers, die nu begonnen te tintelen.

Na lang aandringen had hij Lin op het ijs gekregen, op de stalen noren van zijn moeder. Het was de eerste maal dat hij haar op het ijs zag. Ze reed veel beter dan hij. Haar vader had het haar geleerd, wist hij, al op haar vierde had hij haar achter een stoel op het ijs gezet en laten krabbelen. In de winter voor de scheiding had ze een paar tochten met hem gereden. Aan het eind van zo'n tocht, toen ze niet meer kón, had hij haar getrokken aan een sjaal, hij reed voor haar, gebogen, het uiteinde van de sjaal in zijn op zijn rug gevouwen handen – aan alle 'aanrakingen' met haar vader had ze een scherpe herinnering. Hokwerda had een schaatster van haar willen maken. Na de scheiding van haar vader had ze nog een winter les genomen op de schaatsbaan in Amsterdam, voor hém eigenlijk, om zijn trots te kunnen zijn, terwijl hij er niet meer was.

Jelmer keek naar haar toen ze langsreed en lachte haar toe. Ze had geleerd een bocht te rijden, en hoe, handen op haar rug. Hij was er jaloers op. Omdat hij naar haar keek, werd ze onzeker en ging ze bijna onderuit, maar met een tussenslag en twee keer een snel pootje-over wist ze zich te redden. Weg was ze weer, voor een nieuwe ronde. Hij keek naar haar kont, die breder leek omdat ze zich vooroverboog, die mooie kont van haar die hij niet eerder zo, boven haar schaatsende benen, had zien schokken en glijden.

In de manier waarop hij haar had toegelachen, had hij iets terughoudends gevoeld, een aarzeling. In de manier waarop ze langs hem reed hetzelfde, terughouding, alsof ze elkaar pas kenden. Hij volgde haar met zijn ogen, ze toeknijpend tegen het helle licht en de schittering van het ijs, en zag haar over de smalle baan gaan, een paar kinderen passerend, naar wie ze omkeek en lachte. In haar manier van rijden bespeurde hij haar zachtheid. Terwijl ze zo van hem wegreed, het ijsmeer op, deed plotseling zijn hart pijn, een stekende pijn, iets dat hij nog nooit had gevoeld, en droefheid verspreidde zich door zijn lichaam. Hij schrok enorm van die pijn. Wat was dit?

Twee keer reed ze langs hem, de tweede keer al voorbereid op haar onzekerheid in de bocht, haar rechterarm los, ermee zwaaiend om vaart te maken. Toen ze voor de derde maal op hem toe kwam uit die weidse schittering richtte ze zich op, hijgend, haar rechterhand in haar zijde plaatsend, ze reed uit, remde krachtig, en met de resterende snelheid gleed ze tot tussen zijn knieën.

'*Hey babe,*' zei ze uitdagend.

Terwijl hij haar vasthield, voelde hij zijn twijfel. Opnieuw herinnerde hij zich het hoopje natte kleren op de badkamervloer, het modderwater dat eruit sijpelde en naar de afvoer gleed. In het boothuis had hij het gebroken ijs gezien, glinsterend in het donkere water, en hij had zich afgevraagd hoe ze er in godsnaam toe gekomen was daar zomaar op te stappen, terwijl een enkele blik voldoende was om te weten dat het niet sterk genoeg was. Opnieuw herinnerde hij zich ook haar vader – zoals de man voor hem had gestaan op het autokerkhof, nadat hij uit de dragline was gestapt, bleek en verwilderd, en achter hem dat neergestorte autowrak, de portieren open. Die man is gék, had hij vol schrik gedacht, die vent is echt hele-maal gek, met pillen en drank houdt hij het eronder, maar hij is gek. Na Hokwerda was die trainer gekomen, die haar tien jaar in zijn macht had gehad. Toen Marcus, een intelligente jongen, maar aan de drugs (pas onlangs had ze hem durven vertellen dat ze met die knul naar Spanje was gegaan om hem ervan af te helpen, het was haar ge-lukt, hij had maanden zonder gedaan, maar terug in Amsterdam was hij binnen een week weer aan het slikken en spuiten geslagen). Ten slotte de een of andere schimmige figuur, een stuk ouder dan zij, lasser op een booreiland, die haar sloeg en bedroog. Dit was haar carrière in de liefde. Ze kwam met extreme types in aanraking, halve misdadigers, als je haar geloven moest. Maar het was haar allemaal overkómen, het was haar aangedaan. Met hém was ze die wereld ontstegen, zei ze.

Juist nu ze tegen hem aan stond, hijgend naast zijn oor, voelde hij een terughoudendheid die hij niet verbergen kon. Eerst was hij ge-schrokken van die hoop achteloos neergesmeten kleren, daarna had hij plotseling weerzin gevoeld, een felle weerzin, en ten slotte was er een onbestemde angst in hem opgelaaid.

Jelmer klemde haar tussen zijn knieën. 'Hé, mooie meid.'

'Hé.'

Hij registreerde hoe ze eruitzag, alsof hij dat wilde onthouden. Op haar stalen noren, in haar donkerrode leren broek, haar room-witte trui, haar hoofd dat bevallig oprees uit de omgeslagen kraag, haar licht puilende ogen, tranend door de kou, haar gezicht en achter haar het blinkende en fel schitterende ijs, blauw en zwart. Zelden had hij haar zo mooi gevonden. Haar trui rook naar haar. Haar haren roken naar haar. Ze was warm. Was dit afscheid? Lazer op, zei hij te-gen zichzelf, je hebt je bang laten maken.

'Eén baan samen,' zei ze, 'als dat er nog af kan.'

'Hoezo: als dat er nog af kan?' Het irriteerde hem: dat eeuwige ge-chanteer.

'Ik maak maar een grap, man.'

De geveegde baan was net breed genoeg om naast elkaar te kun-nen rijden. Ze schaatsten langzaam, met kleine slagen, elkaar bij de hand vasthoudend. Jelmer reed precies gelijk op met haar, zijn linkerhand in zijn broekzak.

'Voor het eerst zie ik je op het ijs,' zei hij.

'En ik jou.'

Ze kwam dichterbij, legde een arm om zijn middel, onder zijn trui. Ze zei niets. Ze schaatsten gelijk op. De zon in het zuiden brandde op hun gezicht. Met een zacht rukje trok ze zijn hemd een eindje uit zijn broek omhoog. Het was genoeg om hem op te winden.

'Ik wil zo graag met je vrijen,' zei ze.

'Het huis zit vol mensen.'

Maar een door wanhoop opgestuwde geilheid had al bezit van hem genomen, de meest onontkoombare die er is. De wereld trok zich samen in haar hand op zijn rug, er was niets anders meer dan die hand die met kleine rukjes zijn hemd en shirt uit zijn broek sjorde. Hij stak zijn neus in haar haren. Even later schaatste ze voor hem uit, in haar zachte stijl. Hij zag haar billen schokken bij elke afzet, dan glijden, dan weer schokken.

Zij verliet als eerste het ijs. Tien minuten later liep hij zelf in huis de trap op, zijn schaatsen opzichtig in zijn hand, zijn trui over zijn arm, haren in de war. Op de bovenverdieping, na een knik in de gang, vervaagden de stemmen van beneden tot geroezemoes, maar ze verdwenen niet, ook niet toen hij de deur van de logeerkamer achter zich sloot. Het was of de aanwezigheid van anderen door kieren in de vloer tot hen doordrong. Het stoorde hem. Maar hij was in de greep, gejaagd.

Lin lag achterover op een hoekpunt van het brede bed, haar onderlijf bloot, haar voeten net op de vloer. Ze kwam half overeind, steunend op haar ellebogen, keek naar hem, maar zei niets. Ze bloosde. Mijn god, waarom bloosde ze? Toen hij zich over haar heen boog, hun monden elkaar raakten, hijgend al, toen hun lippen langs elkaar gleden, met precies die kwellende vluchtigheid waar hij van hield, die hem ophitste, ernaar deed snakken, toen hij zo voor de zoveelste keer met haar begon te vrijen, verwonderde hij zich weer over het gemak waarmee ze dit deden, precies zoals ze zich oprichtte, bij hem kwam – alles paste. Maar hij wilde niet. Zijn kleren gingen uit. Hij schoof haar trui omhoog, tot haar borsten eruit gleden, voor eeuwig mooi, lief, van hém, en misschien voor het laatst gezien. Ondertussen had ze zijn roede ter hand genomen, haalde hem langs haar openpuilende zachtheid, hij zag het onder zich, haar hand eromheen. Haar bekken kwam omhoog, schaatswijf, hij stootte zich in dat sterke schaatswijflijf. Maar nog steeds wilde hij niet.

Het werd jammerlijk geneuk. Niets deugde meer, niets was nog goed. Het zweet dat uit zijn poriën sprong leek opeens vies, en ook het hare stootte hem af. Hij zag de zweetdruppels op haar gezicht en wilde ze met zijn lippen niet meer aanraken. Het smerigst was de vermenging van hun beider zweet. En waar was dat glad gezwete lijf van haar? Haar huid bleef klammig droog. Hij durfde haar geen ogenblik aan te kijken. Zij keek van hem weg. Te vlug en met pijnlijke scheuten werd het zaad uit hem geperst.

'Dit is walgelijk,' zei hij.

'Ja, het is uit.'

Dat riep ze wel vaker. Maar dan zei hij iets terug, veegde het van tafel. Nu zei hij niets. Hij hield zich stil. Terwijl hij met zijn rug naar haar toe stond, boze man met een boze rug, hield hij van haar, van haar zoals ze geweest was, het was zijn herinnering aan haar waar hij van hield en die hij wanhopig in zich opriep om zijn haat te verdringen. Nog steeds hing er die stilte, waarin ze wachtte op zijn krachtdadige ontkenning, zijn vertederde lach. Maar hij hield zich stil en liep naar de badkamer. Hij wilde zo snel mogelijk douchen. Nog nooit had hij zich vies gevoeld nadat hij met haar had gevreeën, integendeel, het was allemaal even lekker: haar zweet, haar geil, haar speeksel, haar tranen, al haar vochten smaakten hem goed, het liefst had hij haar kleddernat. Nu voelde hij zich vies, verontreinigd door haar aanraking, vies van zichzelf.

Op de vloer van de badkamer lag nog steeds die hoop natte kleren, op precies dezelfde plaats als die ochtend. Het was of ze ze niet had durven aanraken. Hij schoof ze met een voet in een hoek. De modderige kleren, zwaar en nat, riepen angstvisioenen in hem op: wat er met hen tweeën zou kunnen gebeuren, wat er met háár zou kunnen gebeuren – ze was vaak zo onbewust. Niets was voor hem zo bedreigend, en betoverend tegelijkertijd, als die kolkende stroom van haar onbewustheid. De natte kleren maakten hem woedend. Hij pakte ze op, liep terug naar de kamer en wierp ze op haar naakte lichaam. 'En dóe daar eens iets mee! Dóe er eens iets mee!'

Een ogenblik lag ze roerloos, met die hoop nattigheid, kou, naargeestige herinnering op haar buik. Toen begon ze onbedaarlijk te huilen. Onmiddellijk nam hij de kleren van haar lijf en gooide ze op de vloer. Kolkend van spijt boog hij zich over haar heen. Hij kreeg een stijve. Hij duwde zijn lul weer in haar, zo diep mogelijk. Ze sloeg armen en benen om hem heen en huilde.

Het hielp maar even.

Toen ze opstonden was de verwijdering alweer voelbaar.

Een halfuur later waren ze niettemin een paar, prachtig om te zien, werkelijk een paar.

In de grote kamer van het huis en twee aangrenzende vertrekken hadden zich een kleine honderd gasten verzameld en begon het feest op gang te komen. Hedda Halbertsma liep rond met een stijve nek, maar het deerde haar niet: ze was tevreden, meer dan tevreden, en het had wel iets statigs dat ze, wanneer ze haar hoofd wilde draaien, haar hele bovenlichaam moest meebewegen. In de haard lagen op de ijzers grote blokken hout te branden, de meisjes gingen rond met dienbladen, overal hing de kruidige geur van warme wijn, in een hoek zat een bebaarde kerel met een trekzak zijn liederen te zingen. Toen ze het eerste glas hoorde breken, lichtten haar ogen op: een heerlijk geluid vond ze dat in die mêlee van stemmen en muziek. Tussen de hoofden door zag ze een enkele maal Halbertsma staan, in voor hem karakteristieke houdingen. Ze waren sinds een paar dagen dertig jaar getrouwd, maar dat wist bijna niemand.

Vanaf het moment dat ze zich in het gewoel begaven, waren Lin en Jelmer bij elkaar gebleven. Lin had haar hand in de zijne geschoven, ze wilde dicht bij hem zijn. Hij hield hem vast, ontroerd door de herkenning van haar hand. Terzelfder tijd bonsde nu en dan zijn hart van angst om wat zich, buiten hen om en onafwendbaar, leek te voltrekken. Al gauw moest hij haar loslaten om anderen te begroeten. Maar hij bleef haar aanraken en steeds herkende hij dan haar lichaam onder zijn hand: de welving van haar heup, de holte van haar rug, precies zoals die aanvoelde, hoe zijn hand daar lag – alsof dit alles al tot het verleden behoorde en nog eenmaal met smart werd herkend.

Nog nooit was hij zo vol overgave geweest, nog nooit had hij haar zo mooi gevonden en zo scherp beseft waarom hij haar mooi vond: om die helderheid en zachtheid van haar gezicht, waarin alle vormen heel duidelijk waren, om het lichte puilen van haar ogen, dat haar gezicht zijn charme gaf, en het brede van haar mond. Onder dat zachte, nog haast kinderlijke gezicht stond haar breedgeschouderde lichaam, half dromend, zich van zijn kracht niet bewust. Was ze niet prachtig? Vanmiddag was zijn hart door pijn doorstoken, werkelijke pijn, toen ze van hem weg schaatste, het meer op. Nu was hij er trots op zoiets te kunnen voelen. Ach, ze had hem geïnfecteerd met haar onzekerheid, zoals wel vaker gebeurde. Meer was het niet. Gisteravond in de auto was het begonnen: uitstappen, in het donker en de ijzige kou bij een hek gaan staan, terugkomen, dan de provocatie, man opjutten, weer die bevestiging nodig hebben. Donder op met dat getwijfel. Ze was prachtig. Een ruwe diamant, die nog geslepen moest worden. Hij was dat aan het doen.

Met zijn tweeën trokken ze de aandacht, die middag, alsof er licht om hen heen hing. Jelmer stelde haar voor aan zijn verwanten, van wie hij sommige jaren niet gezien had, aan de vrienden van zijn ouders, van wie hij sommige al zijn hele leven kende. Ieder zag in hen een paar. Zij leek jong, jonger dan ze in werkelijkheid was, en hij leek ouder dan hij was, en op de een of andere manier paste dat bij elkaar. Een tante vond hen 'zo aan elkaar overgegeven'. Een tijdlang stonden ze – zonder het te beseffen – voor het schilderij van een liefdespaar en daar werd toen een foto van hen gemaakt.

Nog voordat haar moeder binnenkwam had Lin haar opgemerkt, een glimp van haar kapsel opgevangen en herkend toen dat tussen de hoofden bij de deur verscheen. Eerst wendde ze zich af. Toen moest ze toch weer kijken, want als je moeder binnenkwam in een kamer vol vreemden waar jij al was, dan richtte je je ogen op haar, dan had je zelfs de neiging haar tegemoet te gaan en te verwelkomen, dat was onontkoombaar, dat hoorde zo. Op eenzelfde manier scheen haar moeder naar haar te kijken, nadat ze door Hedda was begroet – alsof het een onontkoombare plicht was.

Achter haar moeder, die zich door de menigte begon te werken, stoomde Emma op, beschermster van haar moeder eigenlijk, wier hautaine en bruuske manier van doen ze met een overdreven vriendelijkheid probeerde te vergoelijken. Achter Emma wrong Paul zich tussen de mensen door, zichtbaar afgemat, als gebruikelijk, met een ironisch glimlachje dat zijn vermoeidheid zowel moest bespotten als onder de aandacht brengen. Hij had Gijsje op zijn arm genomen, vanwege de drukte, maar raakte gaandeweg met het kind in gevecht want het wilde 'zelf' lopen en probeerde zich los te wringen. Ten slotte zette hij het op de vloer, zodat het de wereld zijn loopkunst kon tonen.

In optocht kwam zo haar familie op haar af. Lin zette zich schrap. Haar moeder scheen geïrriteerd. Nadrukkelijk liet zij zich eerst door Jelmer kussen, die ze 'de zoon des huizes' noemde en luid met een 'dag jongen' begroette. Pas daarna wendde ze zich tot haar dochter.

'Dag kind.'

'Dag mam.'

Ze kuste haar moeder, rook het vertrouwde parfum vermengd met de geur van sigaretten en herinnerde zich hoe ze gister in Birdaard, in de wc, vagelijk de strontgeur van haar vader had geroken en die, zelfs na achttien jaar nog, had herkend. En zoals die strontgeur haar, ondanks alles en tot haar totale verbijstering, haast *aangenaam* was geweest, zo ook nu die typische lucht van haar moeder.

'Je had ons de route wel wat beter mogen uitleggen, kind,' zei haar moeder. 'Paul is wel drie keer verkeerd gereden. Die arme jongen hád het niet meer.'

'O, wat vervélend.'

'Zeg dat wel.'

Onwillekeurig sprak ze het woord 'vervelend' uit zoals haar moeder dat gedaan had, in die hele frase probeerde ze in feite de toon na te bootsen die haar moeder aangenaam was – een toon van overdreven hartelijkheid. Na deze eerste schermutseling – een attaque en het pareren ervan – hielden beiden zich een ogenblik stil.

'Maar je hebt toch een uitnodiging gekregen,' zei Lin toen.

'Jazeker!' Het klonk haast triomfantelijk.

'Daar zat een kaartje bij, mam.'

'Daar is mij niets van bekend!'

Mevrouw Kooiker deed er het zwijgen toe en begon om zich heen te kijken, alsof ze haar dochter niets meer te zeggen had. Lin begreep het niet. Werd ze ergens voor gestraft? Ze voelde zich schuldig. Haar oog viel op de rechterhand van haar moeder en in uiterste zelfvernedering had ze die hand, die haar koud en wreed voorkwam, willen kussen, zich diep buigend, en ook de geur van haar moeder willen opsnuiven. Een ogenblik later zat haar keel dicht van woede. Het zweet brak haar uit. Ze voelde zich lelijk, en schuldig. Alle kracht die ze zoëven nog had gevoeld, leek haar te zijn ontnomen, door haar moeder.

Godzijdank waren er de anderen om te begroeten. Emma, met haastig uitgewisselde kussen. Paul, die haar als altijd gemoedelijk-plagend aankeek, met zijn kussen vertrouwelijkheid suggereerde en het probeerde te doen voorkomen of de grote afstand tussen de zusters maar van tijdelijke aard was, niets ernstigs. Toen ze zich vooroverboog om Gijsje een aai over zijn bol te geven (meer zou hij toch niet toestaan) klemde het jongetje zich vast aan zijn vaders been, begon erom heen te draaien, deed alsof het druk aan het spelen was – een spel dat meteen ook bewónderd moest worden – en wilde haar niet zien, ondanks de aansporingen van zijn vader.

Opeens was ze alleen met Emma. Haar moeder had Jelmer aangeklampt, de 'zoon des huizes', met wie ze graag gezien wilde worden. Paul hield zich met Gijsje bezig en probeerde zich aan Jelmer als 'vader' te presenteren door de gedragingen van zijn zoon ironisch te becommentariëren. Emma scheen in deze omgeving plotseling in verlegenheid te worden gebracht door Jelmer, de man met wie ze ooit iets had gehad, en ze wendde zich tot haar zuster, met een bruuske stap voorwaarts, haar afsnijdend van het groepje.

Ongemakkelijk stonden de zusters tegenover elkaar. Ze hadden elkaar maanden niet gezien. Een paar weken geleden was Lin in het centrum van de stad door haar zus voorbijgelopen, zonder te worden opgemerkt en zonder zelf iets te roepen naar die vrouw daar die haar zuster was. Ze herinnerde zich dat nu weer. Ze keek naar Emma, die haar gezicht naar de terrasdeuren had gewend om de tuin te zien, en voelde zich de jongere. Emma zou altijd haar oudere zuster zijn, degene die het beter wist. Zoals zij altijd de jongere zou zijn en zich jongere zou voelen, degene die het niet wist.

'Hoe is het?' vroeg ze.

'We hebben ons helemaal gék gezocht om hier te komen.'

'Ja, wat vervelend zeg.'

Dat er bij de uitnodiging een kaartje had gezeten, vermeldde ze dit keer maar niet. Een ogenblik voelde ze hoe vertrouwd Emma haar was, nog meer dan anders, leek het, nu ze op de plaats geweest was waar ze samen waren opgegroeid. Ook Emma's hand had ze willen kussen. De neiging was haast onbedwingbaar. Zijn stem was nog precies hetzelfde, had ze willen zeggen. Ik was zijn stem vergeten, ik kon me met geen mogelijkheid herinneren hoe hij klonk, maar toen ik hem aan de telefoon hoorde, herkende ik hem onmiddellijk, en in de wc van zijn huis herkende ik gister zelfs zijn strontgeur, na achttien jaar, waanzinnig was het, dat ligt dus allemaal ergens opgeslagen.

'Dus jij bent bij je pappa geweest?' zei Emma toen, zichzelf weer meester.

'M'n pappa?'

'Ja, bij je pappa.'

Lin zweeg. Ze had haar bezoek aan haar vader voorlopig geheim willen houden. Hedda was de enige die ervan wist. Hedda moest het dus aan Emma en haar moeder hebben gezegd toen ze binnenkwamen, Hedda die nooit iets doorvertelde, die zo tot het uiterste zorgvuldig was – zij had het verraden.

'Ik ben in Birdaard geweest,' zei ze.

'Bij je pappa.'

'Jouw vader en de mijne.'

'Pappa.'

Lins benen begonnen te trillen, net als de avond tevoren op het autokerkhof, nadat de grijper om het autowrak zich had geopend en het vlak voor haar voeten tegen de grond was geslagen. 'Wat doe je toch altijd raar tegen me,' zei ze, en ook haar stem trilde.

'Raar.'

'Ja, ongelooflijk raar.'

Ze zwegen. Het werd onverdraaglijk om nog langer tegenover elkaar te staan – alsof er tussen hen een vuurbal ontstond, een kracht die hen uiteendreef, uit elkaar slingerde. Gelijktijdig, in een volmaakt harmonieuze beweging, een volmaakt contrapunt, wendden ze zich van elkaar af. Emma koos de kant van de groep, haar familie, en sloot aan. Lin draaide weg naar de terrasdeuren, naar waar de tuin was, en stond alleen.

Enkele uren later liep ze de donkere tuin in. Het bevroren gras kraakte onder haar schoenen. Door de drank voelde ze de kou niet. Toen ze omkeek, zag ze het verlichte huis liggen, breed en sterk onder zijn rieten dak. Om niet gezien te worden liep ze zijwaarts weg van het huis en dan met woeste stappen langs de rand van de tuin in de richting van het boothuis.

Urenlang had ze het geprobeerd. Doorbijten, meedoen, hopen dat er ergens weer een opening kwam. Maar het wilde niet, zoals haar vader zeggen zou. Wil het niet, famke? Nee, het wil niet. Elke aanraking van Jelmer maakte een gekunstelde indruk. Zijzelf kon hem niet meer aanraken zonder zich daar hinderlijk van bewust te zijn, zelfs met hem spreken kostte moeite: ze voelde haar lippen bewegen als ze iets tegen hem zei, en zijn bedroefde blik verlamde haar. Met Emma spreken was uitgesloten. Haar moeder had alleen nog tegen haar gezegd dat ze er wel trots op mocht zijn dat ze hier stond, in zo'n huis, naast zo'n man – alsof ze het eigenlijk niet verdiende. Hedda had haar aangeschoten en gefluisterd: 'Ik heb uit mijn mond laten vallen dat je bij je vader in Birdaard bent geweest, vreselijk stom – er is toch niets gebeurd?' Nee, er was niets gebeurd. Tijdens het buffet had ze zich met haar bord en glas bij de broers van Jelmer gevoegd. Maar het was of ieder voelde dat ze niet wilde, dat 'het' niet wilde.

Ze had zich teruggetrokken in de werkkamer van Hedda, die de bibliotheek werd genoemd vanwege de enorme hoeveelheid boeken die er stond opgetast. In op maat getimmerde kasten natuurlijk, die nog van het oude handwerk getuigden, in precies de juiste mooie oude kleuren geschilderd. En daar stond precies de gerieflijke sofa die je verwachtte, met van die kussens, kameelzakken uit Iran of Afghanistan, en de schemerlamp die zijn lichtkring wierp maar de hoeken van het vertrek aangenaam in de schaduw liet, en daar was ook het haardje – het vrouwenhaardje, zoals Halbertsma het liefkozend noemde – en het haardscherm met figuren, dat de warmte van het vuur weerkaatste. Ze spuwde erop: die goede smaak, dat alles klopte, dat alles er was, en schaamde zich ook meteen voor haar weerzin, het was niets dan afgunst.

Ze had een boek over bomen uit de kast gepakt, erin gebladerd en het al gauw teruggezet, omdat de bomen die ze erin zag, op paginagrote kleurenfoto's, te mooi waren, stuk voor stuk te mooi. Toen had ze zich de vijgenboom herinnerd die ze in Spanje had gezien. Hij was in een holte van een rotswand gegroeid, half boven een ravijn. Een koude en ongunstige plek. Maar daar stond hij toch of liever, hing hij, had hij zich met oerkracht vastgezet. Zijn wortels waren in de rots gedrongen. Ze had niet kunnen ontdekken waar ze een spleet gevonden hadden, zelfs niet toen ze haar vingertoppen erlangs had laten glijden. Ergens moest hij toch een opening gevonden hebben. Marcus had er een foto van gemaakt: zij in die rotsholte, bij de wortels van de vijgenboom, met haar vingertoppen op zoek naar een opening in de steen. Er waren meer bomen die indruk op haar hadden gemaakt, maar deze was haar het meest bijgebleven. Ze had zijn bladeren geteld: niet meer dan zestien waren het er, zestien. Toch leefde hij.

Vanuit de bibliotheek had ze geprobeerd terug te keren naar het feest, maar in de gang, toen ze de stemmen hoorde, iedereen in druk gesprek zag, was haar de moed ontzonken.

In het donker liep ze nu langs de rand van de tuin, zwikkend op de bevroren kluiten. Boven de silhouetten van de bomen stond een reusachtige vollemaan, dezelfde die ze gister boven het autokerkhof had zien oprijzen, bloederig geel in het grijs van de schemer. Ze dacht aan haar vader, aan de gebroken sigaar tussen zijn trillende vingers. Plotseling was hij dichtbij. Terwijl ze door de omgespitte moestuin ploeterde, struikelend over de kluiten, op haar knieën vallend, was hij dicht bij haar, het was of ze hem begreep, struikelend, vallend, en een ogenblik werd haar hart lichter.

Hijgend kwam ze bij het boothuis. Op de steiger lagen nog de matten waarop ze die middag had gezeten om haar schaatsen aan te trekken. De ijsvlakte glinsterde in barre verlatenheid. De vlag, die op de uiterste punt van de ijsbaan was geplaatst, hing slap.

Ze dacht aan Henri. Het was of hij deelde in het begrip dat ze een ogenblik voor haar vader had gevoeld, een begrip voor onmacht en ontoegankelijkheid. Hoorde ze bij Henri? Ze stak een sigaret op met de benzineaansteker die ze van hem gepikt had op de dag van hun weerzien, de datum wist ze nog. Ze hield de warme aansteker in haar hand, rook eraan om de geur van benzine en verhit metaal op te snuiven. Henri, dacht ze. Henri op zijn mooie poten, die het straatgruis deed knersen onder zijn zolen als hij stilhield of draaide; Henri die tortilla's voor haar bakte en niet wilde praten, die haar neukte en openbrak, die wegliep en terugkwam, Henri die met steeds zachtere ogen naar haar keek en als een trouwe hond tegen haar aan kwam staan, Henri die elk halfjaar een andere auto kocht en er in een ommezien een Henri-auto van had gemaakt, Henri met zijn vitrine vol potscherven, zijn voordeur waarop hij een plaat ijzer had gelast, Henri met zijn rommelige en moeilijke leven dat haar zoveel dieper raakte dan al die gestroomlijnde carrières en prefab levens in Jelmers wereld.

Voordat ze het wist lag de telefoon in haar hand en drukte ze op de groenig verlichte toetsen. Toen ze Henri's slaperige stem hoorde, werd ze week. 'Hé schat,' zei hij, 'waar zit je?' Ze haastte zich naar het boothuis en verborg zich in de schaduw.

Na het telefoongesprek liep ze onvervaard, met zwiepende tred, terug naar het huis.

'Hé Jelmer!'

Hij stond buiten.

'Zo, ik heb mijn eigen even opgefrist,' zei ze. 'Je ziet eruit of je me zocht en je gezicht ziet eruit of je, hoe zal ik het zeggen, of je al veel te lang naar me hebt moeten zoeken. Maar vertel es, hoe is het nou allemaal?'

Plotseling sloeg de dronkenschap toe.

'Er wilden mensen afscheid van je nemen,' zei hij. 'Je moeder en je zus hebben een tijd op je gewacht, inmiddels zijn ze weg.'

'Des te beter.'

Jelmer keek naar haar wilde gezicht. Hij had haar naast het boothuis zien staan en uit haar houding – de opgeheven rechterhand naast haar oor – afgeleid dat ze telefoneerde. Met haar voorhoofd had ze tegen de houten wand van het boothuis geleund, alsof ze tegen iemand aan stond, tegen iemands borst.

# V

## BEDROG

Het was begonnen toen Alex Wüstge haar in De Jaren die foto van Henri had gegeven. Een foto waarop hij nota bene bijna onzichtbaar was: alleen zijn blote onderarm was erop te zien, de arm waarmee hij een vrouw omklemde en tegen zich aan drukte. In de wc had ze de foto verscheurd. Maar toen ze even later op het terras naar Jelmer toe liep, nerveus wiegend met haar heupen, leek het of ze hem ontrouw was geweest.

Had Alex het met opzet gedaan? Had de drank hem kwaadaardig gemaakt? Hij viel op haar, zoals hij haar die middag had bekend, zijn lippen bij haar oor, bijna voorovervallend van zijn barkruk. Maar hij was altijd te bedeesd geweest om haar iets te laten merken. Daarom had hij haar nu plotseling kwaad willen doen, haar en misschien ook Henri. Had hij in datzelfde gesprek niet bekend dat hij een 'oplichter' geworden was? Het leek vergezocht, té ver: dat hij haar met een foto had willen verleiden. Hij was eenvoudigweg trots op zijn tentoonstelling en had indruk op haar willen maken. Toch verliet haar nooit helemaal het gevoel dat het Alex Wüstge was geweest die met één graaiende beweging in een plastic tas haar leven had verstoord, opzettelijk.

Door die foto was het verlangen naar Henri weer opgevlamd. Prompt was ze hem tegengekomen. Ze hadden elkaar gesproken in het Vondelpark, 's avonds was ze naar zijn huis gegaan. Bij het afscheid had ze zijn benzineaansteker gepikt. Als aandenken, dacht ze. Maar tien dagen later stond ze voor het huis aan het Singel waar hij aan het werk was.

De voordeur was open. Ze liep de trap op naar het bovenhuis, steeds dichter bij het hamergeklop (er werd een nieuwe vloer gelegd), en ze vergat het nooit meer: hoe ze nog vijf, zes treden moest klimmen en toen over de vloer van de gang in een kamer keek, hoe Henri daar op zijn knieën lag, met een beitel stukjes hout afstekend, en in het luide en in de lege kamers weergalmende hamergeklop opzij keek, naar haar, terwijl hij haar onmogelijk had kunnen horen. Een paar uur later lag ze op het ijzeren bed in zijn huis. Na tweeënhalf jaar herkende ze zowel gretig als vol verzet zijn lichaam. Het was of niet zijzelf maar haar handen en lippen zich zijn lichaam herinnerden, of de herinnering aan de vormen van zijn gezicht in haar lippen lag opgeslagen, de herinnering aan zijn rug in haar handen – blindelings vond ze daar het litteken, de plaats waar zijn vader hem had geraakt. Ze werd bang, stond op. Maar ze kon er niet aan ontkomen en, weer onder het dekbed, sloeg ze armen en benen om hem heen en huilde. Henri voelde zich gevleid door haar tranen. Maar zij huilde omdat ze besefte dat de band met deze man er nog steeds was.

Toen ze weer op straat stond, in het donker, begon de paniek in haar te kolken. Het leek onmogelijk om te verbergen wat haar overkomen was. Maar meteen al die eerste keer begreep ze dat ze tussen een ontmoeting met Henri en thuiskomen bij Jelmer *andere* gebeurtenissen moest plaatsen. Ze ging een café binnen om een cafélucht in haar kleren op te doen en liet zich aanklampen door een oudere vrouw. Toen ze thuiskwam zei ze dat ze met een paar mensen van het atelier in het café was beland, nadat ze een haastklus voor een film net op tijd hadden afgerond, en dat ze vergeten was hem te bellen. Jelmer was boos. Met zijn boosheid was ze alleen maar blij. Hij kon haar niet boos genoeg zijn. Haar schuldgevoel gebruikte ze om zich schuldig te voelen over haar slordigheid, het vergeten telefoontje. Haar verontschuldigingen, haar kussen, haar verlangen naar verzoening – het leek alles oprecht, ook voor haarzelf.

Tegen middernacht vree ze met Jelmer, in het donkere souterrain, donker omdat zij dat wilde. Ze beleefde het als een initiatie, een verder verlies van onschuld, en beschouwde het als iets dat onontkoombaar was, iets dat zich in elk leven voordeed. Ondanks schuldgevoel en een zekere geremdheid, ondanks vlagen van schaamte die haar haarwortels deden prikken, genoot ze ook van iets dat machtsgevoel was: het was de eerste keer dat ze op één dag met twee mannen naar bed ging.

Terwijl Jelmer haar neukte, herinnerde ze zich het lichaam van Henri: kleiner, gespierder, feller. Terwijl ze Jelmers ballen vasthield, herinnerde ze zich hoe ze die van Henri over haar handpalm heen en weer had laten schuiven, dat was lekker geweest, en toen liet ze die van Jelmer op precies dezelfde manier over haar handpalm glijden. Ze genoot van haar lust, van haar begerig lichaam. Met twee mannen tegelijk: Henri en Jelmer. Nee, die pasten niet bij elkaar. Henri en Alex, dat ging wel. Alex werd eerst geslagen met een riem, arme jongen, om hem kwaad te maken en zijn bedeesdheid te laten verliezen. Henri, die haar met haar polsen aan de spijlen van zijn bed bond en aan Alex gaf. Henri en Alex, die haar gebruikten tot ze uitgeput was en werd toegedekt, als een afgebeuld paard, en tussen hen in lag, hijgend en snikkend, terwijl ze haar met hun gespierde armen vasthielden.

Ze veegde deze beelden uit haar hoofd. Alleen Jelmer! Alleen zijn hijgende flanken, zijn lippen, zijn gekreunde woordjes, zijn vertrouwde litanie van geile woordjes, Jelmer, haar vertrouweling, hij die haar altijd hielp, die haar kende, Jelmer die zich in een bos op haar ontblote dij had afgetrokken, woedend omdat ze daar niet met hem wilde, alleen Jelmer.

Maar toen had ze ook Jelmer niet meer. Opeens hoorde ze de voetstappen en stemmen van voorbijgangers in de straat, ze hoorde de geluiden die ze met zijn tweeën maakten, iets dat haar anders nooit overkwam. Haar lust bekoelde. Het kostte haar moeite om klaar te komen, terwijl ze zo graag wilde, zo verschrikkelijk graag wilde, en toen de grote golf haar eindelijk optilde kwam er uit haar keel niets dan een schor en lelijk geluid. Jelmer liet zich meteen van haar afglijden en zei niets meer. Na een tijd pakte hij haar hand. Zonder nog iets te zeggen, in een onwezenlijke stilte, lagen ze te wachten op de slaap.

Ze zocht Henri op in de appartementen die hij her en der in de binnenstad verbouwde. Eerst was het dat huis aan het Singel waarvan hij de twee bovenste verdiepingen onder handen had, daarna een pand in de Jordaan, een voormalige drukkerij waarin een restaurant werd gebouwd, ten slotte een groot huis aan de Amstel, waar alles tegenzat en hij uiteindelijk met zes man stond te beulen om op tijd klaar te zijn.

Op de plekken waar hij werkte trof ze Henri altijd in gezelschap van zijn vaste maats: Harald en Jos. Harald was een afgestudeerd psycholoog, een boom van een kerel, zwijgzaam, op sommige dagen hing de depressie als een donkere wolk om hem heen. Jos was een prater, klein en gespierd, hij had ooit een kunstacademie bezocht. Soms had Henri er nog een stukadoor bij, een felle roodharige man voor wie ze bang was. Wanneer ze langs het vertrek kwam waar hij aan het werk was, met dat schurende geluid, nat van het zweet, opgejaagd door de drogende stuc, liep ze er zo snel mogelijk voorbij.

Meestal kwam ze aan het eind van de middag. Henri was stug. Ze liep rond en keek wat er sinds haar laatste bezoek tot stand was gebracht. Ook al wist ze wat er door de andere twee was gedaan, voor haar gevoel was alles Henri's werk en ze was trots op hem: van een paar uitgewoonde etages maakte hij een schitterend appartement. Ze hield van lege huizen waar gewerkt werd: van de stemmen en voetstappen in de hol klinkende vertrekken, het geluid van hamers, zagen en machines vermengd met opgewekt geschreeuw, melige praatjes en muziek. Ze liep te luisteren en te dromen en was nerveus. In de huizen aan het Singel en de Amstel keek ze elke keer, bijna dwangmatig, naar het oude glas. Henri had haar opmerkzaam gemaakt op het bestaan van oud vensterglas. In de hoge, achttiende-eeuwse ramen zat her en der nog een ruit waarvan het glas niet vlak was, maar oneffen, hobbelig. Met tegenlicht kon je het zien. Het oude glas was mooier dan het nieuwe: door zijn onregelmatigheid leefde het meer. Bij elk bezoek keek ze ernaar, naar steeds dezelfde ruiten ook, haar hoofd net zolang bewegend tot ze de oneffenheden in het glas kon zien.

Soms had Henri tijd om te praten, soms niet. Als hij tijd had nam hij haar mee de straat op. Daar liepen ze dan geliefden te wezen, op straat. Ik haat deze onduidelijkheid, zei Henri keer op keer, ik haat het, ik doe het niet meer. Maar daarna liepen ze toch gewoon door. Ze kon hem nauwelijks bijhouden, zo snel liep hij. Zodra ze zijn arm durfde te pakken en zich tegen hem aan drukte, werd hij rustiger.

'Waar gaan we heen?'

Hij wilde een doel hebben. Het kon haar niet schelen waar ze heen gingen: ze wilde alleen maar bij hem zijn. Maar hij wilde weten waar ze heen gingen. Daarom kozen ze een doel.

In de stad ontstond zo een nieuwe reeks gedenkwaardige plaatsen. Het koffiehuis waar ze met Henri over zijn vader had zitten praten (omdat er een oude man binnenkwam die op hem leek). Een haringstal op een brug waar ze geregeld met Henri kwam en zich eens plotseling naar het water had afgewend, omdat ze een van Jelmers beste vrienden zag naderen, en met bonzend hart had staan wachten tot hij voorbij was. Een stuk Stadhouderskade waar Henri tegen haar tekeer was gegaan. Een plek bij het Wertheimplantsoen waar ze onder de bomen met hem had staan vrijen, laat op de avond, en was opgeschrikt door trambestuurders die uit hun wachthok kwamen. Cafés waar ze met Henri had gezeten. Winkels waar ze kleren met hem had gekocht. De plek waar ze met haar hak in de tramrails was blijven haken toen ze halfdronken aan zijn arm liep.

Al deze plaatsen zetten zich vast in haar geheugen, met wat er zich had afgespeeld, en werden in het voorbijgaan – niet zelden in Jelmers gezelschap – herkend.

Alleen als ze bij hem in huis was, voelde Henri zich werkelijk op zijn gemak met haar. Als hij met haar in bed lag, als ze op de bank een boek zat te lezen, als hij haar bezig hoorde in de badkamer of aan tafel een paar losgesprongen knoopjes aan zijn overhemden zag naaien. Wanneer hij haar in de stad trof bleef hij ongedurig, onrust en ergernis maakten hem afwezig. Hij voelde zich een onnozele hals die zich liet ringeloren door een vrouw, een schlemiel die niets beters kon krijgen dan de vrouw van een ander.

Overigens had hij met die ander niet het geringste mededogen. Hij beschouwde zichzelf ook niet als een bedrieger. Lin was degene die bedroog, en alle afschuw die verraad in hem opriep, voelde hij bij vlagen voor haar. Zij was er dus toe in staat: een kerel in de maling nemen. Dat zat dus ook in haar, dat kon ze dus ook, deze vrouw die hem altijd zo eerlijk had geleken, overdreven eerlijk zelfs, bot van eerlijkheid, omdat ze er niet onderuit kon de dingen te zeggen zoals ze voor haar waren. Maar dat zat dus ook in haar, dat ging verscholen achter dat open gezicht: die sluwheid, dat vermogen om feiten te verdraaien, om zonder blikken of blozen leugens op te dissen, om dubbelhartig te zijn, kortom, om datgene te doen wat voor dit bedrog noodzakelijk was. Hij kon haar erom haten. Maar uiteindelijk kon het hem niets schelen wat ze met die ander deed, als ze maar bij hem kwam, zo mooi en rijp en hijgend, met dat waas van verlegenheid om zich heen, als hij maar, nadat hij de voordeur met zijn voet had dichtgeduwd, zijn arm om haar middel kon slaan, zijn hand in haar broek kon laten glijden, over haar licht bezwete billen, en haar geur kon opsnuiven.

Met haar komst was zijn kwelling nog niet ten einde: ze moest wennen.

Hij voegde zich, hield zich in – geen sarrende opmerkingen nu, want dat werkte averechts. Toontje lager zingen, zei hij tegen zichzelf, wees blij dat ze er is. Maar zolang hij niet met haar in bed had gelegen, had hij geen rust. Na een uur had hij haar meestal wel zover. Maar dan was hij gehaast, en zij deed het om hem zijn zin te geven, van zijn ongedurigheid af te helpen. Seks als in de eerste negen maanden hadden ze alleen als zij langer dan een paar uur kon blijven, een hele nacht, een weekend – en soms kon ze zo lang blijven omdat die ander voor zijn werk op reis moest.

Wanneer ze een hele nacht bij hem bleef was Henri gelukkig, en ontstond onmiddellijk de illusie dat ze van hem was. Het was voldoende haar in badjas door het huis te zien lopen of onder het eten haar blote voeten op zijn schoenen te voelen rusten om het te geloven. Volmaakt tevreden was hij als hij 's avonds laat, net als zijn onderbuurman, een kwartier lang routineus de liefde kon bedrijven en dan in slaap vallen. Maar als hij Lin 's nachts uit bed hoorde glijden, dacht hij dat ze wegging, dat weldra de voordeur met een zachte klik zou worden dichtgetrokken. Wanneer hij haar dan op de tast, slaapdronken, naar de badkamer hoorde stommelen en weer terugkomen naar het bed, liep hij vol met geluk. In haar halfslaap brabbelde ze een paar liefkozingen, ze legde haar hand om zijn geslacht en zonk weer weg. Hij luisterde naar haar ademhaling en voelde de hand waarmee ze hem vasthield. Haar hand, haar lieve hand. Ze hoorde bij hem. Hij kuste haar. Soms schoof hij behoedzaam een knokkel tussen haar lippen en dan begon ze erop te zuigen, nadat ze hem eerst met haar tong had natgemaakt. Hij had haar als kind willen zien, een mager meisje met spillebenen. Hij stelde zich een appartement voor, begon het uit te breken en voor hen beiden in te richten, zag er twee van die watervlugge meisjes doorheen rennen. Zijn geslacht zwol op in haar hand als hij daaraan dacht.

Maar 's ochtends verliet ze hem weer. Na haar vertrek wiste Henri de sporen die ze had achtergelaten uit, wreed jegens zichzelf, woedend op haar. In de leegte die dan ontstond was er altijd een moment waarop hij zichzelf ergens in huis terugvond terwijl hij zat te staren naar zijn verminkte linkerhand. Nadat ze was weggegaan werd zijn oog altijd getrokken door de lege plek in de figuur van zijn hand.

Hij had haar nooit verteld over het ongeluk op het booreiland.

Het was ochtend geweest. Er werden containers van dek getakeld naar de *supplier*. De zee was kalm, er stond weinig wind, de hemel was grijs. De eerste container had hij nog met zijn ogen gevolgd op zijn afdaling naar dertig meter lager, hij had het wit schuimende schroefwater van de *supplier* gezien, gestalten op het dek die omhoogkeken naar het naderende gevaarte. Toen was hij doorgegaan met zijn werk. Hij lag op zijn knieën een stuk verschansing te lassen. Naast hem was iemand bezig pijpen op maat te zagen met een slijptol – hij hoorde het snerpende geluid, maar zag niets, want hij had de laskap voor zijn gezicht geschoven en keek naar de laspunt. Er ging een trilling door het dek. Een container, nauwelijks opgetild, was uit de strop gegleden en tegen het dek geklapt. Naast hem viel een stel ijzeren pijpen om, tegen hem aan, hij dook ervoor opzij, maar onhandig, er niet helemaal bij. Een striemende slag op zijn linkerhand, verdovend. Toen hij de laskap met zijn andere hand omhoogschoof, zag hij dat hij hevig bloedde en hoorde hij de man naast zich vreselijk tekeergaan.

Een paar maanden later – zijn hand uit het verband, de stompjes geheeld en bedekt met een glanzend nieuwe huid – had hij het moment nog eens doorleefd. Het was met grote scherpte in zijn herinnering teruggekomen en hij had beseft dat Lin in zijn gedachten was geweest toen hem dat ongeluk overkwam. Hij had vol woede aan haar gedacht, voor de zoveelste keer, woedend omdat ze bij hem was weggegaan en hem geen kans had gegeven zijn fout te herstellen. Door die woede, er voor enkele seconden in gevangen, had hij afwezig en tegelijkertijd met overdreven schrik gereageerd toen die stukken ijzer op hem vielen. Zij kon er niets aan doen wat hem overkomen was. Toch was hij haar onwillekeurig als de oorzaak van zijn verminking gaan beschouwen.

Op een ochtend in het voorjaar vond Henri zichzelf terug op de bank, ellebogen op zijn knieën, starend naar zijn linkerhand, die hij gedachteloos om en om keerde. Het was nog vroeg. De ramen in de achtergevel waren opengeschoven (dat had zij nog gedaan). Achter de lichtgroene bladerkroon van de kastanje stond een blauwe lucht, in de binnentuinen zongen de vogels erop los. Maar in zijn huis hing de leegte, de leegte die zij had achtergelaten, een leegte die hem misselijk maakte. De sigaret in zijn rechterhand trilde. Hij besefte dat het vier jaar geleden was dat hij haar voor het eerst had gezien, in die leerwinkel en later op de dag in een café bij het Oosterpark; het was voorjaar, uitzonderlijk warm. Sindsdien was ze niet meer uit zijn gedachten geweest. Maar van die vier jaar had hij haar het grootste deel van de tijd niet bij zich gehad.

Hij probeerde na te denken, na te gaan hoe hij in deze toestand verzeild was geraakt, wat hem te doen stond. Maar hij kon niet nadenken. Hij kon alleen maar staren en zich ellendig voelen. Een ogenblik zag hij zichzelf staan aan de brede sloot achter de begraafplaats, bezig de rouwbrief voor zijn moeder te verscheuren, eenden die snaterend rondzwommen en in de snippers hapten; en hij dacht aan het nichtje, een weerloos meisje dat hij de rest van die dag achterna was gelopen en had gepest, net zolang tot ze in tranen was uitgebarsten. Hij begreep niet waarom hij zich dit weer herinnerde. Daarna vage en warrige scènes met de twee vrouwen met wie hij in dit huis had gewoond. Waarom waren ze weggegaan? Wanneer was dat gebeurd, hoe was het in zijn werk gegaan? Hij probeerde zich het afscheid te herinneren, het moment, maar vond geen enkel beeld.

Om en om draaide hij zijn linkerhand, bekeek hem van alle kanten. Zijn benen trilden.

'Er moet iets gebeuren,' hoorde hij zichzelf toen zeggen, 'er moet nú iets gebeuren.'

Hij stond op en liep met driftige stappen het huis uit. Op straat ging hij in hetzelfde tempo voort. In zijn auto scheurde hij naar het huis in de Lange Leidsedwars, beneveld alsof hij gedronken had, en parkeerde voor de deur. Hij zette zijn duim op de bel en hield hem daar. Ze deed niet open, ze vertoonde zich niet, maar hij wist dat ze er was want haar jas lag bij de deur op een bank van zwart geworden eiken. Toen hij haar jas zag liggen, werd hij rustiger. Tranen liepen over zijn wangen.

Er moest iets gebeuren. Tot diezelfde gedachte kwam, in diezelfde tijd, Jelmer Halbertsma. Hij nam haar mee naar Parijs, voor een lang weekend, in de hoop daar te achterhalen wat hen de afgelopen maanden zo van elkaar verwijderd had.

In Parijs had ze alle dagen last van ijskoude voeten, ondanks het warme voorjaarsweer. Ze hield het voor Jelmer verborgen en vroeg zich af waarom ze zelfs dit voor hem verborgen hield. In bed zorgde ze ervoor dat haar voeten zijn lichaam niet raakten. Ze liet het bidet vollopen met warm water en zette haar voeten erin, maar hij mocht het niet zien en toen hij het toch zag, loog ze dat haar voeten moe waren.

In de stad werd ze vooral getroffen door dingen op de grond. Het schuchtere schaduwpatroon van een bankje in de Jardin du Luxembourg, dat haar wel een kwartier lang bezighield, een lekke autoband half op een stoeprand, het grijsgroene water van de Seine, dat haar met zijn lichtsprankelingen dodelijk bedroefd maakte, het water dat kolkend door de straatgoten stroomde, de doorweekte jutezakken die er her en der in gelegd waren om de stroom te breken en in een put te leiden, in het Musée Rodin die afgrijselijk en onophoudelijk krakende parketvloeren, de getande treden van roltrappen, het afval dat rond propvolle afvalbakken lag, en steeds en overal weer het plaveisel waar ze zich tegenaan wilde werpen. De stad zelf drong nauwelijks tot haar door.

In een café probeerde Jelmer haar ten slotte aan het praten te krijgen. Ze zei dat ze al twee dagen jaloers op hem was, vergiftigd door jaloezie, omdat hij al op zijn tiende in deze stad had rondgelopen, aan de hand van een vader en een moeder, dat hij een foto had van zichzelf als kind in Parijs. Daarna deed ze er weer het zwijgen toe en keek naar buiten. Ten slotte zei ze dat ze hier niet kon praten: het was te druk en een paar tafeltjes verderop zat een man naar haar te gluren. Lopen dan maar weer.

Ze liepen naar de Place des Vosges, die ze zich herinnerde als een mooi en rustig plein. Het was er nog, nog even mooi en rustig als toen. Ze zaten op een bankje onder de bomen – niet ver van het bankje waarop ze met Marcus gezeten had. Maar in plaats van te spreken keken ze naar voetballende jongetjes, keurige Parijse jongetjes die hun bal in een van de bomen joegen en het toen niet waagden om erin te klimmen maar een parkwachter haalden, die de situatie in ogenschouw nam en hun meedeelde dat de bal in de boom ook voor hem onbereikbaar was, zodat ze nu maar het beste naar huis konden gaan, waarop de jongetjes zich kalm en in groepjes verspreidden. Al deze gebeurtenissen volgden ze met de grootste aandacht, van praten kwam het niet.

In de hotelkamer bekende ze hem wat hij allang wist: dat ze al maandenlang tomeloos neerslachtig was. Ze zat met gekruiste benen op bed, spelend met een elastiekje.

'Blij dat te horen,' zei Jelmer.

'Hoezo blij?'

'Blij dat het niet iets anders is.'

Ze zwegen.

'Iets anders...' vervolgde ze toen.

'Op mij uitgekeken bijvoorbeeld.'

'Dat is het niet.'

Ze bloosde. Waarom bloost ze, vroeg Jelmer zich af.

'Neerslachtig dus.'

'Ja.'

Het was begonnen na het weerzien met haar vader, die wintermiddag in Birdaard, waar ze na achttien jaar een man had aangetroffen, een vader, die zich op geen enkele wijze tot haar wist te verhouden. De volgende ochtend was ze door het ijs gezakt. 's Middags was ze door haar moeder genegeerd en door haar zus op een onverdraaglijke manier gekleineerd, omdat ze het gewaagd had 'die man' te bezoeken, en daarna had ze het contact met hen verbroken. Van haar vader had ze niets meer vernomen. Ze had hem een brief geschreven. Hij had geantwoord met een kaartje, met een paar formele zinnen die niet uitnodigden tot wat dan ook, zinnen die haar in hun machteloze starheid haast smeekten om van verdere toenaderingspogingen af te zien. Hij had haar ferm het 'allerbeste' toegewenst en ondertekend met J. Hokwerda. Na dat kaartje was ze steeds dieper weggezakt in haar depressie.

'Het is of ik overal buiten sta,' zei ze, 'van alles gescheiden ben, niets doet er meer toe, en ik ben niet in staat om mezelf uit die toestand te bevrijden. Vroeger kon ik het wegdrukken, maar dat lukt me niet meer.'

Er werd lang gesproken over haar depressie, over haar moeder en haar zuster, over familie die ze niet had, over haar onzekerheid, over wekenlang vermageren en dan in een paar dagen alle kilo's er weer aanvreten. Jelmer zat op een stoel bij het voeteneind, zijn voeten op de rand van het bed. Hij luisterde goed. Eindelijk was er weer iets tussen hen.

Toen het gesprek begon te tanen stond hij op en liep naar het raam om in de straat te kijken.

'Nu krijgt ze geld,' zei hij.

Hij had het over een gestoorde vrouw van een jaar of dertig, die al een paar dagen aan de overkant van de straat in een portiek zat. Ze sloeg geen acht op voorbijgangers, praatte hardop tegen zichzelf en rookte onophoudelijk. Bedelen deed ze niet. 's Nachts sliep ze er onder een deken, die ze gedurende de dag om zich heen geslagen hield.

'O, dat moet ik zien.'

Lin stond op en liep naar het raam, in haar T-shirt, haar benen bloot. Ze zag nog net hoe een oudere vrouw, klein van stuk, een paar zinnen wisselde met de vrouw in het portiek, die haar verwrongen gezicht naar haar had opgeheven en luisterde, even afgeleid, antwoordde op een vraag en knikte, een normaal knikje. Terwijl ze het zag gebeuren, voelde Lin zich plotseling lichter worden. Jelmer stond roerloos te kijken, vlak naast haar.

'Hoe ze doorloopt,' zei hij, zonder zijn blik af te wenden. 'Niet schichtig, niet opgelaten...'

Lin drukte zich tegen hem aan, likte zijn adamsappel nat en begon er heel zacht op te zuigen, met kleine stootjes van haar lippen. Toen Jelmer begon te grinniken, trok ze zijn hoofd naar zich toe en kuste met dezelfde zachtheid zijn lippen. 'Lieve Jellie,' zei ze, 'lieve Jellie, lief paard.' Het leek mogelijk om het ergste te bekennen, enige ogenblikken leek het mogelijk, waarachtigheid, en mogelijk ook dat hij haar zou vergeven. Maar iets in haar trok zich terug. Ze liet hem los en begon zich aan te kleden.

Toen ze haar tas inpakte en weer aan haar Amsterdamse leven dacht, keerde de beklemming terug.

In een gang van het metrostation onder het Gare du Nord moest ze overgeven. In drie onstuitbare golven gutste het uit haar mond, terwijl ze met haar hand steunde tegen een reusachtig affiche met een yoghurt-reclame. Jelmer dekte het braaksel af met een plastic zak.

In de trein lag ze tegen hem aan en sliep of deed alsof ze sliep. Jelmer beluisterde een aantal nieuwe cd's, hij begon weer aan zijn werk te denken, aan Jevgeni, de jonge Petersburgse pianist wiens agent hij geworden was. Hij had hem dit weekend kunnen ontmoeten, want hij studeerde in Parijs. Maar Lin had het niet gewild. In het donkere raam zag hij zichzelf met Lin tegen zich aan, zijn arm om haar heen.

Van tijd tot tijd dacht hij aan het braaksel onder de plastic zak in het metrostation.

Thuis ging ze meteen in bad.

Jelmer zat voorovergebogen op de bank en staarde naar een krant die hij voor zijn voeten op de vloer had uitgespreid. Hij hoorde het water in de badkuip stromen, hoorde haar rommelen in de keuken, de koelkast openen en uit haar pak halfvolle melk drinken. Toen hij ten slotte de badkamer binnenging, werd hij verrast: op de rand van de wasbak en de rand van het bad stonden brandende waxinelichtjes. In het halfdonker glansden de tegels, de spiegel, het water, haar lichaam in het water, haar gezicht. Ook haar ogen glansden. Hij zag dat ze gehuild had.

'Ach schatje.' Hij kuste haar oogleden.

'Ik zal m'n best doen,' zei ze zacht, 'ik ga echt mijn best doen om eruit te komen.'

Jelmer ging zitten. In de badkuip boog Lin zich voorover en legde haar wang op haar opgetrokken knieën, nadat ze haar zware haarvracht naar één kant van haar hoofd had geworpen.

'We hebben in elk geval twee paar schoenen voor jou gekocht,' zei ze. 'En we hebben veel gelopen en gezien... Die vrouw bij het hotel ligt nu onder haar deken. Heb je haar nog iets gegeven?'

'Ja.'

Ze zweeg en staarde langdurig naar een van de vlammetjes op de badrand. Een van de manieren die ze had om tot rust te komen, wist Jelmer. Als kind deed ze het al: in een vlam staren. Hij keek naar haar glanzende rug, de haren die aan één kant van haar hoofd hingen en in het water dreven. Een sterke rug had ze, breed uitlopend naar haar heupen en billen. Kracht zag je daar, en toch staken haar schouderbladen teer en zacht uit haar rug omhoog.

'Waar denk je aan?' vroeg ze.

'Ik kijk naar jou, naar je rug.'

'Maar waar denk je aan?'

'Aan een krijttekening van Degas die we zagen en dat ik wel zo'n tekening zou willen hebben van jou, hoe je nu in bad ligt, zo voorover, met je wang op je knieën en je haar aan één kant. Ondertussen verschijnen er allerlei Parijse straatbeelden in mijn hoofd. Ik vind het altijd zo bijzonder dat je, wanneer je ergens geweest bent, nog een tijdlang, soms een paar dagen, precies kunt voelen hoe het was om ergens te staan, ik bedoel, je hebt de ruimtelijke verhoudingen op de een of andere manier exact geregistreerd, het formaat van een brug, de breedte van een boulevard, het zit als een hologram in je hersenen. Na een paar dagen dooft het uit. Dat soort dingen denk ik.'

Lin tilde haar wang even van haar knie en legde hem weer neer. 'Het klinkt verdrietig,' zei ze.

'O, dat is het helemaal niet.'

Ze zwegen en wachtten nog een tijd. Maar er gebeurde niets meer.

Op een avond in die aprilmaand zag Henri haar met die ander een bioscoop aan de Plantage Middenlaan binnengaan. Dat was hem dus. Hij had hem nog nooit gezien, maar wist het meteen zeker. Hij zag ze hun kaartjes afhalen – die vent boog zich voorover voor het spreekvenstertje van de kassa, zij stond ernaast – hij zag ze verdwijnen in het publiek in de foyer, en toen was het wachten begonnen. Hij vergat dat hij op weg was naar het Entrepotdok om er de nieuwbouw in de oude pakhuizen te bekijken. Hij haalde zijn auto en reed net zolang rond tot hij een parkeerplaats tegenover de bioscoop had gevonden.

Het was een klein gebouw uit de jaren twintig met bakstenen welvingen in de gevel, aan weerszijden twee kleine spitsen, bekroond met glazen bollen in sierlijk smeedijzer. Boven de deuren hing een bord, van binnenuit wit verlicht, waarop twee films werden aangekondigd. Hij las de titels, maar de woorden drongen niet tot hem door. Hij had naar de overkant kunnen lopen om in de uitstalkasten foto's te bekijken, maar daar voelde hij niets voor. Hij hoefde niet te weten welke film ze nu zag.

Uit de bomen langs de straat dwarrelden bloesemblaadjes naar beneden en de wind joeg ze ritselend over het asfalt. Fietsers reden langs zijn geopende portierraam. Om de zoveel minuten een tram. Hij hoorde hem aankomen, van de ene of de andere kant, steeds met hetzelfde geluid. Van de trams die van het Waterlooplein kwamen boog de een af naar de eindhalte bij het Wertheimplantsoen, waar hij op een avond met haar had staan vrijen, de ander nam de bocht, stopte op de halte en reed dan ratelend door naar de Muiderpoort. In de schemering sprongen de lantaarns aan.

Terwijl hij wachtte, was hij zich bewust van zijn wagen. Sinds een paar maanden had hij deze oude Alfa Romeo, de Super Giulia, het type dat lang door de Italiaanse politie was gebruikt en inmiddels door tal van liefhebbers werd begeerd. Gewoonlijk reed hij in anonieme wagens, middenklasse, lelijke krengen die hij afreed, wagens waar hij zich niet aan hechtte en die hij op een parkeerplaats soms straal voorbijliep. In deze Alfa had hij zich aanvankelijk zowel trots als opgelaten gevoeld. Hij smeet zijn gereedschap niet meer op de achterbank. Lin noemde zijn wagen spottend de Super Giulia. Dat kwetste hem.

In de pauze dromde het publiek in de foyer, maar het tweetal bleef voor hem onzichtbaar.

Tegen middernacht zag hij ze eindelijk naar buiten komen, met op hun gezicht de enigszins slaperige uitdrukking van wie lang in het donker heeft gezeten. Terzijde van de bioscoop bleven ze staan, aarzelend, terwijl om hen heen donkere gestaltes zich vooroverbogen om fietssloten te openen. Henri was verstard. Hij zag Jelmer. Lin zei iets tegen hem, haar gezicht naar hem toegewend – en het was voor Henri onverdraaglijk om haar iets tegen deze man te zien zeggen. Er werd overlegd, nagedacht, besloten: ze gaf hem een arm en ze liepen weg in de richting van het Waterlooplein.

Henri keek haar na. Elke beweging die ze maakte, elk gebaar leek hem gekunsteld, vals.

Hij stapte uit en begon hen te volgen. Zijn hart bonsde plotseling zo hevig dat hij er duizelig van werd. Terwijl hij langs de hekken van het plantsoen liep, trilden zijn benen, ze sidderden en droegen hem veel te snel voorwaarts.

Dit is de man die voor me werd uitgezocht, dacht Lin, terwijl ze Jelmers arm tegen zich aan drukte en naar zijn gezicht keek, naar zijn profiel tegen de achtergrond van de bomen in het plantsoen. Ze stelde het zich voor: een huis, een gezin waar ze toe behoorde, ouders die van haar hielden en een man voor haar hadden uitgekozen, een aardige man aan wie ze gemakkelijk gewend was geraakt, aan wie ze zich na twee, drie jaar was gaan hechten en van wie ze ten slotte ging houden. Het was mogelijk. Het was nog steeds mogelijk. Sinds enige tijd kende ze een journalist van Hindoestaanse afkomst die al heel jong getrouwd was met een meisje dat zijn ouders voor hem hadden uitgekozen. Eerst had ze het niet willen geloven. Het was een gelukkig paar, zo te zien, ze hadden kinderen, ze waren tevreden met elkaar. Het was dus mogelijk. Het bleek ook uit de film die ze zoëven gezien had: een documentaire over het gearrangeerde huwelijk in een stad in India, een dorp in Turkije, een dorp in Japan en een joodse gemeenschap in New York.

Bedwelmd door de film stelde ze het zich voor: een familie met broers en zusters in een groot huis, zussen om mee te praten, ouders die streng waren maar van je hielden en op een dag tegen je zeiden dat het tijd werd om te trouwen. En dan trouwde je. Omdat het tijd werd. Geen gezoek, geen gezanik, niet die eindeloze verwarring, niet dat eindeloze liefdesverdriet. Kijk, dit is hem. Hij heeft wel iets van een van je broers, degene op wie je zo gesteld bent. Dit is hem, de man met wie je het allemaal gaat meemaken, de grote en kleine dingen van het leven, het gewone en ongewone, wat je kunt begrijpen en niet kunt begrijpen, dat wat je wilt en ook dat wat je niet wilt. En dit was hem. Ze liep naast hem door de zoele voorjaarsnacht.

'Had jij ooit willen trouwen met een meisje dat je ouders voor je hadden uitgezocht?' vroeg ze half lachend.

'Nooit van mijn leven.'

Het antwoord tastte haar droom niet aan.

'Dan is de volgende vraag natuurlijk: en wat als ik dat meisje was geweest?'

'Dan was ik gezwicht, dat begrijp je wel. Vóór de bruiloft had ik je dan, net als die jongen in dat bergdorp, één keer mogen zien, in het geheim, door een spleet in de kranten waarmee het raam van je kamer was dichtgeplakt. Ongelooflijk.'

'Het kan niet meer, hè?'

'Het kan alleen in zo'n traditionele samenleving, waar alles nog volgens eeuwenoude gewoontes wordt gedaan en men als de dood is om daarvan af te wijken, een samenleving waar kinderen onderdanig zijn aan hun ouders en waar mensen nog een soort, hoe noem je dat, nog een soort deemoed kennen – ze kunnen aanvaarden wat het leven hun brengt, want er is iets dat groter en belangrijker is dan henzelf.'

Terwijl ze langs de muur van de Portugese synagoge liepen en de verdroogde bloesemblaadjes van de iepen langs hun schoenen stoven, wás het zo voor haar: zij had die deemoed, ze had zich in het onvermijdelijke geschikt, ze deed wat ieder deed en al eeuwen had gedaan, ze hoefde niet meer na te denken, ze hoefde alleen nog maar haar leven te leven. En was dat niet genoeg? Waren anderen die zelf gekozen hadden zoveel beter af? En wat was dat nou, wat stelde dat nou voor: kiezen? En wat was dat nou: vrij zijn? Was je ooit vrij? Met een klap voor iemand vallen. Was je dan vrij? Ze had zich nog nooit zo onvrij gevoeld als toen ze voor Henri viel. Kijk, dit was hem. Dit was hem dan toevallig. Overigens was er door haar moeder heel goed nagedacht, lang gezocht: een man die op haar broer leek, die fysiek bij haar paste, die zachtmoedig was. Ze hadden elkaar van tevoren een paar keer ontmoet en elkaar aardig gevonden, aantrekkelijk, goed genoeg. Dat was nu bijna drie jaar geleden.

Ze trok Jelmer mee, de Wibautstraat over. Haar borsten deinden. Ze voelde zich bereid, in staat om het met hem te doen, in staat om gelukkig te zijn, om het geluk te willen. Op de hoek bij de Amstel draaiden ze een café in. In de draai wierp ze een blik over de trambanen in de richting van het verlichte Operatheater. Ze schrok. Alles wat ze zichzelf had wijsgemaakt werd in één klap weggevaagd.

Een ogenblik was Henri tevreden: hij was gezien. Op een afstand van dertig, veertig meter, aan de overkant van een straat, tussen tientallen passanten had ze hem onmiddellijk opgemerkt. Het trof hem. Een ogenblik stond hij stil in het nog drukke middernachtelijke verkeer bij die brug over de Amstel, zevenendertig en blij dat een vrouw hem vanuit de verte had opgemerkt. Toen trok hij zijn leren stropdasje los en stak over.

In het café was het druk en lawaaiig, iedereen was halfdronken. Het tweetal zat achterin, aan een tafeltje op het entresol, Lin met haar rug naar de deur. Henri schoof door het gedrang voor de bar en bestelde zijn bier. Vanuit de hoek tussen het raam en het tochtgordijn bij de deur keek hij naar hen. Een al te blonde vrouw aan de bar sprak hem aan, maar het drong nauwelijks tot hem door, op zijn gezicht lag een afwezige uitdrukking. Hij draaide zich om en keek over de rivier. Aan de kade, vlak bij de brug, lag de tjalk waarop die Amerikaan gewoond had. Hij liep altijd op blote voeten door de stad, zomer en winter, met zijn lange grijze haren dik en ruig om zijn kop, een grote kerel. Altijd was hij met wrakhout bezig, het lag in stapels op het voordek en de luiken van zijn oude zeilschip. In het ruim had hij een atelier waar hij schilderde. Een paar jaar geleden was hij onder een van de vlotten die rond zijn schip lagen verdronken. Victor heette hij. Henri herinnerde zich deze man die verdronken was, daar vlakbij, en hij probeerde zijn gestalte weer op te roepen, zoals hij hem eens op een winterdag op de brug had gezien, zeulend met een transportfiets, op die enorme blote voeten.

Toen hij zich omdraaide, zag hij hoe die twee zich door het gedrang voor de bar wrongen. Zij liet hem voorgaan. Henri hoorde niets meer. Hij wist niet wat er zou gebeuren, wat hij zou doen. Hij staarde naar Jelmer, om althans door hem *gezien* te worden, maar de man zag hem niet. Onwillekeurig deed Henri een stap naar voren, keek hem vlak in het gezicht, maar de man sloeg nauwelijks acht op hem, gericht als hij was op het bereiken van de uitgang. Toen Jelmer vlak langs hem door het tochtgordijn was gegaan, wilde Henri zich afwenden om Lin niet te zien, maar hij kon zich niet bewegen. Hij keek haar aan, ze sloeg haar ogen neer. Terwijl ze hem passeerde, pakte hij behendig haar broekriem boven haar billen vast en bracht haar met een ruk tot stilstand. Haar maar een ogenblik zo te voelen, het gewicht van haar lichaam, deed hem al goed. Zacht de stof verwringend trok hij haar broek omhoog in haar kruis. Hij rook haar. Iets zeggen kon hij niet. Hij hield haar vast. Toen trof een vuistslag zijn pols. Lin stortte zich door de spleet in het zware gordijn. Zijn pols schrijnde. Maar zelfs die klap op zijn pols maakte hem een ogenblik minder eenzaam.

De geblondeerde vrouw aan de bar had alles gezien. 'Ken je je handen weer niet thuishouden,' zei ze.

Henri liep naar buiten. Over de Blauwbrug, langs de rivier, dan de Prinsengracht op. Hij moest achter ze aan blijven lopen. De nacht was haast warm. Onophoudelijk dwarrelden de bloesemblaadjes uit de iepen langs de gracht, oplichtend wanneer ze het schijnsel van de lantaarns bereikten, een zachte wind veegde ze voor zich uit over de straatstenen. Hij zweette in zijn leren jack. Zijn mondholte voelde hij, als holte, en vol verlangen gleed zijn tong langs zijn gehemelte. Steeds hoorde hij het ritselen van de bloesemblaadjes, die vederlichte aanraking van de straatstenen. Soms versnelde hij en kwam zo dicht bij hen dat hij hun voetstappen kon horen. Lin keek krampachtig recht voor zich uit.

Van de man naast haar had hij nog steeds niet meer dan een vage indruk. Alsof het niet tot hem kon doordringen wat hij zag. Een jongen leek het hem, meer een jongen dan een man. Lang en jongensachtig. Hij kende het type wel. Zou ook zijn hele leven jongensachtig blijven. Wat moest ze met die knul? Hij paste niet bij haar, ook al had hij haar aan zijn arm. De hele figuur was hem vreemd, hij herkende er niets in.

Een fietsstuur schampte pijnlijk langs zijn ribben, zijn hongerige borst, zijn naar een aanraking snakkende huid. Hij gaf het ding een trap, zo hard dat het geluid weerkaatste tegen de grachtenhuizen. Hij zag dat Lin het hoorde, die vent keek om. Even later viel er uit haar vrije hand een opgevouwen stukje papier. De wind greep het en blies het in een keldergat. Henri vond het daar tussen het afval en vouwde het open. Henrilief, schreef ze, laat me alsjeblieft met rust, ga weg, dit heeft geen zin! Hij staarde naar het stevige ronde handschrift, dat haar lichaam voor hem opriep, haar borsten, hoe ze te voorschijn kwamen als hij haar hemd omhoogschoof, vol en rond en smeuïg als de letters op dit papier. Hij verpropte het briefje en wierp het weg.

Onder het lopen, versnellend om hen in te halen, knoopte hij zijn overhemd tot onder toe open en trok het uit zijn broek. De wind gleed om zijn ontblote bovenlichaam. Het tweede briefje dat uit haar hand viel, raapte hij niet meer op. Hij bewonderde haar slimheid en haatte haar erom. Was ze niet eenvoudigweg een berekenende vrouw die hem gebruikte zoals het haar uitkwam? Steeds liep hij nu zo dicht achter haar dat ze de dreiging van zijn aanwezigheid kon voelen. Maar hij was machteloos. Als hij haar verraadde, was het afgelopen. Daar was hij zeker van.

Plotseling stond hij op de Spiegelgracht. Even verderop sloegen zij de zijstraat in waar ze woonden. Henri liet ze gaan. Toen hij langs het huis liep zag hij de dichtgeschoven gordijnen nog bewegen, lichten werden aangeknipt. Lag haar jas weer op die zwarteiken bank onder het raam? Het liefst was hij languit op straat gaan liggen.

Op zware benen, verdoofd door opwinding, liep hij verder. Op een kade in de buurt ging hij de treden op naar een donker portiek, waarop twee huisdeuren uitkwamen, en maakte zijn broek open. Terwijl hij daar wijdbeens stond, met zijn linkerhand steunend tegen de muur, zag hij Lins billen in die leren broek, zoals hij ze net nog gezien had, bewegend en trillend bij elke stap. Weldra stond ze voor hem, zijn hand gleed over haar buik naar haar natte kut, hij duwde zich in haar, zijn buik tegen haar koele billen. Ga je altijd bij me blijven, vroeg ze hijgend, ga je altijd bij me blijven? Altijd, zei hij, altijd altijd. Toen was het voorbij en stond hij beschaamd en alleen in een portiek, waar zijn schoenzolen knersten op het hardsteen en zijn naar buiten geslingerde zaad langs de tegels naar beneden droop, verloren, van niemand meer.

Voetstappen naderden, hielden stil. Op het trottoir, omhoogkijkend naar het portiek, stonden een man en een vrouw, elk met een slapend kind op de arm. Henri stopte juist de slippen van zijn hemd in zijn broek. Hij keek de man aan en voelde dat deze verstarde van woede. Onmiddellijk haatte hij die vent met zijn kind op zijn arm. Niemand verroerde zich.

'Wegwezen jij,' zei de man ten slotte, zijn stem verstikt.

Henri bleef staan en stak een sigaret op. Hij wilde wel weggaan, maar kon het niet. Zwijgend en zich van hem afwendend kwam de man de stoeptreden op, viste zijn sleutelbos uit zijn broekzak en stak onhandig, met zijn linkerhand, een sleutel in een huisdeur. Onwillekeurig volgde Henri al zijn handelingen. De vrouw, die haar man op de voet gevolgd was, kroop achter hem weg. Henri zag haar oogwit in het halfdonker, haar ogen die wegdraaiden om hem niet te hoeven zien. De vredige sluimering van de kinderen omhulde de man en de vrouw. Hij rook de geur van een baby.

# VI

## ROTSBLOKKEN FOTOGRAFEREN

Het was al licht, maar de zon moest nog boven de horizon komen. In het oosten dreven langgerekte rode wolken boven de stad. Het water van de grachten blonk en weerspiegelde huizen, bomen en de bleekblauwe lucht. Slechts een enkele taxi reed door de straten, voortsuizend over lege trambanen.

Zwijgend liepen ze naar de auto. Jelmer droeg een pak en een leren koffertje: hij ging een dag naar Londen. Het speet hem dat ze niet met hem mee wilde. Wekenlange diplomatie was niet in staat geweest haar verlegenheid te overwinnen, haar ervan te overtuigen dat iedereen haar *lovely* zou vinden en *my dear* zou noemen en dat Jevgeni het zou waarderen als ze zijn eerste Londense concert bijwoonde. Hij was erover opgehouden en had het van zich afgezet. Maar nu de grote dag was aangebroken, voelde hij zich toch wrokkig en geïrriteerd. In het verschiet van een lange straat zag hij plotseling de zonneschijf boven de huizenrand verschijnen, groot en trillend.

Lin bracht hem naar Schiphol.

Op de snelweg boog ze zich keer op keer over het stuur om de borden boven de weg voor een tweede of derde keer te lezen, bang dat ze de afslag naar het vliegveld zou missen.

Onderuitgezakt, zijn knieën tegen het dashboard, zat Jelmer naast haar. Ongedurig zwiepte hij het handvat van zijn koffertje tussen zijn vingers heen en weer. Ongedurig ook omdat hij niet zelf reed. Ik breng je weg, dus ik rij, had ze gezegd. Een soort logica waar hij zich maar niet tegen had verzet. De laatste tijd had ze vlagen van zorgzaamheid waar hij van opkeek. Soms leek er iets als nestdrang over haar gekomen. Ze had haar laatste kleren uit de Vrolikstraat nu overgebracht naar zijn huis. Op een zaterdag had ze de keuken leeggehaald en gewit. Er waren planten gekocht voor de veranda, in de verwaarloosde tuin was ze met een koude bak begonnen, die ze zelf had getimmerd. Haar poetsdrift nam ondertussen ongekende vormen aan, zo ook haar seksdrift. Was het onzekerheid? Probeerde ze zich uit de depressie te werken? Was het het voorjaar? Toen hij onlangs een fragment uit de *Sacre* hoorde, een passage met woest stampende ritmes, had hij aan haar gedacht, aan natuurgeweld dat door haar lichaam trok. Maar dat was de dingen mooier maken dan ze waren, haar als een bosnimf, een dansende maenade willen zien, de oerkracht in haar lijf bewonderen. Meer dan voorjaar was het onzekerheid, en hij wist het. Maakte *hij* haar zo onzeker? Drie, vier keer per dag geneukt willen worden. Steeds maar die man tussen je benen willen, hem steeds maar willen bezitten. Een vrolijke, onbekommerde lust was het niet. 'Blijf je altijd bij me,' vroeg ze keer op keer als ze bijna klaarkwam, 'blijf je altijd bij me?' Zijn antwoord betekende niets meer.

'Wat ga je doen vandaag?' vroeg hij.

'Ik weet het nog niet.'

Op Schiphol was het nog rustig. Ze kon pal voor de vertrekhal parkeren. De glazen gevel van de hal weerspiegelde de stralend blauwe lucht. Een paar vroeg aangekomen reizigers stonden naast hun koffers te wachten. Haar oog viel op een grote Afrikaanse vrouw in een zowel uitbundig als statig geel-zwart gewaad. Zou ze ooit zo trots kunnen zijn, zo sterk? Moest ze andere kleren gaan dragen, andere kleuren?

Jelmer nam afscheid. Ze keek hem na en voelde zich schuldig toen ze hem achter de glazen schuifdeuren zag verdwijnen.

Om zeven uur – Jelmers vliegtuig was net opgestegen – verraste ze Henri met haar blozende verschijning en een zak verse broodjes. Ze omhelsde hem en wist niet of ze welkom was.

'Ik herinnerde me dat je zei dat je er zo'n hekel aan hebt om elke ochtend alleen wakker te worden.'

Henri zei niets.

'Is het goed dat ik gekomen ben?'

'Ja, schat.' Hij ging op de rand van zijn bed zitten en wreef zijn nek. In een flits zag ze zijn verminkte linkerhand op zijn knie liggen.

'Kruip er maar weer in. Dan kom ik zo bij je,' zei ze.

Ze deed alvast haar schoenen uit. Toen ze op blote voeten stond, werd ze kalmer. In de koperen bollen op de hoeken van het bed weerspiegelde zich het schemerige vertrek, en ze zag zichzelf staan in de kromgetrokken ruimte. Achter het hoofdeind, langs de muur omhoog en boven het bed hing als een huif de donkerblauwe, met gouddraad bestikte lap, ernaast stonden de twee grote kandelabers, ontilbaar zwaar, idiote en grappige dingen. Het leek haar het mooiste bed dat ze ooit gezien had.

'Ik kom zo bij je.'

Zijdelings gleed ze door de op een kier staande schuifdeuren en trok ze achter zich dicht. In de achterkamer waren de gordijnen gesloten. De vorige avond was er nog aanwezig: door een stel lege bierflesjes en Henri's glas (een ciderglas, dat ze graag vasthield omdat het zo groot was: er kon een heel flesje in uitgeschonken worden), de resten van een afhaalmaaltijd, zijn schoenen, een volle asbak, een opengeslagen krant op de bank.

Lin stond stil. Nog nooit had ze zo sterk gevoeld dat ze van dit huis hield, dat het voor haar een hol was, een plek waar ze zich veilig voelde, aan de wereld ontkomen. Alles hier droeg Henri's stempel, soms op een extreme en aandoenlijke manier. De zware gordijnen van een zwart met paars en gele stof – een echte Henri-kleur. De strakke zwartleren bank. De antieke vitrinekast met potscherven. De enorme spiegels met hun gouden kuiven. De blaasbalg, poken en klemmen bij het haardvuur en onder de tapijten de brede houten delen, glanzend gelakt, die uit een slooppand afkomstig waren.

Haar hart werd zwaar. Ze liep door, haar voeten op de tapijten, waarvan ze de textuur herkende, en op de vloer. In het voorbijgaan pakte ze asbak en ciderglas. In het achterhuis viel het daglicht naar binnen, en ook hier de tekenen van Henri's leven van gisteren. Het hakblok stond waar het altijd gestaan had. Ze hield van dat stoere en vierkante ding. Ze gooide de asbak leeg en liet er water in lopen. Ze zette het ciderglas op het aanrecht en het klonk zoals altijd wanneer ze het op het granito zette. In het voorbijgaan trok ze de koelkast open, gewoon, om te weten wat hij erin had, want ook de dingen in de koelkast gaven haar een beeld van Henri. Ze schrok. Gewoonlijk was de koelkast boordevol, maar nu was hij bijna leeg.

Toen ze in de badkamer op de wc zat en door de koepel de lucht zag, dacht ze aan Jelmer in zijn vliegtuig. Ze keek naar de tegels, die ze op haar knieën had liggen boenen. De badkuip waarin ze eens, net terug van het strand, zo gelukkig was geweest, Henri in de weer in de keuken, zij onder de warme stralen van de douche die over haar verbrande en gloeiende huid gleden, het zand dat van tussen haar tenen spoelde en rond het afvoerrooster bleef liggen. Aan het voeteneind van het bad het kleine raam, waardoor je de kastanje kon zien, het raam dat Henri had uitgehakt. Altijd als ze zich hier douchte had ze door dat raam naar de boom gekeken. Ze hoorde het ruisen van de kastanje met zijn zware vracht van jonge bladeren, en herinnerde zich die ochtend, vier jaar geleden nu. Henri had daar tegen de muur gestaan, zij voor hem, nog slaperig, en tussen hen was die stilte ontstaan, het eerste vertrouwen, en ze had hem horen hijgen, weerloos, terwijl ze hem aftrok, en zijn zaad was over haar onderarm geschoten, in drie gutsen, de verste druppel viel precies in het kuiltje van haar elleboog.

Op de terugweg naar de voorkamer haastte ze zich, om niets meer te zien.

Zonder zich uit te kleden schoof ze naast Henri in bed. Een tijdlang lagen ze roerloos. Lin zweette. Toen Henri haar begon te strelen, zijn handen onder haar kleren schoof, wilde ze niets uittrekken. Ze wilde ook niet dat hij in haar kwam.

'Is er iets mis?'

'Nee, maar ik wil het gewoon even niet.'

'Gewoon even niet.'

Henri hijgde. Hij had haar tien dagen niet gezien, tien dagen in onthouding geleefd. Het bloed steeg naar zijn hoofd, zijn geilheid benevelde hem. Weigerde ze alleen maar om hem op te hitsen? Maar ze weigerde nooit en nog nooit was ze met kleren aan in bed komen liggen. Weer lagen ze een tijd roerloos naast elkaar.

'Hé Marie.'

'Ja, Henrilief.'

'Kunnen we niet iets regelen?'

'Iets regelen. Ja, natuurlijk.' Het was of ze zich bedacht, zich bevrijdde van iets dat haar gehinderd had. 'Het is nog vroeg, hè,' zei ze, op de kinderlijke toon die ze in bed graag gebruikte.

'Ja, het is nog vroeg.'

'Ik kwam van buiten, en ik was stiekem bij jou in bed gekropen, en jij ging je... jij ging je op mij afrijden.'

Ze was vijftien, stelde ze zich voor, en hij was die oudere man die naar haar snakte. Niet die man van de garage van wie ze vroeger droomde, maar Henri, precies zoals hij was, alleen zij veel jonger, verlegen, bedwelmd door verlegenheid, maar toch gekomen, in het geheim naar hem toe gekomen door het bedauwde gras. Ze had zich tussen zwiepende takken door geworsteld, de halfdonkere schuur was ze binnengeslopen en aan het beven van zijn handen had ze gevoeld dat hij naar haar snakte.

'Ja, je gaat je op mij afrijden.'

'Kom op dan.'

Snel schoof ze haar broek omlaag, tot halverwege haar dijen. Henri zag hoe het slipje even tussen haar dijen bleef kleven, op haar onderbuik was het schaamhaar platgedrukt. Met haar brede hand ontwarde ze dat schaamhaar, duwde ze haar gezwollen lippen uiteen – het glansde daar – en ze smeerde haar geil over haar dijen.

'Ga je,' vroeg ze met lokkende kinderstem, 'ga je, Henrilief?'

'Gajes? Gajes? Ik ben geen gajes.'

Ze raakte in verwarring. 'Maar je ging je toch op mij afrijden?' Tranen sprongen in haar ogen, de geringste ruwheid was haar al te veel. Henri drong zich tegen haar aan en schoof zijn wippende stengel tussen haar dijen. Toen omklemde hij haar, een hand om haar billen, een voet tussen haar kuiten geschoven, drukkend op haar onderste been. Hij ging zijn gang, hij reed zich af op haar willige lichaam, steeds omlaagkijkend naar haar buik, zijn stotend onderlijf. Het bed raakte in een lichte schudding, de donkerblauwe hemel bewoog mee en het ijzer liet zijn vertrouwde geluiden horen.

'Ja... ja...' fluisterde ze, licht hijgend, terwijl steeds zijn malse ding langs haar vingertoppen gleed, 'ja... ik was vroeg opgestaan om naar je toe te gaan... Ik liep op blote voeten, het gras was nog nat van de dauw... Ik was een beetje bang voor je, ik was altijd een beetje bang voor je... Maar ik ging toch naar je toe, naar die schuur... Die schuur waar je woonde... en toen ik bij je lag in het ijzeren bed, omklemde je me en begon je op me af te rijden...'

Henri ging nu eens langzaam, dan weer sneller. Lin keek naar zijn gezicht. Hij hield zijn oogleden neergeslagen. Op zijn bovenlip verschenen zweetdruppels. In zijn hals zwol een ader op. Hij kromde zijn rug.

'Henrilief... Henrilief...' zei ze zacht. Zijn drift ontroerde haar. Had ze hem ooit zo lief gevonden, was ze ooit meer voor hem opengegaan? Nog steviger omklemde hij haar, begerig, ongeduldig. Ze lachte en dacht aan een hengst die zijn merrie al besprongen heeft en berijdt en dan haastig zijn achterpoten nog eens verzet om er beter voor te staan.

'Ja, pak me... pak me goed... pak me...'

Henri zette zijn tanden in de onderrand van haar bh en trok hem met rukjes omhoog, zodat haar borst eruit gleed. Zijzelf bevrijdde met haar vrije hand de andere. Ze drong dichter tegen hem aan.

'Eindelijk,' steunde Henri, 'eindelijk... eindelijk, heb ik je...'

Zijn stoten werden korter, feller. Ze voelde dat hij er bijna was. Toen gutste zijn zaad in haar handpalm. Henri liet zich op zijn rug vallen, hijgend, met zijn handen omklemde hij de spijlen boven zijn hoofd en gaf er met een vrolijke kreet een paar rukken aan die het bed deden schudden. Toen lag hij stil. Lin hield zijn zaad in de kom van haar hand. Een paar druppels gleden tussen haar vingers door. Nog enkele minuten hield ze haar hand in dezelfde positie. Daarna liet ze achter haar rug zijn zaad op het laken glijden, verdrietig, maar zo moest het zijn, en veegde ongemerkt haar hand af.

Zwijgend lagen ze naast elkaar, elk in gedachten. Lin was nog opgewonden, ze wilde verder gaan, zich ontbloten, haar benen bevrijden uit die half omlaaggeschoven broek, haar lust botvieren, alles als vanouds laten zijn in deze halfdonkere kamer waar ze alles zo door en door kende. Maar iets in haar was al op de terugtocht.

Henri lag stil. Hij was verontrust. Er was iets niet in de haak. Een rode striem op haar buik trok steeds zijn aandacht; ze leek zwaarder geworden. Hij wist het niet meer, hij wist het niet meer met haar en zichzelf. Terwijl hij haar streelde kwamen herinneringen op, hij was net weggelopen van huis, zestien jaar oud. Een door de zon verwarmd rotsblok waarop hij gelegen had, op zijn buik, de punt van de steen met zijn armen omvattend. Een winters heuvellandschap onder schrale winterzon waar hij in paniek was geraakt, niet langer in staat langs de weg te lopen en dwars door het land was gaan rennen, zijn sporttas aan zijn schouder, struikelend op geploegde akkers, verblind, op weg naar een dorp, dat hij soms zag liggen, dan weer voor lange tijd uit het oog verloor. De hond die hem had aangevallen in een bos en die hij in afgrijselijke angst de keel had dichtgeknepen, net zolang tot het dier het opgaf, begon te stuiptrekken, onmachtig, en stillag.

Smekend kuste hij Lins gezicht.'Hé Marie.'

'Ja.'

Henri aarzelde. 'Je ogen zijn zo mooi.'

Ze glimlachte. Ze geloofde hem. Sinds enige tijd geloofde ze hem als hij zulke dingen zei.

'Jij was ook mooi daarnet. Dat je niet naar me wilde kijken.'

Henri zag haar prachtige dikke haar uitgespreid op het kussen, glanzend in het halflicht, en de angst voor verlies benam hem de adem. Waarom had ze die striem op haar buik? Waarom leek ze zwaarder, veranderd?

'Hé Marie.'

'Wat is er?'

Ze was nog steeds in die donkere schuur, waar hij woonde en waar zij op blote voeten heen was gelopen door koud nat gras. Naast de schuur lagen de bedden van een moestuin, mooi op rij, dan een koude bak, waarvan het glas glansde in het vroege licht, en daarachter een paar scheef staande vruchtbomen. Dat zag ze en ze probeerde zich ervan los te maken, van die schuur, van hem, van die oudere man voor wie ze bang was en naar wie ze toch werd toe gedreven. Als hij haar billen optilde zakte ze al haast door haar knieën, ze was zijn meisje, zijn kleine meid, zijn Marie.

Henri kuste haar gesloten ogen, haar jukbeen, en bracht zijn lippen bij haar oor. 'Ga je het voor me doen?'

Haar antwoord kwam niet meteen.

'Met mezelf?'

Nooit had ze dit gewild. Nog nooit had ze deze intieme handelingen aan iemand getoond. Maar nu voelde ze geen bezwaar. Henri had zich afgereden op haar lichaam en zij had hem daarbij gadegeslagen, zijn gekromde rug gezien, zijn neergeslagen oogleden. Ze vond hem lief. Nu was het haar beurt. Op de een of andere manier leek het passend. Opwinding bedwelmde haar. Ze wilde lief voor hem zijn.

Henri wist niet waarom hij het had gevraagd. Toen ze hem zijn zin gaf, schrok hij ervan. Toen ze eraan begon, haar vingertoppen in haar schaamhaar schoof, wilde hij het verhinderen. Maar hij deed het niet, ook al omdat hij er zijn ogen niet van af kon houden.

Op zijn zij lag hij naast haar en zag het allemaal: haar schuchterheid, hoe ze zich probeerde te concentreren, het kippenvel dat rond haar tepels verscheen, hoe ze met de middelvinger van haar rechterhand rond haar klit draaide, onverwacht stevig, te ruw waarschijnlijk, hoe ze ermee ophield, stillag, opnieuw begon, en er toen in slaagde zijn aanwezigheid te vergeten, met zichzelf alleen te zijn, hoe ze dieper begon te ademen, plotseling overgeleverd aan haar drift, haar hoofd zakte opzij naar haar schouder, hoe ze ademde met open mond. Het was zo gewoon, het verschilde zo weinig van wat hij bij andere vrouwen had gezien, maar juist daarom vond hij haar lief. Hij zag ook dat ze zwaarder geworden was, haar borsten, haar dijen die romig geworden waren, haar hele lichaam leek voller, en op haar buik die rode striem die hem verontrustte. Er drong iets in zijn bewustzijn dat hem het zweet deed uitbreken. Had ze met die vent in de badkamer naar zo'n staafje in een glas water staan kijken? Was ze daarom zo lang weggebleven? Wilde ze hem daarom niet meer in zich? Had ze zo een einde gemaakt aan haar tweestrijd: door zich dan maar te laten bezwangeren?

Henri zweette. Hij ging op zijn knieën zitten en streelde een van haar dijen, hij drukte haar opgetrokken been tegen zijn borst. Zijn roede verhief zich weer. Hij duwde hem tegen haar aan, zo dicht mogelijk bij die vochtige, glinsterende lippen. Zijn beklemming werd minder toen ze zijn naam begon te fluisteren, met de bekende woordjes erbij. Krachtdadig beroerde ze nu zichzelf, het bed schudde onder de beweging van haar hunkerende lichaam. Hij keek naar haar bewegende hand, naar die glinsterende wrongeling van vlees waar 'het' uit zou komen, een met bloed besmeurd hoofdje, en het was of ze al niet meer van hem was. Hij begon het verkeer op straat te horen. Het leek of hij afscheid van haar lichaam nam.

Er werd ontbeten in de achterkamer, aan het raam, in het overvloedigste, uitbundigste zonlicht dat ze zich konden wensen, het stroomde uit die frisse blauwe wijdte boven de stad door het raam naar binnen, het verwarmde de zijkant van hun gezicht, hun handen, het liet de glazen en het bestek fonkelen – maar het was of deze overdaad hen alleen maar beschaamd maakte, of ze hem niet wilden. Ze aten de verse broodjes, eieren met spek, en waren zwijgzaam. Eenmaal glimlachten ze. Henri pelde een paar tenen knoflook, zoals hij wel vaker deed aan het ontbijt. De prikkelende geur bereikte meteen haar neusgaten. Toen ze tegelijk de rauwe knoflook met wat brood in hun mond staken en erop kauwden, moesten ze glimlachen.

'Dat wordt weer lekker stinken vandaag,' zei Henri.

'Goed je bek open in de lift.'

Daarna vermeed ze elk ritueel, alles wat hen bij elkaar bracht. Wat ze Henri zeggen moest, wat ze zich had voorgenomen hem vandaag te zeggen, schoof ze voor zich uit.

Alex Wüstge woonde in een van die honderden meters brede pakhuizen die in de negentiende eeuw aan het IJ zijn gebouwd om er koloniale waar in op te slaan en die na 'het verlies van Indië' allengs holle ruimtes werden. Grote schepen hadden er aan de kade gelegen. Op de kade hadden de kranen gestaan waarmee de balen in trossen uit de ruimen werden getakeld – tussen de blauw basalten keien lagen nog de rails waarover de kranen langs de scheepswanden waren gereden. Lange tijd had dit pakhuis vrijwel leeg gestaan. Er lagen wat inboedels opgeslagen, er stonden auto's te roesten op de kade en 's avonds glipten ratten langs de gevel, nat glinsterend in het donker. Ten slotte was het gebouw opgeknapt en een allegaartje van kunstenaars, ontwerpers, architecten en ondernemers met de een of andere *sexy business* had er zijn studio's en kantoren in ondergebracht. Alex Wüstge was aangetrokken door het uitzicht en een zekere verlatenheid die de kade eigen was gebleven, ondanks de dure auto's die er nu stonden.

Lin was er nooit geweest. Ze schaamde zich ervoor nu ze aan de telefoon de doffe, moedeloze stem van de fotograaf had gehoord. Om de een of andere reden was Alex Wüstge iemand die van tijd tot tijd in haar gedachten kwam. Hier had hij dus al die jaren geleefd, hier liep hij over de kade, sjouwend met fototassen, en zag die stukken rails, door gras overwoekerd. Aan de kade lagen jachten afgemeerd, rijzend en dalend in een lome beweging op de haast onzichtbare zwelling van het water. Verderop een aantal binnenvaartschepen, in rijen tegen elkaar. Achter de schepen schitterde het water, het licht spatte ervan af. De voorzijde van het pakhuis lag in de schaduw. Toen ze haar blik langs die lange gevel liet glijden, ontdekte ze achter een boograam op de bovenste verdieping onmiddellijk de gestalte van de fotograaf. Het verbaasde haar dat ze hem meteen had opgemerkt. Een seconde later trok de gestalte zich terug.

Henri had zijn oude vriend maandenlang niet gesproken. Hij zag ertegen op hem te bezoeken: er stond iets tussen hen, iets dat zo langzamerhand onoverkomelijk was geworden. In het trappenhuis legde hij zijn hand op Lins rug en voelde de weelde van haar lichaam, sterker nog dan gewoonlijk omdat hij wist dat zijn vriend deze weelde moest ontberen. Hij rook haar. Ze had nog die zilte sekslucht bij zich, ook al had ze gedoucht. Hij voelde de spieren van haar onderrug bewegen onder zijn vingertoppen. Ze was gezond, ze was sterk, ze was vruchtbaar en ze was van hem, zwanger en wel.

In haar derde maand was ze nu en elke ochtend als een kind zo teleurgesteld dat je er nog niks van kon zien. Een paar dagen geleden had een buurmeisje hem dit op straat verteld, lachend, en hij had haar zo tegen zich aan willen trekken. Lin was dat buurmeisje.

Henri was maar zelden een dromer. Nu overviel hem de droom, hij kon er geen weerstand aan bieden. Ze ging een kind krijgen, van hem. Hij geloofde het. Zijn manier van lopen werd er losser van, hij leek overtuigder van zichzelf. In zijn linkerhand ritselde een plastic tas met flessen witte wijn, een chique taartdoos en een zak met belegde broodjes, zijn royale geschenk aan Alex, uitdrukking van zijn weelde.

Alex Wüstge wachtte hen op in de deuropening van zijn appartement, en terwijl ze de laatste traptreden beklommen was hij druk bezig, zijn benen licht gespreid, zich in zijn hol te krabben.

'Hé, wat leuk,' zei hij.

Toen pas kon hij ermee ophouden. Lin dacht even dat hij nog zou gaan ruiken aan de hand waarmee hij had staan wroeten.

'Hé Alex,' zei ze.

'Hé! Eindelijk waag je je in het hol van de leeuw.'

'Meisjes moet je uitnodigen, Alex.'

'O, zit dat zo.'

Ondanks zijn achtendertig jaar en een beginnende zwaarlijvigheid oogde de fotograaf nog jeugdig. Hij droeg bootschoenen aan zijn blote voeten, een spijkerbroek en een heel mooi wit overhemd, oud en versleten, dat ooit bij een smoking had gehoord. Hij had de mouwen opgerold. Het stond zo ver open dat de aanzet van zijn buik te zien was. Hij glimlachte, uiteraard. Hij zag er goed uit, licht gebruind.

De fotograaf was op reis geweest. Op een maandagochtend, wadend door de modder van zijn depressie, had een razende drift zich van hem meester gemaakt en een paar uur later zat hij in een vliegtuig naar Catania, op Sicilië lag dat, een erkend voorjaarsparadijs. Hij had twee weken over het eiland gereden en was ook nog op Malta geweest. Maar toen hij twee dagen geleden in zijn huis terugkeerde, was zijn toestand alleen maar slechter geworden. In drie weken had hij zo goed als niemand gesproken, in steeds diepere zwijgzaamheid wegzinkend. Zijn rusteloosheid was navenant toegenomen. Slapen deed hij nauwelijks meer, werken kon hij niet. Het was of hij van de wereld begon te raken. Toch zag hij er, als altijd, goed uit, heel goed zelfs.

Hij kuste Lin op haar licht bezwete wangen, bijna schrikkend van wat er aan vrouwelijkheid op hem af kwam. Henri wilde hij een hand geven. Maar toen deze hem naar zich toe trok en omhelsde, liet hij zich overweldigen. Henri zei niets en kneep zijn vriend een paar maal stevig in zijn nek. Lin had, met al het nieuwe dat ze zag, nauwelijks tijd om het op te merken, maar in een flits herkende ze de manier waarop Henri de fotograaf vasthield: als een trouwe hond stond hij tegen hem aan. Zo had hij ook tegen haar aan gestaan toen hij schuld bekende. Alex viel een ogenblik stil.

'Treed binnen,' zei hij tegen Lin, 'en schrik niet van dit lege huis.'

Het huis van Alex maakte, inderdaad, vooral de indruk van een gigantische lege ruimte, een ruimte die door gietijzeren kolommen in tweeën werd gedeeld. Tegen de achterwand, waar ze binnenkwamen, was een halfronde muur gezet, met links de deur naar de badkamer en rechts de toegang tot de donkere kamer. De muur eindigde ergens halverwege de verdieping, een erachter gelegen keuken en slaapruimte aan het oog onttrekkend.

'Twíntig meter,' zei Henri tegen Lin, terwijl hij naar de boogramen in de verte wees. 'Dit was mijn eerste verbouwing.'

'Het begin van het succes,' zei Alex sarcastisch.

Gedrieën gingen ze op weg naar de ramen. Lin zag een tafel waarop rijen foto's waren neergelegd, een hangmat aan de balken, een palmplant op een vierwielig karretje, cameratassen op de vloer, een paar gladde keien die hij kennelijk uit een rivierbedding of van een strand had meegenomen. Pas in de buurt van de ramen trof ze meubels aan. Toen ze omkeek drong het tot haar door dat de ingebouwde halfronde muur in blokken was geschilderd, afwisselend wit en okergeel. Vanuit een ooghoek zag ze achter het rechteruiteinde van de muur een tweepersoonsbed, nog opengeslagen.

Vanzelf liepen ze naar dat ene raam dat openstond, ook om aan een zekere beklemming te ontkomen. Het stonk een beetje in dit huis. Ze bewonderden het uitzicht over het IJ, dat weids genoemd mocht worden, reikend van de containerschepen in het Westelijk

Havengebied, de binnenvaartschepen in de Houthavens en de industrie op de noordelijke oever tot aan die hoog oprijzende kathedraal van een graansilo in het oosten, die het zicht op de stad wegnam. Er viel een gedrukte stilte.

'Wat zijn mensen toch gevoelig,' zei Alex zacht en snerend.

Zijn woorden bleven onbeantwoord. De stilte duurde. Totdat Henri zijn plastic tas met wijnflessen, taart en broodjes omhooghield. 'Zo langzamerhand begin ik dít wel te voelen, ja.'

'O jee, jullie hebben iets meegebracht.'

Weldra zaten ze aan tafel rond een chocoladetaart – van haast obscene afmetingen, zoals de fotograaf had opgemerkt – een taart die geurde naar cacao en champagne, een schaal met broodjes, en koffie uit een zwartgeblakerde espressokan, uitgeschonken in kommen die Henri zich herinnerde van meer dan tien jaar geleden, uit de tijd dat ze in hetzelfde huis woonden, kommen die hij toen al had willen weggooien.

Henri praatte. Henri praatte over Henri. Hij was een grote onderneming aan het voorbereiden, de verbouwing van een restaurant, en werd geconfronteerd met de gebreken van een gebouw, een wirwar van wettelijke bepalingen, de traagheid van ambtenaren, de eisen van zijn opdrachtgever en de onuitvoerbare ideeën van een ontwerper. Hij vertelde hoe hij deze of gene had gezegd waar het op stond, daar en daar een voet tussen de deur had weten te krijgen en hoe hij zijn opdrachtgever bespeelde. Vagelijk was hij zich ervan bewust dat de anderen weinig belangstelling toonden voor zijn verhalen. Zoals gebruikelijk kon Henri niet ophouden met zijn anekdotes voordat ze hem ten minste eenmaal de hulde van hun lach of bewondering hadden geschonken.

Alex Wüstge bezag zijn gasten. Henri zat tegenover hem aan de lange zijde van de tafel, in de omlijsting van het geopende boograam; achter hem schitterde het water van het IJ. Het kostte Alex moeite zijn afkeer van deze man verborgen te houden, en met zijn onwillige, half van hem afgewende lichaam bracht hij deze welsprekend tot uitdrukking. Hij probeerde vriendelijk te zijn en wond zich ondertussen steeds meer op. Dat eeuwige gelul van die man over zichzelf! Die primitieve zelfverheerlijking, dwangmatig haast, waar maar geen einde aan kwam! Tegelijkertijd voelde hij nog de aantrekkingskracht die er van Henri uitging, de band die er nu eenmaal was. Hij kon niet loskomen van de oude vriendschap, hoe weinig er ook over was van het oorspronkelijk vuur.

Lin zat aan de korte kant van de tafel, met haar haren opgestoken en een soort vochtige uitwaseming om zich heen, iets dat jong en zacht was en hem deed denken aan de kleverig glanzende boomknoppen van een paar weken geleden. Met de mouwen van haar truitje opgestroopt tot boven haar ellebogen maakte ze een nog potiger indruk dan gewoonlijk. Haar rechtervoet, in een open schoen, had ze nonchalant en jongensachtig op haar knie gelegd. Hij kon de eeltige huid van haar hiel zien, de blonde haartjes op de aanzet van haar kuit, die zich soms oprichtten in de luchtstroom die van buiten kwam. Hij ademde alsof er iets was dat hem bedrukte.

Op de muur achter haar hing een van zijn eigen foto's, zwart-wit, opgeblazen naar een formaat van anderhalf bij twee meter. Jaren geleden had hij hem genomen in een overstroomde vallei in het noorden van Frankrijk. Een rivier die buiten zijn oevers was getreden en de weilanden had overstroomd. Een rij kale eiken stond in het water, een ervan ontworteld en omgevallen, een paar populieren vol met bollen maretak, struikgewas, een hek van prikkeldraad waar nog plukjes schapenwol aan hingen. Dit alles weerspiegeld in het water. Op de voorgrond lag een platte boot van vissers, half op het droge getrokken. Koud, nat, zompig en verlaten was het daar, vol melancholie.

Voor dit landschap zat zij nu met haar stralende lichaam, haar sierlijke nek, de zachtheid van haar grote, licht puilende ogen. Het contrast was onaangenaam. Langzaam maar zeker drong het tot hem door dat het hem pijn deed haar voor dit landschap te zien.

Hij luisterde naar Henri's verhalen, voedde ze zelfs met vragen, in weerwil van zijn afschuw en verveling, licht afwezig steeds. Ondertussen deed hij niets anders dan hun aanwezigheid, hun fysieke aanwezigheid, registreren, bijna alsof ze indringers waren. Henri's ge-

zicht begon zich aan hem op te dringen, zoals zich de afgelopen weken steeds gezichten aan hem hadden opgedrongen. Hij kreeg zin
om hem te slaan, zijn wenkbrauw open te slaan. Hij herinnerde zich
hoe hij Henri eens was aangevlogen, midden in de nacht, dronken.
Hij was er met twee gekneusde ribben en een bloedneus van afgeko-
men. Later had hij zich geschaamd, niet voor het geweld, maar omdat hij besefte dat hij hem was aangevlogen *als een kind*. Alhoewel
er nauwelijks leeftijdsverschil tussen hen bestond, had hij Henri altijd beschouwd als de oudere, meer ervaren persoon. Henri's gezicht, dat hij zo lang niet gezien had, trof hem opnieuw: die opvallende lichtblauwe ogen en het blonde haar, de lippen, die oren die zo
dicht op zijn schedel stonden, de huid strak over de jukbeenderen.
Zodra hij zijn aandacht erop richtte begon het gezicht zich aan hem
op te dringen. Het beangstigde hem. Alsof hij zijn zelfbeheersing
zou kunnen verliezen. Om Henri niet te zien, keek hij naar Lin. Maar
zodra hij haar voor dat donkere en overstroomde landschap zag zitten, kwam er een ondraaglijk verdriet in hem op. Ten slotte verschoof hij zijn stoel, louter en alleen om haar een andere achtergrond te geven.

Lin merkte zijn onrust op en begon hem, Henri bruusk onderbre-
kend, naar zijn reis te vragen. De fotograaf sprak moeizaam, alsof hij
er zijn gedachten niet bij kon houden.

'Heb je onderweg nog gefotografeerd?' vroeg ze.

'Ach, ik had wel een cameraatje bij me, maar ik heb er niet veel
mee gedaan. Op Sicilië heb ik alleen maar rotsblokken gefotografeerd. In het binnenland zag ik overal van die glooiende, pas geploegde akkers met een roodbruine aarde, en daar middenin lagen soms
ineens een paar kolossale rotsblokken op een kluit. Daarvoor stapte
ik dan uit mijn auto.'

Hij scheen er met tegenzin aan terug te denken.

'Op Malta ben ik in bussen gaan fotograferen. Ze rijden daar in
oude, Engelse bussen. Ze zien er nog prachtig uit. Elke chauffeur
heeft zijn eigen bus en staat tussen de ritten het chroom te poetsen. Aan de achteruitkijkspiegel hangt een madonna, voor de glasplaat achter zijn rug hangt vaak een complete schrijn. De boeren

bekruisen zich als ze instappen en opnieuw als ze uitstappen, kennelijk blij dat ze het weer overleefd hebben. Zachtaardige mensen, die Maltezers, echt opvallend. Zo ben ik het nog nooit ergens tegengekomen.'

Hij nam haar mee naar de tafel bij de hangmat om wat foto's te laten zien: rotsblokken op Sicilië en Maltezers in hun bussen. Henri volgde zwijgend. Hij wierp een snelle blik op de foto's en liep toen weg, alsof hij dit werk al eens had gezien. Het kwetste Alex. De woede stond als een dikke brij in zijn keel. Afwezig luisterde hij naar Lins commentaar. Er kon geen twijfel over bestaan dat zijn werk haar interesseerde. Ze begon hem meteen te pushen: er moest een boek van zijn werk gemaakt worden.

Hij toonde haar de rest van zijn appartement. Ze was nieuwsgierig, ze wilde alles zien. Met een voet duwde hij de deur naar de badkamer open. Het rook er muf.

'Henri heeft de tegels er tweemaal uit moeten slopen na een lekkage,' zei hij met een lachje.

In de donkere kamer kwam ze vlak naast hem staan. Hij wist niets meer te zeggen en van de weeromstuit wist zij niets meer te vragen. Toen wilde ze ook zien waar hij sliep. Ze liepen naar een uiteinde van de halfronde muur. Om de hoek stond het bed. Alex liet het dekbed openliggen, agressief, zich verzettend tegen zijn impuls het dicht te slaan. Lin vond het raar dat hij haar zo zijn bed toonde en het bleef haar bij. Zoals het haar ook bijbleef dat naast zijn hoofdkussen twee verfrommelde, vettige, oorspronkelijk gele maar bijna zwart geworden oordoppen lagen, die hij kennelijk steeds opnieuw gebruikte. Alex schaamde zich. Gewoonlijk wist hij al pratend veel toe te dekken. Maar hij praatte niet of nauwelijks. Iets in hem weigerde nog langer te praten.

Ze staken over naar de andere zijde van de muur. Henri stond bij het open raam te roken.

'Geweldig hè,' riep hij tegen Lin, nog steeds trots op zijn eerste verbouwing.

In de keuken herkende ze onmiddellijk de hand van Henri: een hardstenen aanrecht, roestvrij stalen handgrepen die hij in zijn eigen keuken ook had gebruikt, aan de muur zo'n zwarte bakpan, zoals hij ze zelf bezat. Het trof haar. Opnieuw besefte ze hoe intens hun vriendschap was geweest en hoe pijnlijk de verwijdering voor hen beiden moest zijn. Ze wees naar de bakpan. 'Heeft Henri jou ook bezworen dat je zo'n pan nooit ofte nimmer mag afwassen?'

Alex keek haar aan en zweeg.

'Dat je hem áltijd moet schoonwrijven met een prop papier?'

'Ach ja, dat heeft hij dan één keer ergens gezien, en dan is het meteen wet voor hem.'

Waar ze stonden waren ze onzichtbaar voor Henri. Alex leunde tegen het aanrecht. Door de nabijheid van het meisje voelde hij plotseling zijn uitputting. Drie weken was hij onophoudelijk onderweg geweest, in steeds groter rusteloosheid, grenzend aan paniek, niet in staat zichzelf een halt toe te roepen, niet in staat met wie dan ook een gesprek te beginnen. Op Malta had hij die zachtaardigheid van de mensen gevoeld, maar zich ervoor afgesloten. Hij herinnerde zich een bergpad waarop hij gelopen had, in de diepte de kolkende zee, tussen steengruis een verpletterde hagedis, jong nog, voorjaarsbloemen wiegend in de wind. Steeds had hij naar de grond voor zijn voeten gekeken, niet in de diepte, en hij was bang geweest, voor zichzelf. Nu stond hij hier, op een plek die hij 'thuis' noemde, aan zijn voeten de schoenen met de dikke zolen die hij drie weken gedragen had, het stof zat er nog op, en hij wilde alweer weg. Hij rook Lin. Ze had een ziltige geur bij zich. Waarom zeg ik niets, vroeg hij zich af, waarom wil ik niets zeggen? Ben ik hysterisch, is dit een naar binnen geslagen hysterie? Opnieuw kwam ze vlak bij hem staan.

Toen stond hij opeens dat blik perziken open te draaien. Hij had bedacht dat perziken misschien lekker waren bij witte wijn, als hij de zoete siroop eraf liet druipen. Veel anders had hij niet aan te bieden. Lin zag hem prutsen: zijn blikopener was bot of pakte niet. Het sap gleed over het stoffige deksel.

'Zal ik het proberen?'

Zijn handen beefden. Hij lachte krampachtig. Er leek iets verschrikkelijks op komst. Ten slotte schoof hij het blik naar haar toe over het aanrecht, de blikopener erbovenop, alsof hij ervoor terugschrok die in haar hand te leggen. Lin deed een stap naar voren. Het was of ze uit zichzelf stapte, zichzelf achterliet. Ze omhelsde hem. Er ging een schok door zijn lichaam. Bijna onmiddellijk duwde hij haar weg.

'Wat moet je,' zei hij met schorre stem.

'Ja, wat moet je,' echode ze.

Ze liep weg. Terwijl ze schuin overstak naar de badkamer, zich half omdraaiend om naar Henri te zwaaien, schold ze zichzelf uit: onnozel, onnozel, wat ben je toch ongelooflijk onnozel! Ze bloosde van schaamte en werd kwaad op de man die ze een weldaad had willen bewijzen door hem een ogenblik te koesteren. Een paar minuten later was ze weer in de keuken. Na een blunder kwam ze altijd terug. Zo zat ze in elkaar.

'Sorry,' zei ze, 'dat sloeg nergens op.'

Alex stond bij de keukentafel, in de schaduw van de muur, starend naar een krant waarin hij al drie keer hetzelfde bericht had gelezen. Met zijn rechterhand wroette hij in zijn hol.

'Heb je jeuk?'

Hij gaf geen antwoord, maar hield toch op met dat verwoede krabben. Terwijl ze een fles wijn, glazen, de uitgelekte perziken en een paar vorken op een dienblad zetten – gezamenlijk toch, als om wat gebeurd was uit te wissen – zei Alex met zachte stem: 'Ga je weg bij Henri?'

De overrompeling, de bliksemsnelheid waarmee hij binnendrong in haar intiemste gedachten, de plotselinge vertrouwelijkheid van zijn stem bracht haar aan de rand van een bekentenis.

'Hoe bedoel je?'

Het had hoogst verbaasd moeten klinken, maar het klonk vlak, bedrukt, krachtcloos.

'O, ik zeg maar iets.'

Dat was ook zo. Hij zei maar iets. Iets zei maar iets. Buiten hem om. Alex bloosde. Voor het eerst in jaren voelde hij een blos langs zijn kaken omhoogkruipen, zijn haarwortels prikten. Ga je weg bij Henri, had hij haar gevraagd. Maar het kon niet anders of zij had er een andere vraag in gehoord, een smeekbede, vier woorden die hij nooit uit zijn strot zou kunnen krijgen. Wat had hij anders gevraagd dan: Kom je bij mij?

'Maar ik bén weg bij Henri,' antwoordde ze. Ze voelde hoe weinig overtuiging er uit haar stem sprak en voegde er daarom haastig aan toe: 'Wat een rare vraag, Alex.'

Hij zei niets meer. Een enorme geeuw deed hem plotseling zijn kaken opensperren.

# VII

## VANMIDDAG NOG

Het vliegtuig schoot vooruit over de startbaan en begon snelheid te maken. Jelmer keek door het raam naar de baanlichten die voorbij-flitsten in het donker, zijn hoofd roezig, vol indrukken, van Londen, van de grote salon waar Jevgeni had gespeeld en mensen die hij er had ontmoet, flarden van zinnen, de man in de chique schoenenzaak die hem had geholpen, knielend op het donkerrode tapijt, een en al geroutineerde onderdanigheid en verveling, die opgedirkte meid in de ondergrondse die hij had zitten beloeren, aangetrokken door haar lelijkheid en de smakeloosheid van haar kleren – het ene beeld na het andere schoot door zijn hoofd en de beelden vervloeiden, zoals daar-buiten in het donker de baanlichten vervloeiden tot een gele streep, schokkerig bewegend.

Daar was die zwiep waarmee het toestel zich losmaakte van de grond en aan zijn steile klim begon. Jelmer liet zich achteroverzak-ken in zijn stoel, boog zich meteen weer voorover met gekromde rug en gebalde vuisten, alsof hij zojuist voor Arsenal had gescoord.

'Goed was-ie, man, goed!'

Er zat niemand naast hem en ook in de rijen voor en achter hem waren de stoelen onbezet, het toestel was halfleeg. Met zijn handen wreef hij over zijn gezicht. Hij had die dag heel wat moeten glimla-chen, en zo'n constant vertoon van *politeness*, dat was zijn aange-zicht toch niet gewend. Maar goed, Jevgeni *was on his way to his London debut.* Dèbjoe, zo klonk het ongeveer wanneer een Engels-man het uitsprak, *his London* dèbjoe.

Een halfjaar geleden was hij ervoor gaan werken, vandaag was het gebeurd. Jevgeni, zijn Russische pianist van amper vijfentwintig, nog studerend in Parijs maar al winnaar van twee grote concoursen, dit zwijgzame en op het eerste gezicht ietwat nurkse talent uit de taiga, was vanmiddag in een besloten concert opgetreden in een van Londens rijkste huizen, voor een gezelschap van genodigden dat ertoe deed. Hij had nauwelijks beter kunnen spelen. In zijn voorbereiding was weer het nodige misgegaan, hij was maar net op tijd gekomen, terwijl hij nota bene al een dag in Londen was, maar hij scheen verwikkelingen nodig te hebben om het beste in zichzelf naar boven te halen. *When things run smoothly, I'm getting scared, you know,* had de pianist hem bij het binnenkomen toegefluisterd. Jelmer herinnerde zich deze woorden met een glimlach.

Tijdens het recital had hij naast een Picasso gezeten: een plompe liggende vrouw met een waterkruik onder haar arm, aan zijn andere zijde zat een jonge en naar het scheen al zeer sterke schaker, nog zo'n talent uit de taiga, en een paar meter verderop was Jevgeni doende zijn Skrjabin te spelen. Pas na tien minuten begon de muziek tot hem door te dringen. Hij was gelukkig geweest: datgene waar hij zoveel moeite voor had gedaan was gelukt en uit die vleugel klonk een Skrjabin die nog nooit iemand had gehoord. Na afloop had hij zaken kunnen doen, aardige mensen ontmoet, champagne gedronken en zich met de *Britishness* van zijn omgeving geamuseerd. Ook had hij Lin gemist. Jevgeni had naar haar gevraagd. *How's your wife?* Ja, ze moest dit nu gaan leren, ze kon zich er niet langer aan blijven onttrekken.

Ergens boven de Noordzee deed hij zijn ogen weer open. Het halflege vliegtuig, laat op de avond, bracht hem het opgedirkte meisje in de ondergrondse weer in herinnering. Hij zag haar voor zich, die uit de kluiten gewassen meid, met haar hakken, dat rokje, dat leren jackje – alles een poging om er vlot uit te zien – en dat paardengezicht. Hij raakte vertederd en stelde zich voor hoe ze onder de douche vandaan kwam, met verstijfde tepels, kippenvel op haar billen en die zielige piercing in haar navel. Bij de koelkast nam ze met een vork een paar happen uit een blik en spoelde daarna haar mond. Schuw kwam ze naar hem toe en met een plof liet ze zich naast hem op bed vallen. Jelmer geeuwde, rekte zich uit, verlangde naar een onbeschofte tongzoen plotseling, een onbekende mond, met een kauwgumsmaak erin desnoods, een onbekend lichaam. Kijk, daar had je de robuuste kuiten en dijen van de stewardess, in een knisperende panty. Straks was ook zij weer alleen in haar gezellige flat, ze stapte uit de douche, liep met zwikkende billen en een grote kuif blond schaamhaar door de kamers om de lichten uit te knippen. Ook in haar bonkig lijf had hij zijn roede willen duwen, ergens in het halfdonker van haar flat.

De roes van de drukke dag ebde weg. Hij was moe. Hij zat nauw. Zijn onderrug deed pijn. Hij wilde nu thuis zijn. Thuis. Een vage onrust kwam op. Lin was al onderweg naar Schiphol. *My regards to your fine, strong and healthy peasant-girl, who has been a ping-pong champ.* Aldus Jevgeni, bij het afscheid in de taxi, halfdronken, in de roes van zijn succes. *Peasant-girl.* Maar indruk had ze dus wel op hem gemaakt tijdens die ene kortstondige ontmoeting in Amsterdam. *Peasant-girl.* Jelmer glimlachte en voelde tegelijkertijd zijn gemoed verduisteren. Hij was nog vol van haar, maar meer en meer hinderde hem iets, iets dat hij niet durfde te benaderen, maar dat nu *hem* begon te benaderen. Hij verlangde naar haar, naar haar heldere stem, haar gezicht, haar aanhankelijkheid, haar liefde voor het vierkant en dat ze wel in een vierkant huis wilde wonen, de waxinelichtjes in de badkamer als ze zich niet goed voelde, hoe ze in tranen uitbarstte, de diepe vrede van haar slapende gezicht, haar dromen die ze hem 's ochtends vertelde, die zoete smaak in haar mond. Ja, hij verlangde naar haar en zag ertegen op zo dadelijk bij haar in de auto te moeten stappen.

Het vliegtuig daalde.

Hij knoopte de veters van zijn knellende schoenen weer vast en wierp er een zoveelste keurende blik op. Nieuwe schoenen waren het, en nogal opvallende schoenen. Hij had ze in Amsterdam al eens in een etalage gezien. Vanochtend was hij ze in Londen opnieuw tegengekomen en had ze zichzelf cadeau gedaan met de gedachte: Ook al wordt dat concert helemaal niks, dan heb ik in elk geval die nieuwe schoenen. Vanochtend had hij ze heel mooi gevonden. Nu, in het vale licht van de vliegtuigcabine, moe, katterig van de drank, vielen ze hem tegen: de kleur was toch niet goed, en ze leken zo groot. Hij verplaatste zijn voet om de lichtval te veranderen, de kleur een ander aanzien te geven. Nog steeds bevielen ze hem niet. Hij had het benauwd.

Het vliegtuig kantelde en beschreef een lange bocht. Door het venster keek hij naar de lichten van de Randstad: de eindeloze woonwijken, kantoorgebouwen, auto's in rijen op de snelwegen, de helgele vlakken van groentekassen vol licht, her en der een enkel donker stuk land, dan weer woonwijken, snelwegen. De volte daar beneden benauwde hem, maar meer nog benauwde hem iets anders. Om zichzelf af te leiden duwde hij de doppen van zijn discman in zijn oren en luisterde naar Schuberts *Rosamunde-kwartet*. Maar de muziek versterkte alleen maar de gevoelens die in hem woelden. Het was of zijn ziel met één haal werd opengelegd – een paar maten van het kwartet waren voldoende om hem in tranen te doen uitbarsten. Afgewend van het gangpad, waar die knisterende dijen nog eenmaal langskwamen, staarde hij naar de lichten in de diepte en huilde. Zo overweldigd te worden was hem lang niet overkomen.

Het toestel daalde met gierende motoren, de auto's op de wegen kwamen snel dichterbij, gebouwen werden herkenbaar. Met het naderen van die vertrouwde wereld kwam hij tot bedaren. Het was of hij zich weer goed moest houden, weer zijn rol op zich moest nemen.

Nou, dat was wat nieuws, zei hij schamper tegen zichzelf, huilbui boven Holland.

Kort na middernacht zat de jonge impresario zwijgend aan de keukentafel in zijn huis, met Lin tegenover zich, en zijn zwijgen duurde al geruime tijd. Hij had een fles wijn opengetrokken, een glas gedronken, er iets bij gegeten, nog een glas ingeschonken en in zijn zwijgen volhard. Lin zag bleek. Ze speelde met een elastiekje, knelde er haar vingers mee af tot ze rood en blauw zagen. Soms trok ze een been op, zette haar hiel op de rand van de zitting en leunde met haar kin op haar knie. Ze wachtte en staarde naar het uiltje dat in de rugleuning van een van de keukenstoelen was uitgesneden en bedacht dat ze later zulke stoelen in de keuken wilde.

'Waarom zeg je niks?' vroeg ze ten slotte.

'Omdat ik niet de neiging heb iets te zeggen. Omdat ik de neiging heb een hele lange stilte te laten vallen.'

'Moet ik daar bij blijven zitten?'

'Als het je geen moer interesseert, moet je vooral weggaan.' Hij keek haar aan. Ze moest haar ogen neerslaan.

'Sorry.'

Hij nam een slok wijn. 'Hoe lang?' Zijn stem klonk omfloerst.

'Hoe lang het geduurd heeft?'

'Ja.'

'Zes maanden.' Onwillekeurig deed ze er toch een paar maanden af.

'Zes maanden?'

'Ja. Misschien iets langer. Ik weet het niet precies.'

Jelmer aarzelde, bang om het precies te weten. 'Je weet het niet precies.'

'Nee.'

'Natuurlijk weet je precies wanneer het begonnen is.'

'Ik zal het nazoeken.'

'En het was die lasser, die vent die je heeft laten verkrachten.'

'Hij heeft me niet laten verkrachten.'

'Dat heb je me anders zelf verteld.'

'Dat heb ik niet goed verteld.'

'Maar hij is het dus?'

'Ja.'

Toen hij op Schiphol in de auto stapte had hij al onheil gevoeld, meteen, het was of hij zijn instappend lichaam in een wolk van onheil duwde. Op de snelweg spraken ze over Londen, merkwaardig druk. Nadat ze de auto had geparkeerd aan de gracht, bleven ze beiden zitten, zwijgend, aarzelend. Heb je gehuild? vroeg ze opeens. Ja, dat had hij. Om ons? Zoiets, ja. Na een korte stilte had ze toen, met een blos die hij zelfs in het halfdonker kon zien, haar bekentenis gedaan. Toen hij woedend uit de auto sprong en het portier achter zich dichtknalde, dacht hij toch nog bezorgd aan haar oren: ze kon niet tegen zo'n hard geluid in een kleine ruimte. Onder het lopen had hij de neiging om te stampvoeten en te schreeuwen, om zichzelf te horen, zichzelf ervan te doordringen dat hij bestond en dat het werkelijk was wat hem overkwam. Zijn lichaam wist het al. Want hij begon misselijk te worden en hij kon haar niet meer aankijken, alleen van opzij, van achteren, kon hij nog naar haar kijken vanuit zijn ooghoeken, en zij dorst hem niet meer aan te kijken. Als schuwe beesten slopen ze het huis in, schuw voor elkaar, en elke schuwe blik die hij op haar wierp diende om te gaan geloven dat zij daar, die vertrouwde gestalte, dat zij hem verraden had, dat ze hem elke dag met leugens had misleid, zij met haar aanhankelijkheid en directheid, van alle vrouwen die hij kende wel degene die hij er het minst toe in staat achtte.

In de keuken was het stil.

'Je hebt die schoenen gekocht,' zei ze timide.

'Ja.'

'In deze kleur zijn ze nog mooier.'

'Wat voor kleur is het?'

'Ganzenpoep noemen ze dit, geloof ik.'

'O, is dat ganzenpoep. Ik dacht cognac.'

Nu pas merkte hij weer hoe zijn nieuwe schoenen knelden en hij rukte ze van zijn voeten. In het souterrain trok hij zijn pak uit en daar was het nog niet waar, daar was het nog gister. Toen hij terugkwam in de keuken zag hij dat Lin niet van houding veranderd was, alsof ze voor straf stil moest zitten.

'Het begon verleden jaar september,' zei ze.

Jelmer verstarde. Zijn hart begon te bonzen. Verleden jaar september. In razende vaart telde hij de maanden. Het waren er negen. Negen maanden!

'Ik kwam Henri tegen in de stad, nadat ik hem jaren niet gezien had. Ik heb een afspraak met hem gemaakt om dingen uit te praten.'

'En zo is het gekomen.'

Jelmer begon zich een Henri voor te stellen. Een lasser. Wat voor type was dat? Ruige bink? Hij had op booreilanden gewerkt en gaspijpen gelast in Siberië. Een halve kop kleiner dan ik, had ze met een glimlachje gezegd. De man woonde in De Pijp en had zijn huisdeur met een plaat ijzer beveiligd. Veel meer aanknopingspunten waren er niet. Van Marcus, van Janosz, van haar vader, van allerlei mensen uit haar verleden had ze weleens een foto laten zien, hoe voorzichtig ze daar ook mee was, maar niet van deze Henri.

'Werkt hij nog op die booreilanden?'

'Dat doet hij allang niet meer,' zei ze met neergeslagen ogen en doffe stem. 'Tegenwoordig is hij een soort aannemer: hij verbouwt appartementen in de binnenstad.'

'Een soort klusser.'

'Zo'n verbouwing kost al gauw een paar ton en hij maakt er best iets moois van.' Verder durfde ze niet te gaan in haar verdediging van de man met wie ze deze dag had doorgebracht, wiens roede ze tussen haar dijen had zien stoten, en die haar zo verbaasd en verward had door te veronderstellen dat ze met hem brak omdat ze *zwanger* was.

Ze zwegen. Het was of ook Jelmer de aanwezigheid van een ander begon te voelen, want plotseling zei hij: 'Dus je hebt hem vandaag nog gezien?'

'Ja.'

'Zoëven nog.'

'Vanmiddag.'

Jelmer hield het niet meer. Hij liep naar de kamer. In de kamer vond hij de tijd van vóór de catastrofe: op de vloer lag nog de krant van vrijdag, her en der zag hij de sporen van hun haastige vertrek naar het vliegveld die ochtend. Hier wist hij het nog niet, hier was zijn leven nog als voorheen, hier kon hij nog een broek van haar zien liggen en erdoor vertederd zijn, omdat die broek hem herinnerde aan de manier waarop ze zich erin had gehesen, en blozend, half schuldbewust, half driftig haar buik had ingetrokken om de sluiting dicht te kunnen krijgen en hoe ze toen tegen hem had geroepen, nog dieper blozend: Niet kijken man! Een ogenblik was de illusie verbluffend sterk: er was niets veranderd. Hij ging zelfs op de bank zitten, in de ongemakkelijke houding waarin hij gewoonlijk de krant las: zijn benen gespreid, met zijn ellebogen leunend op zijn knieën, zijn hoofd rekkend naar de krant die op de vloer lag.

Maar na een ogenblik veegde hij met zijn voet de krant weg, het papier scheurend. Hij sprong op en liep, de krantenkaternen voor zich uit schoppend, naar het gangetje tussen kamer en keuken en schreeuwde: 'Vanmiddag nog! Vanmiddag nog! Van-mid-dag!'

Lin stond bij de koelkast, de deur in haar hand, haar lichaam verlicht door het lampje dat daarbinnen brandde, en zette juist haar pak halfvolle melk aan haar mond.

'Hou op met die babydrank,' schreeuwde hij. 'Melk is voor baby's, melk is voor peuters!'

'Laat mij drinken wat ik wil!'

'Vanmiddag nog! Vanmiddag!'

Ze zette het pak terug en bleef roerloos bij de koelkast staan. Jelmer staarde naar haar kleren. Daar had die vent vanmiddag nog met zijn poten aangezeten, die had ze voor hem uitgetrokken. Lin keek panisch langs hem heen en durfde niet van haar plaats te komen.

In de ochtendschemer werd ze wakker op de bank. Jelmer stond naast haar. Ze schrok hevig en lag als verlamd. Wat kwam hij doen? Marcus had met een mes voor haar gestaan, Henri had haar geslagen, haar keel dichtgeknepen. In een oogwenk zag ze het gebeuren: overhoopgestoken worden op een bank. Ze kon zich niet bewegen. Haar hart sloeg over, stond stil en hervatte toen zijn werk met snelle, bonkende slagen.

'Ga jij nog maar een paar uur in bed liggen,' zei Jelmer.

Ze stond op. De warmte van haar slaperig lichaam bereikte Jelmer. Ze droeg een pyjama. Voor het eerst in de bijna drie jaar dat ze samen waren, had ze iets aangetrokken voor de nacht. Hij schoof zijn hand onder het elastiek van haar broek en betastte zacht haar billen, toen liet hij hem naar haar buik glijden en schoof een vingertop in dat weke, wijkende, gladde. Zonder aarzelen duwde Lin haar broek omlaag en zocht steun voor haar billen op een van de armleuningen van de bank. Het antieke houtwerk kraakte onder haar gewicht. Jelmer schoof zijn roede in haar en bewoog nauwelijks, hij sliep nog half, maar des te beter voelde hij haar lichaam. Ze kneedde hem met haar kut, tot uiterste gezwollenheid. Haar lichaam leek uit te dijen, steeds enormer te worden. Ten slotte duwde hij zich vier, vijf keer in haar en kwam klaar.

Meteen daarna had hij weer een afkeer van haar, hij walgde van haar lichaam en van zichzelf.

'Dit gaat gewoon door,' zei ze zacht.

Halverwege de wenteltrap naar het souterrain, in het schemerdonker, bleef ze staan. Jelmer was bezig zich op de bank te installeren, met geïrriteerde bewegingen kroop hij in de slaapzak. Ze ging naar beneden. Ten slotte lag hij stil, van haar afgewend. In bed voelde ze zijn zaad uit zich lekken. Verschillende malen veegde ze het af. Het bleef maar lekken langs haar bilnaad, alsof hij een dubbele hoeveelheid in haar had achtergelaten.

Verder slapen was onmogelijk. Een tijdlang deed ze niets anders dan kreunen, terwijl ze haar gezicht in het kussen drukte. Vlammen van schaamte sloegen langs haar lichaam omhoog. Nog vreselijker dan de schaamte was de schuld die diep in haar wroette, die haar beet en doorstak, en steeds als ze hem voelde ontsnapte haar een gesteun, dat ze in het kussen smoorde. Bij vlagen hoorde ze buiten de ontwaakte vogels zingen. Het verbaasde haar dat er vogels zongen, dat er buiten haar ellende nog iets bestond.

Het was of nu pas, nadat ze haar bedrog had bekend en Jelmers gewondheid had gezien, ten volle tot haar doordrong wat ze had gedaan. Al die maanden had ze zichzelf misleid, geweten wat ze deed en toch zichzelf misleid. Steeds was er een rechtvaardiging geweest. Haar bedrog was niet als dat van anderen. Ze had zichzelf een uitzonderingspositie gegeven. Haar affaire met Henri was onontkoombaar en iets tijdelijks. Ze moest erachter komen wat haar naar hem toe dreef, naar deze man voor wie ze altijd bang bleef. Pas als ze dat wist, kon ze zich van hem losmaken. Henri was een probleem dat moest worden opgelost, iets abnormaals waarvan ze zich diende te bevrijden.

Ze wist het nog steeds niet. Toch had ze nu met hem gebroken, omdat ze het niet langer volhield om zo te leven. Ze hield van Jelmer. Daarom had ze het hem opgebiecht, om met hem verder te kunnen gaan, met 'de man die haar ouders voor haar hadden uitgekozen'. Ja, ze hield van Jelmer. Nu, terwijl zijn lekkend zaad haar beschaamd maakte, meer dan ooit. Met Jelmer zou ze kinderen krijgen, met hem zou ze op den duur een huis buiten kopen, een houten schuur erbij met hooi voor de beesten, haar gereedschap aan haken, een schommel, en mussen tjilpend in het halfdonkere gebinte. Ze ging zichzelf aanpakken, die gierende onzekerheid, die kinderlijke angsten bedwingen, eindelijk, nu ze de dertig naderde. Het moest afgelopen zijn. Voortaan zou ze zichzelf ertoe zetten Jelmer naar zijn partijen te vergezellen. Het was een schande dat ze hem alleen naar Londen had laten gaan. Jevgeni had haar *a peasant-girl* genoemd. *A peasant-girl!* Ah! Maar het was afgelopen! Nu zou ze het leren!

Zo ontstond er voor de zoveelste keer een gedachtestroom in haar benarde brein, een gedachtestroom die haar moest wegvoeren uit die benardheid. Maar nauwelijks had ze het allemaal uitgedacht, of ze geloofde er al niet meer in. Ze wist maar al te goed hoe gemakkelijk ze gedachten ontwikkelde en hoe weinig ze waard waren. Met denken had het niets te maken. Al die gedachteconstructies van haar waren wensdromen.

Zolang ze koortsachtig nadacht en met gedachten alles weer kloppend probeerde te maken, had ze stilgelegen. Nu begon ze opnieuw te woelen en te kreunen in het kussen. Wat moest ze doen? Ze zag zichzelf naakt, met loshangende haren en haar lichaam overstroomd met tranen naar boven gaan. Waarom neukte hij haar niet, waarom liet hij niet al zijn woede op haar los? Sliep hij? Boven haar hoofd kraakte nu en dan de bank.

Op de vloer naast de bank had Jelmer haar handtas ontdekt. Hij lag wakker, staarde de kamer in waar het langzaam lichter werd en probeerde afstand te nemen. Tja, nu overkomt het jou eens, zei hij monter tegen zichzelf. Waarom zou het jou niet overkomen? Straks smijt je haar het huis uit, en dat was dan dat. Ze kan haar koffer pakken en oprotten! Hij keek naar de sofa die hij van zijn grootvader had geërfd, naar de welvingen van de rugleuning, met zijn vingers betastte hij een van de besneden poten, zoals hij als kind al had gedaan, en hij begon zich zijn grootvader te herinneren, die hem eens een foto had laten zien waarop hij temidden van ijsschotsen in een kajak voer (hij had ooit onderzoek in Groenland gedaan), deze man die hem zoveel vertrouwen had gegeven door onvoorwaardelijk van hem te houden. Hij probeerde afstand te nemen. Maar ondertussen was hij misselijk; hij zweette, zijn ogen brandden en tranen gleden over zijn stoppelige wangen.

Toen zag hij haar tas. Het eerste zonlicht viel juist door het raam aan de tuinkant. Het vertrouwde beeld van haar tas, haar volle, scheefgezakte tas. Hij pakte hem. In het middenvak zat, zoals gebruikelijk, het boek dat ze aan het lezen was: brieven van Van Gogh. Hoe vaak had ze dat inmiddels gelezen? Hij zag dat ze een nieuwe editie had gekocht, ze moest haar oude exemplaar ergens zijn kwijtgeraakt. Snel bewogen zijn handen en ogen door de tas. Een mooie en kostbare benzineaansteker, die hij niet kende, die hij haar nooit had zien gebruiken, en een gewone wegwerpaansteker die ze wel gebruikte – dat was het enige dat hem opviel. Woedend betastte hij het leer van de tas. Ergens achter de voering voelde hij iets zitten. Het stiksel was er losgetornd. Hij stak er zijn vingers achter en haalde twee foto's te voorschijn.

Dit moest hem zijn. Eenmaal alleen, eenmaal met zijn armen om haar heen. Snel bekeek Jelmer de foto's, de eerste, de tweede en nog eens de eerste, toen stak hij ze terug in de tas, bruusk, en bleef een tijdlang doodstil liggen. Ja ja, zei hij tegen zichzelf, ja ja, dat is even een tik, een flinke tik, zeg maar een dreun. Hijgen, zweten, benauwdheid, razernij, ja ja. Hij lag doodstil. Toen haalde hij de foto's opnieuw te voorschijn.

De ene foto was een portret, ergens buiten gemaakt, op een plas. Dit was hem. Die vent neukte haar. Dat gezicht hing dan boven haar. De man glimlachte. Naar haar? Waarschijnlijk had ze deze foto zelf genomen. Een sterke kop was het, opvallend, met die lichtblauwe ogen, het woeste blonde haar en de sterke mond. Het haar had een dichte inplant. De oren van de man stonden dicht op zijn schedel, iets dat hij altijd lelijk had gevonden. Er zaten al rimpels in zijn gezicht, twee lijnen bij de mondhoeken... Terwijl Jelmer zijn waarnemingen deed, was hij in gedachten voortdurend aan het praten, erdoorheen aan het praten. Okay, zei hij steeds maar tegen zichzelf, okay, dat is hem dus, slik het maar, *you have to put up with it, you have to put up with it.*

Een wildvreemde zag hij, en ook iemand die hem vreemd bleef, een man in wie hij niets herkende, die niets in hem opriep, en die toch niet een volkomen vreemde kón zijn, want hij viel op dezelfde vrouw. Deze man had haar bezeten, hoe vaak niet, misschien op dezelfde dag als hijzelf, zij beiden, op een en dezelfde dag, in dezelfde vrouw... Okay, okay, zo is het dus, wat een grap, slik het maar, *take it in your stride...* Het was of hij alleen maar naar de foto kon kijken als hij erdoorheen bleef kletsen.

De tweede foto was genomen tijdens een feestje op het strand. Op de achtergrond een vlakke avondzee, rossig licht op het zand, schaduwen in de vele voetafdrukken, een paar onbekenden in het zand met glazen en plastic bordjes. Op de voorgrond Lin in haar lichtblauwe badpak met een blouse eroverheen en deze Henri die haar tegen zich aan getrokken had, zijn schat, zijn armen om haar heen geslagen, zijn wang tegen haar wang gedrukt en met een lach, verliefd, gelukkig en halfdronken recht in de lens keek, terwijl zij vanuit haar ooghoeken naar hem keek, afwerend, verlegen, maar toch ook glimlachend. De man was duidelijk ouder dan zij en inderdaad een halve kop kleiner.

Onmiddellijk herkende Jelmer iets van haar vader in deze man: een overdreven uitbundigheid, een zwier die was aangeleerd en niet overtuigde. Hij herinnerde zich de enige foto die ze van zichzelf en haar vader bezat: zij als klein meisje op de royale voorbank van de Buick, haar vader achter het stuur, haar vader die vol bravoure zijn armen spreidde, de linker naar buiten stekend, en er een zogenaamd apetrots gezicht bij trok, slecht acterend, niet zeker van zichzelf.

Dat hij in deze Henri onmiddellijk een zwakte had ontdekt deed hem goed.

Terwijl hij keek en er in gedachten onophoudelijk doorheen kletste, terwijl hij steeds de foto's wilde verscheuren, ontstond er ook een vergelijking. Hij vergeleek zichzelf met deze onbekende – die nog geen kilometer hier vandaan in zijn bed lag – en voelde zich de mindere. De man was ouder dan hij en meer ervaren, *street-wise*, hij had de wereld gezien en was gehard. De vroegtijdige tekening van zijn gezicht – dat was Siberië zeker – dwong respect af. De man leek ook fysiek zijn meerdere, al was hij twee koppen kleiner dan hij, een kleine vechter die stevig op zijn benen stond, en hij leek sensueler. Een tijdlang wist hij deze constateringen aan de rand van zijn bewustzijn te houden, in het vage. Toen ze zich opdrongen verpletterde hij ze onder zijn verachting: ach, het was gewoon zo'n doorzichtige macho.

Nog eens keek hij naar Lin in de omarming van deze man: een beetje afwerend, verlegen, maar ook glimlachend en *blij* dat iemand haar zo helemaal hebben wilde. Ook in háár houding bespeurde hij iets zwaks: ze was niet zichzelf, ze paste zich aan.

Ze is een overlever, dacht hij opeens. Als er iets is dat haar bepaalt, dan is het dat: overleven. Van jongs af aan heeft ze niets anders gedaan. Hoe sterk ze ook lijkt, vechtend met de jongens, lachend diep uit haar buik, toch is het leven voor haar nooit iets anders geweest dan dat. In die arbeiderswoning aan de Ee, waar ze 's ochtends om vijf uur opstond om althans een paar uur voor zichzelf te hebben. In die tien jaar waarin ze alles opzij zette om een *ping-pong champ* te worden, hunkerend naar de aandacht en goedkeuring van een trainer. In de jaren met Marcus had ze een drugsmilieu overleefd, waarin ze zich doodongelukkig voelde. Ten slotte haar verhouding met deze nepper met zijn interessante kop, een oudere man die haar kennelijk geruststelde, voor haar een zo diepe behoefte dat ze er zijn klappen voor verdroeg.

Het was of hij met één bijlslag een stuk hout kliefde. Niet eerder had hij haar zo diep gepeild.

Ook bij mij is ze dus om te overleven, dacht hij. Maar ze mist iets. Ik ben afstandelijk. Dat maakt haar onzeker. Maar voelt ze dan niet hoe dichtbij ik ben, hoe ik voor haar zorg? Een paar tranen gleden over zijn wangen. Even was het aangenaam, dit verdriet, omdat hij er zo volop recht op had. Nog nooit had hij zoveel recht gehad op verdriet, op woede. Maar hij voelde dat het zelfmedelijden was, dat het hem verzwakte en wierp het van zich af. Hij werd kwaad op zichzelf.

Wat een ongelooflijke sufkees was hij geweest. Zo zelfverzekerd, zo van zichzelf overtuigd, dat hij negen maanden helemaal niets had gemerkt. In Parijs had ze hem belazerd, drie dagen lang. Toen ze in die vriesnacht met haar voorhoofd tegen het boothuis geleund stond, als tegen de borst van een man, een telefoon aan haar oor. Waar al niet? Gisterochtend op Schiphol. Wat ga je doen vandaag? Ik weet het nog niet. Ze wist het precies.

Zo'n vrouw moet je niet bij je houden, kwam een fluistering.

Hij wilde de foto's verscheuren, hield ze al tussen zijn vingers om ze in één ruk doormidden te scheuren, maar bedwong ten slotte toch zijn impuls en stopte ze terug in haar tas. Terwijl hij ze terugstak, leek er iets onherroepelijks te gebeuren. Omdat ik niet in staat ben domweg deze foto's te verscheuren, dacht hij, dáárom zal ik haar verliezen.

Toen lag hij met zijn knieën op haar uitpuilende koffer, in het souterrain, tegen het einde van de zondagmiddag, pogend het deksel dicht te drukken. Het was een oude leren koffer, die ze ooit bij het grofvuil op straat had gevonden. Hij haatte die koffer, niet alleen omdat het een lelijke, niet bij haar passende koffer was, maar vooral omdat ze hem op straat gevonden had, zoals veel van haar spullen. Ze had hem allang weg moeten doen, gewoon weer bij het grofvuil zetten. Maar ze deed het niet. Nog steeds had ze die koffer. Hij haatte dat ding.

'Lukt het?' vroeg ze timide.

'Nee. Dat zie je toch? Dat ding is te vol.'

Er viel een pijnlijke stilte. Ze dachten hetzelfde. Geen van beiden wilden ze de koffer nog eens openen om er kleren uit te nemen en ze terug te hangen in de kast. Lin hurkte naast hem om te helpen, ervoor wakend dat ze hem niet aanraakte. Hij rook haar zweet.

Eindelijk klikten de sloten.

Toen de koffer gesloten was, toen het besluit over een tijdelijk uiteengaan gevallen leek, maakte zich een zekere opluchting van hen meester. Ze hadden stormachtige uren achter de rug. Jelmer ging zitten op de stenen richel onder het kleine raam. Hij was doodmoe, zijn brein wazig. Op straat gingen nu en dan mensen voorbij, zichtbaar tot aan de knie. Door het open raam waren hun voetstappen duidelijk hoorbaar, soms een paar woorden. Vreedzame geluiden waren het op een vreedzame zondagmiddag in mei.

Lin zat op de armleuning van de fauteuil waarin ze de afgelopen tweeënhalf jaar zo ontzaglijk veel had zitten lezen. Nadat ze Jelmer had leren kennen, had ze zich opeens weer op het lezen van boeken kunnen concentreren. Hele middagen en avonden had ze lezend in deze stoel doorgebracht en ze had zich er veilig gevoeld, onzichtbaar en onvindbaar als in een hol, een gevoel dat versterkt werd als ze de onderbenen van passanten vlak langs het raam zag gaan. Het was alweer voorbij, leek het. Ze wilde haar ogen nog eens door het souterrain laten gaan om het goed in zich op te nemen, maar ze weerhield zichzelf ervan, alsof ze met zo'n afscheidsblik de loop der dingen ongunstig zou kunnen beïnvloeden. Ze keek naar Jelmer.

'Ik heb die foto's in je tas gezien,' zei hij.

Ze moest de schok verwerken.

'Welke foto's?'

'De foto's die je achter de voering hebt verstopt.'

'Je hebt uit mijn tas te blijven!' Haar protest klonk zwak.

Jelmer zweeg een tijd.

'Ze waren wel erg gemakkelijk te vinden,' zei hij ten slotte.

'Misschien hoopte ik wel dat je ze zou vinden.'

'Je verlangde ernaar om betrapt te worden.'

'Soms wel.'

'Je nam steeds meer risico.'

'Ja.'

Jelmer keek naar haar, terwijl zij naar de vloer staarde. De hele dag had hij blikken op haar geworpen. Ongelovig, onnozel, alsof hij 'het' aan haar moest kunnen zien. Telkens als hij haar gadesloeg ontstond er een dubbelbeeld: ze was nog degene die ze tot gisteravond voor hem was geweest, zijn lief, benaderbaar, en tegelijkertijd was ze onbenaderbaar, een bezoedeld lichaam, een vrouw die zijn afkeer opwekte. Zag hij haar oor, dan was dat het oor waarin een ander zijn geilheden had gefluisterd, zag hij haar kont, dan had een ander ertegenaan staan duwen, haar mond was door de tong van een ander gevuld, ze was bezoedeld, ze was niet meer van hem.

'Laten we gaan,' zei hij.

Hij haalde de auto. Met een omweg reed hij naar zijn huis. Het was loeiheet in de Volvo, waarop de hele dag de zon had staan branden, maar hij hield van die hitte in een auto. De caféterrassen puilden uit, de stad daverde van leven. Het leek allemaal niet waar wat hem overkwam.

Maar toen hij voor zijn huis parkeerde, was het weer waar, en op de stoeptreden van het huis naast het zijne had zich Ilse in de zon geïnstalleerd, slimme Ilse, met een glas wijn en een tijdschrift. Hij groette en deed de kofferbak open. Niet beducht kijken. Hij glimlachte naar haar, stond zelfs stil voor een praatje. In huis instrueerde hij Lin, met gedempte stem, toen sleepte hij de koffer naar buiten. De koffer leek met stenen gevuld.

'Hé Lin,' hoorde hij zijn buurvrouw zeggen, 'ga je op reis?'

Kennelijk was het onmiddellijk duidelijk dat het háár koffer was die hij in de auto zette en niet de zijne.

'Ik ga twee weken naar Spanje,' antwoordde Lin, 'met een vrachtje kostuums, werken op de set.'

'Spán-nend!'

Hij sloot de klep van de kofferbak, die hem aan het gezicht onttrokken had, en zag nog net hoe Lin zwierig, opgetogen haast, in de auto stapte. Met een plof, die uitdrukking leek van haar opwinding, liet ze zich in de stoel vallen, draaide haar raam open en glimlachte naar Ilse. Hijzelf grijnsde naar haar over het dak van de auto en zag haar mooie gladde kuiten.

In de Vrolikstraat eenzelfde vreedzame rust. De iepen ritselden. Op het plein voor haar huis waren de trottoirs en plantsoenen met verdorde bloesem bezaaid. Op de achtergrond klonk het zachte dreunen van de verkeersstroom in de Wibautstraat.

Lin opende de huisdeur.

Toen hij de koffer optilde om hem de trappen op te dragen, brak het handvat af. Ze schrok ervan. Het joeg haar angst aan om haar koffer zonder handvat te zien, onbruikbaar geworden, en het losgerukte handvat in Jelmers hand. Tegelijkertijd rook ze de muffe lucht van het trappenhuis, dat donkere trappenhuis waarin ze 's avonds zo vaak had staan luisteren naar de geluiden die door de muren drongen, en haar angst werd sterker.

'Jelmer?'

Maar ze wist niet wat te zeggen. Jelmer droeg de koffer naar boven, haar huis binnen en zette hem hijgend in de achterkamer op haar bed. Het rook er muf. Lin herinnerde zich dat in deze kamer een oude man was gestorven. Het stijve plastic douchegordijn in de hoek riep haar weerzin op, ook al was het nieuw. In de douchebak erachter had die man zich jarenlang gewassen en ook zijn vrouw met haar glazige huid, haar dunne haar en haar tranende ogen, totaal versleten, die ze eenmaal bij de benedenbuurvrouw had ontmoet.

Jelmer gaf haar een kus op haar lippen die hard uitviel. Hij zag de angst in haar ogen. Toen hij al in het portaal stond, zag hij het nog een keer, die blik vol angst, en hij dacht aan het handvat van de koffer waaraan plotseling geen gewicht meer hing. Later herinnerde hij zich dit haastige afscheid: had ze zich toen voorgoed verstoten gevoeld?

Buiten begon hij te rennen, in een wilde vlaag. Hij stak het pleintje over, rende langs een flatgebouw en in de doorgang onder de spoordijk kwamen de tranen. Huilend rende hij voort. Maar zijn verdriet was zo groot niet of hij zag nog dat het de Tugelaweg was waar hij op straat liep te huilen.

# VIII

## VERSTOTEN

Die zaterdagochtend trok ze eindelijk de foto's uit de envelop, waar-in ze acht jaar ongezien waren blijven zitten. Ze herinnerde zich waar ze deze, inmiddels vaal geworden envelop had ontvangen: in een pakhuis aan de Oostelijke Handelskade, waar ze toen bivakkeer-de in een afgetimmerde ruimte, abrupt opgehouden met trainen, kampend met een voetblessure en haar eerste zware depressie. Het was winter. Door de boogvensters in de dikke pakhuismuren had ze urenlang naar de kade gekeken, naar de schepen die er lagen afge-meerd: roestende trawlers, afgedankte kotters uit de Oostzee, een paar klippers. Ten slotte kende ze alle figuren die op deze schepen woonden en hun dagelijkse routine. De envelop had haar aan het schrikken gemaakt. Wekenlang had ze eromheen gedraaid. Ze wist dat er foto's in zaten, vermoedde wat voor foto's het waren en wat er de bedoeling van was.

Naderhand was de envelop haar blijven vergezellen. In twee leren sporttassen, wit met rood, die een sportschoenenfabrikant voor haar had laten maken, bewaarde ze alles wat aan haar carrière in het tafel-tennis herinnerde. In de ene tas alle bekers en medailles, mappen met knipsels, foto's en brieven, en ook deze bruine envelop. In de an-dere zaten haar sportkleren, schoenen en batjes. Na de laatste trai-ning had ze die tas nooit meer opengemaakt, zelfs niet om het vuile goed eruit te halen.

Sinds een paar dagen lag de envelop op tafel.

Nu, op deze lege ochtend, had ze hem opengemaakt.

Bovenop lag een close-up van een twintigjarige. Hoofd en schou-ders, haar gezicht bezweet, haren klevend aan haar voorhoofd, een half verlegen maar ook stralende glimlach, in haar blik lag iets schoons en opgeruimds. Na de wedstrijd. Ze had zich leeggespeeld en gewonnen. Op een scorebord op de achtergrond kon ze de wedstrijd aflezen. Het was een vijfsetter geweest. Tegen een Russin. Hoe vaak had ze niet een vijfsetter moeten spelen? De eerste twee sets verloor ze. Pas als ze met haar rug tegen de muur stond, brak ze los.

Achter op de foto stond geschreven: EK Basel, jouw doorbraak! Met een schok herkende ze het handschrift van Janosz. De foto's waren genomen tijdens het Europees kampioenschap waar ze derde was geworden. Een afgetrainde atlete was ze toen, in haar gezicht staken haar jukbeenderen naar voren. Kort tevoren was ze in China geweest, alleen, om met een groep Chinese speelsters te kunnen trainen. Acht uur per dag stond ze in een oude gymzaal achter de tafel. Met de Chinese meisjes had ze nauwelijks een woord kunnen wisselen. Kilo's was ze afgevallen, ook al omdat haar ingewanden door het vreemde eten van slag waren geraakt. Maar toen ze na een maand terugkeerde was ze ontegenzeggelijk beter gaan spelen. In haar gezicht zag ze nu, heel vaag, iets Chinees, misschien door die opvallend naar voren stekende jukbeenderen.

De overige foto's waren genomen terwijl ze haar wedstrijden speelde, tot ieders verrassing steeds weer een ronde overlevend. Het waren goede foto's. Ze hadden in een leerboek kunnen staan, bedacht ze spottend: er werd een heel arsenaal aan slagen gedemonstreerd. Ze oogde lichtvoetig, scherp, geconcentreerd. Snel bekeek ze de foto's. Onder haar weerzin gloeide even trots. Dat zag er toch heel goed uit! Ze had zich superieur gevoeld, omdat ze in China met de beste speelsters van de wereld had getraind en overeind was gebleven, ondanks buikkrampen en gillende eenzaamheid. In de halve finale was een ontsteking in haar voet gaan opspelen en had ze verloren, krimpend van de pijn. De kleine finale had ze met een injectie gespeeld en toen had ze weer gewonnen. Zonder die ontsteking zou ze de sterkste van het toernooi geweest zijn, daar twijfelde niemand aan. Dan was zij, *peasant-girl, a European champ* geweest. Zou ze dan ook gestopt zijn? Maar juist in die weken waarin ze zich zo sterk had gevoeld, superieur, had ze die ontsteking in haar voetzool systematisch genegeerd.

Ze schoof de foto's opzij en stond op. Ze kreeg het benauwd: weer die lege zaterdagochtend, dat dode huis. Ze had stof afgenomen, schoongemaakt, gelucht, haar schaarse meubels verzet, maar het bleef een dood huis. De geluiden werkten op haar zenuwen: het rammelen van de balkondeuren, uit de tuinen het geluid van ruisende bomen, aanzwellend en weer afnemend, vervormd als in een buis. Zelfs deze geluiden leken tot het verleden te behoren, jarenlang gehoord en nu alleen nog maar herkend.

Ze wierp zich op bed, op haar buik, en schoof een hand in haar broek. Maar na een paar minuten hield ze ermee op zichzelf te betasten en stond weer op. Ze keek naar buiten, naar de balkons van de woonblokken rond de tuinen. De schaduwen van wolken gleden over de huizen. Ze herinnerde zich Janosz: zijn gestalte, zijn sarcastische stem, zijn accent. Na acht jaar ervoer ze plotseling weer zijn fysieke aanwezigheid. Was er – toch ook – een erotische band geweest met deze man die ze zo was gaan haten? Als hij aandacht aan andere speelsters gaf, was ze al gauw jaloers. Van zijn fysieke nabijheid was ze zich altijd sterk bewust. Maar nooit had hij haar goed kunnen vastpakken en zij hem niet, er haperde altijd iets, alsof ze ergens bang voor waren. Janosz die tersluiks naar haar ontbottende lichaam had gekeken – ze betrapte hem – en háár voor jongensgek uitmaakte omdat ze naar jongens keek.

Het geluid van de bel deed haar verstarren. Ze bleef in de keuken bij de open balkondeur staan, een geur van afval opsnuivend. Na een tijd hoorde ze voetstappen op de trap, de benedenbuurvrouw die kennelijk had opengedaan en in het portaal iets zei, een mannenstem die antwoordde. De man had een zware tred die ze niet herkende. Hij hield stil voor haar deur.

'Lin?'

Het was Henri.

'Lin, ik moet je spreken. Doe open.'

Verstijfd van angst bleef ze staan en maakte geen geluid.

Henri bleef op de overloop. Lin stond zonder zich te verroeren bij de balkondeur. Er streek een tochtstroom langs haar enkels, een tochtstroom die ontstond omdat beneden de buitendeur open was blijven staan. Ze rook het afval. Ze zweette in de drukkende en klamme buitenlucht, een hooikoortsdag was het, haar oksels kleefden. Nu en dan hoorde ze Henri kuchen, zijn voeten verzetten, de klik van het metalen kapje van zijn aansteker. Hij was dichtbij, nauwelijks vijf meter van haar verwijderd: vanuit de keuken zag ze het halfdonkere portaaltje en de deur waar hij achter stond. Ze hoorde hem zuchten. Het kraken van zijn schoenen. Nog eens zijn zuchten van verveling.

'Waar ben je toch zo bang voor, schat? Doe es open.'

Zijn stem klonk zacht, gedempt, overredend.

'Lin?'

Ze begon zwaarder te ademen. Met een hand omklemde ze de rand van het koude granito aanrecht. Toen rook ze opeens, onmiskenbaar, meegevoerd door de tochtstroom, de prikkelende geur van zijn sigaret. Ze werd loom. Met haar ene hand betastte ze, maar haast zonder ze aan te raken, haar borsten. De andere schoof ze centimeter voor centimeter in haar broek. Weer het kraken van zijn leren schoenen, gedempt door de deur. Langzaam liet ze zich zakken voor het aanrecht, het nam minuten in beslag, tot ze zich op de houten vloer had uitgestrekt. Het duurde niet lang voordat ze klaarkwam, haar mond wijd open, bijna geluidloos hijgend. Toen lag ze stil en keek naar het plafond. Ze was ervan overtuigd dat Henri hetzelfde had gedaan als zij. Een paar minuten later liep hij de trappen af, met dezelfde zware tred waarmee hij gekomen was.

In het Oosterpark begon Henri haar in te halen. Nog steeds en al sinds drie dagen hadden de dingen om hem heen dat onwezenlijke, alsof de buitenwereld niet goed tot hem doordrong. Hij herkende dit deel van het park waar hij liep: de brede laan met in de verte de muziektent onder de iepen, maar met een onbegrijpelijke moeite, en steeds vervaagde weer zijn besef van waar hij was. Nog bevreemdender was een andere gewaarwording: dat er ergens in hem een gat geslagen was. Zonder dat hem enig ledemaat was ontnomen, was er toch een gevoel van gemutileerd zijn: iets vertrouwds, iets dat altijd bij hem was geweest, was hem met geweld ontnomen.

Hij droeg nog steeds zijn zwarte pak.

Niemand had die nacht alleen willen slapen. Hij was met Kit meegegaan, zijn tweede ex. Ondanks de enorme hoeveelheid drank die ze sinds de middag hadden ingenomen, hadden ze hun ontreddering nog weten om te zetten in lust. Zwetend, stinkend, hun gezicht nat van dronkenmanstranen, hadden ze zich aan elkaar vastgeklemd. Een neukende vleesklomp, waarin Kit hun liefdestaal van jaren geleden was gaan brabbelen. Maar bij het wakker worden was er de vervreemding geweest. Dat waren ze even vergeten. Oud zeer kwam onmiddellijk weer boven. Hij had zich uit de voeten gemaakt, in zijn begrafenispak, stinkend naar de kroeg. Toen was hij naar Lin gaan verlangen en, gedragen door het restant van zijn roes, had hij zich in een taxi naar de Vrolikstraat laten rijden. Waar zijn eigen auto stond kon hij zich met geen mogelijkheid herinneren. Maar dat donderde niet. Als hij maar bij haar kon zijn. Bij haar in bed. Eerst een punt zetten. Zijn geilheid was al dagenlang onblusbaar. Dan uitslapen, wakker worden, beetje praten, boodschappen doen om een frisse neus te halen en in te slaan voor het weekend, dan helemaal niks meer, geen drank, geen eten, niks meer, stil worden, boete doen, zoiets. In zijn ijlende verlangen, achter in die taxi, zag Henri zich zelfs op zijn knieën liggen en om vergeving vragen. Vergeving? Hij begreep er niets van. Het zou de schok wel zijn.

Hij versnelde zijn pas.

Lin hoorde iemand naderbij komen en herkende plotseling die onvervaarde stappen. Ze liep door, zonder om te kijken, en tegelijkertijd leken haar beenspieren te verstijven, stug te worden, onwillig. Henri pakte haar vast bij haar riem.

'Hé meissie, sta nou even stil.'

Ze sloeg met haar vuist op zijn pols. 'Henri, ik wil dit niet!'

Hij liet los. Afwezig, met bloeddoorlopen ogen staarde hij haar aan. Zijn gezicht was bleek. Hij wilde zijn hand tussen haar dijen schuiven, omhoog, tegen haar schaambeen aan, om de warmte te voelen die op die plaats altijd uit haar broek straalde. Hij wilde zijn handen om haar billen schuiven, zijn armen begraven in haar kleren, hij wilde thuiskomen, al was het maar voor een paar minuten. Maar eerst moest hij iets zeggen om de woede te temperen die hij had opgeroepen door haar treiterig bij haar broekriem te pakken en staande te houden, alsof ze een paard was dat hij met een ruk aan de teugels tot stilstand kon brengen.

'Kijk nou es naar me, kijk nou es wat ik aanheb!'

Hij probeerde het grappend te zeggen. Omdat het over kleren ging, wierp ze onwillekeurig toch een blik op hem.

'Ik heb mijn begrafenispak aan, meissie.'

'Je stinkt anders naar de kroeg.'

'Ik heb gister Alex begraven.'

Henri's ogen werden vochtig, hij boog zijn hoofd. Lin, die zich al half had afgewend, bleef staan.

Ze gingen zitten op een bank bij de muziektent, onder de zwiepende en ruisende bomen. Vlak bij hen werd jeu de boules gespeeld. De zilvergrijze ballen werden met lappen schoongeveegd alvorens men ze wierp. Met een zware plof vielen ze op de grond, rolden, steeds trager en trager, totdat ze eindelijk stillagen. Verderop wandelaars en fietsers in de brede laan. Een zwerver stak zijn arm in de afvalbakken. Naast zich zag ze Henri, ellebogen op zijn knieën, rokend. En zichzelf zag ze, haar benen in de zwarte broek, haar schoenen, de riem om haar middel, en vanuit haar ooghoeken Henri's achterhoofd en zijn gekromde rug. Ondertussen, zo besefte ze, lag Alex in een kist onder de grond, in zijn beste pak, ergens op een begraafplaats.

Twee weken geleden had ze hem nog gezien en haar lichaam tegen het zijne gedrukt, omdat hij zo verschrikkelijk bedroefd leek. Zijn overhemd had halfopen gestaan. Hij had zich steeds maar in zijn hol gekrabd, waar ze bij stonden, als een idioot. Zijn bed lag open. Op Sicilië had hij rotsblokken gefotografeerd. Hij sprak met tegenzin. En hij had niets in huis, alleen een stoffig blik perziken dat hij niet open kon krijgen.

Henri vertelde.

Het was een paar nachten geleden gebeurd, op de kade voor het pakhuis. Die kade waar zij gelopen hadden. Alex had er midden in de nacht vier basaltkeien losgewrikt. Hij had ze aan zijn voeten gebonden en was ermee in het water gesprongen. In een van de boten had iemand een zware plons gehoord, maar hij was niet opgestaan om te kijken. Alex had zijn jack en een briefje op de kade achtergelaten. De volgende ochtend waren ze gevonden en was hij uit het water gehaald.

Henri zweeg een tijd.

'Daar heeft hij nog flink voor moeten werken,' zei hij toen, 'om die basaltblokken los te wrikken. Die zitten muurvast.'

'Dus hij heeft staan beuken?'

'Ja.'

'Misschien hoopte hij nog dat iemand naar hem toe zou komen.'

'Je weet het niet.'

Henri had naar die plek aan de rand van de kade staan staren naar het gat in de laag blauwgrijze basaltblokken – die veel groter waren dan hij gedacht had. Met de hak van zijn laars had hij geprobeerd er nog een los te trappen. Muurvast zaten ze, aangedrukt door de zwaarbeladen karren en vrachtwagens die er een eeuw lang overheen gereden waren. Naast het gat was een koevoet gevonden, die hij had herkend als de zijne. Hij had hem gebruikt bij de verbouwing van Alex' appartement en was hem daarbij, zoals hij altijd had gemeend, kwijtgeraakt.

'Dat niemand hem gehoord heeft,' zei ze heftig.

Henri zag dat ze in verwarring was. De dood was nog zo ver weg voor haar, zo ongrijpbaar.

'Iemand zal het wel gehoord hebben, dat gebeuk, maar niemand is ernaar toe gegaan.'

Ze zwegen. Een windvlaag stoof door de bomen. Ze keek naar de reigernesten in de boomtoppen bij de brug over de vijver: op een van de nesten stond een reiger, zwaaiend in de wind. Toen zag ze Alex weer liggen in het donker van zijn kist, met zijn handen op zijn buik misschien, volmaakt stil was het er. Twee weken geleden nog had ze hem omhelsd, gevoeld – en nu was hij dood, dood en begraven. Zijn huis was verlaten. Zijn kleren hingen nog in de kast, in zijn camera zat misschien nog een film... Vanuit haar ooghoeken keek ze naar Henri's rug, zijn al lichtelijk kromgegroeide rug onder de strak gespannen stof van zijn jasje, en die rug ontroerde haar.

Henri stak een nieuwe sigaret op en hield haar het pakje voor. Ze nam er een en boog zich voorover naar zijn aansteker, die hij in de kom van zijn handen hield. De wind blies haar haren opzij, in Henri's gezicht. Hij glimlachte. Toen legde ze een arm om zijn schouders. Ze wreef over zijn harde rug. Henri zat voorovergebogen en rookte. Ze was blij met dit ogenblik.

'Ik ben van de wereld,' zei Henri, terwijl hij zijn gezicht naar haar toewendde, 'al dagenlang, vanaf het moment dat Alex' vader me belde. Soms weet ik nauwelijks waar ik ben. Zijn vader had ik jaren niet gesproken. Ook zoiets.'

'Ook zoiets?'

Henri gaf geen antwoord. Plotseling trok hij zijn schouders naar elkaar toe en barstte in tranen uit. Lin zat roerloos, haar arm om zijn schouders. Dit had ze nog nooit met hem meegemaakt.

Dolend door Oost, lopend door straten die ze niet kende, probeerde ze zich steeds maar Alex Wüstge voor te stellen: in zijn kist onder de grond, in het donkere water van het IJ, met aan zijn voeten de basaltblokken, die als ankerstenen op de bodem rustten. Ze voelde zich verplicht om aan hem te denken, nu, terwijl ze hier levend, zo schandelijk levend, liep te wezen. Maar steeds werd ze afgeleid door het heden, een zak frites in een kinderhand die dreigde te kantelen, dat soort dingen.

Door de schok van het nieuws was ze opgeleefd.

Maar spoedig raakte ze weer ingesponnen in de cocon van haar eigen neerslachtigheid.

Iets bracht haar naar de Middenweg. De oude bomen van Frankendael, meende ze. Maar toen ze aan de overkant de neonletters van het autoverhuurbedrijf zag, begreep ze waarom haar voeten haar hier hadden gebracht. Ze had daar eens een auto gehuurd. Vier, vijf keer liep ze langs het kantoor en de garage. Eindelijk durfde ze naar binnen te gaan, al bij voorbaat beducht voor vernedering. De man achter de balie bekeek haar achterdochtig. Maar op haar rijbewijs en creditcard viel niets aan te merken. Al gauw draaide ze in een kleine, metallic blauwe huurauto de Middenweg op.

Ze reed naar Oud-Zuid, langs het huis van haar moeder aan de Koninginneweg, alleen maar om er een blik op te werpen, op de ramen van de houten erker, die haar moeder 'Engels' noemde omdat hij haar zo aan de erkers van 'Engelse huizen' deed denken. Niet meer dan een blik wierp ze op de spiegelende ruiten, blij dat ze kon doorrijden. Hoe was het mogelijk dat die vrouw met een Hokwerda getrouwd was en in een dorp was gaan wonen? Maar toen ze trouwde was ze nog een meisje van Ameland, net twintig. Ze reed naar de Churchilllaan, naar het huis van Emma, dat ook al een erker had. Daar parkeerde ze en keek omhoog naar de bovenwoning. Onlangs had ze via een gemeenschappelijke kennis, op straat ontmoet, begrepen dat Emma opnieuw zwanger was. Een tijdlang keek ze naar de voorbijgangers, onbereikbaar naar het scheen in hun gewone wereld van boodschappen doen op de zaterdagmiddag.

Toen ze uitstapte achter de duinenrij stortte de wind zich op haar en rukte aan haar kleren. Zand stoof onder de auto's door en tikte tegen de wieldoppen, de bumpers, haar schoenen. De lucht die ze inademde was zwaar en vol. Bij de duinovergang klapperden vlaggen, zo fel dat het leek of de stof elk ogenblik aan flarden kon scheuren. De vlaggentouwen kletsten tegen de houten masten, ongeduldig en monotoon.

Lin liep over de betonplaten die in een inzinking tussen de duinen waren gelegd, hellend naar het strand. Het licht was fel. Hagelscherp zag ze het prikkeldraad en in de naden van het gedraaide draad en de weerhaken afzonderlijke zandkorrels. Zo fel was het licht dat ze haar ogen moest toeknijpen. Een paar kinderen kwamen haar half rennend tegemoet, nat, met een handdoek om hun schouders, een hond sprong om hen heen. Achteraan liep een brutaal joch in een badjas, klappertandend en meteen naar haar kijkend. Ze ontweek zijn blik, bang dat hij iets zou zeggen dat haar pijn zou doen.

De zee was wild, het strand verlaten. Het zand stoof in lange, kronkelende banen aan haar voorbij. Ze zag ertegen op alleen over dat lege strand te wandelen, maar dwong zichzelf om de ene voet voor de andere te zetten. Daar was ze goed in: zichzelf ergens toe zetten. Ze trok haar lippen in een glimlach. Het was een truc die Janosz haar had bijgebracht. Trek je lippen in een glimlach, zei hij, een kolossale glimlach, en je gaat je vanzelf beter voelen. Het leek te werken. Zodra ze haar lippen in een glimlach trok, haar mondhoeken naar haar oren, begon volautomatisch het gevoel dat bij een glimlach hoort in haar te ontstaan, er begon iets in haar te stralen, hoe kunstmatig die glimlach ook was. Nog geen kilometer hield ze het lopen vol.

Ze liet zich vallen in een half dichtgewaaide kuil, stak haar handen in de zakken van haar jack en sloot haar ogen. Ze wilde slapen. Maar zandkorrels striemden venijnig haar gezicht. Ze richtte zich weer op. Een vlaag zonlicht gleed over de schuimende golven. Nadat ze haar zonnebril had opgezet werden de kleuren dieper.

Waar was Jelmer?

Op dit strand had hij eens zitten spelen met een mes van Henri. Een oud mes, dat Henri in Bretagne had gevonden, het gebarsten houten heft was met ijzerdraad gerepareerd. Jelmer had het bewonderd, en zij had niet gezegd dat het van Henri was geweest. Waarom had ze het moeten zeggen? Er was geen reden om erover te spreken. Toch had het geleken of ze iets achterhield, iets verzweeg. Op haar eerste dag met Jelmer was de kiem van het verraad al gelegd. Ze had hem het mes van Henri laten bewonderen en gezegd dat ze het tweedehands had gekocht. Ze had gelogen. Maar was dat, toen, niet het beste geweest?

Lin begon te steunen, terwijl ze naar twee schrikbarend grote meeuwen keek die vlak bij haar boven het strand hingen, klapwiekend, dan neerstreken en met hun snavels in een stuk wier hakten, iets waar ze bijna meteen mee ophielden, alsof ze zich vergist hadden, waarop ze doelloos om zich heen keken – kende een vogel ogenblikken van verstrooidheid? – alvorens zich in de lucht te werpen, op de wind die ze wegzwiepte. Ondertussen voelde zij haar schuld en steunde, alsof ze pijn had. Waar was Jelmer? Waarom belde hij haar niet? Twee weken waren voorbijgegaan. Ze stak een hand in haar rugzakje om haar telefoon te pakken en trok hem weer terug.

Om Jelmer te kunnen bellen moest ze zich sterker voelen. Ze keek naar de zee. Ze was er bang voor om in die wilde zee te gaan. De branding had kuilen in de bodem geslagen, verraderlijke kuilen, en het was eb, het water trok. Opeens voelde ze zich zwak.

Toch ging ze in zee.

Het water had zich met opgewoeld zand vermengd en schuurde pijnlijk langs haar lichaam. Golven stortten zich over haar heen, de holle waterwand was onverwacht hard. Ze werd tegen de bodem gesmakt, opnieuw overweldigd en bedolven als ze opstond.

Wankelend kwam ze uit het water. Ze droogde zich af met haar T-shirt en kleedde zich weer aan. Ze hield haar hoofd scheef om het water uit haar oren te laten lopen. Ze rilde, begon het weer warm te krijgen in haar kleren. Inderdaad voelde ze zich nu sterker. Ze wachtte nog op een opgloeien van de zon tussen de wolken, een vlaag zonlicht die over haar heen gleed. Toen toetste ze zijn nummer. Hij nam op. Aan zijn stem hoorde ze dat hij schrok.

'Waar ben je?' vroeg hij.

'Op het strand. En jij?'

Hij gaf geen antwoord. Ze hoorde hem lopen, op de achtergrond klonk de stem van zijn moeder – er ging een schok door haar heen –, een deur werd geopend en gesloten, het ruisen van bomen, en toen zei hij licht hijgend: 'Nu sta ik in de tuin, bij mijn ouders.'

'Ah.'

'Ja.'

'Waait het daar ook zo?'

'Nogal, ja.'

Ze zwegen.

'Heb je tijd?'

'Waarvoor?'

'Kunnen we elkaar niet ergens zien vandaag?'

Jelmer deed er het zwijgen toe. Ze hoorde hem ademen.

'Jelmer?'

'Ja.'

'Wat vind je ervan?'

'Ik zie niet in wat er te bespreken valt.'

'Maar we moeten toch iets oplossen? Ik sta zo ongeveer op mijn kop!'

'Jij ja.'

'Kunnen we elkaar niet ergens in Friesland zien? Ik heb een auto.'

Hij zei niets.

'Jelmer? Ik wil je graag zien.'

Ze begon te huilen. Jelmer zweeg. Ze voelde dat hij kwaad werd en zich nu helemaal terugtrok.

'Jelmer?'

'Met tranen krijg je bij mij helemaal niks meer gedaan. Lazer maar op!'

Hij verbrak de verbinding. Om haar heen lag weer het lege strand. Ze huilde onbedaarlijk. Haar sigaret werd nat van tranen.

Toch reed ze noordwaarts, naar Friesland. Misschien rijd ik wel naar Zweden, dacht ze. De film die ze de avond tevoren op televisie had gezien was van Zweedse makelij en had haar heel wat van het land getoond: bossen, staalblauwe meren en duizenden eilandjes voor de kust, sommige net groot genoeg voor een houten zomerhuis en een paar bomen. Ze had naar de taal geluisterd. Wel een mooie taal, dat Zweeds, zangerig. Maar hoe reed je naar Zweden? Via Noord-Duitsland, Denemarken, naar Kopenhagen en daar met de veerboot over het Skagerrak. Hé ja, het Skagerrak. In Kopenhagen kon ze haar auto inleveren. In Zweden ging ze te voet verder, stukken met de trein, liften. Zweden waren terughoudend, dat beviel haar. Er was die ruimte. Op het platteland donkerrode huizen en donkerrode schuren, alles van hout. En paste zij met haar blondheid, haar brede gezicht niet onder de Zweedse vrouwen? Misschien kon ze op het land werken om geld te verdienen. Slapen in een schuur. Ze zou een klein hondje tegenkomen dat bij haar bleef, ze zou een tentje kopen en dan maar lopen en lopen, naar een steeds hoger Noorden, naar de middernachtzon, met een vliegengaas om haar hoofd, langs koude en schone rivieren bulkend van vis.

Op de Afsluitdijk rukte de wind aan de auto.

Om niet langer alleen te zijn stopte ze halverwege bij een snackbar. Ze at een bakje frites. Even luwde de storm in haar binnenste, door het warme eten, door de afleiding van een nieuwe omgeving: plastic stoelen en tafels in de openlucht, windschermen met vogelsilhouetten erop geplakt, wapperende vlaggen, de lauwe walm van bakolie, het echtpaar in de rijdende snackbar, een paar klanten, het uitzicht op het water. Weldra maakte ze zich uit de voeten, omdat er naar haar gekeken werd.

Ergens in Friesland was ze geen meester meer over zichzelf en begon in de richting van Birdaard te rijden. Ze probeerde het luchthartig op te vatten. Een bezoekje, zomaar, meer was het niet. Misschien waren ze er niet eens.

Tegen vijf uur reed ze het dorp binnen, over de brug die rammelde onder de banden van de auto, en nam de weg langs het water. Ze passeerde de plek waar ze gewoond had: de lage huisjes, de iepen, de rietkraag en het steigertje met de roeiboot. Al gauw doemden de rode neonletters op, Auto Hokwerda, het glanzende glas van de showroom.

Nadat ze voor het huis geparkeerd had, bleef ze als verlamd in de auto zitten. Minuten verstreken. In het huis verscheen een vrouw voor het raam, ze boog zich over de planten op de vensterbank naar het glas om scherper te zien. Even later op diezelfde plaats de gestalte van haar vader, die zich bijna onmiddellijk weer terugtrok. De grote ruit weerspiegelde de bewolkte hemel. Was ze herkend? Opnieuw verstreken minuten. Wind rukte aan de auto. Het autoklokje tikte. Rond het gebouw hing een diepe rust.

Toen kwam Hokwerda naar buiten, precies zoals ze hem zes maanden geleden had gezien: op klompen, in hemdsmouwen, een sigaar in zijn hand, het haar in warrige plukjes om zijn schedel. In plaats van uit te stappen draaide ze het raam open. Steengruis knerste onder zijn klompen. Hij kwam naast de auto staan en boog zich voorover.

'Zo, is dat je nieuwe auto,' zei hij.

Moeizaam, alsof ze spierpijn had, stapte ze uit. Hokwerda reikte haar de hand. Terwijl hij haar hand vasthield, te lang, keek hij haar plagend aan. Zijn blik bracht haar in verwarring.

'Zo, dus je was in de buurt.'

'Ja, ik was in de buurt.'

Hokwerda trok aan zijn sigaar en schopte een steentje van de parkeerplaats in de berm. Ze herinnerde zich hoe pake Hokwerda op zaterdagmiddag, nog volgens oude gewoonte, de paden van zijn tuin schoffelde, al het onkruid verwijderend, en ze daarna aanharkte, zodat ze er 'mooi' bij lagen voor de zondag, op alle paden een patroon van evenwijdige lijnen. De impuls van haar vader, dat steentje van zijn lege en opgeruimde parkeerplaats schoppen, had daar nog iets mee te maken. Hokwerda keek weg over de Ee.

'Alles goed in Amsterdam?'

'Ja, alles goed.'

'Mooi.'

'En hier?'

'Best, met ons gaat het best hoor, heel best.'

Hokwerda bleef zwijgend staan en tuurde over het water naar het grasland achter de bomen, waarvan sommige stukken lichtgroen waren. Lins hart klopte in haar keel.

'Ik verstoor misschien de rust,' zei ze.

'Ik heb wel even, hoor.'

Maar hij bleef staan waar hij stond, met zijn rug naar het huis.

'Ik heb een idee,' zei ze.

'Jij hebt een idee.'

'Zullen we naar de plek lopen waar we vroeger woonden?'

Met zijn plagende blik, waarin ook altijd iets laatdunkends lag, keek Hokwerda haar aan. Ze keek weg en voelde een blos langs haar nek omhoogkruipen, langs haar nék, alsof zelfs haar blos zich voor hem wilde verbergen.

'Naar die oude huisjes?' vroeg hij ten slotte.

'Ja.'

Hij schudde zijn hoofd. 'Ach nee, dat is me zo vreemd geworden, zo volkomen vreemd.' Zijn stem klonk klaaglijk en haast gekwetst, alsof ze bruut was geweest en hem pijn had gedaan. 'Ben je dan zo geïnteresseerd in die huisjes?'

'Ik zou de plek nog weleens willen zien.'

'Nou, je kunt er zo gaan kijken, hoor.'

Hokwerda had nog steeds geen voet verzet. Inmiddels waren er twee auto's en een tractor voorbijgereden, de bestuurder van de tractor had gegroet. Elk voertuig had een diepe stilte achtergelaten, een vermeerderde landelijke rust. Van over het water kwam de kruidige geur van gemaaid gras aangewaaid. Lin zweette. Ze wist niets meer te zeggen. Ze wilde afscheid nemen. Maar ze bleef maar staan. Ten slotte zei Hokwerda: 'Nou, moet je niet een kop thee voordat je verder gaat?' Het klonk onwillig. De uitnodiging werd met tegenzin gedaan. Lin wilde bedanken, maar ze nam zijn aanbod aan. Zwijgend volgde ze Hokwerda naar zijn huis, alsof ze een straf moest ondergaan.

Nog geen twintig minuten later kwam ze weer naar buiten. Hokwerda bleef in de deuropening staan en verroerde zich niet toen zijn dochter wegreed en nog even haar hand opstak.

Het huis aan de Fluessen oogde verlaten. Er stonden geen auto's. Ze parkeerde in de berm van de weg, een eind verderop. Na lange aarzeling waagde ze zich in de tuin en ze haatte de welverzorgdheid van die tuin. Bij het lopen over het gras was ze zich ervan bewust dat ze het plette. Was er toch iemand? De deur van het boothuis stond open. Op de steiger lag Jelmers boot, het dekkleed ernaast; vanbinnen was de boot nog nat. Maar ook in het boothuis was niemand.

Het begon avond te worden. De wind viel weg, vogels zongen, zonlicht viel door de bomen en verwarmde haar gezicht. Ze hield van deze beschutte plek, van de over het water hangende bomen die het beschaduwden, het riet op de landtong in het meer, dat deze inham vanaf het water bijna onvindbaar maakte. Ze had hier te gast kunnen zijn, en ze voelde zich een indringer. Een paar weken geleden nog had ze hier aan het begin van de avond gelopen in een haastig aangeschoten trui en broek, rillend, maar al warm wordend, en lag daar het zeil op het gras uitgespreid, Jelmer hurkte ernaast, en ze ging hem helpen om het op te vouwen.

Ze rookte een halve sigaret en plette hem onder haar voet naast de boot. De peuk wilde ze in een reet tussen de planken schuiven, maar ze deed het niet. Lopend over het hellende gazon keek ze naar het huis onder zijn rieten dak en het riep afkeer in haar op, net als de welverzorgdheid van de tuin. In een hoek van de koude bak vond ze de sleutel.

In de keuken trof ze op de eettafel de resten van een maaltijd aan. Ze stond stil. Als altijd trok het kelderluik in de donkerrode plavuizen haar oog en aan de muur de grote aardewerken schaal, beschilderd met blauwe en groene motieven, de schaal die ooit gebarsten was en met twee ijzeren krammen hersteld. Deze schaal vond ze het mooiste ding in dit huis. Nu wilde ze hem met een stokslag van de muur slaan, *a peasant-girl* met een stok, *a peasant-girl* op haar brede blote voeten, met één slag wilde ze die schaal aan diggelen slaan op de muur. Ze nam een paar happen van de salade die nog op tafel stond, propte er een stuk brood achteraan en nam een slok wijn uit Jelmers glas, want waar dat glas stond, daar zat hij altijd, en dat daar, dat was haar plek geweest. Op tafel ontdekte ze het programma van een concert en ze begreep waarom er niemand was: Hedda speelde vanavond.

Ze liep door het hele huis. Naar de grote kamer met de vuurplaats in het midden en aan de muur de schilderijen, naar Halbertsma's werkkamer, waar ze binnentrad als bij een strenge vader. Op de verdieping ging ze de slaapkamer van het echtpaar binnen. Het rook er naar hun intimiteit. En ernaast de halfdonkere kleedkamer waar ze jurken van Hedda aantrof en zichzelf in de spiegel zag, een volgroeide vrouw, en schrok van die volgroeidheid, dat grote lichaam. En dan die ruime en heerlijk lichte badkamer waar je altijd de lucht kon zien. En nadat ze in deze trits van meest intieme vertrekken, waar ze overal de sporen van het echtpaar ontdekte, had rondgedwaald, zoals ze altijd in huizen van anderen had rondgedwaald, ging ze weer naar beneden.

In de bibliotheek was ze, zoals altijd, geïmponeerd door de boekenkasten, die aan drie wanden tot het plafond reikten. Door het raam zag ze de tuin, de zonnewijzer tussen de buxus, het glas van de koude bak waarin de avondhemel zich weerspiegelde. Meteen wilde ze lezen. Als een kind op de sofa liggen, haar hoofd op dat grote Perzische kussen, almaar lezend, en onder het lezen draaide ze die lange, dieprode draden die afhingen van het kussen om haar vingers en zoog ze op haar haren. Tsjechov lezen.

Een ogenblik herademde ze.

Hedda was hier, de goede Hedda die haar verwarmde. In de houten vloer zag ze de putjes waarin Hedda de punt van haar cello zette als ze studeerde. In de boekenkast zocht en vond ze het boek waarin ze Tsjechovs 'In het ravijn' had gelezen, op de eerste avond die ze alleen in de bibliotheek had doorgebracht. Ze wilde het slot herlezen, maar ze kon niet lezen. Ze trok het boek over bomen uit de kast en ging op zoek naar de foto van de vijgenboom die zich op zo'n onmogelijke plaats, in een grot, half boven een afgrond, in de rots had vastgezet. Maar ze kon de foto niet vinden en besefte dat ze die boom zelf had gezien, ergens in Spanje. Op die avond in januari, weggelopen van het feest, had ze in dit boek gebladerd en zich de vijgenboom herinnerd, hoe ze op haar knieën in de grot had gelegen, verbaasd over deze boom, met haar vingers op zoek naar een naad tussen boom en rots.

Het was de avond geweest waarop Hedda haar had verraden. Hedda, aan wie ze haar tranen had laten zien, nadat ze met Jelmer in Birdaard bij haar vader was geweest. Alleen Hedda had ze over die ontmoeting verteld. De volgende dag was haar moeder hier gekomen voor het feest. Hedda had gezegd: Eindelijk heeft ze haar vader opgezocht. Terwijl ze beloofd had het voor zich te zullen houden. Haar moeder was nog killer tegen haar geworden. Later had Hedda haar bezworen: Ik heb het uit mijn mond laten vallen, geloof me toch, ik was er zo blij mee, ik heb het uit mijn mond laten vallen. Ze had geprobeerd Hedda te geloven. Maar haar vertrouwen was weg.

Lin stond roerloos, het bomenboek klevend aan haar bezwete handen. Het leek of ze het eindelijk begreep. Iets in Hedda had dit gewild, iets in haar was uit geweest op een breuk. Pieter Halbertsma had haar gewogen en te licht bevonden. Ten slotte had ook Hedda haar afgekeurd en niet gewild voor haar oudste zoon. Lin gooide het boek op de sofa.

Na enig zoeken wist ze het kerkje te vinden in de Noord-Friese 'rûmte'. Daar lag het op zijn terp, verscholen tussen bomen, uitstekend boven het weidelandschap. Het licht van de avondzon lag op de boomkruinen en het zadeldak van de robuuste toren. Eromheen een paar huizen en twee boerderijen, eveneens in de bomen. Aan weerszijden van de smalle toegangsweg stonden tientallen auto's in de berm geparkeerd. Verleden jaar was ze er geweest. Ze had in het kerkje gezeten, het afgesleten reliëf van een grafsteen hobbelig onder haar voeten, een houten gewelf boven haar hoofd, en naar muziek geluisterd. Het was een oude plek. De kerk, befaamd om zijn metselwerk, werd in gidsjes beschreven. Hier organiseerde Hedda Halbertsma elke zomer een reeks concerten. Musici van hoog niveau. De elite van de provincie kwam erop af. Vanavond speelde ze zelf met haar kwartet.

Bij het uitstappen overviel haar de stilte. De vredige rust benauwde haar. Ze wilde niet naar de slootkant kijken, waar grassen en bloemen haarscherp afgetekend stonden in het late licht, naar het zwarte en heldere water waarover insecten heen en weer schoten. Ze wilde het niet zien. Ze begaf zich in het beschaduwde gehucht. Bij het eerste boerenerf kwam een zwart-wit gevlekt hondje beschroomd op haar af, besnuffelde haar voeten en sprong schuw opzij toen ze het wilde aaien. Geen mens te zien. Zelfs geen stemmen in de huizen. De heg rond het kerkhof was vandaag geknipt.

Ze liep het kerkpad op naar de toren. In het kerkportaal hoorde ze muziek. Ze durfde de zware deur naar het schip niet te openen. Maar binnen had iemand haar kennelijk gehoord: een man opende de deur op een kier en bood haar fluisterend een zitplaats aan op de achterste rij. Ze weigerde en liep weer naar buiten. Aan de rand van het kerkhof keek ze uit over het land.

In de pauze kwam een deel van het publiek naar buiten, met glazen wijn en koffiekoppen in de hand. Men stond in groepjes bijeen of wandelde met lome passen over het schelpenpad langs de graven. Lin wachtte een tijd. Toen ging ze naar binnen. De deuren naar het schip stonden wijd open. Een lauwe mensengeur kwam haar tegemoet. Bijna onmiddellijk zag ze Jelmer staan, met zijn rug naar haar toe, bij zijn moeder en enkele anderen. Het was Hedda die haar opmerkte. Ze zwaaide niet, gaf geen teken van herkenning, maar boog zich naar Jelmer om hem iets in zijn oor te fluisteren.

Een ogenblik later liepen ze naast elkaar over het kerkpad, mensen stapten voor hen opzij, enigszins verbluft. Zwijgend liepen ze het gehucht uit, over de hellende weg, tussen de rijen geparkeerde auto's door. Toen niemand hen meer kon horen, barstte Jelmer los.

'Wat is dit voor overval?'

Ze zei niets.

'Waar probeer je me nú weer toe te dwingen?'

'Ik wil je nergens toe dwingen.'

'Je probeert me ergens toe te dwingen. En je begrijpt het kennelijk nog steeds niet: met dwingen bereik je bij mij helemaal niets. Hoor je? Helemaal niets!'

'Ik wil je niet dwingen.'

'Maar wat is dit dan? Hier onaangekondigd verschijnen, mij hieruit halen. Wat is dat dan?'

'Dat is emotie, dat is verwarring, dat is iets dat sterker is dan een concert van je moeder!'

'Je probeert me te dwingen.'

'Dit is iets wat me overkomt.'

'Dit is chaos!'

'Wat is er tegen chaos?'

'Alles!'

'Je bent bang voor vrouwen, jij!'

'Ja, maak dat er maar van, idioot!'

Dit hele gesprek werd schreeuwend gevoerd, terwijl ze met gestrekte pas voortgingen. Jelmer smeet zijn glas tegen een hek. Een reiger vloog op van de slootkant, nijdig, traag. In het weiland verhieven zich een paar grutto's in de lucht. Ze liepen tot voorbij de laatste auto. Toen ze eindelijk stilstonden hijgden ze.

'Je zit op het strand,' ging Jelmer voort, onverminderd razend, 'je hebt gezwommen, je voelt je goed, en dan moet het gebeuren. Elkaar zien. Of ik maar klaar wil staan. Ze heeft een auto gehuurd, ze is al onderweg. En als het met woorden niet lukt, dan maar met tranen!'

'Nog even en je gaat me slaan.'

'Na twee weken is dat wel waar ik het meeste zin in heb. Dat ik nog met je koffer heb lopen sjouwen, dat ik je nog keurig naar huis heb gebracht. Terwijl ik je met koffer en al op straat had moeten smijten!'

Angstig liep ze terug in de richting van het gehucht. Met een paar lange passen was hij bij haar en hield haar staande, hij hield haar vast, ook toen ze probeerde zich los te rukken.

'Blijf staan.'

'Je gaat me slaan.'

'Blijf staan. Wees maar gerust. Meppen, dat doet alleen die lasser, die nepper, die doorzichtige macho waar je zo gek op bent.'

Ze bleef staan.

Jelmer begon de weg weer te zien, het gras in de bermen, dat al vochtig werd, haar schoenen, haar gezicht. Ze liet hem niet onberoerd. Hij rook het gras, de vochtige geuren die eruit opstegen nu de zon was ondergegaan. Ze hadden gelukkig kunnen zijn.

Maar hij kon niet meer naar haar kijken. Het profiel van haar gezicht riep weerzin in hem op.

'Het is voorbij,' zei hij, en schrok zelf net zo hevig van die woorden als zij. Beiden zwegen ze en verroerden zich niet. De grutto's kwamen aanvliegen, maakten een bocht en streken neer op de plek die ze zoëven verlaten hadden.

'Jelmer, laten we praten.' Ze deed een stap in zijn richting. 'Niet nu. Maar morgen, overmorgen, wanneer je maar wilt. Vandaag hield ik het gewoon niet meer. Ik heb er zo'n spijt van.'

Bij die laatste woorden begon haar stem vervaarlijk te stijgen, hij ging over in een hoog en lang aangehouden gepiep, en toen begon ze te huilen. Jelmer keek toe. Wat kon ze toch prachtig huilen. Dikke, heldere tranen gleden over haar wangen. Hij wilde haar troosten, omdat haar tranen zo oprecht leken, omdat ze zo'n verloren indruk maakte. Maar hij troostte haar niet. Hij schuwde nu elke aanraking met haar lichaam.

Nadat ze haar tranen had gewist, wilde ze een sigaret opsteken. Toen ze de benzineaansteker uit haar tas haalde, raakte ze in verlegenheid.

'Die is van hem,' stelde Jelmer vast.

'Hij is van mij. Maar ik heb hem van Henri gekregen.'

'Het is een Henri-ding.'

'Toevallig hou ik van dit soort aanstekers. Maar als je je eraan stoort, gooi ik hem gewoon weg.'

Ze wierp de aansteker in de sloot, waar hij snel zonk en op de bodem tussen de waterplanten lag te blinken. Het gebaar had op Jelmer niet de beoogde uitwerking. Hoe kon ze zich zo achteloos ontdoen van zo'n mooi ding, dat ze bovendien van iemand gekregen had? Voor hem was het een nieuw teken van haar labiliteit, haar onbetrouwbaarheid.

'Ik hoef nergens meer over te praten,' zei hij.

'Waarom niet?'

'Omdat ik geen vertrouwen meer in je heb. Ik kan alleen nog maar een sluwe, leugenachtige vrouw in je zien, volkomen onbetrouwbaar ondanks dat onschuldige uiterlijk.'

'Ik ben niet onbetrouwbaar,' antwoordde ze heftig.

'Alleen een gek zou zoiets nog zeggen na wat er is gebeurd!'

'Toch is het zo: ik ben niet onbetrouwbaar.'

'Over een week zouden we drie jaar bij elkaar zijn geweest. Van die bijna drie jaar heb je me negen maanden bedrogen. Negen maanden lang heb je elke dag tegen me gelogen. Je kunt honderd keer zeggen dat je het niet wilde, maar iets anders in je wilde het wel, en je hebt het gedaan. Je hebt het stomweg gedaan!'

Het hondje, het zwart-wit gevlekte, kwam aandraven over de weg. Maar toen het vlak bij hen gekomen was, begon het ijverig in de berm te snuffelen.

'Kijk, dat hondje,' zei ze met verstikte stem.

'Ik wil geen hondje!'

Woedend keken ze elkaar aan.

'Dan niet!'

Voordat hij het wist was hij in beweging gekomen en liep met lange driftige passen terug naar het gehucht.

Het was bijna donker toen ze terugkeerde bij het huis van de Halbertsma's. Als vanzelf was ze er weer heen gereden. Alsof ze daar hoorde, alsof ze daar wilde zijn. Nog vol ongeloof was ze zolang ze reed, ze koesterde zelfs nog hoop op een verzoening. Maar toen ze de contouren van het huis zag verdween dat ongeloof en verloor ze alle hoop.

Tussen de donkere massa's van de bomen fladderden vleermuizen in grillige patronen.

Met een spade in haar hand ging ze de keuken binnen en met één slag verbrijzelde ze de antieke schaal aan de muur, die met de krammen, de schaal die Hedda haar al bijna gegeven had. Niet langer dan een ogenblik durfde ze te kijken naar de schimmige scherven op de vloer. Toen ontvluchtte ze het huis. In het boothuis graaide ze de spullen bijeen die ze gebruikte als ze Hedda hielp in de moestuin: laarzen, broek, regenpak, zonnehoed. Ze begon ze in een plastic tas te proppen. Maar toen bedacht ze dat met de verdwijning van deze dingen haar schuld wel nagenoeg bewezen was, en ze hing ze terug. In het donker zag ze Jelmers boot, het in elkaar gepropte zeil lichtte op. Er ging een schok door haar heen. Terwijl ze door de tuin liep, herinnerde ze zich dat in de bibliotheek het bomenboek nog op de sofa lag. Maar ze durfde het huis niet meer binnen te gaan, het huis dat plotseling een dreigende indruk maakte, dat haar verstootte, zoals de Halbertsma's haar verstoten hadden.

# Deel vijf

# I

## IN HET RIET

'Ben je moe?'

'Nee, alleen misselijk.'

'We zijn er nu zo.'

Ze hadden het dorp gevonden, aan de rand van het dorp de boerderij, en daar lag de roeiboot. Henri had met de boer gesproken en die had hem de buitenboordmotor en de benzinetank gegeven. Hij had de motor op de boot gezet en voorin bij de bagage nog vijf jerrycans met drinkwater gestouwd. Nu kon hij vertrekken. Hij rekte zich uit, de avondzon op zijn gezicht. Achter zich hoorde hij de zich verwijderende klompen van de boer, eerst op het erf, dan in de lege stallen. Een mooi authentiek geluid.

Lin zat op de roeibank, in de schaduw van het riet, haar handen tussen haar dijen geschoven. Hij glimlachte naar haar.

'Nog een halfuurtje.'

Buiten het dorp kwamen ze op breder water, weldra een meer. De wind was bijna verdwenen, de laatste zeilboten waren op weg naar huis. Henri haalde de fotokopie van een waterkaart te voorschijn en drukte die met zijn vrije hand op zijn knie. Een minuut of twintig moest hij langs de oever van het meer varen, dan lag er aan zijn rechterhand een kleinere plas, schuin oversteken naar een roestend gemaal, alwaar hij een sloot zou vinden die naar een volgende plas leidde, en daar ergens lag Kalles woonboot.

Voor Kalle bouwde hij zes luxeappartementen in een historisch pand in de binnenstad; in het souterrain werd zelfs een zwembad aangelegd, maar daar had hij gelukkig niets mee te maken. Kalle was rijk, zo rijk dat hij nu alleen nog 'leuke dingen' wilde doen met zijn geld. Kalle was joviaal. Kalle had nog ergens een woonboot liggen waar hij maar zelden meer gebruik van maakte. Kalle leende hun zijn boot.

Henri draaide de gashendel helemaal open om zo snel mogelijk bij de woonboot te zijn en aan zijn weekend te kunnen beginnen: aan het bier en nog een hengel uitleggen. Hij had een zware week achter de rug. Opnieuw glimlachte hij naar Lin en boven het geluid van de motor uit riep hij: 'Ik heb er zin in!'

Ze bleef met haar handen tussen haar dijen zitten, haar hoofd tussen haar opgetrokken schouders. Ze keek naar de V-vormige hekgolf die de boot achterliet, breed uitwaaierend, eenden die door de golf werden opgetild, een losgeslagen rietpol die even wild bewoog. Geen moment keek ze vooruit. Ze had niet de neiging zich over het kaartje te buigen, zich met de route te bemoeien. Het verbaasde haar wel. Maar zo was het. Laat hem het maar doen. Zij keek liever naar de rietpol die door de hekgolf werd opgetild en herinnerde zich de geur van rottende wortels, hoe ze haar hand tussen die wortels stak als ze langs de oever van de Ee zwom en stilhield om in het riet te kijken, watertrappend, bang om onder water iets te raken met haar voeten, een afgebroken boomtak, een rietstengel. Ze herinnerde zich hoe ze op zomeravonden naar bloemen in het riet keek, naar insecten, met haar hand tussen de harige wortels voelde en de lauwe geur van rotting rook die uit het riet kwam.

Na exact twintig minuten, zo constateerde Henri, verscheen aan zijn rechterhand een nieuwe en kleinere plas. Kalle voer dus ook met de gashendel helemaal open. Hij stak het water schuin over naar waar hij achter de rietpluimen iets zag oprijzen, een staketsel van ijzer met een schoepenrad, dat wel het roestend gemaal zou zijn. Toen hij de sloot in voer matigde hij zijn snelheid. Aan beide zijden stond hoog riet. Elzen groeiden over het water en beschaduwden het. In de rietkraag verscheen nu en dan een opening, die met over het water gespannen prikkeldraad of een balk was afgesloten, en daarachter lag dan een kleine plas, propvol waterlelies, de dikke ronde bladeren groeiden over elkaar heen, stuwden elkaar en de lelies omhoog.

'Het wordt nog romantisch,' zei Henri, als vanzelf zijn stem dempend.

'Ja.'

Lin boog zich opzij om met haar hand het water aan te raken. Het was zacht water, net als dat van de Ee. Maar de kleur was anders: bijna zwart was het hier. Nog nooit had ze zoveel waterlelies gezien, honderden op elke plas. Nu het avond was, lichtten de witte bloemen op tegen het fond van de donkergroene bladeren. Een waterhoen liep eroverheen, van blad naar blad stappend.

'Jezus, wat romantisch.'

'Wil je alvast een biertje misschien?'

'We zijn er zo.'

In het riet lag her en der een motorkruiser. Het avondeten was achter de rug, op elk schip zat een man naar zijn dobber te staren, in de kajuit was zijn vrouw aan het opruimen en afwassen of ze had zich al voor de televisie geïnstalleerd. Ook werd er koffiegedronken. Op gepaste afstand van elkaar lagen deze motorjachten van ouderen in het riet en onder de bomen. Lin groette de vissende mannen met haar hand of een hoofdknik. Ze dacht aan ouder worden. Het verbaasde haar dat ze eraan dacht, en nog meer dat ze geen hekel had aan deze saaie mensen op hun saaie jachten.

Henri respecteerde dobbers, maar hij werd kregel van de rust in die lange en kronkelende sloot. Zodra het water zich verbreedde, zette hij de gashendel weer wijd open.

Kalles woonboot lag aan een landtong, met uitzicht over de plas, zoals beloofd, en aan de achterzijde afgeschermd door riet en bosjes. Een paar eenden vlogen op toen Henri de boot pardoes op de wal voer, het riet splijtend en platleggend onder de boeg. De grond veerde onder Lins voeten terwijl ze naar de woonboot liep. Op de landtong was het warmer dan op het water: de warmte was in het riet en de bosjes blijven hangen. Ze rook de geur van rottende planten. Muggen, zoals voorspeld. Onder het afdak van de woonboot liep ze met haar gezicht in knisperende spinnenwebben.

'Hier!'

Henri gooide haar de sleutels toe. Met een boog kwamen die sleutels op haar afvliegen door de avondhemel, hier, op een plek waar ze nog nooit geweest was, terwijl ze een spinnenweb van haar gezicht veegde en Henri in het riet stond, gebogen over een boot, iets dat ze hem nog nooit had zien doen, de sleutels rinkelden zacht terwijl ze op haar afvlogen, er zat een oranje label aan, en pats, ze sloot ze in haar hand.

In de woonark hing een bedompte lucht die haar misselijkheid versterkte. In het halletje een stortvloed van jassen, regenjacks en petjes aan de kapstok, schoenen en laarzen eronder, zwemvliezen, peddels, ballen, dozen en plastic tassen met lege flessen. Een slaapkamer met aan weerszijden een stapelbed en overal de sporen van Kalles kinderen – inmiddels 'volwassen en depressief', zoals hij lachend had gezegd. Dan een slaapkamer met een tweepersoonsbed, een keukentje met een raam dat uitzag op het riet van de landtong, een ruime woonkamer met ramen op het water en ten slotte een terras. Ze bleef op het terras staan, terwijl Henri de ramen opengooide. Met het luchten kwamen ook de muggen naar binnen. Maar er was een klamboe, had ze gezien.

'Is er een bezem,' riep ze, 'dan maak ik het terras schoon.'

Al gauw stond ze op blote voeten en met opgerolde broekspijpen de eendenpoep, de algen en andere troep van een jaar afwezigheid van de planken te schrobben, steeds haar bezem in het water dompelend. Zoals gebruikelijk ging ze volledig op in het schoonmaken en werkte met woeste kracht. Ondertussen hurkte Henri op een al schoongemaakt gedeelte en hing de vijf jerrycans en flessen bier aan touwtjes in het water. Hij vond klapstoelen, een klaptafel en een parasol en zette die neer toen ze bijna klaar was en putsen water over de planken smeet. Gezamenlijk namen ze zo het terras in bezit.

Daarna volgde de woonboot. Lin maakte het bed op en pakte de boodschappen uit. Henri kreeg opdracht de horren, die ze ergens had ontdekt, voor de ramen te plaatsen en hij droeg meubilair dat zij overbodig achtte uit de woonkamer naar de kinderslaapkamer.

'Okay,' zei hij, 'en nu een mooi plaatsje voor Alex.'

Hij haalde een ingelijste foto van Alex Wüstge uit zijn tas en liep ermee door de kamer. Het was een jaar geleden dat Alex zich in het IJ had verdronken. Sindsdien was Henri bijna dagelijks met hem bezig geweest: eerst vol woede en ontzetting, met vlagen van schuldgevoel en medelijden, daarna zoekend naar een verklaring, en toen hij die niet vond, toen hij op die muur was gestoten die het diepste innerlijk van anderen aan het zicht onttrekt, was hij Alex gaan herdenken. Alles wat hij met Alex had meegemaakt was hij zich gaan herinneren, vergeten gebeurtenissen kwamen weer boven, hij had met anderen over hem gesproken, zijn beeld was veranderd en langzaam maar zeker was hij van zijn vriend gaan houden. Hij had een foto laten inlijsten en nam hem mee als ze op reis gingen. De herinnering aan Alex riep nu een warmte in hem op die hij tijdens zijn leven maar zelden voor hem had gevoeld. Kon je ooit van de levenden houden zoals je van de doden hield, vrijuit, zonder strijd?

Henri gaf de foto een plaats voor een raam aan het water. Lin zette er een glas met bloemen naast, bloemen die ze met wortel en al in het riet had geplukt, en vlak ernaast legde ze haar boeken. Het was een mooie foto van Alex. Hij glimlachte niet, eindelijk glimlachte hij eens niet. Hij stond te kijken naar een dode vogel die hij op een blik geschoven had en hij keek ernaar of hij alleen was, zichzelf vergeten. Het was een jonge spreeuw waar hij naar keek: zwart met witte spikkels, gaaf, strak, zonder zichtbaar gebrek of letsel, en veel mooier dan het woord 'spreeuw' deed vermoeden.

In de schemering ging Henri nog te water. De plas was leeg. De vogels zwegen. In de lucht verdween het laatste goud in het grijs. Hij zwom een eind de plas op. Toen hij nauwelijks meer zichtbaar was, riep ze hem, en hij keerde terug. Roerloos zat ze onder de parasol.

'Kom erin,' zei hij, en zijn stem weerkaatste over het water. 'Je knapt ervan op.'

Na enig aandringen liet ze zich overhalen. Ze trok wel haar badpak aan, alsof dat haar bescherming kon bieden in het donkere water. Terwijl ze te water ging langs de trap die aan het terras hing, probeerde ze met haar hand de treden schoon te maken: ze waren glibberig van de algen. In het water werd ze bang. Ze zwom naar Henri toe en klemde zich aan hem vast, haar armen om zijn hals, haar benen om zijn middel. Henri ging staan en liet zich in de modder zakken. Haast genotvol zakte hij met zijn voeten door de zachte laag afgestorven planten. Toen de modder tot zijn knieën reikte, voelde hij vaste grond.

'O jezus, wat is dit smerig,' zei ze hijgend. 'Die gasbellen langs mijn lijf!'

Henri probeerde haar over te halen om te gaan staan, hij lachte. Lin hoorde zijn lach weerkaatsen, ze hoorde zichzelf hijgen en voelde de leegte van het meer achter haar rug.

Ze wrong zich los en zwom terug. Staand op het terras zag ze Henri water met handenvol in zijn gezicht plenzen, ze zag hem naar de roeiboot zwemmen en de benzinetank eruit tillen, zelfs hier beducht voor diefstal. Even later hoorde ze hem lopen in de woonboot, en al die tijd was ze niet in staat haar badpak uit te trekken, zich af te drogen. Ik heb in elk geval dit terras geschrobd, dacht ze en keek naar de planken, en morgen maak ik die trap in het water goed schoon en daarna de keuken. Ze hoorde Henri bezig met de waterpomp van de wc, die het niet deed. Ze wist hoe aangenaam zulke geluiden van een bezige man haar in de oren konden klinken. Maar elk geluid klonk nu naar leegte, naar iets dat onbereikbaar was, elk geluid vertelde haar dat ze alleen was.

Ze schaamde zich. Wat stond ze hier, terwijl Henri zich uitsloofde? Ze zag hem op zijn knieën liggen, de vloer om hem heen bezaaid met onderdelen, en verdroeg het niet om hem te zien. Ze keek over de plas, naar een paar eenden die laag en in stilte over het water vlogen. Er kwam een zeiljacht aanglijden, de patrijspoorten van de kajuit verlicht, een vrouw aan het roer, twee kinderen die over de reling hingen, een man op het voordek die het anker met een zwaai in het water wierp. Een plons, de motor werd afgezet, stemmen werden hoorbaar. Toen het jacht daar voor anker lag, voelde ze zich beter.

'Steek die lamp eens aan!'

Haastig liep ze naar binnen en stak de petroleumlamp in de keuken aan.

In kleermakerszit, spiernaakt, zat Henri op de drempel van de wc, een klein kot, nauwelijks groot genoeg voor een volwassene. Ze keek naar zijn schaamhaar, zijn geslacht dat bruinig leek, zijn handen met gereedschap erboven. In de slaapkamer trok ze haar badpak uit. Op haar lichaam, langs de randen van het badpak, had zich iets zwarts afgezet: minuscule modderdeeltjes. Met haar vingertoppen raakte ze haar buik aan.

Vanaf de rand van het bed keek ze naar Henri in het licht van de petroleumlamp. Hij boezemde haar afkeer in. Walgelijke man, dacht ze, walgelijke man. Iemand moest die woorden uit haar hoofd halen. Al wekenlang hoorde ze scheldwoorden als ze naar hem keek.

'Lukt het, lief?'

'Ik snak naar een biertje.'

Ze liep naar buiten, knielde aan de rand van het terras en haalde een fles bier omhoog uit het water. Onderwijl keek ze naar het jacht, naar de verlichte patrijspoorten. Toen ze de fles bier naast Henri neerzette, streelde ze zijn schouders en dacht tegelijkertijd de woorden die ze niet wilde denken, die iemand uit haar hoofd moest halen.

'Ik zou hier weken willen blijven,' zei ze. 'Die hele woonboot schoonmaken en opknappen, het riet bij de aanlegplaats maaien, alles weer goedmaken, en alleen met jou zijn, van weinig leven, verwilderen.'

'Klereding!'

'Wat is er?'

'Als dit af is, zit ik de rest van de avond op het terras en zuip ik me helemaal klem!'

Terwijl ze schone kleren aantrok, hoorde ze achter zich de hendel van de pomp bewegen: woest werd hij heen en weer gehaald om water op te zuigen. Het geluid werkte op haar zenuwen. Walgelijke man, walgelijke man! Op het ritme van de pompslagen hoorde ze nu die woorden. Met wilde gebaren begon ze de muggen rond haar hoofd te verjagen.

Op zaterdagochtend werden ze laat wakker. Lin voelde een kinderlijke verrukking over het nieuwe. Stil keek ze om zich heen. Van onder de klamboe kon ze door de keuken en de kamer heen het terras zien, waar de parasol stond te flapperen in de wind en een schuine schaduw wierp. Golfjes klotsten tegen de woonboot, er twieterden vogels in het riet, waar de wind doorheen stoof. Even hoorde ze het felle klapperen van zeilen: een boot die bij de punt van de landtong door de wind ging.

Henri zette thee.

In een T-shirt, met loshangende haren, haar oogleden nog gezwollen van de slaap, liep Lin door de woonboot. In de kamer liet ze de luxaflex voor de ramen zakken, want de zon begon al te branden. Ze keek naar Alex en de dode spreeuw, naar het gelige water in het glas ernaast, naar de wortels van de bloemen, en ze legde haar hand op het boek dat ze straks ging lezen. Op het terras gleed de wind langs haar blote benen, de planken onder haar voeten waren al warm. Er was nog een restant van ochtendlijke frisheid in de lucht. Ze ging onder de parasol staan. De schittering van het water was zo sterk dat ze haar ogen moest toeknijpen om te kunnen kijken. Het jacht lag er nog. Gretig keek ze om zich heen. Ze genoot van een paar minuten zonder angst.

Henri kwam niet naar buiten.

Toen ze naar binnen ging, was het er weer: angst, jezelf een houding geven, je schrap zetten, op je hoede zijn. Maar ze was er zo aan gewend dat ze het nauwelijks opmerkte, niet meer dan een lichte schaduw was het, iets dat haar begon te bedrukken.

Henri stond tegen het aanrecht geleund en dronk thee. Het was niets voor hem om thee te drinken. Maar hij wilde vrede en daarom begon hij de dag met thee, net als zij.

'Gaat het?' vroeg hij met een glimlach.

'Heel goed.'

'Niet beroerd?'

'Nee, gelukkig niet.'

Ze zwegen. Henri durfde nog niet openlijk over haar zwangerschap te praten. Zijzelf deed het liever niet, alsof het beter was om er nog niets over te zeggen, om het stil te houden. Henri gaf haar een kop thee. Hij had het keukenraam opengezet. Ze keek naar het riet.

'Mooi,' zei ze, 'dat je hier zo in het riet kijkt.' Ze ging aan de keukentafel zitten en keek rond. 'Ze hebben die keuken heel handig ingedeeld.'

'Ja, het is goed gedaan.'

'En het is een schitterende plek.'

'Kalle heeft een neus voor goeie plekken.'

Misschien kunnen we deze boot wel kopen, wilde ze zeggen, Kalle doet er toch niets meer mee, zijn nieuwe vrouw heeft er geen belangstelling voor, ze is er zelfs nog nooit geweest. Maar ze slikte het in. Gisteravond had ze na lange aarzeling eindelijk met hem over een nieuw huis gesproken. Ze wilde haar appartement en het zijne ruilen tegen het huis van een stel dat uit elkaar ging. Henri had er niets van willen weten.

Ze zwegen. De stilte werd drukkend. Lin bezweek er als eerste onder, zoals gebruikelijk.

'Ben je nog boos?' vroeg ze zacht.

'We gaan het er dit weekend niet meer over hebben.'

'Dat lijkt mij ook het beste,' zei ze haastig.

Henri goot het restant van zijn thee in de gootsteen.

Even later zag ze hem van het terras in het water duiken. Het water spatte op onder zijn gestrekte lichaam, druppels vielen voor haar voeten op de planken. Hij zwom naar het jacht. Lin haalde de verrekijker. Op het achterdek van het jacht zat de vrouw met een zonnehoed op te lezen, de man was op het voordek bezig, de twee kinderen speelden met een rubberboot, een jongetje en een meisje. Henri zwom naar het achterschip. Kennelijk zei hij iets tegen de vrouw, want ze legde haar boek op haar schoot, keek naar hem, glimlachte, zette haar hoed nog net iets leuker schuin en draaide mee toen hij achter haar langs zwom om hem te kunnen blijven zien. Lins hart bonsde.

Teruggekeerd, opgefrist, zat Henri op de rand van het terras, zijn voeten in het water, ogen gericht op het jacht. Lin haalde een hand doek voor hem, maar die had hij niet nodig. Druppels glinsterden op zijn tors. Hij hijgde nog. Bezitterig streelde ze even zijn haar.

Het gebeurde altijd als ze hem van achteren zag. Vaak ook juist als ze hem liefkoosde, zoals nu. Dat ze zich voorstelde hoe ze met een bijl zijn achterhoofd kliefde, een wond zag, bloed dat door zijn blonde haar gleed, en terwijl ze het deed wilde ze het niet, het overkwam haar, en terwijl het haar overkwam voelde ze een hevige angst. Maar ze was er zo aan gewend, dat ze achter hem kon blijven staan als die voorstelling zich aan haar opdrong en zijn haar kon strelen terwijl ze de wond zag.

Tot een uur of twee zaten ze op het terras. Lin las. Henri had nadorst en dronk een biertje. Hij ging op zoek naar de gasfles, bekeek de gerepareerde pomp nog eens en bakte eieren met spek. Lin rook de geur van gebakken spek op het terras en met tranen in haar ogen voelde ze de beklemming wijken. Ze nam zich voor niets meer over een nieuw huis te zeggen. Het moest maar gaan zoals het ging. Zijn huis was goed genoeg.

Toen de middaghitte begon te drukken en ze loom werden, kwamen ze elkaar tegen in de keuken. Henri wierp zo'n blik op haar, een blik die haar na vijf jaar nog altijd opwond. Hij trok haar tegen zich aan. Met haar kin op zijn schouder, kijkend naar het bewegende riet, streelde ze zijn warme rug. De wind woelde om de woonark. Henri had een arm om haar middel gelegd. Een hele tijd stonden ze tegen elkaar aan, zonder iets te zeggen. Dat hielp altijd. Ze kreeg weer vertrouwen. Ze wilde altijd zo dicht bij hem zijn als nu, dan kon er niets gebeuren, niets tussen hen komen.

Toen Henri haar meetrok naar het bed, maakte ze zich los.

'Ik kom zo.'

Terwijl ze naakt in het nauwe wc'tje zat, de deur open, haar ellebogen op haar knieën, nam Henri een foto van haar. Sinds enige tijd nam hij foto's van hun gezamenlijk leven. Hij deed dat met een kleine zilverkleurige camera die hij uit de nalatenschap van Alex Wüstge had gekozen. Hij nam een foto van haar: zoals ze daar zat in het nauwe hok, ellebogen op haar knieën, naar hem opkijkend. Hij nam er nog een en bleef naar haar kijken door de zoeker. Hij voelde het koele metaal van de camera in zijn handen, tegen zijn wang – het metaal waarop waarschijnlijk nog vingerafdrukken van Alex te vinden waren. Tegelijkertijd voelde hij zijn geslacht, dat zwaar en loom half overeind stond, genoot hij van zijn geilheid. Een warme luchtstroom gleed koesterend langs zijn naakte lichaam. Hij herinnerde zich Alex, zoals hij hem voor het laatst gezien had, in het pakhuis. Ik ben er nog, dacht hij, triomferend, en jij niet meer. Het schokte hem dat zo'n gedachte in hem kon opkomen.

Lin zat roerloos, dromerig. Je kon een paar laatste druppels horen vallen. Henri liet de camera zakken en verstrakte.

'Wat is er?' vroeg ze.

'Ik denk aan Alex.'

'Dat wij hier zijn, terwijl hij er niet meer is.'

'Zoiets.'

Ze was er trots op dat ze het goed geraden had. Ze begon verstand van de dood te krijgen, ook al bespeurde ze zijn aanwezigheid nog niet en leek haar eigen leven nog oneindig.

'Kijk, hij doet het,' zei ze. Ze had de hendel van de waterpomp vastgepakt en pompte water omhoog. De pomp maakte een slurpend geluid. Henri nam nog een foto van haar, terwijl ze pompte en verlegen en lief naar hem opkeek. Zo moet ze altijd zijn, dacht hij. Want dikwijls leek ze hem te minachten en trok ze zich terug in zichzelf.

Toen ze wakker werd, was Henri verdwenen. Naast haar lag een briefje: hij was naar het dorp om boodschappen te doen en een nieuwe gasfles te halen. Ze hield het briefje in haar bezwete hand en lag stil op haar rug, haar benen licht gespreid. De klamboe stond om haar heen als een tent. Buiten ruiste het riet. In de keuken zoemden vliegen. In de middaghitte leken alle geluiden die van verder weg kwamen te verstommen.

Ze waste zich, hurkend boven een teiltje water. Uit de bakpan schraapte ze een laatste korstje spek. Weer liep ze door de woonboot om dingen te bekijken en ze voelde zich er al vertrouwder. De woonboot was van anderen, maar hij begon al van haar en Henri te worden. In de kamer probeerde ze een stoel uit en keek een tijd naar het terras, naar de schaduwen van de stoelen en de parasol. Vliegen zoemden en tikten tegen de ramen. Ze keek naar Alex en dacht aan doodgaan. Kon haar hart plotseling stilstaan? Henri had eens met zijn hoofd op haar borst gelegen, naar het kloppen van haar hart geluisterd en gezegd: Je kunt horen dat het nog jong is en sterk, het heeft een mooi strak geluid. Ze vergat de dood en keek omlaag naar haar kuiten, naar de lichte blonde haartjes die overeind kwamen in de tochtstroom. Was dit het moment om haar onderbenen te ontharen? Ze had de spullen ervoor meegenomen. Loom hing ze in de stoel en voelde onder zich de vreemde stof van de bekleding.

Ze stond op. Door de verrekijker tuurde ze naar het jacht: achter de kajuit was een tentzeil gespannen en eronder zaten het jongetje en het meisje tegenover elkaar, voorovergebogen, verdiept in een spel. De vader en moeder zag ze niet. Ze stelde zich voor dat ze in de kajuit lagen te slapen.

Met haar ogen open lag ze onder de klamboe. Ze luisterde naar de geluiden. De woonboot omhulde haar en daarbinnen de tent van de klamboe, en zijzelf omhulde een kleine vrucht. Het was nog een 'het', kleiner dan een boon. Nog steeds vervulde het haar met ongeloof, ook al was de uitslag van de test onweerlegbaar, ook al waren de reacties van haar lichaam onmiskenbaar. Ze kon het niet bevatten, dat het zo was, dat het ook haar ging overkomen. Soms was ze er niet zeker meer van of ze het wilde. Maar zodra ze het zich groter voorstelde, herkenbaar, wilde ze het en was het onmogelijk om het niet te willen. Ze stelde zich een kleine Henri voor, een jongetje dat op hem leek, dezelfde sterke benen had, kleine Henri-beentjes waarop het door de kamer dribbelde met dat onvervaarde van zijn vader. Een klein jongetje met een klein ribbenkastje dat ze tegen zich aan zou drukken, een kind dat op een warme middag als deze, misschien wel in deze woonboot, volgende zomer, op haar borst zou insluimeren.

Ze dacht aan haar moeder. Toen haar moeder zo oud was als zij nu, bijna negenentwintig, had ze al twee kinderen, de oudste negen, de jongste zes. Ze was op haar twintigste getrouwd. Ze zwol op terwijl Hokwerda de arbeiderswoningen aan de Ee uitbrak en verbouwde. Emma was een liefdeskind, werd gezegd. Drie jaar later was zij verwekt om het huwelijk te redden. In een van hun felste ruzies had haar moeder dit uit haar mond laten vallen: dat zij gemaakt was om een huwelijk te redden. Vanaf dat moment had ze begrepen waarom haar moeder nooit van haar gehouden had. Haar vader had haar gewild, haar moeder niet. Daarom was ze van meet af aan het kind van haar vader geweest en had ze altijd haar toevlucht bij hem gezocht – terwijl ze hem nooit helemaal vertrouwen kon en altijd op haar hoede moest zijn.

Ze luisterde naar het riet en herinnerde zich het riet langs de Ee. Hoe er 's ochtends vroeg en 's avonds tegen zonsondergang vogeltjes in zaten te kwetteren, onzichtbaar. Ze herinnerde zich hoe verbaasd ze was geweest toen ze voor het eerst een libelle had gezien: dat langwerpige dunne lijfje, het metalig glanzende en diepe blauw, de doorzichtige vleugels – het leek een insect uit de tropen. Op een avond was ze weggezonken in dat riet, haar jurkje bollend op het water. Haar vader had de modder van haar benen gewassen met water uit een emmer, terwijl zij met haar rug tegen zijn knieën leunde... Over een paar jaar waste ze zo de beentjes van haar eigen kind, een jongetje met zo'n ribbenkastje en gespierde armpjes, dat met zijn rug tegen haar knieën leunde, ongeduldig... Zat het helemaal goed tussen haar en Henri? Ze wist het niet. Kon het ooit helemaal goed zijn? Bestond dat? Dat je nergens meer bang voor was?... Pake Hokwerda, die haar in de keuken van zijn achteraf gelegen huisje de pomp had laten zien en had laten proeven van het water dat hij al zijn hele leven dronk, water dat naar ijzer smaakte, zo uit de grond, en later die dag, of op een andere dag, had hij haar in de tuin, waar hij op zaterdagmiddag de paden harkte, zijn perenboompje laten zien en zijn appelboompje en hij had kruisbessen voor haar geplukt, nog nooit had ze die gezien, kruisbessen met hun half doorzichtige, zacht behaarde schil. Hij was een zonderling, al heel lang alleen, zijn vrouw was jong gestorven, hij had geen nieuwe gevonden en zijn drie zoons waren verwilderd, heette het, hij kon ze niet de baas. Haar vader was de wildste geweest. Pake Hokwerda had die drift, die haar vader ook had en die zij ook weer had.

Bang opeens. Ze stond op. Ze trok de stoffige klamboe los, waste hem in een emmer water en hing hem te drogen. De zon was al flink gedaald, de middag was bijna voorbij. Henri bleef lang weg. Maar het kon haar niet schelen. Ze vond het prettig om een paar uur alleen te zijn. Ze ruimde het halletje op. Ze maakte de keuken schoon en het wc'tje, sjouwend met emmers water, het gelige water waarin haar vader haar modderige benen had gewassen. Waar lag pake Hokwerda begraven? Was dat de volgende stap: dat ze haar vader vroeg waar zijn vader begraven lag? Ze vond een sikkel en liep ermee naar buiten, op blote voeten, om het gras te voelen. Bij de aanlegplaats hakte ze het woekerende riet weg, en de afgehakte bossen legde ze op de drassige bodem. Door de woestheid waarmee ze te werk ging, er haast op uit zich te snijden aan het scherpe riet, bemerkte ze haar opkomende somberte. Ten slotte bloedde een van haar vingers. Onder het afdak haalde ze nog de spinnenwebben weg. Toen was ze plotseling weer moe. Ze hing de schone, naar zeep geurende klamboe boven het bed en ging liggen, wachtend nu op Henri, die op de terugweg moest zijn. Ze luisterde naar elke boot die naderde, haar oren spitsend. Ze was somber.

Kalle kwam in haar gedachten, het etentje van een paar dagen geleden in een van zijn restaurants in de binnenstad van Amsterdam. Zij in haar strakke jurk. Naast Kalle, joyeuze vijftiger in een heel duur en mooi linnen jasje, gebruind door de zon van Nice, waar hij een huis bezat, en op die glanzende bruine kop de stoppels van zijn kortgeschoren haar. Slimme Kalle, die alleen nog dingen deed die hij 'leuk' vond. Tegenover haar zijn nieuwe vrouw, zwanger, prachtig om te zien. Opeens had ze het niet langer voor zich kunnen houden en verteld dat ze zwanger was. Henri had prompt zijn hand op de hare gelegd, trots en vertederd glimlachend, zoals van een aanstaande vader verwacht mocht worden. Uit eerzucht, zo besefte ze nu, om mee te tellen, had ze haar geheim aan vreemden toevertrouwd en niet, zoals ze zichzelf had wijsgemaakt, omdat ze in Kalle een vaderfiguur had gezien. Kalle had champagne laten komen, om haar in te pakken, om Henri in te pakken, zo deed hij zaken, en achteloos had hij hun zijn woonboot aangeboden, zijn 'bootje', dat zij nu ijverig aan het schoonmaken was. Met een spade kliefde ze het zo beminnelijke gezicht van Kalle, het bloed droop over zijn glanzende schedel, langs zijn oren, zijn hals, over de schouders van zijn jasje, en steunend, half huilend van schrik richtte ze zich op onder de klamboe.

Toen ze wakker werd, was het avond. Ze luisterde en wist al na een ogenblik dat Henri er niet was. Geen voetstappen of geritsel van een krant op het terras, geen geluiden uit de keuken, waar een maaltijd werd bereid, en het gespetter in een bakpan de muziek uit de zacht spelende transistor overstemde. Tegen beter weten in liep ze toch naar de aanlegplaats, waar ze het versgesneden riet voor hém op de drassige bodem had gelegd, ja haast had neergevlijd (en hoe rechter en mooier ze het neerlegde, des te groter de kans dat hij spoedig zou komen). Maar de roeiboot lag er niet.

Zittend op het terras keek ze over het water, de verrekijker bij de hand. Het jacht dat gisteravond nog voor anker had gelegen was verdwenen. Ze keek naar de lege plek. Ze keek naar de overkant van de plas, naar de donkere karteling van de bosjes, waar ergens het baken moest staan dat de toegang markeerde tot de sloot. Ze keek naar een fuut met zijn lange hals en zijn kuifje die door het gladde water gleed, het opduwend rond zijn borst, en onderdook. Maar ze had niet het geduld om te wachten tot ze hem weer zag bovenkomen, honderden meters verderop, schrokkerig zijn visje wegslikkend.

Toen de schemering inviel, belde ze Tine.

Sinds een paar maanden zag het ernaar uit dat ze voor het eerst in haar leven een hartsvriendin had gevonden: Tine. Het was haast een verliefdheid. Tine werkte voor een filmproductiebedrijf. Al meer dan een jaar kenden ze elkaar van de telefoon, ze belden geregeld over kostuums. Ze hield van Tines stem, ze leefde ervan op. Op een dag was ze aanwezig geweest bij een filmopname; ze werd op haar schouder getikt en toen ze zich omdraaide en een ranke en pittige vrouw zag staan wist ze: dit is Tine. Ze waren uitgegaan. Een paar weken geleden had ze bij Tine in bad gelegen. Als enige van haar vrienden wist Tine dat ze zwanger was. Nadat ze Kalle en zijn nieuwe vrouw zomaar haar geheim had verklapt, had ze zich gehaast om het ook Tine te vertellen.

Zodra ze Tines stem hoorde, maakte het meer een minder verlaten indruk.

'Vooral moe,' zei ze. 'Ik heb de halve dag geslapen.'

Ze gaf een opgetogen beschrijving van de woonboot en de plek, de aankomst gisteravond, de tocht erheen. Ze hanteerde veelvuldig de wij-vorm, en het scheelde niet veel of ze had gedaan of Henri er ook was, of hij een eind verderop – dat verklaarde de stilte – met de roeiboot in het riet lag, turend naar een dobber die hij bijna niet meer kon zien, haar Henri, haar man, geurend naar de sigaren die hij tegenwoordig rookte, zijn blonde haar in stugge plukken op zijn hoofd, aaneengeklit na het zwemmen. Lin voelde hoe het bedrog haar in bezit nam, er viel al haast niet meer aan te ontkomen. Toen Tine naar Henri vroeg, zei ze dat hij een eind verderop zat te vissen en dat ze al uren heupwiegend over het terras liep om hem naar huis te lokken.

Na het gesprek bleef ze buiten staan, weerstand biedend aan opkomende angst. Henri was onderweg. Op dit moment liep hij met de buitenboordmotor van zijn auto naar de roeiboot. Vanmiddag had de motor het begeven. Hij had hem in zijn auto geladen en was op zoek gegaan naar een bedrijf waar het ding op zaterdagmiddag nog gerepareerd kon worden, hij had er een eind voor moeten rijden, hij had uren moeten wachten. Maar waarom belde hij niet? Hij had zijn telefoon op de keukentafel laten liggen, maar hij kende toch haar nummer? Of kende hij het niet uit zijn hoofd?

Ze stak een stormlamp aan en zette hem op de keukentafel, de kamer liet ze onverlicht om beter naar buiten te kunnen kijken. Een tweede stormlamp plaatste ze als lichtbaken op het terras – het vergrootte ook haar territorium in het donker. Ze wachtte. Haar oog viel op Henri's weekendtas. Ze haalde zijn kleren eruit en legde ze opgevouwen op een plank. Ze legde haar eigen kleren naast de zijne. Ze trok schone kleren aan, ze borstelde haar haren en stak ze op, ze ging verder met opruimen en schoonmaken, steeds nauwgezetter – en alles diende nu om zijn terugkeer te bespoedigen, af te smeken, af te dwingen, elke beweging die ze maakte leek ermee in verband te staan. Ondertussen groeide haar ongerustheid. Ondertussen luisterde ze.

In de verte ontstond het geluid van een buitenboordmotor. Ze liep naar het terras. Het was een maanloze nacht. Ze huiverde in de lauwe lucht. Na enige tijd kon ze aan de overkant een wit licht onderscheiden, trillend, nu en dan vervagend. Geruime tijd later werd een roeiboot zichtbaar en daarin drie gestaltes: twee op de roeibank, met de ruggen naar haar toe, en een bij de motor. Had Henri mensen meegenomen? Drie jonge kerels waren het. Pas toen de boot onmiskenbaar naar de punt van de landtong voer – het schuimende boegwater lichtte op in het donker – gaf ze de hoop op.

Haar adem stokte toen ze hoorde hoe de gashendel van de motor werd dichtgedraaid. De boot minderde vaart en keerde. Duidelijk hoorde ze nu stemmen, opgewonden stemmen. Ze vluchtte de woonboot in en sloot zich op. Alleen in de keuken brandde een stormlamp. Langzaam voer de roeiboot langs de woonboot. Ze hoorde de stemmen van drie jongemannen, halfdronken. Er werd geroepen. Zíj werd geroepen. Er werd een rietpol tegen een van de ramen gesmeten en gelachen. Vanuit haar schuilhoek zag ze de modder langs het glas naar beneden glijden, donker in donker. Ze verstarde toen de roeiboot tegen de woonboot stootte. Er werd een onderarm door het open wc-raampje gestoken, een hand gleed met gespreide vingers, gretig en geil, over de wand rond het raampje. Het was of een beest naar binnen probeerde te komen. Lin omklemde het keukenmes. Ze hoefde zich niet te herinneren wat haar ooit overkomen was om zeker te weten dat ze het gebruiken zou. De hand verdween. Steeds hoorde ze lachen. Een van de stemmen beangstigde haar het meest: die van de ophitser. Een tweede kluit modder spatte tegen het raam van de kamer uiteen. De boot stootte tegen het terras. Een gestalte sprong eruit en drukte zijn gezicht tegen de terrasdeuren. Nadat ze flessen bier uit het water hadden gehesen en losgesneden, voeren de drie weg.

Lange tijd durfde ze niet uit haar schuilhoek te komen.

Ze ging aan de keukentafel zitten, een opengeslagen krant onder haar ellebogen. Alleen de stormlamp gaf licht. De vlam wierp groteske schaduwen op de wanden en het plafond. Een onbekende plek was de keuken opeens weer geworden, een plek van anderen, waar zij niet hoorde. Ze luisterde. Steeds dezelfde geluiden: het riet dat ritselde in de nachtwind, het onrustige geklots van het water, soms een zacht gekraak in de boot, alsof een grote hand erop drukte. Elk afwijkend geluid deed haar verstarren.

Henri bleef een nacht weg, zoveel was nu zeker. Waarom? Waarom nu, in dit weekend, terwijl zij hier op een boot zat en geen kant op kon? Hoe haalde hij het in godsnaam in zijn hoofd? Kreeg hij het nu al benauwd van haar zwangerschap? Was hij kwaad omdat ze over een nieuw huis was begonnen, omdat ze er genoeg van had om in zijn territorium te leven en het wel zo eerlijk vond om met zijn drieën ergens anders opnieuw te beginnen? Het afgelopen jaar was hij drie keer een nacht weggebleven, elke keer was hij vreemd gegaan.

De tijd kroop voorbij. Tegen tweeën hield ze het niet meer. In de slaapkamer veegde ze zijn kleren van de plank, een ogenblik bang dat ze daarmee iets verschrikkelijks had veroorzaakt. In de donkere woonkamer haalde ze haar boeken weg bij de foto van Alex. Ze opende het raam, haar hand haast lam van angst, en gooide de bloemen weg. De bloemen deinden op het water. Er waren sterren, er was de wind. Ze probeerde zich de buitenwereld voor te stellen als natuur, natuur in een lauwwarme zomernacht, ze was wakker geworden onder de klamboe, waar het toch benauwd was, en even opgestaan om wind te voelen, van de stilte te genieten. Maar de buitenwereld was slechts dreiging. Er naderde iets. Net op tijd klapte ze het raam dicht.

Ze lag op bed, gekleed, haar schoenen aan. Het beeld van Henri drong zich aan haar op. Zijn stugge, blonde haar, aaneengeklit na het zwemmen. Zijn sterk gestulpte oren, die dicht tegen zijn hoofd stonden. Zijn lichtblauwe ogen. Zijn schouders. Zijn mooie sterke benen, licht gekromd. Alles aan hem dat meteen indruk op haar had gemaakt, die eerste avond al. Alsof het codes waren: zijn haar, hoe het viel, hoe het eruitzag. De brede vingernagels. De al licht gebogen rug. Zijn manier van bewegen. Dat hij kleiner was dan zij. Het leken codes, het wáren codes, maar de betekenis ervan kende ze niet. Waarom had de natuur haar naar Henri toe gedreven. Waarom had hij macht over haar gekregen, waarom had ze zich aan zijn macht overgeleverd? Is er iets, dacht ze, waarover meer gelogen wordt dan over de liefde?

Ze hief haar hoofd op om te luisteren. In het klotsen van de golven hoorde ze een ander ritme, een kortaf bonken. Sloegen de golven tegen de boeg van een roeiboot? Was het het geluid van golven die onder een platte boeg werden gepleт? In het riet hoorde ze een ritselen dat anders klonk. Het ruiste of het opzij gebogen werd, het werd onder schoenen geplet. Haar hart bonsde. Ze wilde opstaan en bewegen om de angst van zich af te schudden, maar kon het niet. Plotseling wist ze zeker dat ze iets naderbij hoorde komen. Ze vloog overeind en stond roerloos, met opgeheven hoofd te luisteren. Nadat ze minutenlang zo had gestaan, liep ze met stijve passen het donker van de woonkamer in, een brandende sigaret in haar hand, rookslierten om haar hoofd, voor de nonchalance – even opgestaan om van de nacht te genieten en stiekem te roken. Ze deed het raam open om te zien of de bloemen er nog dreven. Ze waren weg.

Weer lag ze op het bed, in het benauwde halfdonker onder de klamboe. De klamboe kon dienen als net, bedacht ze, om haar in te verstrikken. Moest ze hem weghalen? Een tijdlang hield het haar bezig.

Opnieuw drong het beeld van Henri zich op. Zoals ze hem vandaag – het was nog steeds vandaag – had gezien. Hoe hij na het zwemmen op de rand van het terras had gezeten, zijn voeten nog in het water, druppels op zijn rug. Henri met de bakpan in zijn hand onder de parasol, terwijl hij de gebakken eieren op haar bord liet glijden. Hoe ze in de middaghitte op het wc'tje had gezeten en zijn geslacht tegen haar wang had gelegd. Zijn lichaam riep nu afkeer in haar op. Ze voelde ook afkeer van hem zelf, minachting, geringschatting. Maar was die er niet vanaf het begin geweest, vanaf de eerste avond dat ze uitgingen? Een vage afkeer van hem, een zekere minachting, die ze voor zichzelf verborgen had moeten houden? Van meet af aan waren er honende gedachten door haar hoofd gegleden als ze bij hem was, had ze hem met een honende blik bezien. Hoe had ze het voor zichzelf verborgen kunnen houden? Weten en wegdrukken. Steeds weer. Elke dag. Elk uur. Weten en wegdrukken. Omdat ze bang was om alleen te zijn, bang om hem te verliezen. Omdat ze aan hem verslaafd was, aan de codes van zijn uiterlijk, na vijf jaar nog een mysterie. Verslaafd aan zijn lichaam, aan gewoontes. Steeds verlangde ze ernaar om van hem te houden, door hem bemind te worden, en het meest verlangde ze naar het moment dat ze werkelijk bij hem was en hij bij haar. Ze had hem nodig, een man, speciaal deze man – die haar angst aanjoeg. Al veel vaker had ze deze dingen beseft. Al na een paar maanden met Henri had ze het geweten: dat ze ergens, uiteindelijk, te weinig achting voor hem had, dat er een vage afkeer was, die ze zelfs in bed bleef voelen, en dat ze bang voor hem was, voor zijn ogen, zijn sarrende blik. Toch wilde ze bij hem zijn. Met een enorme koppigheid wilde ze bij hem zijn, wilde ze van hem houden, wilde ze dat hij van haar hield. Vaak genoeg bezag ze hem met een honende blik. Toch moest hij van haar zijn. Hij hoefde maar naar een ander te kijken of ze werd razend. Maar hoe kon ze een kind krijgen van deze man? Bedroog ze hem? Had ze na Jelmer ook Henri bedrogen? Was háár bedrog niet veel afschuwelijker dan het zijne?

Abrupt stond ze op.

Het was na drieën.

Een tijdlang liep ze door de halfdonkere woonboot op en neer, twintig passen heen, twintig passen terug, pogend steeds hetzelfde aantal passen te maken in dezelfde vertrekken, hetgeen haar niet eenmaal lukte. Haar angst werd steeds groter. In de donkere woonkamer met zijn ramen, waar ze zich zo zichtbaar en trefbaar voelde (er kon ook geschoten worden), was haar angst het hevigst, in de slaapkamers zonder ramen nam hij af, bij de voordeur zwol hij weer aan. De angst voor een moordenaar nam bezit van haar. Hij was in aantocht, dichtbij nu. Misschien waren het er twee. Er werd gewacht op haar uitputting. Ze sloot de deur tussen het halletje en de kinderslaapkamer, klemde een stuk hout tussen de deurkruk en de vloer, om in de rug gedekt te zijn. Van die kant zouden ze nu twee deuren moeten forceren. In de keuken met zijn raam op het riet durfde ze niet meer te komen. Ze verschool zich in de slaapkamers. Het keukenmes legde ze op een onopvallende plaats, voor het grijpen.

Plotseling liet het haar ook weer los.

Ze drukte haar sigaret uit op het frame van het stapelbed, en het was het gezicht van Henri waarin ze hem uitdrukte. Ze herinnerde zich hoe Henri eens met een brandende sigaret in zijn hand in slaap was gevallen. Behoedzaam had ze de sigaret tussen zijn vingers vandaan getrokken, de askegel eraf getikt en toen, kijkend naar dat slapende gezicht, had ze die afkeer gevoeld en de gloeiende punt in zijn wang willen duwen.

'Hou hiermee op!' Ze zei het luid en duidelijk. 'Haal jezelf hieruit!' Het waren de dingen die ze tegen zichzelf riep als ze een wedstrijd aan het verliezen was, steeds verder wegzakkend, omdat ze weer eens tégen zichzelf stond te spelen.

Haar gespannen en afwezige gezichtsuitdrukking veranderde in een vrolijke en spottende. Ga naar bed, zei ze tegen zichzelf. Lig te slapen als hij terugkomt. Daar zal hij van opkijken. Til even één ooglid op als hij in bed kruipt, totaal bezopen, til een ooglid op om hem te laten zien dat hij is opgemerkt en slaap dan verder. Zeg niets. Vraag niets. Laat hem morgen zijn verhaal maar doen, zijn smoezen opdissen. Glimlach, maar zeg niets, laat hem stikken. Ga je eigen gang, geef hem geen kans om greep op je te krijgen. Trek nu en dan eens een wenkbrauw op, glimlach naar hem en laat hem in zijn sop gaar koken. Wees vriendelijk, ja, wees zelfs vriendelijk voor hem, vraag hem dan of hij het leuk heeft gehad, en maak hem ziek, ziek van zichzelf, doodziek.

Dit leek de ideale gedragslijn.

Maar het frame van het stapelbed was weer zijn gezicht, waarop ze haar sigaret had uitgedrukt. Met een bijl kliefde ze zijn achterhoofd en zag het bloed. Ze voelde zich mateloos schuldig, ze bedroog ook Henri. Ze moest zich van hem losmaken, weggaan, voor het te laat was. Het zat niet goed. Ze wrong haar hand tussen het frame en de spiraalvering waarop de matras lag en deed zichzelf pijn. Moest ze zich werkelijk van Henri losmaken, na alles wat ze met elkaar hadden meegemaakt? Ze zaten aan elkaar gebakken. Morgen tegen de avond zou hij berouw hebben, en zij zou proberen hem te vergeven. Misschien konden ze een dag langer blijven. Het zit niet goed, hoorde ze, het zit niet goed. Ze moest weggaan, zo snel mogelijk, morgen al. Afscheid nemen van dat kleine wezen in haar buik. Weggaan voor het te laat was.

Ze schrok wakker omdat er een schok door de woonboot ging, een zware schok die het houtwerk deed kraken. Het was licht. Ze stond meteen op haar benen. Een tweede schok, minder hevig. Toen pas drong het geluid van een buitenboordmotor tot haar door.

Alles wat zich die nacht in haar had opgehoopt zette zich nu om in beweging, voorwaartse kracht, een tomeloos en onstuitbaar voortgestuwd worden. In het voorbijgaan griste ze de olielamp van de keukentafel. Ze liep de woonkamer door, rukte de terrasdeuren open en daar stond hij, op de rand van het terras, zijn rug naar het water, enigszins wankel, zijn armen licht spreidend als om zijn evenwicht te bewaren, en schuin achter hem dreef de roeiboot waarmee hij zojuist op volle snelheid tegen het terras was geknald. Schuin achter hem ook de zon, net boven de bosjes aan de overkant van de plas verschenen. Boven het water hing een lichte nevel.

Een ogenblik stond Lin stil, het tafereel in zich opnemend. Een ogenblik was ze opgelucht: dat hij er was, dat hij was teruggekomen. Maar de lont brandde en toen ze hem aankeek en op zijn gezicht het sarrende lachje zag, dat lachje waarmee hij haar altijd probeerde te vernederen, kwam de explosie.

'Ongelooflijke klootzak dat je bent!'

Ze haalde naar hem uit met de olielamp. Henri wist de slag af te weren met zijn arm, hij rukte de lamp uit haar hand en smeet hem weg. Terwijl hij dat deed, met een trage zwaai, zijn dekking verwaarlozend, zette Lin twee handen op zijn borst en gaf hem een zet.

'Klootzak!'

Henri wankelde.

Hij was hier nog niet aan toe. Hij was er nog trots op dat hij de woonboot had kunnen terugvinden, in dat labyrint van plassen en sloten, dat hij er zomaar naar toe was gevaren. Alleen bij aankomst was er even iets misgegaan: toen hij de gashendel wilde dichtdraaien, had hij hem juist wijd opengezet en was tegen het terras geknald, en bij een tweede poging was het, ondanks zijn concentratie op het maken van de juiste beweging, opnieuw misgegaan – alsof de duivel ermee speelde. Niet zo best. Maar toch trots dat hij zo naar de woonboot was gevaren. En nog onder de indruk van de sereniteit van de pas begonnen dag: de zonsopgang, die nevel overal, de stilte en weidsheid van het water. Alles was goed, zo leek het, ondanks zijn misstap en schuld, zijn vuiligheid loste op in die natuur. Onderweg had hij nog geprobeerd een waterlelie voor haar te plukken, maar de stengel, rubberachtig, glibberig, bleek onverwacht taai en toen hij besloten had om met die stengel in zijn vuist gewoon door te varen tot hij afbrak, sleepte hij weldra een gigantisch wortelstelsel met zich mee, een half natuurgebied, en hij had moeten loslaten. Achter deze laatste indrukken lag de nacht, een lange nacht vol schimmige gebeurtenissen, en daarachter, pijnlijk helder, het beeld van hoe het begonnen was: op de terugweg, met keurig een gasfles en boodschappen in de boeg, had hij aan het meer een hotel zien liggen. Op het terras van dat hotel had hij na een paar borrels de ziekte in gekregen en haar willen straffen voor haar minachting. Dat hij nooit goed genoeg was. Omdat hij vader ging worden had hij zich voorgenomen alleen maar te drinken en weg te blijven, geen geneuk. Hij was van kroeg naar kroeg gegaan. Er waren beelden van een nachtelijke rit, hij had met zijn hoofd uit het raam gehangen en ervoor gezorgd dat zijn linkervoorwiel bij de witte streep bleef. Ergens was hij toch aan een meid blijven kleven, maar daar was hij verder niet meer bij geweest. Hij herinnerde zich er even iets van toen hij die glibberige wortel van de waterlelie in zijn handen hield, maar toen was hij al vlak bij huis, en hij was blij dat hij op huis aanging, ondanks alles. Op die laatste plas, in dat natuurgebeuren, leek het zelfs of alles goed was, of alles wat zij met hun tweeën uit te staan hadden daarin zijn plaats had. Even leek het zo. Die stilte van de prille dag, die nevel, dat water dat iets olieachtigs had, zijn hand die het opschepte. Alles was goed. Maar hij had de gashendel de verkeerde kant op gedraaid en was op de woonboot geknald, tweemaal zelfs. Hij kreeg weer de ziekte in toen hij haar zag, al haar kleren aan, de hele nacht zitten stressen natuurlijk, en hij had nog geen woord kunnen zeggen of hij werd voor zijn kop geslagen met een olielamp en voordat hij het wist viel hij achterover.

Henri viel half op de roeiboot. De roeipin op het boord stootte in zijn rug en zijn achterhoofd sloeg op de ijzeren rand. Veel pijn voelde hij niet, maar het werd zwart voor zijn ogen. Hij gleed in het water, niet in staat zich te bewegen. Hij herinnerde zich hoe hij aan de waterlelie had staan rukken en een heel wortelstelsel boven water had gehaald. Een ogenblik probeerde hij uit alle macht te bewegen, toen gaf hij het op. Vlak voordat hij in het donker verdween, was er een overstelpend gevoel van rust.

Toen hij bijkwam, voelde hij haar armen om zich heen. Ze hield hem boven water en riep zijn naam. Hij was misselijk. Hij probeerde meteen te voelen wat er met zijn rug was, maar hij kon er niet bij, zijn arm deed het niet. Ze sleepte hem door het water, half zwemmend, half wadend, naar de aanlegplaats en daar trok ze hem op de oever.

Op haar knieën zat ze naast hem, hijgend, in paniek, steeds maar vragend wat er met hem was. Henri had tijd nodig om weer in de wereld te komen. Toen ze hem eindelijk zijn ledematen zag bewegen, werd haar angst minder. Henri hield zijn ogen gesloten. Hij lag op het versgesneden riet, dat ze in rechte banen had neergevlijd om zijn terugkeer te bespoedigen. Hij zei niets. Na een tijd kwam hij overeind.

Nadat hij zich met haar hulp had uitgekleed, strekte Henri zich uit op het bed, uiterst behoedzaam. Ademhalen was pijnlijk. In een van zijn ribben meende hij een barstje te kunnen voelen: de plek waar de roeipin hem geraakt had. Hij was nog steeds halfdronken, nog steeds half ergens anders. Lin stond angstig naar hem te kijken. Op haar verontschuldigingen, haar liefdesbetuigingen, had hij niet gereageerd.

'Ga naar de boot kijken,' zei hij. 'Hij ligt niet vast.'

Ze liep naar buiten. Van het ene op het andere moment was het riet gaan bewegen, van het ene op het andere moment was er wind. Er gleed een lichte rimpeling over het water. De boot dreef weg. De stilte maakte haar bedroefd. Niemand helpt me, dacht ze, terwijl ze zich uitkleedde en in de stilte haar schoenen, haar kleren een voor een op het terras hoorde vallen. Maar wie zou me kúnnen helpen, dacht ze toen. Ik moet mijzelf helpen, maar ik kan het niet. Meteen wilde ze zich snijden aan het riet. De dunste, de fijnste snede in je huid was die van het riet. Je pakte een blad vast, je trok eraan en het gleed in je huid. De pijn was zacht, wellust. Je adem stokte, en dan ademde je uit, bevrijd.

Ze zwom naar de boot. Hangend aan de boot, met haar tenen rakend aan de zachte en koele modder, begon ze te huilen. Het was de zachtheid van het water, de stilte van de vroege ochtend, geladen met herinnering, en de beschutting van de boot. Ze hing eraan, ze drukte haar wang ertegen en huilde. Zo duwde ze de boot naar de aanlegplaats. Kleine golfjes klotsten tegen de boeg. Op haar lippen smaakte het water zoet, het streelde haar lichaam terwijl ze erdoorheen gleed. Ze huilde onbedaarlijk. Ze huilde om iets dat onbereikbaar leek, terwijl het dichtbij was.

Bij de oever gekomen richtte ze zich op, wegzakkend in de modder, en duwde de boot de wal op. De bodem schuurde over de rietstoppels. Ze herkende het geluid: zo klonk het als haar vader zijn boot op de wal trok. Ze tilde de staart van de motor uit het water en kantelde hem, zoals ze van hem had geleerd. Terwijl ze hurkte om de boot vast te leggen, voelde ze de eerste zonnewarmte op haar lichaam, ze hoorde het ritselen van het riet, dat vertrouwde geluid van lang geleden, en ze huilde maar. Het was niet meer te stuiten. Ze werd misselijk. Ze wilde schreeuwen.

'Help me dan toch,' smeekte ze hijgend, 'help me dan toch!'

Een paar vliegen zoemden om haar lijf.

Toen ze eindelijk de woonboot weer was binnengegaan, vond ze Henri met een van pijn vertrokken gezicht op het bed. Ze schrok.

'Gaat het?'

Henri zag dat ze gehuild had.

'Een paar gekneusde ribben, meer niet.'

'Echt niet?'

'Nee. Maak een bak koffie voor me.'

'Ik zal je eerst droogwrijven.' Ze pakte een handdoek.

'Dat hoeft niet.'

Het was nauwelijks nodig: het was warm, het meeste vocht op zijn lichaam was al verdampt. Maar aan zijn stem hoorde ze dat er iets was. Ze boog zich over hem heen. Henri duwde haar weg, maar het deed hem vreselijk pijn om te bewegen en kracht te zetten, en hij moest zijn verzet opgeven. Ze wist het al, maar ze wilde het zeker weten. Snel boog ze zich over hem heen en rook aan zijn geslacht.

'Je ruikt naar een vrouw,' zei ze vol weerzin.

Ze smeet de handdoek in zijn gezicht.

'Ach, dat betekent toch niets,' zei Henri.

'Maar ik kan er niet tegen!'

'Het betekent niets!'

'Voor jou niet, maar voor mij wel!'

Ze liep weg. Henri hoorde hoe in de kamer een tafeltje ondersteboven ging. Ze kwam terug en keek hem aan. Henri weerde haar af met zijn sarrende blik. Weer was het die blik, die valse glans in zijn ogen, die haar deed ontploffen. Ze mepte hem in zijn gezicht. Opeens voelde ze gevaar.

Ze deinsde terug. Henri richtte zich op. Het was een man, maar het leek een beest dat op haar af kwam. Hij smakte haar tegen de wand, omklemde haar keel met zijn hand, drukte haar hoofd tegen de wand en spuwde haar op haar lippen, tweemaal. Jankend zakte ze in elkaar.

Een kwartier later stond ze koffie te zetten en droogden haar tranen. Ze bracht hem een kom gloeiend hete koffie, een stuk brood, een sigaret, ze gaf hem vuur. Samen dronken ze koffie, Henri uitgestrekt op bed, zij leunend tegen de wand. Het was halfzeven. Ze zag het zonlicht in de kamer vallen, de dunne langgerekte schaduwen van de vroege ochtend. Het beloofde een schitterende dag te worden.

'Ik wil het weg laten halen,' zei ze.

# X

## IN DE BUITENSTE DUISTERNIS

Jelmer strekte zijn hand uit naar een stapel tijdschriften en wist niet dat het zijn leven zou veranderen.

Hij zat in een café, op een zaterdagochtend, een van de laatste dagen van oktober, en wachtte op zijn cappuccino en broodje gesmolten kaas en salami. Hij keek naar een meisje dat aan de overkant zat, tegenover haar zwijgende vriend, wiens rug hij zag, een brede, ontevreden rug. Het meisje leek geïntimideerd, ongelukkig. In haar figuur zat ook iets ongelukkigs, het begin van een ronde rug, zelfs haar licht hangende borsten leken het uit te drukken. Ze at haar broodje en wierp nu en dan een blik op haar vriend. Jelmer voelde het verdriet waarmee hij wakker was geworden. Een zwart water door riet omgeven, donkergroen puntig riet. Aan dat water had hij in zijn droom gezeten. Hij was bedroefd wakker geworden. Een jaar en vier maanden had het nu geduurd. Hij begon er genoeg van te krijgen, hij begon het te wantrouwen. Was het verdriet een gewoonte geworden? Was het geruststellend, zoals alles waaraan je gewend was? Een excuus om dingen niet te doen? Hij had er genoeg van. Maar nog steeds was het gevoel van aangetast zijn, van gewondheid, niet verdwenen.

Zijn blik gleed weer naar het meisje, ongelukkig door het zwijgen van haar vriend, dat zich nu opzij draaide en gretig een paar woorden wisselde met een vrouw die naast haar was komen zitten. Even met iemand praten, even uit die benauwdheid. Hij kon haar borsten nu beter zien. De vriend zweeg. Nu ze met een ander sprak, scheen zijn rug nog groter en dreigender te worden. Jelmer voelde geen enkele sympathie voor die rug.

'Strawinsky once said...'

Hij had het duidelijk gehoord! Hij had ook gehoord hoe het klonk. Met zijn hese en zachte stem had hij het gezegd, de oude en chic geklede Amerikaan die naast hem zat. Het had niet geklonken of hij iets ging vertellen dat hij over Strawinsky gelezen had, het had geklonken of hij het uit de mond van de man zelf had gehoord, en de manier waarop hij de naam Strawinsky uitsprak had iets vertrouwds.

Jelmer zat roerloos.

'I have no...'

Toen werd de deur van het café geopend. Er kwamen mensen binnen, gevolgd door het verkeerslawaai uit de drukke straat. De stem van de oude man werd onhoorbaar, en in het lawaai ging verloren, misschien voor altijd, wat Strawinsky had gezegd.

Jelmer leunde achterover, teleurgesteld, nog nieuwsgieriger. Hij stond op het punt de oude man aan te spreken. Hij begon al een lichte kleur te krijgen, de kleur die hij kreeg als hij onbekenden aansprak. Maar hij schrok ervoor terug – en nutteloos stroomden nu de al door zijn brein aangemaakte Engelse zinnen door zijn hoofd. Hij besloot een volgende gelegenheid af te wachten en eerst de situatie beter te verkennen.

Van het lieve, ongelukkige, geïntimideerde gezicht van het meisje, van de contouren van haar hangende borsten, verplaatsten zijn ogen zich nu naar het oppervlak van zijn tafel. Met enkele terloopse blikken in de richting van het buffet kon hij het Amerikaanse echtpaar opnemen. Tegen de tachtig moesten ze zijn. De man begon broos te worden, zijn huid was besproet met ouderdomsvlekken, zijn haar was wit. Hij droeg een mooi lichtbruin wollen jasje, een roze overhemd en een vlinderdas. Zijn te wijd geworden broek werd door bretels opgehouden. Het wijnglas beefde in zijn hand. Zijn vrouw was nog vief en droeg prachtige ringen. Waren ze ooit, om aan de nazi's te ontkomen, Europa ontvlucht? Licht gebogen aten ze hun salades.

Strawinsky was uit hun conversatie verdwenen. Bijna onmiddellijk na zijn verschijnen was hij weer weggezonken. Hij was even voorbijgekomen in het geheugen van de oude man en om de hoek verdwenen. Het gesprek ging nu over een kleindochter die gisteravond een concert had gegeven. De vrouw praatte. De man droeg af en toe enkele zinnen bij, meestal maar één zin, die hij behoedzaam neerlegde, die zij hem behoedzaam liet neerleggen, alvorens hem weer met haar woorden te omspoelen, tot hij weer een zin neerlegde, die de richting van de stroom veranderde.

Jelmer luisterde. De vrouw ving even zijn blik. Zijn roerloosheid had hem verraden. Hij voelde dat hij zijn kans voorbij had laten gaan. Hij schaamde zich voor zijn gebrek aan durf. Elke dag had zijn kleine nederlagen, zijn kleine onterende nederlagen. Dit was de eerste van deze pas begonnen dag. Om zichzelf een houding te geven strekte hij zijn hand uit naar een stapel tijdschriften. Het was een allegaartje van oude tijdschriften, door klanten achtergelaten. Hij pakte een blad dat hij gewoonlijk niet onder ogen kreeg, zoals hij altijd deed in cafés.

Op de cover stond een jonge vrouw afgebeeld, in volle lengte, met een zwart balkje over haar ogen. Ondanks het onherkenbaar gemaakte gezicht herkende hij haar onmiddellijk, haar lichaam, de verlegenheid die haar lichaam uitstraalde. Terzelfder tijd drongen de woorden van de kop tot hem door, een kop die zo ongeveer elke week op een van dit soort bladen stond: 'Zij doodde haar minnaar'. Zijn cappuccino werd voor hem neergezet.

'Uw broodje komt eraan.'

Jelmer hoorde het niet. Hij had zich afgewend naar het raam en het blad naast zich neergelegd op de zitting van de bank. Hij voelde zijn hart bonken. Iets vreselijks kwam op hem af. In een roes sloeg hij bladzijden om tot hij op een kop stuitte die over de breedte van twee pagina's was gezet: 'Ex-tafeltenniskampioene doodt minnaar'. Eronder stond: 'Drie weken zwierf zij over straat'. Foto's van Lin. Alleen. Met Henri. Met anderen. Op elke foto was haar gezicht met een zwart balkje onherkenbaar gemaakt.

Jelmer vouwde het blad dubbel, stopte het in de binnenzak van zijn jack en kwam overeind.

Buiten stak hij met levensgevaar de drukke straat over, zich verbazend over zijn nonchalance. Aangereden worden leek niet erg meer.

Met zijn langste passen liep hij door de Weteringbuurt. Een paar minuten later kwam hij zijn stille huis binnen en smeet het blad op de keukentafel.

Staande las hij het artikel, dat wil zeggen: in het wilde weg las hij her en der een paar zinnen. Hij bekeek de foto's, steeds opnieuw, steeds nauwkeuriger. Lin aan het werk in een grote wedstrijd, een spectaculaire foto, sinister door het zwarte balkje dat haar in een misdadigster veranderde. Lin met haar trainer Janosz, hun gezichten vlak bij elkaar, haar huid glanzend van het zweet. Met Henri in een restaurant, verliefd, weerspiegeld door de wijnkoeler op tafel. Een foto van de dode Henri onder een laken, zijn blote voeten staken eronder uit. Henri die werd aangeduid als 'de in het uitgaanscircuit bekende aannemer Henri K.'. Daar lag hij, vastgesnoerd op een brancard, nadat hij twee dagen dood in zijn huis had gelegen, neergestoken.

Jelmer sloeg het blad dicht.

Hij zag het liggen op het marmeren tafelblad met die foto van Lin op de cover, precies op de plaats waar twee jaar lang 's ochtends en 's avonds haar bord had gestaan.

Ze had een nacht lang op Henri zitten wachten in zijn huis in De Pijp. Tussen vijf en zes uur in de ochtend was hij eindelijk thuisgekomen, dronken, vreemd gegaan. Tussen vijf en zes uur in de ochtend: na een doorwaakte nacht het uur van de wezenloosheid, geen nacht meer en nog geen dag, nog de dag van gister en toch niet meer gister. Er was een vechtpartij ontstaan. Zij had een mes gegrepen en gestoken. De lijkschouwer had vastgesteld dat ze hem met één steek had gedood, recht in zijn hart. Tussen twee ribben door? Of had ze hem van achteren aangevallen en in de rug gestoken? Hoe was het mogelijk dat ze in één keer het hart wist te treffen? Welk instinct had haar hand geleid? Of was het toeval geweest? En dan de kracht die ervoor nodig was. Maar ze was sterk. Als hij op het strand met haar stoeide – soms zocht ze een ruw en hard contact – had hij moeite om haar eronder te krijgen. Ze stond stevig op haar benen. Het sterkst waren haar dijspieren. Als ze hem met haar benen in de tang nam, kon ze zijn ribbenkast kraken. Ze had gestoken. Met een van Henri's vlijmscherpe keukenmessen. Ze had hem zien liggen, bloedend als een rund. In de slaapkamer had ze wat spullen bijeengegraaid, in haar rugzakje gestopt, dat leren rugzakje waarmee ze jaren geleden door Spanje was getrokken. Ondertussen lag die vent te sterven. Misschien had ze hem nog gehoord. Ze was de trappen af gedenderd, voortgestuwd door haar angst. In de stille straat weerkaatste het geluid van de deur die ze achter zich dichttrok. Het begon licht te worden. Ze was gaan lopen. Drie weken had ze op straat geleefd, 's nachts in een kartonnen doos onder een viaduct geslapen, steeds meer in de war, maar bij vlagen waarschijnlijk toch wetend wat er was gebeurd.

Opeens was ze weer aanwezig in zijn huis. Toen hij de koelkast opende, keek hij naar de plek waar altijd haar pak halfvolle melk stond. Op het aanrecht zag hij het mes, met het ijzerdraad om het gebarsten heft, dat ooit van Henri was geweest. Hij herinnerde zich, als de dag van gister, hoe ze het op het strand voor het eerst uit haar rugzakje had gehaald en hoe hij er toen mee had zitten spelen, het bewonderend. Hij herinnerde zich hoe ze hem na hun laatste ontmoeting een briefje had geschreven en hem onbegrijpelijk koel en precies had uitgelegd welke spullen hij nog van haar had, waar hij ze kon vinden en of hij ze maar wilde deponeren in een kluis op het Centraal Station en haar de sleutel zenden. Die brief had in een pakje gezeten, in dat pakje een tube zalf – 'ja, ik heb er voor jou ook meteen maar een gekocht' – die hij op zijn geslacht moest smeren om de een of andere bacterie uit te roeien die hij van haar had overgenomen en zij op haar beurt – het werd botweg gezegd – van Henri. Hij had haar niets van het gevraagde gestuurd. Hij had het verdomd om met een tasje naar het Centraal Station te gaan – ze kwam haar spullen maar ophalen. Maar ze was nooit meer in zijn huis geweest.

Jelmer pakte het mes van Henri, het geloogde houten heft in zijn hand, het heft waarop in zijn herinnering altijd zeelicht viel, en vroeg zich af of ze hém hiermee had kunnen doden. Onmiddellijk voelde hij dat hij met haar nooit in een situatie zou zijn beland waarin zulk geweld ontstond. Wat had Henri in haar losgemaakt? Vreemd gaan leek niet voldoende om zo'n gewelddaad te veroorzaken. Er moest veel, heel veel aan zijn voorafgegaan. Ze was aan deze man geketend geraakt. Maar waarom?

In de badkamer was ze nog sterker aanwezig. Jelmer keek naar de schelpen die ze ooit boven het bad in de natte stuc had geduwd. Hij herinnerde zich de brandende waxinelichtjes die ze in het donker op de rand van het bad zette om zichzelf op te vrolijken. Hij zag haar mooie sterke rug voor zich, zich versmallend bij de taille, breed uitlopend naar de heupen, en kon zelfs haar fysieke aanwezigheid weer oproepen. Het verlangen herleefde, terwijl het uit zijn systeem verdwenen leek. Hij begon zich haar geur te herinneren. Hij geilde op haar zoals ze op de cover van het blad stond, verleidelijk verlegen, en schrok van zichzelf: dat hij geilde op het lichaam van de allerongelukkigste.

In het souterrain streek hij een berg overhemden die er al weken lag. Hij ruimde op. De gordijnen aan de straatkant hield hij gesloten. De telefoon nam hij niet op. Op de keukentafel lag steeds het opengeslagen tijdschrift. Ten slotte was hij in staat het artikel van voor naar achter te lezen, niets meer uit te sluiten, nergens meer overheen te scheren.

Het was begin september gebeurd, in een weekend. Hij keek in zijn agenda om te zien wat hij dat weekend had gedaan. Hij bladerde drie weken verder om te weten wat hij gedaan had op de dag dat ze zich had aangegeven. Haar zus, haar moeder en haar vader kwamen in het artikel niet voor: kennelijk hadden ze niet met het blad willen praten. Daarom was hij zelf waarschijnlijk buiten schot gebleven. De journalist had bijna al zijn informatie uit de vriendenkring van Henri. Ook had hij haar trainer opgespoord. Janosz had gezegd: 'Ze leek verlegen en teruggetrokken, maar ze had een enorm temperament. Daarom zag ik het in haar. Ze kon tot op de bodem gaan. Ik heb nooit begrepen waarom zij er plotseling mee ophield.' Een van haar collega's in het kostuumatelier: 'Ze was gesloten en kon erg handig zijn met kleine leugens. Er was waarschijnlijk heel veel dat we niet van haar wisten.' Ene Kalle Hijster, een onroerend-goedmagnaat voor wie Henri luxeappartementen bouwde: 'Ik vond het een leuk stel: ze waren aan elkaar gewaagd. Ik heb ze mijn woonbootje op de

Friese plassen nog geleend. Tijdens een etentje deze zomer vertelde ze dat ze zwanger was. We dronken champagne. Maar dat was dus kennelijk gelogen. Misschien wilde ze concurreren met mijn zwangere vrouw.' Toen ze zich aangaf, was ze niet zwanger.

Het artikel was suggestief geschreven, maar bood uiteindelijk geen verklaring voor haar uitzinnige daad. Het mysterie van een veelbelovende, maar plotseling afgebroken sportcarrière werd natuurlijk zwaar aangezet. Ze was onevenwichtig. Ze had geleden onder de scheiding van haar ouders en het verlies van haar eerste liefde, een jongen die in de drugsscene verdwenen was. Henri was opvallend veel ouder dan zij, een vaderfiguur wellicht die ze zowel beminde als haatte. Henri sarde. Hij was gewelddadig, zelf als kind mishandeld... Maar geen verklaring voor het exces. Had ze Henri gedood omdat hij vreemd ging? Uit jaloezie dus? Jelmer had haar jaloezie leren kennen. Het was een gewone jaloezie, niks bijzonders, niks uitzinnigs. Waarom had ze opeens een mes gepakt en hem in zijn hart gestoken? Waar kwam dat vandaan?

Urenlang zat hij in het souterrain, in die geur van gestreken overhemden, en dacht aan haar. Hij keek naar de hoek van het bed waar zij geslapen had, bij de muur. In de muur de nis waar de twee poppetjes zaten, toekomstige kinderen. Naast hen de lappenpop met de stijf gestrekte armen uit Mexico of daaromtrent, op straat gevonden, die ze soms een hele nacht in haar hand hield. Daar had ze ook die laatste nacht gelegen, toen hij op de sofa lag en in haar tas de foto's van Henri vond. Nog steeds beschouwde hij haar niet als leugenachtig, veeleer als een vrouw met een kinderlijke openheid. Maar blijkbaar kon ze het allebei: open zijn, op het onnozele af, en liegen zonder een spier te vertrekken.

Tegen de avond kreeg hij behoefte aan beweging en ging de straat op. Doelloos liep hij rond, moe en somber. Wat deed het er allemaal toe? Binnen een half etmaal had je het al ingepast: dat je iemand had gekend die een moord had gepleegd, en je ging verder. Ze was al een vrouw uit een andere tijd van je leven, en door wat ze gedaan had werd de afstand nog groter, een passante was ze al haast, een vrouw die aan je keukentafel had gegeten, in je bed had geslapen, die je bedroog en wegging, naar een ander, zoals dat gaat, en een tijd later had ze een moord gepleegd, een moord ja, nou ja een moord dus, je weet wel, een gebeurtenis waarvan je op de hoogte kwam omdat je in een café een pulpblad pakte en háár op de cover zag staan, tja, wel even schrikken was dat, maar je ging verder, wat moest je anders, je paste het in.

Jelmer liep naar De Pijp. Hij kende het adres van Henri uit zijn hoofd, opgezocht, ooit, in een aanval van razernij. Aan het begin van de straat aarzelde hij, maar niet lang. Als de eerste de beste ramptoerist stond hij voor die deur, waardoor zij bij het krieken van de dag naar buiten was gekomen en twee dagen later het verstijfde lichaam van Henri was gedragen, vastgesnoerd op een brancard. Op de deurpost was onlangs een naamplaatje verwijderd en door een ander vervangen. Een Marokkaanse familie woonde nu in het huis waar nog geen twee maanden geleden een man was gedood.

Jelmer stak de Amstel over en liep onder de bomen langs de Weesperzijde. Bij het gebouw van de roeiclub stond hij stil en keek naar de donkere steiger. Een paar keer was hij hier met Lin blijven staan om te kijken naar de boten die langs de steiger schoven, de roeiers die behoedzaam uitstapten, een kleine en frêle stuurman die commando's gaf, de boot die uit het water werd getild, op de schouders van de roeiers, die met kleine, gelijke pasjes naar het botenhuis liepen. Ze vertelde dat ze dikwijls had gekeken – toen ik nog alleen was, had ze erbij gezegd – naar het droogwrijven van de boten, de glanzend gelakte rompen die met doeken werden drooggewreven.

Hij stak de Wibautstraat over, passeerde de kantoorgebouwen van het krantenconcern en keek vanaf het erachter gelegen plein naar dat oude, slecht onderhouden woonblok, naar Lins verdieping. Het was er donker. Er hingen geen gordijnen meer. Hij herinnerde zich hoe ze altijd op de kale houten vloeren had geleefd. De inrichting had charme, maar oogde ook armoedig. Hij kwam niet graag in haar huis. Bijna al haar spullen, van strakke jaren-zestig-lampen tot gebatikte doeken, van gammele art-deco-divan tot nog te repareren wasmachine, had ze bij het grofvuil op straat gevonden. Het had hem altijd vagelijk verontrust, merkte hij nu, dat ze haar spullen het liefst van straat haalde, terwijl ze het geld had om ze te kopen.

Haar naamplaatje zat er nog.

Staand voor haar deur herinnerde Jelmer zich hoe zij zich eens, toen ze hier binnenkwamen, voorover had laten vallen en haar vallend lichaam had opgevangen door snel haar handen op een traptrede te zetten. Ze had haar armen gebogen en aan de traploper geroken, een kokosmat waarin het vuil van jaren zich had vastgezet, en de vunzige lucht van de loper begerig opgesnoven. Hij had het maar één keer meegemaakt en was ervan geschrokken. Dit soort dingen begon hij zich nu te herinneren.

'Ze is hier nog geweest,' zei Emma Hokwerda, 'in die weken dat ze op straat leefde en werd gezocht. Op een middag stond ze opeens voor de deur en zei dat ze naar de baby kwam kijken. We hadden elkaar niet meer gezien sinds dat feest van je ouders, waar ik haar zo onvergeeflijk beledigd schijn te hebben, anderhalf jaar geleden. Ik deed open. Ze kwam de trap op met haar rugzakje, heel gewoon. Maar ik was bang toen ik haar Eefje in handen gaf, ik ben er de hele tijd naast blijven staan. Nadat ze de baby had vastgehouden wilde ze iets vertellen, dat zag ik, maar ze slikte het in en vroeg of ik wat te eten had. Ik had een salade staan. Ze at de halve schaal leeg. Daarna verdween ze in de badkamer en bleef er een hele tijd. Steeds hoorde ik die kraan lopen. Na twintig minuten was ze weer weg. Toen pas begonnen mijn benen te trillen. Ik had de recherche moeten bellen, maar ik heb het niet gedaan. Je gaat niet je eigen zus aangeven.'

Emma zweeg. Toen wees ze naar de fles wijn tussen de resten van een maaltijd en keek Jelmer aan.

'Wil je nog? Bedien jezelf. Ik ga het niet steeds weer vragen.'

'Okay.'

Ze zweeg opnieuw.

'Eerst heb ik het zelfs niet aan Paul verteld.'

'Waarom niet?'

'Hij moet niets meer van haar hebben. Voor hem heeft ze afgedaan. Streep erdoor, zei hij.'

'Moeilijk.'

'Kun je wel zeggen.'

Met haar hand greep ze een haarstreng vast en wierp hem over haar schouder naar achteren, met daarbij een achterwaartse ruk van haar hoofd. Jelmer herkende Lin in die beweging.

'Een week later werd ik gebeld: ze was opgepakt, of ik naar het bureau wilde komen. Ik heb haar alleen door een luikje gezien. Ze droeg nog dezelfde kleren als een week tevoren. Ik ben verhoord. Voor mij stond van meet af aan vast dat zij het gedaan had. Toen ik hoorde dat Henri was doodgestoken en zij verdwenen, wist ik dat zij het gedaan had.'

'Dat zat in haar.'

'Dat zeg ik niet.'

'Wat dan?'

'Ja, wat dan? Jij hebt haar niet meegemaakt toen ze nog dag en nacht met die sport bezig was. Ze was in staat om wekenlang, maandenlang volkomen getunneld te leven. Om ver te komen in die sportwereld moet je met oogkleppen op kunnen leven. Dat kon zij. Zichzelf opsluiten.'

'Wat heeft dat ermee te maken?'

'Niks. Niks – en alles natuurlijk, zo'n uitbarsting komt niet zomaar.'

'Ze was getunneld geraakt.'

'Denk ik.'

'Als je er aanleg voor hebt om getunneld te leven, ben je er om zo te zeggen ook vatbaar voor.'

'Zoiets, ja.'

'Heb jij dat ook?'

'Ik? Nee, want ik ben niet begaafd.'

'Wat heeft dat met begaafdheid te maken?'

'Begaafd en bezeten, dat gaat toch vaak samen?'

'Okay.'

'Ze was een kei in wiskunde, op haar eindlijst had ze er negens en tienen voor. Op school heeft ze zich ook een tijd met schaken beziggehouden en dat scheen ze echt verbluffend snel te leren. Alle mooie kleren die ze zag, maakte ze zo na. Ze had veel smaak.'

'Terwijl ze allerlei lelijke spullen van de straat haalde.'

'En om haar te zien tafeltennissen, dat was iets. Ik heb het niet vaak meegemaakt, want dat gestuiter van dat balletje, daar word ik helemaal gék van. Maar de keren dat ik haar bezig zag, maakte het indruk. Het was mooi om haar te zien spelen. Aan de mensen om je heen merkte je dat ook: ze had iets waar je naar keek. Nog mooier was het, vond ik, om haar te zien schaatsen: al haar bewegingen waren ongelooflijk vloeiend en sterk.'

'Dat heb ik nog gezien.'

Jelmer herinnerde zich hoe hij haar op het zwarte ijs van de Fluessen had zien rijden.

'Ik ben een winter met haar naar de schaatsbaan gegaan. Om contact te leggen met mijn zus, zogezegd. Mijn zus die al jaren het gevoel had dat ze in het verkeerde gezin geboren was. Samen iets doen, je weet wel. Nou, ze reed hooguit twee baantjes met mij. Dan had ze er genoeg van en sloot zich aan bij een paar kerels die rondjes draaiden. Die kerels probeerden haar eraf te rijden. Daar beet ze zich dan in vast. Ik knapte helemaal af op die eerzucht van haar, dat geobsedeerde, dat asociale. Ik geloof niet dat ik die tienrittenkaart heb volgemaakt. Hoe het ook zij, het was mooi om haar te zien schaatsen. Als ze schaatste, op het ijs, voelde ze zich ook altijd goed.'

Emma kreeg tranen in haar ogen. Jelmer keek naar haar. De gelijkenis met Lin was nog steeds frappant: hetzelfde figuur, hetzelfde dikke haar, dezelfde licht puilende ogen. De lijnen van Emma's lichaam waren zachter geworden, zijzelf leek zachter geworden. Zo zou Lin er misschien uitgezien hebben na twee kinderen, dacht hij.

'Jammer dat jullie zulke dingen nooit tegen haar hebben gezegd.'

'Ach, dat wist ze toch!'

'Ze voelde zich door jou en je moeder altijd miskend.'

'Ja, daar was ze ook heel goed in: zich miskend voelen. Wij waren de vijand. In de Vespuccistraat gedroeg ze zich ten slotte of ze bij ons op kamers woonde. Ze sleepte een gasfles naar boven om voor zichzelf te kunnen koken. Mijn moeder was radeloos, ra-de-loos!'

Emma schreeuwde.

'Zoals ze nu radeloos is,' zei Jelmer zacht, meer tegen zichzelf dan tegen haar.

'Ze wil er niet over praten. Nadat ze door de politie was gebeld, zei ze alleen maar tegen mij: Ik heb altijd het gevoel gehad dat er iets verschrikkelijks met haar zou gebeuren. Daarna heeft ze er niets meer over gezegd. Niets. Als ik bij haar ben wil ze er niet over praten.'

'En je vader?'

'Auto Hokwerda?'

Emma zei het minachtend en verviel in stilzwijgen. Jelmer pakte de fles wijn en schonk nog eens in. Hij had een jaar of tien willen terugvallen in de tijd, terugvallen naar een tijd vol onschuld, naar die maanden waarin hij dacht dat hij verliefd was op Emma Hokwerda – die een zus had die heel goed tafeltenniste. Ze had hem eens op die zus gewezen toen die voorbijgefietst kwam. Hij had gezegd dat ze op elkaar leken en gevoeld dat Emma niet op haar zus wilde lijken. Ergens in zijn geheugen lag dat schijnbaar onbetekenende feit opgeslagen: dat hij die middag, op dat terrras, bijna tien jaar geleden, gevoeld had dat het Emma niet beviel, dat er even iets haperde, toen hij zei dat ze op haar zus leek, haar zus die hij had nagekeken. Het was de tijd waarin hij op een racefiets door de stad suisde. In verwarring raakte als hij in de hal van het universiteitsgebouw Emma zag staan. Emma die hem uitdaagde. Haar fris geluchte kamer waar ze hem in haar bed noodde. Die tijd waarin hij bier dronk op het dak van een huis aan de Albert Cuyp en dronken op de rand van het dak stond en de straat in keek, recht op de tentzeilen van de marktkramen – terwijl elders in de stad Lin aan het trainen was. Naar die tijd had hij willen terugvallen, terugtuimelen, als in een sprookje, met wapperende broek en haren, naar die middag waarop hij voor het eerst de beide zusjes Hokwerda had gezien.

Hij dronk en zag Emma's ademende buik, haar borsten. Het was of ze dichterbij kwam, of hij haar aanwezigheid plotseling sterker onderging. Hij wilde haar aanraken, haar lichaam voelen, en zo iets terugvinden van Lin. Ze zwegen. Hij kreeg het warm en was niet bij machte iets te zeggen. Emma bloosde. Jelmer zag de blos omhoogtrekken over haar wang en dat maakte zijn verlangen alleen maar groter, want het was Lins wang die hij zag, dezelfde huid, dezelfde ronding, het was precies haar blozen.

Ten slotte wees hij naar de erker aan de andere zijde van de kamer. De ramen waren donker. Het schijnsel van een straatlantaarn viel op de bijna kale bomen.

'Daar heb ik Lin voor het eerst gesproken.'

'Ik wil het me niet herinneren.'

In die erker had hij met haar staan praten, met zijn rechtervoet steeds maar steunend op de vensterbank, een idiote houding, en zij was steeds dichter bij hem komen staan, als een kind haast. Ze droeg die brede, leren riem. Haar lichaam leek ervaren. Het was Henri die haar ervaren had gemaakt. Maar dat wist hij niet. Voor hem was ze het jongere zusje geweest. Heel dichtbij meteen, leek het, omdat hij een paar maanden met Emma had gevreeën.

'Heb jij die man ooit ontmoet?'

Jelmer kon de naam niet over zijn lippen krijgen.

'De in het uitgaanscircuit bekende aannemer Henri K. bedoel je?'

Jelmer knikte.

'Ik heb ze op de Albert Cuyp zien lopen toen ze elkaar pas kenden. Lin aan zijn arm, blind verliefd, helemaal het wijfie, ik wist niet wat ik zag. Hij was een kop kleiner dan zij en een stuk ouder, dat viel me meteen op. Ik ben niet naar ze toe gegaan. Ik dacht: het allerlaatste waar zij nu zin in heeft, is haar oudere zus die met een paar blikken haar nieuwe minnaar taxeert, een man waar ze zelf nog volkomen onzeker over is. Zo fijngevoelig was ik dus toch wel. Ik heb naar ze gekeken terwijl ze voor een viskraam stonden. Zij schoof een hand onder een vis en tilde hem even een eindje op, alsof het zijn ding was. Ze kon zich zo vreselijk aanstellen als ze verlegen was. Toen hij moest betalen, haalde hij een stapel bankbiljetten uit zijn zak en schoof er een paar flappen af. Precies zoals mijn vader dat deed.'

'En later?'

'Steeds als zij met Henri was, zagen wij elkaar niet. Een halfjaar geleden ben ik ze tegengekomen in een café. Lin wilde me niet zien. Maar Henri herkende me en haalde me erbij. Ik moet zeggen, ja, lullig voor jou, dat ik hem toen aardig vond. Hij probeerde iets, hij deed echt zijn best om te bemiddelen, de spanning eraf te halen. Ik wil familie, zei hij tegen haar. Ik begreep toen beter wat zij in hem zag, afgezien van zijn verschijning. Hij had iets smeuïgs, hij wist haar te verleiden en het was een vent met lef. Lin is bangig, strak, obsessief, een twijfelaar. Ik denk dat hij haar losser maakte.'

'Had hij iets met haar?'

'Ja, hij had echt iets met haar.'

'In elk geval die dag,' zei Jelmer schamper, 'toen hij jou probeerde te overtuigen.'

'Ik kijk wel dieper hoor. Dat soort dingen zie ik echt wel.'

'Wat had hij dan met haar?'

'Hij wilde voor haar zorgen, net als jij. Ik denk dat het hem zelf eigenlijk verbaasde dat hij zo voor haar viel, dat hij er niet onderuit kon. En omdat hij er niet onderuit kon, werd hij vals.'

Ze zwegen, omdat ze zacht bonkende voetstappen hoorden naderen: een man op sokken. Paul stak zijn hoofd om de deur om te zeggen dat hij naar bed ging. Jelmer keurde hem nauwelijks een blik waardig. Streep erdoor, dacht hij. Ze zwegen tot Paul de trap op was gelopen.

'Ik wil je nog iets vragen,' zei hij.

'Hoe het in zijn werk is gegaan.'

Ze verraste hem. Met een Lin-achtige snelheid had ze begrepen waar hij heen wilde.

'Kan het gezien worden als zelfverdediging?'

'Dat heb ik niet gehoord.'

'Wat heb je wel gehoord?'

'Ze heeft gezegd dat er een vechtpartij is ontstaan toen hij eindelijk thuiskwam. Dat gebeurde wel vaker. Hij heeft haar tegen een hakblok geduwd, bij haar strot gepakt en op haar mond gespuwd. Toen heeft ze een mes van dat hakblok gegrist en gestoken.'

Van voren dus, dacht Jelmer, tussen de ribben door. Hij zweeg. Hij had tijd nodig om dit nieuwe beeld te verwerken. Hij zag het nu voor zich, maar het maakte het niet voorstelbaarder wat ze had gedaan.

'Hoe krijg je zo'n mes erin,' zuchtte hij.

'Het is kennelijk makkelijker dan je denkt.'

Ze zwegen.

'In haar ergste driftbuien heb ik haar nooit iets vreselijkers zien doen dan iets kapotgooien, en dan altijd nog goedkoop spul. Na een paar minuten schaamde ze zich al en even later lag ze op haar knieën om het op te ruimen.'

'Ze is getunneld geraakt,' herhaalde Emma. 'Ze heeft zich ergens in vastgebeten. Misschien wilde ze iets van hem, bleef ze maar iets willen dat hij haar niet gaf.'

De portiers zaten achter kogelvrij glas. Hij moest zich legitimeren. Er werd over hem gebeld. Hij werd gefouilleerd. De boeken die hij had meegebracht werden uitgepakt en doorgebladerd: tussen de bladzijden konden scheermesjes verstopt zitten, coke, bankbiljetten. Hij moest wachten op een bewaker. Terwijl hij wachtte, trok hem de buitenlucht.

Hij volgde de bewaker. Hij hoorde het kleverige geluid van diens spekzolen op de vloer van de gangen, het ritselen van zijn kleren, hij zag de uniformbroek, het brede achterwerk, maar van het gebouw vol moordenaars en geweldplegers drong zo goed als niets tot hem door. In de spreekkamer stonden een formicatafel en drie plastic stoelen en in een hoek ook nog een solide stalen prullenbak. Tijdens het wachten werd hij tot zijn stomme verbazing slaperig: met een ongelooflijke kracht wenste zijn bewustzijn zichzelf plotseling tijdelijk op te heffen, te verdwijnen.

De bewaker kwam het eerst binnen. Bijna verborgen achter zijn grote lichaam volgde Lin. Jelmers hart bonkte. De bewaker ging zitten op de tegen de muur geplaatste stoel. Beiden keken ze naar hem terwijl hij zich installeerde, zijn knieën wijd uiteenplaatsend, een opgerold tijdschrift in zijn handen, en ze wachtten tot het schrapen van stoelpoten was afgelopen.

Erg veranderd was ze niet. Lin op een van haar mindere dagen. Teruggetrokken, ook toen ze hem zag. En niet langer de vrouw met wie hij bijna drie jaar had geleefd. Ze bleef staan. Hij liep naar haar toe. Toen hij zijn handen op haar bovenarmen legde, voelde hij dat ze een aanraking nauwelijks verdroeg. Hij kuste haar eenmaal, op haar wang. Terwijl hij haar kuste, raakten haar vingers even zijn bovenbeen. De warmte van haar vingertoppen drong door de stof van zijn broek heen. Het schokte hem.

Een halfuur later stond hij weer buiten, in de gure novemberwind. Het leek of niets van de ontmoeting tot hem was doorgedrongen, of alles aan hem was voorbijgegaan. Hij had haar gezien. Maar wat was er besproken? Hoe was ze geweest? Hij wist het niet. Bijna in paniek stond hij stil op de hoek van de straat en keek nog eens om naar het gebouw, alsof hij zichzelf ervan wilde overtuigen dat hij daar werkelijk geweest was.

In de trein naar Amsterdam duurde die toestand voort. Zijn brein leek verpakt in een cocon van verwarring en emotie.

Het was middag. Hij ging terug naar zijn werk. Terwijl hij een reeks telefoontjes afwerkte, staand bij het raam, en naar de geometrische tuin achter het grachtenpand keek, nu en dan naar zijn bureau lopend om gegevens te noteren, kwam hij tot zichzelf en begon hij zich haar te herinneren, was ze dichtbij, veel dichterbij dan ze in die spreekkamer was geweest. Energiek voerde hij zijn gesprekken en terwijl hij luisterde en naar die tuin vol herfstbladeren keek, waar een conciërge aan het vegen was, begon er een beeld te ontstaan. In kleine porties werd het toegelaten tot zijn bewustzijn. Hij liep naar de andere kamers, de parketvloeren kraakten onder zijn schoenen, en hij voelde opeens een bijzondere warmte voor de mensen met wie hij werkte.

's Avonds kwam de terugslag. Hij belde Emma, een moeilijk gesprek, daarna zat hij alleen en het alleen-zijn benauwde hem. Buiten was het donker. Hij ging op de stoep in de wind staan en pas toen hij daar stond, de deur achter zijn rug met zijn vingertoppen tegenhoudend, begreep hij wat hij wilde. Hij haalde zijn sleutels, opende de voordeur naast de zijne en liep de trap op naar het bovenhuis, het pied-à-terre van zijn ouders. Het appartement was klein en sober ingericht. Zijn ouders kwamen er zelden. Soms werd het uitgeleend aan vrienden, die een paar dagen in Amsterdam wilden zijn. Het had bijna de atmosfeer van een hotelkamer. Dit was de plaats waar hij het beste kon nadenken, weg van alles.

In het donker glinsterde een spiegel. De vertrouwde geluiden van buiten klonken hier anders. In de lage voorkamer – hij kon met zijn hand de balken aanraken – viel het licht van de straat door twee ramen naar binnen. Langs de zijmuur was een bed getimmerd, als een alkoof. Dit was de plaats waar hij graag lag, starend naar de kamer in de spiegel, en dat deed hij nu ook, en toen het liggen hem niet beviel, ging hij voor het bed op de vloer zitten en leunde ertegen.

Op het bed had hij met Lin gelegen, in het donker, stil.

Het eerst dacht hij aan haar vingertoppen die zijn bovenbeen hadden aangeraakt, brandend warm. Het was geen teken geweest, geen bewuste aanraking. Hij dwong zichzelf om dat te denken. Haar armen hingen slap langs haar lijf, ze had zich een beetje voorovergebogen toen hij haar kuste en bij toeval zijn bovenbeen geraakt. Misschien had ze onwillekeurig haar hand naar voren gestoken om hem op afstand te houden. Misschien was ze even duizelig geweest, zoals haar wel overkwam. Hij moest er niets van denken. En als het verleiding was geweest, dan was dat alleen maar afschuwelijk.

Nogal slap had ze tegenover hem gezeten, onderuitgezakt, terwijl ze gewoonlijk juist altijd zo rechtop zat. Was ze uitgeput door wat ze de afgelopen maanden had meegemaakt? Versuft toch door medicijnen, ook al beweerde ze dat ze geen pillen slikte? Of was het brutaliteit, de onbeschaamdheid van wie zich minderwaardig voelt?

In het gesprek was hij zichzelf van meet af aan niet meester geweest. Die aanraking van haar vingertoppen hield hem bezig, tegen zijn wil. De aanwezigheid van de bewaker had hem gehinderd, tegen zijn wil. De man bladerde maar in zijn tijdschrift, steeds een duim en wijsvinger bevochtigend om de bladzijden om te slaan. Hij wilde die man weg hebben, hij kon zo niet praten. Aanvankelijk had hij bij vlagen ook zijn oude woede gevoeld, de woedende teleurstelling over haar bedrog, de drift waarmee hij op dat weggetje bij de terp zijn handen op haar borst had willen zetten om haar achterover te gooien, nadat ze zo achteloos, zo kil, Henri's aansteker in het water had gegooid, alsof ze zich zo even van hem kon ontdoen.

Opeens was die oude woede verdwenen: toen haar zwakte tot hem doordrong, opnieuw, net als toen hij haar zag binnenkomen, zich half en half verschuilend achter het grote lichaam van de bewaker. Hij had haar zwakte gevoeld, en meteen ook mededogen.

Maar daarna toch weer ergernis over haar slappe houding, dat uitdagend onderuitgezakte. Het had zijn achterdocht gewekt. Was het werkelijk onbeschaamdheid, gruwelijke onbeschaamdheid? Was hij gek dat hij het niet onmiddellijk zag? Wilde hij het niet zien? Of bootste ze zonder het te beseffen de houding na van degenen die ze de hele dag om zich heen zag, gedetineerden? Ze had de neiging om gedrag uit haar omgeving over te nemen, ze imiteerde, er altijd op bedacht te overleven.

Hem aankijken deed ze eigenlijk nauwelijks. Hij had geprobeerd haar aan te kijken. Maar ze verdroeg het niet, schichtig draaiden haar ogen weg. Hij was ermee opgehouden, om haar niet langer op te jagen. Hij had haar voeten onder tafel gezien, de zijne ertegenover, hulpeloze voeten zoals ze daar stonden, verdwaalde voeten, en opeens was hij in staat geweest niets meer van haar te willen: geen houding die hem beviel, geen schuldbesef, geen woorden die hij graag horen wilde, niet de emoties die hem gepast leken. Hij had zich lichter gevoeld. Het was zoals het was.

Er was een stilte gevallen.

Toen had ze in het kort haar verhaal gedaan.

Het was een verhaal dat ze al vaker had verteld, niet speciaal iets dat ze hém wilde vertellen. Hij merkte het aan haar manier van spreken, aan formuleringen die al haast formules waren geworden. Ze had een abortus gehad, buiten Henri om. Een andere weg was er niet geweest, want hij had het haar verboden. Verboden? Ja, verboden. Nadien had ze toch met hem willen doorgaan, ze begreep zelf niet meer waarom. Toen was het dus volledig uit de hand gelopen. In deze kliniek werd ze nu onderzocht om de mate van haar toerekeningsvatbaarheid vast te stellen. Allerlei vervelende gesprekken. Er zal wel uitrollen, zei ze achteloos, dat ik verminderd toerekeningsvatbaar was. Ik was buiten mijzelf. Het overkwam me. Ik had niks gepland.

Dat woord: gepland.

Ze had niks gepland. Na die bewering zweeg ze even en leek iets in te slikken, woorden die op haar tong lagen. Had ze haar daad voorzien, was ze er bang voor geweest, had ze het voelen aankomen? Ik was buiten mijzelf, herhaalde ze. Hij was zó gewelddadig, en niet voor de eerste keer, en hij had me zo vaak vernederd. Ik had dat mes niet mogen pakken natuurlijk. Er sprak geen overmatig schuldbesef uit de manier waarop ze dat zei. Alsof het een stommiteit was geweest, een verschrikkelijke stommiteit weliswaar, maar niet meer dan dat, zo klonk het. Ik had dat mes niet mogen pakken natuurlijk.

Hield ze alle verschrikking voor zichzelf verborgen? Was dat mogelijk?

Verschillende malen had ze de naam Henri uitgesproken, een met bloed besmeurde naam, de naam van een dode, van een man die ze van het leven had beroofd. Henri, zei ze, alsof ze nog met hem verkeerde, alsof ze hem gister nog gezien had, zonder trilling in haar stem, zonder hapering. Was het nog steeds niet tot haar doorgedrongen wat ze had gedaan? Of speelde ze dat het nog niet tot haar was doorgedrongen?

Hij had haar niet vertrouwd. Haar verhaal klonk zo geroutineerd. Maar kon zij er wat aan doen dat het geroutineerd begon te klinken nadat ze het vijf, zes keer had moeten vertellen? Er was iets over haar gekomen dat hij niet van haar kende: ongrijpbaarheid, een manier om ongrijpbaar te blijven, glibberigheid, gewikstheid. Ze maakte een onbetrouwbare indruk. Hij begreep het wel. Ze was nog steeds op de vlucht. Maar ondanks zijn begrip had het hem toch weer overweldigd: de ergernis over haar lichaamstaal, wantrouwen, zijn oude woede. Mateloos had het hem ook geërgerd: dat hij zichzelf niet opzij kon zetten. Hij had geprobeerd alleen maar haar zwakte te zien, hoe doorzichtig was immers haar houding, hij had alleen mededogen willen voelen, mededogen met de allerongelukkigste, en het was hem niet gelukt.

Het zal erom gaan, had ze nog gezegd, of ik tot dwangbehandeling of celstraf word veroordeeld. Ik ga liever naar de gevangenis. Je schijnt daar een veel vrijer leven te hebben en je weet tenminste wanneer het afgelopen is, zo'n psychiatrische behandeling kan eindeloos verlengd worden. Als het celstraf werd, verwachtte ze tien jaar.

Hij had bemoedigende woorden gesproken. Ze had ze aange- hoord.

Tegelijk waren ze opgestaan. Ze had hem bedankt voor zijn komst en zijn boeken. Of ze nog anderen had gezien? Haar vader, moeder en zus wilde ze niet zien – het had geen zin, het was te laat. Een zekere Tine was geweest. En nu hij. En ze had een brief van zijn ouders gekregen, die ze zeker zou beantwoorden. Ze vertelde het met tegenzin, op de valreep – ze wilde weg. De bewaker had haar meegenomen. Nog vijf minuten had hij in de kamer moeten door- brengen. Toen hij eindelijk buitenkwam was het of achter hem twee muren van water instortten en alles bedolven wat hij zoëven had ge- zien.

Jelmer stond op van de vloer. Ook in dit lege en onbewoonde appar- tement kreeg hij het benauwd, alsof het gevuld was geraakt met zijn gedachten, alsof zijn leegte was opgebruikt.

Hij ging de straat op. Hij verkeerde in een situatie waarin men een van zijn vrienden opzoekt om zich uit te spreken. Maar juist in zulke situaties zocht hij zijn vrienden niet op. Hij kwam aan de Amstel te- recht, op een bank onder een oude iep die door fietswrakken was omringd, de meeste zonder voorwiel. Pas toen hij er zat, besefte hij dat hij op deze plaats een paar maal met Lin had gezeten. Blindelings liep je ernaar toe, gestuurd door iets dat je niet kende.

Daar had ze gezeten, niet wetend wat er op haar af kwam, waar- toe ze in staat zou zijn. Was het haar lot geweest? Zat het in haar om zoiets te doen? Het had net zo goed niet kunnen gebeuren, hield hij zichzelf voor. Het mes had een van Henri's ribben kunnen raken, dan had hij het uit haar hand gewrongen, weggeworpen en geschreeuwd: 'Ben je nou helemaal gek geworden?' Hij was geraakt, hij was in el- kaar gezakt, vol pijn en schrik, in het onmiddellijke besef misschien van een fatale wond, al wegtuimelend, afscheid nemend; maar voor hetzelfde geld had hij nog op zijn benen gestaan, het mes weggesme- ten, haar uitgescholden en nog eens op haar lippen gespuwd. Dan was zij het huis uit gelopen, en ze had eindelijk met hem gebroken, wakker geschud uit haar krankzinnigheid door die messteek, afgeketst op Henri's rib. Om bij hem uit de buurt te blijven had ze misschien de stad verlaten, zoals ze al heel lang wilde, en ergens haar schuur gekocht met geld van haar vader. Of ze was domweg opnieuw begonnen in Amsterdam, na twee ongelukkige affaires, en naar een academie gegaan om modeontwerpster te worden. Hoeveel vrouwen, verraden, vernederd, razend van woede, hadden weleens gedacht: ik zou hem wel een mes in zijn donder kunnen steken! Zij had het gedaan.

Zat het in haar? Zijzelf was ervan overtuigd dat er een logica in de gebeurtenissen zat, dat niets zomaar gebeurde. Terzelfder tijd bestond ook het toeval. Er zat een logica in gebeurtenissen, er was een oneindig ingewikkelde keten van oorzaak en gevolg, en er was toeval, de onvoorziene constellatie, die je nooit had kunnen voorspellen. Zo had ze het hem eens uitgelegd toen ze op bed lag te peinzen. Er was iets dat zich voltrok, buiten haar wil om, een lot dat zich verwerkelijkte. Langzaam werd zichtbaar wie ze was. Welke rol speelde daarin het toeval? Was het toevallig dat zij iemand had gedood?

Jelmer keek naar de fietswrakken, de tros van een woonboot die nu eens strak spande, dan weer verslapte. Had ze voorzien of voorvoeld wat er ten slotte tussen haar en Henri was gebeurd? Ik heb niks gepland, had ze gezegd, en daarna was er die vreemde stilte gevallen, waarin iets verzwegen en verzwolgen werd. Was ze in al die jaren met Henri langzaam maar zeker een fuik binnengezwommen?

Hij keek naar de overkant van de rivier. Daar lag op de hoek van de kade het café waar hij met Lin geweest was, nadat ze die film over het gearrangeerde huwelijk hadden gezien. Nog dagenlang had ze over die film gesproken en hem grappend 'de goede echtgenoot' genoemd, uitgekozen door haar ouders, ouders als de zijne welteverstaan. Ondertussen was ze al bezig hem te bedriegen met Henri, het was al maanden gaande.

Wat zou er gebeurd zijn als hij die zondagochtend bij het krieken van de dag, na een doorwaakte nacht, die foto's van Henri had verscheurd, als hij ze onder haar ogen had verscheurd? Was er dan een andere constellatie ontstaan? Had het hem ten diepste ontbroken aan de wil om haar bij zich te houden? Had ze zich door hem in de steek gelaten gevoeld? Je had haar nooit mogen laten gaan, had Emma zich laten ontvallen. Hij had haar laten gaan, sterker, hij had haar verstoten. Als er schuldigen waren, dan was hij er een van.

Hij keek naar de Blauwbrug. Erachter lag het Operatheater met zijn gebogen gevel van glas. Op drie verdiepingen zag hij mensen krioelen: de voorstelling was afgelopen. Een keer of vijf was hij daar met haar geweest. Thuis zong ze aria's uit de *Zauberflöte* mee en hield er prompt mee op als hij binnenkwam. Hij herinnerde zich hoe ze hem verbaasd had op die eerste avond: hij danste met haar op fado's en zonder ze ooit gehoord te hebben, zonder Portugees te kennen, zong ze mee, een fractie van een seconde achter de muziek aan glijdend, feilloos imiterend wat ze hoorde, alsof de muziek door haar heen stroomde – een overgave die hij maar één keer had meegemaakt, en zij ook, misschien. Of had hij zich dit slechts ingebeeld? Toch herinnerde hij zich zijn verbazing, haar stem bij zijn oor die meezong.

Hij richtte zijn blik weer op de tros van de woonboot. Het water klotste tegen de achtersteven en het verrotte houten roer. Het mes was niet gestuit door Henri's rib, hij had het niet uit haar hand gewrongen. Het was tussen zijn ribben door geschoten, de punt was in zijn hart gedrongen, in die witte kloppende spier, dat witte kloppende zakje, en het was opengebarsten. Het was haar hand geweest die het mes omklemde, de weerstand voelde, maar ook dat verbijsterende naar binnen glijden van het mes in zijn lichaam. Ze had het er weer uitgetrokken. Daarna had ze alleen nog aan zichzelf gedacht en zich uit de voeten gemaakt. Was het de angst geweest die haar met zevenmijlslaarzen deed vluchten? Waarom was het mes niet op Henri's rib terechtgekomen?

Nu zat ze opgesloten. Wat kon hij voor haar doen? Waarschijnlijk niet veel. Voorlopig zou ze iedereen buitensluiten, in haar eentje overleven, zoals ze altijd had gedaan. Een jaar, misschien wel twee, drie jaar zou het duren voordat het tot haar doordrong wat ze had gedaan, voordat ze het onder ogen kon zien. Kon hij het opbrengen haar te bezoeken, gesteld dat ze dat wilde? Een vrouw die hem zo bedrogen had, die niet langer degene was van wie hij gehouden had? Over tien jaar was ze misschien vrij, en daar stond ze dan met haar rugzakje. Begin veertig. Een baan kreeg ze nergens. Een man? Hoe kon je gaan houden van iemand die zoiets had gedaan? Hoe kon ze ooit terugkeren in het gewone leven? Waar vond ze nog rust? Wat moest ze doen om het uit te boeten? Op een eiland met leprozen gaan werken? Het langzaam maar zeker uitboeten door de smerigste en afstotendste wonden van anderen schoon te maken?

Na middernacht zat Jelmer in zijn huis op de sofa, voorovergebogen, met zijn ellebogen steunend op zijn wijd uiteengeplaatste knieën, en las de krant die op de vloer lag. Hij staarde naar de foto van een blonde speerwerpster – een mooie vrouw, breedgeschouderd – en herinnerde zich de ironische woorden die Jevgeni gesproken had, halfdronken, bij het afscheid in een Londense taxi: *My regards to your fine, strong and healthy peasant-girl*. Die woorden hadden hem gestoken. Het was of Jevgeni zijn illusie had doorgeprikt. Want vooral dát had hij in haar willen zien: kracht, gezondheid. Hij had ook het kind in haar gezien, het kind en de beschadiging die het had opgelopen. Misschien had hij nog het meest van dat kind gehouden.

Had hij iets in haar *niet* gezien, ondanks alles wat ze hem over zichzelf had verteld?

Starend naar die speerwerpster herinnerde hij zich, zo duidelijk dat hij de foto niet meer zag, wanneer ze gelukkig was geweest. Als ze 's ochtends halfwakker werd en tegen hem aan kroop. Op het strand, als ze wankelend en hijgend uit zee kwam, haar flanken rood geslagen door het water. In het huis van zijn ouders, omdat ze zich daar veilig voelde. In het logeerbed met de twee uit hout gesneden wachters op het voeteneind. Als ze zijn moeder hielp in de moestuin – hij hoorde haar stem in de avondlijke tuin. Als ze een avond in de bibliotheek van zijn moeder had zitten lezen, alleen, op zichzelf, met de geluiden van het huis om zich heen. Nadat ze 'In het ravijn' had gelezen. Als hij voor haar gekookt had. Als ze op zijn voeten mocht staan en hij met haar door deze kamer liep. Ondertussen had ze hem bedrogen, ondertussen had dat mes van Henri in de keuken gelegen.

Al de hele avond had hij willen drinken, en tegelijkertijd had hij helder willen blijven. Nu was de dag voorbij, hij was lang genoeg helder gebleven. Hij dacht aan het 'neusglas', een van de dingen die hij van haar had gekregen. Ze had het in Budapest op een rommelmarkt gekocht toen ze in die stad was voor een toernooi. Het zat in een leren foedraal, een merkwaardig plat glas van geslepen kristal – het paste net om zijn neus. Ze was zeventien en had het gekocht voor de man die ooit de hare zou zijn. Hij liep ergens rond en kende haar niet, zij liep in Budapest in de herfstzon, op een zondagochtend, en kocht alvast dit glas voor hem en noemde het 'neusglas'.

Toen Jelmer het foedraal opende, zag hij in het glas de gingko-blaadjes. Hij schrok.

Ooit had ze hem meegenomen naar de Vespuccistraat om hem de gingkobomen te laten zien, die aan beide zijden van de straat staan: elegante, grillige en sierlijke bomen. Japans, noemde ze die uitheemse bomen en ze had hem de waaiervormige blaadjes laten zien. Onder geen beding had ze door de straat willen lopen. Ze had hem de bomen vanaf de hoek getoond en verteld dat het jarenlang die bomen waren geweest, die betoverend mooie bomen, die haar de hoop hadden gegeven dat haar leven ooit op een wonderbaarlijke, onbegrijpelijke en niet voor te stellen manier zou veranderen.

Om de een of andere reden was het vreemd niet naar Henri's graf te gaan. Jelmer wist waar hij begraven lag, zoals hij geweten had waar hij woonde. Op een dag besloot hij te gaan, en hij ging, zonder bloemen, meer als verspieder dan als bezoeker. Op de begraafplaats aan de Amstel wilde hij met het plattegrondje in zijn hand naar het graf lopen, het leek eenvoudig. Hij deed er drie kwartier over om het te vinden.

1999-2002

Oek de Jong (1952) studeerde kunstgeschiedenis en debuteerde in 1977 met
de verhalenbundel *De hemelvaart van Massimo* (in 2002 herzien en herdrukt
onder de titel *De onbeweeglijke*). Zijn doorbraak kwam in 1979 met de roman
*Opwaaiende zomerjurken*, waarvoor hij in 1980 de F. Bordewijkprijs kreeg.
In de jaren daarna verschenen de roman *Cirkel in het gras* (1985), een bundeling
novellen in *De inktvis* (1993) en *Een man die in de toekomst springt* (1997), een
verzameling essays en reisverhalen, die bekroond werd met de Busken Huetprijs.
Hij was redacteur van het tijdschrift *De Revisor* en doceerde aan de universiteiten
van Leiden en Berlijn. Zijn werk is in verschillende landen vertaald.